新潮日本古典集成

近松門左衛門集

信多純一　校注

新潮社版

目次

凡例

近松作品は、現存するものによって知る限り、浄瑠璃およそ百二十篇、歌舞伎およそ三十篇からなるが、本集ではそのうち、浄瑠璃の時代物二篇、世話物三篇の代表的な作品を選び校注を加えた。本文作成及び注釈は、次のような方針で行っている。

〔本文〕

一、底本には、近松・義太夫の正本を専門に出版した山本版の善本を選ぶよう心掛けたが、本集成の方針により、表記は読みやすくするため歴史的仮名づかいに改め、漢字を仮名に、仮名を漢字に書き改めるなど改変を加えたところも多い。また漢字は現在の標準的な表記にしたがった。

一、浄瑠璃の句点の「。」は、音曲的な句切りを示すもので、あながち文意にそって付されたものではない。本書では、それを活かしながら、さらに通読しやすいよう適宜一字アキをもうけた。ただし、その他にさらに節章を考慮して音曲的な間《ま》を示すために、一字アキにした箇所もある。

一、会話の部分には「　」を付したが、節章の「詞」の部分とは一致していない。

一、節章は省略を原則とした。墨譜《ぼくふ》はすべて省略したが、文字譜のうち次のものは活字のポイントを小さくして、本文の行の中に示した。

1　人物の登退場、場面の転換、その他戯曲の構成等に関係の深い文字譜。
「三重」「ヲクリ」「序詞……ヲロシ」「〽」（合の手）など。
2　浄瑠璃以外の曲節で語られることを示す文字譜、また語り手の指示。
「謡」「上歌」「サシ」「クセ」「舞」「舞詞」「歌」「小ウタ」「ヲドリ」「順礼」「地蔵ワサン」、「大夫」「ワキ」「ツレ」「二人」など。

一、浄瑠璃の戯曲構成を理解しやすくするために次のような配慮を行った。
1　場面転換が行われる場合、一行アキにして示した。なお、その場割を頭注欄にゴシックで示している。
2　改行をもうけ、改行ごとに頭注欄に色刷りで見出しを付した。その改行は、原則として「三重」「ヲクリ」、段落のはたらきをなす「フシ」「スエテ」の付されてある部分である。
3　世話物の底本には、巻数の標示が全くないもの（『曾根崎心中』）や、標示のない箇所（他の二作の上之巻）があるが、いずれも補った。なお、時代物の第一段目の標示は内題の加減で付されないのが通例であるので、それにしたがった。

一、本文に挿絵を挿入した。底本にはいずれも挿絵はないが、『世継曾我』には絵入十七行本（早稲田大学図書館蔵）、『曾根崎心中』には絵入十・十二行本（吉永孝雄氏旧蔵・焼失）、『心中重井筒』には絵入十七行本（東京国立博物館蔵）、『国性爺合戦』には丸本と絵尽を取り合せた『座敷操御伽軍記』五巻（東京大学綜合図書館蔵）の挿絵を、それぞれ新たに書きおこして掲載した。使用を許可していただいた所蔵者各位に厚く御礼申し上げる。

なお、見開き図のうち、雲形で数場面を収める図は、それぞれの分割にしたがい、本文にもっとも近いところに挿入した。挿絵の全体像はつかみにくいといううらみがあるが、本文と場面との関連を把握しやすいという点を考慮してのことである。

〔注釈〕

一、注釈は傍注（色刷り）と頭注から成る。
一、傍注は口語訳を付し、極力通読の便をはかった。
一、傍注の〔　〕は、主語・目的語等を補うためのものである。また（　）は、話者・掛詞の指示等補足的な説明を加えるためのものである。
一、頭注は、傍注を補うための本文に即した語句の解釈・出典・作者の表現意図・参考資料等の記述を主とした。また、＊マークがつけられた箇所は、演劇的・音曲的説明や趣向の説明等が付されている。
引用文は当該語句の用例を掲げた場合もあるが、出典等の参考事項を挙げる場合が多い。それらは最小限にとどめざるを得なかったので、それぞれ原資料について当られたい。それら資料の表記は原文通りではなく、本文同様表記を改めたり、句読点を補ったりしている。また漢文は読み下しにしてある。
なお、近松作品には韻（頭韻が普通）をふむ箇所が、枚挙《まいきょ》にいとまなく頻出する。大部分その説明を割愛したが、十分留意して味読されたい。

〔解題〕

解題は各作品の扉裏に記した。興行（上演年次・初演の座・太夫名・人形遣名など）・作品の時代・各巻各段の場所・登場人物の順に簡明に記した。

〔底本〕

使用した底本は次の通りである。また山本版十行本等他本の表記を利用した場合も多い。

『世継曾我』　八行五十六丁本
『曾根崎心中』　八行二十六丁本
『心中重井筒』　八行三十二丁本
『国性爺合戦』　七行九十丁本
『心中天の網島』　七行四十三丁本

〔付録〕

巻末に参考として、近松門左衛門略年譜、插絵中の文字翻刻、大坂三十三所観音廻り略図（『曾根崎心中』参考）、南京城図（『国性爺合戦』参考）、橋づくし図（『心中天の網島』参考）を掲載した。作品理解にご利用いただきたい。

近松門左衛門集

世《よ》継《つぎ》曾《そ》我《が》

興行　天和三年（一六八三）九月　京都宇治座初演（貞享元年　大坂竹本座上演）
太夫　宇治加賀掾

時代　鎌倉時代　建久四年五月二十九日以降

場所　第一　富士の狩場
同所頼朝公御前
第二　街道途次
化粧坂
第三　虎・少将道行（化粧坂から曾我の里まで）
曾我の里
第四　朝比奈館
鶴が岡
新開荒四郎館
虎・少将の庵
第五　頼朝の御所

人物　大磯の虎・化粧坂の少将・曾我五郎・鬼王・団三郎・新開荒四郎・荒井藤太（御所の五郎丸）・朝比奈三郎・曾我兄弟の母・二の宮の姉・祐若（十郎と虎の子）・源頼朝・同御台

世継曾我

序　富士の狩場

五月闇《さつきやみ》*一 峰にともし二の狩衣《かりごろも》。裾野三の草の葉末まで。なびかぬかたもあらざりし　源氏のヲロシ御代こそめでたけれ。

頼朝はじめ諸大名狩屋

さても兵衛《ひやうゑ》四の佐《すけ》頼朝卿。浅間《あさま》五三原《みはらの》野那須野《なすの》の原浅妻の狩座《かりくら》より。六すぐに富士野に巻狩あり　思ひ〳〵に小屋うたせ《小屋がけさせ》。君を守護したてまつれば。七さしもに広き富士の根に《裾野に》　錐《きり》八を立つべき畾地《らいぢ》なし。

五郎時宗、頼朝の前に引かれる

ここに一年《ひととせ》《ある年》工藤左衛門に討たれし　河津の三郎が二人の子。曾我《そが》の十郎祐成《すけなり》　同《おなじく》　五郎時宗は。夜前《前夜》仮屋に乱れ入り　敵《かた》祐経《きすけつね》を討ちおほせ。御所の侍二百余人に手を負ふせ《傷を負わせ》　祐成は討死し。時宗は生け捕られ　明くれば建久四年。五月二十九日にぞ　ヲクリ*九つひに〳〵御

*一 ヲロシの「御代こそめでたけれ」まで全体の序詞で、荘重に語られる。「五月闇さやまの嶺にともす火は雲の絶間の星かとぞ見る」（『千載集』三）のごとく「五月闇」と「ともし」を歌ったものは多い。この劇の導入部は、舞『十番切』『夜討曾我』のそれを参考としている。

二 照射。狩人が鹿をおびき寄せ射取るため火串《ほぐし》に松《たい》明《まつ》をともすこと。

三 狩衣の「裾」と、富士の「裾野」とを掛ける。

四 源頼朝。「兵衛」は天子を守り左右京内を巡検する役所、兵衛府。「佐」は次官。

五 流布本『曾我物語』五に、頼朝の「浅間の御狩の事」、「三原野の御狩の事」（群馬県吾妻郡）、「那須野の御狩の事」（栃木県北部）、「朝妻の狩座の事」（京都府与謝郡）の条が続く。

六 『曾我物語』五によると、頼朝は朝妻の狩場で夏に鹿の鳴くのを不審がり、宇都宮朝綱の説く故事にあわれをもよおし、狩をやめて鎌倉へ戻り、そのまま富士野の狩に向った。

七 「さしもに広き富士の裾野に駒のたちどはなし」（舞『夜討曾我』）。

八 立錐の余地もない。「畾地」は、あいている土地。

*九 ヲクリで五郎は縄かけられ、頼朝の前に登場。

頼朝の尋問

前に引かれける。

頼朝御覧じ「[一]曾我の五郎とは彼がことか。まことに親の敵をねらふこと。ことわりといひながら　折もこそあらめ《折もあろうに》頼朝《らいてう》が。狩場にての狼藉《らうぜき》　はなはだ[二]奇怪《きつくわい》なり」とのたまへば。時宗頭《かうべ》をさげ「上意御もつともに候　さりながら。[三]この年月　野路《のぢ》山路《やまぢ》宿《しゆく》々泊《じゆくとまり》々まで《（祐経を討》心を《とうと）》つくし候へども。敵は小勢で通れども《通る時でも》　五十騎百騎を召しつれ候。われ〳〵は兄弟二人　連れざる時はただ一人。その猛勢を恐るるには候はねども。折をうかがひ延引いたし　ただいまに至り候」と。はばかりなく申しけり　君聞こし召し。「ムムげにそれはさもあらん。してまたこのことを　[四]曾我の母には知らせけるか」　五郎聞きもあへず。「こは日本の大将軍の仰せとも覚えぬものかな。[五]地を走る獣《けだもの》空を翔《か》くる翅《つばさ》まで　子をかなしまぬはなきものを《いとしまないものはないというのに》。ましてや人の親として　ただいま死に参るといふを悦《よろこ》ぶ親や候べき《親がありましょうか》。いやはや　きようがる《めずらしい》上意かな」と　あざ笑。ふてぞ申しける。

一 「曾我の五郎時宗とは汝が事か。……親の仇《かたき》祐経を。討は道理と云ながら。京鎌倉のをりのぼり。道のするゝにても討たずして。頼朝が祝ひの座敷に血をあへす条いはれなし」（舞『十番切』）。

二 不埒《ふらち》。法にはずれたこと。

三 「この四五か年の間、……野路山路宿々泊々にてねらひしかども、敵のつるゝ時は四五十騎、つれざる時も二三十騎、我々はつるゝ時は兄弟二人、つれざる時はたゞ一人、思ひながらもむなしく今までのび候ひぬ」（『曾我物語』十）。「うつ時は五十騎百騎うたぬ時も二十騎三十騎にはをとり申さず」（舞『十番切』）。

四 相模国《さがみのくに》曾我。今の小田原市内。「此事、曾我の父母にしらせけるか。五郎承つて、日本の大将軍のおほせとも存じ候はぬものかな。……よろこび出だし立つる母や候べき。御景迹《けいしやく》とぞ申ける」（『曾我物語』十）。

五 「地を走る獣。空を翔る翅まで親子のあはれ知らざるや」（謡曲『天鼓』）。

六 「祐経は敵なればかぎり有。何とて頼朝がそゞろなる侍どもをば、おほく切りけるぞ」（『曾我物語』十）。

五郎、存念を語る

ことわりなれば《道理であるので》頼朝も　しばしうなづきのたまふは。「もつとも《いかにも》[六]祐経は敵なればさもあらん。〔しかし〕頼朝には何の意趣あり《恨みがあって》　そば近く乱れ入り。あまつさへ《その上》近習《きんじゅ》の侍〔まで〕　斬り散らせしは何事ぞ《どうした訳か》」　時宗承り。「[七]さん候《いかにも》　祐経を討たぬ間《ま》は　[八]木にも萱《かや》にも心置かれ　命惜しく候ひしが。〔祐経を〕[九]討ちおほせての後は　千騎万騎をも[一〇]微塵《みぢん》蝿虫とも存ぜぬ《思わぬ》ところに。御所中の侍たち　やれ夜討ちこそ入りたれと。うろたへまはるがをかしさに。そつと太刀風をあてたるばかりにて御座候。さりながら　面傷《おもてきず》は一人も候まじ。それにても傷癒《い》えば。面《つら》おしのごひまかり出で　御奉公や仕らん。さてまた君の御事は　まさしく祖《おほ》父《ぢ》伊東が敵。[一一]そのうへ日本の大将軍。鎌倉殿を討ちたてまつりしと　閻魔《えんま》の庁に訴へば。一つの罪やのがれん《罪の一等でもゆるされるだろう》と思ひ　恐れながら御[一二]佩刀《はかせ》の刃《やいば》と。時宗が銹《さ》び太刀の刃を　試してみん心ざしにて《試してみたい志にて》　駆け入つて候に。口惜《くちを》しや運つきて。これなる[一三]五郎丸を女と思ひ　油断して。やみ／＼《むざむざと》と生け捕られし　君の。〔何と〕御運のめでたさよ。五郎丸

七「然《さ》に候」の音便。「頼朝をも敵と思ひけるかと御尋ねありければ、五郎承つて、さん候身に思ひの候ひし時は木も萱も怖ろしく、命も惜しく存じ候ひしが、敵討つての後は……」（『曾我物語』十）。

八 諺「木にも萱にも心を置く」。落人などが木草のそよぎにも敵かと心配するところから、物事に恐れおののくに譬《たと》える。

九「御所中に参て、かゝる狼藉を仕る程にては、千万騎にて候とも、あまさじと存《ぞん》ずる所に……たゞかうばかりの側《そば》太刀、形《かた》のごとくあてたるまでにて候。面傷《おもてきず》はよも候はじ」（『曾我物語』十）。「当番のめん／＼が。なまじゐに名乗り出。臆病刀使ふて。逃足踏むが憎さに。おどしにそつと太刀風をおふせつるにて候」（舞『十番切』）。近松はこの条、両本を採り入れている。

一〇 本来は、細かい塵《ちり》の意であるが、下に否定を伴って、少しも、ちっとも の意。

一一「先祖の敵にては渡らせ給はずや。又は閻魔王の前にて、日本の大将軍鎌倉殿を手に掛け奉りぬと申さば、一つの罪や赦《ゆる》さるべきと」（『曾我物語』十）。

一二「君の御佩刀の鉄《かね》の程をも見奉り、時致が腐《くさり》太刀の刃の程をも試し候はんものを」（『曾我物語』十）。

一三 頼朝の小舎人童《ことねりわらわ》。「五郎丸きぬかつぎ髪ゆり下げてゐたりしを。女と思ひ見そんじて。さうなく捕られて候ぞや。五郎丸だになかりせば。あつぱれ君の。御命はあやうかりつるものをや」（舞『十番切』）。

だになかりせば　御首をたまはり。それより切つて出るならば。おそらく関一八州に　人種《ひとだね》はおかじを」と（人間は残さないものをと）。かつは怒《いか》りかつは恨み　詞《ことば》すずしく（いさぎよく）言上す。

頼朝の感動

頼朝大きに感じたまひ「あれ聞きたまへ方々。猛将勇士も運つき二ぬれば力なし。かなはぬまでも助からんかと　恥をすてて陳ずべき（言訳する筈が）に。つゆ塵《ちり》命を惜しまず　詞をかざらぬ心底は。あつぱれ武士の本意（本懐）　余の者千騎万騎よりは」（「彼一人が欲しい」）と。双眼に御涙を浮べさせたまひければ。伺候の大名もろともに　おのおの。袖をぞしぼらるる。

頼朝御前の五郎時致

その後新田の四三

一　関東八州の略称。坂東八か国、相模・武蔵・上野・下野・安房・上総《かずさ》・下総《しもうさ》・常陸《ひたち》をいう。

二「猛将勇士も運の尽きぬる上はと仰せられ、双眼より御涙を流させ給ひて、これ聞き候へ人々、日比《ひごろ》は思はぬ事なれども、只今頼朝に問はれて、当座の構《かま》への言葉なり、かなはぬまでも遁《のが》れんとこそ言ふべきに、露ほども命を惜まぬ者かな……余の侍千万人よりも、かやうの者をこそ一人なりとも召し使ひたけれ……とて御袖を顔におし当てさせ給ひければ、御前伺候《しこう》の侍共、心あるも無きも、皆涙流さぬは無かりけり」（『曾我物語』十）。

三　伊豆国仁田（静岡県田方郡）の士、新（仁）田四郎忠

五郎、兄の首見て述懐

常（経）。富士野の狩場にて荒猪に飛び乗り高名をあげ、曾我兄弟夜討の場で、十郎を仕止めた。以下『曾我物語』十によると「新田の四郎を召されければ、黒《くろ》鞘巻《ざやまき》に赤銅作《あかどうづくり》の折太刀、村千鳥の直垂《ひたたれ》に頸《くび》を包みて童《わらは》に持たせ、五郎が弓手《ゆんで》の方を間近く、頸を見せてぞ通りける。五郎は今までは思ふ事無く高言して在りけるが、兄が頸を一目見て、胆魂《きも》を失ひ、涙にむせぶ有様は、盛りなる朝顔の、日影に萎るる如くにて、無慙《むざん》と云ふも余り有り。ややありて申しけるは、羨《うらや》ましくも先き立ち給ふものかな、同じ兄弟と申しながら、幼少より親の敵に心ざし深くして、一所とこそ契りしに、祐成は昨夜《ゆふべ》夜半に討たれ給ふに、時致は心ならず、今まで長らふる事の無念さよ。誰れか此世に長らへて候べき、死出の山にて待ち給へ……と、云ひも果てず涙にむせびけり。袖にて顔をも押へたけれども、高手小手に縛《いまし》められければ、弓手へ傾ぶき、馬手《めて》へ俯《うつ》ぶき、猶しも溢《こぼ》るる涙をば、膝に顔を持たせつつ、たださめざめと泣き居たり。和田、畠山を始めとして、皆袖をぞ濡らされける」とある。

〔四〕死出の山へ旅立つこと。死ぬこと。「死出の山」は冥界に入って、閻魔《えんま》王国の堺《さかい》にある（『十王経』）。四鉄山・四手山とも書く。本来は、生老病死の四大山の第四が死天山で、死の苦しみを険山に譬《たと》えたもの（『涅槃経《ねはんぎよう》』）。

郎忠綱を召され。（頼朝）「兄十郎が首を時宗に見せよ」との上意。かしこまつて忠綱は村千鳥《群千鳥の模様》の直垂《ひたたれ》に。祐成が首を据ゑ　時宗が前に置く。［それを見て］今まではさしもに勇む朝顔の《あのように威勢を見せた朝顔の花が》　日かげにしぼむごとくにて《強い日の光にしぼみ弱るように》。しほ〳〵と押しうつぶき　しばし涙にむせびつつ。（時宗）「アア情けなく早くも変らせたまふ［兄上の］御有様やな。幼少竹馬《ちくば》のあかつきより。敵を討ちし夕べまで　一所とこそは契りしに《死ぬ時は一つ所でと固く約束したのに》。口惜《くちを》しくもながらへて《生きながらえて》　四手《しで》〔四〕の旅路に後《おく》れしよな。アアかくあるべきと知らずして《このように一人生き残るとは知らないで》。深入りせし後悔や」と　いひもあへずむせかへり。こぼるる涙を押へんと　すれども縄

一　縛った縄の端を持つ者。『曾我物語』では馬屋の小平次という下部《しもべ》。
二　「死罪を宥《なだ》めて召使ふべけれども、傍輩これを嫉《そね》み、自今以後狼藉絶ゆべからず。其上祐経が親類多ければ、其意趣遁れ難し。然れば向後《きやうこう》の為に汝を誅すべし、恨みを残すべからず……」（『曾我物語』十）。
三　「さりながら親の為に棄つる命、天神地祇《ちぎ》も納受し給ふべし。付けたる縄は孝行の善の綱ぞ、おのおの寄つて手を掛け結縁し給へと申しければ」（『曾我物語』十）。
四　「孝行の善」とあるべきを、「孝行の仏」と五郎を仏体化した。「善の綱」は、仏（阿弥陀如来）の御手にかけて引く五色の綱（糸）。臨終に西方浄土に導かれることを願い、また開帳・万日供養などにも結縁（仏道に入る機縁）のために参詣人に引かしめる。
五　「高き名を。雲居にあげて富士の根の」（謡曲『小袖曾我』）。
*六　ヲクリで五郎は退場し、場の雰囲気《ふんいき》が改まる。
七　梶原平三景時の長子景季。
八　新開（埼玉県大里郡豊里村）の侍。夜討の際、十郎と戦い小柴垣を破って逃げ、五郎詮議の場でも十郎の折れた太刀を侮辱して逆に恥をかく男として『曾我物語』に出る。この高名記帳の節事は近松の虚構であり、新開と荒井を敵役に設定するための場。

の強ければ。膝に顔を押しつけて　消え入る。ばかり。に泣きにけり。君をはじめ奉り。上下の侍縄取り[一]まで　至極《しごく》の。《もっとも道理と》涙に沈まるる。

五郎の最期

　重ねて仰せ出ださるるは。「前代未聞の勇士なれば。死罪[二]をなだ《ゆるし》め　召し使ひたく思へども。傍輩《はうばい》のそねみ　祐経が親類の意趣《恨み》　か《あれ》れこれ以つてのがれがたし《といいこれといいいよいよ死は免れない》。かまへて《決して》頼朝に恨みをのこすな　はや首討て」とのたまへば。時宗につこと笑ひ　さもうれしげにあたりを見まはし。「いかに人々。親[三]の敵を討ちおほせ。そのうへかかる上意をうけ　何しに命の惜しからん。この縛《いましめ》[四]は孝行の仏の御手の善の綱。みな手をかけて結縁《りちえん》あれ　さらば。〳〵」といとまごひ　心しづかに引き出だされ。つひに屍《かばね》は夏の野の草葉の露と消ゆれども。[五]ほまれは富士のうへもなき《孝と勇の名声は日本一の富士の》[*六]ヲクリ雲居に〳〵名こそあげにけれ。《雲上はるかに名をとどろかしたことであった》

頼朝、狩の高名調べを命じる

　さて梶原源太景末[七]を御前に召され。（頼朝）「明日は鎌倉に帰るべし。ついては　このたび供せし武士を花やかに出で立たせ。とめたりし《狩で仕留めた》鳥《とり》獣《けだもの》を名乗らせて見物せん。すなはち[八]新開《しんがい》の荒《あら》四郎奉行にて　帳に

しるさせよ《記録させよ》」とのたまへば。「かしこまつて候」とまぶし[九]。〳〵を
[*一〇]三重〳〵ふれにけり《告げてまわった》

頼朝公御前

さるほどに。頼朝公井楼《せいろう》[一一]高くしつらはせ《造作させ》。ひた白《真白な》の幕打たせさも《まこと》おほやう《にゆったりと》に座したまへば。左は老中《その左脇には重臣》御小姓花をかざりて見えたまふ。

新開荒四郎、奉行役

さて国々の諸侍。思ひ〳〵の狩装束　駒の鼻を立てならべ。裾野を狭《せば》しとひかへたり。中にも新開の荒四郎　棟梁《奉行の役目を仰せつかり》たまはり大紋[一二]の。[一三]露を結んで肩にかけ　筆取り《書記役》一人従へて。御座《頼朝公の》の右手《めて》に伺候《出仕して》して
[*一四]ヲクリ　次第〳〵にとめたりけり《書き留めた》。

狩場の高名　(一)

[*一五]舞・ツレ　まづ[一六]一番に春日野[一七]や。若むらさきの装束　白猪《しらゐ》の行縢《むかばき》[一八]たぶ《ゆっ》やかに《たりと》。萌黄《もよぎ》の裏打つ竹笠《裏地をつけた竹の網代笠を》　こがらしに吹きそらさせ。陸奥《みちのく》立ち《育ちの》の荒駒に　乗つたる武者は「誰人《たれびと》ぞ。狩場の獲物はいかに〳〵」。大夫「さん候某は。先年わが君七騎[一九]にて　敵に襲はれたまふ時。寄るべ《身を寄せる当》定めぬうたかた《てもないはかない状況の（泡）》の安房の国龍崎《りうざき》にて。はなはだ忠をはげみたる土肥《どひ》

九 射翳《まぶし》。間伏の意。「かりするに木などをゝりさして、かくれゐたる也、鹿うかゞふをりの事也」(『八雲《やくも》御抄《みしょう》』四)。
*一〇 三重で場面転換がある。
一一 柱を井桁《いげた》に組んだ物見の櫓《やぐら》。
一二 直垂《ひたたれ》のこと。布の直垂には大きな紋が付いているので俗に大紋《だいもん》という。
一三 直垂などの袖口を括《くく》るため、袖の端を袋縫にし紐を通した。その紐を「露」といい、下端を三、四寸垂らす。いざ事ある時は、その両袖の紐を結び肩にたすきのようにかける「顕紋紗の直垂の露を結んで肩にかけ」(謡曲『鞍馬《くらま》天狗《てんぐ》』)。
*一四 新開の見分が始まり、馬上の武士が登場する。
*一五 幸若舞の節。大夫とツレの掛け合い、景事が始まる。以下舞『馬そろゑ』と『十番切』を下敷とする。また『頼光跡目論』三の「馬揃」参照。
一六 「まづ一番に君の御家の子……」(『馬そろゑ』)。
一七 若紫色を出すための表現(「春日野の若紫の摺衣忍ぶの乱れ限り知られず」『伊勢物語』一段)。
一八 乗馬に際し、腰につけて垂らし、ももから下をおおう毛皮。鹿・熊・虎などの毛を用いる。「秋毛の行縢たぶやかにはきくだし」(『曾我物語』八)。
一九 頼朝石橋山で敗れ七騎落ちし「安房国りうさき」へ渡る(『曾我物語』二)。龍崎は猟島(龍島)の誤り。

の[一]弥太郎遠平《とほひら》。一昨日《をととひ》の[二]勢子板《せこいた》に。猪《ゐのしし》と引つ組んでさつそくとめて《即座に仕止めて》候」と。名乗りて通れば筆取りは　やがて《直ぐに》かくとぞしるしける。

ツレ一番に[三]褐布《かちん》の装束錦襴《きんらん》の[四]小手をさし《巻き》。白熊の[五]敷皮さげ　[六]宿月毛《さびつきげ》の馬に[七]ふくみ轡《ぐつわ》をかけさせしは。（新開）「あつぱれ出立《身ごしらえ》や　たそやたそ《誰や誰》」。

大夫「たそやとは人がまし《誰と問われて名乗るのも晴れがましい》。また申さぬもいかがなり。名乗るもさ[八]すが恥づかしの[九]盛長にて候を。誰にまがへて《誰と見まちがえて「問うのか」》藤九郎。鹿三頭《みかしら》」と答へつつ。しづかにこそは　通りけれ。

ツレ二番は[一〇]木賊色《とくさ》。[一一]秋の野摺つたる狩衣《かりぎぬ》　大口《大口袴のももだちを》のそば高く取り。[一二]尾花葦毛に片手綱《[一三]たづな》[＊一四]ヲクリゆられ〳〵出でたる若侍。「[一五]仮名《けみやう》　実名《じつみやう》　名乗られよ」大夫「名乗れとは莫告藻《[一六]なのりそ》の　波のまにまに。藻塩焼く[一七]三浦の。平六兵衛吉村。二つ連れたる飛び兎　ぼつかけ《追いかけ》。〳〵峰を分け　谷へ下つて駆けちがへ《追い越しざま》。そのまま両手に引つつかみ　上覧に入れしかば　汝は翼《つばさ》やあるらんと　御たはぶれにあづかりし《「その手柄を」》。今さら申すもことくどし《くどくどしい》」と　さもおほやうにぞ打た《馬に乗》

一　土肥次郎実平の嫡子。
二　狩場で、勢子が動物を駆り立て追いつめるため、楯《たて》のような板を立て並べるもの。
三　黒目に見える濃い藍色。
四　腕を包む袋様の布地（この場合金襴《きんらん》地）に革などを綴《つづ》った小具足。
五　引敷《ひっしき》・腰板のこと。紐が上部につけてあり、後腰に当てて結ぶ。騎射や狩猟の時用いる。
六　「月毛」は鳥のツキ（トキ）色のやや赤く白みを帯びた馬。「宿《さび》」は錆《さび》色をいい、赤茶色を帯びた馬。
七　くつばみ。くぐみ轡のこと。馬の口を包み収めることからこの名がある。
八　それでもやはり気がひける。歌枕「羽束師《はづかし》の森」と掛ける。「忘られて思ふ嘆きのしげるをや身をはづかしの森といふらん」（『後撰集』十）。

三浦吉村登場

九　安達藤九郎盛長。号蓮西。
一〇　萌黄（薄緑）の黒ずんだ色。
一一　草木の汁で秋の野の模様を摺って着色した狩衣。

狩場の高名　（二）

一二　枯れた尾花の様な色の馬。栗毛の一種。
一三　片手で手綱を握り。
＊一四　三浦のゆったりとした登場を表すヲクリ。
一五　「仮名」は通称、「実名」は本名。
一六　「な告りそ」（打明けてはいけない）と海草の名馬尾藻《ほんだわら》を掛けていう。

一七 三浦半島に住した三浦党。三浦義澄の子。義村。
一八 揉《もみ》烏帽子の一種。柔らかい造りで兜の下にかぶる。
一九 一つの色の中で濃淡の交じったもの。「袖標」は布切れで作り、敵味方を見分けるため鎧《よろい》の袖につけた。
二〇 栃木県足利の染物。「年毎に給はる足利の染物」(『徒然草』二百十六段)。足利では絹を産出した。
二一 畠山重忠の長子、六郎重保。秩父氏。武蔵国男衾郡畠山の人。
二二 「紅《くれない》は園生に植えても隠れなし」の諺による。名乗らず包み隠そうとしても隠れのない武名の重安という意と、「紅の染羽」をいう序の働きをしている。
二三 波状の縦線(立涌《たちわき》)の間に雲形の入る文様。尊い位の袍《ほう》の文に用いる。「くもたちわき」ともいう。
二四 青皮。舶来の厚く堅い皮。犀の皮など。
二五 太刀の鞘覆い。毛皮で作る。
二六 鶅毛《ひばりげ》。黄と白の交じった馬の毛色。
二七 馬具。尾から鞍《くら》ぼねにかける紐(鞦《しりがい》)の総《ふさ》が、普通より厚いもの。
二八 合沢は今の静岡県駿東郡小山町。「駿河国には……合沢弥五郎」(『曾我物語』一)。
二九 直垂《ひたたれ》の袖の露を絞って口にくわえ、残る片方の袖も絞って二つを結び、肩にたすきのようにかける。
三〇 馬に乗らず徒歩で、弓を杖について立ったのは。
三一 本田は埼玉県大里郡川本村辺の地名。本田二郎は『曾我物語』九で、夜討の兄弟に敵のありかを教える。

せける(っていた)

狩場の高名 〔三〕

舞 さてその次に。[一八]梨打烏帽子《なしうちゑぼし》に鉢巻し　[一九]村濃《むらごう》の袖標《そでじるし》。鹿《か》の子《こ》の行《むか》縢《ばき》くくりさげ　[二〇]足利様《あしかがやう》の染め手綱。鞭に取り添へ繰りかけし　馬上の達者は(達人は)「実《げ》にまこと。[二一]秩父《ちちぶ》の重安候な」(重安であられるな)大夫「オオ。[二二]何とつつまん隠れなき園生《そのふ》に植ゑしくれなゐの。染羽《そめば》の矢先に翔《か》け鳥を二つつづけて射て落し(二羽を一本の矢で一度に)。〔今ここに〕見参には供へねど(お目にはかけないが)証人まぎれ候はず。お帳に頼み存ずるなり(〔記すこと〕)」。ツレ「実《げ》にもつとも」と(〈言ふ〉)夕まぐれ。[二三]雲立涌《くもだてわき》の狩衣　[二四]せいひの[二五]尻鞘《しりざや》かけたる太刀。[二六]ひばり毛の馬に浅黄の[二七]厚総《あつぶさ》かけしは「いかに」。大夫「これは信濃の国　[二八]相沢の弥五郎　猪《しし》一頭《かしら》射留めて候《ざふ》」。ツレつづきて小松の摺衣《すりごろも》　[二九]露をふくめて絞りあげ。[三〇]徒歩《かち》立《だ》ちの弓杖《ゆんづゑ》は「誰人の家人《けにん》ぞや」。大夫「さん候(さよう)　上《かみ》にもかねてしろしめす(頼朝公も前々からご存知の)。秩父が郎等(畠山重忠の家臣)[三一]本多の次郎近経《ちかつね》　去んぬる二十日の朝山に(先の二十日の朝の山狩に)。御馬屋の徳竹《とくたけ》が手負ひ猪《じし》に追つ立てられ。今をかぎりと見うけし時(もはや最後と)。尾上を横に走りつき(尾根伝いに横に走り)　猛つて落せる(あばれて下りてくる)荒れ猪《じし》の。片脛《かたすね》取つて引き伏

せ　草分《くさわき》[一]を三刀に。突きとめ申して候ひし　をこがましう《さしでがましく》候へども。お尋ねなれば」と会釈して。人だまゐ《人溜り》にぞ入りにける。

狩場の高名　㈣

ツレあとより乗つて[二]出潮の。さすが気高《けだか》き乱れ髪。額に満てる[三]月の顔　二八《十六歳》ばかりの若武者は。「いづかたの御曹司《ご子息》　聞かまほしや」とののめけば《声高く騒げば》。大夫「そも〳〵これは。村上天皇の後胤《こういん》　木造《こづくり》[四]のしのぶ丸。富士川の岸行く鹿。あとより追つかけ先へ廻り　向ふ《前面》を射留めて候」と　高声《かうしやう》に呼ばはつて。手綱かいくりしんづ〳〵《しずしずと》。かつ《〔或いは〕かっ》し〳〵《しかっしと駒音高く》と歩ませしは[五*]ヲクリゆゆし〳〵《はなはだ立派な有様である》かりける風情なり。

狩場の高名　㈤　荒井藤太、五郎生捕りを申告

舞・ツレ八番に糸毛《糸おどしの》の腹巻[六]　ぶちの駒《まだら毛の》に目結《めゆ》[七]ひの手綱　ひときはすぐれて出で立ちしは。「誰人なるぞ誰やらん」。大夫「されば候某は。昨日《きのふ》まで御所の五郎丸[八]。今朝元服《げんぷく》御ゆるされ。荒井の藤太重宗と名乗り候。このたびの狩座《かりくら》に。さまでのことはあらねども。鬼神といはれつる曾我の五郎を生け捕り[九]候。御帳にしるしたまはれ」と　打つて《馬に乗って》過ぐれば荒四郎ツレ「オオ。比類なき御手柄。御身は曾

一　草を分けてゆくところから、鹿や馬の胸先をいう。

二　馬に乗って丁度よいしおどきに出てくる。「潮」の縁で「差す」と「流石《さすが》」と掛ける。

三　「満てる」に「見」を掛け、「満てる月の顔」で丸顔をいう。十六ばかりの年頃と、十六夜の月をきかす。「月」と「潮」は縁語。

四　木造氏。伊勢国一志郡木造の一党。「しのぶ丸」は不詳。

*五　馬の動きの所作を見せるヲクリ。

六　腹に巻き背中で合わせる略式の鎧。袖部がない。

七　くくり染ともいい、絞り染の一種。

八　頼朝の小舎人童《ことねりわらわ》、五郎丸。京の人、叡山に住し十六にて東国に下り一条忠頼に仕え、後頼朝に近侍する。七十五人力の怪力の者。

九　女のごとく薄衣をかぶり五郎をやりすごし、背後より抱きつき加勢を得て捕えた（『曾我物語』九）。

我に十倍ぞ」と　やがて《すぐに》帳にぞ書かせける。[*一〇]二人さてそのほか甲斐[一一]源氏。[一二]三浦の一党伊勢平氏。[一三]坂東坂西北陸道《ほくろくだう》。南は紀の路[一四]八庄司[一五]。在鎌倉はいふにおよばず　大名小名。都合十万六千余騎。駒も千年《馬も一斉に千歳》をいばゆれば《を祝うようにいななけば》。わが君の御威勢　知るも。知らぬも押しなべて万々年とぞ三重[*一六]へ祝ひける

朝比奈、荒井・新開を怒る

かかるところに。朝比奈の三郎義秀[一七]　遠侍[一八]に控へしが。づか〳〵と立ち出で　新開がそばにむずと坐り。「これ荒四郎。見れば御身には目も耳もあるが聞えぬか見えざるか。何とも不審晴れず」といへば　新開気色を損じ。「なに某をつんぼうかめくらかとは　あなどつたる言ひ分かな。聞えぬか見えざるか　汝が[一九]眼《まなこ》に見されよ」と　片膝立ててぎぎめけども《力みいきごむけれど》。朝比奈こととももせず「いやさ《いいや》。なん《どれほ》ぼうせかうとまま《どいらだち怒ろうと勝手だ》　汝に目も耳もあらんとは《あろうとは》まづ　この朝比奈は思はず。合点《がてん》ゆかずは語つて聞かせん　耳垢《みみあか》を取つてよつく聞け。し《さて》て今日の結構は何事とか思ふ《企ては一体何のためだと思う》。このたび御狩《みかり》にとめたりし《仕止めた》　猪猿《ししさる》鳥

*一〇　大夫・ツレの二人連語《つれ》り。
一一　甲斐に繁栄した清和源氏。義光より出で、武田氏や小笠原氏、古郡《ふるこおり》氏などがいた。
一二　三浦半島を根拠とする一党。三浦介義澄や和田義盛など一門。
一三　桓武《かんむ》天皇の皇子葛原親王の曾孫高望王より出で、王の玄孫平正度が伊勢守に任じた後、伊賀・伊勢の地に栄えた。
一四　紀伊国《きのくに》の地方。
一五　熊野の山岳武士党、八家の庄司（頭目）をいう。湯川・玉置・湯浅・新宮・安田・中津川・芋瀬・野長瀬の八氏。
*一六　この節事の終りを示す三重。舞台転換はなく、位が改まる。
一七　和田義盛の三男。勇力によって武名が高く文芸作品に多くの朝比奈物を生む。「朝比奈（朝夷）」は安房国の郡名。
一八　門の傍にある侍詰所。
一九　お前の眼ではっきり見やがれ。「されし」は助動詞「さる」の命令形。連用形について軽蔑の意を示す。

一　「ばし」は強めの助詞。など。なんか

二　三浦与一の母は曾我兄弟の伯母（『曾我物語』五）。

の物数をとめよとこそ上意あれ。なんぞ《数々を書きとめよとこそ仰せなさってはいるがどうして》御所の五郎丸《［人間様の］》が時宗を生け捕りしを帳面にしるす事《記帳する事などあってたまるか》。いつの間に時宗が猪《しし》に[一]ばしなりけるぞ鳥にばしなりけるぞ。やれ《やい》。眼《まなこ》も耳もあらばとつくと聞け。曾我は[二]三浦の一家《いっけ》なればわれわれとてものがれぬ中《われわれ和田一門にとっても他人でない仲》。そのうへ兄弟がはたらき　日本無双《ぶさう》の侍と君も御褒美なされしものを《頼朝公もおほめなさったものを》。おのれが分にて《お前のような分際で》よくも〳〵畜生にはしけるよな。いで人を殺しても猪猿《ししさる》同前ならば。幸ひか《丁度よい》なおのれを斬り　この。朝比奈も御狩にて新開《しんがい》の荒四郎一疋《という》としるされん」《獣一疋退治と記録してもら》と《おうと》　飛んでかかれば。人々あわて押しへだて「御前な《君の御前であ》

狩場の高名・朝比奈怒る所

頼朝公、朝比奈をなだめる
朝比奈、二人を敵と定める

三 鎌倉帰館を翌日にひかえてのめでたい催し。
＊ 頼朝退場。
四 新開の荒四郎と五郎丸に向っていう。

るにさりとては。《るのにさりとては乱暴な》しづまられよ」と両人を　まづ左右《双方へ》方へ引き分くる。

君仰せ出ださるるは「朝比奈が申す条いち〳〵道理至極せり。さりながら　か[三]ほどめでたき鎌倉入りなればぜひ堪忍《かんにん》せよ」との御諚《ごぢやう》にて。奥をさして入りたまへば　さしもに勇む《さほどに勢いこんだ》朝比奈も。御一言にめで《君の格別のお言葉に感じ》「やれお[四]のればら。上意なればまづただいまは許しおく。まことに曾我の五郎は命助かるべき者なれども。君御了簡のうへにて《君のご思慮の結果》誅《ちゆう》せらるれば　誰に恨みはあらざるに。《〔しかし〕》今日の帳面に五郎丸が時宗をとめ《仕止め》たりとつくからは《たと書きつけたからには》　曾我が敵《かたき》は五郎丸。《〔となった〕》重ねて曾我のゆかりあらば《また後に曾我兄弟の縁ある者が》

この朝比奈が後見《うしろみ》し。かならずねらひ討たすべし　新開とてもあぶ《新開にしても同様》なし」と　はつたとにらんでののしれば。はじめは詞《ことば》荒四郎後には。わぢ〳〵《ぶるぶる》ふるひつつ　先へ心は急げども《逃げたい心はせくが》。あともなか〳〵気づかは《うしろの朝比奈もまことに心配で》しく見返り。〳〵退出す　朝比奈が詞の末《ことばのはし》。もつともことわり《道理》頼もしし　心地よしと[*一]もなか〳〵申す。ばかりはなかりけり《まことにまことに申すほかはなかったことよ》

第二

曾我兄弟の郎等兄に鬼王[二]。弟に団三郎《だうさぶらう》　かれら二人の者どもは。祐成《十郎》や時宗《五郎》がまだいはけなきころ[三]《幼い頃》よりも。影のごとくにつき随ひ共に敵をねらひつつ。このたびの落着[四]《らくぢやく》にぜひ二世までも《来世まで死出のお供をと》御供と。たつて《是非にと》望み申せしかど。祐成も時宗も母の御事気づかはしく　最期の供をゆるさねば　力及ばず。兄弟は[五]形見の品々取り持ちて。[六]空しき駒の口を取り。泣く〳〵曾我へぞ帰りける。

*一　古浄瑠璃等に多く見られる段の結びの常套句《じようとうく》。

二　『曾我物語』七には「十郎が供にはだう三郎なり。五郎が供には鬼王」とあり、九には曾我兄弟より形見を持って曾我の里へ帰れと命じられ、死出の供を申し出て容れられず、馬を引いて泣く泣く帰る従者として二人は描かれている。

三　「君をば乳《ち》のうちより、それがしこそ取あげ奉ては候へ……今まで影形のごとく付そひまいらせたる」（『曾我物語』九）。

街道途次
鬼王・団三郎、馬曳《ひ》き帰る

四　決着すなわち敵を討つこと。『書言字考節用集』に「落著《ラクチヤク》」、『字尽重宝記綱目』に「落着《らくちやく》」とある。

五　母に小袖、義父曾我殿に馬鞍、姉二宮にお守りと鬢髪、鬼王兄弟に弓矢、そのほか乳母や子守りにも形見を贈る（『曾我物語』九）。

六　主人の乗らない空馬。「鞍の上むなしき駒の口を引き」（『曾我物語』九）。

朝比奈の使い

鬼王・団三郎互いに役目を争う

鬼王、朝比奈の手紙読む所

かかるところに若侍「しばし／＼」と呼びかけ。「いづれも《お二方は》は曾我殿の御家人鬼王団三郎殿にてましますか《いらっしゃいますか》。これは朝比奈の三郎義秀よりの御状なり《ご書状です》」と＊七ぞ出だしける。「何事かは存ぜねども《何事か存じませんが》《［まず拝見］》」と鬼王押しいただき抜《ひら》き見れば。「何々《八》方々が主人《あなた方の》曾我兄弟は。君御了簡あきらかなるうへ《頼朝公がご裁断明快にくだされた結果》いづれに仇を残さず《どこにも遺恨を残さず》相果てらるるといへども。子細ある事にて　新開の荒四郎。並びに御所の五郎丸今元服して荒井の藤太重宗と名乗る。この両人　曾我の敵に相極《きは》まる。御分《ごぶん》[九]等兄弟のうち　一人は曾我へ帰り老母に仕へ。一人は早々鎌倉へ帰らるべし。義秀が手引きを以つて　重宗荒四郎

＊七　このところ『曾我物語』十「鬼王だう三郎曾我へ帰りし事」に、曾我へ帰る途中の二人が後方よりきたる「人の使とおぼしくて、文もちきたる者」を引きとめ、敵討成就の様子を聞く場面の翻案。

八「何々」は文書などを読み始める時の常套の言葉。

九「御分」はあなた、貴殿。以下の「和殿」「御辺」「おこと」もほぼ同意。

を討《う》たすべし《たせよう》　とく〳〵《〔来たれ〕》」とぞ書かれける。兄弟大きに悦び　まづ使者に一礼のべ《礼を申しのべて》鎌倉に帰し。「《(鬼王)》やれ団三郎。このうへは某《それがし》鎌倉へ取つて返し重宗荒四郎等を討つべし。御辺《ごへん》は曾我へ参り御形見をも奉り。御老母さまを[一]はごくみ申せ」といへば　団三郎聞きもあへず。「いや〳〵某は若輩者にて　御母君へのいたはりは《お世話は》。なか〳〵《全く》叶ひ候まじ　御身兄の役なれば。おとなしやかに帰りたまへ　某敵を討たん」といふ。鬼王重ねて「いやさ。古郷《ふるさと》のことは[二]内証づく《〔しかし〕》。眼前《がんぜん》主人の敵を討たで侍が立つべきか《目の前の主の敵を討たないで侍の面目が立とうか》。ぜひに御分《ごぶん》は古郷へ帰れ」　団三郎眉をひそめ。「ムムなに主人の敵を討たでは侍が立たぬとや。これ兄者人《兄上》。さやうのことを知りながらわれを古郷へ帰れとは。オオやがて心得たり《すぐに判ったぞ》《〔さては〕》。曾我殿の下人こそ兄は心けなげにて主《しゅう》の敵を討ちけれど。弟は臆病者にて逃げ帰りしと　人に笑はせんたくみよな《人に笑わせようとするたくらみだな》。[三]弓矢八幡その手は食はぬ　ならぬ〳〵《駄目だ駄目だ》」と顔打ち振つて。帰らん気色はなかりけり。

＊使者退場

一「はぐくみ」の転。親身に介抱する。

二 内々次第のこと。「づく」は名詞に接続して、それ次第、その限りなどの意を表す接尾語。

三 侍の誓言。弓矢の神の八幡大菩薩にかけて。神かけて。

鬼王・団三郎、義絶する

鬼王重ねて「オオ聞えたり《判った》さりながら　それは四以つては同じこ《結局当方とて同じこ》と《とだ》。和殿《わどの》鎌倉へ帰り　某古郷へ参りなば。弟は心剛《かう》なれども兄は腰が抜けたりと。世上の人に笑はれんは御辺《ごへん》も同じ恥ならめ　そのうへこの状にも。一人は古郷へ帰り御老母をはごくみ。一人は下れ《〔鎌倉へ〕》とあれば五是非このうへは理を非にまげ《道理を無理にまげて〔私に譲り〕》。おこと帰れ」といひければ団三郎色をかへ。「はてくどいこと　身はくだ〳〵《こなごなに》に刻《きざ》まるるとても古郷へは帰らぬなり。まことさほどに思し召さば《本当にそれほど敵討をしたいとお思いなら》　御身もわれも連れて下らん《一緒に鎌倉へ》」とぎぎめけば《いきごめば》　鬼王今はこらへかね。「エエこれほど事をわけていふに《道理をつくして》　兄の詞《ことば》を聞き入れず二人連れ立ち下らんとは。必定《定めて》某一人にては　得討つまじきと思ふか《敵を討つことは出来そうにないと思うか》」団三郎すねもの《ひねくれ者》なればば。「オオ近ごろ申しにくけれども御身一人ではあぶなし〳〵」といへば　鬼王肱《ひぢ》を張りはつたとにらみ。「おのれ兄に向つて六存在《ぞんざい》千万　七七生までの勘当」と牙をかんで《歯がみして》怒《いか》りける。「いや異なことを《妙なことを腹立て》力まるるものかな。御身の勘当が恐ろしいとて男の道を捨つべきか。

四 「以つて」はその意を強めるのに添える語。

五 「是非とも」と副詞にとるのが普通であるが、下との呼応で名詞にとり、「是か非かの論については」ととることも出来る。

六 無礼千万。「存在」は興奮して礼を乱すさま。

七 七たび生れかわるまでも不孝者として勘当するぞ。「七生」は七有《う》ともいい、人間界にいることとの出来る限界。「勘当」は、親子兄弟、主君などから縁を切られること。

勘当がしたくはせられよ　この方からも《こっちからも》勘当ぞ。おつつけ敵の首を取り　御身が顔に投げつけん」といへば。（鬼王）「オオその口を忘るるな。某が打ちつけ《〔首を顔に〕》らるるか　おのれが眼にはりつくるか　このうへは運だめし。それまでは音信《いんしん》不通《絶交》　兄と思ふな」（団三郎）「オオ弟とも思ふな」と。怒《いか》つて左右《さう》へ別れける。所存のほどこそ《二人の思いのうちこそ》[一]*三重〽やさしけれ《けなげであるよ》

[二]げに受けがたき。人の胎《たい》を受けながら〔報いによってか〕。ためしすくなき《例の少ない》[三]川竹の。流れの身こそ定かならね《浮沈定めない境遇だ》。思ふも思はざりつるも《思う人とも嫌いな客とも》。夜ごとにかはる憂き枕《夜毎人が違って悲しい枕を交わさねばならぬ》。つらきながらも勤めとて〔仕方なく〕。朝な夕なの　[四]化粧坂《けはひざか》。むざんやな《かわいそうにも》[五]少将は　五郎に深く[六]相生の。[七]松はね（根・寝）ごとにあらはれて。姉女郎や傍輩《はらばい》のさがなき《意地のわるい》口にかけらるる。[八]轡《くつわ》がせいて《妨げて》逢はせねば。なほ《一層》手も足も。[九]なよ竹の虎に《力弱り虎に》かく（斯・書）とぞ。示しける〔状で〕《告げ知らせた》。

もとより虎は恋知りの〔女〕。この身も同じ憂さつらさ《自身も同様に恋人を思う憂苦を》　せめて語り慰《せめて語り合うことで心を》まんに《慰めるために》今宵や行きて[一〇]大磯の。勤めのすきに忍び出で　しやらりしやらり〔雪駄で〕

＊化粧坂の場面は、『曾我物語』十二「手越《てごし》の少将にあひし事」の、虎が兄弟の最後の場所を訪れて後、手越の里に少将を訪ねる条と、四「虎を具して曾我へ行きし事」の、虎が十郎を待ち侘び口説をいう条とを併せ翻案している。

＊一　二人の退場と共に、舞台転換するための三重。

二　「我等たまたま受けがたき人身《にんじん》を受けたりといへども。罪業深き身と生れ。殊にためし少なき川竹の流の女となる。前の世の報まで。思ひやることそ悲しけれ」（謡曲『江口』）。また『曾我物語』十二「少将出家の事」の同種の文辞参照。「人身難レ得。如二優曇花一。」（『涅槃経』二十三）とあるように、人界に生れることの貴重さをいう。

化粧坂

三　遊女の流れ歩く憂き身の上。「川竹」は傾城の異名。浮沈定めないその境涯をいうが、遊女は水辺に居すことが多かったことにもよる。

四　化粧《けしよう》をすると、鎌倉の「坂」の名とを掛ける。扇が谷より深沢・梶原方面に出る坂。坂下に遊女屋があった。

少将、虎に便り

五　五郎の恋人の遊君。『曾我物語』五によれば、五郎は化粧坂の遊君を梶原源太と争い、遊女は十六歳で出家する。『曾我物語』には、大磯の虎の友で十郎に味方し、虎の発心に感じて自らも出家する遊君として、手越（静岡市、安倍川西岸の宿駅）の少将の記事が各所に見えるが、この化粧坂の遊女と、少将とを合わせて五郎の

虎、化粧坂に到着

恋人名とした。
六　「逢う」と「相生」を掛ける。「相生の松」は、一つの根から幹が二つ生え生長すること。相老の意もあり、ここは二人は深く逢いそめ、夫婦のように親密になったことをいう。
七　「松」と「待つ」を掛ける。恋人の来るのを待つその心が、根がはっきりと表に出ているように、寝言にまで現れ出でて。
八　遊女屋の主人。
九　「なえ（萎）」と「弱竹《なよたけ》（細くしなやかな竹）」と掛ける。「弱竹の」は節・世の枕詞であるが、ここは「竹に虎」（諺）の縁で虎の名を引き出すための修辞。竹に虎は画題でもある。
一〇　神奈川県大磯町。「逢う」と「大磯」を掛ける。少将に逢おうと大磯の宿を。「曾我十郎祐成妾大磯遊女（号ㇾ虎）」（『吾妻鏡《あずまかがみ》』建久四年六月）。
一一　「あけぬれば野原の露にしほれつつ、足にまかせてゆく程に……いとゞつらさをかさねつつ、たどりゆく程に手越の宿《しゅく》にぞ着きにける」（『曾我物語』十二）。
一二　娼家店先の格子のある部屋。
＊一三　二人が店先から座敷へ移り、座につくまでの経過を示すヲクリ、舞台転換はない。
一四　堰《せ》く。遊里語。遊女と深い仲の客を、他の客の邪魔になるため、仲を妨げ逢わさぬようにすること。
一五　日文《ひぶみ》といい、恋文を毎日送る。

少将、虎を招き入れる

少将、五郎への思いを述べる

と[一一]露踏めば。鼻緒も濡るる濡れ姿《恋に濡れた艶姿》。化粧《けはひ》。坂にぞ着かれける。

折しも《折もよく》少将まがき[一二]に出。「よくぞ〳〵こなたへ」と　[＊一三]ヲクリ

常の《自分の》へ座敷にともなひて。

「わらは参りて申さんに《私が参上いたしますのに》　お志《〔おこしいただき〕》のほどこそうれしけれ。さて御存じのごとく五郎さまとわれ《私》ことは。いかうわけある挨拶《深い恋仲の間柄です》　ことに《とりわけ》世になき御方なれば《落ちぶれて日陰のお人だから》。心のひがみもあるものと《〔思って〕》。鎌倉方の大名にはふつ〳〵《全く》。逢ひもいたさぬゆゑ。外の勤めのさはりとて。内《店》より堅くせ[一四]かるれど　遣手《やりて》。禿《かぶろ》の。目を忍び。ことつてにてか《伝言によってか》文[一五]にてか　日にひとたびは。音信《おとづれ》を。せぬこととても候はず。身にかへてもいとほしく。ずいぶん立てて候《大切にしていま》

虎、少将を訪れる所

に《すのに》。この四五日は打ち絶えて　御出でとても候はず。文をやりても。返事なし。さだめしこれはみづからに。もたせぶりにてあるらん《気をもたせるふりであるのだろうと》と　すこし憎うはありながら。[一]恋が因果で候へば。なほし《いよいよ》増《ま》しくるゆかしさ《恋しさ》」と　ほろと。泣いてぞ。語りける。

虎も十郎への思いをかこつ

虎も涙を流し「なう恨みも同じ恨み　思ひもかはらぬ思ひなり。みづからも十郎さまとは[二]新造のむかしより。なじみを重ね参らせて[三]指切り髪切り入れぼくろ《「と心を尽し」》。人目も恥もはばからず。[四]いつぞや[五]和田の大寄せにも。[六]一人の母に思ひかへ《たった一人の母より大事に思い》　たんと《懸命に》心を尽せしは中さぬとても《「世間に」》隠れなし。この心底《心根の》のわれなるにこの四五日は何とてか。[七]否諾《いなせ》のよすが《手がかり》も候はず。されども世の中の。男の心はかうしたもの。別《格別の》のこともあるまいに　[八]よしや気づかひしたまふな。[九]起請《きしやう》も[一〇]反故《ほぐ》になるならば。神や仏もいらぬもの　なう。[一一]浮かれ女《め》にまことなし《真実味がない》とはいづこの誰かいひそめし。[一二]あはれかし《ああ是非にも》われ〳〵が　心いき《心ばせを》をお二人に。[一三]押し分けて見せたやな。今にも《「兄弟が」》来たらせたまひなば　いざいひ《さあ二人で口を》

一　恋をしたのが因果。前世の因縁で結ばれている身と観じる。ただし、その因果をむしろ喜ぶ立場。

二　若い遊女。禿《かむろ》上がりで姉女郎に付き、出世して後部屋持ちの遊女となる。近世の遊女の制で鎌倉時代にはない。

三　遊女が二心なき心中を示すのに小指を切って相手の男に送ること。髪を一部切って渡すことも、男の名をその筆蹟で入墨するのも、心中を立てる方法（『色道大鏡』六）。

四　さきごろ。原文「日外」。

五　和田義盛とその一門が大磯で遊君を三十余人集め酒宴を催した（『曾我物語』六「わだのよしもりさかもりの事」）。「大寄せ」は大勢で上がり、遊女も多数呼び遊興すること。

六　和田一門の座に出るよう母が頼んだ時、虎は十郎に義を立て行かなかったことをさす。『曾我物語』六のほか、舞『和田酒盛』などにも描かれ有名な話。

七　「否応《イナセ》」（『書言字考』）。無事か否かの消息。

八　ままよ。よいわい。「よし」は許容すること、「や」は間投助詞。

九　遊女の心中を示すのに誓紙を書いて互いに交わすこと。熊野の牛王《ごおう》の紙背などに書き、神かけて愛を誓う。

一〇　ただの屑紙になる。効果を顕さないで愛情が離れる。

合せて《揃えて》振[一四]らうぞや。まづ盃」と《(言ふ)》夕暮に[*一五]ヲクリたがひの《「恋人への」》〽思ひを語らるる

新開・荒井、化粧坂に急ぐ

かかる折ふし。新開の荒四郎荒井の藤太重宗は。朝比奈が詞の《「脅した」言葉》末《のはしが》　気づかひにて夜が寝られず。「所詮[一六]曾我がゆかりとあらば《兄弟と縁のある者と判れば》　根を掘つて葉を枯らさん。まづ虎少将をたらし《だまし》　ゆかりのあらば尋ねん」と。二人とつくと談合《だんかふ》[一七]し　化《け》粧《はひ》坂にぞ急ぎける。

両人、虎・少将を口説く

はや程もなく着きしかば　案内乞うて座敷に入る。虎少将はこれを見て。やがて《すぐに》座敷を立たんとするを　藤太少将が手を取れば。よれつ《身を寄せ》荒四郎は虎が手を取り「こは情けなし　まづしばらく」と。よれつもつれつしけれども《からまりしなだれかかるが》　虎少将はにこともせず。「はてまづ離[一八]させ御用あらば重ねて《またあとで》」と。また立ち上がるを引きとどめ。「これ女郎衆。総じて遊君は全盛[一九]して。よき客のあまたあるをほまれとするとこそ聞いてあれ。和《わ》御前《ごぜ》[二〇]たちは一風変つて　世[二一]になき曾我の兄弟に心中立ては何事ぞや。いらざる《つまらぬ》素牢人[二二]をふびんがらずと　われ〳〵

一一 本作の三年後上演の『三世相』三に「傾城に誠なしと世の人の申せども。それは皆ひがこと訳知らずの詞《ことば》ぞや」で始まる遊女の誠と嘘の論は有名。
一二「あはれ」に強意の終助詞「かし」のついたもの。強い願望を示す。
一三 真実の心の中を、胸を押し開いてでも見せたい。
一四 嫌って相手にしない。振りすてる。ここは振る真似をすること。
*一五 二人で盃事をしたり会話する体で、時間の経過を示すヲクリ。
一六 考えあぐねた末、結局以下の結論になる。
一七 相談し。
一八 お離しになって。「さ」の節章がノム記号なので「離さンせ」と聞える。「んす」は尊敬の意を表す女性語。
一九 客が多く、流行《はや》ることをいう。
二〇 あなたたち。親しい女などの呼称。
二一 時に合わないで落ちぶれている。
二二 職を離れた人（侍と限らぬ）を牢（浪）人というが、「素」は「まったくの」の意で軽侮を表す接頭語。

にねんごろ《情を通じなされ》あれ。これ　これなるは荒井の藤太といふ人。某は《わしは》聞きも及びたまはん新開の荒四郎といふ者なり。御身たちの[一]意気地《いきぢ》次第。八幡《神かけて》[二]根引きにするきざし《つもりだ》」と[三]鬢《びん》搔き。撫でてぞ申しける。

虎くつ〳〵と吹き出だし。「もつともかし《仰せはごもっともですわ》皆さまは御大名さうな《お大名のようですし》殿はよし《男ぶりはよいし》。[四]何暗《くら》からず見ゆれども。われ〳〵は異な物好きに《一風変った物好きで》て　[五]馬鞍見苦しき曾我殿が。たんと《大変》いとしく思はれて　大名はきらひなり。[六]外をかせぎ見たまへ」といへば　藤太聞きもあへず《聞きもおわらず》。「さて〳〵ひよんな《とんでもない》物好きかな。大名がおきらひにて牢人がすきならば。易いこと　身どももおいとま《〔主君に〕》申し牢人いたし。君に思はれ申さん」といだきつけば　振りほどき。「エエ[七]あた軽薄《げいはく》な　なう虎さま。よしない《くだらない》相手になりたまふな」といへば　虎も顔をあかめ。「[八]しや《まあ》ほになま見られぬ《ほんとにみっともない》」と振り切つて立つを　両人《〔虎・少将を〕》とつてねぢ据ゑ。「何なま見られぬとは誰《た》がことぞ。金銀出して買ふからは　見たうなくとも見させてみせん。さあ。ひくとなりとも《ほんの少しでも》動いてみよ」と太

一「意気地」は情や面目を立て通す気構えなどをいう。ここは、自分を愛してくれるその気持次第では、の意。
二 遊女を金を出して請け出すこと。身請。
三 耳の上あたりの髪。髪をつくろい色男ぶるさま。

二人、虎・少将に振られ鬼王の出現に逃げ出す

四 何事にも通じているように見える。ここでは遊里の遊びの道にも明るい、の意。
五 曾我の貧乏は有名。「あの十郎殿の。馬鞍見苦しきていにて曾我よりも是までの宿《しゅく》がよひを。思ひとゞまり給へと」(舞『和田酒盛』)。
六 ほかを当ってごらんなさい。「かせぎ」は稼《かせ》ぎで、ここは色事で相手を熱心に求めること。
七 追従きわまりないの意。「あた」は嫌悪の意を込めてその程度が甚だしいことを表す接頭語。
八「シヤほんに」の約《つづ》まった形。シヤは感動詞。「なま」は接頭語で、未熟な、いい加減な、浅いなどの意。みっともない、見てはおられぬ。

刀に手をかけぎぎめけば《威勢を見せ力めば》。宿屋一家は肝を消し「こはいかに」とさわげども。二人が[九]擬勢《ぎせい》に恐れ　うろたへまはりゐるところへ。鬼王形見を持ち涙とともに来たりしが。この体を見て「何事ざう《何事でござる》」と問ふ。亭主ふるひ〳〵あらましを語る　鬼王聞きもあへず。「いや推参なり《無礼なり》狼藉者《らうぜきもの》」と　する〳〵と駆け入り。飛びかかり両人が[一〇]髪束《かんづか》つかんで引き伏せ。「方々は歴々さうなが《あなた方は身分のある侍だそうだが》[一一]人体《じんたい》にも似合はず。何ぞ女わらべを捕へ　[一二]尾籠千万《びろうせんばん》見苦しし。堪忍ならぬことあらば某が相手にならん」と　太刀ひねくつてはつたとにらむ。思ひよらねば両人肝をつぶし　むず〳〵と起き。鬼王が顔を恐ろしさうにうちまもり。「さて〳〵世にはきようがる《風変りな》者あり。身にもかからぬことに《自分にもかかわりのない》　づなう《とてつもなく》力《りき》む男かな。もつとも《もちろん》[一三]仕様《しやう》は多けれども　ここはいうてもところわるし《何といっても廓で場所がわるい》。あのやうな無法者には　[一四]かまうていらぬものなり」と。座敷を立てば「いやこれお侍。無法者は相手にならぬか　それはひけて《ひるんで》見ゆる　[一五]これさ。〳〵」とわめけども　聞き入れもせず[一六]つぶやき

九 威《おど》しの恰好《かっこう》。

＊ 鬼王登場。

一〇 髪を束ねたところ。髻《もとどり》。

一一 人品。人柄。

一二 無作法が甚だしい。

一三 やりよう。手段。鬼王への対し方は幾らでもあるが。問題ともせず打ち勝つけれども、の意。

一四 「構うていらぬ」、相手にしてほしくない。「かまうていられぬ」と言いかけて、弱気になり言い直したものであろう。

一五 これよこれよ。「さ」は感動詞について強める語。

一六 言訳めいたことをぶつぶついって。

鬼王、兄弟の死を報告

て。足早に帰りしを[*一]ヲクリ笑はぬへ者こそなかりけれ。

さて鬼王は虎少将に近づきて。兄弟の人々討死の次第を語れば「やれそれはまことか　悲しや」と。そのままそこに倒れ伏し　声も。惜しまず泣きたまふ。

鬼王、嘆く二人をはげまし敵二人の後を追う

涙のひまより《涙の間から》虎少将。「なう神ならぬ身の悲しさは　かくとも知らでさま〴〵に。恨み申せし《［先程］》はかなさは《その愚かしさよ》　アア浅ましや夢ばかりも《ほんの少しでも》知るならば。一所にこそは死せずとも　何しに浮世にながらへん《どうして一人この世に生きていようか共に死んだものをと》」と。いひもあへず鬼王が腰の刀に取りつくを　押しとどめ「こはいかに《これはどうじゃ》。もつとも《なるほど》御嘆きはことわりなれども《もっとものことではあるが》。われ〳〵さへ御最期の御供を許したまはず。まして女性《によしやう》の御身といひ。[二]まことさほどに思《死ぬほどに深く》し召さば　御発心まし〳〵《お慕いになるのならご発心なさいまして》。ながく御跡弔《とぶら》《永くご菩提を》はせたまへ」とさま〴〵になだめつつ。「さてわれ〳〵は御形見を持ち　曾我へまかり帰るところに。朝比奈の三郎殿よりかやう〳〵の御状ゆゑ。新開重宗というふ者を討たんため　道より《途中より》帰りて候。近ごろ御難儀ながら《はなはだご面倒ながら》　この

*一　敵役二人の退場のヲクリ。

二　まして女性の御身でもあるし決して後を追うことをお許しにならない。とあるのを省略し、文が流れた形。

三　諺。せっかくの好機を何も得ないで帰ること。「徒生徒死シテ無キハ二一モ可キコト一レ獲、如下入リテ二宝山ニ一空シウシテ手ヲ而帰ルガ上、深ク可シ二傷嘆ス一」（『摩訶止観』四）。「是や、宝の山に入りて、手をむなしくする風情なり」（『曾我物語』八）。

四　阿修羅の略。梵天《ぼんてん》や帝釈《たいしやく》と戦闘をする鬼神。

五　天子魔の略。第六天の魔王。名を波旬《はじゆん》といい常に仏道の障礙《しようげ》をなす。

六　地獄の鬼卒で頭が牛の形をなすものと、馬頭の形をなすものがある。

七　「小歌こしかたより。今の世までも絶えせぬものは。恋といへるくせもの。げに恋はくせもの。くせものかな。身はさらさらさら、さあら、さらさら、さらり、恋こそ寝られね」（謡曲『花月』）。南北朝・室町

に流行した小歌。『閑吟集』にも所収。
八 迷いの深い淵となり、心痛める思いの山となる。「誰踏み初めて恋の路、巷《ちまた》に人の迷ふらん。名もことわりや恋の重荷。げに持ちかぬるこの身かな。それ及び難きは高き山。思の深きはわたつ海の如し」（謡曲『恋重荷』）。
九 「筑波嶺の峰より落つるみなの川恋ぞつもりて淵となりける」（『後撰集』十一）。
一〇 浮寝して所在なくかき鳴らす琴の憂き音の曲調、それは悲しくもさびしいもの。その調べに引かれて、引（弾）く手あまたに遊客は群がり寄るが。浮寝に憂音を掛ける。「浮寝」は、遊女の流れの身で如何なる客とも行方定めぬ波枕を重ね、はかない辛い夢を結ぶ、の意。
＊ 形見の駒を曳《ひ》いての虎少将の道行。虎と少将が形見の品を取り持ち、曾我の母を訪ねる趣向は謡曲『祝子《はぶりこ》曾我』（別名『文割《ふみさき》曾我』）に拠る。また、虎が馬を曳いて行くところは『曾我物語』十一「虎が曾我へきたる事」に拠り、同じく悉達《しつた》太子《たいし》の故事を引いての愁嘆場面は『曾我物語』九（「悉達太子の事」）鬼王団三郎が馬を曳いて帰る場面の描写などを併せ用いている。この道行冒頭の「さりとて。も」を「狂女出端」といい後の作でも語られた。人形が舞台に出てから語り出す時に用いる（『当流浄瑠璃小百番』）。

虎・少将、馬を曳いての道行

馬と。御形見の品々曾我へ送り届けてたべ。片時《へんし》も早く某は　鎌倉へ立ち越えて。二人のやつばら討ち申さん」と語りもあへぬ《語りも終らぬうちに》に虎少将。「ならその荒四郎藤太とは　ただいまの両人よ」。「なにただいまのやつばらが新開荒井めなりけるとや。さて口惜しや腹立ちや天の与へを知らずして。やみ〳〵《むざむざと》と遁《のが》せしかや　[三]宝の山に入りながら。手を空しうとはこのことぞ　いまだ遠くはよも行かじ《まだ遠くへはよもや行かないだろう》。追つかけ討つて本意を遂げん《本望をとげよう》　思へば。〳〵無念や」とをどり上がり飛びあがり。跡を求めて駆け出づる。その勢ひは[四]修羅[五]天魔。げに[六]牛頭馬頭《ごづめづ》の鬼王やと　さて恐れぬ。者こそなかりけれ

虎少将道行　三段目

[七]さりとて。も《何とまあ》　恋はくせもの《恋とは心狂わすあやしいもの》。みな人の《人皆が》。[八]迷ひの淵や気の毒の。[九]山より落つる《山より落ちる川竹の流れの身》。流れの身。[一〇]浮寝の琴の。調べかや。引く手あまたに

しげけれど。思ひ出だすはかの一人《あの人ただ一人》。なう恋しゆかしの[一]念力も。かひなきやさき《（や・矢）》に立つ石の。虎御前少将は 形見の駒の口を取り。妻ゆゑ沈む身の行く方《憂いに沈むこの二人の行く末は》。[二]思ひやられて。あはれなり。[三]悉達太子《しつたたいし》に別れにし。[四]車匿童子《しやのくどうじ》がいにしへは《古のその話は》。[五]檀特山《だんどくせん》の岨《そは》づたひ。[六]犍陟駒《こんでいこま》の[七]諸手綱《もろたづな》。もろき涙《はかなく心くじける涙にくれたというが》にくれけるも。それは生きての別れぞや わが身の憂さにくらぶれば。立つもお《高さも》よばぬ富士の山。裾野の原《あの富士の裾野の原の草葉の陰に兄弟は隠れ》の。草がくれ。露の底に《草に結ぶ露の下に》や 兄弟の亡骸《なきから》のおはすらん。あの[八]藤沢に鳴く雁も。[九]やよや哀れを知るならば。[一〇]翼につけん一筆を 伝へて。

富士を望みて曾我への道行

一 思い込んだ一念。李広が叢中の岩を虎と思い射た矢が、岩を貫いた故事（『曾我物語』七）による諺「念力岩を通す」を下敷とする。昔の人は念力で岩をも射通したというが、それに劣らぬ一念も甲斐がなく逢えず、虎御前は先に立ち。虎ケ石（大磯宿にある石占の遺風を遺す石の名）に因《ちな》んで「矢先」「立つ」と表現する。

二 「たがひの心の内、さこそはかなしからめと、思ひやられてあはれなり。……これや悉達太子の、十九にて菩提の心ざしをおこし、檀特山に入たまひしに、車匿舎人《とねり》、犍陟駒を給はり、王宮へかへりしおもひ」（『曾我物語』九）。

三 釈迦の出家以前の名。

四 仏が出城の時の馭者。闡鐸迦《せんだか》。

五 北インド、犍駄羅《がんだら》国にあり（『西域記』二）、悉達太子が苦行をした山と伝える。

六 金泥駒。梵語の犍陟《けんたか》を訛《なま》り金泥《こんでい》と当てる。太子出家の時の乗馬名。

七 左右両方の手綱。「もろき」と頭韻をふむ。

八 相模国藤沢の宿。

九 呼びかける声。やいやい。

一〇 蘇武の雁札の故事を踏まえ、冥途にある二人に手紙をことづけてほしいと願うはかない気持。

暮《(呉れ)》れの門[*一一]説経鐘[一二]の声。寂滅[一三]。為楽《ゐらく》とひびけども《菩提を勧め響くが》　輪廻《りんゑ》[一四]の。花[一五]は散りもせ。ず。いつか火宅[一六]の。門《かど》をさへ　伊豆《(出づ)》の。三島に塩木《しほき》[一七]とる。浦の煙の《その浦の塩焼く煙の》。一[一八]むすび。また二むすび。よれてもつれて。解けて乱れてなびき。大《(逢)》磯君[一九]よ《(来)》小磯の道《道すがら思うは兄弟のこと》。すがら　さりし。夕べのころまでも。ここを通《この道をあの人は通って来たのだわ》ひて来にけらし。障りありやと《遅れて邪魔が入ってはと》　たそかれは《日も暮れだすと》。さこそ駒をも責めて《さだめて馬に鞭をあて急がせて》さて《まあ》。「アアこの駒よ〳〵。汝《なれ》も心のあるならば。鞭《むち》を打たれし恨みをも。今は形見と思はずや《思い出のよすがと思わぬか》」と　二人手綱にすがりつき。くどきたまへば《(馬も)》さすがげに《本当に》　聞き入りたりし風情にて《聞き分けたような》　諸膝《もろひざ》折りて身ぶ

*一一「花は散りもせず」まで、間の山節。伊勢の間の山で念仏調の歌を唄う袖乞いの芸から始まり、三味線、簓《ささら》または胡弓《こきゆう》を用いて芸人が門付けして歩いた。哀傷味のある曲節だけに、追善の場で多く用いられる。

一二「ゆふべあしたの鐘の声、寂滅為楽と響けども、聞きて驚く人もなし、花は散りても春は咲く、鳥は古巣へ帰れども……」という間の山の文句を用いる。

一三 一切の煩悩世界を離れた涅槃《ねはん》の境地が真の楽しみの境界と説く。「晨朝《じんでう》の響は。生滅滅已。入相は。寂滅。為楽と響きて菩提の道の鐘の声」（謡曲『三井寺』）。

一四 業深く三界や六道を流転すること。ここは業深く夫への想いを断ち切れぬこと。

一五 執心の花（仇《あだ》し心）はいつまでも散らずに残る。

一六 三界に流転する生死を、火災に遭い焼けている家に譬える（『法華経』譬喩品）。

一七 塩を焼くための薪。火宅の縁語。

一八 煙のひとむら。このあたりの語彙は煙のさまを恋のイメージでつなぐ。

一九 大磯の君（虎）よ「来い」と呼びかける言葉、大磯の西隣にある宿駅小磯とを掛ける。或いは「恋の道」の意も含めるか。

るひし。頭《からべ》をうなだれ耳を伏せ　黄《き》[一]なる《血の》。涙を流しつつ。主《しゅう》の別れを嘆きしは。人間物を知らぬなり《動物より却って人間が情を解さない》。秋霧[二]の。立野の駒を引く時は《君恋し》。心にのりて恋しさの《の思いが心をしめる》　昔語《がた》りとなりし世に《その恋慕が今だのに》。誰[三]が玉づさの箱根山。まだき[四]時雨《しぐれ》の椎柴《しひしば》も。涙に染めて赤沢山[五]　鎌倉山の。谷々《やつ》も　影気[六]《け》おさるるか。愛鷹山《あしたかやま》。刈[七]る藻《も》かくなる。伏猪《ふすゐ》の床に　石の枕や苔《こけ》むしろ。二人かはさば憎からじ《恋人と二人で交わすのならむしろ楽しい》。待つ人もたぬ徒歩路《かちぢ》の旅。すずの篠《細竹の》原真葛《まくず》が原《はら》　小菅。蓬生《よもぎふ》玉かづら。押し分け。掻き分け　しどろもどろに《よろよろと》。しるべなく《道案内とてなく》。主《ぬし》なき駒の。[*八]小ウタ馬方いやよ　ほほん〱ほ《手綱取り馬を引いてゆくのはいやなこと》。ほんに〱〱穂[九]に出でて。逢ふ夜もあり〱[一〇]《はっきりと》。鞠子《まりこ》川《がは》。

その埋[一一]れ木の埋れゆく。身の果ていかにわびしさよ。(虎)「御身とてもわれとても。花ならば初桜　月ならば十三[一二]夜。さかりに足らぬ身を《まっさかりの前の》持ちて　思ふ人には添ひもせず。かかる憂き目を見ることよ」。(少将)「これも誰ゆゑむらさきの《この苦しみも誰のせい》　一[一三]本《ひともと》ゆゑのゆかりぞや」。(虎)「嘆きたまふな」(少将)「嘆かじ」と　いさめられてはいさめつつ《二人は》。「水漏らさじと《肌と肌を》。しめて

一　「黄成涙を流し、前膝折って敬まひしは。人間物をしらぬ也」(延宝版『おぐり判官』二)。「馬黄なる涙を流して膝を折り、高声に嘶《いば》へけり」(『曾我物語』七)。「望雲騅《ばううんすい》は膝を折り。黄なる涙を流せば」(謡曲『項羽』)。

二　「あき霧の立ち野の駒をひく時は心にのりて君ぞこひしき」(『後撰集』七・詞書も参照)。「立野」は武蔵国都筑郡の旧郷名。御牧があった。

三　一体誰宛の恋の玉章《たまずさ》を入れた箱というのだろう。

四　常より早く時雨が椎柴(喪服)をぬらし、悲しみの涙が濡れ添うて袖が赤く染ってみえる。

五　静岡県賀茂郡の東部の山。曾我兄弟の父河津が殺された所。

六　その影(山容)も愛鷹山の前には何となく圧倒され薄くなる。「愛鷹山」は静岡県駿東郡にあり、富士山の南方にある山。「気」と「蹴」、「愛」と「足」は掛詞。

七　「刈藻かき臥猪の床のいを安みさこそ寝ざらめかからずもがな」(『後拾遺集』十四)。猪が寝床にするため枯草を掻き集める。「刈藻かく」は猪の枕詞にも用いる。

*八　流行唄。「千両とるともしい〱馬方いやよほほん〱ほ、馬方いやよい〱腰には馬びしやく……」(天和二『弁才天利生物語』五・『松の葉』二)。

九　思いが表面に現れること。

一〇　蹴鞠《けまり》の掛声「あり」「ありあり」を掛ける。「鞠子川」は富士山から発し相模湾に入る酒匂《さかわ》川のこと。

寝し　その《その男達の》移り香も残るや」と。袖より袖に入れかはし。手に手を取りてゆくほどに　曾我の。里にぞ*[一四]三重〽着きたまふ。

わきて《とりわけ》あはれを。とどめしは曾我兄弟の母上なり。祐経を討たんとて　二人狩場へ出でしより。今日二十日にあまれども《以上になるけれども》　とからの《あれこれ何の》便りあらざれば。しばし《少しも》まどろむ隙《ひま》もなく　[一五]明くれば「十郎恋しや」。暮るれば「時宗恋しや」と　待つ精力《せいりき》も弱りはて《根も尽きはて》。万事かぎりの《手の施しようのない》病《やまふ》の床　頼み《望み》。すくなくなりたまふ。

[一六]二の宮の姉御前。女房たちは集まりて　さまぐ\に看病し《(姉)》。「富士の《富士での》御狩《頼朝公の御狩も終ったよし》も過ぎぬるよし。やがて《すぐに兄弟も》めでたく帰りたまはん　御心安かれ」と。すかし慰め申せども《力づけようとなだめお慰めするのだが》　八十《やそぢ》に近き老いの波[一七]。打ち伏しもの《皺の多い顔を伏せて》のたまはず*[一八]ヲクリ守りゐるより外ぞなき《人々は老母を見守っているほかどうしようもない》。

かかるところへ虎少将。門外にたたずみて　涙ながらに案内《あない》乞ふ。折ふし二の宮の姉出でたまひ。「案内は誰《た》そ」と見たまへば。あて《気品の》

一一 水中に永く埋もれ石のようになったもの。鞠子川の川底の埋れ木のように、かえりみられない。

一二 陰暦九月十三日の夜。八月十五夜に次ぐ名月の夜。しかしここは十五夜の直前の月の夜。一三 あの人ただ一人との縁からであるよ。「紫の一本ゆゑに武蔵野の草はみながらあはれとぞ見る」(『古今集』十七)。

*一四 道行が終り、場面転換を示す三重。

曾我の里

兄弟を恋いわびて重病の母

一五 「明れば次信恋しや、暮ば忠信恋しや恋しく\との給ひし恋風や積るらん、さて定業や来たりけん、一日二日とすぎのまど限りの床にふし給ふ（舞『やしま』）と「母御は兄弟の空敷成《むなしくなり》給ひけるとはしろしめさず。只明暮恋し床しと斗《ばかり》にて。今は病の床に伏沈み御座候間」（謡曲『祝子曾我』）とを合成している。

二の宮の姉たちの看病

一六 兄弟の姉。二宮太郎に嫁す。

一七 「波」は皺《しわ》。「打ち」を言い起すための修辞。

*一八 人物登場のヲクリ。曾我一家の愁嘆の情景の中に虎少将登場する。

虎・少将、兄弟の死を報告

や《ある》かなる女房の　しほ〳〵として申すやう。「これは大磯の虎　化《け》粧坂《はひざか》の少将と申す者にて候が。御兄弟の人々　敵祐経を討ちは討たせ侍《さぶら》へども。かやう〳〵の次第にて　つひに空しくなりたまふ《お亡くなりになりました》。御形《お形》見を取りもちて《見の品を持ってこうしてここに》」と　いひもはてぬに姉君は。「なに兄弟は討たれしとや　それはまことか悲しや」と　前後も《前後不覚になって》。わかず泣きたまふ。

二人、母君への面会を乞う

二人も涙にくれながら「げに御道理われ〳〵も。[一]かやうに様を変へ参らせ《このように剃髪い》《たし》　これよりいかなる山《寺》にも入り。香花《かうげ》[二]を取り御菩提《ぼだい》を。弔《と》ひ参らせたき心ざし　それにつけ《それにつけても》。はばかりながら《恐れ多いことながら》御兄弟の御形[三]見に。母君さまの御顔ばせ《ご容貌を》。一目拝みたう候が《拝みとうございますが》」と思ひ。入れて望《深い思いをこめて》みける。

二の宮の姉、二人に烏帽子直垂を着せる

姉君感じ入りたまひ。「まことにおの〳〵の御事も　かね〴〵聞きは及びしが。聞きしにまさる人々の心中《貴女たちの真心》。返す〳〵《ほんとうに》も頼もしけれ。もつとも《いかにも》母君に逢はせたう候へども。兄弟を恋ひわびて　今をかぎり《臨終の有様で》に候に《すのに》。かくと知らせしものならば　なか〳〵《到底》命も候まじ。さり[四]し

＊曾我の母が兄弟の死をいまだ知らずにいて、そこへ虎少将の二人が訪ねてくる局面は、謡曲『祝子曾我』に拠る。

一　三七頁挿絵の馬を曳く二人の図でも髪を結わず下げ髪にしているが、六〇頁挿絵の少将の図に見えるように、本来腰の辺まである長い髪を背のあたりで切っている。「なき人々の御筐《かたみ》に。母御を一目みまいらせ。扨《さて》其後はさまをも替《かへ》。御跡弔ひ参らせむと」（謡曲『祝子曾我』）。

二　仏前に供える香や花。「香花カウゲ」（『運歩色葉』）。ケと清音の読みもある。

三　死んだ兄弟を偲ぶよすがとして。

四　「さればとてかた〴〵の御志を空しくなさんもほいなかるべし。や。思ひ出たりかた〴〵を。兄弟の人々と偽り。母御に合せ申べし。是に御形見のゑぼし直垂の候是をめされ候へ」（謡曲『祝子曾我』）。

五 寝殿造りで表門と寝殿の間にある門。「二りやうのもののぐとり出し、二人のよめにきせ申《まうし》、中門にたたせ、つぎのぶまゐりて候ぞ、忠のぶまゐりて候ぞ、なふちちごぜと申時《まうすとき》、今をかぎりの庄司どの、かつぱとおきさせたまひて」（舞『やしま』）。

*六 二宮の姉、二人を待たせ、内に入る所作。

二の宮の姉、母君に兄弟の帰宅を告ぐ

＊ 虎少将、老母の枕許に来る。

母君、二人に敵討の様子を聞く

ながら　おの〱の望みもむげになしがたし。さていかがせん　何とか」と。しばし思案したまひしが。「オオ思ひつきたり」　ありし世の。形見の烏帽子《ゑぼし》直垂《ひたたれ》を。虎少将に打ち着せて「しばらくここにましませ」と。中門[五]にたたずませ　ヲクリ[六*]やがて奥に。走り入り「なう兄弟こそ敵を討ち　祐成帰りて候は。時宗帰りて候」とまことしやかにのたまへば。重き枕をかろ〲あげ「なに兄弟が帰りしとや。さても〱うれしやな　とく〱これへ〱」とて。身のいたはりも打ち忘れ　勇みたまふぞあはれなる。

昼さへうとき。老いの目の。たそかれ過ぐるおばしまの。ともしに顔をそむけ　心までくる憂き涙。おしうつぶいてぞゐたりける。

母うれしげに「珍しの兄弟や。つひに便りもなかりしゆゑ。もしは狩場の流れ矢にもあたり　あやまちばししたるかと。案ぜし憂さの病となり　時を待つ間のわが命。ながらへしかひありて　敵討ちての対面は。もはや死しても本望《ほんまう》ぞや。さすがは父の子にてあり。

かしながら　無駄には出来ない　何か　考えはと　二人が元気　で装っていた　ここに　いらっしゃい　重病の身をかるがると起し　（母）　自身の病　気も　昼間でさえよく見えない老人の目のこと　まして黄昏すぎの誰彼判らぬ時刻　縁の欄干の傍の灯火　に虎少将は顔をそむけ　心にせきくる悲しみの涙を押えて　久しぶりの　一度も　もしや　怪我でも　心配し悲しみのあまり病気になり　今は死期を待つだけの　［でも］　敵を討ってくれて　かく会えた上は

オオでかしたり〳〵。やれ　とてものことに《おなじことなら》祐経を討つたる体《てい》を語り。母をも慰め　かつはまた。冥途《めいど》にまします河津殿[一]にも手向《たむ》け　黄泉《よみぢ》を照らし参らせよや」と。持仏堂の戸を開き「はやとく〳〵」とぞ望まるる。

むざんなるかな人々は《気の毒にも虎少将の二人は》。御面影も忘れ[二]　形見の母の仰せを重んじて。「はつ」と答へて立ち上がり　聞き伝へしをしるべにて《鬼王よりの聞きつたえをたよりに》。狩場の小野の物語《狩場の野での物語を始める》ヲクリ[三＊]聞くに〽袂も濡れぬべし《聞くにつけきっと袂も露ならぬ涙で濡れてしまうだろう》

虎少将十番斬

さるほどに建久四年[四]　五月雨《さみだれ》の。あやめもわかぬ《物の模様も区別出来ない》暗き夜に　〔兄弟は〕今宵かぎりとしらま弓[五]。引き返さじと一筋に《一途に》　思ひさだめて祐経が。狩場の庵《いほ》に忍び入り　松《松明を》ふりかかげ見てあれば。ツレ〔祐経は〕宵の酒宴に酔《ゑ》ひ沈み　前後も知らず《正体もなく》伏したりけり。大夫浮き木[六]の亀や優曇華《うどんげ》の　二人花待ち得たる心地して　兄弟思はず打ちうなづき。につこと笑

＊ 全体的には舞『十番切』を用い、また『曾我物語』九の「十番ぎりの事」や舞『夜討曾我』の文辞も用いてこの節事を作っている。大夫とツレ語りの二人の掛合。

一 （無念の死を遂げた）父河津殿の霊にも供しお慰めし、黄泉《よみ》（冥途）の幽冥をよろこびの輝きでお照らし申し、成仏させてあげよ。

二 「御面影の御形見に。母御を一目見参らせ」（謡曲『祝子曾我』）とやってきた虎少将ではあるが、面影を求める当の兄弟に成り代れと言われて恋人のことを一時忘れ、その人々に成ったつもりで懸命に。

虎・少将、狩場の語り

＊三 十番斬の仕方語りをいよいよ始めるという、位の変るヲクリ。

四 「時しもころは建久四年。五月半の富士の雪。五月雨雲に降り交ぜて」（謡曲『小袖曾我』）。

五 白い檀《まゆみ》の木の弓。上からの掛詞と「引き」を出すための修辞。「夢ならば覚めなん現《うつつ》とも白真弓。引きは返さじ〳〵富士の高嶺に必ず名を上げて」（謡曲『元服曾我』）の文辞を用いるが、今宵限りと「知らず」でなく「知り」の意に掛けて近松は用いている。

兄弟、祐経の寝所に至る

六 相あうことの極めて稀《まれ》な譬え。一眼の亀が海の浮木の孔《あな》にあうことの難きように、また優曇華の三千年に一度だけ花咲くという機会に巡りあうことの難きように、仏や妙法にあうことの難きをいう（『法華経』）。

うて立つたりし　心の内こそうれしけれ

祐経を討つ

大夫されども寝《い》ねたる敵を討つては　死人を斬るにことならずと。「いかに祐経。曾我兄弟の者どもなり親の敵見参せよ《出会え》」と。呼ばはる声に〔祐経〕目をさまし　七起き上がらんとするところを。弓手《左手の》の肩より馬《め》手《て》の《右手の》あばらのはづれまで　はらりずんど《すっぱりざっくと》斬りつけた。ツレ時宗すかさず諸脛《もろすね》なぎ。二人「八二十余年の秋の風　今吹き返す葛の葉の。恨みはつきじ」《二十余年もの歳月秋風にうたれたが今風に吹き返され裏を見せる葛葉のようにこの遺恨はつきぬ》と飛びあがり　をどりあがつて斬るほどに。九歩みの板に斬りつけて《勢い余って踏み板まで切りつけたその後》門外に駆け出づれば。「すは夜討こそ入りたれ」《それ夜討の勢が攻め込んだぞ》と一〇上へ下へと返しけり《上下がひっくり返るほどあわて騒いだ》。

十番斬 (一)

ツレかかるところに「武蔵の国。一一大楽《たいらく》の平馬助」と名乗つて「ものものし《仰々しい》曾我殿ばら。参り候《ざふ》《参るぞ》」といふままに《言うやいなや》。四尺あまりの大太刀さしかざしてぞ出でたりける。大夫「祐成これにありや」一二とて。小柴《小柴垣》の陰よりつつと出で　一文字に斬つてかかる。ツレ詞には似ざりけり。一三かいふつて逃げて行く。大夫「まさなう候《見苦しゅうござる》平馬殿。いづくま

七「おきんとしける所を、助成是にありやとて、もつてひらひてちやうどうつ、弓手《ゆんで》のかたから馬手《めて》のちの下へ、はらりずんどきつた」（舞『夜討曾我』）。

八「聞けば昔の秋の風。うらむらさきか葛の葉の。かへらば連れよ妹背の波」（謡曲『女郎花』）。「なにを嘆くぞ葛の葉のうらみはさらに尽きすまじ」（謡曲『葵上』）。「秋風」「返す」「葛の葉」「うらみ」は縁語。

九「五郎が太刀はつるぎにて畳二でうらがへし、あゆみの板に切りつけ……」（舞『夜討曾我』）。「歩みの板」は寝所に設けてある踏み板。警戒のため響くようにしてある。

一〇「前後ふかくにひしめひて、うへをしたへぞかへしける。され共一番にたいらくの平馬のぜうと名乗つて」（舞『十番切』）。以下両者同趣の文辞が多い。

一一『吾妻鏡』に「平子野平右馬允《じよう》」とあり、『曾我物語』九には「武蔵国の住人大楽平右馬助」とある。「大楽」は東京都八王子市大楽寺か。

一二「や」は感動詞。「曾我の十郎是にあり、うけて見よと言ままに、こしばのかげよりつつと出て」（舞『十番切』）。

一三うつむいて低くなって。「右馬助、ことばにはにず、かいふつてにげけるが」（『曾我物語』九）。真名本には「昇伏」とあり「かきふし」であろう。

で」《逃さじ》と打つ太刀に。二人押付《おしつけ》[一]のはづれより　かいかねかけて《肩胛骨にかけて》斬りこまれ。よろり〱と引きにける。大夫ここに平馬が姉聟《あねむこ》「愛甲《あいきやう》[二]の三郎」と名乗つて出た。ツレ五郎莞爾《くわんじ》と打ち笑みて。「紫燕《しえん》[三]は柳樹《りうじゆ》の枝にたはふれ。大夫白鷺《はくろ》は蓼花《れうくわ》の陰に遊ぶ」と二人笑ひながら斬り払へば。弓手《ゆんで》の腕《かひな》を打ち落され　あとをも見ずして入りてげり。ツレこれを見て安房の国。安西[四]の弥七郎　十郎目がけて渡しあふ《斬り合う》。大夫「さしつたり《おお心得た》」と声をかけ。ツレ一打ち。大夫二打ち。ツレ打つ。二人太刀の音も《太刀音も高く響いた》高紐[五]のはづれより《と思うと鎧の高紐の端から》。草摺《くさずり》[六]三間切り落され《三段目にかけて》。犬居[七]にどうとまろびしは　ふびんなりけり　あさましし。

大夫浅間の嶽《だけ》か信濃《しなの》なる臼杵《うすき》[八]の八郎景信　時宗に。打つてかかる。ツレ「得たりやかしこし《おおよい仕合せ》　あまさじ《とり逃がさじ》」と。二人南無阿弥陀仏の拝み打ち《拝み切り》。真向《まつかう》[九]二つに割りつけられ《断ちわられ》　夕べの露とぞ。消えにける《無常にも死んでいった》。ツレ五番に御所の黒弥五[一〇]「ここをばわれに任せよ」と。いかめしげに駆け出づる《大言吐きいかにも強そうに》。大夫「請け取つたりや《合点じゃ》」と祐成。二人横に払ふ車斬り[一一]。四十

一 鎧の押付板。鎧背後の上の方。

二 三郎季隆と称す。「愛甲」は神奈川県厚木市内。

三 燕《つばめ》は柳の枝に飛びかい、鷺《さぎ》は蓼《たで》の花陰で遊ぶ。共に似合いの相手を選ぶ譬え。「紫燕は柳樹の枝にたはぶれ、白鷺は蓼花の陰にあそぶ。かやうの鳥類までも、おのれが友にこそまじはれ。御分《ごぶん》たち相手には不足なれども人をゑらぶべきにあらず。時致が手並の程見よ」（『曾我物語』九）。

四 千葉県館山市内。「此《この》つぎに（十一番目）安房国の住人安西弥七郎となのつて」（『曾我物語』九）。

五 鎧の胴を釣る紐。綿嚙《わたがみ》（肩の部分）につく。「高紐のはづれへ切先《きつさき》を打こまれ」（『曾我物語』九）。

六 鎧の胴の下に垂れる板。前後左右に一枚ずつ垂れるが、それぞれ五段の板からなる。「三間《げん》」はその三段目。

七 犬が座るような姿勢で、尻もちをつき両手を地につけるさま。

八 『曾我物語』では十番目に「日向国の住人臼杵八郎」とし、舞では「九番につくしむしや、うすきの七郎もろしげ」とする。近松は「あさましし」を受けて「あさま」を出し信濃の人とした。臼杵氏は豊後《ぶんごの》国海部郡臼杵庄を本拠とする。

九 「臼杵八郎おしよせ、五郎にわたりあひ、まつかうわられて、うせにけり」（『曾我物語』九）。

一〇 『曾我物語』彰考館本に「御所の近習くろやの弥五郎」とある。頼朝の近習。『曾我物語』は五番、舞

あまりの髭男。二つになつて見えければ　敵も味方も一同に。「さつても《さても》斬つたり切れ物かな《名刀かな》　[一二]いや〳〵」どつとぞほめにける。

大夫とよみもいまだやまざるに《どよめきもまだやまないうちに》　駿河《するが》の国の[一三]岡部の三郎。ツレ遠江《とほたふみ》に[一四]原《はらの》小二郎。二人一疋つれたる唐獅子《からじし》の牡丹《ぼたん》にすだく《集まりさわぐ》ごとくにて。す《隙》きをあらせず《をあたえないで》兄弟に　稲妻よりなほ早く。煙を立てて《土煙をたてて》。飛んでかかるを　ひらりとはづし　はつしと受け。ひらり〳〵[一五]てう〳〵〳〵。

[一六]蝶の羽づかひ　隼《はやぶさ》が雉子《きぎす》にあひし[一七]鳥屋《とや》落し。せつなの息をもつが《相手にわずかの間も息をつかせ》せばこそ《ようかつかさせないで》　はらり〳〵と薙《な》ぎ倒し。太刀振りかたげ汗押しのごひ

ヲクリしばし大夫息をぞつがれける。

新開荒四郎の広言と臆病

ツレ八番には信濃の国[一八]海野《うんの》小太郎行氏　時宗に渡りあひ。膝口わられて引いて入る。大夫新開の荒四郎このよしを見るよりも。「[一九]敵は二人でありけるに　さもしや方々よ《見苦しいぞ》。いで《さあ》某が討ちとめて　娑婆《しやば》のいとまを取らせん《この世から暇をやり冥途へ送ろう》」と。小をどりして馳せ向ふ二人「きやつ《あいつめ》が広言憎ければ。微塵《みぢん》になさん」と兄弟は　飛ぶがごとくに斬つて出る

は三番目の相手とする。

一一　横に刀を払って、胴を輪切りにすること。

一二　感動しほめ讃《たた》えて発する声。

一三『曾我物語』では三番目の相手。弥三郎や五郎とする本もある。「岡部」は静岡県志太郡岡部町。

一四『曾我物語』では四番目の相手、単独で打ち向う。

一五　物が激しく打ち合う音。切り合いの擬声語。「蝶」とひびかす。「走り懸ってちやうと切れば。ひらりと飛んで」（謡曲『大仏供養』）。

一六　蝶の羽の動きのように自在に飛びかけるさま。「ひらり〳〵」に呼応する表現。「蝶鳥の如くに飛び翔《かけ》つて」（謡曲『忠信』）。

一七　隼が急降下して、獲物をはっしととらえるように、飛び上がって太刀を振りおろすさまか。「鷲の羽づかひ隼が雲居に落すとや落し。はつしとあててはひらりと蹴《け》立て」（『曾我扇八景』下）。

一八『曾我物語』も八番目の相手。「海野」は信州上田市近辺。「五郎にわたりあひ、しばし戦ひけるが、膝をわられて、犬居にふす」（『曾我物語』九）。

一九『曾我物語』九には、「敵は何十人もあれ、それがし一人にやこゆべき。いであへや対面せん、とぞいひたりける」とあり、十郎の勢いに「ことばは主《ぬし》の恥をしらず、御免あれとて逃げけるを、十郎しげくおつかけたり。あまりに逃げ所なくして、小柴垣を破りて高這ひにして逃げにけり」とある。

この。勢ひに恐れをなし。太刀も刀もいらばこそ。［捨てて］小柴垣を押し破り　高這《尻高く這って》ひして逃げけるを。笑はぬ者こそなかりけれ。

十郎、新田と渡りあう

そのほか群がるつはものを。ここに薙《な》ぎ伏せかしこに斬り伏せ　[一]兄弟の手にかけて五十余人討たるれば　手負ひ《怪我人は》は三百八十人。ここにまた武蔵の国。新田の四郎忠綱　祐成に渡りあひ《斬り合い》。火花を散らして[二]*三重〽戦ひけり

十郎・五郎の最期を語り　虎・少将我を忘れて嘆く

されども祐成。[三]太刀打ち折つて力なく　指添《さしぞへ》抜ける《腰の脇指を抜いた》その隙に。忠綱横[四]に薙ぎ払へば。右手《めて》の高股《たかもも》切り落とされ　すでに最期《さいご》と見えにける　ツレかくとは知らで時宗は御所の間近く乱れ入り。五郎丸といふわつぱ《童》を女と思ひあなどつて。やみ〱《むざむざと》と生け捕られ　二十九日のあけぼのに。つひに御前に引き出だされ。大夫宵と。ツレ朝《あした》に。二人兄弟は　一夜をへだてて富士の嶺《ね》の。裾野の草の露霜と　消え《死んでゆき》てはかなき面影の《今は果ない面影のみが偲ばれる》。大夫「[五]あら恋しの祐成殿や」。ツレ「なうなつかしの時宗殿や」と。二人[六]烏帽子《ゑぼし》直垂《ひたたれ》かなぐり捨て　かつぱとまろび泣

一「兄弟二人が手にかけて、五十余人ぞ切られける。手を負ふ者は三百八十余人なり」（『曾我物語』九）。

*二 新田と十郎の戦闘を「三重」の曲節の間に演じる。

三「太刀を平めて打ちければ、十郎が太刀鍔本より折れにけり。忠綱勝《かつ》にのつて打程に、左の膝を切られて犬居になりて、腰の刀を抜き自害に及ばんとする所に、太刀取り直し右の臂《ひぢ》のはづれを指し通す」（『曾我物語』九）。

四「十郎殿二たんを下へ追ひおろさんと走りかかつて打太刀を、二たんさらりと受け流し、つかをつゐて裾を薙ぐ。十郎のめての力足、膝の口をさしさげて、ずんど切てぞ落しける。弓手の足ばかりにて半時をどつて戦ふたり」（舞『十番切』）。

五「これはうつつに面影を見つる嬉しさよ、恋しの次信や、あら恋しの忠信と、これを最後の言葉にて朝の露と消えさせ給ふ」（舞『やしま』）。

六「はや是までぞ御いとまと。〱烏帽子直垂脱ぎ捨てて。なみだと共に立わかれ」（謡曲『祝子曾我』）。

母の愁嘆
二の宮の姉、事情を教える

きければ。

大夫母は夢とも[七]わきまへず「なに兄弟は討たれしとや。これは夢かや夢人《ゆめびと》[八]か」と　二人にひしといだきつき　消え入り《正気を失い》。〳〵たまひけり。二の宮の姉涙をおさへ。「げに御ことわり《お嘆きは本当にお道理》さりながら　あまり兄弟を待ちわびさせたまふ御嘆きの痛はしさに。露の間なりと御心を慰めんとのはかりごとに。すなはちこれは大磯の虎御前。こなたは化粧坂の少将とて　兄弟が思ひ人。形見を持ちて来られしを。頼みてかくはしつらひし《このように装った》」と語りたまへば　母上は。「なに方々は聞きおよびし虎少将にてましますとや。まことに世になき者ども《時を得ず零落の兄弟に》に　死後までふびんを《生前また死後に至るまで愛情を》加へられ。これまで訪《と》はせたまふこと。返す〳〵も　うれしけれ。さはさりながら《そうはいうものの》　昨日にも。母も空しくな《〔共に〕死ん》るならば《でしまったならば》　今の憂き目は聞かじものを《さっきのつらい出来事は聞かなかったものを》　思へば。〳〵方々の《お二人の》。[九]訪ふ《訪れ》につらさのまさり草《はかえってつらさの増す訪問》　葉末の露と消え失せし《菊の葉末の露のように子を先立たせ》。[一〇]もとの雫《しづく》のわが身か」と　また絶え。入りてぞ泣きたま。ふ[＊一一]

七「夢とも現《うつつ》ともわきまへず」と同意。現実・非現実の弁別もつかない、惑乱のさま。

八 夢に見た人。「夜こそ契れ夢びとの」（謡曲『海人』）。

九 諺。悲しさを人に問い慰められ、かえって悲痛の思いを強くすること。「吹く風も問ふにつらさの増さるかな慰めかぬる秋の山里」（『続古今集』十八）。「まさり草」は菊の異名。「すべらぎの万代までにまさり草たまひし種を植ゑし菊なり」（『夫木抄』十四）。

一〇 諺。人生の老少不定にしてはかなきをいう。草木の葉末に結ぶ露も、本にかかる雫もいずれははかなく落ちること。「末の露本の雫や世の中のおくれ先だつためしなるらん」（『新古今集』八）。ここは、子に先立たれ一人残った自分は、葉末の露は消え失せ本の雫のみ遅れ残ったようなものぞと、いずれは跡を追う身ではあるがその逆縁の悲しさをいった。

＊一一「ふ」に八つの墨譜があり、母の愁嘆を表す。それにつれ虎少将も貰い泣きする形で「ふ虎少。」とつながり、「将も……」以下で心をとり直し話しかける形となっている。

虎・少将、形見の品を渡す
母君、十郎の遺児祐若を恋う

虎少。将も涙ながら。「まこと御兄弟の御名残に。〔母御の〕御面影を拝みたてまつらんと　推参いたし候ところに。かへつて御嘆きをかけたてまつり候ものかな。さりながら御形見の品々この御文を御覧じ。しばし慰みたまへ」とあれば　母上文を取り上げて。涙ながらに形見の品々　さて目録を披《ご覧》見ある《なさる》。「あら不思議や。十郎が手跡《しゅせき》にて　守り刀は祐若《すけわか》に取らすると書いてあり。この祐若とは誰がことぞ」*一 虎聞きもあへず。「さては左様に候か《まあそのように書いてござい》や《ますか》。恥づかしながらみづ《若君がいら》からが腹に二三歳の若ましますを《れるのを》。手越の伯母がも《私の手越の伯母の所に十》

虎少将十番斬の舞

*一「誰がことぞ」の後に句点はなく、すぐに虎の言葉に続く。虎が目録の内容を初めて聞き、十郎の配慮に感じる心の動きを示す。
二 虚構であるが、三歳としたのは、『曾我物語』四に「大磯の長者の女《むすめ》虎といひて、十七歳になりける遊君を、祐成年ごろ思ひそめて、ひそかに三年ぞかよひける」に拠るか。手越の里の虎の伯母も虚構。

とに《郎様が》隠し置かせたまふ」といへば。「なんと〳〵十郎が忘れ形見のありけるとや。さてもうれしやなつかしや など《どうして》召し連れては来たまはぬ。なうはや〳〵」と身もだえし。兄弟《［まるで］》がよみがへり来ると聞くほどに《聞いたぐらいに》*三ヲクリ勇みて へ使ひを立てらるる

祐若来り母君かき抱く

はや程もなく。祐若を乳母《めのと》がいだき来たりけり。「やれ来たか祐若これへ。〳〵」とのたまひ 老母膝にかきいだき。「さても〳〵面ざしのよく祐成に似しものかな。さぞや最期に十郎が。この子がことこそ 思ひつらめ。五郎はいまだ子もなしとや。何を形見に慰

*三 使いを出し、帰ってくる登退場のヲクリ。

* 謡曲『祝子曾我』は一名『文割《ふみさき》曾我』ともいう。前半鬼王団三郎が帰宅し、兄弟形見の文を届け、討たれたと聞いて、「あらいまはしの形見やと。割《さき》捨給ふ其文を。長き別れのかたみとは後にぞ思ひしられける」とあるように、破り捨てる場面から名付ける。近松はこの局面を用いて、母が文により十郎に世継がいると知る趣向に変じた。また、近松がここで用いている舞『やしま』で、次信忠信兄弟の母に、弁慶が八島の語りをして後、兄弟の形見を取り出し渡し、義経が自らの身分を名乗ると、尼公が「子供が事はさて置きぬ、三代相恩の君を拝み申すこそ、嘆きの中よろこびと悦ぶことは限りなし、是に暫くとどめ申て、平泉へ使を立にけり」とある場面をも併出している。

まん。時宗とも祐成ともこの孫ひとりの楽しみぞ《今はこの子を五郎とも十郎とも思いこの孫一人が私のたのしみぞ》」と。嘆きながらも祐成が愛らしき手をたたき《一手を頭是なく叩き》。わけも聞えぬうたかたの《二訳も判らぬ歌を歌うのを聞くにつけ》　哀れともまた愛らししとも　いふ方。もなき涙かな。

されども姉君《二の宮の姉は》かひ〴〵しく老母に力をつけんと思ひ。「いづれも《いずれにせよ》よしなき《どうしようもない》御嘆き。それ侍の家に生れ刃にかかるは常の習ひ。まことに彼らは親のため。ほまれを残し惜しまれて本望達し討たるれば《誉れを残し惜しまれながら本来の望みを達した上で討たれたのだから》。三果報いみじきあやかりもの《しあわせもの》。ことにかやうの勇ましき世継ぎのあれば　何事も。打ち捨て《うち忘れて》悦びおはしませオオ。めでたし〳〵〳〵」と　いさめながらも忘られぬ《姉は老母をはげましながらつい忘れがたい》。曾我殿ばらの物語《曾我兄弟達の話におちる》　げに《まことに「この人々は」》。頼もししけなげなり。あはれともまた痛はししとも　四ためしまれなる敵討ちやと　惜しまぬ。人こそなかりけれ

第四

一　幼児がちょうちちょうちと手を合わせ叩くさま。

二　父を失ったのを知らず振舞う幼児の頑是なさは、水の泡のようにはかなく哀れであるとも、また大変愛らしいともどちらとも表しようがなく、老母はただ涙にむせぶばかりだ。「歌」と「うたかた（水の泡）」を掛け、「泡」と「哀れ」を掛けた表現。

二の宮の姉、母をいさめる

三　因果のむくい。善悪いずれにもいうが、ここは善果。前世の善い行いでこの世ですばらしい善い報いを受けた。

四　上の人々の様子を承けて「ためしまれ」と言うと共に、下の敵討をも修飾する用法。

朝比奈館

鬼王・団三郎、敵をねらう

鬼王団三郎兄弟は。武道の意地をいひつのり　兄弟《おととい》[五]のちなみ《縁》を切り。立ち別つてわれ先にと　敵をねらふぞ頼もしき。

朝比奈、鬼王に敵の所在を告ぐ

ある時朝比奈鬼王を招き。「御身知らずや　今日新開の荒四郎荒井の藤太両人。鶴が岡[六]の浜辺にて笠懸《かさがけ》[七]を射るよし聞き　はや団三郎は出でてあり。もつとも《いかにも》義秀方人《かたうど》《味方して》して討たせたきものなれども。かく兄弟が張り合ひのうへ《張り合っているのに加え》　助太刀ありといはれては　討つ[八]たが討つたに立つべからず。ぜひ《どうしても》兄弟が手にあまらば　この。朝比奈が控へたり　黒金[九]の楯《たて》なるぞ。はや急がれよ」とのたまへば　鬼王はつと悦び。「まことにありがたき御懇情《こんせい》[一〇]　生々世々《しやうしやうせぜ》[一一]まで忘れがたし。さあらば御馬一疋拝借仕りたし」と申せば「安きことそれ〳〵」と。洗[一二]ひ轡《くつわ》にはだせ馬[一三]《はだか馬》　取る物も取りあへず鶴が岡へと三重[*一四]〽急ぎける

鶴が岡

鬼王・団三郎、初太刀の争い

団三郎の落馬悶絶

さるほどに。新開の荒四郎荒井の藤太重宗は。いまだ弓にはかか《笠懸を始めないで》らず遠乗[一五]りしてゐるところへ　曾我の郎等団三郎。「主《しゆう》の敵《かたき》一人も

五　兄と弟。「兄弟ヲトトイ」（『文明本節用集』）。
六　鎌倉鶴が岡。康平六年（一〇六三）源頼義が石清水八幡を勧請し、建久二年（一一九一）火災の社を頼朝が再建した。源氏の守神として尊崇された。
七　射芸の一つ。乗馬して馬場を真直に走りながら綾藺笠《あやいがさ》を射る。後には板上に革を張ったものを的とした。立願をして神前で射ることもある。
八　たとえ団三郎が敵を討ったとしても討ったことにはならないというものだ。「立つ」ははっきり定まるの意。
九　鉄製の盾。身を守るはなはだ堅固なものの譬え。
一〇　ねんごろな情け。「懇志―懇情《こんせい》義同」（『字尽重宝記』）。
一一　生き代り死に代り未来永劫。
一二　馬を洗う時などに用いる、苧縄《おなわ》（麻で作った縄）で編んだ簡単な轡。「はだせ馬をも乗轡にて引也、洗轡は内々の物也」（『家中竹馬記』）。
一三　鞍《くら》を置かない馬。「鞍おくべき暇《ひま》なければ、はだせ馬にうちのりて」（『曾我物語』六「五郎大磯へ行きし事」）。
*一四　場面転換の三重。
一五　馬の調練に遠出すること。

のがさじ」と一文字に駆け来たれば。「[一]すは朝比奈こそ後見《うしろみ》よ」と一太刀《一太刀打をあわせることすらしないで》にも及ばばこそ　あとをも見ずして逃げて行く。団三郎これを見て「憎しきたなし　返せ戻せ」と　[二]諸鐙《もろあぶみ》をあはせ追つかける。鬼王はるかにこれを見て。「[三]南無三宝後れし《しまった遅れた》」と一散に駆けつき団三郎が乗る馬の。[四]尾筒を取つて引き戻す　団三郎大きに怒り。「ただいま[五]手詰めの境を《瀬戸際を》　こは狼藉《これは無法な振舞》」と怒りける。「やれつれなし《やい情けないぞ》団三郎。大事の主《しゅう》の敵《かたき》　弟に先を越され某が立つべきか《俺の面目が立とうか》。[六]初太刀はわれに討たせよ」と　あとへ取つて引き戻す《尾筒を取ってうしろへ》。引きちがへて《今度は逆に》団三郎また鬼王が馬の尾筒にすがり。「いやさ《いやいや》われは兄をもたず。卑怯せられな見苦しし」と　あとへ取つて引き戻す。「いやさそれは当座《先を争うはこの場》の意地づく《の意地じゃ》　ひらに許せ」と引き戻せば。またすがつて引き戻し二三度四五度せりあひしが。あまり強く引き据ゑられ　団三郎が乗つたる馬[七]尻居《しりゐ》にどうど伏しければ。まつさかさまにかつぱと落ち巌《いはほ》に胸を打ちあてて。うんとばかりに息絶ゆる　鬼王見返り「南無《やや》

一　初段末の（二三〜二四頁）「重ねて曾我のゆかりあらばこの朝比奈が後見し。かならずねらひ討たすべし」と脅《おど》かされたことを思い出しての言葉。
二　左右の鐙（乗り手の足を支えるもの）で同時に馬腹を蹴《け》り早く走らせる。
三　仏・法・僧の三宝に帰依するの意の仏教語。転じて失敗や驚いた時に発する言葉。「南無三」とも。
四　尾のつけねの丸くふくれた部分。
五　猶予せずに攻め寄ること。
六　敵にあびせる一の太刀。
七　尻もちをついて。

鬼王の介抱、団三郎の感謝

鬼王団三郎先がけの争い

三宝。こはいかに《これはどうしたこと》」と乗り返し　馬より飛び下りいだきつき「やれ団三郎。〳〵」と呼び[八]活け薬《気付け薬》さま〴〵用ゆれば。少し心地《人心地》ぞつきにける。

鬼王大きに悦び「やれ心は何《どうだ気分は》とありけるぞ。兄鬼王なるに《兄の鬼王だぞ》気《意識》を取り直せ《を取りもどせ》」といひければ。団三郎眼を開《ひら》き　溜息をほつとつき。「なに鬼王殿とや　して。敵は討ち取りたまふか」鬼王聞きて。「[九]いやとよ　いつかに《如何に》敵が討ちたしとて。目の前そちが落馬して　かかる体《てい》を見捨ていかで先へ進まれん。まづ〳〵御身が心もちいかがあるぞ」といひければ。と[一〇]からもいはず《何もいわずに》団三郎　しばし涙にむせびしが。しばらくあつていふ

八　生き薬と同じ。人が蘇生《そせい》するのに、また精力が回復するために用いる薬。

九　「いや」に助詞「と」「よ」がついた形。強く相手の言葉を否定していう。

一〇　「とかう」は「とかく」の音便。あれこれ。

やうは。「さても〳〵冥加にある御心底《罰が当たるほどもったいないお心根》。兄上ながらも《肉親の兄上とはいえ》恥づかしや。まことにいかなる天魔[一]が見入れ《とりつき》。兄を兄とも思はせず。中たが[二]《絶交な》ひとはいはせけるぞ。はかなきわれが心からは《あさはかなわしが心からすれば》。たとへば兄上かか《これと》るしぎにて死なさせたまふを見捨てても《同様な成行きでお死になるのを構うことなく見捨ててでも》。意地を意地に立つべきに《意地を意地として張り通すはずなのに》。いま某が体《てい》を御覧じ　大事の敵を振り捨てて。御看病なさるること　さすが兄上なればこそ。近ごろ《まことに》面目なきながらただいままでの慮外をば《不心得を》。まつぴら御免たまはれ」と手を合は。せてぞ嘆きける。

鬼王も涙を流し「オオことわりなり《もっともである》何がさて《何といっても》。もとより《元来》連枝《れんし》[三]《兄弟》の中《の》なれば少しも意趣を残すでなし《恨みを残すというわけではなし》。今より心をひとつにし。一所に敵を討ち取らん　まづ〳〵和殿が養生[四]せん《治療をしよう》」と。兄弟打ち連れ　隠れ家《が》へ空しく帰るぞ*五三重〽むざんなる《気の毒なことよ》。

これはさておき。新開の荒四郎荒井の藤太重宗は。団三郎に追つ立てられ危ふきところをまぬかれ　大息ついで帰り。荒井の藤太い

兄弟、和睦し帰宅

新開荒四郎館
祐若を奪う相談

一　欲界の第六天の魔王で天子魔・他化《たけ》自在天子魔などともいう。名は波旬、多くの眷属を率いて仏道を障《しょう》礙《げ》するもの。「信頼信西二人が中にいかなる天魔か入り替りけん、不快に聞えける」（『平治物語』上）。「天魔がみいる」と人の悪心を起すことに譬えていう。

二　交わりの悪くなること。「ふつふつと中たがひでおぢやる」（『狂言記』こんくわい）。

三　兄弟をさすが、特に貴人の場合にいう。もと木を一にして枝を連ねていたところからいう語。

四　保養保健の意だけでなく、治癒させることも含める。「今少し養生を加へ。必ず伺候申し候ふべし」（謡曲『正尊』）。

*五　兄弟の退場。場面転換の三重。

ふやうは。「とかくきやつらは《いずれにせよあいつらは》命を捨ててねらへば　たとひ一旦《たん》の逃びたりとも《げのびたといっても》。なほこのうへが心もとなし　いかがはせん」といへば　荒四郎聞きもあへず。「エエそれにつきよき思案こそ候へ　そ《その》の趣は《内容というのは》。聞けば虎が腹に《虎の生んだ子に》十郎が一子あるよし　いざこの伜《せがれ》を奪ひ鎌倉へ参り。曾我が郎等《家来たち》どもこの子を世に立てんため《世間に出そうとして》　君をねらひ中すと偽らば。きやつらは上《かみ》より捜し出だされ　誅《ちゅう》せられんは治定《ぢぢやう》[六]なり。しからば世上も広くならん《世間も広く公然と歩けるだろう》　この義いかに」といひければ。「オオいはれたり巧まれたり《よくおっしゃったよく考えられた》　これに過ぎたる智略なし。さりながら虎が方に　もしきやつばらや忍びゐん《鬼王団三郎らが潜んでいるかもしれぬ》。まづ／＼御身と某ただ二人　忍び行き様子をうかがひ　〔その上で〕奪はん」と。供をも連れず笠引きかぶり　〔虎の〕庵をさしてぞ三重[*七]急ぎける。

虎・少将の庵
新開・荒井、祐若を捉える

折ふし少将。虎御前　祐若を寵愛し。せめては慰みゐるところへ《悲しみの中にこれだけを慰めにしている所へ》　新開荒井つつと入り。「これ／＼両人。曾我の祐成が一子　こ

六　必定だ。決まりきっていること。

*七　二人の敵役退場。場面転換の三重。

れにあるよし上聞[一]に達し。急ぎ召し捕つて参れとのことにて　われわれ迎ひに来たりたり。片時《へんし》も早く」と　祐若が小腕《こがひな》[二]取つて引つ立つる。二人はおどろき肝を消し　袂や袖にすがりつき。「もつとも《なるほど》君の上意ならばさもこそあらめ《それはそうでもあろう》　さりながら。しばらく待つてたまはれ　申したき事あり」と。無体に取りつき《なりふり構わずすがりつき》泣き嘆けば　さすが色には迷ひやすく。「はていひたき事あらば」と　弱々《へなへなする》とする体をみて。虎まづ荒四郎が手を取つて。「いや別義《べちぎ》[三]にて候はず。祐成はわ《頼朝》が君へ何の仇をかいたされ《君に対し如何なる害をばなさって》　子どもまでの御尋ねぞや。たとひ少しの科《とが》ありとも　東西わかぬ《分別のつかない》水子[四]なれば。おの〳〵さまのお心得に《おはからいで》て　死に失《う》せたりとも御披露あり。助けさせたびたまへ　七尋《ひろ》[五]の島に八尋の舟を隠すとかや。今生後生[六]の御恩に」と　手を合はせてぞ嘆かるる。

新開・荒井、虎・少将の口説きに心ゆるす

もとより《元来》実なきことといひ《本当でないことでもあり》　殊に名に負ふ虎少将。しつぽとくどくに《とりわけ評判の遊女の虎少将が情をこめてしっぽりと口説くのに》　二人の者たよ〳〵《なよなよ》おろ〳〵《おどおどし》ころりとして《あっけなく参って》。「いやさわれ〳〵

＊ この局面『曾我物語』三「源太曾我へ兄弟召の御使に行きし事」以下を利用したか。「君聞しめして、頼朝が末の敵なり。いそぎ具して参るべしとの御使からぶり参りて候と申ければ」とある箇所や兄弟の母の嘆きの体、使いの景季ももらい泣きする場面など関連がある。また舞『切兼曾我』で、曾我祐信が「げにも仇の末なれば君の仰は理りや、され共……聞せ申さん」と石橋山で頼朝に味方し恩義を与えた旨を語り、景季にとりなしを頼む局面も用いるか。

一 頼朝公のお耳に入ること。

二 二の腕。肘《ひじ》から肩までの間。

三 他のことではありません。「別義」は格別の事。

四 幼な子。「赤子みづこ」(『字尽重宝記』)。

五 出典等未詳であるが、何事もやり方次第で可能、の意であろうか。「尋」は両手を左右に広げた長さ。

六 たってのお願い、の意。現在・未来までもご恩になりますと頼む。

もふびんに思へば　御前《〔君の〕》はいかやうにもなるまじきことにてなし《ならないということもない》。さりながら。方々《〔それも〕》の心得次第」といへば　少将聞きたまひ。「いやなら　悟れがましくのたまふが《はっきり言われず悟れというふうにおっしゃるが》。その子だに《その子をさえ》助けてたまはらば　わ[七]んざくれ《ええままよ》比丘尼をやめ。いかやうにも御両人のお心に従はん」と。まことしやかにたばかれば《いつわると》「さて通つたり〳〵《[八]悟ったわい了解した》。このうへは何がさ《何はとも》て《あれ》　随分われ〳〵精を出し。命を助くるのみならずつひには御前をいひなほし。曾我の家を立てさせん　心安く思はれよ」と。よい加減につもりあひ《すかしだましあい》「まづめでたきに盃《めでたいことだから盃事と》」と。さいつさされつ打ちくつろぎ[九*]ヲクリしばらく〳〵時をぞ移しける。

酒もなかばに荒井の藤太「いやこれ両人。してこの庵へ鬼王団三郎は来《こ》ざりけるか」　虎聞きたまひ。「さればそのやつばらは折々ここへ参りしが。[一〇]兄弟の中をも恥ぢずわれ〳〵に濡れかかり。何とも迷惑仕り候。近ごろ《はなはだ》むごきことなれども。殺してたべ」と偽れば　荒井につこと笑ひ。「エエしやつめらを《あいつらを》殺すは蠅虫よりなほや

七「わざくれ」の撥音化した形。自暴自棄の気持を表す。

八 遊里語としては、「通る」はいち早く悟り、遊びに通じていること。

*九 盃事などの演技をする間のヲクリ。

荒井、鬼王・団三郎を気にする

一〇 兄弟が同じ所で同時に女二人に濡れかかる、それを互いに恥とも思わないで。

＊ 唐櫃へ入れる趣向は謡曲『櫃切《ひつきり》曾我』に拠る。十郎が虎を訪ね盃事の最中、人（実は五郎）が十郎の名を呼び来たる。梶原と思い虎は唐櫃の後ろへ十郎を隠す。「トラわらは急度《きつと》存候は。此唐櫃の陰に御忍び候へ。わらは一人酒狂してすかし返し申候べし」。

一 空《から》いばり。「威言（厳）」は偉《えら》そうに言葉や態度を誇示すること。

二 最高の。仏教語「究竟《くきやう》」、事理の至極をいう語から出た語。

三 蓋のある容器を数えるのに用いる語。「盒」に同じ。「金泥銅火炉壱合」「折櫃四合」などと使われる。「唐櫃」は中国風の櫃で、六本脚の櫃。からびつ・からと。

＊四 二人唐櫃へ入る演技のヲクリ。

五 浅知恵で、かつ武士にあるまじき卑怯なあきれはてたこと。

虎・少将、新開・荒井を唐櫃にかくす

すし。今にも来たりてあるならば　この両人に任されよ」と。心は怖く思へども。座敷《当座の》なりの空威言《そらゐげん》[一]　よそ《はたで》に聞くさへ恥づかしし。

荒四郎これを聞き「もつとも《なるほど》それはさうなれども。きやつばらごときの下郎めと太刀を合はすもいかがなり《下人と大名のわれらが太刀を交わすのもどうかと思われる》。どこぞにそつと忍びゐて　どうぞ《何とか》だまして討つやうやあらん《方法はないものだろうか》」といへば　虎聞きたまひ。「さればどこに隠しませう所もなし《ところでどこにといってお隠ししよう場所もないし》」とあたりを見まはすうち　少将いふやう。「なう究竟《くつきやう》[二]の隠し所こそ候へ。ただいまにも彼らが来たらば　ぜひに酒を強ひ酔ひ伏させ候べし。その内は《その間は》御苦労ながら　あれなる一合《かふ》[三]の唐櫃《からうと》に御忍びましませ。よき時分にわれ〳〵が。合図をいたさん」とあれば　智恵薄き二人の者。ふはとだまされ打ちうなづき「これに越したることあらじ。時刻移してきやつばらに見つけられてはいかがなり。いざ」とて　一合の唐櫃へ[＊四]ヲクリ入りける〳〵心ぞ浅[五]ましき。

虎少将立ち寄りて。蓋《ふた》をしめんとするところを　藤太しばしと押

荒井の用心

へ。「いや〱油断は怪我のもとゐ《原因》。兄弟をしおほする《うまく討ち果すまでは》までは　方《お二人》
方が心知りがたし《の本当の心は判らない》。まづその錠をこちへこされよ《こちらへよこされよ》。蓋をも前後ろ《まへうし》[六]へ
したまへ」といへば　二人から〱と笑ひ。「さつても《さてもさても》用心深きお
方かな。ともかくも《どちらでもお好きなようにと》」といふままに　錠を二人に相渡し。蓋をも前
後にしたりけり。

虎・少将のあせり

さるほどに虎少将。「これまではしつ《ここまではうまくやった》　このうへはそつと落ちて《離れて》
や退《の》かん。兄弟がな来たれかし《どうぞ鬼王兄弟が来てほしい》」。とやせんかくや《どうしようかこうしようか》と身もだえし
足もしどろに《乱れて》落ちつかず。

朝比奈、馳せつけ石で蓋をする　荒井、箱を破るが圧死

かかる折ふし　表の方に轡《くつわ》の音聞えたり。はつと思ひ虎御前。
走り出で見たまへば　朝比奈の三郎義秀なり。こは天の与へぞと
[七]とかうの事は打ち置きて《何はさておきまず》。右の次第を語らるれば　朝比奈横手を[八]丁《ちやう》
ど打ち。「さて〱女人には過ぎたりし智恵才覚《機転》　いやはや驚き入
つて候よ。たとひきやつらが錠鍵取るとも蓋を前後にしたりとも。
この朝比奈が来るうへは」といひもあへず　あたりの大石《たいせき》えい。

六 前後を逆さまにすること。こうすると錠のついた部分が反対側にうつり、鎖されることがなくなる。
七「とかく（うは音便）の事」は、かれこれのこと。
八 手を拍《う》って感心したさま。「丁」はもののうち合う音。

〳〵と引き起し　両脇にひつぱさみ。かろ〳〵と歩み行き　櫃《ひつ》の上にそつと置き。「やれ横着者《ずるいやつ》ども。仰せもなきに上意と偽るその天罰たちどころにあたり。女子どもにだまされさつてもよいざま候《ざふ》よ。一 かくいふは朝比奈の三郎義秀なり　口惜しくはこれへ出され《できされ》　一太刀合はせ頭を刎《は》ね　曾我兄弟が孝養《けうやう》二にせん　いかに〳〵《どうだどうだ》」とののし

朝比奈唐櫃に大石のせる所

れば。二人は箱の内にして「こは無念」とさわげども。二三十人して持つ石を蓋の上に置きければ　釘づけよりもなほかたし。されども荒井大力。うんというて押し

＊人が鮓のようになったという趣意は、狂言『朝比奈』「朝比奈が力やまさりけん。八本の虹梁も折れ、門《かんぬき》扉押し落し、内なる武者三十騎ばかり、押しに打たれて死したりしは、ただきながら鮓押したるごとくにてありしよな」に拠る。

一 「候ふ」の音の約まった形。「有り」の謙譲語。ございます。敢て敬語を皮肉に用いている。

二 故人のために後世を弔うこと。供養。

三 当時は握り鮓《ずし》でなく馴鮓《なれ》が普通。魚に塩を振り、一夜圧して水気を去り、冷飯と共に桶に収め、重石をかけて数日から数月を置く。酸を生じて熟成してから食す。現在では近江の鮒鮓《ふな》など有名。一夜鮓という名の早鮓もある。吉野の鮎鮓《あゆ》などがそれ。

破れば　箱は四方へさばけれど《ばらばらに裂けたが》。何がするどき《なにしろ重量のある》大石に押しひしがれ《〔身体は〕》て　[三]すし魚の　板の。ごとくになりにけり《鮓の魚が板状になったように平ったくなって圧死してしまった》。
荒四郎箱の内より《新開荒四郎は残りの箱から》ふるひ〳〵いふやうは。「いやこれ朝比奈殿。某は曾我殿ばらへ敵対したる身でもなし。ただいまこれへ参りしも　荒井めに[四]そそなはかされ候へば。とかく貴公の御慈悲に。侍一人[五]取り立てると《救済すると》思し召し　ひそかに命を助けてたべ」と泣き声にてぞ申しける。義秀腹すぢをよつて打ち笑ひ。「なに曾我兄弟に敵対すべきオオ[六]柴垣破つて逃ぐるほどの腰抜けが　いかで敵対すべせぬとや。あなどりやすき女子どもにはよくも男立てをしけるな《無法な振舞をしたな》。おのれがやうなる腰抜けは。侍どもの見せしめに殿中にて恥かかせん」と。若党どもにいひつけ　[七]麻《を》縄《なは》を多く取り寄せて。新開が入りし唐櫝《からうと》を十文字にからげさせ。かれよこれよ《何やかやと》とする内に　鬼王兄弟来たりたり。朝比奈見たまひ「やれ方々。論も意気地も《是非の争いも意気張も》無になつて　自業自滅の[八]鼠ども　一疋は[九]押《お》しに打たれ。今一疋は生け捕りたり　これこ

人々、新開を生捕る

四　そそのかすと同じ。「唆ソ、ナワカス」（『文明本節用集』）。
五　「取り立て」は普通目をかける、登用するなどの意に解されるが、ここは「取立て分のことなれ共……念の為手形一枚書て越候へ」（『新色五巻書』二）のように難儀を救う、の意
六　一六頁注八参照。
七　麻糸をなって作った縄。麻綱と同じ。
八　狡猾《こうかつ》盗人《ぬすっと》根性を鼠根性というが、丁度荒四郎が鼠取りの網にかかったと同然の恰好でもあるので鼠としたか。
九　おもし。前頁注*印 狂言『朝比奈』の文辞参照。
*　『櫝切曾我《ひっきりそが》』では、梶原と間違われた五郎が、唐櫝の陰に人が隠れたのを見て虎を疑い、「いかに虎御前聞給へ。流れの身成共《なれども》。一度兄祐成と。二世を結びし其甲斐もなく。正しく誰かは忍びの者。此唐櫝の陰に有と腰の刀をするりとぬいて。唐櫝二つにずんと切つた、あやうかりける有様かな。シテや。是は祐成にて御入候物を。よの人と思ひ只今の振舞仕候。御赦免有らふずるにて候」と危うく兄を殺しかける局面があるが、この五郎を朝比奈に転じ、五郎が兄に赦しを乞う言葉を荒四郎の言葉に変じるなどの趣向がある。朝比奈と五郎は共に豪力無双の勇士という性根の一致がある。

一　頼朝公のご覧に供したうえ。

二　「や」と掛声をかける。

そ曾我の運開き。いざこのままにて御前[一]を経《へ》　鎌倉中の物笑ひに」と　死骸と生捕りになはせて。鎌倉さしてえいさつさ。よいさつさ　えいさつさ。よいさ〳〵よいさつさ　よい侍のなれの果て。知るも知らぬもや[二]声をかけ　手を打ちたたき。身をよぢもだえて　笑はぬ。人こそなかりけれ

第　五

頼朝の御所
一同打連れ言上する

朝比奈の三郎義秀は曾我の祐若《すけわか》虎少将。鬼王兄弟召し連れて御前にまかり出で。「これは工藤左衛門を討ちし祐成時宗が妻子にて御座候。しかるに新開の荒四郎荒井の藤太重宗。この二女が庵《いほり》へ参り　君の上意と偽り。これなる倅《せがれ》を召し捕らんなどとおどし苦しめ候ゆゑ。女わらべのことなれば当座《その場の》の難をのがれんと　すかしたら《なだめたり言い》し候ところ《くるめたりしたところ》に。運命尽きてやす〳〵とたばかられ　かやう〳〵の様《これこれの次第でござ》

朝比奈、新開を殺そうとする
虎・少将、助命を乞う

子に候《います》」と。新開を生捕りの唐櫃。荒井の藤太が死骸やがて《すぐに》御前に引き出だす。

君《頼朝》聞こし召し「さてもにつくき仕業かな。まづその箱をひらき新開めを引き出だし諸士の中にて面縛《めんばく》[三]させよ」かしこまつて義秀は。唐櫃の掛縄をはら／＼と切りほどき。蓋をあくれば新開飛び出で逃げんとするを　朝比奈とつてあげて落し《つかまえ持ち上げて振り落し》。背骨の上をどうど《どさっと》踏まへ。「ここにてもかしこにても　逃尻[四]早き男かな。とてものことに《いっそのこと》御前にて　生き首引き抜き申さんか」といへば　君聞こし召し。「オオ侍の面よごし　所領盗人国家の費《つひ》え。見るもなか／＼《かえって》腹の立つはや計らへ《早くそのように処置せよ》」とのたまへば。かしこまつて髻《たぶさ》[五]を取りすでに危ふき折ふし　虎少将引きとどめ。「[六]もつともかし　心底の憎さ《その心根の憎さは》頭《かうべ》より爪先まで刻みても飽き足らず。さりながら殺せしとて。夫の祐成時宗のよみがへりたまふ道《道理》にもあらず。そのうへかやうに殿中にて恥をあたへたまふ上は。討つたるよりはまさりなん。ただわれ／＼が

三　両手を後手に縛り、顔を前方につき出すこと。降服する時の所作。

四　逃げ出す尻つき。逃げるのが早いこと。「時雨にや逃尻赤き木の葉猿」（『小町踊』冬）。

五　もとどり。髪を集めてたばねたところ。

六　おっしゃる通りですわ。「かし」は強意の助詞。

一　花は六種供物の一つで、柔軟の徳があり、人心を緩和し仏果を荘厳する。

二　菊の異名。これにまさるものはないの意と菊の異名を掛け、その菊の供花のお蔭で菩提（悟り）の種となると続ける。四七頁注九参照。

頼朝、新開の命を許す

望みには願はくは出家させ。[一]枝の花をも摘ませなば　せめて利《少なくとも死》益のたよりとも《者の功徳のよすがともなり》。また祐若が祈禱とも《祐若の息災の祈禱ともなって》　うれしと思ふその悦び。何かこれには[二]まさり草。菩提の種ともなりやせん」と　事をわけて《事理をつくして》申さるる。

頼朝御前での風流の舞

君も道理に帰服あり《服従あって》「げにもつともことわりなり。さあらば曾我が孝養《けうやう》に」とて。御赦免あれば朝比奈荒四郎を引つ立て。「これほど恥をかく上にもいまだ命が惜しきか」と。いへどもさらに返事せず。袖にて顔をうちおほひ　押しうつふいて逃げ出づれば。「さ《さて》つても惜しきは命かは《さてそれ程命というものは惜しいものか》」と　一度にどつとぞ笑はるる。

重ねての上意には。「曾我兄弟が振舞ひ　今方々《かたがた》が仁義　あつぱれ無双《ぶさう》の者どもかな。すなはち先祖の知行宇佐美《うさみ》三久須美《くすみ》河津の庄祐若に得さするなり。さて時宗には子のなきとな。しからば兄弟の者どもが仮名実名《けみやうじつみやう》四かたどりて。曾我の十五郎祐時と名乗るべし」と　しるし《証拠の》の五御判を下さるる。道の道たる《正しきが中の正しい》御政法　ありがたかりけ

る次第なり。

このこと奥《御台所の居室に》に聞えしかば　虎少将が心ざし御台《みだい》深く感じさせたまひ。六御簾《みす》間近く御出であり　二人をつく〴〵御覧じ。「まことに傾城白拍子は頼みすくなく《信頼出来なくて》偽り多しと聞きつるが。かれらが振舞ひ

頼朝、祐若に知行を与える

三 『曾我物語』一に、「伊豆国に伊東・河津・宇佐美、この三が所をふさねて萳美《くすみ》庄と号する……」とある。萳美は「久須美」とも記す。「伊東」「宇佐美」は伊東市内。「河津」は賀茂郡河津町。

四 「仮名」は通称、十五郎がそれ。

五 御判御教書《みぎようしよ》のこと。教書は将軍の命令を伝える文書で、ここの場合は安堵御教書といい本領の安堵を命じたもの。杉原紙を用い二つに折って記し、さらに懸紙《かけがみ》で包む。将軍自ら判（書判《かきはん》）を加える。

六 奥より表へ出て、別間に御簾を隔てて座るが、よく見るためにその御簾近く寄ること。挿絵参照。

御台、虎・少将に遊女の様を所望

＊ 御台の「風流の舞」所望は、舞『静』での御台の同趣局面の翻案か。

貞女とやいはん　賢女とやいふべき。かくとは知らで今までは。遊女はさもしき《心いやしい》者と思ひ　ゆかしきこともなかりしが《どんな様子か知りたいということもなかったが》。今さら《今はじめて》かれらが有様を見て　傾城の恋路の品《しな》一。いとなつかしく見まほしし《慕わしく見たいもの》」と君へ御訴訟《そしょう》二なされ。「いにしへ《尼になる以前の》の遊女のさま　学《まね》うで見せよ」とのたまへば。二人は顔を打ち赤め。

御所に傾城町を飾り太夫道中の所

三「今は昔になれ衣（成・馴）　返す〴〵《ほんとうに》も恥づかし」といくたび辞退申せども。数々《幾度もの》の御望みに四御意も重荷の力なく《ご命令は重くいたしかたなく》。お請け申し立ちければ　御所の御前に町《色町》づくり。あまたの遊君召し集め　すでに用意を三重へ*五したりけり

一 色恋の種類、良否、様子など。
二 乞い奉ること。
三 遊女の生活も今は昔になりましたが、その昔の遊客と馴れ親しんだ時代の汚れた着物を再び着ることは。「返す」は衣の袖などの縁語であり、また繰り返す、の意をこめる。
四 御意も重く、しかし心に重荷であって力なく。
*五 插絵に「御でんちうにて　ふうりう大かざりの所」とあるように、遊里の夜見世風景を舞台上にしつらえる間の三重。
六 風流は「ふりう」ともいい、美しく意匠をこらしたものをいう。平安末から行列や作り物をショー的に見せたり、風俗をまねて芸能を演じたりすることが流行した。拍子物《はやしもの》をともなう。ここでは色町の風を舞台に現出させ、音楽的にもその雰囲気を示す劇中劇。
七 普通の編笠よりも深く顔を隠すように作った笠。武士の遊客などが用いた。他と異なるためかえって目にたつ。
八 笠の下にさらに覆面をした風俗。
九 かざえ扇ともいう。扇を顔にかざして隠すこと。
一〇 局（局女郎が暖簾《のれん》をかけて居る二畳か三畳の部屋）や見世の格子の間（遊女を見せるためのもの）。
*一一 この歌謡未詳。御船唄の「だんべい」などは類似の囃子詞と、「たんだ」で終る形をもつ。
一二 「やんれ」は感動詞「やれ」の転。「君さま」は女から情人をさしていう。ここでは遊女から遊客に、情

けの深いあなた、と呼びかける。「たんだ」は「唯」の転、強めていう語。
一三 今宵お泊りか、心の奥底から愛してあげます。「との字」は泊りの文字詞。
* 深編笠の買手（遊客）の登場。
一四 この色里は、この世の罪も、その罪の報いも、そして後世を願う殊勝な気持さえも忘れはて耽溺《たんでき》させる、おもしろさである。「驚く魚を追ひ廻し。潜《かづ》き上げ掬《すく》ひ上げ。隙なく魚を食ふときは。罪も報も。後の世も忘れはてておもしろや」（謡曲『鵜飼』）。
*一五 駕籠の遊客なども去る人物転換のヲクリ。
一六 太夫・天神など長柄の傘をさしかけさせて道中する。傘には定紋を描かせた（『色道大鏡』四）。
一七「傘をさし」と「さし櫛」を掛ける。
一八 櫛の歯のように太夫達が並び、それぞれ遣手や禿を引き連れねり歩く。
一九 髪の髱《つと》（後ろに張り出した部分）を出さないようにひっつめて結った髪。
*『櫃切曾我』でも、唐櫃を五郎が二つに切った後で、敵討の門出のめでたい折であるからと十郎に一さし舞えと所望し、自分も一緒にと二人のツレ舞いとなる。劇の大切《おおぎり》をめでたく踊り等で終る祝言的手法は浄瑠璃等でも行われているが、本作の場合は能との関連が深い。

傾城の町作り
遊客ぞめきの景

六 ふうりうの舞

「まことに目なれぬ（珍しい）。風流や」と。上下（皆人が）さざめきあふ中に。七 深編笠の目に立ちて誰《たれ》を忍ぶの。八 頬《ほほ》かぶり。九 扇をかざし手を引きて（手を袖に引き入れて）。一〇 局格子《つぼねかうし》に立ちかかり　たばこ。のめとは。一一* 歌かたじけないに　よほい。〳〵〳〵ほうよほい〳〵

一二 ほ　やんれ情《なさ》けの君さまたんだ。一三 今宵との字か。そこしんそれ〳〵

つづら（葛折の坂道を）を急ぐ賤《しづ》の男《を》が。駕籠（男の乗った）の簾《すだれ》に手をかけて。またのお首尾（また店に上って逢ってねと）といふもあり。一四 罪も報いも後の世も *一五 ヲクリ 忘れへはてたる。ばかりなり

太夫の道中

かかる折ふし。思ひ〳〵の一六 紋の傘。一七 さし櫛《ぐし》の一八 歯の引きつれて。一九 ひ

ちらち
つこき髪の髱《つと》なしに　[一]乱れてものを思へとや。小褄《こづま》かいどり　ほら
ら　衣の裾の間から　〔見え〕慕わしく
ほらと[二]緋無垢《ひむく》。黄無垢のひま〴〵に。脛《はぎ》いと白く忍ばしく　ゆられ。
ゆったりと　身体をゆすりながら　所作は
ゆらりと。ゆりかけて。しづかに歩み行く振りは。[三]天津乙女の舞の
大きく伸ばし空を並びゆく雁が月に飛びわたる　その　道中姿はすばら
袖　峰に羽をのす。天津雁。月にとわたる風情《ふぜい》して　[四]道中。いみじ
しく　君の御まえを過ぎていった
く　[五]*三重〵過ぎこしし。

今様にて風流舞

さらに過ぎし昔の自分達の境遇の話を　廓の女の生活は時雨の
なほいにしへの。物語。[六]今様にこそうたひけれ　歌[七]*廓住居は。時雨
雨のようなもの　客を振ったり恋に濡れたり　心もむらむらとして　村雨の露のように涙の乾くま
の雨よ。ふつつ　濡らしつ。[八]むら〳〵さめの。まだひぬ。露もまだ
がないことだよ　絶えず
ひぬやよや。[九]霧は不断の。伽羅《きやら》を焚《た》き。昼にもまさるともし火は。
月の常に輝くような　〔通う〕ここぞ恋路の学び家である
月常住の夜見世かや。智あるも愚かなりけるも。ここぞ恋路の学問
よ　別れては再びくることもない
所　松風蘿月《しようふうらげつ》[一〇]に。詞《ことば》をかはす賓客《ひんかく》も。去つて来たることもなく　翠《すい》
痴話喧嘩の後去ってゆく
帳紅閨《ちやうこうけい》に。枕をならべしその人も口舌《くぜつ》の嵐に誘はれ。硯《すずり》[一一]の海や謡[一二]*
〔相手の〕浮気は雲同然で定めなく　親しく相会うこ
筆の山。誓紙《せいし》[一三]千束《ちつか》に積れども。浮気の雲の定めなく。[一四]なれはまさら
とができなく恋心のみがいや増すよこの浮世は　遊女勤めの辛さは数々あるが先は節季のそれ
で恋がますよの世の中は。つらき勤めのしな〴〵に。節句正月色く[一五]

一 髪が乱れてなまめかしく、見る男に恋に沈めとばかりの風情である。「朝な朝なけづれば積る落ち髪の乱れて物を思ふ頃かな」(『拾遺集』十二)。「物を思へ」は以下の蹴出《けだ》しのなまめかしさにも掛ってゆく。

二 緋色の同じ生地で表裏を仕立てた着物。

三 天女が羽衣の袖を返しながら舞う有様にも似て優美であり。

四 太夫が廓中を揚屋入りなどで歩行すること。

*五 虎と少将を残し、他の太夫達が道中して去る三重。

六 時代が鎌倉なので当時の歌謡を今様と表現したが、当世歌、流行歌の意。

*七 「月常住の夜見世かや」までのこの歌謡出典未詳。

八 「村雨の露もまだひぬ槙《まき》の葉に霧たちのぼる秋の夕ぐれ」(『新古今集』五)。

九 「いらか破れては霧不断の香をたき、とぼそ落ちては月常住のともしびをかかぐ」(『平家物語』大原御幸)の翻案。伽羅の香煙を不断の霧にたとえる。

一〇 つたかずらにかかる月かげ。「翠帳紅閨」は翠《みどり》の帳《とばり》をたれた紅の閨《ねや》。このあたり謡曲『江口』に拠る。

一一 海山ほど多く硯に向い筆を持ち。「硯の海」は硯の墨汁をたたえる部分。その対で「筆の山」といった。

*一二 「恋がますよの」まで謡の曲節でうたう。

一三 愛情を誓い、起請文が千枚ほども積っても。

一四 「心空に楢《なら》柴の。馴れは増さらで恋のまさらん悔

しさよ」（謡曲『鞍馬天狗』・原歌『新古今集』十二）。
一五 容儀の姸《けん》を競うこと。ここは正月の衣裳競べなどをいうか。以下三月三日、五月五日、九月九日の節季をあげ、遊女の物日に苦しむことを、それぞれの節句に飲む酒の種類に掛けていう。
*一六 雪見酒の宴の雰囲気を示すため歌謡を入れる。「吹けよ松風あがれよ簾、今の小歌のぬし見たや」（『松の葉』一）。以下節季を離れてゆく。
一七 「空に知られぬ雪」は桜の散るさまをいう歌語。「あられ酒」は奈良の名産で酒の中に白い米こうじを浮かせたもの。「霜月…霰酒」（『毛吹草』二）。
一八 差しつ差されつしている間に、第三者が入って一方の代りに引き受けて飲むこと。その間《あい》の又代りがいたりすることを「あひの又あひ」などという。
一九 笙の吹き方の一つで、五、六本の管を同時に吹く。「合う・逢う」の修辞として謡曲に合竹は多出する。
二〇 歌謡詞章と思われるが未詳。有馬節などに多い語調。「竹」と「夜（節《よ》）」を掛け、竹になれば幾夜も重ねて逢えるの意。
二一 着物の仕立て方で、身ごろの狭いこと。
二二 着物の袖のゆき（袖口までの長さ）が短いこと。
二三 裾模様が龍波紋（挿絵の虎少将図参照）である。
二四 「さら〳〵」の韻をふみ「さざなみや」とみちびき、謡曲『三井寺』等で名高い「志賀の山越」を用いて「山道」を出す。「山道」は紋様名。
*二五 「吉野の山を雪かと見れば雪ではあらでんん、や

らべ。春《雛祭には》は柳に桃の酒　夏《端午には》は涼しき。菖蒲《あやめ》酒　秋《重陽には》の。菊酒。冬は雪見に[*二六]歌吹けや。松風。あがれや簾《すだれ》な　きり〳〵〳〵。しやんと結ん《巻きあげ結び》で[一七]空に知られぬあられ酒《雪ならぬあられ酒を飲む》。つけて押へて《つけ差しして相手に飲ませ》。[一八]あひに[一九]合竹篠竹の。[二〇]竹になりたや篠竹に　いく夜重ねて書く文に《文の中に》。切つて巻きこむ黒髪の《心中の断髪の》。いふにいはれぬ《(結・言)》とりなりや《風姿であるよ》　[二一]身狭《みせ》ば。褄高《つまだか》[二二]ゆき短か。[二三]裾にはさつと立つ波《(龍)》や　ばつと立つ波どう〳〵。さら〳〵〳〵〳〵さざなみや志賀の[二四]山道。うらは紅《もみ》うら　花の。[*二五]歌花の吹雪よの。[二六]吉野初瀬の。花よりも紅葉《もみぢ》よりも。恋しき人は見たいものぢや。[二七]たそ。[*二八]歌禿《かぶろ》。出て見よアア風が吹く《恋人ならぬ風の訪れ》　それで《おかげで》寝もせで迷ふ夜の《心乱れる一夜を過し》。明け方告ぐる。[二九]鐘の音。根びきの《〔他の男から〕身請の話》桜枝をりの。[三〇]槍梅禿《かぶろ》の憂き名残《辛い心残りな別れ》。なじめば涙のこぼれ梅。鴛籠はそなたに[三一]飛梅の　しのぎかねにし《なかなかにこらえかねる》憂さつらさ。むかし語り《〔いつしか〕》と　にほひ梅《色香を残しつつ相馴れ》。のちは小梅の花ざかり《子までなしての女盛り》　朽《く》ちせぬ中の契りなり《すたれることのない男女の契りよ》。かく定めなきたはれ女《め》の《遊女の》。寄せては《〔境遇を〕》かへる波枕。浮きたる舟にたとへしも《よるべ知られぬ浮舟に譬えるがそれが》。今身の上に《現在自身に及ぶと思えば》恥づかしや　語るもいふも《〔これ以上〕》面伏《おもて》せ《面目ない》　いざ〳〵名

あこれの、花の吹雪よのんん、やあこれの」（『大幣』「吉野之山」他）。
二六「七つに成る子が……吉野泊瀬《はつせ》の花よりも紅葉よりも。恋しき人は見度い物ぢや……」（狂言歌謡）。
二七 情人の来訪を焦《こが》れる身に、人の気配がしたと思う。
*二八 歌謡「風も吹かぬに妻戸の掛金《かきがね》　きり〳〵やぱつと開いたは　禿《かぶろ》出て見よ様ぢやけなンャ　様ぢやこさらぬ裾風ぢや」（『新御船唄』）。類歌多く『淋敷座之慰』には「忍びくどき木やり」の名で出る。
二九 来ぬ人を鐘声を聞き恨みながらも未練をひいているさ。音が引くと、遊女の身請を掛けていう。太夫を桜に比す。「枝をり」も、全盛の花を手折る、すなわち身請と同じ。
三〇 梅の一種。ここは遣手の意。
三一 思いを廓に残し、退廓の駕籠はどんどん向うに飛んでゆくと、菅公の「飛梅」とを掛けた。
*三二 この間三味線の手事があるのであろう。
三三「母よと名のる事。我が子の面伏なれど……鐘の声かな。かくて伴ひ立ち帰り。〳〵。親子の契尽きせずも。富貴の家となりにけり。実《げ》に有難き孝行の。威徳ぞめでたかりける」（謡曲『三井寺』）に拠る。
＊『櫃切曾我』では舞が終り、「いさむに甲斐なきこよひのわかれ。名残もをし鳥の　たつもたゝれぬなみだのたもと。〳〵。ふり切そがにぞ帰りける」で終る。

大団円

残の調子《演奏》をと。虎少将がしらべにて《調絃に合わせ一同揃えて》拍子をそろへ*三二重かなでける

かくておい《〔頼朝公に〕》とまたまはりて　三三親子ともなひ立ち帰り。富貴《ふつき》の家となりにけり　げにありがたき《珍しい》忠孝の。威徳は千秋万々歳《威光徳望は永遠に伝わり》　めでたかりともなか〳〵申すばかりはなかりけり

曾《そ》根《ね》崎《ざき》心《しん》中《ぢゆう》

興行　元禄十六年（一七〇三）五月　大坂竹本座初演
太夫　竹本筑後掾・竹本頼母・竹本喜内
人形　辰松八郎兵衛（おはつ）　吉田三郎兵衛（徳兵衛）

時代　当代　四月六日朝から七日午前四時ごろまで

場所　上之巻　大坂三十三所観音廻り（大融寺から新御霊まで）
生玉神社境内
中之巻　大坂堂島新地茶屋天満屋
下之巻　徳兵衛お初道行（梅田橋より曾根崎の森まで）
曾根崎の森（心中場）

人物　徳兵衛（平野屋手代・二十五歳）・初（天満屋遊女・十九歳）・油屋九平次・九平次仲間・天満屋亭主夫婦・天満屋下女・遊女仲間

曾根崎心中 付《つけ》り観音廻《めぐ》り

作者 近松門左衛門
おやま 辰松八郎兵衛

上之巻

一* 謡 げにや（まことに）安楽《あんらく》世界より。今この娑婆《しやば》に示現《じげん》して。われらがための観世音《くわんぜおん》 仰ぐも高し高き屋に。二 のぼりて民のにぎはひを。契《ちぎ》り（固く約束）おきてし（された）難波津《なにはづ》や。三つづつ三《み》十《とを》と三《み》つの里《さと》。四 札所《ふだしよ》／＼の霊地霊仏 五* ヲクリ めぐれば。

六［消える］罪も夏の雲 暑苦《あつくろ》しとて駕籠《かご》をはや。（降り際の）七 をりはのこひ目三六《さぶろく》の（恋を含んだ目許）十八九なるかほよ花。八 九* フシヲクリ 今咲き＼／出しの。初花《はつはな》に笠は着ずとも。（初の美しさに笠は着て）召さずとも。（いないがかぶらなくても）照る日の神も男神《をとこがみ》。一〇 よけて日負《ひま》けは（日焼けはよもやあるまい）よもあらじ。頼み（信心甲

*一 謡曲『田村』の観音賛美の詞章を序として用いた。「仰ぐも」までがその引用であるが、「高し」までを謡で語る。観音菩薩が極楽浄土からこの現世に姿を変えて現れ、衆生を救済される徳を「仰ぐも高し」と標榜《ひようぼう》する。序の内容は、曲の全体と深く関わる。

二 昔、仁徳帝が高殿に登って民の賑《にぎ》わいを約束された難波津であるよ。「高き屋にのぼりて見れば煙立つ民のかまどはにぎはひにけり」（『新古今集』七）による。「高し」「高き」と頭韻をふむ。

三 大坂の別名の三津（高津・敷津・難波津）と、大坂三十三所の観音霊場（付録略図参照）とを掛けた。

四 詣でたしるしに胸につるした順礼札を納める所。

*五 ヲクリで辰松が手摺《てすり》で駕籠を遣いはじめる。

観音廻り

序

六 罪も「無」と、「夏」を掛けた表現。

七 「手づめのせうぶに成てをりはになれば、やうきひのこひめにててう三をこはれたり」（舞『和田酒盛』）。「をりは」は上がりの最後の一手。「こひ目」は願う目。「三六」は三と六の目。双六用語を用いて女主人公初の年頃を表す。

八 杜若《かきつばた》の異名。美人の形容に掛けて用いた。

初の順礼道行

*九 フシヲクリで初は駕籠からはじめて現れる。辰松はここで駕籠舁《か》き二人と初の、三つ人形を遣う。

一〇 天照大神に男体女体説があり、ここは男神とした。

ありける《斐のある》順礼道《じゆんれいみち》。西国《さいごく》三十三所にも*一ヲクリむかふと《匹敵する利益があると》。聞くぞありがたき。

*二順礼一番に天満《てんま》の。三大融寺《たいゆうじ》。この御寺《おんてら》の。名もふりし《由緒も遠く古い》昔の人も。四気の融《とほる》の。大臣《おとど》の君が。五塩竈《しほがま》の浦を。都に堀江《(掘り)》漕《こ》ぐ。潮汲《しほく》み舟《ぶね》の跡《あと》絶《た》えず。今も六弘誓《ぐぜい》の艪拍子《ろびやうし》に。法《のり》の玉ぼこ*七歌えい〳〵。大坂順礼胸に八木札《きふだ》の。補陀落《ふだらく》や。大江《おほえ》の岸に打つ波に。白《しら》む夜明けの。鳥も二番に九長福寺《(鳥)》。空にまばゆき久方《ひさかた》の。光にうつるわが影の　あれ〳〵。走れば走る　これ〳〵また。止《とま》れば止る　振り《しなの》の善《よ》し悪《あ》し見るごとく。心もさぞや神仏《かみほとけ》。照らす鏡の神明宮《しんめいぐう》　拝みめぐりて法住寺《ほふぢゆうじ》。人の願ひもわがごとく《自分のことのように》　誰《たれ》をか恋の祈りぞと《恋しての祈願なのかと》。一〇あだの悋気《りんき》や法界寺《ほふかいじ》。

東はいかに。大鏡寺《だいきやうじ》草の若芽も春過ぎて。おくれ咲きなる菜種や罌粟《けし》の。露にやつるる夏の虫《露に打たれやつれた蝶が飛ぶ》。おのが妻恋ひ《自分の妻（夫）を慕って》。やさしや　一一すしや。一二あちへ飛びつれ　こちへ飛びつれ。あちや　こち風《此方（東風）》ひた〳〵〳〵。羽と〳〵をあはせ《合わせ（袷）》の袖の。染めた模様を花かとて《［蝶が初の］》　肩に止《とま》ればおの

*一　ヲクリで手拭をかぶる（三三七頁舞台図参照）など順礼に向う身仕度を整える初の所作があるか。

*二　順礼歌の調子で歌う。初の順礼が始まる。

三　大坂三十三所第一番札所。嵯峨《さが》帝の御子源融の建立。その諱《いみな》をもって寺号とする。

四　粋である意の「気の通る」と「融」大臣を掛ける。

五　融大臣が京都東六条に河原院を建て、奥州塩竈の景を模した。「この所に塩竈を移し。あの難波の御津の浦よりも。日毎に潮《うしほ》を汲ませ」（謡曲『融』）。

六　堀江を漕ぐ船の艪の音が、臨終時に衆生を救うため観音を先にして二十五菩薩が乗って来迎《らいごう》する「弘誓の船」の拍子に有難く聞えてくる。その拍子に乗って御法の道を順礼する。「玉ぼこ」は道の枕詞。

*七　「えい〳〵」は踊歌の囃子《はやし》。「白樫踊」「艪拍子踊」「順礼踊」（『落葉集』）などにみえる。

八　順礼が寺々に納める「木札」と観音の住む霊山「補陀落迦《ふだらか》」と掛け、順礼歌第一番の「補陀落や岸うつ波は三熊野の那智の御山に響く滝津瀬」をきかせる。

九　長福寺以下の寺は大坂三十三所の札所。ただし本曲の順序と当時の順礼順序の間に異同がわずかある。

一〇　法界悋気。自分に関わりのないことを悋《ねた》む。

一一　粋であるよ。このあたり初の心は恋で占められ、その恋の目で物すべてを見ている。

一二　「あちりな。こちりな　あちや　こち風ひら〳〵ひらりひらりひらくや此扇」（『赤染衛門栄花物語』胡蝶の舞）。『難波土産』ではこの趣の表現意図を「一入《ひとしほ》人形

の所作がつきてふりがあるゆゑなるべし」と説明する。

一三「汗の玉」と地名の「玉造」を掛ける。大坂城の東の郷名で豊津稲荷があり、社内に観音堂（十番札所）があった。六月二十九日の闇夜に夏祭が行われるので「人の親の心は闇にあらねども子を思ふ道にまどひぬるかな」（『後撰集』十五）の歌をきかせた。稲荷の使いの狐が夜陰人をだますという俗信も含む。

一四「衆聖中尊　世間之父　一切衆生　皆是吾子」（『法華経』譬喩品）。「かの御本尊はもとよりも。衆生《しゆじやう》のための父なれば。母もろともに巡り逢ふ」（謡曲『百万』）。地名の「小橋《をばせ》」と「伯母」を掛ける。

*一五「ちん〳〵節」（『松の葉』）の替え歌。「ありし辛さにこりずも通ふ、土手の霜風身にしみ〴〵と……色に凍えて死なふなら、しんぞ此身はなり次第」（『傾城《けいせい》壬生大念仏《みぶだいねんぶつ》』中、元禄十五年）をさらに転用した。

一六 小橋にあった火葬場の煙と海の煙波をきかす。この辺りから死のイメージの表現が恋のそれとからむ。

一七 すなりすなりと。「庭の飛石すな〳〵〳〵。ちよこ〳〵〳〵と」（『嫗山姥《こもちやまうば》』二）。

一八 身なり。姿。倒れそうになる人形の所作があるか。

一九「げにも姿は羽束師《はづかし》のもりてよそにや知られなん」（謡曲『三輪』）。山城乙訓《おとくに》郡にある歌枕を掛ける。

二〇「よそに見て帰らむ人に藤の花はひまつはれよ枝は折るとも」（『古今集』二）による。

二一 数珠に菩提樹の実を用いるので言い掛けた。

*二二 ヲクリで天王寺の諸景の出るカラクリがあるか。

づから。紋に揚羽《あげは》の超泉寺《てうせんじ》。さて善導寺《ぜんだうじ》　栗東寺《りつとうじ》。天満の札所残りなく。《参ってさて次はと向きを変えると折柄夕立雲が羽衣のようにたなびく》そなたにめぐる夕立ちの　雲の羽衣。蟬の羽《は》　の。うすき手《て》拭《のご》ひ。《(厚・暑)》あつき日に。《〔旧暦四月初旬〕》つらぬく汗の一三玉造《たまつくり》　稲荷《いなり》の宮に迷ふとの　闇は理《ことわり》　御仏も。一四衆生のための親なれば。《(子)》これぞをばせの興徳寺。四《よ》方《も》にながめの果てしなく　西に舟路《ふなぢ》の海深く。*一五歌波の淡《(泡)》路に消えず　も通ふ。沖の潮風。身にしむ鷗《かもめ》。《お前も》なれも一六無常の煙《けぶり》にむせぶ。《色恋に》色に焦《こが》れて《死ぬのであれば》死なうなら。《神かけて》しんぞこの身は《どうなってもよい》なり次第。さて。げによい《(景)》慶伝寺。縁に引かれて。またいつか。ここに《(来う)》高津の遍明院《へんみやうゐん》。菩提《ぼだい》の《(植)》種や上寺町《まち》の。長安寺《ちやうあんじ》より誓安寺《せいあんじ》。上《のぼ》りやすな一七〳〵　下《くだ》りやちよこ〳〵。上《のぼ》りつ　下《お》りつ　谷町筋《たにまちすぢ》を。歩《あゆ》み《平生歩きなれず》ならはず　《行きなれないので》行きならはねば。所体《しよてい》一八くづほれ　アア一九恥づかしの。漏《も》《(森)》りて　裳裾《もすそ》が《〔乱れて〕》はら〳〵〳〵。はつと翻《かへ》るを　うち掻《か》き合はせ。ゆるみし帯を引き締め。〳〵。二〇締めてまつはれ藤の棚《たな》。十七番に重願寺《ぢゆうぐわんじ》。これからいくつ《(行く)》生玉の　本誓寺《ほんせいじ》ぞと伏し拝む。二一数珠《じゆず》につながん菩提寺《ぼだいじ》や。はや天王寺《てんわうじ》に六時堂《ろくじだう》　*二二ヲクリ　七千

鶯　午後六時　恋人を待ち焦れる宵　逢瀬の一夜の明
〽[一]余巻《よくわん》の経堂《きやうだう》に　経よむ酉《とり》の時ぞとて。よその待つ宵　きぬ〴〵
けた朝も　心なく無常にも
も。思はでつらき　[二]鐘の声《こゑ》　こん。金堂《こんだう》に講堂《こうだう》や[三]万灯院《まんどうゐん》にともす灯《ひ》
は。影も輝《かかや》く蠟燭《らふそく》の新清水《しんきよみづ》に　〽[四]しばしとて。やがてやすらふ。逢《あふ》
汲みあげたり　手のひらにすくいあげて
坂《さか》の　関の清水を汲みあげつ。手にむすびあげ　口すすぎ　[五]無明《むみやう》の
［折柄］
酒の酔《ゑ》ひさます。木々の下風《したかぜ》。ひや〳〵と　右の袖口左の袖へ。と[六]
ほる煙管《きせる》に　くゆる火も。道のなぐさみ熱からず[七]*ヲクリ吹きて。
乱るる[八]薄煙《うすけぶり》。空に消えてはこれもまた。行方《ゆくへ》も知らぬ。[九]相思《あひおも》ひ草。
恋人を思ってつい道草をする中に
人忍ぶ草　道草に。日も傾《かたぶ》きぬ　急がんと　また立ち出づる雲の足。
[一〇]時雨《しぐれ》の松の下寺町《したでらまち》に　信心深き心光寺《しんくわうじ》。悟らぬ身さへ大覚寺《だいかくじ》。さて
（満つ）
金台寺《こんたいじ》　大蓮寺《だいれんじ》　めぐり。〳〵て　これぞはや。三十番に。三津寺
［白髪ならとも
の　[一一]大慈《だいじ》大悲《だいひ》を頼みにて。かくる仏の御手《みて》の糸。白髪町《しらがまち》とよ　黒髪
かく］
は恋に乱るる妄執《まうしふ》の。夢をさまさん[一二]博労《ばくらう》の。ここも稲荷《いなり》の神社《かみやしろ》　[一三]仏《ぶつ》
理を現して　［観世音は］衆
神水波《しんすいは》のしるしとて　甍並《いらか》べし新御霊《しんごりやう》に。拝み納まるさしも[一四]草　く
生の
さの蓮葉《はすは》な世に交《まじ》り。三十三に御身を変《か》へ　色で。道引き　情《なさ》けで

一　一切経七千余巻を収めた経堂は六時堂と共に札所。
二　「待つ宵に更けゆく鐘の声きけばあかぬ別れの鳥はものかは」（『新古今集』十三）をきかす。
三　四天王寺内札所。万灯会《まんどうえ》の供養が修せられる。常時灯明があげられ、そのあかあかと輝く蠟燭の「芯」と、次の札所の「新清水寺」と掛ける。
四　「道のべに清水流るる柳蔭しばしとてこそ立ちどまりつれ」（『新古今集』三）と「東路さして行く道の。やがて休らふ逢坂の。関の戸ざしも心して」（謡曲『熊野《ゆや》』）を引く。逢坂の清水は天王寺西門筋一心寺門前西方にあった天王寺三名水の一。
五　煩悩によりまことを悟り得ないとする仏教語。
六　涼風が袖を通り抜けるのと、煙管がよく通ると掛けていう。
*七　人形が煙草を吸う所作がヲクリで演じられたか。
八　「風になびく富士の煙の空に消えて行方も知らぬ我思ひかな」（『新古今集』十七）をきかす。
九　煙草の異名。「相合煙管思ひ草《あひあひぎせる》」（『丹波与作』下）。
一〇　ここは実在の松の名ではなく、雲の足―時雨―松―松の下と縁語を並べて展開させている。
一一　観世音の誓願、広大無辺の大慈悲を頼みにして願をかけ、衆生済度の手引きの糸を御手に掛け奉る。青黄赤白黒の糸を臨終時など阿弥陀如来の手にかけ往生を願う。白髪町に大福院があり、白・黒は糸の縁語。
一二　悪夢を食うという想像上の動物「貘《ばく》」を掛ける。
一三　仏は神の本地、神は仏の垂跡《すいじやく》で水波同然とみる。

教へ。恋を[一五]菩提《ばだい》の橋となし。渡して救ふ観世音　誓ひは。妙《たへ》に[*一六]三重

〽ありがたし。

生玉境内
粋の雛男

[一七]立ち迷ふ。浮名《うきな》をよそに。洩《も》らさじと　つつむ心の[一八]内本町《うちほんまち》。焦《こが》る胸の平野屋に《(火)》　春を重ねし《年季を重ねた》[一九]雛男《ひなをとこ》。一つなる口《祝い酒も少しのめる口で》　桃の酒。柳の髪もとく〱と《よく手入れする伊達男で徳々と》　呼ばれて[二〇]粋《すい》の名取《なとり》川。

徳兵衛登場

今は[二一]手代と[二二]埋《むも》れ木の。生醤油《きしやうゆ》の[二三]袖したたるき　恋の奴《やつこ》に荷《にな》はせて。得意《とくい》をめぐり　生玉の《(行く)》ヲクリ社《やしろ》に〽こそはつきにけれ

二人の出会い
初のうらみ言

出茶屋の床《とこ》より。女の声「ありや徳さまではないかいの。コレ徳さま〱」と手をたたけば　徳兵衛《とくびやうゑ》。合点《がてん》して《承知して》　うちうなづき。「コレ[二四]長蔵。おれはあとからいのほどに《帰るから》。そちは寺町の久本寺《くほんじ》さま長久寺さま。上町《うへまち》から屋敷方廻つて　さうして内へいにや《家へ帰れよ》。徳兵衛《とくびやうゑ》もはや《すぐ》戻《もど》るといや《戻ると言え》。それわすれずとも《忘れずに》　安土町《あづちまち》の[二五]紺屋《こうや》へ寄つて銭《ぜに》取りやや《を取れよ》。[二六]道頓堀《だうとんぼり》へ寄りやんなや《寄りなさんなや》」と。影見ゆるまで見送り〱。簾《すだれ》

[一四]民草の意。縁語で軽薄の意の「蓮葉」を出した。

[一五]悟りへのかけ橋。生死の大海を経て彼岸《ひがん》に渡す。色情の業果《ごうか》をもって此岸《しがん》の衆生を済度する。

*[一六]観音廻りの最後、初の人形が手妻によって金色の観世音に変化し、三重で付舞台から本舞台に移る。

[一七]浮名、艶色が立ちひろがるという意味と、徳兵衛自身の心が初ゆえにまどう状態をも同時に表す。

[一八]内本町（今の東区）東横堀川本町橋の東。徳兵衛の奉公先平野屋はその地の醬油屋。

[一九]雛人形のような美男。春から雛、桃の酒とつなぐ。「桃の酒」は、雛酒の意と、「百《もも》」を掛ける。「一」と「百」と縁語。

[二〇]粋の評判を取る。「名取川」は陸前国の名所。

[二一]初め丁稚《でっち》奉公し十七、八歳で手代分となり給与も出、二十一、二歳頃に手代となる。

[二二]名取川の名産で、木の炭化して石状になったもの。今はまだ手代の身分で埋もれてはいるが有能な男で。

[二三]徳兵衛自身甘ったるい恋の奴《やつこ》になり果てていることと、袖を醬油で汚した丁稚の両方を掛ける。

[二四]この年四月歌舞伎の『曾根崎心中』で竹島幸右衛門の平野屋長蔵役が好評だったのを当て込んだか。

[二五]諺「紺屋の明後日《あさって》」をふまえ、ここだけ支払いが延ばされている様子。

[二六]元和元年開削。芝居と遊所の歓楽街があった。

をあげて「コレお初ぢやないか。これはどうぢや《どうしたことだ》」と[*一]編笠《あみがさ》を。脱がんとすれば「アア先づやはり着てゐさんせ《いなされ》。今日は《今日の相手は》田舎《ゐなか》の客で。三十三番の観音さまをめぐりまし《めぐりもうし》。ここで晩まで日暮《ひぐら》しに《一日中》。酒にするぢやと[二]贅《ぜい》いひて。[三]物真似《ものまね》聞きにそれそこへ《［行っている］》。戻つて見ればむつかし《面倒だ》い。[四]駕籠もみな知らんした衆《しゅ》《ご存知の人達》。やつぱり笠をきてゐさんせ。それはさうぢやがこのごろは[五]梨《なし》も礫《つぶて》も打たんせぬ。気づかひなれど《心配だけれど》内方の首尾《おうちの事情》を知らねば[六]便宜《びんぎ》もならず。[七]丹波屋まではお[八]百度《ひやくど》ほど尋ぬれど。あそこへも おとづれもないとある。ハア誰やらが オオそれよ。[九]座頭《ざとう》の大市《おほいち》が《［徳兵衛の］》友だち衆に聞けば。[一〇]在所《ざいしよ》へ

生玉境内の景

＊ 色茶屋の女は他出が自由でないので、意外なところでの出会いに驚く場面。一日一夜のこうした揚げづめには花代十五匁、ほかに集礼《しゅらい》（雑費）がいる（『茶屋諸分調方記』）。

＊一 編笠を本作で近松はきわめて効果的に用いる。この後の敵役九平次や連れが、すわ喧嘩と笠を脱ぐ緊張した場面形成や、巻末の破れ笠の効果的な使用、中之巻徳兵衛が夜の編笠姿で出る場面など、それである。

二 大言を吐いて。

三 役者の身振りや声色を真似る芸。生玉（生国魂）社内には蓮池があり、馬場先辺から社頭にかけ茶屋や見世物小屋が集まり繁華な場所であった。「物真似聞きに」とあるようにここの場合評判の「当世しかた物まね」（『伽羅女』）の米沢彦八軽口ばなしを客は聞きに行った（下図絵入本挿絵参照）。

四 新地の遊女屋を得意として出入りする駕籠屋。

五 諺「梨の礫」と同じ。音沙汰のないこと。

六 たより、おとずれ。何かの機会を利しての連絡。

七 新地蜆川の茶屋の名。初は新地中町筋の茶屋天満《てんま》屋の抱えであるが繁く逢うので、他の茶屋をも出合いに用いたものであろう。

八 神仏に願を掛けるため百度参詣するが、それと同じ効果があるとして、境内に百度石を置き、百回往復すること。お百度をふむという。

九 色里で太鼓持ちをかねて芸を見せる盲人。九一頁「座頭まじくら どつと来たり」とある。「大市」は当

生玉の茶店にて二人の出合

行かんしたといへども《行かれたと言うけれど》　つんと《一向に》真《まこと》にならず《本当とは思えぬ》。ほんにまたあんまりな　わしはどうならうとも。聞きたうもないかいの。こな様《あなたは》それでもすもぞいの《すみもしようが》　わしは病《やまひ》になるわいの。嘘ならこれ《うそと思うなら》　この[一一]つかへを見さんせ」と。手を取つて懐《ふところ》の　［内へ入れ］　うち恨みたる口説《くど》き泣き。ほんの。女夫《めをと》に変らじな。

徳兵衛の言い訳

男も泣いて「オオ道理〳〵さりながら。いうて苦にさせ　何せう《どうしよ》ぞ《うぞ》いの。この中《ぢゆう》《先日来の》　おれが憂き苦労。盆と正月　そのうへに。十夜[一二]お祓《はら》ひ　煤掃《すすはき》を一度にするとも　からはあるまい。心のうちはむしやくしやと　[一三]やみらみつちやの皮袋。銀《かね》ごとやらなんぢややら《金の工面やなにやかやで》　わ[一四]

時実在の人物。義太夫浄瑠璃の三味線を弾き新地本中町に住む（『竹本秘伝丸』法師三味線物名寄）。一種の当込みで観客に親近感のある事柄や人物を配する。『冥途の飛脚』中之巻で竹本頼母を話題にしたりするのと同じ。

一〇 田舎の実家。

一一 痞《つかえ》。胸がつまりさしこむ状態。この初の所作は評判で、『相模入道千匹犬』初段にも用いる。『今源氏空船』五にも「嘘ならば是見さんせと四郎五郎が手をとつて懐の打恨みたる其風情、ここにも曾根崎の心中覚えけるにやと可笑しさたまらず」とある。

一二 浄土宗で十月六日から十五日まで別時念仏を唱える行事。「お祓ひ」は六月の天満御祓祭、同月晦日の夏越祓《なごし》などを普通いうが、ここの順からすると十月二十日の誓文払いをいうか。「煤掃」は歳末の大掃除。

一三「やみらみつちや」はひどいあばた。それに「……の皮」（例「へちまの皮」「てんぽの皮」）といった強調する語を添えた。無茶苦茶の意。「銀《かね》ごと」に続けるため銀を入れる皮袋とした。

一四「わけは京へも上る」は当時の通語で懸命に手段を講じること。徳兵衛が京の醤油問屋に金策に上ることも掛けていう。

けは《実をいうと》京へも上《のぼ》つて来る。ようも〳〵徳兵衛《とくびやうゑ》が命は[一]続きの狂言に。したらばあはれにあらうぞ《きっと哀れをさそうであろう》」と　溜息《ためいき》ほつとつぐばかり。

初、打明けを迫る

「ハテ[二]軽口の段《場合》かいの。それほどにないことをさへ《軽口を言ってすむほどのことだのに》　わしにはなぜにいはんせぬ。隠さんしたはわけがあろ　なぜ打ち明けてはくだんせぬ」と。膝にもたれて　さめ〳〵と　涙は。[三]延《の》べを浸《ひた》しけり。

徳兵衛の長い身上話

「ハアテ泣きやんな　恨みやるな。隠すではなけれども　いうても埒《らち》のあかぬこと。さりながら　おほかた先《ま》づ[四]すみよつたが《すんでしまったが》。一部始終を聞いてたも《聞いておくれ》。おれが旦那は主《しゆ》ながら　[五]現在の叔父甥《をぢをひ》なれば　ねんごろにもあづかる《大切にしてもらっている》。また[六]身どもも《私とても》　奉公に[*七]これほども《少しなりとも》油断せず。商ひ物も[八]文字ひらなか　違《ちが》へたことのあらばこそ《あろうことか》。このごろ《最近》袷《あはせ》をせうと《作ろう》思ひ　[九]堺筋で[一〇]加賀一疋《いつぴき》　[一一]旦那の名代《なだい》で買ひがかる　これが一期《いちご》にたつた一度《一生に》。この銀《かね》もすはといへば《いざ〔必要〕》　着替売りても損かけぬ。この正直を見て取つて。内儀の姪《めひ》に[一二]二貫目つけて女夫《めをと》にし。商ひさせうといふ談合《だんかふ》《相談》　去年からのことなれど。そなたといふ人もちて　な

一　よく命が続いたの意と歌舞伎の続狂言を掛けていう。放《はな》れ狂言（一幕物）に対していう。当時世話物の切《きり》狂言（一幕物）が出来ていたが、自分のは三番続きの本式の狂言になるほど大変だったと強調している。

二　徳兵衛は泣きながら、しかしわざと軽い語調の早口で冗談めかしてしゃべる。絵入本挿絵に「御評判彦八はなし」「ひこ八かる口はなし」とあり、彦八の芸をきかした軽口調でしゃべったものであろう。

三　延紙。遊女などが持つ紙。白色小形の杉原紙。

四　「すみをる」の訛り。大坂方言で、動詞連用形につき軽い罵りの気持を表す。「しよる。しをる也、来をるを来よるといふ」（『浪花方言』）。

五　ほかならぬ。眼前にたしかに存在することの意で、派生して血縁者など、間違いなく、その関係の人であることをいう。

六　一人称単数。私。ここではやや改まって話を始めたのでこの語を用いた。この改作『お初天神記』では「おれ」と変えている。

*七　人形が指先を示していう所作があるのであろう。

八　一文半銭。びた一文。「文字」は一文銭「表の方をもじと云」（『物類称呼』）。「ひら」は一片《ひら》、「なか」は「寸半《きなか》」（銭の直径が一寸）で、半銭の意味。

九　大坂を南北に堺へ通じる大通り。

一〇　加賀絹。加賀羽二重。一疋は二反。

んの心が移らうぞ。とりあへもせぬ《相手にもしない》その内に　在所《国もとの》の母はまま母なるが。われに隠して《私に内緒で》親方と談合きはめ　二貫目の。銀を握つて帰られしを　この[一三]うつそりが夢にも知らず。あとの月《先月》からもやくり出し《〔話が〕ごたつきだし》やあら聞えぬ《いやそれは納得できぬ》旦那殿。私合点《わたくしがってん》いたさぬを《承知いたさぬのに》　老母《らうぼ》をたらし《だまし》　たたきつけ《〔金で〕そそのかし》。あんまりなされやう　お内儀さまも聞えませぬ《あんまりです》。今まで様《さま》に様をつけ　[一四]あがまへた娘ごに。銀をつけて申しうけ　一生女房の機嫌取り　この徳兵衛《とくびやうゑ》が立つ《〔男が〕》ものか。いやといふからは　[一五]死んだ親父《おやぢ》が生きかへり申すとあつても。いやでござると　詞《ことば》をすごす《言いすぎた》返答に。親方も立腹せられ。[一六]おれがそれも《そういう訳も》知つてゐる。[一七]蜆川《しじみがは》の天満屋の　初《はつ》めとやらと[一八]くさりあひ。嬶《かか》が姪をきらふよな。よい　このうへはもう娘はやらぬ。やらぬからは銀を立て《返済せよ》。[一九]四月七日までにきつと立て　商ひの勘定せよ。まくり出して《叩きまくって追い出し》　[二〇]大坂《おほざか》の地《ぢ》は踏ませぬと怒《いか》る。それがしも男の我《が》《自分も男の意地》　オオソレかしこまつたと在所へ走る。また

一一 主人の名義で掛買い（後払い）をした。

一二 銀二貫目（約三十三両）の敷銀《しきぎん》（持参金）。

一三 まぬけもの。うかつ者。自分のぼんやり加減を自嘲していう。

一四 「崇《あが》める」の派生語。「猿は山王の。使者でござり。まづあがまへてござる」（狂言『富士松』）。

一五 どんな事があっても。たとえ死んだ親父が生きかえるような事があっても、いやという誓いの詞。

一六 八行別本「をのれ」。底本では自称か。

一七 天満屋は『色茶屋諸分車』に新地中町筋とする。堂島川と蜆川にはさまれた一帯が堂島新地で、色茶屋は当初裏町、北町にあった（『国花万葉記』元禄十年）。その後、中町筋（南から二筋目の東西の通り）に立ち並び、さらに蜆川沿いに元禄末年発展して新茶屋町を形成した。

一八 男女が通じ合うのを罵《ののし》る語。

一九 四月八日が灌仏会《かんぶつえ》で、丁度切りがよくその前日までに始末をつけようとした。当時は節句の前日を勘定日とする商習慣であった。二人の心中も四月七日。

二〇 ただ単に踏ませぬというだけでなく、旧里（久離）を切ること。兄姉または伯叔から弟妹甥姪に対し懲戒のため行う。親族関係断絶を言い渡してその地から放逐する。

一　この世があの世に入れ替るといった、有るはずもない事が起っても。どんな事があっても。この母が貪欲で後世を願う気持など毛頭ないことをも匂わす。
二　前出の「わけは京へも上つて来る」と照応する。彼自身の取引があるのでなく、集金を担当するだけ。
三　「骨が舎利になっても」。たとえ死んでも、どんなことがあっても、の意の諺。「骨が舎利になつても、うぬらに夫人を渡さうかいやい」（歌舞伎『三千世界商往来』二）。この諺を敷いていう。「しやれ貝」は水にさらされて肉のとれた貝、「舎利」に掛ける。
四　「うれし悲し」一語。悲喜交々《こもごも》の複雑な気持。
五　「せく」は流れを堰きとめること。転じて人を寄せつけぬように、通さぬようにすること。遊女と情人を逢わさぬようにする場合に多く用いられる遊里語。遊里の女らしく大坂放逐のことをこう述べた。
六　かたり。「こぶ切れ一つ、びたひらなか盗衒《ぬすみかやき》の覚もなし」（『摂州渡辺橋供養』四）。
七　現世ばかりの契りか来世もある。夫婦は二世（現世と来世）の契りの意をこめる。
八　心中事件の前例をさす。
九　「高」は、つまるところ。結局が死ぬまでのこと。「死出の山」は冥界、閻魔《えんま》王国との堺の険山（『十王経』）。元来譬喩《ひゆ》として生老病死の死の険難を死天山《しでのやま》とたとえた（『涅槃経』一一七）。
一〇　冥途の三途の川ではせいて逢わせぬ人も、せかれ

初のはげまし

この母といふ人が　[一]この世があの世へかへつても。握つた銀を放さ《放すも》ばこそ《のか》。京《［仕方なく］》の五条の醤油問屋　つね〴〵[二]銀の取りやりすれば。これを頼みに上《のぼ》つてみても　折しもわるう　銀もなし。引き返して在所へゆき　一在所《村中の人》の詫言《わびこと》にて。母より銀を請け取つたり。おつつけ《間もなくこの》返し《金を》　勘定しまひ《商いの勘定を済ませ》　さらりと埒があく《解決がつくことはつく》。されども《［叔父は私を］》大坂に置かれまい。時《［その］》には　どうして逢はれうぞ　たとへば[三]骨を砕かれて。身はしやれ貝の蜆川《しじみがは》　底の水屑《みくづ》とならばなれ。わが身に離れ《そなたに離れて》　どうせう」と　むせび。入つてぞ泣きゐたる。

お初も。ともにせく涙《せきあげる涙》。力《［ようように］》をつけて押しとどめ。「さて〳〵いか《大変な》いご苦労　皆わしゆゑと存ずれば。[四]うれし悲《がな》しう　かたじけなし。さりながら心たしかに思《おぼ》し召せ。大坂を[五]せかれさんしても　盗みか[六]やきの身ではなし。どうしてなりとも置くぶんは《どんな方法ででも大坂にあなたを置いておく分別は》　わしが心にある《私の胸の中にあるこ》ことなり《と》。逢ふに逢はれぬその時は　[七]この世ばかりの約束か。さう[八]した例《ためし》のないではなし。死ぬるを[九]高《たか》の死出の山。[一〇]三途《さんづ》の川はせく人

て逢えない人もないだろう。「川」と「せく」は縁語。死出の山を越えると大河の奈河があり、渡し場が山水瀬、江深淵、橋渡と三つの途《みち》に岐れ生前の業《ごう》の深浅でその途が決るという（『十王経』）。

九平次への貸金

一一 当座貸し。一時の融通をいう。
一二 連絡もしてこない。
一三 けりをつけよう。
一四 男を立て顔を売る者。
一五 ぬかりはあるまい。
一六 「ヤア」は驚きの語。遠くに九平次を見つけて徳兵衛が初に注意を喚起する。観客の注意をひく手法。
*一七 大夫・ワキ・ツレなどの語り手がつれて語る謡。「法《のり》の声ならん」までは謡曲『三井寺』のサシの部分。
*一八 大夫一人の謡。遠くから数人の謡い声が聞えてきてそれが近づき、やがて九平次が「山寺の」と『三井寺』のクセをはっきりと謡いながら舞台に現れる趣向。「見れば」から義太夫節の地に戻る。「来てみれば」の謡の文句を用いて、徳兵衛が見ると先頭に立つのは探している九平次、コレと転じてゆく。この趣の出端《では》（登場）の手法は『碁盤太平記』でも近松は用いるが、歌舞伎『傾城浅間嶽《けいせいあさまがたけ》』（元禄十一年）中巻の趣向を応用したものか。
一九 「山里の春の夕暮来てみれば入相の鐘に花ぞ散りける」（『新古今集』二）。

敵役九平次の登場
徳兵衛奸策にはまる

も。せかかる人も。あるまい」と気強う勇む詞《ことば》のうち。（間にも）〔さすが悲しく〕涙にむせていひさせり。（言葉が途切れた）

お初重ねて「七日というても明日のこと。とても（どうせ）渡す銀なれば早う戻して親方さまの。機嫌《きげん》をも取らんせ」といへば。「オオさう思うて気が急《せ》くが。そなたも知つた　かの油屋の九平次が。あとの（先月の）月の晦日《つごもり》　たつた一日いることあり。三日の朝は返さうと　一命《いちめい》かけて頼むにより。七日まではいらぬ銀。兄弟同事《どうじ》（同然の）の友だちのためと思ひて。[一一]時貸《ときがし》に貸したるが　三日四日に（三日にも四日にも）便宜《びんぎ》[一二]せず。〔五日は行っても〕昨日は留守で逢ひもせず　今朝尋ねうと思ひしが。明日ぎり（明日限りで）に商ひの勘定もしまはんと　得意廻りて打ち過ぎたり。晩には行つて埒《らち》[一三]あけう。あいつも[一四]男みがくやつ。おれが難儀も知つてゐる。[一五]如在《じよさい》はあるまい　気づかひしやるな　[一六]ヤアお初。

[一七]惣地謡初瀬も遠し難波寺《なにはでら》。名所《などころ》（沢山の名所の鐘の音が尽きぬのは）おほき鐘の声。尽きぬやのりの声な（仏法繁栄の響で）らん（あろう）。「[一八]大夫謡[一九]山寺の春の夕暮れ来て」〔と謡いつつ来る〕見れば（見ると先頭は）さきなは〔九平次〕「コレ九平

次。アアふでき千万《図々しく大胆な》な。身ども方へはふとどきして遊山《ゆさん》《遊び》どころではあるまいぞサア。今日埒あけう」と手を取つて。引きとむれば九平次[一]興《きよう》さめ顔になつて。「なんのことぞ徳兵衛。この連《つ》れ衆は[二]町の衆。上塩町《うへしほまち》へ[三]伊勢講にて　ただいま帰るが　酒も[四]少《ちと》飲んでゐる。利腕《ききうで》取つて　どうすることぞ。粗相《そさう》をするな」と笠を取れば「イヤこの徳兵衛は粗相《あやまち》はせぬ。あとの月の二十八日　銀子二貫目時貸しに。この三日切り《期限で》に貸したる銀　それを返《かや》せといふこと」と。いはせも果てず　九平次かつら〳〵と笑ひ。「気が違うたか徳兵衛。われ《お前》と数《す》年《ねん》かたれども《つきあうが》　一銭借つた覚えもなし。[五]聊爾《れうじ》なことをいひかけ後悔するな」と振り放せば。[*六]連れも笠をはらりと脱ぐ　徳兵衛はつと色をかへ。「いふな〳〵九平次。身が《俺の》このたびの大難儀　どうも《自分では》ならぬ《大事の》銀なれども。晦日《つごもり》たつた一日で　[七]身代《しんだい》立たぬと嘆いたゆゑ。日ごろかたるはここらと思ひ《親しくするのはこういう時のことと思い》　男づくで《男の意地ずくで》貸したぞよ。[八]手形もいらぬといふたれば　念のためぢや　判をせうと。身どもに証文書かせ　お

一 驚きあきれた顔。
二 後に「お町衆《ちやうしゆ》」とあり、町役人をいう。
三 伊勢大神宮信者の講。講日に順次講中の家に集まり、参宮路費を積み立てる。頭人の家では酒食を供する。
四 底本「少」。「すこし」とも読める。
五 粗相、そこつと同じ。
＊六 連れの人たちが一せいに笠を脱ぎ捨てる所作で、喧嘩《けんか》になる前の緊迫感を表す。
七 身代限りする。破産する。
八 証文。借金の場合、信用のある間柄では証文を書かない場合もある。

ぬしが押した判がある。[九]さう言ふな《つべこべ言うな》九平次」と血眼《ちまなこ》になつて責めかくる。「ムムゥなんぢや　判とはどれ見たい」。「オオ見せいでおかうか」と。懐中の[一〇]鼻紙入れより取り出《いだ》し。「[一一]お町衆《ちやうしゆ》なら見知りもあらう。コリヤこれでもあらがふか《争うのか》」と。開いて見すれば　九平次横手を打ち。「なるほど判はおれが判。エエ徳兵衛　[一二]土に食ひつき死ぬるとても　こんな《不正な》ことはせぬものぢや。この九平次はあとの月二十五日。鼻紙袋を落して　印判ともに失うた。方々に[一三]張紙して尋ぬれども　知れぬゆゑ。この月からコレ。このお町衆へも断り　印判を変へたいやい《変えたわやい》　二十五日に落した判を　八チ日《〔二十八日〕》に押されうか。さてはそちが拾うて　手形を書いて判を据ゑ。おれをねだつて《ゆすって》銀取らうとは　[一四]謀判《ぼうはん》より大罪人。こんなことをせうよりも《するぐらいなら》　盗みをせい徳兵衛。エエ首を斬らせるやつなれど　ねんごろがひ《懇意のよしみで》に許しておく。銀になるならして見よ」と手形を顔へ打ちつけ。はつたとにらむ顔つきは　[一五]けんによも《思いも寄らないといったふうで白々しい》。なげに白々し。

九　左右。あれこれ、とやかく。

一〇　革や絹などで作った袋で、鼻紙・薬・金・印判などを挟んで懐中する。巾着《きんちやく》などの下げ物に代り多く用いられるようになる。

一一　毎月二日寄合ということがあり、戸主は会所へ寄って、御定法《ごじようほう》を読み聞かせられた上、人別帳《にんべつちよう》に判を押すならいがあった。

一二　土にかじりついても、どんな事があっても。

一三　当時の探し物の習慣。

一四　印判偽造。「謀書又は謀判いたし候もの引廻之上獄門」(『科条類典』)。

一五　『片言《かたこと》』に、「けんによもない」という言葉は「すべておもひがけもなきことに云習はせり」とある。大坂辺の訛った言い方。正しくは「権輿《けんよ》もなし」(一説に「懸念《けんねん》」の訛りとも)。

＊印判の言いかけの前例としては『沖津白浪』三「玉屋弥兵衛芝居見物の事」（元禄十五年）などある。これは木戸口で弥兵衛の羽織の裏に自分の印を押した盗人が、弥兵衛を泥棒呼ばわりして印を証拠にかたり取ろうとする話。

一 判っているか。

二 忍び逢いであることも忘れ、知り人ということで駕籠屋にも声をかけ、助けを求める、初のせっぱつまった叫び。

＊田舎客と駕籠舁《か》き登場。

三 もともと気の小さい田舎客。

四 無理やりに。

＊初、駕籠にのせられ退場。

徳兵衛の怒り

徳兵衛くわつと胸せいて《怒りにカッと胸が詰って》　大声あげ。「さて巧《たく》んだり〳〵。一杯食うたか　無念やな。ハテなんとせう　この銀をのめ〳〵《おめおめ》とただおのれに取られうか。から巧んだことなれば　でんど《出る所へ》へ出てもおれが負け。腕先で取つて見せう　コレヤ。平野屋の徳兵衛ぢや　男ぢやが合点《がつてん》[一]か。おのれがやうに友だちを騙《かた》つて倒す《ふみ倒す》男ぢやない　サア来い」と。つかみつく（九平次）「ヤアしやらな《生意気な》　丁稚《でつち》あがりめ。投げてくれん」と胸ぐら取り。撲《ぶ》ち合ひ捩《ね》ぢ合ひたたき合ふ。お初ははだしで飛んで下り〔床より〕「あれ皆さま頼みます。わしが知つたお人ぢやが　駕籠の衆《しゆ》はゐやらぬか。あれ徳さまぢや[二]」と身をもがく　せんかたなくもあはれなり。

客、初を連れ去る

客はもとより[三]田舎者《ゐなかもの》。「怪我があつてはならぬぞ」と　無体《むたい》[四]に駕籠に押し入るる。（初）「いやまづ待つてくだんせ《ください》　なう悲しや」と泣く声ばかり〔を残し〕。「急げ〳〵」と一散に　駕籠を早めて帰りけり。

打擲《ちようちやく》される徳兵衛

徳兵衛はただ一人　九平次は五人連れ。あたりの茶屋より棒づく[五]

五　廓《くるわ》や盛り場で、自衛のため男達が集まり、棒を並べて乱暴者などを外へ押し出すこと。「あたりのあげや、くるわより、手々にぼうを出しつつ、相手をにがすなとらへよと」（『雁金文七三年忌』）。

六　生玉社前の馬場先に相対してあった二つの池。玉池の白蓮として『難波十二景』（延宝四年）に選ばれていた。

*七　この三重で散々に打擲される演技がある。またこの間に九平次等退場。

*八　ここに「スエテ」という文字譜があり、徳兵衛が後悔に涙するさまを語り分ける。

九　どなたの手前も。騒ぎで集まってきた人々にいう。

一〇　言いがかり。因縁をつけること。

め　蓮池[六]まで追ひ出《い》だし。誰が踏むやら　たたくやら　さらに《全く》分《わか》ちは三重[七*]へなかりけり《区別がつかなかった》。

髪もほどかれ　帯も解け。あなたこなたへ伏しまろび「やれ九平次め　畜生め。おのれ　生《生か》けて《して》おかうか」と。よろぼひ《よろめき》尋ね廻れども　逃げて行方《ゆくへ》も見《見え》えばこそ《ることか形もない》。そのままそこにどう《どっか》どすわり《と》　大声[八*]あげて涙を流

蓮池で打擲される徳兵衛

し。

徳兵衛の弁明

「いづれ[九]もの手前も面目なし　恥づかしし。まったくこの徳兵衛が　いひかけ[一〇]したるでさらになし《けっしてない》。日ごろ兄弟同然に　かたりしや《つきあったあい》つがことといひ《つのことでもあるし》。一生の恩と嘆きしゆゑ。明日七日この銀がなけ

れば　われら《私自身も》も死なねばならぬ。命代りの銀なれども　互ひのことと役に立ち[一]。手形をわれらが《私の手で》手で書かせ。印判据ゑてその判を　前《まへ》[二]方《かた》に落せしと。町内へ披露《ひろう》して　かへつて今の逆《さか》[三]ねだれ。口惜《くちを》しや無念やな。このごとく踏みたたかれ　男[四]も立たず身も立たず。エエ最前《さいぜん》《先刻》につかみつき。食ひついてなりとも死なんものを」と大地をたたき　歯嚙《はが》みをなし。拳《こぶし》を握《にぎ》り嘆きしは。道理とも笑止《せうし》[五]とも　思ひやられてあはれなり。

「ハアかういうても無益《むやく》[六]のこと。この徳兵衛《とくびやうゑ》が正直の心の底の涼《すず》[七]しさは　三日を過《す》ぎさず　大坂《おほざか》中へ申しわけはして見せう」と。後《のち》[八]に知らるる詞《ことば》の端《はし》「いづれも《皆さん》ご苦労かけました。ご免《めん》あれ」と一礼のべ。*[九]破れし編笠拾ひ被《き》て　顔[一〇]も傾《かたぶ》く日影さへ。曇る涙にかきくれ〳〵。すご〳〵帰るありさまは　目もあて。られぬ三重

一 自動詞。自分が彼の役に立ち。
二 以前に。証文の日付の二十八日より前、二十五日に落したと届け出たこと。
三 逆ねじ。ゆすられる筈の人間が、逆に他をゆすること。
四 男の面目も立たない上に、生きる手だても失った。
五 気の毒。

覚悟の言葉を残し徳兵衛退場

六 無益《むえき》。むだ。
七 清さ。潔白であること。
八 心中をした後で、この言葉の意味が判る。
*九 破れ編笠で視覚的にも傷心の徳兵衛を表す。と共に次の場の身を忍ぶ夜の編笠の彼の姿につながる。
一〇 顔をうち伏せ力無く行くその哀れな姿に、折柄長い斜光を残し沈みゆく日も曇るほどである。
＊『誹諧大福寿覚帳』（正徳頃）に「どふぞせつきのないくにもがな　たたかれたとく兵衛人形のごとく也」とあることからも、印象的な徳兵衛の哀れさが演じられたことが判る。三重で舞台転換がある。

中之巻

〽恋風の。身に蜆川《しじみがは》[一一]《の恋の川が流れて》流れては そのうつせ貝うつつなき。《その川底にある貝がらのように心も空ろである》色の闇路《やみぢ》を照らせとて。《色恋の闇路を照らせと》夜ごとにともす灯火《ともしび》[一二]は。四季の螢よ《四季を通して光る螢か》 雨夜《あまよ》の星か。夏も花見る梅田橋。《夏でも春の花の美女を見る梅田橋》旅の鄙人《ひなびと》[一三] 地の思ひ人。《土地の馴染客が》心〽ごころのわけの道《それぞれの思わくで色恋の道を急ぐ》 知るも迷へば《粋人も恋の道に迷い》 知らぬも通ひ。《訳知らずの不粋も通い》新色里《しんいろざと》[一四]とにぎははし。[*一五]《賑わっている》

無残《むざん》[一六]やな 天満屋の。お初は内へ帰りても。今日のことのみ気にかかり。酒も飲まれず気もすまず《気も落着かず》 しく〳〵。泣いて。ゐる所へ。隣のよね《遊女》や傍輩《はうばい》の ちよつと来ては「なう初さま。何も[*一七]聞かんせぬか。徳さまは 何やらわけの悪いこと《不都合なこと》あつて。たんとぶたれさんしたと 聞いたがほんか《本当か》」といふもあり。「イヤわしが客さまの話ぢやが。踏まれて死なんしたげな《そうな》」といふもあり。騙《かた》りをいうて縛《しば》られてのと。偽判《にせばん》して括《くく》られてのと。ろくな《まともな》ことは一つもいはず

堂島新地天満屋

蜆川の景

一一 身に沁《し》むと蜆を掛ける。「流れ」にも、川の流れと、心身恋に流れおぼれるとを掛ける。「は」は強意。

一二 店々の軒行灯《あんどん》が川面に映える景。梅田橋は蜆川に掛っていた。付録「橋づくし図」参照。

一三 大坂に旅してきた田舎人。

一四 八一頁注一七参照。

*一五 「にぎははし」まで中之巻のマクラ（前置き）。新地天満屋の雰囲気を述べる。

初の心痛

一六 いたわしや。

妓達の見舞い

*一七 「詞《ことば》」の曲節は「何も……悪いことあつて」の一か所だけにつけられ、後はすべて地で語る。女人形が入れ替り立ち替りやって来て、ちょっと初に話してゆく様子を活写する。

＊ 中之巻冒頭より九平次の退散まで、その局面・場構成・人物設定・状況・心理描写等において、『世継曾我』二、化粧坂の敵役二人の退散までと同じ展開が見られ、同趣の文辞も多い。拙稿「『切上るり曾根崎心中』の成立について」（『語文』三九輯）。

初のいや増す心痛

問ふにつらさの見舞ひなり。[一]

〔初〕[二]「ああ　いやもういうてくだんすな。聞けば聞くほど胸痛み　わしから先へ死にさうな。いつそ死んでのけたい《しまいたい》」と　泣くよりほかのことぞなき。

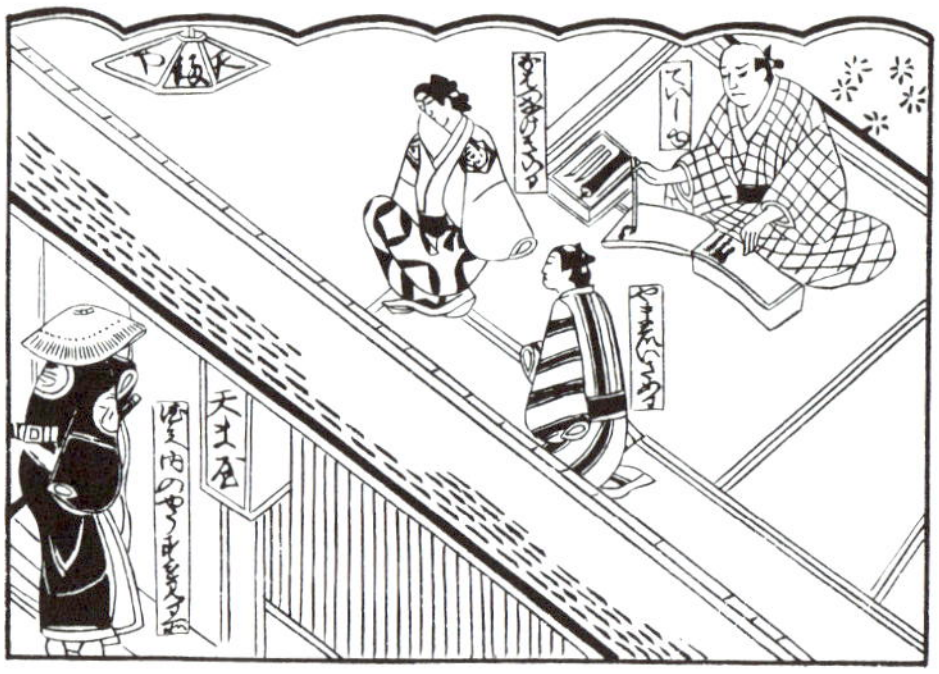

色茶屋天満屋のうちそと

徳兵衛、忍びの登場

〔初が〕涙片手に《涙ながらに》。表を見れば　夜の[三]編笠　徳兵衛。思ひわびたる《思いわずらった》忍び姿〔それを〕　ちらと見るより飛び立つばかり。走り出《い》でんと思へども　[四]おうへには亭主夫婦。上《あが》り[五]口に料理人。庭[六]では下女がやく[七]たいの　目が繋ければさもならず《そうもできなくて》。

初、表へ出る

「アアいから気がつきた《大層気がつまる》。門《かど》見て来《こ》う」とそつと出で「ならこ

一　諺「問ふにつらさのまさる」（『毛吹草』）。なまじ問われてかえって悲しみの増すこと。「訪（問）ふにつらさのまさり草」（『世継曾我』三）。

二　底本、平仮名表記。初の重い心を表す。

三　遊客は夜でも編笠をかぶり、人目を避けてゆくのが風俗。編笠の紐を「解く」と「徳」とを掛けた。ちらと顔を見せる演技。

四　主婦の居る座敷。

五　土間から座敷へ上る所。

六　家の中の土間。

七　「やくたいなし」の略で、厄介《やっかい》な目があるの意と、料理の縁語で焼いている鯛の目とを掛ける。「繋ければ」は多くの目が光るの意。

れはどうぞいの《どうしたことかいな》。こな様《あなたの》の評判　いろ〳〵に聞いたゆゑ。その気づかひさ〳〵《気がかりさ》。気違ひのやうになつてゐたわいなう」と。笠[八]*のうちに顔さし入れ。声を立てずの隠し泣き　あはれ。切なき涙なり。
男も涙にくれながら。「聞きやるとほりの巧《たく》[九]みなれば　いふほど《言い訳をすれば》　おれが非に落ちる《するほど自分の立場が悪くなる》。そのうち四方八方の　首尾《成行き》はぐわらりと違うてくる。もはや今宵はすごされず　とんと《すっかり》〔死ぬ〕覚悟をきはめた」と。ささやけば　〔店の〕内よりも「世間に悪い取り沙汰《さた》[一〇]ある　初さま内へはひらんせ」と　声々に呼び入るる（初）「オウ。[一一]*〳〵あれぢや《すぐにあの有様》　〔これでは〕なにも話されぬ。わしがするやうにならんせ」と。打掛け[一二]の裾に隠し入れ　ヲクリ[一三]*　這《は》[一四]ふ〳〵へ中戸[一五]の。沓脱《くつぬぎ》より
忍ばせて。縁[一六]の下屋にそつと入れ　〔初は〕上《あが》り口に腰うちかけ。たばこ引き寄せ吸ひつけて　そしらぬ。顔してゐたりけり。
かかる所へ　九平次は悪口仲間[一七]二三人。座頭[一八]《座頭交じりに》まじくら　どつと来たり。（九平次）「ヤアよねさまたち《女郎様達》　淋《さび》しさうにござる。なにと客になつて

*八　ここにも編笠を使った効果的な工夫の一つがされている。
九　九平次の奸計《かんけい》、たくらみ。
一〇　風評。徳兵衛の悪い噂《うわさ》をいう。
*一一　返事の繰り返しの間に句点がある。一方は内に対して答え、一方は徳兵衛に愚痴をいう感じを示す。

徳兵衛、覚悟を語る

一二　帯をした上に打ち掛けて着る小袖。茶屋女は普通は小袖だけで打掛は用いないが、堂島新地の中町だけは特別に用いた（『浪花色八卦』）。天満屋は中町筋にあったため、近松はこの趣向を思いついた。
*一三　ヲクリの曲節で忍ばせて内へ入れる所作がある。
一四　這うようにしてやっと。
一五　店の表口から中に入り、中庭に入る戸口。
一六　縁の下と同じ。下屋にも縁の下の意がある。
*　歌舞伎では縁の下へ入る演技がよく見られた。近松作の『一心二《いっしんに》河白道《がびゃくどう》』（元禄十一年）や切浄瑠璃『道中評判敵討』（同十四年）など。

初、徳兵衛を縁の下に忍ばす

一七　太鼓持ちは悪口をいうので太鼓持ち仲間の意がある（『傾城禁短気』五）が、ここは悪口《わるごう》（功）する連中、悪ふざけ仲間の意味か。

九平次、仲間と登場し悪態をつく

一八　七八頁注九参照。

やらうかい」。(九平次)「なんと亭主　久しいの《久しぶりだな》」と。のさばり上れば《横柄に上がり込むと》(亭主)「それたばこ盆　お盃」と。ありべがかり[一]に立ち騒ぐ。(九平次)「イヤ酒は[二]措《お》きや　飲んできた。さて話すことがある。これの《これこの》初が一客《いちきやく》[三]　平野屋の徳兵衛めが。身《おれ》が落した印判拾ひ。二貫目の似せ手形で騙《かた》らうとしたれども。理屈《りくつ》に詰つて挙句《あげく》には。死なずがひな目に逢うて《死ななかったのが幸いなひどい目にあって》一分《いちぶん》[四]は廃《すた》つた。向後《きやうこう》[五]こらへ来たるとも　油断しやるな。皆にから語るのも　徳兵衛めがうせ《やって来て》　まつかいさま[六]にいふとても。かならず真《まこと》にしやるなや。寄せることもいらぬもの。どうで野[七]江か飛田もの[八]」と真《まこと》しやかにいひ散らす。

縁の上下に心を通わす二人

一 「あるべきかかり」の転訛《てんか》。通り一ぺんに。茶屋の亭主のどこでも見られるあしらい。
二 酒を出すのは止めろよ。
三 第一のお客。
四 男の面目が丸つぶれになった。
五 これから後。
六 「真反様《まつかへさま》」の転訛。正反対。
七 京街道沿いの刑場墓地。京橋を渡り野田村（今の東野田）を経て内代村（今の都島区内代町）に入る間にあった大坂七墓の一。
八 鳶田とも記す。堺《さかい》街道沿いの刑場墓地。今西成区東田町。ここも大坂七墓の一。「飛田もの」は処刑されるに決っている悪人と、けなす言葉。
九 思慮深くけなげなこと。
一〇 茶屋では一番に盃と菓子盆を出す。九平次が酒は要《い》らぬと言ったので、亭主は吸物でも持って来させようと座をはずす口実に言った。当時は魚・貝・薯《いも》のすりおろし・松茸などの白味噌の汁を出す（『茶屋諸分調方記』）。

縁の下には〔徳兵衛が〕歯を食ひしばり　身を震《ふる》はして腹を立つるを。初はこれを〔人に〕知らせじと　足の先にて押し鎮《しづ》め。押さへ鎮めし神妙《しんべう》さ[九]　亭主は久しい《馴染の》客のこと。善《よ》し悪《あ》しの返答なく。「さらばなんぞお吸物[一〇]」と*[一一]まぎらかしてぞ立ちにける。

初は涙にくれながら「さのみ利根《りこん》[一二]にいはぬもの。徳さまの御こと　幾年馴染《いくとしなじ》み　心根《こころね》をあかしあかせし中《なか》なるが。それは〳〵いと[一三]しぼげに　微塵《みぢん》わけは悪うなし《少しも悪いわけはない》。頼もし立て[一四]が身のひしで　だまされさんしたものなれども。証拠なければ理《言い訳》も立たず。この上は徳さまも死なねばならぬ品《しな》[一五]なるが。死ぬる覚悟が聞きたい」と独言《ひとりごと》になぞらへて。足で問へば　〔徳兵衛は〕打ちうなづき。〔初の〕足首取つて咽笛撫《のどぶえな》で。自害するとぞ知らせける。

（初）「オオそのはず〳〵。いつまで生きても同じこと。死んで恥をすす《すすが》がいでは《なくては》」といへば　九平次[一六]ぎよつとして。「お初は何をいはるるぞ。なんの《どうして》徳兵衛が死ぬるものぞ。もしまた死んだらその跡《あと》は。お

初、無念の徳兵衛を足で鎮める

* 当時の人形は足がなく、人形の裾から手を入れて遣う操法が普通であるが、ここでは縁を台に使って、背後から手を差し込む操法でお初の足をも遣ってみせ、評判を呼んだ。

*一一 亭主退場。

初、足で徳兵衛の覚悟を聞く

一二 賢こそう。自分だけ良いように。

一三 「いとほしげ」の転倒語。気の毒で。

一四 人の為とせっかくしたことがわが身の災難で。「ひし」は災難、破滅の意。

一五 事情。

一六 初が辛抱できず発した言葉に、のみこめぬ九平次は驚くとともに、死んで云々といったことにも慄然《りつぜん》とした。

初、心中の決意を固める

* 九平次にいう形で、実は徳兵衛に通じさせる言葉の二重性（鎹《かすがい》詞）の趣向がとられている。これは歌舞伎でよく用いられる当言《あてごと》の趣向にもつながる手法。

九平次気味悪がり退散

亭主、店を仕舞えと指示

初、蔭ながら暇乞い

れがねんごろしてやらう《情けをかけて可愛がって》。そなたもおれに惚《ほ》れてぢやげな《いるそうな》」といへば。「こりやかたじけなかろわいの[一]。わしとねんごろさあんすと　こなたも《あなたも》殺すが合点か。徳さまに離れて　片時《かたとき》も生きてゐようか。そこな九平次のどうずりめ[二]。あはう口をたたいて《くだらないことをしゃべって》　人[三]が聞いても不《ふ》審《しん》が立つ《不審に思う》。どうで《どうでも》徳さま一所《いっしょ》に死ぬる　わしも一所に死ぬるぞやい[四]の」と。足にて突けば　縁の下には涙を流し。足を取っておしいただき。膝《ひざ》に抱《だ》きつき焦《こが》れ泣き　女も色に包みかね《顔色に現れるのを押えかね》。互ひに物はいはねども。肝《きも》と〳〵《心と心》にこたへつつ　しめり《忍び泣きに泣いていた》。泣きにぞ泣きゐたる。人知らぬこそあはれなれ《誰もその事情が判らぬだけに哀れである》　九平次も気味わるく。「相場[五]がわるい《仲間に》　おぢやいの《来られよ》。ここなよね衆は異《い》なことで《風変りで》。おれらがやうに　銀《かね》使ふ[六]大尽《だいじん》はきらひさうな。[七]あさ屋へ寄つて一杯して　ぐわら〳〵[八]一《いち》分《ぶ》を撒《ま》き散らし。そして往《い》んだら《帰ったら》寝よからう　アア懐《ふところ》が重たうて。歩きにくい」と[九]悪口だらけいひ散らし　わめいてこそは帰りけれ。

亭主夫婦「今宵《こよひ》ははや《もう》　[一〇]火もしまへ。泊《とま》りの衆は寝せませい《お客はお寝かせしろ》　初

一　有難いことであるわいな、と腹立ちをぐっと押えわざと皮肉な調子でいう。
二　「掏摸《すり》」に、罵倒の意をこめた接頭語「どう」（「ど」の長音化）を添えたもの。
三　恋人徳兵衛が傍らで聞いているだけに、九平次の口から出まかせの言葉に怒りを爆発させた。
四　感動詞「やい」に間投助詞「の」がついた感動の言葉。
五　景気が悪い、風向きが悪い。大坂の地の米相場を背景にして使われている。
六　廓《くるわ》などで金使いの荒い上客。二八九頁注二〇参照。
七　同じ新地の蜆川の茶屋（『色茶屋諸分車』）。
八　一分金。長方形の小形貨幣、一両の四分の一。
九　ありったけの悪口。さほどの金持でないのに僭上《せんじょう》をいったことをさす。
一〇　台所辺の炭火を始末すること。
一一　町人の主婦をいう。
一二　初の死を決意しての暇乞いの言葉。それをさり気なくいう。
一三　内に居る奉公人。
一四　初の寝屋は二階にあり、上ってゆく。
一五　凡人の愚痴にして、先

も二階へ上つて寝や。早う寝や」と　いひければ。「そんなら旦那さま　[一一]内儀《ないぎ》さま。[一二]もうお目にかかりますまい　さらばでござんす。[一三]内衆《うちしゅ》もさらば〳〵」とよそながら。暇乞《いとまご》ひして[一四]閨《ねや》に入る　〔人々は〕これ一生の別れとは。後《のち》にこそ知れ　〔今は〕気もつかぬ　[一五]愚《おろ》かの心不便《ふびん》さよ。（亭主）「それ[一六]釜《かま》の下《した》に念を入れ　肴《さかな》を鼠に引かするな」と。〔皆は〕[一七]見世をあげつ　門《かど》〔戸じまりし〕さしつ。寝るより早く高鼾《いびき》＊[一八]ヲクリ　いかなる〳〵夢も[一九]短夜《みじかよ》の　〔午前一時半頃〕八《や》つになるのは。ほどもなし。初は白無垢《しろむく》　[二〇]死に出立《でたち》　[二一]恋路の闇《やみ》　黒小袖。上に打ちかけ　〔忍び足で〕差《さ》し足し　二階の口よりさしのぞけば。男は〔縁の〕下屋《したや》に顔出《い》だし　[二二]招き　うなづき　指さして。心にものをいはすれば　階子《はしご》の下に下女寝たり。[二三]釣《つ》り行灯《あんどう》の火はあかし　〔初は〕いかがはせんと案《あん》ぜしが。棕櫚箒《しゅろばうき》に扇をつけ　[二四]箱階子《はこばしご》の〔上から〕二つ目より。煽《あふ》ぎ消せども　消えかぬる。身《み》も手ものばし　はたと消せば。階子よりどうど落ち　行灯消えて　[二五]暗がりに。下女はうんと寝返《ねがへ》りし。二人は[二六]胴《どう》を震《ふる》はして　〔互いを〕尋ね廻る危《あや》ふさよ。

を見通せないことの気の毒さよ。

一六　残り火がないか、火の用心をせよという心。

一七　店を片付け仕舞い。「見せ棚」（下ろすと縁台になり、上げると板戸になる仕掛け）を上げるとも考えられる。

店仕舞い夜更ける

＊一八　店仕舞いする演技と時間の経過を表すヲクリ。

一九　「見じ」（見ない）と「短か」を掛ける。

二〇　全部白色の着物を死装束としてつける。

二一　恋で心狂い分別をなくしたの意、「黒」を出す縁もある。恋路の闇にも似た真黒の小袖を目立たぬよう上に羽織る。

初、二階を下りる

二二　ここだと手招きし、心中のため脱出の心をうなずき合って示し、戸口の方を指さすなど、無言で心の中を伝える。

二三　八角ともいう。終夜火を点《とも》すので有明《ありあけ》ともいう（九六頁一行目・同頁挿絵参照）。

二四　階段の側面に抽出《ひきだ》しや戸棚などのついたもの。

二五　暗がりになるのと、下女が物音に反応して暗がりの中で寝返るのとを掛けている。

二六　初、徳兵衛の二人が怖れおののくさま。

＊『心中二枚絵草紙』（宝永三年）下之巻天満屋の段で、下女が「おはつ様のかの夜さり。二階の梯子を踏みはづしおれが胴骨《どうぼね》踏まんした。形見の痛さが、やう〳〵とこの頃止んだに」とあり、そうした蒲団《ふとん》の端にでも落ちかかる演技があったか。

亭主奥にて　目をさまし。「今のはなんぢや。をなごども　有明《ありあけ》の火も消えた。起きてとぼせ」と起されて　下女は眠《ねむ》そに目をすり〳〵。一＊丸裸にて起き出で「二火《ひ》打箱《うちばこ》が見えぬ」と。探《さぐ》り歩《あり》くを触《さは》らじと　あなたこなたへ這ひまつはるる三玉葛《たまかづら》。苦しき四闇の　うつつなや　やう〳〵二人手を取り合ひ。門口までそつと出で　五掛金《かきがね》ははづせしが　六車戸《くるまど》の音いぶかしく　開けかねし折から。下女は火打ちをはた〳〵と。打つ音にまぎらかし　七ちやうど打てばそつとあけ。かち〳〵打てばそろ〳〵あけ。合はせ〳〵て身を縮《ちぢ》め　八袖と〳〵を槙《まき》の戸や。九虎の尾を踏む心地《ここち》して　二人続

二人はあちらこちらへ這う　それに玉が這いまつわる

闇の中の探り合いで

まるで夢中の有様

気がかりで

［音と］二人の身も合わせ

心中への脱出行

二人、緊迫の脱出

＊物音に合わせて錠を開ける趣向は、すでに歌舞伎で行われており、この後の近松作品（『卯月紅葉《うづきのもみぢ》』等）にも用いられた。

＊一　挿絵にもあるように湯もじだけの裸で所作する、やや滑稽《こっけい》な演技を、この緊迫した場に入れる。近松の常套《じょうとう》的手段で、道化首《かしら》のお福を用いたものであろう。

二　火口《ほくち》・火打石・火打金の発火道具を入れた小箱。

三　「這ふ」「玉葛」（つる草）「繰《く》る」（くるしき）は縁語。下女の通名「玉」をきかしてあると思われる。二人が触るまいと逃げるが、闇の中で下女がまつわり近づく緊迫した演出がある。「玉葛」は繰るの枕詞。

四　「むば玉の闇のうつつはさだかなる夢にいくらもまさらざりけり」（『古今集』十三）による。

五　戸のかけがね。錠前の金物。「大工殿より鍛冶《かぢ》屋が憎い。寝屋のかきがね鍛冶が打つ」（『若緑』）。

六　下部に車のついた滑りのよい戸。

七　激しく当るさま。「はっしと」「かちっと」。

八　二人の袖と袖とを巻いて、真木（槇・檜・杉）で作った堅固な戸、その戸口を。戸と虎と頭韻をふむ。

九　心の憂危をたとえる諺《ことわざ》。「虎の尾を踏み、毒蛇の口を遁《のが》れたる心地して」という謡曲『安宅《あたか》』の引用に、関所を越えるにも似た二人の心理を示す。

＊一〇　舞台転換の三重。

一一　墓所。あるいは嵯峨の仇野《あだしの》などをひびかすか。

一二　屠所《としょ》に引かれてゆく羊の一足一足を、人命の日々

いてつつと出で。顔を見合せ「アアうれし」と　死にゆく身をよろこびし。あはれさ　つらさ　あさましさ（いたましさ）。あとに火打ちの石の火（後になお打つ）の〔ように〕命の。末こそ一〇*三重〽短《みじか》けれ

下之巻　曾根崎心中　徳兵衛 お初 道行

この世の名残《なごり》〔今は〕。夜も名残（夜もこれで最後）。死にゆく身をたとふれば　仇《あだ》一一しが原の道の霜（霜と同じ）。一足づつに消えてゆく（一二 歩むに従い命の火も消えゆく）。一三夢の夢こそ　あはれなれ（夢の中の夢のようにはかなくあわれであるよ）。

一四*ワキあれ数ふれば〔折しも鐘の音〕　暁《あかつき》の。七つの時が六つ鳴りて（一五 午前三時頃の時鐘が）　のこる一つが今生《こんじやう》の。鐘の響《ひび》きの聞き納め。大夫一六寂滅為楽《じやくめつゐらく》と二人響くなり。鐘ばかりかは（名残は鐘声ばかりであろうか　いや草木も〔すべて〕）。草も木も。空も名残と　見上ぐれば。一七雲心なき水のおと〔日を落すと〕　一八北斗《ほくと》は冴《さ》えて影うつる〔水面に〕　星の妹背《いもせ》の天の川〔もうつる〕。一九梅田の橋を鵲《かささぎ》の　橋と契りていつまでも。われとそなたは女夫星《めをと》。かならず添ふとすがり（あの如く添おうと）寄り。二人が中に降《ふ》二〇る涙〔その涙で〕　川の水嵩《みかさ》も　まさるべし。

死に近づくにたとえた経文（『摩訶摩耶経』）がある。

一三 浮世がはかない夢の世であるのになお死を求めるはかなさの意。

*一四 徳兵衛初二人の出。ワキの浄瑠璃大夫と大夫の二人の掛合い。徳兵衛をワキ語りが、初を大夫が語り分けている。

一五 このあたりの表現、荻生徂徠《おぎゆうそらい》が「近松の妙所この中にあり」と巻を擲《なげう》って感嘆したところ（『一話一言』）。「今鳴るは七つの鐘ぞむ（六）つごともまだ尽きせぬに別れいそぐな」（『吾吟我集』六）。

一六「晨朝《じんてう》の響は。生滅滅已《しやうめつめつい》。入相は。寂滅。為楽と響きて」（謡曲『三井寺』）。二人の耳には有難く、涅槃《ねはん》（死）を楽しみとする極楽往生の響きさえする。

心中道行　儚《はかな》き命

一七「雲無心にして以て岫《しう》を出で」（陶淵明『帰去来辞』・謡曲『三笑』）。自然の雲はうらやましくも無心にただよい、水は音立てて流れる。

梅田橋慕情

一八 水面《みずも》に北斗は冴えわたってその影を映し、女夫星《みようと》の相会う天の川も映ってみえる。七夕の夜、盥《たらい》に水をはり空の星影を映し願を掛ける風習などがあった。

一九 その川面の天の川の上に、梅田橋が掛る。この橋を鵲《かささぎ》の橋だと思ってここで契りをこめ。

二〇 未来をたのんで契ってはみるが、それにしてもこの世で女夫になれたならばと又しても恨みの涙がとめどなく流れる。「降る」は天・星などの縁語。

身にしむはやり歌

一向ふの二階は。何屋とも。おぼつかなさけ二最中《さいちゅう》にて。まだ寝ぬ火影　声高く。*三ヲドリことしの心中四よしあしの。言の葉草や　繁るらん。大夫聞くに五心もくれは鳥　あやなや昨日《きのふ》今日までも。よそにいひしが明日よりは　われも噂《うはさ》の数に入り。世に歌はれん　うたはば歌へ　六うたふを聞けば。*七歌二人「どうで女房にや　持ちやさんすまい。いらぬものぢやと思へども」。大夫げに思へども嘆けども　身も世も思ふままならず。いつを今日とて今日が日まで。心ののびし夜半もなく。思はぬ色に　苦しみに。*八歌「どうしたことの縁ぢややら。忘るるひまは　ないわいな　それに振り棄《す》

噂話が　はずんでいるのであろう
それを聞くにつけて　心も迷い　わけが分らず　〔心中を〕他人事のように
〔ままよ〕
どうせ　お持ちにゃなるまい
私は一時の慰みものと割り切ろうとする
が　（初）本当に私もそう思い嘆くけれど
自分もまわりも思うようにゆかず恋に苦しみ
いつの日か今日こそ解決しようとするが今日まで　心の安まる
思いもかけぬ
激しい恋に　その苦しみに
それなのに

蜆川対岸の茶屋の景

一　梅田橋を北に渡り、南の川沿いの色茶屋をかえりみる（挿絵参照）。「何屋」はどこの店か判らないのと「何や」と掛ける。何をしているか覚束《おぼつか》ないがの意。
二　おぼつか「ない」と「情」（逢瀬）を掛ける。
*三　踊口説《おどりくどき》の曲節。当時、今道念節などが流行《はや》り、心中を題材としたものも多かった。本曲の世界も「心中それね崎の松づくし」と題してゐびや節に歌われた。
四　善悪と葭《よし》・葦《あし》を掛ける。「葉草」「繁」も縁語。
五　心も「くれ」（心が迷う）と「呉織《くれはとり》」（呉国から来た織女）とを掛け、その縁で「漢織《あやはとり》」をもきかした「あやなや」を出す。
六　折から茶屋の酒席で歌う歌声を聞くと。
*七　『心中江戸三界』の流行歌を大夫ワキ二人で歌う。二上がりと本調子「ふさは聞くよりこは何事ぞ、私は勤めを明日やめうとも、まゝな身なれどこなさんに、逢ふが嬉《うれ》しゆてうか〳〵と、勤めまするに胴慾《どうよく》な、江戸三界へ行かんして、いつ戻らんす事ぢややら、山も見えざる仮初《かりそめ》につい馴れなじみ、わしをさて、どうせ女房に持ちやさんすまい、要《い》らぬ者ぢやと思へども、どうした事の縁ぢややら、忘るゝ暇もないわいな、それを振棄て行かうとは、やりやしませんぞ、手にかけて殺しておいて行かんせな、放ちはやらじと泣きければ」（『落葉集』七、元禄十七年）。『丹波与作待夜の小室節』にも近松は用いた。
*八　歌を聞いて初は身に引きくらべ思いにふける。す

るとまた「江戸三界」の歌が続いて聞えてくる。

九 二人の命を追いかけてくるように夜明けを告げる鶏の鳴き声がする。
一〇「憂し」と「牛」を掛ける。牛は天神の使い。夜が明けたら困ると。
*一一 ヲクリで梅田堤を気を取り直して急ごうとする体《てい》。烏も鳴く。

気を取り直し歩み出す

一二 夜鳴く烏。「小」は接頭語。その鳴声は不吉とされた。
一三 陰陽道で古来、忌み慎まねばならぬとされている年齢。男二十五・四十二・六十一、女十九・三十三・三十七歳。

梅田堤を行く

一四 二人がこの世で結ばれるようにとの祈願。
一五 一蓮托生。夫婦として一つ蓮台に成仏しよう。
一六 煩悩《ぼんのう》の数《かず》百八をかたどるが、その上に涙が玉のように落ち、玉の数が増し、それはいつまでも尽きぬ。
一七 二人が歩む道も行きつくと、この二人の死に果てる道とを掛ける。
一八 露天神の社《やしろ》の森。今の北区曾根崎上二丁目。曾根崎の天神ともいう。心中以後お初天神とも呼ばれる。
*一九 道行が終り心中の場に到着。

て行かうとは。やりやしませぬぞ《行かせは》　手にかけて《〔いっそ〕》。殺しておいて行かんせな。放ちはやらじ　と泣きければ」。大夫《(初)》歌も多きに《色々あるのに》あの歌を。時こそあれ今宵しも《折も折ちょうど今宵に》ワキ《(徳兵衛)》うたふは誰《た》そや《一体誰か》　聞くはわれ。二人《聞くのは心中途次の我々》過ぎにし《歌にうたわ》人も《れた人も》われ〳〵も。一つ思ひとすがりつき　声も惜しまず泣きゐたり。いつはさもあれ《平生ならばともかくも》　この夜半は。せめてしばしは長からで《せめてしばらくでも長かれと思うが短くて》　心も夏の夜のならひ《心ない夏の夜の習わしで》　〔もう〕[九]命を追《お》はゆる鶏《とり》の声　明けなばうしや[一〇]　天神の。森で死なんと手をひきて[*一一]ヲクリ梅田へ堤の小夜烏《さよがらす》[一二]

明日はわが身を。〔烏が〕餌食《ゑじき》ぞや。大夫《(初)》まことに今年《ことし》はこなさまも《あなた様も》　二十五歳の厄《やく》[一三]の年。わしも十九の厄年とて。思ひ合うたる《思い合せたような》厄祟《やくだた》り　縁の深さのしるしかや。神や仏《ほとけ》にかけおきし　現世《げんぜ》[一四]の願《ぐわん》を今ここで。未来へ回向《ゑかう》し後《のち》の世も　なほしも《やはりきっと》[一五]一つ蓮《はちす》ぞやと。つまぐる数珠《じゆず》の百[一六]八に　涙の玉の。数添《かずそ》ひて　尽きせぬ。あはれ　[一七]尽きる道。二人心も空も。影暗く　風しん〳〵たる[一八]曾根崎の　[*一九]森にぞ。たどり着きにける。

大夫かしこにか〔死場所を〕　ここにかと〔求めて〕払《はら》へど草に散る露*一の。われより先
にまづ消えて。定めなき世は《はかないこの世は》稲妻か*二ヲクリそれか〽あらぬか〔人魂が光りとぶ〕
(初)「アアこは。今のはなにといふものやらん《何というものだろうか》」。(徳兵衛)「オオあれこそは人魂《ひとだま》
よ。今宵《こよひ》死するはわれのみとこそ思ひしに。〔我等より〕先立《さきだ》つ人もありしよな。
誰《たれ》にもせよ　死出《しで》の山のともなひぞや《道連れ》。南無阿弥陀仏。〱」の声
の中《うち》。*三(徳兵衛)「あはれ悲しや　またこそ魂《たま》の世を去りしは《去ったわい》　南無阿弥陀仏」
といひければ。女は愚《おろ》かに涙ぐみ。「今宵は人の死ぬる夜かや〔沢山〕　あ《いた》
さましさよ《ましいことよ》」と涙ぐむ。男涙をはら〱と流し。「二つ連《つ》れ飛ぶ
人魂を　よそのうへと思ふかや《人の身の上と》。まさしう御身とわが魂《たま》よ」。「何な《何です》
う《って》　二人の魂《たましひ》とや。はやわれ〱は死したる身か」。「オオ常ならば
結四びとめ　繋《つな》ぎとめんと嘆かまし《嘆くであろう》〔が〕。今は最期《さいご》を急ぐ身の《身だから》　五魂《たま》のあり
かを一つに住まん。〔冥途の〕道を迷ふな　違《たが》ふな」と。抱《いだ》き寄せ肌《はだ》を寄せ
かつぱと伏して。泣きゐたる。二人の心ぞ。不便《ふびん》なる。

*一 草の露、稲妻（神鳴り）、「なにといふものやらん」と男に問うという情況などから、『伊勢物語』六段「『かれは何ぞ』となんをとこに問ひける」との関連が想起される。

曾根崎の森

*二 ヲクリで人魂がとぶ演技。「塚を守る飛魄《ひはく》は松風に飛び、電光朝露なほもつて眼《まなこ》にあり」（謡曲『求塚』）。

二人の遊魂

*三 また一つ続いて人魂が飛ぶ。これを見て徳兵衛は自分たちの離魂とさとる。

四 人魂を見たならばその魂を結びとめる。「思ひあまり出でにし魂《たま》のあるならむ夜深く見えば魂結びせよ」（『伊勢物語』百十）とあり、『袋草紙』にも「魂《たま》はみつ主は誰とも知らねども結びとどめつ下交《が》ひの褄《つま》」と誦して、着物の下前の褄を三日結べば迷い出た魂が戻る俗説が記されている。

五 魂のあり場所を一つ所にしてあの世で住もう。『長恨歌《ちょうごんか》』を敷いた「尋ねゆく幻《まぼろし》もがなつてにても魂のありかをそこと知るべく」（『源氏物語』桐壺）による。

六 二人が流す涙の糸が一つになる、それにも似て一つに結ばれた松と棕櫚の。糸の縁で結びと出す。元来結び松は枝などを結んで再会を期すための古い習慣をいうが、ここはその意はなく松を言いおこすため。

七 一つ根から二つの幹が生え育つこと。

八 この木を二人の深い愛の契りになぞらえ、死を直前にした露の如くはかない二人の最期どころに格好《かっこう》の場所と。「連理」は、二木の枝が結びつき木目《もくめ》が通じ

合うこと。「地に住まば連理の枝とならむ」(『長恨歌』)。男女の契りの深いたとえ。

九「消えぬべき露のうき身の置きどころいづれの野べの草葉なるらむ」(『続古今集』十六)による。

*一〇 ヲクリで小袖を木にかける所作。

一一 棕櫚の葉で箒《ほうき》を作る。「玉箒」は呪物《じゅもつ》の玉を飾った箒で、蚕《かいこ》の床を掃《は》くのに用いる。

一二 恋の評判。ここは二人が恋に殉《じゅん》じて心中したという浮名。

一三 苦しみ悩むこと。地獄に堕《お》ちて受ける非常な苦しみにも多く使われる。

一四「元禄年中或書曰……当世流行《はや》る曙染《あけぼのぞめ》、花の塗笠、ひらり帽子、浅黄縮緬抱帯《ちりめんかかへおび》」(『近世風俗志』十)とあり、浅黄染(薄藍色《うすあいいろ》)の縮緬製の抱帯が一時流行した。

一五 こんなことのために求めたのではない。「かかれ」は「かくあれ」の約《つづ》まった形。「やは」は反語の助詞。このあたり頭韻を多くふむ。

一六「東国は腰帯、畿内《きない》にて抱帯」(『物類称呼』)と呼ぶ。しごきのこと。

一七 この辺は次の語調と関連がある。「とどろとどろと鳴る神も思ふ仲をばよもさけじ」(舞『和田酒盛』)。「イヤとどろとどろと鳴神もここは桑原よも落ちじ〳〵」(狂言『靫猿』)。本歌は「天の原踏み轟かし鳴る神も思ふ仲をばさくるものかは」(『古今集』十四)。

連理の木の死場所

涙[六]の糸の結び松　棕櫚《しゅろ》の一木《ひとき》[七]の相生《あひおひ》を。連理《れんり》[八]の契《ちぎ》りになぞらへ露[九]の憂《う》き身の置き所（消える場所）。「サアここにきはめん」と。上着《うはぎ》の帯を（解）徳兵衛も　初も涙の染め小袖（涙に染まった墨染小袖を）。脱いでかけたる棕櫚の葉の*[一〇]ヲクリその玉[一一]箒《ははき》　今ぞげに　〔二人のこの世の〕

二人の死仕度

浮世の塵《ちり》を。払ふらん　初が袖より剃刀《かみそり》出だし。（初）「もしも道にて追手《おつて》のかかりわれ〳〵（別れ別れ）になるとても。浮名[一二]は棄《す》てじと心がけ　剃刀用意いたせしが。望みのとほり　一所で死ぬることのうれしさ」といひければ。（徳兵衛）「オオ神妙《しんべう》（殊勝）　頼もしし。さほどに心落ち着くからは（落着いているからには）　最期も案ずることはなし。さりながら　今はの（臨終の）時の苦患《くげん》[一三]にて。死に姿《すがた》見苦しといはれんも口惜《くちを》しし。この二本《ふたもと》の連理の木に　体《からだ》をきつと（固く）ゆはひつけ。いさぎよう死ぬまいか（死のうではないか）　世にたぐひなき死にやうの。手本とならん」（初）「いかにも（本当にそう）」とあさましや　浅黄《あさぎ》[一四]染め。かかれ[一五]とて〔初の〕やは抱《かか》[一六]へ帯　〔二人で〕両方へ引き張りて。剃刀取つて　さら〳〵[一七]と〔裂き〕。「帯は裂《さ》けても　主《ぬし》さまとわしが間《あひだ》はよも裂けじ」と。どうど（どっかと）座《ざ》を組み

徳兵衛の詫言

二重《ふたへ》三重《みへ》　ゆるがぬやうにしつかと締《し》め。（徳兵衛）「よう締つたか」。（初）「オォ締めました」と。女は夫《をつと》の姿を見　男は女の体《てい》を見て。「こは情けなき身の果てぞや」と　わつと泣き入る。ばかりなり。

「アア嘆かじ《嘆くまい》」と徳兵衛《とくびやうゑ》。顔振り上げて手を合はせ。「われ幼少にて真《まこと》の父母に離れ。叔父《をぢ》といひ《叔父でもある》　親方の苦労となりて《厄介になって》人となり。恩も送らずこのままに。亡《な》き跡《あと》までも　とやかくと。御難儀《ごなんぎ》かけん《かけるだろう》もつたいなや。罪を許して下されかし　冥途《めいど》にまします父母には。おつつけ《間もなく》御目にかかるべし　迎《むか》へたまへ」と泣きければ。

初の述懐

お初もおなじく手を合はせ。「こな様はうらやましや　冥途の親《おや》御《ご》に逢はんと《会おうという》ある　われらがととさまかかさまは　まめで《元気で》この世の人なれば。《死ねば》いつ逢ふことのあるべきぞ　たよりはこの春聞いたれども。逢うたは去年の初秋[一]の《ことで》　初が心中取り沙汰《さた》[二]の。明日は在所《ざいしよ》へ聞えなば　いかばかりかは嘆きをかけん。親たちへも兄弟へも　これ《この》から《場から》この世の暇乞《いとまご》ひ。せめて心が通じなば　夢にも《夢にでも》見《み》[三]みえてくれ

一　「初秋」（陰暦七月頃）と「初」の頭韻をふむ。
二　世間の噂《うわさ》。
三　相まみえる。「よし夢なりとも御姿を。見みえ給ふぞ有難き」（謡曲『清経』）。「見みえ」は「見」と「見ゆ」の複合。下二段活用の動詞。

曾根崎の心中場

よかし。懐《なつ》かしのははさまや名残惜《なごりを》しのととさまや」と。しやくりあげ〳〵 声も。惜しまず泣きければ。

徳兵衛、貰い泣き

夫《をつと》もわつと叫《さけ》び入り。流涕焦《りうていこが》(四)るる心いき《心持は》 理《ことわり》(五)せめてあはれなれ。

初の最期

（初）「いつまでいうてせんもなし《何時までいってもどうしようもない》。はや〳〵殺して〳〵」と最期を急《いそ》げば（徳兵衛）「心得《こころえ》たり」と。脇差《わきざし》(六)するりと抜き放《はな》し。（徳兵衛）「サアただいまぞ南無阿弥陀〳〵」と。いへどもさすがこの年月《としつき》 いとし可愛《かはい》としめて寝し《抱きしめて寝た》。肌《はだ》に刃《やいば》があてられうかと。眼《まなこ》も暗《くら》み手も震《ふる》ひ 弱《たゆ》む心を引き直し《〔刀と心を〕》。取り直してもなほ震ひ 突くとはすれど切先《きつさき》は。あなたへ《あちらへ》はづれ こなたへ《こちらへ》それ。二三

四 涙を流して激しく泣くこと。

五 まことに理屈どおりで。道理をもって押しつめて。

六 江戸時代大小刀を武士は差し、その小刀をいう。町人は大脇差は許されなかったが小脇差は許されていた。

度ひらめく剣《つるぎ》の刃《は》。(初)「あつ」とばかりに咽笛《のどぶえ》に。ぐつと通るが「南無阿弥陀。〱南無阿弥陀仏」と。くり通し《えぐり》 くり通す《えぐる》腕先《うでさき》も。弱[一]るを 見れば〔初は〕両手を伸《の》べ。断末魔《だんまつま》[二]の四苦八苦[三]。ヲクリ[四*]あはれといふもあまりあり。

(徳兵衛)「われとても後《おく》れうか 息は一度に《同時に》引き取らん」と。剃刀取つて咽《のど》に突き立て。柄《つか》も折れよ刃も砕けと ゑぐり。くり〱目もくるめ《くらみ》き。苦しむ息も暁《あかつき》の 知死期《ちしご》[五]につれて絶え果てたり。

誰《た》[六]が告《つ》ぐる《告げるともなく》とは曾根崎の 森の下風 音に聞え。取り伝へ 貴賤《きせん》群集《くんじゅ》の回向《ゑかう》の種《たね》。未来[七]成仏うたがひなき 恋の。手本となりにけり。

一 徳兵衛の腕先の力も弱ると、初が弱りゆくとを掛けていう。

二 仏教語で断末摩。身体は特別の微小の末摩（支節・死穴）が百か所あり、人の死ぬ時水風火のその一が偏増して、その支節に利刀の刃《やいば》のように触れるや命を断つ（『倶舎論《くしゃろん》』十）という。転じて人の死期の瞬間必ず受ける苦しみ。

三 仏教語「四苦」は生老病死の四つの苦痛。「八苦」は四苦の他に、愛別離苦《あいべつりく》・怨憎会苦《おんぞうえく》・求不得苦《ぐふどくく》・五盛陰苦《ごじょうおんく》をいう。すなわち多くの非常な苦しみ。

徳兵衛、後を追い生害

*四 このヲクリで初の最期の苦痛の演技がある。

五 ここは知死期の時のこと。陰陽道で定めた人の死ぬ時刻。三旬に分け、例えば「上旬《かみつとをか》一二九十（の日）は子午卯酉《ねうまうとり》」の刻などと定める（『字尽重宝記綱目《じづくしちょうほうき》』元禄六年）。

むすび

六 誰が告げるともなく曾根崎の森の心中の噂《うわさ》が、森の下吹く風の音のように風聞となって。「下《した》」の「し」に「死」の音をひびかせる。

七 冒頭の「観音廻《めぐ》り」の序やそのキリの観音賛美と呼応する。「大慈大悲の。誓ひにて遂に兜率《とそつ》天満屋の。お初も仏《ほとけ》仲間かや」（『心中刃は氷の朔日《しんじゅうやいばはこおりのついたち》』下之巻）。

心《しん》中《ぢゆう》重《かさね》井《ゐ》筒《づつ》

興行　宝永四年（一七〇七）末　大坂竹本座初演
太夫　竹本筑後掾・豊竹若太夫・竹本頼母

時代　当代　十二月十五日午後から十六日午前四時すぎまで

場所　上之巻　万年町紺屋徳兵衛内
中之巻　六軒町重井筒屋
下之巻　道行血潮の朧染め（道頓堀中橋から高津上汐町大仏殿勧進所まで）
高津大仏殿勧進所（心中場）

人物　紺屋徳兵衛・ふさ（重井筒屋遊女）・おたつ（徳兵衛妻）・小市郎（同子）・吉文字屋宗徳（徳兵衛舅）・丁稚三太郎・重井筒屋亭主（徳兵衛兄）・同内儀・手間取り喜兵衛・庄介・下女たけ・人置きの女・口入れ治右衛門・遊女小夜・同小六・二瀬・仲居・飯炊き・料理人・駕籠舁き彦兵衛・飛脚屋

心中重井筒

近松門左衛門　作

上之巻

＊一「上歌《あげうた》」は謡曲の節で、拍子に合わせてうたわれる。「夜さ」は夜さり（夜）の略。「来い」に「恋」を掛けている。「寝たところ」まで当時の流行歌の文句。近松は自作の『五十年忌歌念仏』下之巻に節事《ふしごと》「笠物狂」を置くが、その冒頭にもこの歌を浄瑠璃《じょうるり》化して用いた。それを本曲の開幕に再び利用したもの。「笠物狂」は流行して一中節にも襲用されている。

二 紗に平金糸で模様を縫い出す。

三「寝」「色」と恋の縁語を並べるとともに、染物の色の鼠《ねずみ》色をも掛けて紺屋の雰囲気を示してゆく。

四 以下「下心の悪い旦那どの」まで、大坂片岡座の当り狂言『京助六心中』の中の一中節「万屋助六道行」の文句をもじって、三太が旦那の所業を当てこする。吉岡染・照柿・薄柿の染色に掛けて、色事にふけり紙子《かみこ》姿同然に見すぼらしく金につまり、野暮天《やぼてん》なのかうすのろなのかと悪口をいう。吉岡憲法が京で始めた黒茶色の染を吉岡染というが、それで染めた紙子（渋を塗った紙製の衣）を吉岡紙子染といった。

五 おやま・遊女。「州」（衆）は職業や入名につけ、尊敬や親しみを示す接尾語。

六 心底・料簡《りょうけん》。

序　紺屋徳兵衛内

三太の鼻歌

＊一 上歌 夜さ来いと。いふ字を金紗《きんしゃ》二。ァで。縫はせ。裾《すそ》に清十郎と。寝たところヲクリ裾に。清十郎とねずみいろ三。

（三太）四「京の吉岡紙子《かみこ》染め。やぼてり柿か《（野暮天）》。うす柿か。正月前のきは〳〵《大事な節季の正月前の決算》に《時に》　旦那《だんな》ンどのはそとがうち《外の色茶屋に入浸り》。お神酒《みき》すごしてうか〳〵と　山州《やましう》五といへば目が見えず。うちにゐやんす《おいでの》内儀《ないぎ》さま　こちとばかりに《われわればかりに》〔仕事を〕うちまかせ。誂へ物も節季をも。どうしまはんすことぢやら《染物の注文の品も節季の支払いをもどうして片付けなさる》。下心《げしん》六の悪い旦那どの」。

喜兵衛のとがめ　三太の応酬

（喜兵衛）「やい三太　そりやなんぢや。茶屋へ行《い》きやろが《行かれようが》　山州を買やろが。旦那は旦那　こちとは《こちとらは》紺屋《こうや》の手間取り[一]。何事もさらりつと　浅黄《あさぎ》[二]にいうてゐよいやい《いうておけやい》」。（三太）「オオ喜兵衛のいやることなれど。わが身は《おまえは》もとを知るまいが。じたい旦那の下染《したぞ》[三]めはの。重井筒屋《かさねゐづつや》[四]といふ　南[五]の茶屋のおとと《弟》で。これへは入婿《いりむこ》　乳呑《ちの》み小紋《ごもん》[六]を持ちながら。人《他人》の[七]みる茶もかまふにこそ《見る目もかまおうことか》　《［色に狂う］》お内儀は結構者《けつこうしや》[八]。柳煤竹《やなぎすすたけ》[九]にやつてぢやが《夫に逆らわずやっておられるが》。隠居の親父《おやぢ》がわせると《来られると》。家うちはしみ[一〇]郡山染《こほりやまぞ》めになるわいの。あのやうにほついては《金をつぎこんでは》　やゝがて身代《しんだい》は。木賊色《とくさいろ》[一一]でおろすやうに　なつてのけう」と笑ひける。

徳兵衛帰宅

酒づけ[一二]に　水も漬《つ》くかや　わが宿へ。帰り紺屋《こんや》の徳兵衛　いそが《［わざと］》しげに立ち帰り。「これ庄介　喜兵衛。埒《らち》が明かぬの《はかどらないの》〳〵。これに《この仕事に》まだかかつててか《まだかかっているのか》。いつぢやと思ふ　今日は師走《しはす》の十五日。中之島[一三]のそうぶつ物も《仕着せも》　昨日《きのふ》ぎりの約束。谷町の蒲団《ふとん》もまだ持つて行《い》くまいな。兄貴《あにき》から誂《あつら》への重井筒の暖簾《のうれん》も。遅《おそ》いというて腹立ちぢや

一　手間賃を貰って働く者。
二　薄い青色。喜兵衛も染色に掛けて「（立ち入ったことを当てこすらず）あっさりといえ」と叱る。
三　本染めの前に別の染料で染めておくこと。ここは徳兵衛の素性《すじよう》の意をこめる。
四　大坂島の内、塗師屋町《ぬしやまち》（現在の南区玉屋町）に六軒の娼館があり、俗に六軒町と呼ばれた。ここに重井筒屋があった。「中橋筋六軒町　重井づゝや内らん・かつ」（『色茶屋諸分車』）。
五　島の内を南という。
六　「乳呑み子」と「小紋」を掛ける。「小紋」は布地に一面に細かい模様を染める。
七　「見る」と「海松茶《みる》」を掛ける。暗緑色を帯びた茶色。
八　気立てのよい人。お人よし。
九　諺《ことわざ》の「柳にやる」（柳に風と逆らわぬ意）と染色の「柳煤竹」を掛ける。
一〇　「しみ氷る」と「郡山染」を掛ける。隠居が怒るので家中が氷りついたようにはらはらすると、後の展開を暗示する。「郡山染」は奈良県郡山産の木綿や麻織を渋染めしたもの。
一一　木賊（植物）は木材や角骨を磨く。木賊で磨りおろすように身上もすり減らすの意と「木賊色」を掛ける。萌黄《もえぎ》の黒みを帯びた色。
一二　遊所で酒びたりで、まるで我が家は水浸しにでも

あったかのように外泊して帰って来ない。「帰りこん(ぬ)」と「紺屋《こん》」を掛ける。徳兵衛の酒好きも初めに印象づける。注一五参照。

一三 蔵屋敷のほか淀屋等の商家もあった。

一四 「女房ども」の「ども」は複数ではなく、卑下・謙遜の意を示す接尾語。

＊ 暮の多忙時家をあけ、照れ隠しに徳兵衛が店の者への小言を手だてに家に入り、座を占める。

一五 商売も干あがるの意とも忙しくて水飲む暇もないとも解し得る。ここは「月は一つ、影は二つ、満《み》つ潮の」(謡曲『松風』)のもじり。「水」と「三」を掛ける。「立ち別れいなばの山の峰に生ふる松とし聞かば今帰り来ん」の歌はその『松風』にも出ている。

一六 立派な主人ぶりである。皮肉がこもる表現。

一七 今の東区、内本町の南隣りの町。鍛冶《かじ》・鞘師《さやし》などの武具関係の職が多かった。

一八 あなた。敬意を示す二人称の代名詞。出来上った谷町の注文の蒲団地も、持っていってよいかあなたに問うた上で。「も」としたのは、中之島の仕着せの注文はすでに届けたことを示す。

一九 幼い男児。頭髪をほとんど剃り落しているところからいう。

＊ 徳兵衛・三太を残し、喜兵衛・庄介退場。

徳兵衛、皆を外へ出す

紺屋徳兵衛帰宅

一四女房どもはどこへ行た。エエどんげな《のろくさい》 一言《いちごん》おれがいはねばもうそれほど間《ま》が明く《時間がかかる》。いひつけも見廻しも《用事の言いつけも見回りも》 口は一つ目は二つ。〔でまならぬ〕これでは一五水も飲まれぬ」というたところは見事一六なり。下人《げにん》どもはいつものこと《常の旦那のやり方と思いつつ》。「お内儀さまは一七鎗屋町《やりやまち》の姉さまへ。ちよつと行つて来《こ》うほどに。一八おまへに問うて蒲団地《ふとんぢ》も持ていけとのこと」といへば。(徳兵衛)「そんなら喜兵衛持つて行きや。庄介は提灯《ちやうちん》持つて女房どもを迎ひに行け。それ一九坊主めに怪我《けが》さすな 負《お》うて帰れ」といひつくれば《言いつければ》。「あい〳〵」いふもそこ〳〵《と返事もそこそこにして》ながら皆《みな》々表に出でにける。

徳兵衛、女を連れ入る

亭主《徳兵衛》も辻まで行くかと見えしが　三十ばかりの女房《女》と。何やらささやき　つぶやきて[一]*ヲクリ連れ立ち〳〵うちに入りければ。

女は亭主と座を組みて《並んで坐って》。お家《へ》[二]さま顔してゐたりける。

三太の不審

年季《ねんき》[三]の三太　すつきりと合点《がってん》せず《得心できず》。じろ〳〵見るを　徳兵衛「これ三太ここへ来い。つつと寄れ」と膝元《ひざもと》へ呼びつけ。「こいつはずんど《大変》利口者《りこうもの》で　いふなといふこと　いはぬやつ。それで人がかはいがる　ちかづきになるしるしに。なんぞやつてたも《おくれ》」といへば　かの女「さう《その通》やらして《りらしくて》　目元《めもと》が利発《りはつ》に見えまする。なんと顔見せ[四]見やつたか　札《ふだ》[五]買《か》やる銭《ぜに》やらうか。ただし《それとも》なんぞ余《よ》のもの《他の物》が　欲しいかいの」といひければ。

三太の無心

(三太)「イエ〳〵わしら芝居が見たけりや。六軒町《ろっけんまち》[六]の兄御《あにご》さまから　なんぼ《何回行こうと》行かうとままぢや《も思いのままじゃ》。わしや銀《かね》がほしい」といふ。(女)「ムム銀もつて何買やる」。(三太)「アノ銀もらうてか。銀もらうてから　その銀で。よそ〳〵《そのあたりの》のお山[七]がひとつ。買うてみたいとやらるるぢや[八]《おっしゃいますわい》」と　身をすくむ《身体をすくめる》。

*一　ヲクリで女と家に入る。

二　「京にて他《ひと》の妻をお内儀さんとよぶ。大坂にておゑさんとよぶ、お家《いへ》さま也」（『物類称呼』）。

三　年季奉公。普通十年が年限。商家では丁稚《でっち》十年、手代奉公として十年をつとめる。出替り奉公は、一年を一季とし、半年を半季奉公とする。

四　顔見世狂言。歌舞伎の座で十一月から一年間役者と出演契約し、その披露を行う興行をいう。但し十一月に一座が組めず十二月または一月に行う場合もあった。

五　木戸札。木札を入口で求め札場《ふだば》へ入る。二十四文の時が長かった。

六　重井筒屋の主人、徳兵衛の兄の所で配《くば》り札（招待券）を貰うというのであろう。通り札ともいい、紙札。

七　美女または色茶屋の遊女などをいう。

八　「遣る」に尊敬の助動詞「る」がついたもの。三太が自分でも照れてわざと敬語を用いた。

九　元禄五年（一六九二）十二月道頓堀の木戸番十二名に水茶屋株が許され、同十年十二月竹田近江達の請願により立慶町へ二十七、吉左衛門町へ十九、計四十

三太の阿呆口

(徳兵衛)「これはでかいた《ご立派》　やすいこと〳〵。して誰《だれ》ぞ惚《ほ》れたのがあるかサアいへ〳〵」と。問ひかけられて　恥づかしがり。(三太)「わたしが惚れたのは　いろはのうちにある」といふ。(徳兵衛)「ヤアそんならば　[九]いろは茶屋か」。(三太)「イエ〳〵[一〇]太左衛門橋筋《たざゑもんばしすぢ》に」。(徳兵衛)「なんぢや　太左衛門橋にいろはとは。ちりぬるをわか。よたれそ　つねな」と吟《ぎん》じ返せば(三太)「それ〳〵。[一一]そのつぎのらむ　[一二]宇源太《うげんだ》」とぞ答へける。

徳兵衛、三太に口止め

(女)「これは[一三]上物《じやうもの》　上目利《めき》き」と[一四]豆板一粒《まめいたひとつぶ》ばつとはづみ。(徳兵衛)「ヤイ今ここへ銀《かね》持つて来る人がある。このをなご衆《しゆ》を　お内儀さまかといはう《言うだろ》ほど《うから》に。かならずいいや《いいえ》といふなえ。さてこのことを女どもにも《女房にも》傍《はう》輩《ばい》にも。微塵《みぢん》もいふことならぬぞ　合点《がつてん》か」といひければ。三太郎うなづき「もつたいなや〳〵。いふことではござりませぬ。もしもかさねて　いひたい心できたとき〳〵に。おまへへ　そつと断《ことわ》りませうほどに。また銀をくださりませ」と。あはうな顔でも損《そん》をせぬ　[一五]やる粋《すい》よりは粋ならん。

六軒の新水茶屋株が許され、いろは茶屋と名付けられた。観劇の世話をするため芝居茶屋と呼ばれ、いろはの三文字を染めた暖簾《のれん》がかけられた。

一〇 道頓堀の戎《えびす》橋と中橋の間にかかる橋が太左衛門橋。この橋筋に十五軒（『色茶屋諸分車』）の色茶屋があった。

一一 「つねな」からそれまで詞であったのが地になり、頭韻をふんで「つぎの」とうけとめる。

一二 おやま役で有名な山下宇源太の異名。「うへ見ぬわしの山下の。らむ宇源太を引かへて。南無宇源太と回向して惜まぬ人こそなかりけり」（歌祭文『山下宇源太最期物語』）。太左衛門橋筋（今の笠屋町辺）には役者が多く住んだ。三太の芝居好きは冒頭の鼻歌「万屋助六道行」（宝永三年十一月から四年一月まで片岡座切狂言『京助六心中』に都太夫一中が出演し、はやらせた）からもうかがえる。

一三 色茶屋の女でなく、評判の女形宇源太を買いたいという阿呆の言葉に、上等品・美形をよく選ぶとおだてた。

一四 豆板銀。豆粒くらいで形が一定しない銀貨。「ばつと」は気前よく。小僧の小遣いとしては多い。

一五 気を利かせて口止め料をやる粋人のつもりの主人より、この方が抜目なくもっと粋というべきであろう。「粋」とは物事に精通していること。

口入れ治右衛門来る

ときに表《おもて》に「頼みましよ。紺屋《こうや》の徳兵衛どのはこなたか〔こちらか〕」と。[一]年《とし》配《ばひ》なる仁体《じんたい》なり。「ヤア治右衛門さまか　おはひりなされ」「御免」といひて通りける。

借金証文交わす

「あれ女房ども　ない〳〵〔内々話しておいた〕の治右衛門さま。そなたの判《はん》なら　銀《かね》貸さうとおつしやる。お目にかかつておきや〔お見知りおき願いなさい〕」といへば　いひあはせ〔打ち合せてある〕てや〔のか〕　かの女。「これはまあ〳〵[二]御《ご》懇親《こんしん》な。もつとも家も商売《しやうばい》も私のものとは申しながら。子なかなした〔子までなした〕仲なれば　もう今では屋財《やざい》家財。みな主《ぬし》のものでござりまする。かう〔こうして〕お目にかかるうへからは　わたしが[三]請《う》け合ひ。[四]深《ふか》しいことこそ　この家屋《いへや》敷相応《しきさうおう》に。三貫[五]目や五十両は　貸してやつてくださいやせ[六]」と。つま〴〵〔はしばしまで〕合はせる弁舌《べんぜつ》に　[七]口入れ喰《く》うた〔すっかり信じた〕顔つきにて。（治右衛門）「アア〳〵[八]これには〔こうするには〕およばぬことながら。徳兵衛どのは[九]入り縁《え》と聞く　かういたせば後《のち》のため。またも用を聞かうため　サア判をなされよ」と。手形〔証文〕を出だせば　徳兵衛。[一〇]掛硯《かけすずり》引き寄せ「これ〔「判を出し」〕　そなたの判〔お前の印判だ〕」。（女）「さらば〔それでは〕　先づわたく〔まず私から押しまし〕

一 「としばへ」の転。相当な年ごろの人。「仁体」は人品・人がら。
二 ご親切な。
三 保証人。
四 仰山な金ならともかく。「深しい」は程度が甚だしいこと。
五 銀三貫目。普通金一両は銀六十匁替えなので銀三貫目（三千匁）は五十両。同額を言い替えていったもの。
六 「やせ」は助動詞「やす」の命令形。丁寧の意。
七 取引や雇傭などの仲介人。次の「くうた」と韻をふむほか、縁語になっている。
八 夫婦で相判《あいばん》すること。徳兵衛は婿なので、念のため妻の保証をも求めた。
九 入り婿。入り家とも書く。
一〇 箱の内が二重になった硯箱で、下方に文書や小銭小物を入れる引出しがつく。

*一一 ヲクリで女と徳兵衛、治右衛門が互いに印を押す。さらに徳兵衛のそそくさと掛硯を押入れに入れる所作があるか（一一四頁妻の気付く場面参照）。

一二 借用手形に「一　丁銀四百目　右之銀子慥ニ預リ申処実正明白也　何時成共入用次第急度相渡可申候　仍而為後日預リ手形如件　預主　誰」と書き印を押す。

一三 なまこ型をした計量貨幣。一枚の重さ約四十三匁。

一四 領収書。治右衛門も仲介者の加判代として金を取るのであろう、その金の受取り手形か。「小判百両借れば口次《くちつぎ》判代に拾五両引いて渡す」（『諸艶大鑑』八）。

一五 契約の後手打《てうち》をし、事の成就を祝って手打酒を飲んだ。

一六 この次に、次の時まで預けます。

一七 銭湯。当時湯屋（湯風呂屋）と風呂屋（湯女《ゆな》がいる）とは区別されていた。

一八 型染で白抜きにするため染料止めに用いる糊。お家柄紺屋糊のように、ぬからず口止めした徳兵衛。

一九 糊と「とく」は縁語。

＊ 三太一人残る。

徳兵衛借金の所

治右衛門、金渡し帰る

し」と[*一一]ヲクリたがひに〳〵印判明白なり。[一二]（治右衛門）「[一三]丁銀《ちやうぎん》四百目　包み（と渡し）のとほり　吟味《ぎんみ》なされ（お調べなされ）」と受[一四]取り渡し「もう暮れまする　おいとま申そ」。（女）「ちとお盃《さかづき》[一五]いたしましよ」。（治右衛門）「かさねて〳〵[一六]　あづけます　さらば」といひてぞ帰りける。

徳兵衛と女退場

（徳兵衛）「ざつとすんだ　めでたし」と（あっさりと終った）銀ふところに押し入れ。「これ三太。このをなご衆《しゆ》を送つて。ちよつと行つて来るほどに　門《かど》もしめて　灯《ひ》もとぼせ。そのうちおたつが戻つたら　湯屋《ゆや》[一七]へ行つたとだましておけ。かならずなんにもぬかすな」と。口を止めたる紺屋《こうや》[一八]糊《のり》（女）[一九]「徳さま早う」と出でにけり（とせつかれて女と共に出ていった）。

女房おたつ帰宅

[一]所帯《しよたい》持つても色はなほ　棄《す》てぬぞ道理　紺屋《こうや》の妻。月も冴《さ》えゆく夜嵐に「[二]ああ提灯《ちやうちん》もよいわいの」。宵寝《よひね》まどひ《宵から眠たがる小市郎》の小市郎　たけが背中にふら／＼と。「[三]寝風邪《かぜ》ひかすな　大事の子」[四]万年町《まんねんまち》に帰りしが。

小市郎を寝かす

問ひもせぬに三太郎。「旦那さまはたつたいま　湯屋へ」といへば。「オオ／＼どうで《どうせ》[五]湯か茶か　飲みにであろ。[六]法界《ほふかい》の男ぢやと思へばすむ」と恨みながら。小市郎が目さますを。暖簾《のれん》の奥の小座敷に[*七]ヲクリやう／＼へすかし寝入らせて

おたつ不審

三太を連れ奥に入る

われも着る物。着換《きか》へんと押入《おしいれ》あくれば「こりやなんぢや」。掛《かけ》硯《すずり》あけひろげ　夫婦の印判取り散らせり。「これは／＼」といはんとせしが　あたりを見廻し　［心を］押ししづめ。「こりや三太郎　そちに大事の物やらう。火をとぼして奥へ来い」といふより早く「あい／＼。[八]さらば　しこだめ参らう」と　小行灯《こあんどう》さげ入《い》るありさま。[*九]下女手間《てま》取りは見送りて「内儀さまと旦那の中《中にたって》。あちらへささ《中傷し》へ　こちらへいひ　両方で物をつかみをる。あいつは[一〇]鋸《のこぎり》商《あきな》ひ」と。

＊ おたつ・庄介・小市郎を背負ったたけ帰宅。

一 所帯やつれもしないで色香を残す妻おたつ、それも当然色染め稼業の妻であるもの。こうした形は、近松の主要登場人物紹介の常套表現。

二 夜嵐に提灯の火が気になる。月も冴《さ》え家も間近く勝手もよく知っているので、迎えにいった庄介に火を消させる。

三 「寝る」と「寝風邪」を掛ける。

四 自宅のある町。「大事の子」と「万年」とひびきあう。南区南空堀町辺。

五 「湯屋」を受けて、茶店つまり色茶屋をきかす。

六 仏教語。実相と同じ。無礙にして無差別であり、「法界の男」は縁のない男の意。「ここ生玉の馬場先に法界。無縁の勧進所」（『心中宵庚申』）。

＊七 ヲクリでおたつは小市郎を暖簾の蔭に寝かせつけて、再び現れ押入れの前にくる。

八 丁稚の言葉遣いでなく、歌舞伎のせりふ調。芝居好きの三太の芝居がかったしこなしもあるか。「しこだめ」はどっさり溜めること。

＊九 舞台上にたけと庄介の二人が残る。挿絵は喜兵衛とあるが、庄介であろう。

一〇 駆引きが上手でいつでも利を得る商売。「さす手引く手に油断なく鋸商にして」（『日本永代蔵』四）。

隠居宗徳登場

一二 鋸屑《のこぎりくづ》のいひ甲斐《かひ》なき　そねみも下《しも》の役ぞかし（下人の役であるよ）。

この家《いへ》の隠居　吉文字屋《きちもんじや》の宗徳《そうとく》。代々伝はる紺屋の型と 一三 ともに禿《は》げたる頭《かしら》をおろし（剃髪し）。額《ひたひ》に絶えし古毛抜《ふるげぬき》　喰 一四 ひかねぬ世も算用《さんよう》 一五 づく。この家屋敷《いへ》　家職《かしよく》をば妹娘《いもと》に〔遣り自分は〕鎗屋町。姉にかかりて（鎗屋町の姉娘の世話になって）隠居分　薪《たきぎ》の始末　灯心《とうしみ》 一六 を（引く）。日暮れて一人《ひとり》によつと来る（急にぬっとやって来る）　内の者ども「あれおたつ（たつ）さま。鎗屋町の隠居さまの御出で」といふ声に。「おう」というて立ち出づる　宗徳とがり声にて（とげとげしい声で）。「入婿《いりむこ》 一七 どのはどこへぞ。節季《せつき》師走《はす》〔多忙時に〕　内を明けて出るとても（出るといっても）　出すものが〔あるか〕。これ　二人目《ふたりめ》の婿ぢやぞや。あの孫の小市郎にてて親 一八 三人持たしやんな（持たせるな）」と。いふ顔の無興《ぶきよう》なれば（不気嫌なので）　やさしくも女房は。夫の悪性《あくしやう》 一九　押しつつみ。「なんのよそへ行きやりましよ。方々のそうぶつ物（仕着せの注文で）　内外《うちと》の者の（家内の者の）手は足らず。今朝《けさ》早々《さうさう》から仕事して。風邪《かぜ》ひいて頭痛するとて　奥に寝てゐられます。おまへはなにしに御出で」といへば「いやコレただは来ぬ（理由なしには来ない）。たつた今　そなたが帰つたそのあとへ。二〇 堀江の口入れ治右衛門とい

一二 諺「鋸屑《おがくづ》も言えば言わるる」（どんなものでも理屈をつければつけられる）を下敷にして、同時に鋸屑のように役立たない、いって仕方のないねたみをする、の意。

一三 文様を染める型紙。美濃紙四五枚を柿渋で合わせこれに文様を彫りぬく。この型が長年の使用のため剥げてゆくと「禿《は》げ」を掛ける。同時に近松の人物紹介の例の調子で、昔職人の融通のきかぬ気質《かたぎ》をきかす。

一四 剃髪したので絶えた毛と不要になった古毛抜の意を掛ける。

＊ 奥からおたつ現れる。

一四 古毛抜なので毛を「食ひかね」る意とそれをさらに「ぬ」と否定して、食べられないことはない（剃髪隠居の身であるので）世帯と続ける。

一五 無欲の筈が計算ずくの人で。

一六 倹約のため灯心の数を減らすことを「灯心《とうしみ》を引く」という。

一七 徳兵衛殿・婿殿といわないところに険がある。

一八 三人目の婿をさす。小市郎は先夫の子。宗徳のむずかしい性格から先夫は追い出されたのであろう。一一八頁参照。

一九 酒色におぼれること。

二〇 東は西横堀川、西は木津川、南は西道頓堀川、北は西長堀川に囲まれた地。ここに新地開発を行ったのは元禄十一年のことで、この時から堀江と呼ばれ、繁華の地となった。

ふものぢや。こなたの娘御婿殿《むすめごむこどの》両判で　銀四百目貸しました。若い人のことなれば。後日の念に　ちよつと知らせておきますといひおいて帰られた。聞くとおれは[一]目がまうて一服の薬《くすり》を飲みさいて来た。四百目といふ銀を　何にするとて借つたぞ《借りたのか》。[二]喰ひ込んだか　[三]へこんだか　[四]女夫《めをと》の中の栄耀《えよう》づかひか。エエおとましや《なさけなや》　身代《しんだい》はえ持つ《たもち得》まい《まい》。おれらが[五]談義《だんぎ》参りして一文投げる賽銭《さいせん》さへ。進ぜうか進ぜまいかと。[六]畳算《たたみざん》置いてみて。たとへ算が合うても《たとえあげるという占形が出ても》　五度に三度は投げずにしまふ。そばにゐる[七]同行衆《どうぎやう》がぐわら〳〵投げる時には。銭《ぜに》を一文つまんで　肩へ手をから振り上げ。投げる顔で

隠居宗徳の叱責

一　目がまわり気付薬を一服飲み、気がせいてその薬も飲みさしで飛んできた。
二　元手を食いこむ損をしたか。
三　「へこむ」。失敗し損をしたか。
四　夫婦一緒の無駄遣いか。夫婦両判であるところから、商いの損か夫婦の間での金遣いと思う。
五　寺院へ説法を聞きにゆくこと。
六　簪《かんざし》や物を畳の上に落し、その向きや、落ちた所から畳の縁《へり》までの数の偶数奇数などにより判じる占い方。「畳算合ふも合はぬも不思議とは思ひながらも、半ならば九条の町におはせよ」（近松『吉野忠信』）。
七　信者仲間。とくに浄土真宗の信者をいう。

おたつ、ねたみ迷う

[八]塩の長次郎〔の奇術のように〕銭は手にとまつた。から機転《きてん》を利《き》かせねば 過ぎにく（暮しにくい薄）い身代《しんだい》。四百目は何にした 行《い》き端《は》（使いみちを聞こうときめつけられる）を聞かう」ときめらるる。

女房 さては丁稚《でつち》めが話[九]に違ひなしと。思ひあたればねたましさ いつそいうてのけう（しまおうか）か。いや〳〵それもむごいこと。どうかかうか〔心が〕とせきくる間《ま》に 先づ先立つは夫のかはいさ。

おたつ、徳兵衛をかばう

「アア親父《おやぢ》さまなんぞと思へば（何かと思えば）仰山《ぎやうさん》[一〇]な。わしら女夫が何に借銭《しやくせん》しませうぞ その銀はな。南の兄御の方に。廓《くるわ》[一一]から出たよい奉公人をかかへて。手づけ銀《がね》[一二]がやりたいが 世間（世の中一般に）ともに金詰《かねづま》り。あのあたりは利（利息も）も高し ことに兄御は病中なり。わしらが判では（判なら）貸す人あるとの頼みやう。銀こそはなるまいし（金こそ作れないだろうが） 判つぐ[一三]ほどは一門甲斐《いちもんがひ》[一四]。ことにわし〔兄御とは〕と他人なれば なほしも（なおさら）義理はかかれず。また〔当方より〕用[一五] 無心もあるものと それで判をしました。内外の者も聞くぞかし（家の者も聞いていることじゃ） 千里万里も違（はなはだしい間違い）うたか（をしたことか）。あんまりな親父《おやぢ》さま」と 陳《ちん》ずる心のやさしさよ。

徳兵衛、様子を立聞き

徳兵衛は女房の帰らぬ先にと足早く。門口《かどぐち》に立ちけるが 内には

八 塩屋（売）長次郎ともいい、貞享・元禄頃から活躍した放下師《ほうかし》。その奇術は妙で小馬を口から呑む幻戯《げんぎ》が呼び物であった（『西鶴独吟百韻自註絵巻』にその図がある）。

九 三太郎の告口《つげぐち》でおたつは、夫が房《ふさ》を家に連れて来て金を持って行ったものと思いこむ。

＊ 近松作品にはこうした登場人物の逡巡する場面が多い。『出世景清』の阿古屋や『冥途の飛脚』の忠兵衛など。

一〇 大げさな。

一一 新町などの官許の廓を年季があけて退廓した女。色茶屋の女を白人《はくじん》といい素人が多いが、ここは客扱いに馴れたくろうと女を抱えたいという話におたつは仕立てた。

一二 雇傭の保証金。このような場合、身売りでないため自由で、他に勤めさせないために渡す。

一三 「判つ（継）ぐ」で二人連判することか。

一四 親類のよしみ。

一五 用・無心でほぼ同意。品物や金銭をねだること。

舅《しうと》のわめき声。南無三宝《なむさんぼう》[一]と入りもせず　しばらく様子をうかがひける。舅なほも納得《なつとく》せず「オオ女夫がいひ合はせ。親をだまして身代つぶせ。寝てゐるもうそぢや　どこへうせた《消えた》」と詮索《せんさく》す。(たつ)「はてな《どう》ん《して》の　留守《るす》なら留守といはいでは《いわずにおこうか》。あれ　暖簾《のうれん》のあちらへ」〔いる〕と。指《ゆび》させば　宗徳は。暖簾打ちあげ。孫のことは気もつかず　老眼の何見てか。「ムムゥ。先づ職人に似合はぬあの鬢《びん》[二]つきが気に入らぬ。頭痛のする寝やうでない。また食らひ[三]酔《ゑ》うたか　春は早々《さうさう》まくし出《追い出せよ》しや。あのやうな婿なら　二十人や三十人は今のまに《たちまちに》取つて見しよ。三日と〔お前に〕独り寝させはせぬ」とつぶやき／＼雪駄《せきだ》[四]はく。内の者ども「もうお帰りなされますか。送りませう」といひければ。「ヤア道《その》ならちと送つて《道をちょっとだけ送って》。それいひ立てに《それを口実にして》　夜食《やしよく》[五]食はうといふことか」と。門《かど》[六]の戸あくれば　徳兵衛もがり[七]の蔭《かげ》に隠れしを。それとも知らで帰りしは*[八]ヲクリ危《あや》ふへかりける次第《しだい》なり。

入れ違うて徳兵衛　つつととほつて〔家へ〕羽織《はおり》*[九]を後《うし》ろへひらりと投げ。

一　しまった。元来仏教語。感動・驚き・失敗の折などに発する語。南無三ともいう。

二　頭の側面の髪形。厚鬢《あつびん》や逆に細い糸鬢《いとびん》（奴）、鬢の位置の高低など種々の形があり、月代《さかやき》の剃り方ともかかわる。職業や時代の流行などで変る。ここでは職人にしては細すぎる鬢つきを宗徳は見た。

三　酒を飲むの罵語《ばご》。徳兵衛の酒癖を示す表現が多い。

四　裏に牛皮を張りつけた竹皮草履。「急《せ》く」と掛けている。老人らしい所作を示す。

五　朝夕の二食のほか夜にとる軽食。

六　「角《かど》」のある言葉と「門」を掛ける。

七　虎落《もがり》。染物屋で染物を干すため枝のついた竹を柵のように並べる。一〇九頁の插絵参照。

*八　ヲクリで、徳兵衛の隠れる所作や、その前を宗徳が気付かず通って帰る人形の所作がある。

*九　着ていた羽織を脱いで背後へ後ろ手で投げる。改まって詮議しようと身構えるさま。

徳兵衛、間男の糾明

一〇実事《じつごと》の格《かく》は見覚えたり　女房の膝元《ひざもと》にむんずとゐて《ぐっと力を入れて坐り》。「こりや　最《さい》前《ぜん》からの次第　門口《かどぐち》に聞いてゐた。留守《るす》のおれを寝てゐると。親父の手前は男を《亭主を》かばふやうなれど。職人に似合はぬ鬢《びん》つきな男を。身《おれ》が代りに《の身代りに》寝させたは念が入つてかたじけない。入婿《いりむこ》のことなれば家屋敷家財にも。一一芥子《けし》ほども一二疵《きず》はつけまいが　一三うぬが命に疵つける。たつたいま　間男《まをとこ》を引きずり出して見せうぞ」と。奥に飛び込み何かは知らずわつと叫《さけ》ぶを胸《むな》ぐらつかみ。宙《ちう》にひつさげ躍《をど》り出で　どうど《どさっと》引《ひ》つ据《す》ゑよく見れば。こはいかに　一四坊主頭の小市郎　一五盆に買うたる踊《をど》りのかづら。一六やつこ頭を振りながら「かかさま　こはい」と泣きゐたり。徳兵衛もしまひつかず《引っこみがつかなくて》　ことばなければ女房は。宵より積る憂き涙　＊一七一度に《溢れて》。わつと叫び伏し　消え入る。ばかりに泣きけるが。

「なう徳兵衛どの　むごうござる　つらいぞや。不義せう者《密通をしよう》と一八見据《みす》ゑたら。なぜ付き張つても《傍に付きっきりでいもしないで》ゐもせいで。元日から元日まで　よう

一〇 歌舞伎の演技の型。篤実な人物が真情を吐露するような、内面的な地味な演技をいう。その格（品格・様子）は芝居で見て心得ている。

一一 芥子粒ほどの略。僅かなものの譬え。

一二 損害。家財の縁でいった。

一三 密会中の人妻は見つけ次第男女ともに討ち留めてよいとされていた（『御捌書写記』明暦元年十月）。

一四 男の幼児は髪をほとんど剃り落すので坊主といい、年に応じて頭頂やぼんのくぼ、耳の上などに一部髪を残す。

一五 盆踊りの風流踊りに用いる仮装用の鬘《かつら》。

一六 武家の中間《ちゅうげん》や男達《おとこだて》の結った髪形。糸鬢・撥鬢《ばちびん》頭をいう。月代を深く広く剃り、短く低いところで髻《もとどり》を結ぶ。

＊一七 ここに「スエテ」がある。強く押しつけて語るが、懸命にこらえていた涙が一ぺんに溢れ出たさまを表現する。

一八 見定める。見極める。

＊ 女房おたつの悲泣。涙を押えての口説がはじまる。『心中天の網島』中之巻の女房おさんの口説と同趣。

おたつ、恨み言

行《い》きどころもあることぞ。こなた《あなた》の留守《るす》の言ひ訳に《いいわけの言葉に》 ふつつりと事《すっかり窮してし》は欠く《まった》。隠居さまの声と聞き そばにあつたをさいはひに。この子にきせて間《ま》[一]を渡したも わしが智恵ではあるまい。氏神さまのなされたとありがたう思へども。恨み受ければ[二] 是非《ぜひ》もなし。女房の口から推参《すいさん》[三]ながら いはばこなた《あなた》は人でなし。ふさと挨拶《あいさつ》[四]切れぬげな よそほかでもあることか《関係のない所ででもあろうことか》。〔相手は〕兄御のうちの奉公人 しつけ意見もすべき身が。客衆《きやくしゅ》とやらの[五]かいになり 身代のさまたげと《生計のさまたげになると》。兄嫁御《あによめご》のねすりごと《いやみごと》 聞きづらや聞きにくや《言われるのも》。アアそれも道理《もっとも》 またあとの月の《先月の》騒動《さうどう》[六]に。一家《いっけ》が寺へのいてのとき《兄の一族が寺へ避難した時》 見舞ひ

徳兵衛改心の所

一 その場を取りつくろう。間に合わせる。

二 それでもあなたから密通したという恨みを受けるのなら仕方がない、それでは私の方でもいわせてもらおうと、恨み言をいうため開き直る。

三 さし出がましいことであるが。失礼ながら。

四 仲が切れないそうな。

五 害。漢音でよむ。邪魔になること。

六 宝永四年（一七〇七）十月四日全国的に大地震が発生、「未《ひつじ》一点より申《さる》前迄大地震。其後申半刻より大津浪来るとて大坂中、以《もつて》の外騒動。前代未聞の事也。高浪にて川口にかけたる大船共数百艘、道頓堀芝居下、日本橋之下迄押し来候故、日本橋より西の橋は一つも無之」（『鸚鵡籠中記』）とある高潮騒動をいう。なお中橋も右記のごとくこの時流出したものであろう。

に行つて見とどけた。余《よ》のお山衆（女郎衆）は押しのけて　ふさひとりを大事にかけ。ここらで（こんな時）心底《しんてい》[七]見せ顔に　けばけばしい仕方ども（派手で人目に立つ振舞いの数々）。そばにゐるは知つた衆　こなたよりわしが顔（あなたよりもわたしの顔が）。あはうらしう見えたやら（阿呆のように見えたのか）　ま[八]ぶられて帰りしぞや。それにあまり踏みつけた（それなのに更にあんまり馬鹿にしたやり方）　先に（先刻）ふさを連《つ》れて来て。をんなどもの[九]女房の　印判までを引[一〇]き捜《さが》し。納戸《なんど》戸棚も見せさらし　これがうれしからうか。男と男の恥よりも　隠しても隠したい。をなご同士《どうし》に恥を見せ（恥ずかしい所を見せ）　男は寝取られ　寝間《ねま》帳台《ちやうだい》[一一]は見捜され。[一二]あはうのかずかず読み尽《つく》され　これでも男のかはいいは（夫が可愛いのは）。さてもいかなる因果ぞや　今日のことが隠居へ聞え。わしは親にしかられながら。科《とが》[一三]を負うてゐる心。人間[一四]らしい気があらば　三十日のひと月を。せめて三日はろくろくに（満足に）寝物語りもあれかし（してほしい）」と。心いつぱい理をせめて（道理をつくして）　情けも。深く口説《くど》き泣く　千々《ちぢ》の。思ひぞあはれなる。

徳兵衛、改心して金を返す

徳兵衛一[一五]念発起《ほつき》して。「ハツアああ過《あやま》つたたた。悪人とも業人《ごふにん》[一六]と

七　心の奥底。愛情の深いことを見せようと。

八　「まもり」の転「まぼる」からさらに転じたもの。見つめる。軽蔑の目で見る。

九　女の、女房のと言葉を重ねて強調した形。

＊　おたつは房《ふさ》を連れてきたものと思い、女同士の意気地から次第にたかぶりを見せてくる。

一〇　「引き」は強意の接頭語。探し回り、そのため納戸戸棚といった人に見せぬ所をも房に全部見せて。

一一　奥室。居間。

一二　私（おたつ）の馬鹿さ加減を房にすべて数えつくされ。この辺、頭韻・脚韻を多くふむ。

一三　自分の罪にしておくつもり。

一四　「こなたは人でなし」という語り出しと対応させて締め括る。このあたり『心中天の網島』の「一昨年《をととし》の十月中《なか》の亥《ゐ》の子《こ》に火燵《こたつ》明けた祝儀とて。まあこれこで枕並べてこのかた。女房のふところには鬼が住むか蛇が住むか。二年といふ物巣守《すもり》にしてやうやう母《はは》さま伯父様のお蔭で。睦まじい女夫《めをと》らしい寝物語もせうものと。楽しむ間もなくほんに酷いつれない……エエ曲もない恨めしやと。膝に抱き付き　身を投げ伏し口説き。立ててぞ嘆きける」といった表現の先蹤《せんしよう》。

一五　仏教語。仏に帰依する心の起ること。ここは迷いからさめ善心を起すこと。

一六　悪業を重ねた人。

も盗人《ぬすびと》とも騙《かた》りとも。われながら[一]十罪人　今までもそなたに恥ぢ。やめう《やめよう》〱と思ひしが　これほどの[二]瀬戸《せと》がなうて　うか〱と[三]尽《つく》した。われ一人《自分一人が》〔房を〕思ひ切れば　そなた　子ども　隠居のため。兄貴《あにき》の身上《しんしやう》　わが身のため　ふさめが後《のち》のためもよい。そこを知らぬ身でもなし　明日は伊勢の[四]御縁日《ごえんにち》。今宵《こよひ》の月に蹴殺《けころ》され　[五]三世の諸仏の御罰《おんばち》を受け。二人の親に冥途《めいど》からにらみ殺さるる[六]法もあれ。ふつつと《ぷっつりと》思ひ切つたぞ。今日のをんなもふさではない。[七]人置《ひとお》きの娘を[八]一角《いつかく》で頼うだ。証拠にはその銀《かね》ここにあり」と取り出だし。「明日《あす》すぐに[九]返弁《へんべん》し　[一〇]向後《きやうこう》ふさとは[一一]通路《つうろ》せぬ。今まで心を[一二]無下《むげ》にした　恨みもつらみも許してたも《おくれ》。さりとてはこの徳兵衛　女房の罰が当つた。罪を許してくれよ」とて　手を合はせてぞ泣きゐたる。

　女房にっことうち笑ひ。「エエかたじけない〱。挨拶切つた《関係を断った》棄《す》てたのと　いくたびか聞いたれども。銀まで見せての[一三]誓文《せいもん》　とんと《すっかり》心も落ちついて。今日からほんの夫婦《ふうふ》　*[一四]みなよろこんでたもや」と

一　十悪人と同じ。唐律により我が国も重罪十悪を定める。謀反・謀大逆・謀叛・悪逆・不道・大不敬・不孝・不睦・不義・内乱。大宝令に至って不睦・内乱の二つを約して八虐となした。ここは重罪人。
二　瀬戸際と同じ。さしせまった岐《わか》れ目。
三　遊びすごす。「つくす。うつけを尽すといふ上略の詞也」(『色道大鏡』一)。
四　伊勢神宮の縁日は十六日。
五　過去・現在・未来に出現する諸仏。「明日」「今宵」「冥途」と時を追って記す。「三世」と「二人」も縁語。
六　誓いの常套表現。にらみ殺されるというような理になればなれ、決して偽りはいわぬ。
七　奉公人などの周旋をする女。肝煎《きもい》りともいう。
八　一分金の異名。長方形なのでこの呼称がある。
九　返済すること。
一〇　これから先。「向《きやう》」は漢音。
一一　付合わない。「通路」は交際すること。手紙のやりとりなどをもいう。
一二　おまえの真実の心をないがしろにした。
一三　誓約の文言。神仏に誓って偽りのなきをいう。

おたつ、うれし泣き

*一四　宗徳を皆で見送った直後に徳兵衛が戻ってきたので店の者達がまだ舞台上に居るのに呼びかける。挿絵一二〇頁では喜兵衛(庄介)・三太・小市郎が見える。

おたつ、舅への報告を徳兵衛に頼む

て　うれし涙を流せしが。「とてものことに年寄つて《いっそのことに年寄って〔一心労の父の〕》　一夜《いちや》の心も休めたし。大儀《たいぎ》ながら隠居へ行《い》て　今の誓文ひととほり。聞かせまして《聞かせてあげて》　くだされかし。これはわたしが御無心　[一五]御恩《ごおん》に受けう」とありければ。「何がさて　譲《ゆづ》〔この家を〕り受ければわがためにも親同然。ついちよつと《すぐに》行つて来う」「そんならさうしてくださんせ。[一六]生薑酒《しやうがざけ》して待ちませう　それ生薑おろしや　釜《かま》の下。たけ《焚け（竹）》」は[一七]手樽《てだる》を振つて見る。[一八]酒の通《かよ》ひ路《ぢ》引きかへて

ヲクリ夫は〳〵北へと

徳兵衛の逡巡　房の許へ走る

出でけるが。辻《つじ》にてふつと思ひ出し（徳兵衛）「南無三宝《なむさんぼう》。[一九]義理に詰《つま》つた女房のせりふ。もつともと胸にこたへしより《こたえたため》　ふさが大事をはつたり《大事な用をすっかり》と忘れたり。[二〇]入相《いりあひ》かぎりに待て　待たう　この手はずが違《ちが》うては。生き死に《生死の問題にかかわる》のできる銀《かね》　いや〳〵親父《おやぢ》は明日《あす》のこと《明日のことにして》。ちよつと逢うて」と立ち戻る。「アアさうもなるまいか。たつたいま誓文《せいもん》立てことに銀も手放したり。先づこちら《親父の方》を仕舞《しま》うてのけうか。ハアアか

一五（聞き届けてもらえれば）ご恩にきよう。

一六 寒さや冷え腹を治すのに用いる。おろし生薑と味噌と混ぜて炒《い》り、酒を加えて燗《かん》をしたもの。生薑と酒だけのものもある。

一七 角《つの》のように二本の長い柄（手）のついた樽。下女の竹は酒があるかと樽を手にして振ってみて、残っていないことを知る所作がある。

一八 酒の通い（通い帳）を持ち何時も買いつけの店へ下女が走るのと、徳兵衛が通いなれた六軒町の方角とは逆に南の鎗屋町に向って店を出るの意を掛ける。ヲクリでこの二人の演技がある。

＊ ここでも『冥途の飛脚』上之巻幕切れの所謂「羽織落し」と同様、徳兵衛の心的葛藤の場面が展開する。

一九 条理にかなった女房の言葉。「せりふ」は役者の舞台での言葉で、前出の「実事」とか「せりふ」とか歌舞伎の用語が多出する。「義理づめの愁歎事」（『役者一挺鼓』）「義理がつまってあはれ深し」（『役者友吟味』）などの役者評判記に多くみられる評とも関連する。

二〇 自分が入相の鐘を約束の刻限として待てといい、房も待ちますと言い交わしたこの手筈が。

はいやふさが　どうぞ銀の首尾なつて《都合がついて》。卵酒《たまござけ》[一]飲むやうにしたいことぢやと嘆きしを。気づかひすなといさめしが《はげましたが》　気の弱いをなごなり。こちらはままよ《親父のほうはエイ構わぬ》」とまた立ち帰り。「思へば〳〵をんな《女房が》ども　生薑《しやうが》酒《ざけ》して待ちますと。手づから生薑おろしたるこころざしも不便《ふびん》なり」と。辻を越えてはまた戻り。辻に立つたりつくばう《しやがんだり》たり　行くも帰るも定まらず。どうせうかから《どうしようかこうしようかと》生薑酒[二]　いりつくやうに気がなつて。胸搔《か》きまはす卵酒。心を二つ[三]に打ちわつて　君が方へと走り行く。後は涙の[四]たまご《(玉)》酒　霜の白《しろ》[五]みに三重

中之巻

〽月[六]ははや。渡り初《ぞ》めして。中橋《なかばし》や。六軒町《ろつけんまち》の小夜格子《さよがうし》[七]　唐《から》の聖《ひじり》ののたまはく。色の徳にはとなりあり　向ひ両側輝《かか》やかす。軒の灯《とも》火《しび》目印に。昨日《きのふ》[八]も今日も。明日の夜も。重井筒《かさねゐづつ》[九]の釣瓶縄《つるべなは》　手繰《たぐ》りこ

一 酒に砂糖（または塩）を加え、卵をとき入れよくかき混ぜて暖めたもの。防寒や精を増す為に飲む。

二 心が焦《じ》れるさまと、生薑酒の縁語の「煎《い》る」と掛ける。

三 女房の方を生薑酒、房の方を卵酒と表し、二つに分れる心の迷いを、遂に決意して君（黄身）すなわち房の所へと走る。卵の縁語で表す。

四 「後は無い」と「涙」と掛け、「涙の玉」（やがて悲運が待つことを暗示する）と「卵酒」を掛ける。

五 霜の白さの中に徳兵衛が消え去る意と、卵の白身を掛ける。

＊ かくして酒色に打ち負け、夜の町に消えてゆく徳兵衛の暗い運命を、この段切は象徴的に描写する。丁度『曾根崎心中』中之巻末（九七頁）のそれとも同趣である。三重で舞台転換がある。

＊ 中之巻のマクラ（前置き）。重井筒屋の雰囲気とこの色町に夜ごと惹《ひ》かれる徳兵衛をも表現する。本曲冒頭の「夜さ来い」ともひびきあう。

六 月はすでに道頓堀の川面に映り中天にかかるという情景描写と、当時工事中の竣工間際の中橋の景をも掛ける。渡り初めは竣工の儀式。中橋流出については二一〇頁注六参照。

六軒町重井筒屋

七 「小夜格子とは六軒町の娼家に二階の窓を竹格子に造れるをいふ」（『摂陽奇観』五）。格子から孔子に

房の心労

いとのよすがかや。なかに[女の中で]不便《ふびん》や[かわいそうに] ふさは憂き身の品々《しなじな》を。一〇 心一つに孕《はら》み句の脇が勇めば[傍輩が勇気づけると] 力なく。片目で笑ひ 片目には。涙を包む火鉢《ひばち》のもと 人待つ宵[恋人]の 火一一なぶりや。

火廻しあそび

小夜《さよ》も小六も浮き〳〵と。[傍輩衆は房の心も知らず浮かれて] 引き裂き紙《さ》のひねり一二もとひで 火《ひ》一三廻《まは》しを。(さよ)「ひの字」(小六)「日野絹。(さあ房)ふささまなんと」[さま次はなんとつける](房)「わしは独寝《ひとりね》」(さ)「アアいま〳〵し。緋無垢《ひむく》」(小六)「冷酒《ひやざけ》」(房)「引舟《ひきぶね》」(さ)「火桶《ひをけ》」。(小六)「ひばり」(房)「ひ一四よどり」(さ)「比叡《ひえ》の山の」。(小六)「檜《ひのき》の枝に。そりや鳥さしが」。(房)(西)「鳥でないぞや身は[私は]丙午《ひのえむま》」。(さ)「またふささまのいま〳〵し。男一五殺そといふことか。こちは祝うて姫小松」。(小六)「緋縮緬《ひぢりめん》一六とく」(房)「人目の」(さ)「ひまに」。(小六)「鬼一七も来

重井筒屋房の傷心

掛け「唐の聖」といい、「徳孤ナラズ必ズ隣アリ」(『論語』里仁篇)と徳兵衛の名もきかせて戯文化する。「となり」「向ひ」は縁語。

八 「来《き》」(来る)と「昨日」と掛ける。

九 重ねて居続けるの意も店の名に掛ける。徳兵衛が連日居続けるのも、井筒の釣瓶縄を手繰って来いという店名の縁からであろうか。

一〇 難儀の次第の数々を心一つにしまって。「孕《はら》み句」は連俳であらかじめ用意しておく句。「脇」に脇句と脇の人を掛ける。

一一 所在なさに火箸で炭火をつついている。

一二 こよりの元結。元結はもとどりを結ぶ紐《ひも》。

一三 日待(正・五・九月の吉日に日神を祭り潔斎して夜を明かす)の夜興や幼児間での言語遊戯。紙燭《しそく》に火をつけて頭に「ひ」のつく物の名を順次言い送り、火の消えた者を負けとする。

一四 「ひよどり《鳥サシフシ》ひへの山の。ひの木の枝に人はしらじと昼寝する鳥を。さいてくりよと思ふて」(『花山院都巽』二)とあるように当時の鳥刺し唄を用いた。

一五 丙午《ひのえうま》年に生れた女は男を食うという迷信。

一六 「解く」と「疾く」を掛ける。房の遅れがちなのをせきたてる。

一七 節分の夜、鬼払いとして鰯《いわし》の頭を柊《ひいらぎ》に插し門にかざす習俗をいう。「鬼の見ぬ間」(『心中天の網島』)をきかすか。

るなとひひらぎや」。(房)「ひよ子」(二瀬)[一]「ひしこ」(仲居)[二]「ひともじ」(さ)[三]「エイしやらくさい」。二瀬《ふたせ》[四] 仲居も[五]小さし出で《しゃしゃり出て》。飯炊《めした》きは来て(飯炊き)「火吹竹」。料理人まで(料理人)[六]「冷やし物」。駕籠《かご》の彦兵衛(彦兵衛)「膝がしら」。(さ)「柄杓《ひしやく》」(小六)「緋緞子《ひどんす》」(二)*[七]「ひきがへる」。(仲)[八]「平野ごんにやく」(飯)[九]「菱紬《ひしつむぎ》」。(料)[一〇]「平野屋ゐきやう」(彦)[一一]「肥後ずいき」。

(さ)「サア〱紙燭《しそく》[一二]がみなになる《燃えつきる》 なんとふささまサアどうぢや」。(皆)「どうぢや〱」と詰《つ》めかけられ。(房)「アアかしましい《やかましい》 息が出ぬ。ものがいはれぬ ゆるしてたも」。(彦)[一三]「息が出でずば火屋《ひや》へやれ」。(料)[一四]「そんなら火箸《ひばし》で焼いてのけ」。(飯)[一五]「南無《なむ》三宝《さんばう》火が消えた」。(仲)「サアふさささまの灰《はひ》[一六]寄《よ》せぢや」と。[一同が]どつと笑ひしてんがうも[一七]。明日のあはれとなりにけり。

火廻しなかばへ 飛脚屋《ひきやくや》[一八]が「何も御用はござりませぬか。ヤアふさささま 京へ上《のぼ》す銀《かね》もある。御状《ごじやう》もあるとの御事 つかはされませ《お出しになりませんか》ぬか」と問ひければ。「アアよう寄つてくだんした。まだ文を書き

一同、房をせつく

飛脚屋登場

一 鯷鰯《ひしこいわし》ともいい、小鰯。
二 葱《ねぎ》の女房詞。葱を「き」と一字でいうのでこの名称がある。
三 自分の番に割り込んできたことに対して生意気なという意味と、葱の臭みに掛けていう。
四 二つの役を兼ねる奉公人をいい、ここは下女と色をひさぐことを兼ねた女。臭いに対し蓋《ふた》をも掛ける。
五 「小」は小利口ぶってといった軽蔑《けいべつ》の意の接頭語。
六 冷やした食品。料理の最後に果物などを出す。
*七 三人の時でもいつも滞りがちの房の順番を、二瀬が引き取ってにぎやかに一同で次次とつけてゆき、次第に物名の品が悪くなり、「菱紬」の後からは猥雑《わいざつ》になる。
八 「住吉郡平野荘の田圃に作り、則ち当所の市店に於て之を製し所々に送る。味他に勝て宜し、因て之を作り商ふ者総て平野崑蒻といへり」(『摂陽群談』)。
九 甲斐産の紬の一種。「菱は陰の形にて女根の形也」(『譬喩尽』)。
一〇 未詳。淫薬の名か。
一一 淫具。肥後産の蓮芋《はすいも》の茎を干したもの。男子が巻いて用いる。
一二 紙こよりを油に浸してともす具。ここは引裂紙の元結。
一三 房が遊びを断ったので、紙燭を持ったままの駕籠の彦兵衛が火屋(焼き場)へやってしまえと紙燭を火鉢へ入れるのであろう。「息」「やれ」は駕籠かきの縁語。

ませぬ　まちつとしてから《もうちょっとしてから》来てくだされ」。「それなら明日《あす》の便《たよ》りに
なされませ。今宵《こよひ》はしまひでござる」といふ。「もつともなれど
も　今夜上《のぼ》して明日の間に合はせねば。きつうかなはぬ《なんとしても》大事の用。
無心ながら《お願いだから》　まそつとして《もうちょっとして》　ま一度《もう一度》寄つてくださんせ。頼みます
る」と詫ぶれども　〔飛脚屋は〕返事《へんじ》もせずに出でにける。
ふさは心も心ならず《気が気でなく》　一九日の暮までの約束《〔徳兵衛との〕》が。初夜《しよや》過ぎ四つのかね《（鐘）》
てより　二〇思うた壺《つぼ》へあたりしと。門《かど》に出て北を見つ　浜《道頓堀岸》まで歩み
西東《にしひがし》。二一足も冷えて金釘《かなくぎ》を　胸に打たるる
二二いく瀬の思ひ。「ヤア北から人が走つてくる　そりや徳さまよ」
と走り寄り。見れば以前の飛脚屋なり。「おふささまかどれ〳〵御
状は　舟が出ます」。「オオ道理〳〵　この銀《かね》は。京のわしが親里
へ　明日の日中《ひなか》に渡さねば。いかうつまらぬ《なんの役にも立たなくなる》銀なれども　今に先か《いまだに先方》
ら来ぬわいの《から届かぬわいの》。定めしいんまに来うほどに《今に届こうゆえ》　まそつと《もうちょっと》してから来て
くだされ」。「いや　もはや来《き》られませぬ。来てから《来たところで》　今夜は出され

一四 彦兵衛の言を逆順に料理人が受けて、やはり「ひ」の字尽しで火箸で焼いてしまえと燃え尽きる寸前の紙燭を燃やす。「火箸」「焼く」は料理人の縁語。
一五 さらに逆順で飯炊きが受けとめる。「三宝」は荒《こう》神《じん》さんともいい、かまど神の俗称でもある。飯炊きの縁で「三宝」「火が消えた」と続く。
一六 火葬の後の骨寄せ。紙燭の灰をなぶっての房の負けの意の冗談。仲居は煙草盆など客に運ぶので、これも灰に縁がある。
一七 いたずら、ふざけ。ここはてんごう口で冗談をいう。笑いの種の縁起の悪い駄洒落が翌朝房の死という現実となって、一同のあわれを誘うことになった。

おもてをうろつく房

一八 手紙や金銭荷物などを配送する業者。町飛脚。遊女の文使いに飛脚が得意回りをしたものであろう。ヽひの頭韻をふむ。
一九 十二月中旬なので日の暮は五時頃。初夜は夜を三分した最初の時刻をいい七時半頃。

飛脚屋の催促

二〇 四つの鐘が鳴っても金を持って徳兵衛は現れずかねがね心配していた通りになったと。「壺」は図星の意。後出の「おかさまのさしこみ云々」といった徳兵衛の家の事情を懸念し金の工面をあやぶんでいたこと。
二一 「冷えて」にゴマ点があり「手」も冷えの意をもひびかす。「金釘」はぎくしゃく硬直するさま。
二二 困難辛苦が重なること。なみなみならぬ思い。

ませぬ」といひ捨ててこそ帰りけれ。ふさは一人とほんと（ぼんやり）として「今夜の首尾を違《ちが》へては。一代（一生）京へつながれて〔二人が〕連れ添ふことも限りと（これきりとは）は。〔あの人も〕根掘り（十分）知つてのうへなれば　じよさい（ぬかりが）のあらうはずもなし。〔来ないのは〕みなおかさまのさしこみと思ふも（皆おかみ様の入れ知恵と察するけれども）　じたい（もともと）こちの無理。身一つ（わが身一人が）胸を据《す》ゑたれば　いつそ（かえって）悲しいこともなし」と。内へ帰れば　主《あるじ》の内儀「ふさは今まで門《かど》にか。この寒いにもの好《ず》きな。そうじて（だいたい）この中《ぢゆう》（この頃）うか〳〵（うかうかしている）しやる　ちつと心を締《し》めやや」とありければ。「さればあんまりよそがにぎやかさに（よその見世が）。格子《かうし》二祝《いは》ひに出ました」といひ捨て二階へ上がるてい。〔内儀は〕気がかりなれば〔房から〕目を放さず三＊ヲクリをり〳〵（時々に）心をつけけるが

ふさはそれとも（知らず）白紙の　障子《しやうじ》の月を明《あか》りにて。剃刀《かみそり》出だし合は四せ砥《ど》に　かからましかばかくとだに（かけながらこんな仕儀で死ぬのならこう合わせているように）。ま一度（もう一度会って）顔見て死にたいと。思へば引かるる後髪《うしろがみ》五　手もわな〳〵とぞ震《ふる》ひける。

主《あるじ》見つけて　後ろより「ふさそれは何しやる」。はつと驚き振り

＊ 飛脚屋去る。

一 腹を決める。決心する。

二 「元禄宝永の頃の妓婦、今の俚言《りげん》にお茶挽《ちやひき》といへるごとく其夜の約束もなく、また呼出しにもきたらざる時は、外面に出てそこらを歩行《ありく》を格子いはひといひしよし」（『摂陽奇観』五）とあるように客寄せの呪《まじな》いとして近所を散歩すること。

＊三 ヲクリで房二階へあがる。内儀が房の様子を下からうかがう所作もあるか。

四 かみそり砥ともいう。剃刀に鋭利な刃をつけるための目の細かい仕上砥石。北越《えつ》産が上品でそのため越砥《し》ともいう。「かからまし」の「か」に「かける」の意をこめ、砥石に刃を合わせているように死ぬ前に会いたいという心情をこの所作で示す。

五 あとに未練が残るさま。

＊ 内儀二階にそっとあがってくる。

房、剃刀を砥ぐ

内儀の制止

返り「ハア内儀《ないぎ》さまの。なんぢややら《何かと思ったら》　びつくりとしました。あんまりよい月影に　[六]額《ひたひ》たれうと思うて」と。まぎらかせば《〔内儀は〕》　うち笑ひ「オオよいところへ来て仕合せや。さいはひ旦那どの　髭剃《ひげそ》つてくれとある。ちと　その剃刀貸してたも」と。ひつたくりおし包み。しばしは顔をうち守りゐたりしが。「アア一昨日《をととひ》の[七]煤掃《すすはき》にたんと肩がつかへた。そろ〳〵揉《も》んでたもらぬか」。「あい」と後ろに廻りし《回ったけ》も《れど》　さては気色《けしき》を見取られしと。悲しさこはさいやまして　[八]さらに別《わか》ちもなかりけり。

内儀の意見

　さすが[九]それやの女房とて　世間話に気をゆるませ。「これなうふさ。いつぞ〳〵《いつかいつか》と思ひしが　ついでに《この機会に》そなたに意見がある。われも初めは[一〇]勤めの身。素人《しろうと》のいふことと　ひとつに聞けば《同じ様に聞くなら》[一一]曲《きよく》がない。心しづめて聞いてたも。廓《くるわ》やここの《色茶屋の》奉公は　[一二]楽しみならては勤まらず。[一三]無下《むげ》なら[一四]うせくではなけれども　それにさへ《楽しみ》なほ駆引《かけひ》きあり。かならず妻子《つまこ》ある人と　末の約束せぬことぞ。[一五]をとこの間男《まをとこ》同然に

六　額を剃る。「たれ」は「そり」の忌詞。
七　師走の大掃除。「毎年煤払《すすはらひ》は極月《ごくげつ》十三日に定めて旦那寺の笹竹を祝ひ物とて月の数十二本もらひて」（『世間胸算用』二）。十三日に武家公家町人ともに行うのが普通。本曲の時は十五日のことなので照応する。
八　大変混乱し、わきまえのなくなるさま。古浄瑠璃以来よく使われる形式的表現。
九　それ家（水商売の家）の意。「げにおにの女房にはきじんがなる。それやはそれや（それ者《しゃ》）を女ばうにせねば。しよじさばけぬものなり」（『茶屋諸分調方記』）。
＊　内儀の情のある意見事が始まる。
一〇　遊女勤めをした者。
一一　なさけない。すげない。「身の首尾を思ふやうな傾城ぢやと思うてくだんすは曲がない情ない」（『淀鯉出世滝徳《よどごいしゅっせのたきのぼり》』）。
一二　遊女の色恋をさす。くろうとらしく、まず相手の気持を物判りよく認めるところから始める。
一三　ひどく、一途に。
一四　遊里語。遊女と情人との間を邪魔をして会わさぬようにすること。せきとめる意。
一五　男が夫ある女と密通するその間男と同様に厄介で。

て[一]思ひばかいかぬものぞとよ《思うようにはいかぬものだというよ》。徳兵衛さまとも今は挨拶《あいさつ》切つた《仲を断った》とある《という》。オオ〳〵仕合せ〳〵　めでたいこと。おたつさまを離別《りべつ》させ。添《そ》うてそなたの本望《ほんまう》ならず。いとしい人の身のひし[二]《破滅》　一門《〔相手の〕》中の憎しみ受け。そなたを鬼よ蛇《じゃ》よといふ。また囲《かこ》はれて世を忍び　後家《ごけ》同然に暮しても　これがなんの手柄《てがら》ぞや　若木《わかぎ》の花はひと盛り《〔やがて〕》。老木《おいき》の枯葉《かれば》色うせて　[三]変るは男の心ぞや。余《よ》のお山衆《他のお女郎衆》と違うて十《とを》の年から[四]子飼《こが》ひにて。豆腐《とうふ》取《と》てこい　八百屋へ走れ。駕籠《かご》呼んでおぢや　掃《は》き掃除《さうぢ》　[五]戸棚の鍵《かぎ》まで預けしは。小さいからの《小さい時からの》馴染《なじ》みだけ《だけに》　わが子のやうに思はれて。よい客もがな《よい客がつけばよいが》　[六]出世させ　下女の一人も連《つ》れさせたう。思ふはこちとばかりかは《私たちばかりであろうか》　みな親方は《みな茶屋の親方は》同じこと。わけもない《つまらない》ことし出して　むごい目見せてたもんなや《くださるなよ》。為のよいことあるならば《お前にとってよいことがあるなら》　今でも暇《いとま》をくれといや《いいなさい》。[七]欲を離れたこれ証拠《しょうこ》　損《そん》というてわづかのこと。[八]不便《ふびん》な目を見ようかと　案《あん》じすごしがせらるるぞや。思ひも寄らぬ憂《うれ》ひをかけ　かならず泣かせてたもんな」と。涙も声

一　「はか」は打消しの意味の語とともに用いられる助詞で、それに限る、それだけ、の意を示す。思うだけで思い通りにならぬ。
二　上古、海中の州《す》を「ひし」といった。暗礁をさす。その転用で、災難・不幸の意が生じた模様。次の例はその二義をかねる。「浮き名に沈む水底の、皆身のひしとは知りながら」(近松『曾我五人兄弟』二)。
三　色香も失せて房の容色が移り変ると、男心も変ってゆく。
四　子供の時分から養い育てた奉公人。
五　金銭をも戸棚に入れる、その戸棚の鍵。「うろうろしても金はなし、入れもせぬ戸棚の錠」(『冥途の飛脚』)。
六　立身出世。この場合羽振りのよい客に身請されること。
七　暇をくれといえば、行かせてあげる。これが商売の欲を離れ、お前を親身に思っている証拠。
八　お前が気の毒な目をみるのではないかと、取り越し苦労がされるぞや。

九 涙にしっとりとぬれ、声もしんみりと情愛深く。
一〇 延紙の略。小型の杉原紙（奉書紙に似た柔らかな紙）で、手紙用紙に使われたりするが、遊女は鼻紙としても多用する。
一一 機嫌、様子。ここでは病人のことを問うので気分。
一二 諺。噂をすれば影の意。「下郎の詞に人ごと言へば筵しけといふは、目代おけといふのあやまりなり」（『諺草』）。目代は見張番。筵は敷物して待つの意。

徳兵衛のおとない

＊ 徳兵衛階下に姿を現す。

肥後屋の迎え

＊ 肥後屋の丁稚登場。
一三 「肥後屋」は未詳。六軒町の呼屋《よびや》か。「肥後屋から」「お客は堺の」等は丁稚の舌足らずの表現。
一四 説明。
一五 他の用でお時間がかかる、駄目じゃ。
一六 正月の三が日など遊女の売り日（紋日《もんび》）で出費がかさむ。馴染み客に正月買いの約束をとりつけておくこと。

もしめ/\と[九] 残るかたなき恩のほど《余すところのない内儀の恩のほどに打たれ》。ふさは顔を上げもせず。ただ「あい/\」としやくり泣き 延《の》べ[一〇]の。幾重《いくへ》をしぼりけり。客かあらぬか《客が来たのであろうか》 表《おもて》にて《(店の者)》「ようござりました《よくいらっしゃいました》」といふ声す。誰さまぢやと 澄まして《〔耳を〕》聞けば「いかう《たいそう》冷《ひ》えるが。兄貴の気色《けしき》[一一]変ることもないか」といふ。「ハアア《(内儀)》人ごといはば[一二]筵敷《むしろし》け 徳兵衛さまさうな《徳兵衛さまのようだ》」と。聞くより《〔房は〕》胸もさわ/\と《そわそわと》。飛びも下りたき心なり。
時に丁稚《でつち》が門口《かどぐち》より。「向[一三]ひの肥後屋から ふささま《〔来ました〕》ちやつと《すぐに》送らつしやれ。お客は堺の《〔いつもの客〕》 早う/\」と呼ばはれば。料理人不審《ふしん》を《不》立て《審に思い》。「問ひもせぬお客の断《ことわ》り[一四] 合点《がつてん》がいかぬ。ふささまはおひまがいる[一五] ならぬ」といふを。ふさ聞いて。「あれはなぜに《ああいうのはどうして》」と問ひければ「オオ《(内儀)》さればいの《そうよそれはの》。あの宿で《〔お前が〕》徳兵衛さまに逢やつたゆゑ。それでやるなといひつけた」。「エエ内儀さまのわけもない《わけのわからぬこと》 それはあ《とっ》つて過ぎたこと《くの昔の》。今は挨拶《あいさつ》切れたうへ《仲が切れたうえに》 徳さまはここになり《おいで》 なんの気づかひ。堺の客は正月[一六]を頼まねばならぬ人。ひらにやつてくだ《ぜひに行かせて》

さんせ」といふもまことと思はねども。「オオそれもさう　これなう　ふさを送ろぞや《送ることにしよう》」。と。呼ばれば　下にて料理人《〔使いの者に〕》。「そんなら道《通り》ぢや《道じゃ》　一駕籠《かご》へも《駕籠屋へも》ちよつと寄つてくれ」。「二心得太郎《こころえたろ》べの婆《ばば》さま」とわめいて使ひは帰りけり。

（内儀）「サア身じまひ《身仕度》して早う行きや」。「いや　夜もいから更《ふ》けまする。つい《すぐに》このまま」と連《つ》れ立ち二階おりる間《ま》に。駕籠を三庭にぞ舁《か》き寄せける　（房）「徳兵衛さま遊んでお帰りなされませ」と。いへば　とぼけた顔つきにて「誰ぢや　ふさか。四きはの商ひ五跡《あと》を詰《つ》めや」とよそ〳〵しう。口にはいひて魂《たましひ》は。ひとつ駕籠《かご》なる番鳥《つがひどり》　飛び立つばかりに見えにける。

六色を悟《さと》りて女房《内儀》「これは夜更《よふ》けて御大儀《ごたいぎ》な。先づお上りなされませ　いから冷《ひ》える　酒一つ。それ燗《かん》つきやや」と　ありければ。「アアおきや〳〵《そのままそのまま》　もう帰る。このごろ酒があたつて《酒に食傷気味で》　今も今をんなども。生薑酒《しやうがざけ》を食べさせう《飲ませよう》と手づから生薑おろすやら。それがい

一 肥後屋はごく近所であるが、島の内の妓楼《ぎろう》は遊女の送迎に駕籠を用いるのを常とした。これを色駕籠といい、火回しの場面に駕籠の彦兵衛が加わるのもそうした習慣を背景としている。「送迎必ず駕籠に乗る」（洒落本『月花余情』）。

二 「心得た」と「太郎兵衛の婆さま」とを掛けた駄洒落。「一ッ盃《ぱい》庄兵のばばさま」（『今昔操年代記』）・「おつと庄兵衛の婆さま」（『御前義経記』）と同巧。

＊ 丁稚退場。

房、駕籠にて出る

三 店の土間。

四 暮の決算時の商い。徳兵衛の商人らしい表現。

五 廓《くるわ》言葉。翌朝まで遊女を買い切りにする意。一晩よくかせいでおいで。「跡詰めてしつぽりと小春様」（『心中天の網島』）。

＊ 房、駕籠にて退場。

内儀、徳兵衛を引き止める

六 徳兵衛の今にも房の後を追いそうな気配。

やさに　やう〱とこれへ逃げて参ったに。また酒を飲めとや　やれ逃げん」と。出づるところを　女房飛びおり立ちふさがり。「な《どう》んの《して酒を》無理にしんぜませう　茶でも一つ参りませ」。「いや〱このごろは茶があたります。今も今さる方で　生薑茶[七]をくれたを。やう〱と逃げのびた　ぜひ帰して」といふところへ。兄の主寝《あるじね》間《ま》より出で。「ヤア徳兵衛ようぞ[八]〱。夜が寝られぬに《によって夜通し》　夜とも話さう。サアここへ」と呼びかくれば　病人といひ《ではあり》兄の命《めい》。異議《いぎ》もいはれず無《ぶ》返事《へんじ》[九]に　もぢ〱してぞ上りける。

「なんと中橋《なかばし》[一〇]架《か》けたの。欄干《らんかん》渡すばつかり。春は　町中《ちやうぢゆう》渡り初《ぞ》め気色《きしよく》も《気分も》次第にこころよし。寒《かん》[一一]あいたら本復《ほんぶく》せう《全快しよう》　これといふがこの夏の。西国《さいごく》[一二]の御利生《ごりしやう》　ヤ三十三所[一三]の風景。いち〱語つて聞かせん　サアろく《あぐらをかいて》にゆるりとゐや」と。果てしも知れぬ長話《ながばなし》　徳兵衛心もだ〱[一四]と。かはいやふさを《かわいそうに》今まで待たせ　また宿屋でもあこがれ《待ちこがれて》ん《いよう》。はやう立ちたさ　気はせいて「いや申し。今宵はわれら伊勢[一五]

七　房が心配で心乱れ、しどろもどろなさま。生薑茶や後の生薑炬燵といった実在しないものまで口にする。

＊　徳兵衛の兄登場。

八　ようこそようこそ。以下「よ」の頭韻をふむ。

九　不承不承。しぶしぶ。

兄、長話して引き止める

一〇　一二四頁注六参照。

一一　冬の一番寒い季、小寒大寒三十日が終り立春を迎えること。

一二　西国順礼の略。紀州那智より岐阜華厳寺に至る三十三か所の観音霊場巡り。

一三　「西国の御利生」といって急に思いついたさま。「御利生」は御利益《りやく》。

一四　もだえなやむさま。

一五　伊勢参宮を志す人が輪番で家（頭人という）に集まり金を積み立ててゆく。頭家では酒食を饗応する。一・十・二十日の三首日か十六日を講日とする。

講　講中《こうぢゆう》待つてゐらるべし。まかり帰る」と立たんとす「先づ待ちや　今まで誰《たれ》が待つものぞ。まそつと話しや」ととどめられ。「いや鎗屋町《やりやまち》の隠居へ。斎《とき》[一]に参る約束　ぜひお帰し」といひけれども。「はて　斎は明日のことひらに《法事は明日のことではないかぜひ残れ》」といふにせんかたなく。「をんなどもが懐妊《くわいにん》　何時《なんどき》に産いたさうも知れず。お戻しなされくだされ」といへども兄は聞き入れず。「のがれぬ方《ぜひ出ねばならない》の自身番《じしんばん》[二]　見舞ひたう《見回りたく》存ずれども。[*三]これではお帰しなされまい　あいた／＼。[四]あいたしこ／＼。冷える加減《かげん》か　にはかに疝気《せんき》[五]が起つた。帰つて養生《やうじやう》いたしたい」。「はてわけもない《無茶なことを》。夜気《やき》にあたつてなほ痛まう　薬でもやらうか」。「いやもう薬もとほらぬ　駕籠に乗つて帰りたし。あいた／＼」とうめけども。内儀推《ないぎすい》して《察して》　そとへとては出すにこそ《外へなどは決して出しはしない》。[六]小座敷の炬《こ》燵《たつ》に火をたんと《沢山》入れさせて。「泊つてござれ」と強《し》ひければ。「いやや／＼今年の炬燵はいかう《大変》人にあたります。[七]今も今をんなどもが　生薑炬《しやうがご》燵《たつ》をしかけて。やう／＼詫言《わびこと》いたした《辞退をした》」と心は先へぬけ《とんで》

一　仏事の際、供養のため出す食事。転じて法要・法事をさす。
二　大坂の町人は毎年十二月一日より正月十五日まで自身番に出る義務があった。町役・老幼者・後家は免除され、発病・旅行の際は代理を立てることが許された（『御触及口達』）。昼は家に居て見回る程度で、夜分交替で番所へ詰め町内を見回り警備する。
*三　兄の顔を見て話を引っ込める所作があるか。
四　「ああ痛し」に接尾語「こ」のついた形。
五　腰や腹の病む病気。下風《しもかぜ》。
六　階下奥の小座敷（一四〇頁挿絵参照）。
七　前出の「あたる」（傷る）の表現の繰り返しであるが、炬燵にあたるともかかわるところから、滑稽感がいや増す。
*八　小座敷の炬燵に入るのを断ったので、内儀は見世の間に徳兵衛を寝かせ、上から蒲団を掛ける。
九　家内の人々。
一〇　房に会う意図を家内の人々に知られてしまったなと、内儀はじめ人々の様子から徳兵衛が察したこと。
一一　「得べえ」と掛ける。「べえ」は関東方言の助語。
*一二　蒲団を頭からかぶって、冗談まじりにわざと快活に小座敷へ向うふりをする。
*一三　徳兵衛が小座敷に行き、炬燵に入り横になる演技と時間の経過を表す三重。
一四　諸手綱のように内と外との両方から男女の相慕う心が互いに引き合い、房の思いが通うのか幻影となっ

て現れる。房は「手綱」の縁語。煩悩の心を押えがたい、「意馬心猿」の仏教の譬えにのった表現。

*一五 房の人形を出し、徳兵衛が抱きつくと消える演技があるか。

一六「小」は接頭語。房ではなくて夜の蒲団であった。かぶってきた蒲団を効果的に用いる。

一七 夢の中でも思わず泣いていたのか、蒲団が涙にそぼ濡れてひやひやとしている。その感触が、房と寝て彼女の髢がほどけ髪が徳兵衛の肌に触れる、そうした恋の夜の心地をしみじみと思い出させ。

一八「むしゃくしゃ」と、くしゃくしゃの枕を掛ける。

一九 今夜逢えずにこのような恋の苦しみが続くのなら、いっそ夜が明けてしまってほしい。

二〇 多くの人が引っかぶった。「大幣」は大祓《はらえ》の時に使う幣《ぬさ》で、祓の後人々がこれを引き寄せ、身を撫で汚れを流す。

二一「大幣の引く手あまたになりぬれば思へどえこそ頼まざりけれ」(『古今集』・『伊勢物語』)による。

二二「……水鶏鳥《くひなどり》のたたくは、人はあだなや、枕を恨む、投げそ枕に、科もなや」(『大幣』・『松の葉』手まくら)。隆達小唄にもとづく。
＊ この所は詞章が長歌風に作られていて(参考『松の葉』二　小夜ごろも)、徳兵衛人形の歌舞伎の所作事風の演技が行われる。上方の和事《わごと》的な演技。

徳兵衛、房の幻を見る

がらの《脱殻同然で》。何をいふやらわけもなし《とりとめもない（内儀）》 *[八]「ここになりとも寝せませ《寝かせましょ》」と。蒲団《ふとん》打ち着せ　表《おもて》には内儀手づから錠《ぢやう》おろし。[九]内外《うちと》の者にめくばせし　そろ〳〵脇《わき》へ退《の》く様子。「ムムウ気[一〇]がついた」とそらさぬ顔《さりげない》。「いや〳〵寒いにいならうより《寒いのに帰ろうよりも》　暖かにして泊つたが。先づこの方の[一一]徳兵衛」と重*[一二]き心を軽口《かるくち》に。蒲団かぶつて　ゆくふりも涙。くろめうし《実は涙をとりつくろう》*[一三]三重〽まぎらなり《ごまかしの所作である》。

思いの小夜蒲団

内《うち》と外《そと》とに。[一四]引き合ひの。心の駒の諸手綱《もろたづな》　ふさが思ひの通ふかや。夢とはなしに《夢の中ではなく》　うつつなや《また正気でもないことよ》。*[一五]顔を並べて見るやうで《向きあって》　いだきつけば[一六]小夜蒲団《さよぶとん》。[一七]涙に濡《ぬ》れて冷《ひ》や〳〵と　髢《かもじ》ほどけて身にさはる。その夜の心地《ここち》しみ〴〵と。身に［蒲団を］引きまとひ寝てみても。［やはり］一人ころりは［と寝るは］　エエらつちがない《つまらない》。心のうちはむしやくしや枕[一八]　[一九]いつそあけてものけよかし。アア[二〇]大幣《おほぬさ》のこの蒲団《ふとん》。小六《ころく》も寝つろ《寝たろう》　小夜《さよ》も寝つらん。ふさも寝よう　[二一]引く手あまたに　どこの誰《たれ》めと寝くさつた。[二二]ぶちたい　踏《ふ》みたい　たたきたいえ。〳〵踏むな蒲団に科《とが》もない。今は踏んでもたたいても ふさに逢はれぬ 逢はせぬかと。炬燵《こたつ》にとんと《〔腰掛けるが〕》 腰もぬけ わけも。涙にわが身ながら 男の。やうにもなかりけり。《腰砕けになりみっともなくやたらに出る涙に自分ながら 男らしくもなかった》

房、忍び来る

一 恋の寝ばなの屋根つづき いつか思ひは山口屋の。物干《ものほし》つたひ忍《しの》び来る《くる気配に》 二 よその恋かとうらやましく《徳兵衛は他人の恋路かとうらやましく思う》。見れば雨戸の戸袋を。そつと《とみると眼前に雨戸の戸袋の横木をそっ》踏まへる足もとも《と踏まえる足がある》三 震《ふる》ひ〳〵の目もくれて。「ヤアここにかいの」。「ふさか これはどうぞ」とばかりにて《どうした事ぞといっただけで》。炬燵を中に《中にして》手を取りて ただ泣くよりほかのことぞなき。

房、覚悟を述べる

涙の中にも 男の顔じろ〳〵と見て。「アアいとしぼや《いたわしい》 気を揉《も》まんすゆゑにやら。顔にたんと痩《や》せがきた《やつれがみえる》 その苦《く》は誰がさするぞい。みなわしゆゑとそれは〳〵 忘るることもあるにこそ《忘れることなどありはしない》。さりながら もう苦にしてくだんすな。かういへば どうやらすねていふに似たれども。微塵《みぢん》もさうした 心もなし。わしが京の父《とつ》さま 四 よしない者の請《う》けに立ち。明日ぎりに銀《かね》立てねば《銀を払わねば》 わしをやるとの判《渡すという保証》

一 客と遊女が恋に疲れた寝入りばな、そうした恋また恋を蓋って色里の屋根が連なる。夜更けとともにいつしか恋の思いは止む頃、山口屋の。「山」に「止む」を掛ける。この隣家の山口屋も同じ色茶屋か。

二 他人の恋。待つ恋、よその恋、そして忍ぶ恋と展開してゆく。

三 途中（足もとのあたり）で主格が徳兵衛から、房に変ってゆく。房のその足もとはふるえふるえ、目もくらむ。やっと徳兵衛を見つけて、声を掛ける。

四 保証するいわれのない、つまらぬ者の借金の請人（保証人）になる。

五 二重売りについては、金でも物でも十両以上の場合は死罪、十両以下の場合は入墨の上、敲《たたき》の刑に処せられる（『御定書百箇条』）。

六 あきらめ。仏教語。深く真理を観察思念すること。転じて覚悟、あきらめの意。

七 聞かなくても万事お前の気持は判っている。「至極す」は腑《ふ》に落ちる、納得するの意。「今さら溜めていふことなし」を受けての言葉。

徳兵衛も死の同意

ぢやげな《の判じゃそうな》。わしはここへ身を売つて《売っていて》先から《先方から》連れに来たときは。五二重売り二重判《[父の]》　牢舎《らうしや》は鏡にかけたこと《牢屋入りは鏡にかけて見たように明らか》。ならぬことをぐど／＼《出来ないことをぐずぐずと》と思ふは愚痴《ぐち》のいたりなり。先立ち死なんと　剃刀《かみそり》を手に取りは取りたれども。内儀さまに見つけられ　え死にもせず《よう死なずに》ゐる間に。こなさん《お前さま》の声はする　向ひ側より呼びに来る。うれしや　先で《むこうで》何事も談合《だんかふ》せんと。今まで待ちぼうけになつたれども。《[今]》一目逢へばこれ本望　末《末に》頼みない契りなれば《希望のない二人の契りゆえ》。これかぎり／＼と逢ふたびごとの観念六　今さら溜《た》めていふことなし《いろいろと》。貞女を立てるおたつさまの　さげしみ《さげすみ》も恥づかしい。仲ようしてくださんせ　たがひに生まれ変つたら。本妻定めぬその先に　はやう女夫《めをと》になりませう。いひおくことはこればかり　サア／＼戻つてくださんせ」と。夫にひしとしがみつき　絶え入る。ばかりに。泣きゐたり。

「オオ七聞かねど万事至極《しごく》した。さりながら　そのことばうれしいやうで恨みあり。《[元来]》本妻あるは知れたこと　おなじ口でも《おなじ事ならその口で》ろともに。死んでくれというてたも　京の便《たよ》りを大事に思ひ《容易ならぬ事と思い》。かたり同然の才覚《算段》にて銀《ぎん》四百目借り出《だ》し。一時《いっとき》ばかりは《だけは》懐《ふところ》にあつたれども。とかく二人に[一]死脈が打つ　どこもかしこもいちどきに。[二]潮のさいてくる《さしてくる》ごとく　ばら〳〵と首尾悪く。もとより理をもつをんなども《もともと筋からいえば正しい女房がさらに》　理屈を詰めて恨み泣き。いかな[三]張良　樊噲《はんくわい》でも道理に向ふ矢先《やさき》はない。銀も渡すその場にて　みす〳〵嘘《うそ》の[四]空誓文《そらぜいもん》。とても《しょせん》のがれぬこの[五]罰《ばち》　仏《ぶつ》神《じん》を待たずとも。こちから当つて埒明けんと《けりをつけようと》　道から《来る途中から》胴は据《す》わつたり《覚悟していた》。[六]死に直しは二度ならぬ　かこち顔は曲もなし《なげき顔はおもしろくもない》。手に手を取つてにつこりと　死ね死ならうというてたも」と。炬燵《こたつ》に顔をうち投げて　[*七]世にあぢきなき涙のてい《いかにもどうしようもない涙の様子》。「[八]ナウさう思うてが定《ぢやう》かいの」。「思ふが不思議か《なものか》　女夫ぢやもの」。「ほんにさうぢやかたじけない。うれしうござる」といだき合ひ　声を。たてずの絞《しぼ》り泣。き。[九]炭火も。消えて凍《こほ》るらん。

奥へかくとや聞えけん《こうと聞えたのであろうか》　兄の声にて。「なんと徳兵衛　痛みはよ

一　死の徴候を示す脈搏《みゃくはく》。むらのある脈、数多く急につらなり打つ脈、たえだえの脈等々七種の死脈があると漢方でいう（『医道重宝記』）。ここは状況が絶望的なさま。

二　「生死の事皆潮汐のみちひにてしるるなり」（『昼夜重宝記』）とあるように、死脈との縁で言った。

三　漢の高祖に仕えた名臣。張良の知、樊噲の勇で名高い。いかなる知勇をもってしてもの譬え。

四　偽りの誓文。心にもない誓いの言葉。

五　一二二頁五行の「今宵の月に蹴殺され　三世の諸仏の御罰を受け。……」をさす。

六　一度死んだと同然ゆえ、二度と死に直しは出来ない。ここでまた死の決意などいらないの意。

*七　健気にいった言葉とその心とはうらはらで、ままならぬ二人の身をかこつ徳兵衛のさま。

八　のう、そう思うてくれるのはまことかいの。

九　炬燵の炭火。消えるのみならずこの悲愴の涙は凍りつくであろうという、この場の冷えた気を示す表現は、次に展開される焦熱地獄の場面と対照的。「泣。き。」とユリなどの曲節を使ってこの嘆きの情景は強調して語られる。

＊　恋人を何かに隠す場面は近松の世話物に多出する。『曾根崎心中』の縁の下、『心中刃は氷の朔日《たち》』の戸棚の中など。元禄歌舞伎でもその趣の演技は多かった。

徳兵衛、房を炬燵に隠す

*一〇 插絵では炬燵蒲団であるが、舞台面は前出の蒲団を用いたのであろう。

兄、来て炬燵にあたる

*一一 兄は炬燵に足を入れて探り、中に房のいることを知り、「ヤアここに」と言いかけるがそれをまぎらかし、こらしめのため「炬燵の火」を入れさせる。正本「こ」にゴマ点があり強調している。

一二 十能《じゆうのう》。炭火をのせて運ぶのに用いる道具。鉄製で木の柄がつく。一四〇頁插絵参照。

一三 膝がしら。方言で膝ぼし・膝ぼうず・膝ぼんともいう。膝の関節。

兄、炬燵の火を催促

一四 なにとぞ。どうぞ。「俗に物を強《し》ひる詞にいへり」(『倭訓栞』)。後に再び「御無用にあそばせ」が略されている。

一五 諺「膝の皿から火が出る」による。きわめて貧乏になる譬え。

* 「ひらに」「火の用心」「膝の皿」「火がついたら」と火回しの延長のように韻をふむ。

いか」と。ごつ〳〵喘《せ》いてくる音す「やれ隠れよ」とうろたへて。ふさを炬燵に押し入れ 蒲団《ふとん》*一〇かぶせて徳兵衛は。上にもたれ覆《おほ》ひになり 顔もきよろ〳〵《〔またうしろめたさに〕》なりにけり。

ほどなく主《あるじ》立ち出で。「ものいふ声の聞えたは誰であつた」と不《ふ》審顔《しんがほ》。「いやそれは私《（徳兵衛）》 寝言《ねごと》がな《でも》申したか。ただしおまへが《それとも》病みほほけて 空耳《そらみみ》でがな《でも》ござりましよ。帰つてお休み《〔部屋に〕》なされ」といへば。「イヤいから夜が寝にくい 大層《たいそう》 話しさいた《話しさしの西国順礼の》西国の。物語りして聞かせう」と 炬燵にあたるうたてさよ《迷惑さよ》。

*一一「ヤア炬燵の火が薄い《弱い》。これ女房ども火をくわつとおこいて《おこして》。火か一二きに二三杯《ばい》持つておぢや」と呼ばはれば。徳兵衛ぎよつとして「申し〳〵。火のきついはお毒 御無用にあそばせ《おやめになって下さいませ》」。「いや〳〵裾《すそ》が冷《ひ》える。膝節《ひざぶし》一三の焦《こ》げるほどなが《なのが》 こち《わしは》はよい」といひければ「ひらに一四それは 火の用心と申し《のためでもあり》一五。膝の皿に火がついたらば 御身代《ごしんだい》のさまたげ」と。いへども兄は懲《こら》しめと思ひ 意地悪う。「火をはやう

徳兵衛、身をもがく

持っておぢゃ《おいで》」とぞせがみける。

「アア申し。おまへは病気で引きこもつて世間を御存じござらぬ。この冬からいづかた《どの家でも》も火の強い炬燵廃《すた》[一]りもの。*[二]北脇《きたわき》へんのよい衆[三]は　おほかた炬燵に水を入れるげに《そうに》ござる。重井筒ともいはるる身が　気のとほらぬ《不粋な》。炬燵に火を入れなんどとは　さりとては《それにしても》お[四]笑止《せうし》な。[五]*あれおかさま[六]火はいらぬとおつしやる」と。身をもがくその間に　火かきは焦《こが》[七]るるもみぢばを。盛つたるごとき池[八]田炭　遠慮も(無い)内儀が炬燵に移し。「サアあたらんせ」といひすて　台所にぞ出でらるる。

焦熱の苦しみ

そばで見るさへ徳兵衛　身も

房炬燵の責め

一　役に立たないもの。流行遅れ。
*二　北浜辺。『淀鯉出世滝徳《よどごいしゅっせのたきのぼり》』下に「竹本が弟子が下つて重井筒を語つた。サアこれから夕霧かはつて重井筒炬燵の段。北浜辺の能衆《よいしゅう》は炬燵に水を入れまする。紙子一枚の我らはとてものことに。火炙《ひあぶ》りになりたいと蒲団取つて引被《ひっかぶ》る」とあり、この段は有名であった。徳兵衛の気の毒にも滑稽な、あせりが描かれる。
三　素封家。家職なくてもすごす金持。北浜には両替商・米市の問屋仲買等富豪が多かった。
四　もの笑いになって気の毒な。
*五　火を持って登場した内儀に制止の声を掛ける。
六　他人の妻の敬称。お方様という高度の敬称が転じて使われ「お内儀さま」程度に用いられた。
七　真赤に焼けたの意のうらに、徳兵衛のもがき、こがるる気持をも表す。
八　大阪府池田で売る炭。「一倉《ひとくら》すみ。此所よりいけ田の市に出し売なり、それによりいけ田すみといひならはせり」（『万買物重宝記』）。
＊　内儀台所へ退場。

焦げわたる心地にて。「兄ぢや人その火で熱うはござらぬか《熱いどころか》。いつそのことに《むしろ》火あぶりにならしやれぬか《ならられぬか》。ここまで火気《くわき》が来まするちといけて《すこし埋めて》消しませう」と。寄らんとすれば「その《(兄)》まま置きや」と。とどめられては炬燵より胸を焦がすは徳兵衛。ふさは涙[九]の埋《うづ》み火に焼きつけらるる身の苦しみ。蒲団の陰より手を出だし　裾《すそ》[一〇]に取りつき。こたへん《こらえようと》とするに堪《た》へがたき　地獄[一一]もかくやと不便《ふびん》なり。

主《あるじ》もいつたん懲《こら》しめの《の為にしたが》　さのみは《そう一概に苦しめるのはと》あはれと思ふにや。「アア温《あたた》まつた　もう帰る　そなたも休みや」と立ち帰る。徳兵衛兄ながら恨《うら》めしくや思ひけん。「とてものことに　真つ黒に焦げるまで。あたつてお帰りなされかし」と。いへどもさすが[一二]一言《いちごん》も。岩木を分けぬ人ごころ　奥の。一間に入りにけり。

徳兵衛は小腹《こばら》立ち。櫓《やぐら》も蒲団もひとつにつかんで　取つて[一三]投ぐれば。咸陽宮《かんやうきゆう》のけぶりの中に　顔も手足もくれなゐの。ふさは目ばかりじろ〳〵と。ものをもいはずかた[一四]息《いき》の　性根も乱るるばかりなり。

＊ 火回しの人々の冗談が房の身にまことととなって振りかかる。

九 涙に埋む（しずむ）と「埋み火」（灰の中に埋めた炭の火）とを掛けていう。

一〇 房は徳兵衛の着物の裾に、すがりつきたい心と、熱さを耐えるよりどころとでしがみつく。

一一 八大地獄の一つ、焦熱（炎熱・極熱）地獄。

一二 徳兵衛の腹立ちまぎれの毒づきにも、兄はさすがに一言もいわず。「いわず」と「岩木」を掛ける。「岩木を分けぬ」は「岩木を結ばず」と同じで、岩や木（非情のもの）から生れたのでないから人の温かい情がありの意。謡曲『紅葉狩』の「さすが岩木にあらざれば、心弱くも立帰る」の表現を下敷にする。

兄、奥へ退く

一三 「とりどり化生《けしやう》の姿をあらはし。……咸陽宮の。けぶりの中に。七尺《しつせき》の屛風《へいふう》の上になほ。あまりて其たけ一丈の鬼神の。角はかぼく眼《まなこ》は日月《じつげつ》。面を向くべきやうぞなき」（謡曲『紅葉狩』）。「咸陽宮」は秦の始皇帝の宮殿。楚の項羽が焼いた時三か月間も燃え続けた。

蒲団を取れば瀕死の房

一四 肩で息するのと、「片息」（絶え絶えの息）とを掛ける。「性根」は魂、心根。

心中の覚悟
徳兵衛改宗

やう〳〵にいだき上げ　袂《たもと》に煽《あふ》ぎ身を冷《さ》まし。花活《はないけ》の水さいはひと。顔にそそぎ口しめし　すこし心も爽《さは》やげり。「サア兄貴までが《〔二人の》知られたり《密会を〕お知りになった》。なに面目にのめ〳〵《おめおめと》と　人に面《つら》をまぶられん《さげすみ見られよう》。いざこ《さあこ》のところで《こで》尋常に《りっぱに》」と脇差《わきざし》取らんとせしところを。（房）「さうさへ覚悟きはまればうれしい〳〵　さりながら。ここでなか〳〵思ふやう《思うように死ぬ》に　よもなるまい《ことは決して出来ない》。屋根伝ひに裏へ抜け　[一]樽屋町《たるやまち》の門へおり。[二]宗門《しゅうもん》なれば[三]日親《にっしん》さまの御門で死なせてくださんせ」。「オオもつとも〳〵ありがたいこころざし　サアおぢや《おいで》」と立ちけるが。「ヤアそなたは法華《ほっけ》　われは浄土。[四]願ふところが別なれば先の行き端《い》《行方》もおぼつかなし。宗旨《しゅうし》を変へて一所に行かん　今[五]題目《だいもく》を授けてたも。とく〳〵《早く早く》」と手を合はすれば　ふさは不覚《思わず》の涙にくれ。「わしに浄土になれともいはず　法華になつてくださんする。さてもうれしい心やな　[六]もつたいないことなれど。今まで毎日千遍《べん》づつ五年唱《とな》へた題目の。功《く》徳《どく》で許したびたまへ《許して下さいませ》」とたがひに合掌《がつしやう》　心をしづめ。（二人）「[七]今身《こんじん》《今生の身》より仏

一　六軒町の東側の町。町の門とは町々の境に設けた木戸をいう。
二　ある宗派の信者。ここは法華宗（日蓮宗の俗称）をいう。
三　京都本法寺の開山（一四〇七―八八）、長享二年八十二歳で没。足利義教に『立正治国論』を献じ極諫し、怒りにふれて責苦を科され称名念仏を強いられなかった。遂に舌頭を切られ火鍋を頭上に冠らされたが動じなかった。よって鍋被《なべかずき》上人の名がある。大坂高津中寺町の正法寺は京の末院で、境内に日親堂がある。また仁王門のある寺として知られていた。ここを選んだのは火責めと関連させた近松の趣意か。
四　法華宗は即身成仏を欲して題目を称念し、浄土宗は弥陀浄土を願って専修念仏を唱える。とくに両宗は狂言『宗論』に見えるごとく相容れない。
五　法華宗で妙典とする「妙法蓮華経」の五字に「南無」の二字を冠し唱えること。その功徳で諸悪業を除くという。この宗を題目宗ともいう。
六　房が自分に戒を授ける資格などないと卑下する。
七　現身。今生《こんじょう》の身。以下は法華宗で受戒の時唱える言葉。本門の「妙戒・本尊・題目」を持《たも》つや否やと、戒師が得度者に三度尋ね、よく持つと答える。
*八　房に和して殊勝に二度目の「仏身にいたるまで」と唱えた徳兵衛であるが、未来成仏まで二人を添わせてほしいという真情が言葉につい現れ、房もまた思わずそれに従う。

徳兵衛、房を負い屋根伝いの脱出

身にいたるまで(から成仏するまで)〔妙戒〕よく持《たも》ち」(徳兵衛)「たてまつる」。(二人)「南無《なむ》妙法蓮華経《めうほふれんげきやう》」。(二人)「今身より仏身にいたるまで」(徳兵衛)「[*八]添はせたまへ」(房)「添はせてたべ」。(二人)「南無妙法」の力を頼みに。〔房を〕しつかと負うてのぼる二階

屋根伝いに脱出

や[*九]三重屋根の棟《むね》。[一〇]鷲《わし》の峰ぞと。ひとすぢに[一一]這《は》ふつたどりつ伝ひゆく。道は[一二]三途《さんづ》のかはら葺《ぶき》[一三]霜の剣《つるぎ》の山冴《さ》えて。[一四]ここに地獄の鬼瓦弓手《ゆんで》も馬手《めて》も(左も右も)恐ろしく。のがれ〳〵て行く末は今ぞ冥途《めいど》の門出《い》でと。これをかぎりの[一五]立ち酒や樽屋。町にぞ三重へ迷ひ行く

*九 この三重で、火責めで立つに立たれぬ房を負い二階に登り危い仕草で屋根に降り立つ徳兵衛の演技。

一〇 法華経の題目を力に危険な脱出行に挑む二人は屋根のむねを、釈迦が法華経を八年間説かれたという霊《りよう》鷲山《じゆせん》のみね(鷲の峰)を行くと覚悟し。霊鷲山はインド摩竭陀国《まかだこく》にあり、山形が鷲に似るとも、山上に鷲鳥多いためともいう。

一一 「這ふ」と「法」とを掛ける。「はふつ」とゴマ点がつく。一途に仏法を信じ。

一二 「三途の河原」と「瓦」を掛ける。三途の川は死者が死後に至る大河で、渡る所が三所あるのでその名があると俗にいう。『十王経』のこの川の条に「初開の男に其の女人を負はせて牛頭《ごづ》鉄棒を以て二人の肩を挟んで疾瀬を追渡す」とあり、これをも連想するか。

一三 折柄瓦に霜が冷たく冴《さ》えて、地獄の剣の山を行くかと思わせられる。「剣の山」は地獄にあるという剣を逆さに立てた山、罪人はその上に落される。「道も嶮しき剣の山の」(謡曲『女郎花』)。

一四 ふと前を見るとここにも鬼瓦が獄卒の鬼のごとく目をむく。

一五 出棺の時立ったままで酒を飲む習慣。「樽屋町」の縁で用いた。徳兵衛の心象を描くに酒の言葉が多いがここも酒好きの徳兵衛が、これを最後と別れの立ち(「断ち」にもつながる)酒を求めるかのように、樽屋町に向って迷い行く。

下之巻 ちしほのおぼろぞめ[一]

心中道行

[＊二]歌 筒井筒。井筒の水は。濁《にご》らねど。今は 涙に かきにごす。月
と歌われても今は二人の涙にかきにごり 袂の涙
も袂に。かき曇《くも》る。[三]朝《あした》の雲 夕べの霜 あだしが浦のうつほ舟。身
に映った月も朧に 又はかない浦辺のくり抜き舟のように
を亡きものと知りながら。いとし憎しのたはぶれも。しばし[四]この岸
いずれ亡きものとなるのを それでもなお愛し憎しとたわむれあうのもほんの一時で 今仮橋
かの岸の。仮のうつつの仮橋や。藻《も》に埋《うづ》もるる牡蠣舟《かきぶね》の。苫《とま》の隙間《すきま》
を渡るのも此岸から彼岸へ渡る仮の現実の一時だ
の灯火《ともしび》の。風を待つ間《ま》の。影よりも。明日まで待たぬ わがいのち。
〔はかなく〕
われとうしなひ ふた親の。育てし御恩はいかがせんと歩みもやら
自分から
ず泣きゐたり。送り迎ひの色駕籠《いろかご》も しばし。跡絶《とだ》えはいづくにも
〔遊女を〕 とだえたのはどこでも
馴染《なじ》み／＼の寝入り[五]ばな。わが身は今宵《こよひ》 散り果つる。
馴染みどうし

芝居に寄す二人の思い

名残《なごり》尽きせぬ浜がはの。[＊六]歌 ここは[七]竹田かよは何時《なんどき》ぞ。五つ六つ四
道頓堀べりの （節・夜） 五つ時六つ時四つ時
つ千日寺の鐘も八つか[八]七つの芝居。二人が噂《うはさ》せば狂言の。仕組《しぐ》みの
か 折しも千日寺の鐘も八つか ここは七座の芝居町 （世話）
たねとなるならば われを紺屋のかた岡に。何とか思ひそめ川は
型の縁で片岡座で演じ 思い染めて立役の染

一 京都上京祐乗坊の辻子《つじ》、紺屋新右衛門が寛文の頃創始した染め。春夜の月色の美に感じて、裾は白地に模様を描き、上方は次第に濃くぼかした染め方。紺屋の縁で二人の最期を血潮の朧染《おぼろぞめ》と心象化した。

＊二 井筒の歌（元禄十三年京早雲座《はやくもざ》『傾城善《けいせいぜん》の綱』）「一上り筒井筒井筒の水は濁らねど、交はせし人は朧月……寝ても覚めてもいとしさの、余りて洩れて憎うなる」を用いて道頓堀の景と二人の心情を描く。

三 「朝の嵐夕の雨、松帆の浦のうつぼ舟、身を憂きものと思ひ絶え」（『若緑』五 半太夫ぶし）。

四 道頓堀の岸と仏教の此岸《しがん》（現世）彼岸（来世）を掛け、（中橋の傍の）「仮橋」も道頓堀の実景と来世へ渡す橋の意とを掛ける。

五 「ばな」（花）と「散る」は縁語。

＊六 「夫婦一緒に千日寺の鐘の響に夜は何時ぞ、八つでもあろか、いつも……」（『落葉集』五 三勝心中）。

七 浜側（道頓堀南岸、太左衛門橋南詰東寄り）にある竹田近江の芝居。機関《からくり》で有名で、時計を連想する。

八 片岡（染川十郎兵衛出演）・篠塚・岩井（芳沢あやめ出演）・嵐の歌舞伎四座と、竹田・出羽（飛騨掾出演）そして竹本の操三座をいう。

九 襞《ひだ》と飛騨掾を掛ける。道行で、男女二体の人形を差上げて片手で使う手妻（手品）の演技をいう。

一〇 太左衛門橋筋井筒屋のお島と、京室町の呉服商新

八とが正月十六日生玉で心中した事件。宝永三年か。

一一 嵐三右衛門（三代）の座は道頓堀西側の松本名左衛門の芝居（大西の芝居）に出演していた。

一二 宝永三年（一七〇六）正月嵐座の『女大臣《おんなだいじん》職人《しよくにん》鏡《かがみ》』切狂言「八百屋お七物語」が当りを取り四月にも再演された。その中の「お七祭文」が流行する。「八百屋の娘お七こそ。恋路の闇の暗がりに。由なきことを仕出だして」。

一三 暮れると呉竹を掛ける。この辺より残る一座竹本座の叙述となり、『曾根崎心中』心中道行をひびかせる。「仇しが原の道の霜。一足づつに消えてゆく。夢の夢こそあはれなれ。あれ数ふれば暁の」。

一四「来う」と大坂の地名「高津」を掛ける。

一五 神仏の堂前に吊《つる》した下方に細長い口のある金属の具で綱を振って鳴らす。諺「鰐の口を逃れる」を掛ける。危急を逃れる。

一六「今此三界　皆是我有　其中衆生　悉是吾子」（『法華経』譬喩品《ひゆぼん》）の言葉。

一七 提婆《だいば》の犯した五種の悪業（『法華文句』八）。「提婆達多。却後過二無量劫一。当レ得二成仏一。号曰二天王如来一」（『法華経』提婆達多品）。八歳の龍女、男子と変成して南方無垢世界に往き成仏すること「提婆達多品」に説く。

一八 煩悩も菩提も水波の如く差別なく不離であること。「龍女は煩悩即菩提を表し、提婆は生死即涅槃を表すと云ふ」（『教観大綱見聞』）。

追手の人声
題目と共に急ぐ

せりふに泣いてくれよかし。包む袂《たもと》のひだの九掾《じよう》。二つ番《つが》ひの手妻《てづま》にも。かかるなりふり　うつすとも。この思ひをばよも知らじ。一〇去年《こぞ》のおしまの心中の。その井筒屋にわれが今　重井筒と。しの。塚に。いはれいはゐの半四郎。憂《うれ》ひせりふのあやめ草。露の音しも御身とわが。積る涙の雫《しづく》かや。一一西にあらしの。吹きはれて空は冴《さ》えてもわれ〱は。一二恋慕の闇《やみ》に暗《くら》がりによしなきことをし出だして東《あづま》の果《は》てに名を流す。それに劣らぬ嘆きぞと　いとど。思ひに。一三くれ竹の。節《ふし》を習ひし浄瑠璃も。よそのことよと慰みしが　いま身の。上に降る霜《しも》の一足づつに消えうせて。死にに行く身の　あぢきなや。

あれ見返《みかへ》れば人声の。われを尋ねてから一四津《づ》の町を急ぎ。のがるる一五鰐口《わにぐち》や。頼みをかけし御経《おんきやう》の。一六この三界の衆生は。みなこれわが子と聞く時は。親もろともに。いたるなりけり　南無妙。法蓮華経南無妙法蓮華経。南無妙法蓮華経。一七五逆《ごぎやく》の提婆《だいば》は天王如来《てんわうによらい》。龍女も成仏する時は。一八煩悩菩提《ぼんなうぼだい》と。なるぞ頼もし　南無妙。法蓮華経　南

川がせりふと共に泣いてほしい　〔涙を〕
掛ってこんな道行の姿や振りは写し得ても　この二人の思いは決して知らないだろう
お島が心中したその井筒屋心中に私達が今重ねて死ぬと重井筒屋心中と名付けられ篠塚座で演じ
塚に祭られ岩井半四郎座でも上演し　であやめが演じる　草葉から滴り落ちる露の音
さえもお前と私の
つまらないことを
そのお七の浮名に　（糸）いっそう
他人の身の上のことと　今自分の身にふりかかり
有難い文句を聞く時は仏と共に　〔極楽に〕
この世の衆生は

大仏勧進所に到着

無妙法蓮華経。南無妙法蓮華経。一六万九千三百八十四文字を。ただこの七字に収まりし。二大曼荼羅《だいまんだら》やまだら雪　雨にも風にも詣《まう》で来て。朝《あした》は現世《げんぜ》《［において］》夕べは後世《ごせ》。この世あの世のふたおもて《にてもと二世の二人の恋の成就を祈ってきたが》　三今宵。四ひとつにならの《未来で一緒になろうと》葉の。影は浮世の塵芥《ちりあくた》　ともに命の捨て場ぞと　五大仏殿の勧進所《くわんじんしよ》。六身を捨つる。藪《やぶ》となりにけり。

高津大仏殿勧進所
二人、死に急ぐ

涙に迷ふそのなかにも　男《（徳兵衛）》はさすが男にて。「なう　世間を聞けば《世間の噂を聞くと》　をんな先立ち男は後に死にそこなひ。見苦しき七沙汰にあふ　無念のうへの死に恥ぞや。先づわれから」と脇差《わきざし》を。抜かんとすれば《［房は］》いだきつき「なう　待つてくださんせ。いま死ぬる身といひながら　大事の夫が目の前で。朱《あけ》に染まつたていを見ば　気もうろたへ目も昏《く》れて。どうしてか死なれうぞ　なから死《じ》に《半死半生》して恥さらし。こなさん《お前様》の八死骸の　帯解き紐解き　打《う》ち返《かや》し。詮議《せんぎ》のあるをじろ〳〵

一「法華経の惣文字数六万九千三百八十四字」(『譬喩尽』)。

二 十界曼荼羅のこと。日蓮宗の本尊。中央に妙法蓮華経の五字を題し、周囲に仏界より地獄界に至る十界の形相を描くか又はその名を記したもの。曼荼羅に語呂を合わせて斑雪と続けた。

三 今宵は朝・夕二度の祈りでなく一度に、また現世はあきらめ後世一つを祈らざるを得なくなる。

四「奈良山の児手柏《このてがしは》の両面《ふたおもて》にかにもかくにも佞人《ねぢけびと》の徒《とも》」(『万葉集』十六)をふまえる。「成る」と「楢」を掛け、死を決意した後の、一枚の葉の表裏のように、よれつもつれつ一体化した二人の影(姿)は、もう木の葉同様この世の塵芥と観じ。

五 東大寺大仏殿再建のため大坂に置かれた勧進所。南島(大仏島)から元禄十二年(一六九九)六月高津上汐町に移された。日親堂のある正法寺に近い。

六 諺「子を捨つる藪はあれど、身を捨つる藪はなし」による。わが身にまさるものなしの意。その大事の身を捨てる藪となってしまった。藪は物の捨て場になりやすい所。

七 相対死の一方が存命の場合、残る一人は下手人として処罰され、二人共に存命の場合、三日晒《さらし》の上で非人の手下にされた(『御定書百箇条』享保七年極)。

八 真に相対死かどうか死因の検分が行われた。

九 高津神社表門の鳥居か。插絵は生玉の石の鳥居とする。

＊ おたつ・小市郎・下人・下女・丁稚三太登場。

一〇 高津の東の地名。そこには火屋（火葬場）がある。

一一 前世の悪報のため目前の妻子に会うことも出来ず、大きいへだたりのあること。

一二 近いというのに一向に甲斐もなく、遠い千賀の塩竈のように、の意。「思ひかね心は空にみちのくの千賀の塩竈近き甲斐なし」（『平家物語』小督）。ここは「間は近ふて逢《あひ》はせはせいで千賀の塩竈／＼身を焦がす／＼よい／＼濡るる我が袂」（『松の葉』しがらみ）により、前の「間はわづか」「隔て」や、後の「宵より……袖凍り」といった表現をも生む。

一三 冥途へ迎えの鳥。三一三頁注一四参照。

一四 出奔人。駆落者と同じ意。

一五 以下「死ぬまいもの」までおたつが房の立場に立っていう言葉。

捜索の人声

と　そもや見て《どうして》ゐられうか。わしから先に」と手を持ち添《そ》へ〔脇差を〕わが身に差《さ》し当て。忍び泣き。男は力なみだに迷ひ《力もなく涙にくれ》刃物《はもの》持つ手もよわ／＼と。をんなの膝《ひざ》に伏しまろび《ころげ伏し》おほひ。重なり泣きゐたり。

[九]石の鳥居のあなたより　をなごの泣く声子の泣く声。（徳兵衛）ああ大変「南無三宝　わが家《いへ》の提灯《ちやうちん》女房子ども家来《けらい》ども。〔が来る〕見つけられては情けなし[一〇]小橋《をばせ》の方《かた》で死ぬまいか《死のうではないか》」と。立ち上がらんとせしところへ　はや道《みち》端《ばた》まで尋ね来て。間はわづか半町に足るや足らずも因果[一一]の隔《へだ》て。百里も同じごとくにて。近き[一二]甲斐《かひ》なき千賀《ちか》の塩竈《しほがま》　身を焦がすこそあはれなれ。

おたつの愁嘆

妻のおたつは宵よりの涙と霜に袖凍《そでこほ》り。ものいふ力もなきなかに「あれ／＼夜明けも近づくか。烏[一三]がいから《ひどく》鳴くわいの。ほかの駆《かけ》落《おち》走[一四]り者とちがうて　明日尋ねうとはいはれぬ《いってはおれない》。死にに出た心中なれば　とくに《とっくに》いのちはもうない人。あさましや悲しやな　女房[一五]子のない人ならば。殺すまい　死ぬまいものと　さぞや最期の悔《くや》みご〔をい

一　既に徳兵衛と房を自分ゆえに殺してしまったと思いつめてゆくおたつの心情が示されている。

二　あきれたこと。とんでもない。

＊　阿呆役のうれいの演技。一層の愁嘆を誘う。

三　おろおろと取り乱し流す涙。

＊四　女主人と一緒に涙の袖をしぼると共に、阿呆役しく鼻水をぬぐう所作。

三太の嘆き

房の死

（つただろう」）と。おふさが恨みも思ひやる　思へばわれがあるゆゑに（私がいるゆえに）。人二人殺すよな　位牌《ゐはい》に向うていひわけない。冥途《めいど》の旅を連れ立たん（一緒に行こう）」と下人が差《さ》いたる脇差《わきざし》に。取りつくところを　（［下人が］）もぎはなし。「これはいつきよう　この子はいとしうござらぬか」と。とどむれば　小市郎「かかさま死んでくださるな」と。嘆く声さへ身にしみて　野辺の霜風　小夜嵐《さよあらし》。

丁稚《でつち》の三太もうろ／＼涙。「心中といふものは。いから寒いものぢや」とて　ともに袖をぞ絞《しぼ》りける。

徳兵衛ささやきて「月はかたぶく　東は白《しら》む。ためらうて今の間《ま》に見つけられん（見つけられては情けない）はあさましし。いざ何事も宵よりいうたとほりぞや」。「おう」とうなづく

生玉にての心中

ばかりにて　涙[五]にものをいはせつつ。夫の膝をしつかと押《おさ》へ。あふのき待つたる口のうち（房）「南無妙法」（徳兵衛）「蓮華経」。（房）「南無妙法」（徳兵衛）「蓮華をひとつ蓮華に」[六]と。ぐつと突き抜く一刀《ひとかたな》「わつ」と叫びし一声の。あはれはかなき最《さい》期《ご》なり。

叫び声に人々走る

「今のはどこぢや　サア知れた」。「そこか」「ここか」「いや／＼南に聞えた」と。木霊《こだま》の響きは気もつかず　皆[*七]トル三重　生玉へと／＼走りける

徳兵衛、井戸に落ち果つ

見つけられじと徳兵衛　畑の中を西東《にしひがし》。ここにかがみ　かしこに忍び「今[八]はうれしし一所《いつしよ》に」と。ふさが死骸を尋ね寄る　道も心も

五　涙に万感の思いをこめ、ものをいわずに。

六　一蓮托生にと（胸を）。「胸の蓮《はちす》も開くる花の。台《うてな》に至るありがたさよと。いふかときけば明方の。……磯うつ波や松風の声にまぎれて失せにけり」（謡曲『恋の松原』）。「胸の蓮」は和歌にも多い。本作の内容を盛り込んだ『丹波与作待夜の小室節』「与作おどり」ではこの場面を「れんげ一つと脇指を胸に押しあてただ一かたな」と表現する。

*七　トル三重で一同二人に気付かず傍を通って急ぎ退場。「トル三重」は「引取三重」ともいい、人物が場面から引取るのに用いる曲節。「ヲクリ」よりも場の連続感がある。

八　人の気配が去り心うれしく。

[一]むもれ井戸。踏みはづしてかつぱと落ち　水のあは《(泡)》れや汲[二]み上げて。
[三]重井筒の心中と　御法《みのり》の。水をぞた[四]たへける

一　道も迷い心も闇にうずもれ、隠れた野井戸に。
二　水を干し死体を収容すること。
三　重井筒屋と、井戸にはまって死んだ死に方とを掛けた言い方。
四　井戸の縁で水の縁語を連ねる。回向の水をたっぷりと手向けるの意と、その死を称えると掛ける。冒頭の徳兵衛の紹介が「酒づけに　水も漬《つ》くかや　わが宿へ」という文辞で始まっていたが、丁度中之巻の房の火の照応と同様に水漬けで終ってゆく。

国《こく》性《せん》爺《や》合《がっ》戦《せん》

興行　正徳五年（一七一五）十一月　大坂竹本座初演
太夫　竹本頼母・内匠理太夫・竹本文太夫・竹本政太夫・豊竹万太夫他

時代　中国明末〈崇禎十七年（一六四四）〉四月上旬より凡そ五年間

場所　第一　南京城内
梅檀皇女御殿
海登の港
第二　肥前松浦平戸の浦
唐土の浦
千里が竹
第三　獅子が城楼門
獅子が城城内
第四　肥前松浦潟住吉社頭
梅檀女道行（松浦潟より松江まで）
唐土九仙山
第五　龍馬が原陣
南京城門

人物　和藤内（国性爺）・妻小むつ・父老一官（鄭芝龍）・一官妻・錦祥女（一官娘）・夫五常軍甘輝・呉三桂・妻柳歌君・思宗皇帝・華清夫人・梅檀皇女・太子（永暦皇帝）・李蹈天・李海方・梅勒王・剛達・安大人・高皇帝・青田劉伯温・大海童子

国性爺合戦

作者　近松門左衛門

南京城内
序

一*序詞二花飛び蝶駭《おどろ》けども人愁へず。水殿雲廊別《べつ》に春を置く。暁日《けうじつ》よそほひなす千騎《ぎ》の女《ぢよ》。絳唇翠黛《かうしんすいたい》色をまじへ。三土も蘭奢《らんじや》の梅が香《か》や。（桃も桜も競い咲いて まるで永遠の花を見せたような）桃も桜もとこしへに。花を見せたる四南京《なんきん》のヲロシヘ時代《ときよ》ぞさかり。さかんなる。

思宗烈皇帝の栄花

そもそも五大明《たいみん》十七代思宗烈《しそうれつ》皇帝と申し奉るは。光宗皇帝第二の皇子《みこ》（代々皇位を譲る血筋も 絶えることなく続き）代々の譲りの糸筋も。絶えず乱れぬ六青柳《あをやぎ》と。靡《なび》きしたがふ四方《よも》の国。宝を積んで貢物《みつぎもの》。歌舞遊宴に長じ給ひ。玉楼金殿の中《うち》には七三夫人《ぶにん》。九嬪《きうひん》二十七人の世婦《せいふ》八十一人の女御あり。（後宮三千人の美女）凡そ三千の容色《ようしよく》かんばせを（その美貌を 慕わしめ）悦《よろこ》ばしめ。［大人達に］群臣諸侯媚《こび》を求め珍物奇翫《ちんぶつきぐわん》の捧げ物。二月

*一 ヲロシまで全体の序。『三体詩』陸亀蒙の鄴宮《ぎようきゆう》の詩を引用し、明朝の栄花の極まれるところから劇の世界の始まることを述べる。

二 「花飛《ビ》蝶駭《ケドモ》不レ愁《ヘシメ》レ人《ヲ》。水殿雲廊別《ニ》置《ク》レ春《ヲ》。暁日靚粧《せいしやう》ス千騎《ノ》女《ぢよ》。白桜桃下《ノ》紫綸巾《りんきん》」（『三体詩』一）。花は散り蝶は驚いて飛び去り春は逝っても、宮殿の栄花に馴れた人を悲しませはしない。水辺の殿居や雲にそびえる廊に人工の春色がみなぎり、あけぼのから千人の官女が花のごとく粧い競い、朱《あか》い唇、みどりの眉墨と色とりどりに、美人が行き交う。

三 土にも蘭花・奢（麝）香の薫るように、梅の芳香が満ちる。

四 明の太祖が金陵の地を都と定め、後に永楽帝が北京を都としたため、金陵を南京と称し留都とした。

五 思宗は十六代。ただし日本では十七代とする。『大唐年代記』にも「大明十七思宗烈皇帝」とあり、「光宗次子也」とする。

六 乱れることのない、まるで青青と新芽を繁らす柳のように威勢のある整った国で。序で時を春と設定し、その縁で「青柳」と譬《たと》え、縁語に「糸」「絶えず」「乱れぬ」「靡き」と続けた。

七 貴嬪《きひん》・夫人・貴人をいう。一夫人に三嬪がつき、一嬪に三世婦の女官がつき、一世婦に女御妻が三人ずつつく。『太平記』一、「立后事」参照。

中旬に　瓜《ふり》[一]を。献ずる栄花なり。

華清夫人の懐妊

ここに三千[二]第一の御寵愛華清夫人《ちようあいくわせいぶにん》。去年《こぞ》の秋より懐妊あってこの月御産《ごさん》のあたり月《臨月》。君の叡感《えいかん》臣下の悦び。聖寿《せいじゆ》四十に及び給へども　世継の太子ましまさず。かねて天地[三]の御祈禱《いのり》このたびに験《しる》しあり。王子誕生疑ひなしと産屋《うぶや》に明珠美玉をつらね。産衣《うぶぎ》に越羅《ゑつら》[四]蜀《しよく》錦《きん》を裁《た》ち　御産今やと用意ある。

呉三桂の妻柳歌君、初子誕生

中にも大司馬将軍呉三桂《ごさんけい》[五]が妻　柳歌君《りうかくん》。このごろ初子《うひご》を平産し殊に男子《なんし》の乳《ち》なればとて。御乳付《ちづ》[六]けの役人そのほか乳人侍女阿監《めのとじによあかん》[七]。役の官女付き添ひて。掌《たなごころ》[八]の上の　珊瑚《さんご》の玉とぞかしづきける《大事にお世話申し上げた》。

韃靼の使者梅勒王の難題

時に崇禎《そうてい》[九]十七年中呂《りよ》上旬。韃靼《たつたん》[一〇]国のあるじ順治《じゆんぢ》大王より使ひを以て。虎《とら》の皮豹《へう》の皮。南海の火浣布《くわくわんふ》[一一]　到支《しし》国の馬肝石《ばかんせき》[一二]。そのほか辺国《遠国》嶋々の宝庭上《ていしやう》に並べさせ。使者梅勒王《ばいろくわう》[一三]謹んで。「韃靼国と大明国いにしへより威を励み《競いあい》。国を争ひ軍兵《ぐんびやう》を動かし鉾先《ほこさき》を交へ。互ひに仇《あた》を結ぶ事。かつは《一方では》隣国のよしみにたがひ《親しい交わりにはずれ》　かつは《又一方では》民の煩ひたり。わ

一　俗に「うり」を「ふり」と書く。「二月中旬已《ニ》進《ズ》レ瓜《ヲ》」（『三体詩』一、華清宮）を引く。原詩は温湯を利して作った夏の物を春進上するの意から、珍物を捧げる意。なお、玄宗の楊貴妃に対する寵愛、栄花、群臣の追従のさまを、ここに多く投影させている。

二　「後宮佳麗三千人、三千寵愛在《り》二一身一」（『長恨歌』）。「華清夫人」は楊貴妃を寓する名か。

三　天地を夫妻として万物を生むという考えにもとづいての祈りか。参考「白馬を宰《ころ》して天を祭り。烏牛《うぎゆう》を殺して地を祭る」（『明清闘記』四）。

四　越の羅《うすぎぬ》と蜀の錦《にしき》。共に名産の織物。

五　明の福王の時、遼東の将となり、弘光元年韃靼の勢を借りて逆臣李自成を攻むと『大唐年代記』にある。『明清闘記』も同趣で李自成を討つが、韃靼に国を奪われるとある。「大司馬」は軍事を司る官名。

六　お乳をのませる役。

七　侍女を監督する女官。「椒房《せうばう》阿監青娥《せいが》老《イタリ》」（『長恨歌』）。「乳人」は養育係の女性。

八　掌珠・掌中珠ともいい、愛する児女をいう。

九　一六四四年。思宗の暦号。「中呂」は四月の異称。

一〇　蒙古族。「順治大王」は、清の世祖。崇禎十七年、北京に即位して順治の暦号を用いた。

一一　南方の火山に棲《す》む山鼠の毛で織った布（『和漢三

李蹈天、韃靼の使者に同調

が韃靼は大国[一四]にて七珍万宝《しつちんまんぽう》くらからず《不足はない》と申せども。女の形余国《他国》に劣つて候。この大明の帝《みかど》には華清夫人とてかくれなき美人おはする由。わが大王恋ひ焦れ深く所望に候へば。此方《このはう》へ送り給はつて大王の后《きさき》と仰ぎ。大明韃靼[一五]向後《きやうこう》親子の因《ちなみ》をなし。永く和睦いたさんと　型のごとくの御調物《みつぎもの》。数ならねども《とるに足らぬ私だが》[一六]鎮護大将梅勒王。后御迎ひのため参朝《さんてう》」とこそ奏しけれ。

帝を始め卿相雲客《けいしやううんかく》。今に始めぬ《昔から常のことである》韃靼の難題　すは諍乱《しやうらん》の基《争乱のもと》ゐぞと。宸襟《しんきん》やすからざる所に《帝のお心を悩ましておられる所に》。第一の臣下　[一七]右軍将[一八]李蹈天《りたうてん》すすみ出で。「今までは国の恥辱を憚《はばかり》み隠し置き候。去る辛《さんぬ》[一九]の巳《かのと》の年　北京《ほくきん》五穀実らず。万民飢渇《きかつ》に及びし刻《きざみ》《際》。それがしひそかに韃靼を頼み。米粟《べいぞく》数《す》百万石の合力《かふりよく》[二〇]を受け　国民《くにたみ》を救ひ候ひき。その返報に何事にても。韃靼の望み　一度は必ず叶へんと固く契約つかまつる。君いま四海を保ち民を治め給ふも。一たび韃靼の情けによつてなり。恩を知らぬは鬼畜におなじ　御なごりはさる事なれども《おなごり惜しいのは当然であるけれど》。疾《と》く／＼后をおく《送られ》

才図会』『明清闘記』四)。

一二 薬石の名。郅支国《しつしこく》の産で半青半白の石。薬用すれば饑渇せず、髪を拭えば白髪も黒くなる(『洞冥記』)。「到《し》」は、「郅《しつ》」の誤り。

一三 韃靼の将。『明清闘記』や『大唐年代記』にもその名が出る。

一四 「此国はいてきの夷《えびす》とて、漢朝には賤しむれども、国広く人の心剛《かう》にして、万《よろづ》とぼしき事はなし。されども良き美人を持ず。漢朝の美人を一人奪ひ取、一の后とそなへん」(説経『王昭君』二)。

一五 以後、親子の縁を結び。

一六 清の封爵に、鎮国公・鎮国将軍はあるが、「鎮護大将」はない。

一七 天子の率いる三軍(左・中・右)の右の軍将。七行本等に「うぐんしやう」とあるが、正しくは「いうぐんしやう」。

一八 『大唐年代記』に「李自成　陝西賊明思宗崇禎四年謀反　闖騰天《ちんとうてん》号」とするが、『明清闘記』等は李とする。右軍将としたのは、近松の創作。

一九 崇禎十四年、李自成が官庫の米を出して民を救った記事は、『広益年代記大全』『唐土王代一覧』『明清闘記』二に見える。

二〇 援助。『明清闘記』二に呉三桂が李自成を討つため韃靼軍に援兵を乞う場面があり、「是非に合力《かふりよく》。し給へとて。日を累《かさね》て再三懇望《こんばう》しければ」とある。

られ《るのが》　然るべし《よろしかろう》」とぞ奏聞す《帝に奏上する》。

呉三桂、李蹈天をなじる

大司馬将軍呉三桂待漏殿《ごさんけいたいろうでん》[一]にてとつくと聞き《この事を早くも聞き》。御階《みはし》おばしま《階段の欄干を》踏みちらし　李《り》蹈天《たうてん》が膝元にどうと座し。「ふびんや《かわいそうに》御《ご》辺《へん》は《貴殿は》いつのまに畜[二]生の奴《やっこ》とはなつたるぞ。かたじけなくも大明国は三[三]皇五帝礼[四]楽を興し。孔孟教へを垂れ給ひ《孔子孟子が儒教をお示しになり》　五[五]常五倫の道今にさかんなり。天竺《てんぢく》には仏因果を説いて断[六]悪修善《だんあくしゆぜん》の道あり。日本には正[七]直中常《ちゆうじやう》の神明の道あり。韃靼国には道もなく法もなく。飽[八]くまでに食らひ暖かに着て。猛《たけ》き者は上に立ち　弱き者は下に付き。善人悪人智者愚者のわかちもなく。畜類同前の《けだもの同様の》北[九]狄《ほくてき》　俗呼んで畜生国といふ。いかに御辺が頼むとて数《す》百万石の米穀《べいこく》を合力《かふりよく》して。この国を救ひしとはいぶかしい《不審だ》ぶかし。民疲れ飢に及ぶは何ゆゑぞ。　上によしなき奢りを勧め《帝につまらない贅沢をすすめ》　宴[一〇]楽に宝を費やし。民百姓を責めはたり《責めて税など取り立て》。おのれが栄花《えいぐわ》を事とするその費えを止めたれば。五年や十年民を養ふに事を欠かぬ大国の徳。叡慮もはからず《帝の御心もお尋ねせず》公[一一]卿僉議《くぎやうせんぎ》にも及ばず。懐妊の后《きさき》をかろ〴〵しく。夷《えびす》

一　百官が早朝宮門の開くのを待つ門外の場所。早朝風霜をさけるための屋。「待漏」は入朝の時刻をいう。

二　人でなし韃靼の家来。

三　伏羲《ふつき》・神農・黄帝の三皇と、少昊《しようこう》・顓頊《せんぎよく》・帝嚳《ていこく》・堯・舜に至る五帝。

四　人の行いを慎ましめ社会の秩序を定める礼儀と、心を和らげ人心を感化する音楽。

五　仁・義・礼・智・信の五常と、父子・君臣・夫婦・長幼・朋友の五倫の人の道。

六　悪業を断ち善業を修すること。「見我身者。発菩提心。聞我名者。断悪修善。聴我説者。得大智恵」(『大聖不動明王金縛秘法』・謡曲『安達原』)。

七　「天照太神もたゞ正直をのみ御心とし給へる」(『神皇正統記』仁徳)。「中常」は不詳。或いは中縄《ちゆうじよう》か(墨縄の意で正直と同様真直なこと)、「木直中縄」(『荀子』勧学)。

八　「飽食暖衣、逸居而無レ教、則近二於禽獣一」(『孟子』滕文公)。

九　北方のえびす。「韃靼之地……北狄のたぐひ。韃靼を以て酋長《いうちやう》とす。其俗只利をむさぼつて。礼儀なく。仁義もなし。人面獣心にして。寇盗を事とし」(『明清闘記』一二)。

一〇　「主上宴楽の宮殿を作り。美女を集め。酒宴を事として昼夜の絶間もなく」(『明清闘記』一一)。

一一 公卿の会議も開かず。「内裏には同じき十九日公卿僉議とて催されたり」（『平治物語』）。

一二 当事者同士の相談ずくのこと。

一三 管仲《かんちゆう》が九度も天下の諸侯を集め、桓公に朝見《ちようけん》させ、斉国の威を示した故事（『史記』六十二・『太平記』五）。

李蹈天、左目をくって梅勒王に捧げ詫びる

一四『明清闘記』一に李自成の幼時を記し、「九歳の時。当府郡の間に。盗賊縦横して。人民を悩ましむ。李自成是とあらそふて。其左リの目を瞎《つぶし》たり」とあるのを転用している。なお目をくり出す場面は、『出世景清』五段目や『用明天王職人鑑』初段等に見える。

の手へ渡さんといふ心底《しんてい》　いささか心得ず《ちっとも判らぬ》。契約は御辺との相対《あひたい》[一二]。上にしろしめさぬ事《帝にはご存知ないこと》　畜生国の貢物《みつぎもの》。内裏《だいり》のけがれ《汚れである》取つて捨てよ《［城外に］》官人ども」と。北狄を事ともせず国の威光を見せたるは。管仲[一三]が九たび　諸侯の会《くわい》もかくやらん。

韃靼の使ひ梅勒王大きに怒《いか》つて。「ヤア〱大国小国はともあれ《ともかくとして》。合力を得て民を養ひし恩も知らず　契約を変ずるは。この大明こそ道もなき法もなき　手に足らぬ《相手とするに足らぬ》畜生国。軍兵《ぐんびやう》を以て押しよせ帝《みかど》も后も一くるめ《みな一まとめにして》。わが大王の履持《くつもち》にする事　日を数へて待つべし」と。席を蹴《け》たて立ち帰る　李蹈天引きとどめ。「しばらく〱。憤《いきどほ》りも《は》つとも至極せり《なはだもっともである》。それがし先年貴国の合力を受けて。一粒《いちりふ》も身《自分のもの》のためにせず《ともせず》。国を助けしは忠臣の道なるに。今また約を変じ兵乱《ひやうらん》を招き。君を苦しめ民を悩ましあまつさへ《その上に》。恩を知らぬ畜生国といはせんは　御代《［帝の］》の恥国の恥。このたび臣が《私が》身を捨て　君をやすんじ《帝をご安心させ申して》国の恥を清むる忠臣のしわざ。これ見給へ」と　小剣逆手《さかて》に抜き持ち左《ゆん》[一四]

手《で》の眼《まなこ》にぐつと突き立て。瞼《まぶた》をかけてくるり〳〵とくり出だし。朱《あけ》になつたる睛《めのたま》[一]引つつかんで「なう御使者。両眼は一身《身体の》の日月《日月と同じ》[二]左の眼は陽に属して日輪なり。片目なければかたは者。一眼《いちがん》をくつて《くり出して》韃靼王に奉る。国の恩を報ずる道を重んじ義を守る。大明の帝《みかど》の忠臣の振舞これ候《ざふ》」と。笏《しやく》に据ゑて差し出せば。梅勒王《ばいろくわう》押しいただき。「アアあつぱれ忠節や候《ざふ》《みごとな忠節ぶりです》。只今呉三桂の言分にては。いやとも《いやでもおうでも》両国権《けん》を争ひ《権力を争い》 合戦に及ぶ所。天下のために身を捨てて事をさめ給ふこと神妙《しんべう》〳〵《殊勝の極み》。忠臣とも賢臣とも申すにも余りあり《いくら言っても言い尽せない》《〔この行いで〕》 后を迎へ取つたるも同《同じ》

李蹈天目をくり詑びる所

一 眼球の水晶体。

二 「或は又盤古と云王あり。目は日月となり毛髪は草木となると云る事もあり」(『神皇正統記』神代)。「軍尚《たつとビ》レ左《ヲ》〔注〕左、陽也」(『礼記』少儀)。「首生ニ盤古一 垂レ死化レ身 気成ニ風雲一 声為ニ雷霆一 左眼為レ日 右眼為レ月」(『五運暦年記』)。

三 忠臣伍子胥の今に残れるすがたというべく。「伍子胥」は呉国の太夫。呉王を扶《たす》けて越王勾践《こうせん》を会稽山に破る。呉王が幽囚の勾践を帰国せしめ、さらに越王の寵姫西施《ちょうきせいし》を捧げてきたのを後宮に入れようとしたので激しく諫め、呉王の怒りをかい死を命じられた。伍子胥は「君越王の為に滅ぼされて刑戮《けいりく》の罪に伏せん事三年を過ぐべからず。願はくは臣が両眼を穿《くじ》つて呉の東門に掛けられて、其後首を刎《はね》給へ。一双の眼未だ枯れざる前《さき》に、君勾践に亡《ほろ》ぼされて死刑に赴き給はんを見て一笑を快《こころよ》くせん」と申して殺され、果してその通りになった故事（『太平記』四）をさす。

四 越王勾践を扶け、会稽の恥を雪《すそ》がしめた功臣。初め越王の呉国攻めを諫め用いられず、王の捕えられるや魚売りに身をやつして呉に潜入し、魚の腹に手紙を収めて勾践に届け自重をうながし、遂に呉王を討たしめた。後、自ら退隠し陶朱公と呼ばれ富を築いた（『史記』四十一・『太平記』四）。

五 酒宴を楽しむ宮殿。「主上宴楽の宮殿を作り。美女を集め。酒宴を事として昼夜の絶間もなく」（『明清闘記』一、主上逸楽）。

六 その真偽を見分けられない南京の帝の栄花の程は。「南京」に中国渡来の珍品の意を含め、目利をひびかせる。

*七 舞台転換の三重。

八 先例がない。このような栄花は続かぬことをひびかす。

前《こと》。わが大王の叡感《感服も得られ》使ひに立ったるそれがしも。面目これに過ぐべからず　はやお暇《いとま》」とぞ奏しける《奏上した》。

叡慮《帝のご機嫌》殊にうるはしく《帝は李蹈天の行いを嘉《よみ》する》。「李蹈天が眼をくりしは伍子胥《ごしし ょ》[三]が余風。呉三桂が遠きおもんばかりは《深い思慮は》范蠡《はんれい》[四]が趣《おもむき》あり。両臣まつりごとを糺《ただ》すわが国は千代《ちよ》万代《よろづよ》も変るまじ。韃靼の使ひははや本国に返すべし」と宴楽殿《えんらくでん》[五]に入り給ふ。げに佞臣《ねいしん》と忠臣のおもては似たるまぎれ者《共に表面だけは似ているが真実は偽者》。目利《めきき》[六]を知らぬ南京の君が。栄花ぞ三重[*七]へ例《ためし》[八]なき

梅檀皇女御殿

帝の妹君梅檀皇女の美形

ここに帝《みかど》の。御妹《いもと》。[一]梅檀皇女《せんだんくわうによ》と申せしは。まだ御年も十六夜《いざよひ》の《十六歳の》。[二]月の都の宮人の種やこの世にふる露の。玉をのべたる御かたち。《月界の天人の子種の露を受けてこの世に誕生したかと思われる露の玉を展べたような美しいご器量》管絃《くわんげん》の道書《ふみ》の道[三] [四]文字もはたらく口ずさみ。[詩を]日本で歌といふげな《いうそうだが》[五]が男女をやはらぐとや。ここにも恋の中立ちは変らぬものと詩を吟じ。《男女の間をも仲よくさせるとのこと ここ唐でも詩歌が恋の仲介をすることは変らないと》

兄帝に似ぬ姫の行儀

年よりひねし《ませた》御心 兄帝の奢りのさま。色にふけり酒宴にほこり。朝まつりごとし給はぬ御異見の種にもと。《昼まで寝て朝の政事をなさらぬことへのご意見のよすがにもと》行義《ぎやうぎ》ただしき御身持 [六]お伽《とぎ》の女官《によくわん》召しよせて。[七]浮世咄《ばなし》も ささやきの。耳は恋する。目はにらむ。[八]心が伽羅《きやら》の焼《た》きさしの。思ひ(火)埋みてあかさるる。

兄帝、李蹈天との縁組を勧める

[九]長生殿の方より出御なりと呼ばはつて。二十限りの《齢はたちまでの》后たち二百人。梅と桜の造り枝百人づつかた分けて振りかたげ。《二組に分けて互いに枝を肩にのせ》左右に召し具し入り給ひ。(帝)「なら妹君。われ[一〇]万乗《ばんじよう》の位につき。臣下多きその中に。右軍将李蹈天《りたうてん》は終《つひ》に朕《ちん》が命《めい》にそむかず。明け暮れ心をなぐさむる第一の忠臣。[その彼が]御身に心をかくると聞く。《貴女に執心していると聞く》幸ひ朕が妹聟《むこ》にせんと思へども。御身さらに承引なく《一向に承知しないで》今日までは打ち過ぎたり。然るにこのたび韃靼《たつたん》

一 中国や東南アジア産の香木。近松の中国的雰囲気を出すための命名か。『国仙野手柄日記』は「せんだら女」とする。

二 『太平記』三七、貴妃の母が楊《やな》陰《ぎ》に寝て「枝より余る下露、婢子《ひし》に落懸りて胎内に宿りしかば、更々人間の類《たぐひ》にては有るべからず、只天人の化《け》して」を敷く。

三 「書」に、道の縁語の「踏み」を掛けている。

四 文字の一字一字が情意をもつ詩も口ずさみ。

五 「やまとうたは……をとこ女のなかをもやはらげ」(『古今集』序)。

六 無聊《ぶりよう》をお慰めする女官。お伽衆といった専門の人ではなく、世間に通じたお相手の意。

七 世間話も小声で行うのだが。低声の世上の話、色恋沙汰を含んだ話に、つい聴耳を立て、しかし潔癖な乙女らしく、いやらしいときびしい目付きをする。

八 その心は粋で立派だが、焼《た》きさしの沈香《じんこう》のように、あたら青春を思い沈んで灰色に暮しておられる。「伽羅」「焼きさし」「火」「埋む」は香の縁語。梅檀にもちなむ。

九 唐代、太宗が驪山《りざん》に設けた離宮。玄宗が華清宮と改めた。

一〇 天子の位。天子はその畿内より兵車万乗(一万

縁定めの風流陣花軍

国より無体の難儀をいひかけ。すでに合戦に及び国の乱《らん》となるべき所。呉三桂などが忠臣顔　口先の道理は誰《たれ》もいふ事。李蹈天が左の眼をくつてなだめしゆゑ。使ひも伏《ふく》して〔承服して〕帰つたり。国のため君のため身を捨ててかたはとなる。末代無双《ぶさう》の忠臣　賞せずんばあるべか〔これを賞めないということがあって〕らず。〔よかろうか〕是非に朕が妹聟〔妹聟にし〕　北京《ほくきん》の都を譲らんと約せしが。御身承引あるまじとこの[一一]花軍《はないくさ》を催せり。賢女立てして〔賢女ぶって〕[一二]すん〳〵と〔つんつんと〕　すげなき御身が心を表《へう》し。梅花を味方に参らする。朕が味方は桜花　女官どもに戦はせ。桜が散つて梅が勝たば御身の心に任すべし。桜が勝つて梅花が散らば御身の負に極《きは》まつて〔決まって〕。李蹈天が妻となす。[一三]天道《てんだう》次第縁次第。勝つも負くるも[一四]風流陣《ふうりうぢん》　かかれやかかれ」と宣旨ある。下知《げぢ》にしたがふ梅桜　左右に分つて備へける〔戦いに備えた〕。

勅諚《ちよくぢやう》なれば姫宮も「よし力なしさりながら〔力は及ばないけれど〕。心に染まぬ夫《つま》定め[一五]さうなう引くべき様はなし〔易々と引き負けるという法はない〕。花もわが身もさきかけて〔手にした梅花も我が身も共に一番乗りして〕。当今《たうぎん》の妹栴檀皇女〔当帝の妹〕　[一六]縁の分目の晴軍《はれいくさ》。大将軍はわれなり」と名乗りもあへ〔名乗り給うよりも早〕

輛《りよう》）を出す制度があることから、その尊位をいう。

一一 双方に分れ、花の枝で打ちあい争う遊び。

一二 「武士の奥様たとふれば雪の中成《なる》白梅の。すんとしてよりそひの。堅きは花の行義かや」（近松『持統天皇歌軍法』三）。梅の高貴の感をさしていうか。

一三 天の道理にまかせること。自然の成りゆき。

一四 玄宗が宮妓百余人を貴妃に指揮させ、自らも百余人を率いて宮庭に錦の帷《とばり》を張り、雷鼓を打って互いに争わせ、破れたものに大盃を受けさせる遊び、風流陣を行った（『開元天宝遺事』『明皇雑録』）。また浄瑠璃『くわてき船軍』一・歌舞伎『玄宗皇帝花軍』も同様花軍に仕立てる。

一五 以下謡曲『頼政』のもじり。「左右《さう》なう渡すべきやうも無かつし処に。……宇治川の先陣我なりと。名乗りもあへず三百余騎。……群れゐる群鳥《むらどり》の翅《つばさ》を並ぶる羽音もかくやと。白波に。ざつ〳〵と。打ち入れて。浮きぬ沈みぬ渡しけり。忠綱。兵を。下知していはく。水の逆巻く所をば。岩ありと知るべし。弱き馬をば下手に立てゝ。強きに水を。防がせよ。流れん武者には弓弭《ゆはず》を取らせ。互ひに力を合はすべしと。唯一人の。下知によつて……」。「花」「身（実）」「咲く」は縁語。「箙《えびら》の花も源太も我さきかけん　さきかけんとの心の花も梅も。散りかゝつて面白や」（謡曲『箙』）。

一六 縁談を決定する晴れがましい軍。「天下分目の晴軍」などをもじる。分目は勝敗優劣などを分ける境目。

ぬかざしの梅《く梅の枝をふりかざす》。一たが袖ふれし梢には《誰の袖にか音立てて当った枝先は》　群れゐる二鶯《うぐひす》の翼にかけ散らす《翼にかけて花を散らす》。羽音もかくやと梅が香も《羽音の様な音を立て同時に梅の芳香も》。芬々《ふんふん》と打ち乱れ　受けつ流しつ戦うたり。

謡　姫君下知して《命令して》の給はく。「柳うづまく木影には風ありと知るべし《柳の葉末が渦を巻く木影には花を散らす風ありと知って》《避けよ》　弱き枝には莟《つぼみ》を持たせ。強きに《強い枝に》花を開かせよ。うつろふ枝を《古く力ない枝を》三椏《ずはへ》にかへて　互ひに力を合はすべし」と。花になれたる下知によつて《〔花とまごう姫の〕花を知りつくした指図によって》〔味方は〕をめいて《わめいて》かかれば花を踏んで《美しい花を踏みちらし》。四同じく惜しむ色もあり《敵味方共にそれを惜しむけしきもある》。ただ五一文字に頭《かうべ》にさせば〔花を〕　二月《じげつ》の雪と散るもあり。六落花狼藉《らうぜき》入り乱れ　軍《いくさ》七は花をぞ三重《*八》へ散らしける。

かねて帝《みかど》の仰せによつて。心を合はせし女官たち　梅方わざと打ち負けて。枝も花も折り乱され　むら〳〵ばつと引きければ《あちこち固まって一せいに退却したので》。九勝つ色見せて《優勢さを見せて》桜花「サア姫宮と李蹈天。御縁組は極《きは》まつたり」とあまたの女官同音に。勝時あぐる《勝利の喚声をあげる》一〇頻伽《びんが》の声《美女たちの美しい声が》　宮中ひびきわたりしは。一一千羽鶯百千鳥《もも》ヲクリ*一二さへづり〳〵交はすごとくなり。

司馬将軍呉三桂鎧兜《よろひかぶと》さはやかに出で立ちて《美々しく装って現れ》。一三偃月《えんげつ》の鉾《ほこ》会釈《ゑしやく》《挨拶》もな

一 「色よりも香こそあはれと思ほゆれ誰《た》が袖ふれし宿の梅ぞも」（『古今集』一）。

二 「真《まこと》の風は吹かぬに、花を散らすは鶯の。羽風に落つるか」（謡曲『雲林院』）。

三 真すぐに細くのびた若い枝。鞭《むち》によく用いる。

皇女の采配にて奮戦

四 「背ケテハレ燭ヲ共ニ憐ム深夜ノ月　踏ンデハレ花ヲ同ジク惜シム少年ノ春」（『和漢朗詠集』上・謡曲『俊成』『二人静』）などによる。

五 まっすぐに枝で髪を刺すと。「刺す」と「插す」と掛ける。「折ツテ二梅花ヲ一而插《さしはさ》メバレ頭ニ　二月之雪落ツレ衣ニ」（『和漢朗詠集』上・謡曲『高砂』）による。謡曲『頼政』の「ただ一筋に老武者の。是までと思ひて」切腹する条とも関わるか。「一」と「二」は縁語。

六 狼が草をしとねとして寝た後のよう。とりちらしてあるさま。「落花狼藉たり風狂じて後」（『和漢朗詠集』上）。「吹きたてて降る雪は狼藉か。落花か」（謡曲『竹雪』）。

裏切りにより梅方敗色

七 合戦の場面の常套句。火花を散らして激しく戦うの意に花軍の花を重ねた。「ちりちりぢりの桜花、梅に交へて有けるを、今の世に、軍は花を散らしけると、いふ言の葉は是なりけり」（『くわてき船軍』一）。

桜方のかちどき

*八 戦闘の三重。勇壮な曲節。

九 敗色の反対。花の縁語で色といった。「勝つ色見する

呉三桂、武装して出現

梅が枝一花《いつけ》開けては天下の春よと。軍の門出を祝ふ心の花もさきかけぬ」（謡曲『箙』）。
一〇 極楽浄土に居て、顔は美女で美声を発するという想像上の鳥。迦陵頻伽《かりようびんが》。唐様にするための修辞。
一一 千羽雀・千羽鶴に代え鶯とした。鶯が美声で梅に縁があるからで、百千鳥も鶯の異名（『八雲御抄』三）。
*一二 花軍が終って次の場に送るヲクリ。
一三 日本の長刀《なぎなた》に似た鉾。眉尖刀《びせんとう》・偃月刀ともいう。勇者関羽の愛用した武器。「偃月」は半弦の月。
一四「鬨《トキノコヱ》 闘フ声也・凱歌《トキノコヱ》・鯢波《トキノコヱ》」（『書言字考』）。
一五「一家仁《アレバ》、一国興《シ》レ仁《ヲ》、一家譲《アレバ》、一国興《ス》レ譲《ヲ》、一人貪戻《たんれいナレバ》、一国作《ス》レ乱《ヲ》。其機如《シ》レ此《クノ》」（『大学』）。「貪戻」は欲が深く道にもとること。
一六「上之所《ム》レ好下必甚《ズ》レ焉《シこれより》」（『孟子』滕文公）。
一七 このあたり周の幽王が褒姒《ほうじ》を愛し、その笑顔を見たいために烽火《のろし》に火を点じ、諸侯の馳せ来たるをみて褒が大笑し帝も喜んだという烽火詐《ほうかのいつわり》の故事を転用している（『明清闘記』一、「主上逸楽幷に福王諫言の事」にも例として出る）。
一八 通称一官。字《あざな》は微弘《びこう》。万暦年中逐臣となって日本肥州松浦郡平戸に住す。剛強にして軍謀に秀でる（『明清闘記』二）。
一九 帝の怒り。龍の喉《のど》の下に逆さに生じた鱗《うろこ》があり、それに触れると怒りで人を殺すということから譬《たと》える。

李蹈天の奸計を帝に諫める

く振り廻し（もなく無遠慮に振り回し）。梅も桜もさん〴〵に薙《な》ぎ散らし御前にかしこまり。「只今玉座の辺《へん》に合戦ありとて一四鯨波《ときのこゑ》殿中にひびき。宮中以てのほかの騒ぎによつて。物の具かため馳せ参じ候へば　さて馬鹿らしや。御妹栴檀女と李蹈天が縁定めの花軍《はないくさ》とは。天地開けてこのかた　か（この）かるたはけた（ような馬鹿げた）例《ためし》を聞かず。君しろしめされずや（ご存知ありませんか）　一五一家仁あれば一国仁を興し。一人貪戻《いちにんたんれい》なれば一国乱を起すといへり。一六上《かみ》の好む所にしたがふは民のならひ。この事を聞き及び　山がつ土民の嫁取り聟取り。ここにても花軍　かしこにても花軍。喧嘩闘諍《けんくわとうじやう》のはしとなり（緒となり）（「得物の」）花は散つて（枝花は散り「代りに」本物の武器を持って打ち振い）打ち物わざ。誠の軍起らん事鏡にかけて見るごとし。只今にも逆臣起り　宮中に攻め入り。をめき叫ぶ鯨波は聞ゆるとも。すは例の（それいつもの）花軍と　一七馳せ参る勢（軍勢）もなく。玉体をやみ〳〵（むざむざと）と逆臣の刃《やいば》にかけん事。もつたいなしとも浅ましとも（いたましいとも）。悔むに甲斐のあるべきか（悔んでもしようがあろうか）。

その逆臣佞臣《ねいしん》とは李蹈天がこと。君は忘れ給ひしか　御若年の時。一八鄭芝龍《ていしりゆう》と申す者佞臣をしりぞけ給へと。諫め申すを一九逆鱗《げきりん》あり　鄭芝龍は追ひはなたれ。今老一官《らういつくわん》と名をかへ日本肥前の国。平戸[一]とかやに住居いたすと承る。鄭芝龍が伝へ聞き[二]。日本まで大明国の御恥辱ならずや。先年大明飢饉《ききん》の時。李蹈天が邪智を以て　諸国の御蔵の米を盗み。君に憐れみなきゆゑに　おのれ韃靼《だつたん》の合力《かふりよく》を受け。民を救ふといひなし　国中に散らし与へ。万民《ばんみん》をなつけ謀反《むほん》の臍《ほぞ》[三]をかためしと。しろしめされぬ（ご存知ない）愚かさよ。彼が左の眼《まなこ》をくりしは　これぞ韃靼一味の相図（韃靼に味方する合図）。御覧候へ　南殿の額（南向きの正殿の扁額）。大明とは大きに明らかなりといふ字訓にて。〔明は〕月日をならべ書きたる文字《もんじ》。この大明は南《みなみ》陽国にして日の国なり。韃靼は北《きた》陰国にして月の国。陽[四]に属して日にたとへし左の眼をくつたるは。この大明の日の国を韃靼の手に入れん一味の印《しるし》[五]。使ひもさとく（賢く）その理を悟《さと》り悦《よろこ》んで立ち帰る。積悪奸曲《せきあくかんきよく》[六]の佞臣はやく五刑《ごけい》[七]の罪にしづめずんば（落さないならば）。聖人出世のこの国（聖人が現れるこの君子国が）忽ち蒙古《もうこ》の域《ゐき》に落ち。〔姿こそ〕尾を振り皮を被らぬばかり（かぶらないだけで心は）畜類の奴《やつこ》となり。天地の怒《いか》り[八]宗苗《そうべう》の神祟《しんたた》りをなし。その罪帝《みかど》の一身に帰せん事拳《こぶし》を以て。[九]大地を

一　現在の長崎県平戸市。
二　この姫と李蹈天縁定めの花軍といった馬鹿げた事を伝え聞いて、きっと自分の諫言の正しさを思い起すに違いない、そうすると国内のみならず。鄭芝龍を第二段初めに出す伏線。
三　固く決心すること。
四　「左の眼は陽に属して日輪なり」。一五八頁参照。
五　合図。「印」に前兆の意もある。『明清闘記』一に思宗が夢に人が掌に有と書くを見て夢判断をさせる。「有の字。上は𠂇《さ》。下は月也。𠂇は一人にして右の一画不足なれば。一人は半身危《シ》と云。一輪は日を指ていふ。明の字日を除き去ば。月のみ残れり。日落《ル》レ地《ニ》は。死の徴《しるし》也。夫《し》一人は天子なり。……韃靼は北虜にして陰賊也。大明は沈で。陰精其時を得るは。是明朝分れ裂て。北狄中原《ほくてきちうげん》に入り。天下を奪ひ。九五の位に拠居《よりをる》るべきの前表也」。
六　悪事を積み悪だくみにとんだ人物。
七　五種の刑罰。墨（いれずみ）・劓（はなそぎ）・剕（あしきり）・宮（去勢）・大辟（くびきり）など。
八　先祖のみたまや。宗廟（廟の古字）の誤り。
九　諺「大地に槌」（『世話焼草』）。少しもはずれることのない譬え。

打つにはづるるとも。呉三桂がこの詞《ことば》はたがふまじ。恨めしの叡慮《残念なお心です》や」と泣いつ《泣いたり》。怒《いか》つ《怒ったり》つ理を尽し　詞を尽して奏しける。

帝の怒り

帝大きに逆鱗《げきりん》あり「物知り顔なる文字の講釈。理《理屈》を付けて言ふならば[一〇]白雪《しらゆき》かへつて《反対に》黒しとも言ふ義あり《道理だってある》。皆李蹈天をそねみの詞。事もなきに《たいした事でもないのに》甲冑《かつちう》を帯し　朕に近よる汝《なんぢ》こそ。逆臣よ」と立ちかかつて

呉三桂を踏めば額落ちる

御足《みあし》にかけ。呉三桂が真向《まつかう》《額の》を踏み付け給へば　不思議やな。[一一]御殿しきりに鳴動して　[一二]勅筆の額ゆるぎ出で《揺れ出し》。大の字の《額面の字の》金刀点《きんたうてん》[一三]。明の字の日片《にちへん》[一四]。微塵《みぢん》に砕け散つたるは　天の告《つげ》かと恐ろしし。

呉三桂、太祖の怒りと帝を諫む

呉三桂なほ身を惜しまず《身の安全など考えず》「エエ情けなや。御眼も暗《くら》みしか御耳も聾《し》ひたるか。[一五]大の字の形は一人と書いたる筆画《ひつくわく》。一人とは天子帝の御事。その一人の一点取れば帝の御身は半身《はんしん》。明の字に片なければ日の光なき国は常闇《とこやみ》。かたじけなくもあの額は御先祖大祖[一六]高皇帝《かうくわうてい》。御子孫繁昌御代万歳《ばんぜい》と　[一七]宸翰《しんかん》を染め給ふ。宗苗の神の御怒り　恐ろしと思《おぼ》し召し。道を糺《ただ》し非を改め　御代を保ちましまさば。君にな

一〇 諺「雪を墨・さぎを烏」というの類い。

一一 謡曲『竹生島』『龍田』などによく出る表現。

一二 「京師正陽門の牌《はい》（がく）。風もなくして地に落。其所の地忽ちに裂て。一つの石牌を出す。面に順治の二字を刻めり」（『明清闘記』一・『大唐年代記』他）。

一三 第三画の「丶」。「大の字の金刀点、筆法に点の名さま〴〵あり大の字は三点にて大の字の一文字を玉案と名つけ左へひく点を犀角と名づけ右へひく点を金刀と名づく其形刀の身に似たるゆゑなり」（『難波土産』国性爺合戦）。

一四 明の偏「日」。

大の最後の一画と日が取れると「𠂇月―有」となる。

一五 注五の夢判断の記述参照。

一六 明の大祖、洪武帝。『明清闘記』一に、帝の叔父福王が高皇帝の民を思う逸話を例に祖訓を引いて諫言する条がある。

一七 天子の書いた文書。宸筆《しんぴつ》。

＊ 文字の落ちる仕掛はからくり。当時文字からくりといって、文字が空中に現れたりする趣向が多かった。

げうつ呉三桂が一命。踏み殺され蹴《け》殺されてもいとはばこそ《いといはいたしません》。[一]土ともなれ灰ともなれ　忠臣の道[二]はたがへじ」と。御衣《ぎよい》にすがり大声あげ　涙を。流し諫めしは代々の。鏡と聞えける。

周囲を取り巻く鬨の声

かかる所に四方八面《八方》人馬《にんば》の音。貝鐘《かひがね》[三]鳴らし太鼓《たいこ》を打ち。鯨波《ときのこゑ》[四]地を動かし　天もかたぶくばかりなり。

韃靼大将梅勒王の名乗り

思ひ設けし《かねて予期していた》呉三桂　高殿に駆《か》け上がり。見渡せば山も里も韃靼勢　旗をなびかし弓鉄炮。内裏《だいり》を取り巻き攻めよせしは　潮《うしほ》の満ちくるごとくなり。寄手《よせて》の大将梅勒王《ばいろくわう》　庭上に［馬を］乗り入れ大音上げ。「そも〳〵

勅筆の額の字落ちる所

一　たとい殺されて土葬の土と化し、火葬の灰になろうとも。
二　帝の非を諫め奉らねばならぬという道理。
三　軍陣に用いる法螺《ほら》貝《がい》と鐘。「貝鐘を鳴らせば味方の勇気に力を添へて」（天草本『伊曾保物語』）。
四　「漁陽《ノ》鼙鼓《へいこ》動《カシテ》レ地《ヲ》来《ル》　驚破《けいは》霓裳《げいしやう》羽衣《ノ》曲　九重《きうちよう》城闕煙塵生《ズ》」（『長恨歌』）。驚天動地のさま。

わが国の主《あるじ》順治大王。この国の后華《きさきくわ》清夫人《せいぶにん》に恋慕とははかりこと。懐妊の后を召し取り大明の帝の種を絶やさんため。李蹈天が眼をくつて一味の印《しるし》を見せたるゆゑ。時をうつさず押しよせたり　とても《所詮》叶はぬ呉三桂。帝も后も搦《から》め取りて味方に降《くだ》り。韃靼王の台所につくばひ。五淅水《かしみづ》でもすすつて　命をつげ《命をつなげ》」とぞ呼ばはりける。「ヤア事をかし《愚かなことを》。六百八十年草木も揺がぬ明朝《みんてう》を。攻めやぶらんなんどとは大海に横たはる。七鯨《くぢら》を蟻《あり》の狙《ねら》ふに異《こと》ならず。あれ追ひはらへ〳〵」と駆け廻つて下知《げぢ》すれども。八わが手勢百騎ばかりの徒士《かち》武

李兄弟帝を殺す所

呉三桂、応戦の下知

五 米のとぎ水。「淅泔《しろみづ》　淅ハ洗フレ米ヲ也泔ハ甘キ汁也」（『和漢三才図会』）。

六 洪武元年より崇禎十七年まで二百七十七年（『唐土王代一覧』など）が正しく、百は二百の誤り。『明清闘記』一では二百八十一年とする。ただし『和漢三才図会』では大明の滅するは凡《およ》そ百五十六年とする。

七 大明国を、魚の王（『玉篇』）である鯨に比して表現した。

八 呉三桂の部下の騎馬武者百人程度、しかも内裏のこととて馬を持たないその兵達。

者ならで《以外には》。公家《くげ》にも武家にも誰あつて《誰一人として》。おり合ふ《出て戦う》味方のあらざれば　拳《こぶし》を握つて立つたる所に。

女房柳歌君《りうかくん》　[一]水子《みづこ》を肌にいだきながら。后の御手を引き立て〔現れて〕「なう口惜《くちを》しや御運のするゑ。公卿《くぎやう》大臣を始め雑人《ざふにん》下郎に至るまで。李蹈天に一味して御味方はわれわればかり。無念至極」と歯がみをなす。「アア悔むな〳〵いふて益なし。但し后の胎内に帝の種を宿し給へば大事の御身。一方を切りぬけて君もろともに《帝と后と一緒に》。それがしお供申すべし　その子もここに捨て置き。おことは《おまえは》一先づ御妹を介抱し。[二]海登《かいどう》の港をさして落ちよ〳〵」といひければ。「心得たり」とかひ〴〵しく栴檀皇女《せんだんくわうによ》の御手を引き。[三]金川門《きんせんもん》の細道を　二人忍びて落ち給ふ。

「いで《どれ》これからは大手《正門》の敵を[四]一当《ひとあて》あてて追つ散らし。〔帝も后も〕やす〳〵落し奉らん御座《この場所を》を去らせ給ふな」と。〔帝に〕言ひ捨てて駆け出で「明朝《みんてう》第一の臣下。大司馬将軍呉三桂」と名乗りかけ。百騎に足らぬ手勢にて。数《す》百万騎の蒙古《もうこ》の軍兵[五]割り立て。追《お》ん廻し　[六]無二無三に切り入れば。

一　赤子。嬰児《えいじ》。
二　『明清闘記』十に見える福建省漳州府の海登を用いたものか。南京とは三百五十余里も離れる。
三　『明清闘記』首巻「南京城図」（付録図参照）に、城の北西の一門を「金川門」と記す。
四　敵に一度《ひとたび》戦いを挑むこと。「汝向つて一当当てて見よ」（『保元物語』二）。
五　敵の中に割って入り攻め立てる。「大勢の中へ割つて入り、西から東北から南、蜘蛛手《くもで》かくなわ十文字、八花形といふ物に、割り立て追ん廻して、散々に切つたりけり」（舞『高館』『景清』）。
六　脇目もふらず懸命に行うこと。しゃにむに。
七　本来は石を飛ばす武器であったが、明の嘉靖頃より西洋式に砲身を銅で作り鉛の玉を放つようになる。抱えて撃つものは抱筒といい、石火矢は台車が付く（『和漢三才図会』）。
八　矢玉《やだま》と同じ。漢語的な感を出すための音読。
*九　戦闘の三重。
一〇　創作上の人物か。『明清闘記』等には李自成の弟の記事はない。

李蹈天兄弟、帝を捉える

韃靼勢もあまさじと《討ちもらさじと》。鉄炮[七]石火矢《いしびや》隙間《すきま》なく。[八]矢玉《しぎよく》を飛ばせて[九]*二重へ戦ひける

　その隙《ひま》に。李蹈天弟[一〇]李海方《りかいはう》。玉体《帝の御身》近く乱れ入り　帝の御手を両方よりしつかと取る。后夢ともわきまへず《夢ともうつつとも分らず心乱れ》。「天罰しらずの大悪人御恩も[一一]冥加《めうが》も忘れしか」と。すがり給へば「オオおのれとても助けぬ《おお お前が后であるからといっても助けはしない》」と。取つて突きのけ《〔后の胸を〕取り突き放し》　氷の利剣《りけん》を御胸《〔帝の〕》にさし当つる。君は怒れる[一二]龍顔《りようがん》に　御涙をかけ[一三]ながら。

帝、後悔し后の助命を乞う

「げに[一四]刃《やいば》の錆《さび》は　刃より出でて刃をくさらし。[一五]檜山《ひのき》の火は　檜より出でて檜を焼く。[一六]仇《あた》も情けもわが身より出づるとは。今こそ思ひしられたれ。鄭芝龍《ていしりゆう》呉三桂が諫《いさ》めを用ひず。おのれら《お前達の》が諂《へつら》ひにたぶらかされ。国を失ひ身を失ひ　末代に名を流す。[一七]口に甘《あま》き食物は腹中に入つて。害をなすと　知らざりしわが愚かさよ。汝らも知るごとく夫人《ぶにん》が胎内に。十月にあたるわが子あり　誕生も程あるまじ《間もないことだろう》。[一八]月日の光を見せよかし。せめての情け」とばかりにて　御涙。にぞく

一一 天のおぼしめしによる今までの利益、ありがたさ。

一二 天子のお顔。

一三 ふりそそぎながら。涙が雨のように降るさま。

一四 諺「身から出たさび」と同じ。「思ひしみて思ひきるにもきられぬは身より出《いだ》せるさび刀かも」(『吾吟我集』六)。

一五 諺。自業自得の意。「自業自得の心を読ける。おく山のすぎの村立ともすればをのが身よりぞ火をいだしける」(『沙石集』)。近松は対句的表現を用いて中国的雰囲気を作ろうとしている。

一六 相手が害をなすのも情けをかけてくれるのも。

一七 「良薬は口ににがし」の反対。「佞人《ねいじん》の詞は甘きこと蜜のごとく。人をそこなふこと刃より猶すみやかなり」(『嫗山姥』三)。「啗《くらフ》ニ以テシ甘言ヲ、而シテ陰ニ陥ルレ之ヲ。世謂《フ》ニ林甫口《ノ》ニ有《リ》レ蜜、腹ニ有《リト》一剣」(『唐書』李林甫伝)。

一八 闇に葬らないで、此の世の光に触れさせてやってほしい。「せめて此の子を産みおとし。月日の光も見せて殺してたべと手を合はせ声も。惜しまず泣き給ふ」(『用明天王職人鑑』四)。

* 帝の最期の言葉は、『明清闘記』二、「朕《ちん》不レ修《メ》レ徳《ヲ》以致《ス》レ失《ナフコトヲ》レ国。……満朝貪《たんをノ》汚官史皆《ハ》可《シ》レ殺《ス》。百姓《ハ》無レ罪。不レ可レ殺《カラス》」などを参照している。百姓の命乞いを后母子のそれに転じる。

れ給ふ。

「アアならぬ〳〵。大事の眼《まなこ》をくり出したはなんのため。忠節でも義理でもない。君に心をゆるさせ韃靼と一味せんため。睛《めだま》一つが知《ち》行《ぎやう》（領地になり）になり。君の首が国になる」と取つて（帝を捉え）引きよせ。御首を[一]水もたまらず打ち落し「サア。李海方 この首は韃靼王へ送るべし。汝は后を搦《から》め来たれ」（捕え後から来い）と言ひ捨てて 寄手（味方の）の陣へぞ駆け入りける。

司馬将軍呉三桂 敵あまた討ち取り。なんなく一方[二*]切り開き君を落し奉らんと。立ち帰れば「南無三宝[三]」（ああしまった）。御首もなき尊骸《そんがい》朱《あけ》になつて臥し給ひ。李海方后を搦め引つ立つる。「ヤア旨《うま》い所へ出合うたな。わが君の弔ひ軍《いくさ》 斎《とき》[四]にこそはづれたれ。非時《ひじ》を食はう」と飛びかかり李海方が真向《まつかう》。二つにさつと切りわつて 后の縛《いまし》め切りほどき。涙ながら尊骸を[五]おし直せば。代々に伝はる御国譲り 御即位のしるしの印綬《いんじゆ》[六] 御肌にかけられたり。「エエありがたしこれさへあれば。御誕生の若宮御位心やすし」（ご即位も安心だ）と。鎧《よろひ》[七]（肌着）の肌に押し入れ「一先づ

李蹈天、聞き入れず帝を殺害

呉三桂、李海方を討ち、后を連れ脱出

一 剣であざやかに切るさま。『明清闘記』一、「主上御自裁事」では、帝は「自ら刃に伏て死給ふ」とある。

*二 このあたり『明清闘記』一、「杜総兵王都督事」を参照して作る。「都督王永吉……支へがたく覚る程に。遂に虎口を甘《くつろ》げ。皇極殿に馳帰り。主上を尋奉りけれども。見えさせ給はねば。急ぎ私第《したい》に入て。妻子を刺殺し。それよりして遼東の山海関へぞ落行ける」。

三 五二頁注三参照。

四 斎こそ食べそこねたが、非時を食おう（兄は殺しそこねたが弟を殺そう）。「斎」は僧の正式の食事。正午以前を正時とし、それ以後に出す食事を「非時」という。

五 うつ伏せの帝の遺骸を仰向けに直すと。

六 「もろこしには天子より百官迄その位につきたる印あり、その印を腰におふる紐を綬といふ、是は天子の御位のしるしのいんじゆ也」（『難波土産』）。

七 鎧の下着で、時節により帷子《かたびら》・袷・綿入を着ける。

八 為《な》さねばならない大事は二つあるが、しかし身体は一つしかなく、選択に迷い逡巡《しゆんじゆん》していると。「月は一つ。影は二つ満つ潮の」（謡曲『松風』）。

九 「賊勢徳勝門平子門を急に攻て。一度に咄《どつ》と込《こみ》入んとす」（『明清闘記』一「李自成入二京師一事」）。

后を御供せうか。先づ御骸《からだ》を隠さうか《葬ろうか》」と。難儀[八]は二つ《（二）》身は一つ打ち砕かんと敵の勢[九]。一度にどつと乱れ入る「さしつたり[一〇]《おお心得た》」と切りはらひ。込み入れば《押し入れば》なぐり[一一]立て　打ちふせ薙《な》ぎふせまくり立て《激しく追っ払い》。走り帰つて「今はこれまで事急なり《敵との戦いもこれまで事態は急を要する》。御死骸はともかくも　一大事は《一番大切なのは》御世継」と。后の手を引き立ち出づれば　このごろ生れしわが水子《まだ生れたばかりの自分の赤子》。乳房を慕ひわつと泣く。「エヽ邪魔らしい《じゃまくさい》さりながら。おのれもわれが世継ぞ」と引きよせて鉾《ほこ》の柄《え》に。しつかと結ひ付け「こりや。父が討死するならば成人して若宮に。忠臣の根継《ねつぎ》[一二]となれ。われらが家の木[一三]まぶり」と振りかたげて《エイヤと肩にかついで》ぞ三重[*一四]《〔落ちてゆく〕》

海登の港

呉三桂達、逃げくる
脱出の舟無く鉄炮の雨ふる

〽落人《おちうど》を　切りとどめんと。敵の兵《つはもの》慕ひよれば《後を追ってくると》踏みとまり。切り捨て打ち捨て引く潮《しほ》[一五]の　海登の港に着きにけり。

これより台洲府《たいすふ》[一六]へ渡らんと。見れども折節舟一艘も《（無い）》。なぎさに沿うて《渚に沿って》立つたる所に。四方の山々森の影《森陰より》。打ちかくる鉄炮はヲクリ横

一〇「さ知つたり」という連語。
一一 横なぐりに多勢を打ち払い。
一二 跡つぎ。
一三 とらずに枝に残してある果実。木まもり。収穫時果実を取り尽すと次に実のならないという言い伝えからの習慣。「うぬらが因果の木まぶり。梢に残つて烏の餌食とならんより」（『吉野都女楠』五）。鉾の先にぶら下がっている世継の我が子の姿を「根」の縁で木まぶりと言った。
*一四 舞台転換の三重。この段切れの呉三桂の姿は、近松の多用する型の一。「さあしすましたり此の上は関東へや落ちゆかん。いや西国へや立ちのかんと。行きつ。もどりつ。もどりつ行きつ。一町ばかり走りしが……」（『出世景清』四段目切）。「ちよつと寄つて顔見てからと。立返つてはいや大事。此の金持つては遣ひたからう措《お》いてくれうか。行つてのけうか行きもせいと。一度は思案二度は不思案三度飛脚。戻れば合はせて六道の冥途の飛脚と三重」（『冥途の飛脚』上之巻切）。
一五 敵が潮の引くごとく退却するのと、引潮の海とを掛ける。
一六 浙江、台州府。南京まで百八十三里余、天台山があり、日本まで海上三百二十里。浙江は日本にもっとも近い（『和漢三才図会』）。

后、玉に当りこと切れる

呉三桂、我が子を皇子の身代りにして立ち去る

ぎる。雨のごとくなり。

呉三桂はさね[一]よき鎧《よろひ》飛びくる玉を受けとめ〳〵。后を覆ひかこへども　運の極めや胸板に。はつしと当る玉の緒[二]も　きれてあへな《はかなく》くなり給ふ。

呉三桂もはつとばかり前後にくれて《ぼうぜんと途方にくれて》立つたりしが。「御母后は是非もなし《母后のお命は仕方がない[しかし]》　十善[三]の御子《帝の》種《たね》を。胎内にてやみ〳〵《むざむざと》と淡《あは》となさんも言ひ甲斐なし《泡の如く消えさせるのも不甲斐ない》」と。剣抜き持つて后の肌《はだへ》押しくつろげ《おしひろげ》。脇腹に押し当て　十文字に裂きやぶれば。血潮の中の初声《はつ》[四]は玉の様なる男子《をのこ》親王《みこ》。嬉しもうれし　悲しもかなし。やる方涙にくれ《やるかたなく涙にくれ》母后の袖　引きちぎり押《[親王を]》しつつみ。抱《いだ》きあげしが「待てしばし。取り巻きたる四方の敵　死骸を見付け。若宮を隠し取つたりと　行末まで《行く先々》探されては。宮を育《育て》てん様もなし《ようすべもない》」ととつくと思案し。わが子引きよせ衣裳を剝《は》ぎ。宮に打ちかけ参らせ　剣取り直し。水子の胸先さし通し〳〵。后の腹に押し入れ「あつぱれおのれは果報者《運のよい者》。よい時生れ合せて十善太子《天子となる太子》

一　良質のさねで綴《つづ》った鎧。「さね」は鉄（又は革）の小板を革紐などで綴り合せる。「あなおそろしの鎮西の八郎殿の弓勢や。……奴《やつ》にも随分さねよき鎧をきせて候ひつるものを。二重を射通すだにも……」（『保元物語』中）。
二　鉄炮の玉と、玉の緒（命）と掛ける。
三　仏教でいう十善の行いを前世で行った果報により、現世で天子の位を受けるという考えから、十善の主・十善の君という。「十善の戒力にて、天子とはなり給へども」（『神皇正統記』四）。
四　産声。「氷の刃ほぞぎはにがばと突き立切さけば歯を嚙《くひ》しばる女の苦痛。男は悲しむ心の苦患《くげん》血は滝津瀬と流れ出。……思はずわつと泣声と血潮の中の初声と。乱れあひたるあはれさは」（『粲静《ふたりしずか》　胎内捃《たいないさぐり》』三）。
五　「出かした」の音便形。
六　この世。娑婆（忍土）世界。諸煩悩を堪受する土。十善の位に即《つ》く太子の身代りに死ねば成仏出来るであろう、衆苦を忍受しなくてはならないこの世の親

の御身がはり。でかしをつた[五]出かいた　[六]娑婆《しやば》の親に心残すな。親も心は残らぬぞ」と言へども残る[七]浮き名残《なごり》。鎧の袖に若宮を。[八]包む涙にむせ返り[九*]ヲクリ別れ〳〵ゆくこそ哀れなれ

柳歌君、梅檀女と港に忍ぶ

かくとはしらず。柳歌君《りうかくん》梅檀女《せんだんによ》をいざなひ。[一〇]湊《みなと》口まで落ちのびしが前後に敵《かたき》みち〳〵たり。「サアこれまでぞのがるるたけ（しかし逃れるだけはと）」と。しげる（繁る）（背丈の高さに）蘆間《あしま》をかきわけて　身を忍びてぞ隠れゐる。

敵将安大人、后の死骸発見

李蹈天が侍《さぶらひ》[一一]大将安大人《あんたいじん》。手勢引き具しどつと駆けよせ。「今の鉄炮　たしかに后か呉三桂に当つたとおぼえし」と。あたりを見廻し「こりや見よ。后をしとめたは（討ちとめたわい）　ハア腹を切り裂き。懐妊の王子まで殺した。忠節立てする呉三桂。主君を捨て名を捨てても命惜しいか。きやつは人前すたつた（あいつは面目がなくなった）。この上は彼が妻の柳歌君。梅檀女を尋ぬるばかり　眼《まなこ》をくばれ高名《かうみやう》せよ（捕えて手柄を立てよ）」と。四方にわかれ走り行く。

敵の侍剛達、舟で入江を捜索

中にも[一二]剛達《がうたつ》といふ[一三]我武者《がむしやもの》。「いで梅檀女を召し取り一人の手柄にせん」と。鎧の上に蓑《みの》打ちかけ。海士《あま》の小舟《をぶね》に棹《さを》さして　入江入

などに執心を残すな。「果報者」も一連の仏教的な言葉。

七 「浮き」は憂き。「名残」は「残らぬ」の縁語。

八 若君を「包む」と隠す涙とを掛ける。

*九 后と我が子の死骸に別れて呉三桂退場のヲクリ。

一〇 港の舟の出入口。『明清闘記』十、「海登港口《みなとぐち》合戦」ではこの章題のもと舟軍の話になる。

一一 韃靼軍の一将。阿克商安大人。『明清闘記』二や十にその名が見える。『唐土王代一覧』順治十一年の条に「五月に福州の招撫使安大人十万騎を率ひ不意に出て国性爺を伐つ国性爺戦ひ敗て大宛《たいわん》に逃る」とある人物。

一二 李自成の軍師。「李自成を立て李公子総師とし。次に降達《がうたつ》を軍師とす」（『明清闘記』一）。「軍師降達は。極めて勢矮《せいちひき》く。形はなはだ醜き男なり」（『明清闘記』一）。反乱前は卜占《ぼくせん》を職としていた。近松はこの一廉《ひとかど》の軍師をかなり矮小化《わいしようか》し、船頭に扮《ふん》しての捜索を考えるだけの知恵者に変える。

一三 血気にはやり向う見ずの男。がむしゃら者。

柳歌君に打たれ、剛達水に潜り逃亡

江を漕《こ》ぎ廻り。「この蘆《あし》の陰が気遣ひな《怪しいぞ》」と押し分くる榜《かい》の先。柳歌君しつかと取り　力に任せはね返せば。舟ばたを踏みはづし　まうつむけにかつぱと《がばと》沈み。浮きあがらんとする所を榜も折れよと畳みかけ《続けざまに》。打てば沈み　浮めば打ち。息もつがせず《[打つと]》泥亀《すっぽん》の[一]。泥を泳ぐがごとくにて水底《みなそこ》くぐり落ちうせけり《逃げて見えなくなった》。

華清夫人の死・柳歌君の奮戦

柳歌君、姫を舟に乗せ敵を待つ

「エエ無用の抜け駆け《無益な抜けがけの功名よ》　殊に舟[二]まで仰せ付けられた。渡り[三]に舟とはこの事」と。船中《[剛達が]》に隠し置いたる剣《けん》取つて横たへ。栴檀女を乗せ参らせ　わ

一　「息もつがせず（す）」と「泥亀《すっぽん》」と掛ける。どろ亀・どん亀はすっぽんの異名。

二　（天が彼をして）舟の調達までご用命になった。

三　諺。都合よく待ち望んでいたことが起る時の譬え。

れも乗らんとせし所に。いづくより這ひあがりけん剛達鎧も[四]濡《ぬ》れ雫《しづく》。鉾《ほこ》ひつさげて二十騎ばかり「あますまじ《逃がすまい》」と追つかくる。「ハアいそがしや御覧候へ。敵手《かたき》ひどく《激しく》追つかくれば　しばし防ぐその間。船底に隠れましませ」と。拾ひし剣と腰の剣　二刀《にたう》に振つて待ちかけたり。

剛達程なく駆け付け「につくい女め。榜でぶつた返報」と。長柄《ながえ》の鉾おつ[五]取りのべて突つかくる。「オオそつちから当てがうたこの《こちらに向けて与えた》剣　こつちからも返報《贈り物へのお返しと》」と。切つて廻れば二十余人女ひとりに切り

剛達等を迎え柳歌君奮戦

＊柳歌君の女武者ぶりは、謡曲『巴』を下敷にしている模様。「(義仲を)乗替に召させ参らせ。この松原に御供し。はや御自害候へ。巴も供と申せば……主従三世の契絶えはて。……見れば敵の大勢。あれは巴が女武者。余すな漏らすなと。敵手しげくかかれば。……巴少しも騒がずわざと敵を近くなさんと。薙刀《なぎなた》引きそばめ。少し恐るる気色なれば、敵は得たりと。切つてかかれば。薙刀柄長くおつ取りのべて。四方を払ふ八方払ひ。……皆一方に。切り立てられて跡も遙かに見えざりけり。……死骸に御暇申しつつ。行けども悲しや行きやらぬ。君の名残をいかにせん。とは思へどもくれぐれの。御遺言の悲しさに。粟津の汀《みぎは》に立ちより」とあるが、義仲に死の供を許されず一人落ちる彼女とその立場を変えて、皇女一人を逃がす形となっている。

四　びっしょりと濡れ、雫をたらしながら。

五　「おつ」(オッ)は接頭語、「押し」の転。「取りのべ」は柄を長くしごいて持つこと。

立てられ。陸《くが》[一]にまどへる蘆辺《あしべ》の鷗一羽《かもめひとは》も立たず討たるるもあり。痛手を受けて逃ぐるもあり　柳歌君も剛達も。数《す》か所の深手（深い傷に）朱《あけ》になつ（朱に染っ）て（て）一村蘆《ひとむらあし》を押し分け〳〵。追ひ入り追ひ込み互ひの眼《まなこ》に血は入つたり。前後もわかぬ（分らぬ）めくら打ち　岸の岩角切先《きつさき》に。雷光石火《らいくわうせきくわ》[二]の命を限り　危ふかりける三重[*三]〽有様なり。

剛達鉾《ほこ》も切り折られ。ゐざり寄つてむんずと組み　柳歌君が持つたる剣。もぎとらん〳〵と捻《ね》ぢ合ふ足を踏みためず（踏みこたえられないで）。のけさま（あおむけ）にかつぱと伏す〔柳歌君は〕すぐに乗つて乗つかかり。指し通し〳〵首ふつつと掻《か》き切つて。につこと笑ひし心の内　嬉しさたぐひなかりけり。

「なう〳〵姫宮様御身には怪我もなかつたか。舟はそのままそこにか」と。よろぼひ寄つて（よろけ這い寄って）この体《てい》[四]では船中のお供はならぬ。又敵《かたき》が寄せくればもうどうもかなはぬ。潮《うしほ》に任せいづくまでも落ち給へ。沖へ舟の出るまではこの女が陸《くが》にひかへた（待ち構える）。敵何万騎寄せたりとも命限り腕限り〔防ぐ〕。さりながら主従二度の対面は御縁と命ばかりぞや（ご縁と命があっての上の事ぞ）。

一　逃げまどう蘆辺の鷗が一度も飛び立たないで殺されるように、全然歯も立たないで死ぬ敵もあり。

二　刃が岸の岩角に当り雷光石火を発し、その瞬間の光のように短い命をかけて息のある限り戦う。「雷光石火」は稲妻の光、石が物に当って発する光。共に短くはかないものとして用いられる。電光石火とも。

*三　戦闘の三重。

力尽きた剛達を柳歌君討つ

四　有様。瀕死《ひんし》の体をいう。

五　「龍神」は神力を有して雲雨を変化させる。龍宮は大海の底にあり、特に航行の守護を龍王に祈った。八龍王は、難陀《なんだ》・跋難陀《ばつなんだ》・娑伽羅《しゃから》・和修吉《わしゅきつ》・徳叉迦《とくしゃか》・阿那婆達多《あなばたった》・摩那斯《まなし》・優鉢羅《ゆはら》をいう（『法華経序品』）。

柳歌君、栴檀女の舟を沖に押し出す

六　折から引潮の波に乗って舟は離れる。柳歌君への名残も如何ともし難く洋上を漂いゆく栴檀女。涙に打ちしおれ潮風に濡れる。折も折、龍神が祈りを聞き入れて沖へゆく風を吹かせて舟は。

七　死出の伴いをする人もない。「友千鳥」は群をなす千鳥。海・渡るを言い起すための表現。

八　（安心して）生死流転《るてん》のこの苦海を脱し、悟りの随分御無事で〳〵。南無諸天諸仏　別《とりわけ》して[五]八大龍神。万乗の君の姫宮の御舟を守護し給へや」と。船梁《ふなばり》取つて押し出せば。[六]折しも引潮《ひきしほ》のなごり《(波)》をなんと栴檀《(せん)》女。涙しをるる潮風に龍神納受《なふじゅ》の沖津風。沖をはるかに流れゆく(柳歌君)「あら心やすや嬉しや《ああほっとした嬉しいことよ》。よしこの上は生き延びてもわが身一つ。死んでも誰を友[七]千鳥　[八]生死《しやうじ》の海は渡れども。妻《夫》のゆくへ子のゆくへ。君がゆくへはおぼつか波《(な)》の[九]うき世《(浮・憂)》の海を越えかねし。渡りかねしといはばいへこの。[一〇]一心のはや手舟。仁義の櫓《ろ》櫂《かい》　武勇の楫《かぢ》は。折つても折れぬ沖津波　寄せくる鯨波《ときのこゑ》か」とて。剣にすがつてただ〳〵〳〵《今にも倒れそうに磯に近寄ると》。よろ〳〵よろぼひ寄る方の。[一一]磯山おろし松の風　乱れし髪をかき上げて。[*一二]あたりをにらんで立つ《立った(その姿を)》たりし。[一三]和漢女の手本紙《がみ》筆にも。写し伝へけり

第　二

彼岸へ渡るのだと死の覚悟は一度は出来たけれど、やはり夫の行方子の行方も案じられる。とりわけ姫君のあの波間に漂うおぼつかない行方を思えば心配だ。

九（ままよ恩愛の絆《きずな》ゆえに）この憂世の煩悩の海を越えかね渡りかねた（解脱《げだつ》出来なかった）と、そしらばそしれ。

一〇（姫を思う）この一心は疾風《はやて》に乗って走る舟となり、仁義の櫓櫂と武勇の楫は、沖打つ高波にも折れず、無事届けよう（死んでも魂魄《こんぱく》とどまって守り続けよう）。高く聞えるのは沖に立つ波音か、それとも寄せくる敵の鯨波か。「沖津波」は、「高し」等に掛けていう（「沖津波たかしの浜の浜松の名にこそ君を待ちわたりつれ」『古今集』十七）。

一一　海辺の山より吹きおろす風が松風の音を立て。「須磨の浦かけて吹くや後《うしろ》の山おろし。関路の鳥も声声に夢も跡なく夜も明けて村雨と聞きしも今朝見れば松風ばかりや残るらん」（謡曲『松風』）。

*一二　風に乱れた髪をさっとかきあげる。それは深傷《ふかで》に朦朧《もうろう》とする心をはっと引きしめる体《てい》の視覚化でもある。

一三（その壮烈な雄姿を）日本や唐土の女の鑑《かがみ》と手本紙に絵筆をもって写し伝えたことだ。七行百三十本に「手ほん紙《がみ》」と振り仮名がある。「手本紙」とは絵や書の手本用の料紙。「髪」の縁でいったものであろう。

肥前松浦平戸の浦
漁師和藤内夫婦の事

一緜蛮《めんばん》たる黄鳥丘隅《くわうてうきうぐう》にとどまる。人としてとどまる所にとどまらずんば　鳥にしかざるべしとかや。ここに二大日本肥前の国松浦《まつら》の郡《こほり》。平戸の郷《がう》に釣《つり》たれ網引き世を渡る。和藤内三官《わとうないさんぐわん》といふ若者あり。妻もおなじ海士《あま》の業《わざ》　三藻《も》に住む虫のわれからと。仲人《なかうど》なしの四手枕《たまくら》に五くくり枕としめ合ひし。（枕を交わして愛情を交わしあった小むつ）小むつといへる名にめでて。（その小むつという睦の名が気に入ったように）世を睦まじく暮しけり。

和藤内の出自

そもこの和藤内が父は　もと日本の者ならず。大明国の忠臣。六大師大爺鄭芝龍《たいやていしりゆう》といつし者なりしが。暗き（暗愚な）帝《みかど》を諫《いさ》めかね　みづから七長沙《ちやうしや》の罪をさけ。この日の本につくし（着く・筑紫）潟《がた》　老一官と名を改め。浦人に契りをこめこの男子《をのこ》をまうけしゆゑ。母が和国の和の字を用ひ。父は唐人《たうじん》　唐の声をかたどつて。八和藤内三官と名乗り。二十余年の春も立ち秋も過ぎ行く十月の。小六月とて（小春日和とて）暖かや。九備中鍬《びつちゆうぐは》に魚籠《め》（目籠）提げ　身のすぎ（生業と）はひと（言ふ）夕凪《ゆふなぎ》に。夫婦連れ立ち出でにけり。

貝尽し

見渡せば一〇沙頭《さとう》に印《いん》を刻む鷗《かもめ》。沖洲にすだく（多く集まる）浦千鳥。潮の干潟を鋤《す》

一 聖賢の教えによれば、「美しい声で囀《さえず》る鶯は丘隅の木々といったその止るべき所をよく知っている。まして人としてそれに相応《ふさわ》しい所に留まらなかったなら鳥にも及ばないといえる」（『大学』）ということだ。老一官和藤内親子が日本という良い所に賢明にも住していることを寓する。

二 「（一官）往て日本肥州松浦郡平戸に住す」（『明清闘記』二）。「成功。幼字《をさなな》は森官《しんくわん》。日本肥州平戸に於て生れ。成童の後。福建に帰る」（同、三）。

三 海藻に付く虫の名「割殻虫」と「自分から求めて」の意を掛ける。

四 腕を枕にすること。「くねる涙の手枕を。ならべて二人が逢《あ》ふ夜なれど」（謡曲『清経』）。

五 両端をしめくくった枕。初め忍び逢いして夜具もなくころび寝をし、やがて紆余《うよ》曲折を経て世帯をもってゆくさまが枕の変化で示される。「くくり枕」の縁で「しめ合ふ」と続く。

六 三公（太師・太傅・太保）の官職の一で人臣の最高の位。時には最高栄誉の官名として贈官に用いられた。「大爺」は尊称。「（一官）崇禎年中に。勅書を賜て召返され。策して大師爺とし。福建の海防使とし給ふ」（『明清闘記』二）による。

七 漢の賈誼が、大臣に妬まれて長沙王の太傅に謫された故事。

八 和藤内も三官も近松の命名であろ

き返し蛤《はまぐり》踏んで色々の。かいどり《(貝取り・掻取り)》。小づましよぼ〳〵濡れて[一一]。拾ひし貝は何々ぞ。がうな《やどかり》。したたみ《きさご》。あさり貝。潮吹きあげの《(潮吹貝・〔風〕吹上の)》。簾貝《すだれがひ》ちらと見染めし姫貝に。一筆書きて送りたひらぎ[一二]口明けて。ほや《老海鼠》〳〵笑ふ赤貝に心。寄貝《よせ》。アアいたら貝《(徒ら)赤貝》。君はすがひ《(好・酢)貝》[一三]と吸ひ付けど。われはあはびの。片思ひ。[一四]憎やそもじのさるぼう《猿頰》に喰《く》はせたいぞや栄螺《さざい》貝。梅《うめ》[一五]の花貝桜貝《「を眺めて」》寝[一六]もせでひとりあかにしの《(明かし・赤螺)》。誰をまてとや《(待て・馬刀)》。人のみるくひ《(見る・海松食)》[一七]忘れ貝。わが二人寝《共寝に臥せる》のとこぶしは《(床臥・常節)》。[一八]身にしじみ《(しむ・蜆)》貝祝貝門出《かどでにめでたい》。よしの螺《ほら》貝は 悦びの。貝とぞ取りにける。

潮を吹く大蛤を狙う鴫

中に一つの大蛤日影に口を打ち開き。取る人ありとも白淡《しらあは》《(知らず)》の潮を吹いて盛りあげしは。げにや蛤よく[一九]気を吐いて楼台《ろうたい》をなすといひしも。かくやと見とれゐる所に。磯の藻屑に飛び渡りあさる羽音《はねおと》おもしろく。おりゐる鴫《しぎ》のきつと《「蛤を」さっと》見付け。觜《くちばし》いからし ただ一啄《つつ》きとねらひよる。

鴫と蛤の争い

ヤアいはれぬ《不当な》鴫殿[二〇]。看経《かんきん》もする身でこれがほんの殺生《貝を狙うはこれが真の殺生(貝・戒)》かい。蛤も

う。和と唐(藤)の内に産(三)れた、と遊ぶ。

九 鍬の一種で、一枚の刃でなく三個から五個の股刃を持ち、熊手鍬などともいう。

一〇「海のほとりについて尋ぬるに、沙頭に印を刻む鷗、澳《おき》の白州にすだく浜千鳥の外は、跡とふ者もなかりけり」(『平家物語』三)。

一一 着物の褄《つま》が濡れるから恋の濡れをからめ、以下恋のイメージで貝尽しを展開する。

一二 送り「たい」と「玉珧《たひらぎ》(烏帽子貝)」と掛ける。

一三 したたみともいう。漢名相思子、郎君子。さざえに形が似、へたを取って酢につけるとぐるぐる廻って雌雄が追いかける様に見えるので、子女の遊びとする。

一四 相手にされず憎たらしく、そなたの猿面の頰にさざえのこぶしをくらわせたい。「猿頰」は赤貝に似て小さい貝、朗光《さるぼ》ともいう。

一五 きわめて小さい二枚貝。梅の花弁に似る。

一六「起きもせで寝もせで夜をあかしては春の物とてながめ暮しつ」(『古今集』十三・『伊勢物語』)。

一七 蛤科の二枚貝。人の見る目も忘れ、恋に焦がれる。

一八 身にしみてうれしく、祝いの。「祝貝」は固有名詞ではなく、祝儀に用いる貝。

一九「是大蛤即蜃也、能吐《クイテ》レ気《ヲ》為《ス》二楼台《ヲ》一」(『本草綱目』車螯《しやこう》)。

二〇 諺「しぎの看経」。田沢に静かに立つさまをいう。

漁夫の利の軍略を悟る

蛤口《はまぐりくち》をくわつとはかい〔破戒・貝〕無慚《むざん》[一]。〔鴫が〕飛びついてかち〳〵。啄《つつ》く所を貝合せ[二]にしつかと喰ひしめいごかせず《うごかせない》。鴫《しぎ》は俄《には》かに興さめ顔《おもしろくない顔で》 引いつしやくつつ《引つぱったりしゃくったり》羽たたきし。頭《かしら》をふつて〔蛤を〕岩根によせ 打ち砕かんず《打ち砕こうとする》鳥の智恵。〔一方〕蛤は砂地の得物《砂地が得意》 潮の溜《たまり》へ引き込まんと。尻さがりに引き入るる 羽節《はぶし》[三]を張つてばつと立ち。一丈ばかりあがれども 吊られ落ちては又立ちあがり。ばつと立つてはころりと落ち。鴫の羽《はね》がき[四] 百羽《ももは》がき 毛を逆立ててぞ諍《あらそ》ひける。

和藤内つく〴〵見て備中鍬からりと捨て。「アツアおもしろし。雪折竹[五]に本来の面目《めんもく》を悟り。ひぢを切つて祖師西来意《せいらいい》[六]の輪《わ》を開きしももつともかな理《ことわり》かな。われ父[七]が教へによつて唐土《もろこし》の兵書を学び。本朝古来名将の。合戦勝負の道理を考へ。軍法に心をゆだねしに《傾注していたが》。今[八]鴫蛤の諍ひによつて軍法の奥義《あうぎ》一時に悟りひらけたり。蛤は貝の堅きを頼んで鴫の来たるを知らず。鴫は觜《くちばし》の鋭《と》きに誇つて蛤の口を閉づるを知らず。貝は離さじ鴫は離れんと。前に気をはつて後ろを

一 仏教語で、罪を犯して恥じないことをいう。

二 上下二枚の貝殻をぴったりと閉じ合せること。

三 羽の茎。羽の本。

四 鴫が羽ばたきを幾度となく繰り返すこと。「暁の鴫の羽がき百羽《ももは》がき君がこぬ夜は我ぞかずかく」(『古今集』十五)。

五 未詳。『難波土産』の注以来、雪折竹に悟り、祖師達磨の西来意の輪を開くのもすべて神光(禅宗二祖慧可)のこととする。しかし、『景徳伝灯録』三などでは膝を越す雪中に夜中立ち続ける神光に達磨が初めて誨励《かいれい》し、神光が自ら左臂を断ち切って問答し自悟したという「二祖立雪」の故事を記し、雪折竹に悟る話はない。「面目」は禅語で、言葉や思慮を超えた天然の心性。

六 「いかなるか是祖師西来意」と達磨宗では禅機を問う時用いる。達磨が西来して東に禅を伝えたその心、即ち仏法の根本義。「輪を開く」は心を悟るの意。

七 「常に倭朝の物語を聞いては。慷慨激昂し。……父是(成功)を鍾愛《しようあい》する事。世に又類あらじとぞ覚ゆる。本より任侠を好み。兵法を事としける間……」(『明清闘記』三)。

八 『戦国策』九「燕上」にのる、鷸蚌《いつぼう》の争いに第三者の漁夫が利する故事を用いた。『明清闘記』一にも、

李自成と呉三桂の戦いの間に韃靼が天下を取るさまの描写に、この故事を詳しく記す。鷸蚌図は画題にもなる。

九　戦国時代、張儀が斉・楚・韓・魏・燕・趙の六国をしてそれぞれ秦と連合するように策したもの。六国の不和を利用して秦が統一するに至る。

一〇『太平記』十四の新田義貞、逆臣尊氏を誅伐せんことを願っての後醍醐帝への奏状に、尊氏が去就をなかなかに決めず、北条氏の滅亡をみて「忽乗《ジテ》ニ鷸蚌之弊《つひえ》ニ」成功したと記す。

一一　思い上がって一揉《ひとも》みに落そうと大軍で激しく攻める。

一二　吉野や千早城で官軍方籠城組に蛤のように潮を吹かせ（防戦のさまをいう）奉ったが。

一三　高時（鴫）は正成・義貞という二つの貝と争い、彼等の肉をむしり取り自分も傷つき力失せ、逆に滅びる。その戦の虚に乗じ軍を起し、疲れ、力のなくなったうつせ貝同然の正成・義貞を討ち滅ぼし、天下（天皇を蛤と見立てる）を一気につかんだのは逸物の鷹、高氏。

一四　この目前の鴫・蛤の争いから得た漁夫の利を得る道理を以て、唐土両国の争いに関わり、利を占める道理に当てはめ。

唐土平定の軍略をこらす

返り見るに隙《ひま》なし。ここに望んで　われ手もぬらさず二つを一度に引つつかむにいとやすく。蛤貝の堅きも詮《甲斐なく》なく　鴫の嘴《はし》のとがりも終《つひ》にその徳《利点》なかるべし。

これぞ両勇たたかはしめてその虚をうつといふ　軍法の秘密。唐《もろ》土《こし》には秦の始皇。六国《りつこく》を呑んだる[九]連衡《れんかう》のはかりこと。本朝の[一〇]太平記を見るに後醍醐の帝。天下に王として蛤の大口開きしまつりこと取《しま》りしめなく《りがなく放漫で》。相模入道《北条高時》といふ鴫鎌倉に羽たたきし《羽ばたき力をのばし》。[一一]奢りの觜するどく。吉野千早《ちはや》に[一二]潮を吹かせ申せしに。楠正成新田義貞《くすのきまさしげにつたよしさだ》二つの貝に觜を閉ぢ責められ。[一三]むしり取つたるその虚に乗つてうつせ《(討つ)》貝。蛤共につかみしはいち物《もつ》の高氏《たかうぢ》将軍　武略に長ぜし所なり。誠や父一官の生国は大明韃靼《たいみんたつたん》。鴫蛤の国諍ひ今合戦最中と伝へ聞く。哀れ《ああ何とぞ》唐土に渡り　[一四]この理を以て彼の理を推《お》し。攻め戦ふ程ならば　大明韃靼両国を一呑みにせん物を」と。《〔鴫蛤から〕》目も離さず工夫を凝らし。思ひそめたる武士《もののふ》の一念のすゑぞたくましき。理かなこの男子《をのこ》唐土に押し渡り。大明韃靼を平均《平定し》し異国本朝に名をあげし延平王国性爺《えんぺいわうこくせんや》[一]は　この若者の事なりけり。

小むつ遠目に「なう《〔見て〕》〳〵もう潮がさいてくる。何をきよろり《ぼんやりと》としてぞいの」と走り寄つて「これはさて。鴫《しぎ》と蛤《はまぐり》と口吸ふか　女夫《めうと》といふ事今知つた。どうやら犬の様で見ともない《犬の交尾の様でみっともない》。どりや放してとらせう」と笄《かうがい》ぬいて口押し《蛤の口を》われば。鴫も悦び蘆辺《あしべ》[二]をさして満ちくる潮に蛤の。すなはち《砂中にすぐに》隠れ沈みけり。

「ハア時雨《しぐれ》さうないざ帰らう」と。見やる洲崎に楫《かぢ》[三]を絶え揺られ寄るは「珍しい作りな舟《作りをした》。鯨《くぢら》[四]舟でもなし。唐の茶舟[五]か何ぢや知らぬ」と舟底見れば。唐土人《もろこしびと》と覚《おぼ》しくて二八《十六歳》余りの上臈《じやうらふ》の。芙蓉《ふよう》[六]のかんばせ柳の眉《まゆ》[七]袖は涙の潮風《しほかぜ》に。化粧《けしやう》もはげて面《おも》やせて。哀れにも美しく雨[八]にしをれし初花[九]に。目鼻を付けしごとくなり。

小むつ小声になり「ありや絵にかいてある唐《から》の后。いたづらして《ふしだらをして》流された物ぢやわいの」。「(和藤内)アアさうぢや〳〵よい推量。おれは悪う

一　爵名。延平郡王。延平は福建省南平県にあった府名。六県を領する。号の「国性」は国姓が正しく国君の姓の意。すなわち明の国姓なる朱の姓を賜った。「爺」は尊称。『明清闘記』四に永暦皇帝よりこの爵号を賜うと見える。

小むつ、鴫蛤を分ける

二　蘆辺をさして鳴き行くと、潮がさして満ちてきた海浜の砂の中に。「砂」と「即ち」を掛ける。「わかの浦にしほみちくればかたをなみあしべをさしてたづなきわたる」(『古今集』序)。

もろこし舟漂着

三　楫緒絶え。楫を舟にとりつける綱が切れ。行方知れず、寄る方なきを引き出す表現。「村時雨。ふる川野辺のさびしくも。人や見るらん身の程もなほ浮舟の楫を絶え。……ふしぎやなこの川は山川の。さも浅くしてしかもみなぎる岩間つたひを。ちひさき舟に棹さす人を見れば女なり。そも御身はいかなる人にてましますぞ。……早舟に乗りおくれじと松浦がた。唐土《もろこし》舟を慕ひしに……」(謡曲『玉葛』)。

四　捕鯨の軽い小舟。『本朝食鑑』によれば、漆を用いてこれに塗るとある。

夫婦、唐女の詮索

＊　先行作『国仙野手柄日記』上では、冒頭に「せんだら女」が日本の勇士を求めて難波に渡航してくるところから始まる。

五　運送用の川舟の一種、十石積み。または川遊びに用いる遊山舟をもいう。

合《が》点《てん》して。一〇楊貴妃の幽霊かと思うてこはかつた。なんでもよい女房《何はともあれ美しい女》ぢやないかいな」。「ムウいやらし唐の女房が目につくか。親父《おやぢ》様が始めの様に唐にござつて。こなたもあつちで生れたら。あの様な女房抱いて寝さしやらうが。日本に生れた因果に《不仕合せに》わしが様な女房持つて口惜《くちを》しからうの」。「ハテひよんな《とんでもない》事ばかり。〔言う〕なんぼ美しうても唐の女房の。衣裳付き《着物の様子》頭《あたま》付き。弁才天を見る様で勿体《もつたい》なうて気がはつて。〔一緒に〕寝られはせぬ」とぞ笑ひける。

唐音にての問答

その隙に上臈浜辺におりて夫婦を招き。「日本人〳〵。一一なむきやらちよんのふとらやあ〳〵」とありければ。小むつぷつと笑ひ出し。「ありやなんといふお経ぢや」と腹を抱へてをかしがる。「ヤイ〳〵笑ふな　あれは日本人ここへおぢや《おいで》。頼みたいといふ事」と押しのけて立ちよれば。上臈涙にくれながら。「一二たいみんちんしんにようろ。君けんくるめいたかりんかんきう。さいもうすがすんへいする共こんたかりんとんな。ありしてけんさんはいろ。とらやあ〳〵」

六「太液《ノ》芙蓉未央《ノ》柳　芙蓉《ハ》如《ク》レ面《ノ》柳《ハ》如《シ》レ眉《ノ》　対《ヘバ》レ此《ニ》如何《シテ》不《ラン》ニ涙垂《レ》一」(『長恨歌』)。唐の美人の形容であるが、楊貴妃をきかす。

七　袖は溢れ出る涙にぬれ、潮風に吹かれ。涙の潮・涙の海など涙のおびただしきをいう言葉。

八「玉容《ノかほ》寂莫《トシテ》　涙闌干《タリ》　梨花一枝春帯《ブ》レ雨《ヲ》」(『長恨歌』)。

九　初咲きの可憐な花。年若い娘に譬える。

一〇　漂着した唐の上臈、すなわち栴檀皇女の描写に『長恨歌』を用い、ここでその趣意を明かす。貴妃の幽霊とするのも、『長恨歌』や謡曲『楊貴妃』で仙界にある彼女を描くことと関わる。

一一「南無喝囉怛娜哆囉夜耶《なむからたんのうたらやや》」(『千手陀羅尼』)を用いて唐音めかした。

一二　以下唐音めかした近松の戯文。「唐人ことば皆やくたいもなき事なりとしるべし」(『難波土産』)。漢詩文や仏典の音読や文字の逆置、遊戯音を入れるなどの頓作であろう。なお『松の葉』三「唐人歌」など、唐音調の歌謡も当時知られていた。

和藤内、唐音で答え心通わす

とばかりにて　またさめ〴〵と泣き給へば。小むつは浜辺にころりと臥《ふ》し　腹筋《はらすぢ》よつてたへかぬる。

和藤内は常々父が詞《ことば》の唐音《たういん》覚え。はつと手をつき頭《かうべ》を下げ。「[一]うす〳〵うさすはもう。さきがちんぶりかくさくきんないろ。きんにやう〳〵」と手を打つて。互ひにしみ〴〵手を取り組み。悲歎の涙睦《むつ》まじし。

一　戯文で明らかでないが、例えば「うすうすうさすはもう。さきがちんぶりかくさくきんないろ」、「薄々噂ち（知）り候」という一解も出来る。

小むつの悋気《りんき》

和藤内、事情を話す

二　いつ何のついでに遠い唐の女までも。「三界」は遠く離れた所を強調する語。

三　ひどい（色事の）はげみじゃ。

鴫蛤の争い・姫の漂着

小むつくわつとせき上げ〔夫の〕胸倉取つて「これ男。唐人詞聞きたうない。いかにいたづらすれば《浮気だからといって》とていつの[二]便《びん》宜《ぎ》に唐三界《からさんがい》。[三]あんまりな稼《かせ》ぎぢや。

やいそこな《そこの》とらや
あや〔の女〕。こつちの大
事の男を　ようも
〳〵[四]きんにやう
〳〵にしたなあ。
日本の男の塩梅《あんばい》《味》は
吸《は》うて見る事もな
るまい。この塩梅
喰うて見よ」と備中鍬《びつちゆうぐは》振り上ぐれば　和藤内ひつたくり。「ヤイ目を開《あ》いて悋気《りんき》せい。これこそ日ごろ語りし父一官のいにしへの主君。大明の帝の御妹栴檀皇女《せんだんくわうによ》。国の乱にて吹き流され給ふとの御物語見捨てがたなく《見捨てる[五]ことは出来ず》痛はしし。すぐにわが家へお供せば[六]庄屋のことわり。代官所の詮義《取調べ》なんのかのとやかましし。とかく《ともかく》親父《おやぢ》と談合《だんかふ》〔するから〕おぬしは内へ帰つて早々これへ〔父を〕同道せい。人の見ぬ中《うち》はやう〳〵」といひ

四「きんにやう〳〵」と言って涙を流させ、睦まじくしたことをいう。

＊唐人に言葉の通じないため悋気して腹を立てるあたりは、狂言『茶子味梅《さすあんばい》』を下敷にするか。同曲に「日本人無心我唐妻恋《むしんがたうさいれん》」とあったり、「茶子味梅」「きすあんばい」の言葉が問題となる。日本に捕われて十年を経た唐人の日本人妻が、唐に残した妻を恋う夫に嫉妬するさまを描く。夫が杖《つえ》で打つのを引きとって妻が叩きながら追込む留。

五「がたなし」は動詞連用形につき、……することはむずかしい、困難だ、の意を表す補助形容詞。

六 庄屋への事情説明。

ければ　小むつもはつと手を打つて。「さても／＼おいとしや　おなじ日本の内さへも。王位高貴の姫君はあらい風にも当てぬと聞く。ましてやこれは見ぬ唐土《もろこし》の　[一]王胤《わういん》の浅ましき御姿《嘆かわしいお姿か》や。所も多きに《よりによって》ここへお舟の寄る事も。主従の御縁深きゆゑ。追っ付け《すぐに》親父《おやぢ》様呼うで来ませう。アアおいとしのとらやあや。きんにやう／＼」と涙にくれ[*二]ヲクリ家路に。こそは帰りけれ。

一官夫婦と姫、不思議の出合

かくとはしらず。一官夫婦　不思議の[三]瑞夢《ずいむ》蒙《かうふ》りしと。当国松浦《まつら》の[四]住吉に詣《ま》うで　帰るさ《帰り際の》の浜伝ひ。（和藤内）「なう／＼」と声をかけて招きよせ。「栴檀《せんだん》皇女乱国をのがれ御舟これへ流れよる。痛《いた》はしき有様」と聞きもあへず一官夫婦。あつと頭《からべ》を　地に付けて。「御聞き及びも候はんそれがしはいにしへの鄭芝龍《ていしりゆう》と申す者。只今の妻や子は日本の者にて候へども。旧恩を報ぜずんば忠臣の道立つべからず。それがしこそ年寄つたれ　この[五]世悴《せがれ》兵事軍術を嗜《たしな》み。御覧のごとく骨ぶとに生れ付き大胆不敵の強力者《がうりきしや》。今一度大明の御代にひるがへし。

一　皇胤。王の血筋。

*二　小むつ退場のヲクリ。

三　めでたい夢の告げをお受けしたと。

四　松浦の神であれば松浦明神や佐用姫宮が適当であるが、近松は敢て住吉（長崎にはある）の神を設定した。それは後段の唐への渡海に因《ちな》んでのことであろう。

五　「世悴《せがれ》」（『字尽重宝記』）。我が子の謙称。

冥途《めいど》にまします先帝の宸襟《しんきん》[六]をやすんじ奉らん。御心やすく思《おぼ》し召せ」と世に頼もしく《いかにも》申し上ぐれば。皇女御涙にくれ給ひ。「さては聞き及びたる鄭芝龍とは御身よの《貴方なのね》。李蹈天《りたうてん》が悪逆韃靼《だつたん》国と心を合はせ。兄帝《あにみかど》を失ひ《殺し》国を奪ひ。わらはもすでに害せられんとしたりしを。呉三桂夫婦の臣が介抱にて。今日《けふ》の今まで惜しからぬ露の命[七]のつれなさを。頼む」とばかりの給ひてまたさめ〴〵と泣き給ひ。互ひに通ずる詞《ことば》《端々》のすゑ。[八]縁につるれば唐のものくひ《(食・悔)》[九]の八千たび繰り返す。むかし語りぞ哀れなる。

和藤内、直ちに出陣と勇む

母も袂《たもと》を絞りかね「げに誠斯様《かやう》の事を承らん印《しるし》にや。今朝《けさ》暁夫婦かはらぬ夢の告げ。軍《いくさ》は[一〇]二千里を出でて西に利有りといふ事を。まざ〳〵と見て候。ヤア和藤内。この夢を考へ[一一] 君御出世の忠勤をはげむべし。いかに〳〵」とありければ和藤内謹んで。「只今それがしこの浜にて鴫《しぎ》の鳥と蛤《はまぐり》[一二]希代《きたい》のわざを見受けしより。軍法の蘊奥《おんくわう》[一三]を悟りひらいて候。千里を出でて西に利ありとは。大明国はわが国よ

六 天子の御心。

七 わずかの命をつないできたが、この情けない身の行く末を頼む。

八 諺「縁につるれば唐の物を食ふ」（『毛吹草』）。縁が出来れば思いもかけない疎遠なものとも関係が出来、世話になることもあるの意。ここは、主従の不思議の縁につながって、日本にいる鄭芝龍と唐の皇女が相逢うことが出来たの意に用いる。

九 後悔を繰り返し繰り返しいう。「さきだたぬ。悔の八千《やち》度《たび》百夜《ももよ》草《ぐさ》」（謡曲『砧』）など謡の慣用句。

一〇 四行後に「千里を出でて」とし齟齬《そご》がある。「栴檀女道行」にもあるが、白楽天の「二千里外故人心」の詩句を頭においていったものか。

一一 占いの結果を判断すること。

一二 世にも稀なありさまを見受けたその時より。

一三 奥義。「蘊奥《ウンアウ》」（『書言字考』）。奥の崩しを興と読み違え、また蘊を「おん」と読んだもの。版下書きの誤りであろう。但し他本も踏襲。

り西に当って[一]千里の波濤《はたう》。軍法の法の字は[二]散水《さんずい》に去ると書く。散水は水なり水を去るとはこの出潮《でしほ》の水に任せ。早く日本の地を去るべしとの神の告げ。われらが[三]本卦《ほんけ》 [四]師《し》の卦に当って。師は軍の義なり。[五]坤《こん》上坎《かん》下の卦体《けたい》。[六]一陽を以て衆陰《しゆいん》を統《す》ぶるといつぱ。（統治するというのは）わが一身を以て数万騎の軍兵をしたがへたもつ大将。今散水のさす潮に早く日本の地を去つて。南京北京《なんきんほくきん》に押し渡り 〔呉三桂が〕浮世にながらへあるならば。呉三桂と軍慮を合はせ（軍略をととのえ） 李蹈天が賊徒を亡ぼし。軍勢催し韃靼《たつたん》へ逆よせに押しよせ。[七]韃靼頭《あたま》の[八]芥子《けし》坊主。捻《ね》ぢ首筒《くびつつぬ》抜き追《お》つぷせ。切り伏せ。御代長久の凱歌《がいか》をあげん事和藤内が心魂に。（心の底を貫ぬいている信念）徹する所。[九]天の時は地の利にしかず。地の利は人の和にしかず。[一〇]吉凶は人によつて日によらず。〔姫様は〕このますぐに御出船《しゆつせん》 道すがら島々の夷《えびす》をかたらひ（味方につけ）案の中なる（思い通りの）軍《いくさ》せん 御出陣」といさみしは。[一一]三韓《さんかん》退治の神功皇后《じんぐう》艫舳《ともへ》に立ちし荒御前《あらみさき》を。今見るごときいきほひなり。

父は大きに感心し「オオいさぎよし頼もしし。誠や[一二]一粒《いちりふ》の花の種

老一官夫婦、唐土へ先に出立

一 日本と南京の間三百四十里（『和漢三才図会』）。

二 漢字偏の名。「氵、翰墨者流、謂㆓之散水㆒」（『書言字考』）。

三 八卦。卜筮《ぼくぜい》で二回算木を置いて、その初めの卦をいう。二回目に違った卦が出れば変卦という。

四 六十四卦の一で軍隊を出す象（卦体）。

五 八卦は乾兌離震巽坎艮坤《けんだりしんそんかんごんこん》からなる。「坤」は地・母に属し、「坎」は雨・月などに属する卦。☷☵の形の卦の象。「此の卦は漢の天下の時、周の亜父将軍陣を排《はら》はんと欲したるとき筮《ぜい》して得たり。果して勝を獲るなり」（『梅花心易掌中指南』元禄十年）。

六 算木の⚊を陽儀といい、⚋を陰儀という。前者は数が一であるので陽一といい、後者を陰二という（『易学啓蒙』正徳三年）。「一つの陽で多くの陰をまとめる。「寡《すくな》きを以て衆《おほき》を伏するの象」（『梅花心易掌中指南』）。

七 弁髪。頂上の髪だけを残し、周囲を全て剃り落し、その髪を編んで下げる髪型。

八 日本でも小児の頭を芥子殻のように、頂に円く髪を残し周囲を剃った。「芥子坊主とうとうえらい国を取り」（『柳樽』三〇、韃靼明を滅ぼすをいう）。

九 戦に勝つには、時の運は地形の有利さには及ばず、地の利は人の和の前には及ばない。「天時ハ不㆑如㆓地利㆒。地利ハ不㆑如㆓人和㆒」（『孟子』公孫丑《こうそんちゆう》）。

一〇「吉日に悪をなすに必ず凶なり。悪日に

は地中に朽ちず。終《つひ》に千輪の木末《こずゑ》にのぼるといふ本文（古の文句通り）。げに一官が子なるぞや。われ〳〵夫婦も同船にて御供申すべきが。大勢は目に立つて所々の渡海の番所[一三]。国の咎め恐れあり（国法の罪科にあう危険がある）。夫婦ひそかに藤津[一四]の浦より出船すべし。おことは（そなたは）これより乗り出だし　便よき（好都合な）小島に姫宮を預け置き。船路をかへて追ひ付けよ。親子が忠心正直の頭《かうべ》にやどる神風は（加護あって）。船中なんの気遣ひなし。出合ふ所は唐土《もろこし》に隠れなき。[一五]千里が竹にて相待つべし。いそげ〳〵」と姫宮にお暇《いとま》申し[*一六]ヲクリ夫婦ははるかに別れ行く。

小むつ、駆けつけ恨む

和藤内姫宮の御手を引き。もとの唐船《たうせん》に遷《うつ》し乗せ参らせ。押し出ださんとする所に。女房息をきつて走り付き。舟のとも綱しつかと取り。「ムウ内には親父《おやぢ》様母様も皆お留主《るす》。異《い》な事と思ひしに（変な様子と）　道理こそこれぢやもの（この有様じゃもの）。親子とつくと（親子でよくよくと）談合《だんかふ》しめ（打合せて）。親御の国からお内儀呼び。この小むつを置き去りに　親子夫婦四人づれ。唐へ身代《しんだい》引く（引き）気ぢやの（上げるつもりじゃな）。あんまりむごいつれない。なんの見落ち　し落ちがある（見そこないやしそこないの落度がある）。

善を行ふに必ず吉なりといへり。吉凶は人によりて日によらず」（『徒然草』九十一。この部分は『事文類聚』前、沈顔の言葉による）。

一一「むかし神功皇后、新羅をせめ給ひし時、伊勢大神宮より二神の荒御前を差し添へさせ給ひけり。二神御船のともへに立つて、新羅を安く攻め落されぬ。帰朝の後、一神は摂津国住吉のこほりにとどまり給ふ」（『平家物語』十一）。「荒御前」は荒御魂《あらみたま》の意。

一二 地中の一粒の花の種は朽ち果てることなく芽ぶき花開いて、千輪の花を梢に咲かせるという言葉通り、たとえ今の境界に埋もれていても遂には身を起し、大事をなす。「夫れ花の種は地に埋もつて千林の梢に上り」（謡曲『蟬丸』）。

一三 福岡・佐賀・嶋原・唐津などに遠見番所を張って、商船が見えると長崎奉行は検使を派遣する（『明《めい》良帯録《りようたいろく》』後篇）。長崎には舟人を監視する左右の番所があった。

一四 肥前藤津郡、今の鹿島市辺の海岸。『肥前風土記』に、日本武尊がこの浦に泊り、翌朝船の纜《ともづな》を大きい藤で繋《つな》いであったところから郡名となったとある。近松が平戸から離れた有明海に面するこの地を選んだのは、鹿島立ちをきかせたものか。鹿島は鍋島氏の城下町。

一五 架空の地名。一九三頁＊参照。

*一六 老一官夫婦退場のヲクリ。

小むつ、死を覚悟　和藤内、真意を示す

唐高麗《からかうらい》はおろかの事　天竺《てんぢく》雲の果てまでも。ともに連れ《一緒と》んと言ひ交はした二人の中。仲人《なかうど》もない挨拶[一]ない　二人《〔ただ〕》が胸と胸とに。起請[二]も誓紙もをさめてある。なんぼう飽かれた中なりとも《いくら飽きられた仲であろうとも》今までの情け[三]に。せめて[四]おなじ舟に乗せ。五里も十里も沖なかの波に沈めて。鱶《ふか》や鮫《さめ》の餌《ゑ》になりとも。夫の手から《手ずから》殺して下され藤内殿」と。舳板《へいた》[五]をたたき泣きくどき　放さん気色《きしよく》はなかりけり。

「エエ大事の門出不吉のほえづら《泣き顔》。そこ立ちのけ　目にもの見せん」と櫂《かい》[六]振り上ぐれば。姫宮あわてすがり付き。とどめ給ふを押しのけ　櫂も折れよと舟ばたたたき。おどしに打つを身に受けて。

「打たれて死ねば本望」と。浜辺にどうと臥しまろび声も。惜しまず歎きしが。「エエこれでも死なれぬなァ。よし〳〵今はこれまで　結構者《けつこうしや》[七]も事による。この海底に身を沈め瞋恚《しんい》[八]は嫉妬《しつと》の大蛇《だいじや》となつて。もとの契り[九]は今日の仇《あた》今に思ひしらせん」と。石を袂《たもと》に拾ひ入れ岩ほ《大岩の》の肩によぢのぼれば。駆《か》けあがつて和藤内いだきとめて。

一　結婚の申し入れ。
二　牛王の札の裏面に、神仏かけて互いの愛情の変らぬことなどを書いたもの。誓紙も同じ。
＊　以下、俊寛の世界を下敷にする。
三　「情けに乗せて給《た》び給へ」（謡曲『俊寛』）。
四　「ただ理をまげてのせ給へ。せめては九国の地までとくどかれけれ共」（『平家物語』三）。
五　へさきの板。
六　「情けも知らぬ舟子《ふなこ》ども。櫓櫂《ろかい》をふりあげ打たんとすれば」（謡曲『俊寛』）。
七　お人よし。結構人と同じ。
八　怒り恨むこと。仏教語で三毒の一。女が恨みの念で大蛇と化す話は、『道成寺』をはじめ説話に多い。
九　昔の愛情がかえって今日の恨み。

「ヤイこりや粗相《そさう》[一〇]すな心底見付けた《見とどけた》。軍《いくさ》なかばの大明国　事太平に治まるまで。姫宮を汝に預け日本にとどめおかんと思へども。筋な《血筋も》き女の《分らぬ》心をうかがひ《探るため》　わざとつれなく見せたるぞ。これ四百余州と《中国全土と》釣替《つりがへ》[一一]の姫宮をしつかと預け置くからは。男の心変らぬ証拠。姫宮に仕へ奉るは　舅《しうと》に孝行　夫に仕ふる百倍ぞや《仕えるより百倍も大事の事ぞ》。命にかけて頼み入る。国治まつて迎ひの御舟のお供せよ」と。なだむれば聞き入れて「こなたには《こちらには》気遣ひせず。随分無事でござれや」と。いへども弱る女心。「せめて一夜《ひとよ》[一二]の覚悟もせず夢見た様な《〔まるで〕》別れや」と。夫の袖にすがり付き　わつとばかりに。泣き叫ぶ心の。内ぞやるせなき。

和藤内も胸ふさがり。至極《しごく》[一三]の思ひに目もくらみ　ともに心は乱るれど。

「かくては果てじいざさらばさらば。〳〵」《こうしていても別れはつきない》の暇ごひ　栴檀女も涙ながら。「追つ付け《間もなくの》迎ひの輿《こし》を待つ。その時伴ひ帰るべし必ず早う」との給へば。かしこまつて和藤内泣く〳〵舟を押し出だす。又纜《ともづな》[一四]

一〇　軽はずみな行いをするな。

一一　交換。取り換え。

一二　一夜共寝して別れを惜しみ、その上で別れを覚悟するということもなく。

一三　道理至極。もっとも至極。

一四　以下謡曲『俊寛』による。「又立ち帰り出船《いでぶね》の。纜に取りつき引きとむる。舟人ともづな押し切つて。船を深みに押し出す。せん方波にゆられながら。ただ手を合はせて船よなう。船よといへど乗せざれば。力及ばず俊寛は。もとの渚にひれふして。松浦佐用姫も。我が身にはよも増《ま》さじと。声も惜まず泣き居たり」。『平家物語』三「足摺」も参照。

＊　鴫蛤の争い直後もろこし舟の漂着、唐の姫の出現という筋と、お伽草子『蛤の草紙』とつながりがあるかも知れない。またこのあたりも「(しじら) さらばお暇申さんとて帰らんとしければ、此女房袖にすがり歎かせ給ふやう、せめてそなたの宿まで御つれ候へ。一夜を明かさせてたび給へ。明けなばいづかたへも足にまかせて行き候はんとの給ひけり」と関係があるか。

和藤内、妻の嘆きに心乱れる

小むつ、巌に上り涙の見送り

に取り付いて「いひ残せし事のあり。しばらくなう」と引きとむる。「エエ聞きわけなし」と引つ切つて舟を深みに漕ぎ出だせば。せんかた(無)波に身をひたし。ただ手を上げて「舟よなう。舟よ」と呼べど出で舟の。甲斐《かひ》[一]なき岩ほに駆《か》けあがり。足を爪立《つまだ》て延びあがり。見送る影も遠ざかる。「唐土《もろこし》の望夫山《ばうふさん》[二]　吾朝《わがてう》の領巾《ひれ》振《ふる》山[三]。［それは］今のわが身のわが思ひ。［と同じ］石ともなれ山ともなれ。［ここを］動かじ去らじ」とかきくどき

和藤内唐土へ渡る・千里竹

涙かぎり声かぎり。
互ひに呼[四]ばれ招か
れて　姿を隠す潮《しほ》[五]
ぐもり　声[六]を。隔
つる沖津波　沖の。
鷗《かもめ》磯千《いそち》鳥《どり》泣きこ
が。れてぞ三重[*七]

一 舟は無情に離れゆき止めるに甲斐もなく、また上っても甲斐のない巌に。「甲斐」に「櫂」をきかすか。
二 出征した夫を、その妻は恋い慕い立ち尽し、幼児を負ったまま石となった。その伝説の武昌の北の山を望夫山と名づけ、その石を望夫石という(『古今著聞集』五など)。これは『幽明録』に見える話として古くから伝わるが、『清一統志』などでは、孟姜女の哀話と合体して満州遼寧省の望夫山の話とする。『明清闘記』二には孟姜女を出すが望夫山の記事はない。
三 松浦佐用姫が、夫大伴狭手比古の渡唐に際しこの山に上り、領巾で招いた話は『万葉集』以来名高い。『古今著聞集』『十訓抄』などでも望夫山の記に続けて記す。「領巾」は古代の女子が首にかけた長い布。
四 呼びあい招きあう、その愛《いと》しい人の姿を隠す。ここも謡曲『俊寛』の別れの状況を下敷にした表現。
五 潮けぶりで海上が曇り、見えにくくなること。「老人と見えつるが潮曇にかきまぎれて跡も見えずなりにけり」(謡曲『融』)。
六 通いあう微かな声をも邪魔してかき消す、沖打つ波音、そして沖の鷗や磯千鳥の鳴声。夫婦は互いに泣き焦がれて別れ行く。
*七 愁嘆のうちに場面転換の三重。「江戸」は江戸浄瑠璃の曲節。
八 舟の行く末もどうなるか判らず、しらぬひの筑紫はもはや雲間にかくれてしまったが、後から神の加護の追風が有難いことに吹く。「しらぬ日」(不知火と

も）は筑紫の枕詞。「船路の末も不知火の。筑紫を後になしはてて。行くへに続く雲の波霞を分くる海原に。又山見えて程もなく。早唐土《もろこし》に着きにけり……仏神の御加護もや有りけん。行人安穏に布帆《ふはん》つゝがもなく渡唐つかまつりて候」（謡曲『龍虎』）。

九 遠く遥かの海原を乗り切って。

一〇 故郷唐土へ帰ったので和服を脱いで唐錦の衣装に着替え。諺「故郷へ錦の袴を着て帰る」（『盛衰記』三〇）。「故郷へ錦を飾る」（『平家物語』七）。

*一一 本作では唐と日本を対照的に作りなしており、一官一人に衣装を替えさせてその対比を印象づける。舟から現れた時から替って、衣を引きつくろいながら現れるのであろう。

* 七行本の一本はこの場所に「千里か竹」の見出しを掲げる。千里が竹の趣向は謡曲『龍虎』に拠っている。入唐の僧が、到着した場所から遥か山本の群竹の景に打たれ、樵夫にそのいわれを問い、そこに棲《す》む虎と高山にかかる雲間にすむ龍の争う所と聞く。中入後、僧は山路を分け入り、龍虎の戦いを眼前にする一曲。文中「さて又虎はかりそめに。住むも千里《ちさと》の道しめて。住家と定むとか。もとより竹は直《すぐ》にして」とあるところから、「千里が竹」と名付けた。

唐土の浦

親子の舟唐土に着く

〽江戸別れ行く 八舟路のすゑも。しらぬ日の。筑紫《つくし》は雲に埋めども跡に。おうごの（追・擁護）。神風や。九千波《せんぱ》万波《まんぱ》を押しきつて。時（時刻）もたがへず（も違えず一緒に）親子の

舟。唐土《もろこし》の地にも着きにけり。

鄭芝龍一官は一〇古郷《こきやう》へ帰る唐錦《からにしき》。*一一装束引き替へ 妻子に向ひ。「わが本国といひながら時うつり代かはり。天下悉く李蹈天が引き入れ（勧誘によって）にて。韃靼夷《たつたんえびす》の奴《やつこ》となり（家来となり）。むかしの朋友《ほうゆう》一族とて 誰を尋ねん様《てだて》もなく。司馬将軍呉三桂が生死《しやうじ》のありかも知れざれば。何を以て義兵の旗を上げ。何国《いづく》を一城に楯籠《たてこも》るべき所もなし。然るにそれがし

父は娘を尋ねて獅子が城へ
母子は千里が竹へと別れる

去る天啓《てんけい》[一]五年この国を立ちのき。日本へ渡る時二歳になりし娘の子を。乳人《めのと》が袖に捨て置きしが。その子が母は産《う》み落して当座《すぐに》に死す。かくいふ父は八重の潮路の中絶えて《遠く海原を隔てて音信も絶えはて》。いつ父母も知らぬ身が《日頃父母の慈愛を知らない身が》　育て《よくも》ば育つ《育つもので》草木の[二]。雨露《うろ》の恵《めぐみ》に長ずるごとく《生長するように》。天地の父母の助けにや。成人して今五常軍甘輝《ごじやうぐんかんき》[三]といふ大名。一城の主《あるじ》の妻となるよし　商人《あきんど》の便りに聞き及ぶ。頼む方は《頼る所は》これればかり。親を慕ふ心あつて娘さへ承引せば。聟の甘輝もやす〳〵と頼まるべし。これより道の程百八十里。〔一同〕打ちつれては人も怪しめん。われ一人道をかへ　和藤内は母を具し。日本の猟船《れふせん》の吹き流されしと。頓智《とんち》を以て人家に憩ひ追ひ付くべし。これより先は音に聞ゆる千里が竹とて虎《とら》の棲《す》む大藪《おほやぶ》あり。それを過ぐれば尋陽《じんやう》[四]の江《え》。これ猩々《しやうじやう》[五]の住む所。風景そびえし。高山《そびえたった山容の見える所は》は赤壁《せきへき》[六]とて。むかし東坡《とうば》が　配所ぞや。それよりは甘輝が在城。獅子[七]が城へは程もなし。その赤壁にて待ち揃へ。万事をしめし合はすべし」と。方角とても白雲《しらくも》[八]の。日影を心覚えにて　東西《とうざい》。へこそ

一　一六二五年。我が国では寛永二年。

二　「草木は雨露の恵。養ひ得ては花の父母たり」（謡曲『熊野《ゆや》』）。

三　『明清闘記』四に「爰に漳州府の人甘輝と云者有。盛才明悟にして。勇猛人に超たり。能く弓を射馬に乗。軍法を学て。四夷の事に通ず。弘光年中に。出て森官（成功）に仕へ。翌年提督征討軍事と成る」、七に「官軍五府之大将崇明伯甘輝」とある。「五常軍」は未詳。『明清闘記』九には「一番五府将軍。二番出軍先行。……九番五常鎮。十番五行鎮……中軍は延平王鄭成功」と布陣するところがある。

四　江西省九江府の地名。「有㆓潯陽江㆒ノ。俗所㆓謡吟㆒スル猩猩出ルト云㆓于潯陽江㆒者此《ここ》乎」（『和漢三才図会』六三）。

五　狗《いぬ》又は猿に類し、人面人足で言葉を発し、酒を好むという想像上の動物。竹の縁でこれを出したか。「よも尽きじ、万代までの、竹の葉の酒、くめども尽きず」（謡曲『猩々』）。

六　湖北省黄岡県の城外。ここは赤鼻山（土の色が赤色）が正しく、蘇東坡《そとうば》がここに遊び「赤壁賦」を作ったが、誤って曹操の破れた赤壁と混同してしまった。名山の赤壁は揚子江南岸の景勝。これらの地名は恣意的に連ねているようで、猩々の縁で赤壁としたか。

七　未詳。架空の城名であろう。後出のごとく虎と並ぶ猛獣としての縁での命名か。

八　知らぬ土地にて方角とても知らぬものの、白雲の彼方の日光を目標にして。

三重[*九]へ別れけれ。

千里が竹

時ならぬ突風起る

[一〇]教へに任せ《従って》和藤内「人家を求め忍ばん」と。かひ〴〵しく母を負ひ　たつきも知らぬ《登る手掛りも判らぬ》岩巌石《いはがんせき》。枯木《こぼく》の根ざし[一一]滝津波[一二]。飛びこえ跳《はね》こえ飛鳥のごとく急げども。する果てしなき大明国。人里絶えて広々《くわうくわう》たる　千里が竹に迷ひ入る。

和藤内母子、千里が竹に迷い入る

和藤内ほうどく《ほとほと》[一三]はをぬかし。「なう母者人《ははじやびと》。この脚骨《すねぼね》[一四]に覚えあり。もう四五十里も来ませうが。人にも猿にも逢ふ事か。行けばゆく程藪の中　ムムウ合点《がつてん》たり。方角知らぬ日本人。唐の狐がなぶるよな。化《ば》かさば化かせ　宿なし旅の行き付き次第。[一五]小豆《あづき》の飯《はん》の相伴《しやうはん》」と根笹大竹押し分け。踏み分けなほ奥深く行く先に。怪しや数万の人声

藪中にすさまじい風起る

[一六]責め鼓《つづみ》攻め太鼓《だいこ》。[一七]らつぱ　ちやるめら高音《たかね》をそらし《高く響かせ》[*一八]ヲクリ[一九]ひやう〳〵。とこそ聞えけれ。

「すはわれ〳〵を見とがめて敵の取り巻く攻め太鼓か。または狐の

*九　場面転換の三重。

一〇　「さても不思議や山人の。教へのままに山路を分け」（謡曲『龍虎』）。

一一　土中に深く広く延びている根。

一二　激しく波立ち流れる瀬。

一三　茫然自失のさま。「鍬が抜ける」と同じ。

一四　臑《すね》の疲れ具合で判るのだが。「骨」は「脚」を強めている。

一五　狐の好きなように付き合ってやろう。「小豆の飯」は狐の好物。「若い男に若い娘預けるは、狐に小豆めし持たせた同然」（『持統天皇歌軍法』二）。

一六　攻撃の合図に鳴らす太鼓、攻め太鼓。「越王責鼓を打て進まれける間」（『太平記』四）。

一七　「喇叭　羅豆波唐音　三才図会云喇叭以レ銅為レ之。一ツノ竅直ニ吹ク。身細ク尾口殊ニ嫩。似タリ二銅角ニ一……今軍中及ビ司ル二晨昏ヲ一者、多ク用レ之ヲ」。「太平簫《ちやんめら》　三才図会云太平簫如ニ喇叭ノ一七孔アリ　首尾以レ銅ヲ為レ之。管ハ則用レ木ヲ……当ニ是軍中之楽ナル一也」（『和漢三才図会』一八）。

*一八　多くの物音や軍勢の迫りくる様子を示すヲクリ。

一九　この擬声語の意味不詳。「馮々」（堅い声のさま）か。

一 「もとより虎乱《こらん》の勢猛く。左も右も。剣の如くに竹枝を折つて」（謡曲『龍虎』）。
二 狩猟で鳥獣を追い立てる役の者。
三 「虎うそふけは風さはく　易ノ文言ニ云。風ハ従ㇾ虎ニ。淮南子《なんじ》ニ云。虎嘯テ而谷風至リ。龍挙テ而景雲属ク」（『諺草』）。「龍吟ずれば雲起り。虎嘯けば風生ずと。聞きしもまのあたりに見るこそ不思議なりけれ」（謡曲『龍虎』）。
四 二十四孝子の一人。楊香は父と山中にて猛虎と出会い、父の命に代って身を投げ出し天に祈ると、虎は逃げ去ったという故事。底本「楊畲」。
五 神の力が加わってますます発揮する日本人の力があるのだから。「神国に。もとより観音の御誓《ちかひ》仏力といひ神力も。なほ数々にますらをが」（謡曲『田村』）。
六 江戸歌舞伎の荒事で、象を引裂いたり（『薄雪今中将姫』）、荒れる象を女が止めたり（『傾城王昭君』）する象引の所作がある。
七 西天竺の百獣の王獅子でも。「獅ハ為ニ百獣ノ長一出ツ二西域一」（『和漢三才図会』）。
八 「つべう」は「つべし」の転。完了の助動詞「つ」と推量の助動詞「べし」との連語で確実に見えるさまにいう。「見えてげり」は発音は「見えてンげり」、「て」にノム墨譜がある。
九 「こもれる虎の。現れ出づれば岩屋の内より悪風を吹き出し」（謡曲『龍虎』）。

なす業《わざ》か」と　茫然《ばうぜん》たるその折節。空冷《すさ》まじく風起り。砂をうがち　どう〳〵〳〵（どうどうと音を立て）。竹葉《ちくえふ》さつと巻き立て〳〵吹き折る。竹は[一]　剣のごとく　冷《すさ》まじなんどもおろかなり（すさまじいなどというなまやさしいものでない）。

和藤内、虎の出現を待ちかける

和藤内ちつとも臆せず「読めたり〳〵（判った）。さては異国の虎狩な。あの鉦太鼓《かねたいこ》は勢子《せこ》[二]の者。ここは聞ゆる（有名な）千里が原。[三]虎うそふけば風起る（虎が吠えれば風が起ると）　猛獣の（いうが〔これは〕）所為《しよゐ》と（仕業と）覚えたり。[四]二十四孝の楊香《やうきやう》は孝行の徳によつて。自然と遁《のが》れし悪虎《あくこ》の難。その孝行には劣るとも忠義に勇むわが勇力。唐へ渡つて力始め。[五]神力ます〳〵日本力　刃《やいば》でむかふは大人気《おとなげ》なし。虎はおろか象でも鬼でも[六]一ひしぎ」と。尻ひつからげ身づくろひ母を囲うて立つたるは。[七]西天《さいてん》の獅子王も（きっと恐れるに）恐れつべうぞ[八]見えてげり（違いないと見えたことだ）。

猛虎と和藤内の闘い

案にたがはず[九]吹く風とともに　あれたる猛虎の形。ふし根（地に這う木の根）に面《つら》をすり付け〳〵岩角に爪とぎ立て。二人をめがけ嘷《いが》[一〇]みかかるを事とも（〔和藤内は〕）せず。弓手《ゆんで》になぐり妻手《めて》に受け。もぢつてかくれば（虎が身体をねじって飛びかかると）身をかはし　た（虎が）ゆめば（ひるむと）。ひらりと乗りうつり。上になり下になり　命くらべ（命かぎり）根《こん》くら

べ。声を力にえい〳〵〳〵。虎の怒《いか》り毛《げ》怒り声　山も崩るる三重[一一]*へ

ごとくなり。

和藤内も虎も息つぐ

和藤内も大わらは（髪もほどけ乱髪となり）　虎も半分毛をむしられ。両方ともに息つかれ石上につつ立てば。虎も岩間に小首を投げ。大息ついだるそのひびき。吹革《ふいがう》[一二]吹くがごとくなり。

母の教えの御祓の威徳

母藪陰より走り出で。「ヤア〳〵和藤内。神国[一三]に生れて神より受けし身体髪膚《しんたいはつぷ》。畜類に出合《わたりあい》ひ力立《だ》てして怪我するな。日本の地は離るるとも　神はわが身にいすず（居・五十鈴）川。太神宮の（伊勢大神宮の）御祓《はらひ》[一四]　納受《なふじゆ》などかなからんや」と。肌の守りを渡さるれば「げにもつとも」と押しいただき。虎に差し向け差し上ぐれば。神国神秘《じんひ》[一五]のその不思議　猛りにたける勢ひも。忽ち尾を伏せ耳を垂れ。じりり〳〵と四足を縮め。恐れわななき岩洞《がんとう》[一六]に隠れ入る。尾筒（尾の根を）をつかんで刎《はね》返し。打ちふせ〳〵怯《ひる》む所を乗つかかり。足下《そつか》にしつかと踏まへしは天の斑駒《ぶちごま》[一七]素盞嗚《そさのを》の。尊《みこと》の神力天照《あまてらす》　神の威徳ぞありがたき。

一〇 牙をむき出し嚙みついてくる。

*一一 和藤内と猛虎の格闘の所作の三重。謡曲『龍虎』の格闘場面参照。金龍を和藤内に代えての作意。

一二 鞴《ふいご》。吹き革。鍛冶《かじ》屋で高温の火を起す時、空気を送るのに用いる具。狸の皮を用いる。

一三 「身体髪膚、受二之父母一。不二敢毀傷《きしやう》一孝之始也」（『孝経』一）を用い、父母を神国に転用したか。「実《げ》に有難や此神の。〳〵。深き恵の道広く、万物も出生し」（謡曲『内外詣』）といった考え方があった。

一四 御祓いの霊験はあらたかで、祈りの心をお受け下さらないことがどうしてあろうや。御祓は串にはさんだ厄除けの大麻。千度または万度祓をしたもの（巻数《かんず》）を御祓筥《ばこ》に入れ、銘を書付ける。

一五 伊勢の御祓は、八座置《やくらおき》の神事といって神秘のものとされた（『俗神道大意』一、他）。

一六 岩穴。「又竹林に。飛び帰つて。其まま巌洞に入りにけり」（謡曲『龍虎』）。

一七 天の斑駒を自在に扱った素戔嗚尊《すさのおのみこと》の神力を思わせ、これも御祓の霊験ゆえと、天照大神の威徳の程が今更ながらありがたく思われた。「天の斑駒」は記紀に現れる天上のまだら毛の馬。

＊ 国性爺が己が将兵と力競べをする一章が『明清闘記』四にあり、水牛・牛・馬と競う局面もある。また正徳四年『天神記』一の熊猪との闘い参照。

敵将、虎を渡せと迫る

かかる所に勢子《せこ》の者むらがり来たるその中に。大将と覚しき者大音上げ。「ヤア〳〵うぬは〔貴様は〕何国《いづく》の風来人《ふうらいじん》[一]。〔何故〕わが高名〔手柄〕を妨ぐる。その虎は忝《かたじけ》なくも主君右軍将李《うぐんしやうり》蹈天《たうてん》より。韃靼《だつたん》王へ献上のため狩り出だしたる虎なるぞ。早々渡せ　異義に及ばば〔反対をしようものなら〕ぶち殺さん　しやぐわん[二]〳〵」とわめきける。

和藤内の手きびしい拒絶

李蹈天と聞くよりも　願ふ所とゑつぼに入り〔悦に入って〕。〔和藤内〕「ヤア餓鬼も人《にん》数《じゆ》[三]しをらしい事ほざいたり〔一人前にけなげな事をぬかしおった〕。身が生国《しやうこく》は大日本　風来とは舌長し〔無礼な過言〕。さ程欲しがる虎ならば。主君と頼む李蹈天とやらところてん[四]とやら。ここへ突き出し詫言《わびごと》させい。直《ぢき》に逢うて用もある〔直接逢って用がある〕。さもない内は　いかな事ならぬ〔どうしても渡すことは出来ぬ〕。〳〵」とねめ付くる。「ヤア〔これ以上〕物な言はせそ〔物を言わすな〕討ちとれ」と一度に剣をはらりと〔さっと〕抜く。「心得たり」と守りを虎の首にかけ。母のそばに引つ据ゆれば　繋《つな》ぎしごとくに働《はたら》かず〔動かない〕。

和藤内、刀を抜いて奮戦

「オオ心やすし〔これで安心〕」と太刀指《さ》しかざしむらがる中へ割つて入り。八方無尽に〔縦横無尽に〕　わり立て〳〵[五]撫《な》でまくる。

一　何処からともなくやってきた者。さまよい歩く者。侮蔑の言葉。

二　不詳。射官（『難波土産』）。冠者の逆（朝日版『近松全集』）。上官（鬼舎官《おにしやくわん》―鬼上官の訛《なまり》。加藤清正の武勇を恐れて朝鮮の人がつけた名。その鬼を除いた形『近松語彙』）などの諸説がある。いずれにしても、その表記からみて例の唐音めかす手法の一つであろう。

三　諺「がきもにんじゆ」（『毛吹草』）。つまらぬ者も人の数のうちの意。

四　心太《ところてん》。石花菜《てんぐさ》を洗ってさらし、煮たあと冷やして固まらせた食品。容器に入れ棒で押し出して細く糸のようにし、醤油・酢などをかけて食する。「突き出し」はその縁語。

五　追いまくり追いまくり心ゆくまま撫で切りにする。

母を襲う安大人と虎の闘い

六　韃靼の将、阿克商《あこくしよう》安大人。呉三桂が韃靼に援兵を乞い、韃靼側が百万騎と号して援軍を組織する時の将として「梅勒王《ばいろくわう》達素《たつそ》加《か》勒従経《ろくじゆけい》。阿克商安大人。貝《ばい》勒王《ろくわう》……」とある（『明清闘記』一二）。彼は後、降虎峯の合戦で功名をあせって突進し、奮戦の末、甘輝に打たれる（同八）。

七　和藤内と闘いその場を離れていたのを、又もとの母のいる所へ一隊を引き連れて立ち戻り。

八　不詳。狩猟に用いる鉾か。

神力自在の虎の活躍

和藤内、安大人を投げ殺す

九　粗末な鑓。数物の鑓。

＊一〇　安大人が虎に物を投げつけ、官人達もならって投げる所作の三重。

一一　砕かれた刃の光は、玉となって散るあられのように輝き、そのさまはまるで。利剣の形容に「抜けば玉散る氷の刃」という。

一二　打ち鍛えた武具。

一三　そっくびともいう。首の侮蔑の語。「素」は接頭語。

一四　頭・両手・両足の全身。

官人前後を失い降参

一五　猛虎の口が待つ。きわめて恐ろしいことを虎口《ここう》という。

一六　仁王像（金剛力士）のように力強く。

勢子の大将[六]安大人官人《あんたいじんくわんにん》引き具し[七]立ち帰り。「おのれ老ぼれあまさじ（逃がさじ）〔母に〕」と一文字（まっしぐらに）に切りかかる。なほも（またもや）神明擁護《おうご》のしるし（霊験）　神力虎に加はつて。むつくと起きて身ぶるひし。敵に向ひ歯をならし　猛《たけ》りうなりて飛びかかる。「こはかなはじ」と安大人　勢子の者が差いたる剣。[八]狩鉾《かりぼこ》[九]数鑓《かずやり》手に当るを幸ひに投げ付け／＼[＊一〇]三重へ打ちかくる。

虎は神力自在を得。剣を中《ちう》にひつくはへ／＼。岩に打ち当て微塵《みぢん》になす。[一一]刃《やいば》の光（光は）玉散る霰《あられ》。氷を砕くにことならず。[一二]打物つくれば官人ども色めきたつて（敗色に動揺をみせて）逃げまどふ。後より和藤内「どつこいやらぬ（逃がさぬ）」と顕《あらは》れ出で。安大人が[一三]素首《そくび》をつかんでさし上げ。くる／＼と振り廻し「えいやつ」と打ち付くれば。岩に熟柿《じゆくし》を打つごとく　[一四]五体ひしげて失せにけり（ひしゃげて死んでしまった）。

この勢ひに官人原《ばら》　跡へ戻れば[一五]悪虎《あくこ》の口。先へ行けば和藤内[一六]二王立ちにつつ立つたり。「アア申し御堪忍。御免／＼」と手を合はせ　土に喰ひ付き（地面に顔をすりつけて）泣きゐたる。

和藤内、身分を名乗る
唐人の月代剃り家来とする

和藤内虎の背を撫《な》でて。「うぬらが小国とて侮る日本人。虎さへ怖がる日本の手並覚えたか《腕前を思い知ったか》。われこそ音に聞えたる鄭芝龍老一官が世悴《せがれ》。九州平戸に成長せし和藤内とはわが事なり。先帝の妹宮栴檀《せんだん》皇女《くわうによ》にめぐり合ひ。[一]三世《さんぜ》の恩を報ぜんため。父が古郷《こきやう》へ立ち帰り国の乱を治むるなり。サア命惜しくば味方に付け。いやといへば虎の餌食《ゑじき》。いやかおうか」とつめかくる。「ナウなんのいやでござりましよ。韃靼王にしたがふも李蹈天にしたがふも。命が惜しさ　[二]向後《きやうこう》おま[三]への御家来ども。お情け頼み奉る」と地に鼻付けて畏《かしこ》まる。「オオでか[四]

和藤内唐人を家来にする所

一　主君のご恩。「御身がはりに立つ事二世の願や三世の御恩を少し報謝する」（謡曲『摂待』）。
二　今から以後。
三　御前。二人称の敬意をこめた言い方。あなた。
四　うまくやったとほめて発する語。
五　前額の髪を半月形に剃り落すこと。江戸期武家の少年が元服をする時、前髪を剃った。「元服」の「元」は頭、「服」は冠（烏帽子）をさす。同時に幼名を改め、烏帽子親に名を貰う。
六 刀の鞘《さや》にさし添えておく小刀。小柄《こづか》。
七 小刀の一種。「筈刺《はづさし》小刀」(『字尽重宝記』)。小刀を「はづし」と、「はづさし」を掛けた表現か。小柄二本で母子が剃るのであろう。
八 間に合せの簡便な剃刀と。
九 捕虜の頭の鉢（脳天）に、鉢の水をつけはするが、ろくに毛をもみ柔らげもしないで。
一〇 剃りこぼつ。剃り落す。ここは、左右不均衡であったり、剃ってはならないところを落してしまうさま。
一一 月代部分が広く、両方の鬢を細くした髪型。奴《やつこ》などの髪。厚鬢はその逆で、神主などが結った。鬢の形など剃刀の切れ次第で。
一二 僅か二度三度すくだけですむ量の髪。
一三 くしゃみの音。「足を濡らすまいと思うて頭まで濡らいた。ああ、くつさめ／＼」(虎寛本狂言『あかがり』)。
一四 村雨の降るようにさめざめと泣く。「くつさめ」と脚韻を合わす。
＊ この捕虜の鬢を剃る局面は、『明清闘記』三の次の場面の翻案であろう。「(韃靼勢) 剃《あまつさへ》士民を論ぜず。北虜の風俗に任せて。尽《ことごと》くに鬢鬚《びんひげ》を剃落し。雑人奴僕の課役を当て…… 」と南京を奪った韃靼勢の暴虐を記す。

捕虜に滑稽の命名
母を虎に乗せ行く

した／＼さりながら。わが家来になるからは日本流に[五]月代剃《さかやきそ》つて元服させ。名も改めて召しつかはん」と。指添《さしぞへ》の[六]小刀《こがたな》[七]筈《はづ》さし これも[八]当座の早剃刀《はやがみそり》。母も手ン々《それぞれに》に受け取つて。並ぶ[九]頭の鉢の水 揉《も》むやもまずに無理無体。かたはし《かたっぱしから》剃るやら[一〇]こぼつやら。[一一]糸鬢《いとびん》厚鬢剃刀次第。またたく間に剃り仕廻《しま》ひ [一二]二櫛半《ふたくしはん》のはらけ髪《散り乱れた髪》。頭は日本 髭《ひげ》は韃靼身は唐人《たうじん》。互ひに顔を見合せて。頭冷《冷える》やつく風引いて。「[一三]くつさめ。／＼」。[一四]村さめ／＼と 涙を流すぞ道理なる。親子どつと打ち笑ひ。「揃ひも揃うた供廻り《従者たち》 名も日本に改めて。

何左衛門何兵衛《びやうゑ》。太郎次郎十郎まで面々が国所《それぞれの生国を》。[一]頭字《かしらじ》に名乗り　二《一列に》行《ぎやう》に立つて《並んで》[二]ぼつたてろ《進ませろ》」。「うけ給はり候」と。お先手の手ふりの衆《行列の先頭を手を振って歩く者として》　[三]ちやぐ忠左衛門かぼちや右衛門《ゑもん》。るすん兵衛《びやうゑ》とんきん兵衛。しやむ太郎[四]ちやぼ次郎ちやるなん四郎。[五]ほるなん五郎うんすん六郎[六]すん吉九郎。[七]もうる左衛門じやが太郎兵衛。さんとめ八郎[八]いぎりす兵衛今参りのお供先《が新参の供廻りの先手》。跡に[九]引き馬虎斑《とらふ》の駒《こま》　母を《〔父ならぬ〕》。助けて　[一〇]孝行の名。を取る口取る《虎の口を取る》国を取る　[一一]ほまれは。異国本朝に。踏みまたげたる鞍《くら》鐙《あぶみ》。虎の背中に打ち乗つて　威勢を。[一二]千里に《千里の間に》顕せり。

第三

獅子が城楼門

親子三人城に到る

[一三]仁ある君も用なき臣は養ふ事あたはず《仁慈の主君も無用の家臣を扶持して抱えることは出来ず》。慈ある父も益なき子は愛する事あたはず《たとえ慈悲の父でも無益な子をば愛する事は出来ない》。大和唐土《やまともろこし》さま〴〵に道のちまたは別るれど《街道の道筋も〔人の道も〕違ってはいるが》。迷はで急ぐ誠の道《迷わず本当の道を急いで》　赤壁《せきへき》山の麓《ふもと》にて。親子三人めぐり合ひ　わが聟《むこ》とば《だけ》

* この滑稽の命名は、『明清闘記』九の「京師正陽門軍事」の軍勢布陣の描写等からの翻案であろう。
一　名前の頭の文字。
二　「追い立て」の転。「百千万の獣をぼつたてぼつたて、くるりくるりと厳に追ひ上げ」(『出世景清』一)。
三　漳州《ちやぐちう》(福建の府名)と忠左衛門を掛ける。以下、柬埔寨《かぼちや》(カンボチャ)、呂宋《るすん》(ルソン)、東京《とんきん》(交趾《かうち》＝安南)、暹羅《しやむろ》(シャム＝タイ)と日本になじみの東南アジアの地名を韻にひびかせ、音を合わせる。
四　矮鶏《ちやぼ》(江南産の鶏の一種)。蕃国の名らしい響きで戯れに作ってゆく。占城《ちやんばん》(林邑)あたりを下敷にするか。「ちやるなん」も「ちやぼ」の韻をふみ、次郎四郎と合わせる。唐音の哨吶《ちやるめら》などの響きを用いたかも。
五　前名と同じく韻を合わせて作った名。近松は『大職冠』二でも偽唐人詞として「こんへいあるへい花ほうる。かすてらかるめらやうかんかん」などを戯作している。五郎に続いて六郎とし、うんすんカルタの外来語の響きを用いる。
六　前名の「すん」と韻をふむが、カルタの「すん」は唐人の絵姿をしているので用いたものであろう。
七　また国名に戻って、莫臥爾《もうる》(モゴル＝インドの古名)。咬𠺕吧《じやがたら》(爪哇《ジヤヮ》＝バタビア)、太郎兵衛を掛ける。聖多黙《さんとめ》(サントメ)はインド東岸の地。
八　『華夷通商考』四に「エゲレス……イギリスとも云。阿蘭陀西に在島国也」と見える。

九　大名の外出時、鞍覆いをかけ引いて行く馬。「虎斑」は虎のような斑紋をいう。ここは虎そのもの。
一〇　前出の楊香《ようきよう》を下に敷く。
一一　その誉れは鞍にまたがり左右の鐙を踏むように、異国本朝にまたがって広まる。
一二　千里は虎の縁語。また千里を走る駒をもきかす。
一三　士は名誉を得て親を栄えしめ、国を盛んにして君に忠たることを尚《たつと》ぶをいう（『文選』十九）。和藤内の誉れの働きを承けての三段目マクラのこの文辞は、彼の真の士たることをひびかすと共に、この段これからの忠孝の葛藤の展開と、国境を越えた誠の道を描くことを暗示する。
一四　春になったが、まだ寒気のきびしい夜の、霜に軒瓦も白く冷たくきらめき人人を威圧する。
一五　城の棟に置かれた鯱が天空に鰭振るように勢いよく飾られ。
一六　藍色に似て深色をたたえ、墨縄を引いたように波静かで。
一七　上に楼のある門。二階造りになった門。
一八　城壁に設けられた鉄炮・矢を射る穴という穴に弩（石をはじき射つ弓状の兵具）がのぞいており。
一九　簡単に入れるものという見込が狂って。
二〇　諺「一身に味方なし」。我が身の他に助けてくれるものはないの意。

かり聞き及ぶ《伝え聞いてまだ逢ったことのない甘輝の居城》。五常軍甘輝がやかた城　獅子が城にぞ着きにける。

城の堅固のさま

聞きしにまさる要害は一四まだ寒《さ》え返る春の夜の。霜にきらめく軒の瓦《かはら》　一五鯱《しやちほこ》天に鰭《ひれ》振りて　石塁《せきるい》高く築《つ》き上げたり。堀の水一六藍《あゐ》に似て縄を引くがごとく。すゑは黄河《くわうが》に流れ入り　一七楼門堅く鎖《とざ》せり。城内には夜廻りのどらの声かまびすく《音がやかましく》。一八矢狭間《やざま》に弩《いしゆみ》隙間《すきま》なく。所々に石火矢をしかけ置き　すはといはば。打ち放さんその勢ひ　和国に。目馴れぬ要害なり。

一官、入城の手段に困る

一官一九案に相違し「乱世《らんせい》といひ。かかる厳しき城門　こと〴〵しく《ものものしく》。夜《や》中《ちう》にたたき　聞きも馴れぬ《今まで聞いたこともない》舅《しうと》が。日本より来たりしなんど言ふとも　誠と思ひ取り次ぐ者もあるまじ。たとへ娘が聞きたりとも　二歳で別れ。日本へ渡りし父と　いかなる証拠を語るとも《どんなに証拠になることを話しても》。たやすく城内へ入れん事難かるべし　いかがは。せん」とぞ私語《ささや》きける。

はやる和藤内を母いさめる

和藤内聞きもあへず。「今更驚く事ならず　二〇一身のほか味方なしとは。日本を出る時より覚悟のまへ。終《つひ》に見ぬ舅よ聟よと《一度も逢ったこともないのに舅よ聟よと》親しみ立てして《親しみを見せて》。不覚を取らんより《油断の末失敗するよりも》　頼まれうか頼まれぬか[一]一口商《あきな》ひ。いやといはば即座の敵。二歳で別れし娘なれば　われらとも[二]行き合ひ姉。きやつ《あいつに》孝行の心あらば　日本の風《かぜ》も懐《なつ》かしく。[三]文の便りもあるべきに《〔ないのは〕》　頼まれぬ心底《当てにならぬ心根》。われ竹林の虎狩にしたがへし[四]嶋夷《しまえびす》を。軍兵の[五]基《もと》手《で》にして切りなびける程ならば《敵を攻め取り服従させるならば》。五万や十万勢の付くは隙いらず《軍勢が味方するのはすぐのこと》。なんの人頼み《どうして人に頼む要があろう》　この門蹴《け》やぶり不孝の姉が首ねぢ切り。聟の甘輝と一勝負」と。をどり出づれば　母すがり付き押しとどめ。「その娘《むすめ》御《ご》の心入れ《考えは》は知らねども。[六]夫につれて《夫に従って》世の中のままにならぬは女のならひ。父とは親子御身とは種《たね》ひとつ。他人はみづから独り《あかの他人はわたし一人》にて海山千里を隔てても。継母《ままはは》といふ名はのがれず《さけられない》。娘の心に親兄弟恋ひ慕ふまい物でもなし。その所へ切り込んで日本の継母が妬《ねた》みなりといはれんは。わが恥ばかりか日本の国の恥。御身不肖の身を以て《あなたはいまだ至らぬ身で以て》韃靼の大敵を攻めやぶり。大明の御代にかへさんと大義を思ひ立つからは。私《個人の》の恥を捨て　わが身の無念を堪忍し。人を懐《なつ》けしたがへ

一　一言で売買の取引を決めること。一言で否か応か決めること。
二　異腹の姉。父か母の違う姉。
三　風の縁語。風の便りは手紙の意。
四　島に住む未開の民。ここは外国人。
五　「一口商ひ」の縁語。資金。ここは基礎をなす兵。
六　儒教でいう三従の教え、未だ嫁がざるうちは父に従い、すでに嫁しては夫に従い、夫死しては子に従う（『儀礼』喪服）が、当時わが国でも行われていた。

和藤内の案内に城中騒ぐ

一人の雑兵《ざふひやう》も。味方に招き入るることそ。軍法の　元と聞く。まして聟の甘輝は一城の主《あるじ》。一方の大将　これを味方に頼む事。大方にてなるべきか　心をさめ　案内せよ」と制すれば。

和藤内門外に大音上げ。「五常軍甘輝公に[七]直談《ぢきだん》申したき事あり。開門〳〵」とたたきしは。城中ひびくばかりなり。当番の兵士声々に。「主君甘輝公は大王の召しによつて。昨日より出仕あり　いつ御帰りもはかられず。御留主といひ夜中といひ。何者なれば直談とは推参至極。言ふ事あらばそれから申せ。御帰りの節披露してとらすべし」とぞ呼ばはりける。一官小声になり「いや[八]人つてに申す事ならず。甘輝公の留主ならば　[九]御内室の女性《にょしやう》へ直《ぢき》に逢うて申すべし。日本より渡りし者と申せば[一〇]合点《がてん》のある筈」と。言ひも果てぬに城中騒ぎ。「われ〳〵さへ面《おもて》も拝まぬ御台所《みだいどころ》。対面せんとは不敵者　殊に日本人とや。油断するな」と[一一]高提灯《たかぢやうちん》どら[一二]鐃鉢《ねうはち》を[一三]打ち立て〳〵。塀《へい》の上にはあまたの兵　鉄炮《てつぱう》の筒先揃へ。「[一四]石火矢はなして[一五]打ちみし

なみ大抵のこ　とで成就しようか　心を静めて　城内に案内を乞いなされと我が子を押えると
と門扉を叩いたその音は　参上している　韃靼大王の　ご帰館とも見当がつかない　何者が直談などというのか　直談とは無礼至極　その場所で
大胆なやつ　その　上

七　直接談判。じか談判。

八　人伝《づ》て。「人託ヒトツテ」（『書言字考』）。

九　身分のある人の妻。甘輝公奥方。

一〇　得心。納得。

一一　竿や棒の先に高く提灯を吊り下げたもの。

一二　仏家で多く用いる楽器。銅の大皿ようのもので二枚を打ち合せて鳴らす。

一三　「提灯を高々と立てる」と、「楽器を打って音をかしましく立てる」と掛ける。

一四　一六八頁注七参照。

一五　打ち砕け。こなごなにせよ。

やげ。[一]火縄よ玉よ」とひしめき《あわて騒いだ》ける。

奥へかくとや聞えけん　妻の女房楼門に駆《か》けあがり。「アア騒ぐな〳〵。聞き届けて《話を聞き終って》みづからが　それよと《それ撃てと》声をかくるまで。鉄炮はなすなそこつすな《軽はずみをするな》。ナウ〳〵門外の人々。五常軍甘輝が妻[二]錦祥女《きんしやうぢよ》とはわが事。天下悉《ことごと》く韃靼の大王になびき。世にしたがふ　わが夫《つま》も大王の[三]幕下《ばつか》に属《しよく》し。この城を預かり　守り厳しき折もをり。夫の留主の女房に逢はんとは心得ず《不審である》　さりながら。日本とあれば懐かしし身の上を《あなたの事情を》語られよ。聞かまほしや《聞きたいものぞ》」といふ中にもしやわが親か。何ゆゑ尋ね給ふぞと心もとなきあぶなさに《気掛りで周囲の状態の危険を思い》。懐かしさも先立つて「[四]兵共《つはものども》麁相《そさう》すな。むさと《軽率に》鉄炮はなすな」と　心づかひぞ道理なる。

一官も始めて見る娘の顔も[五]朧月《おぼろづき》。涙にくもる声を上げ。「そこつ《突然の》の申し事ながら。御身の父は大明の鄭芝龍。母は当座にむなしくなり《産後直ぐに亡くなり》　父は[六]逆鱗蒙《げきりんかうふ》り。日本へ身しりぞく　その時は《［そなたは］》二歳にて。親子な《心を残して》ごりのうき別れ《悲しい親子の別れをした》　わきまへなくとも《幼くて分別がなくても》乳人《めのと》が噂《うはさ》。物語にも聞きつら《聞いているだ》

＊このあたり『国仙野手柄日記』中の、先に渡唐の遠矢之介氏照と後から彼を訪ねてきた妻子との再会場面の影響があるか。

錦祥女、胸騒ぎ、兵を押える

一　鉄炮などの発火用の細縄。竹や木綿《もめん》で作り火持ちのよい縄。

二　近松の創作した名であろう。

三　旗もとに所属し。幕下に大将・将軍の意もある。

四　あやまち。

老一官、娘に打ち明ける

五　顔も春のかすんだ月の光でははっきりとは見えず、それに加えて懐かしさに涙にかすむ眼にはさらにおぼろにうつる、涙にくもりがちな声を無理に張りあげて。「くもる」は月の縁語。

六　一六三頁注一九参照。

錦祥女、心を静めて証拠を求める

ん《ろう》 われこそ父の鄭芝龍。日本肥前の国平戸の浦に年を経て。今の名は老一官。日本でまうけし[七]弟はこの男。これなるは今の母。ひそかに語り頼みたき事あつて。成《な》り[八]果てしこの姿 恥をつつまず来たりしぞ。門を開かせたべかし《給えよ》」と しみ〴〵くどく詞《ことば》のすゑ《はしばし》。思ひ当りて《［一々が］》錦祥女さては父かと飛びおりて。すがり付きたや顔見たや 心は千々に乱るれど。さすが一城の主甘輝が妻。下々《したじた》の見る所 涙をおさへて「一々覚えある事ながら。証拠なくてはうろんな《不確かであや》り《しい》 みづからが父といふ。証拠あらば聞かまほし」と。言ふより兵口々に「証拠々々。証拠を出せ証拠を出せ」。「ハテ《（一官）》親子といふより別に変つた証拠もなし」。「そりや曲者《くせもの》よ」と鉄炮の筒先。一度にはらりとつつかくる《つきつける》 和藤内駆《か》けへだて。「無用の鉄炮《役にも立たぬ》 ぽ[九]んともいはせば撫で切りにしてくれん」。「イ《（兵）》ヤしやつめ共《きゃつめも一緒に》にのがすな」と火《ひ》[一〇]蓋《ぶた》を切つて取り《［親子を］》かこみ。「証《（兵）》拠々々」と責めかけて すでに《今にも》危ふく見えけるが。

七 子供などを作ること。

八 老醜のこの姿。

九 正本は諸本とも半濁音を付す。

一〇 火縄銃の火皿の火口をおおう蓋を明け、今にも発炮出来るようにして。

錦祥女、姿絵にて父と判り述懐す

一官両手を上げて「アアこれ〳〵。証拠はそつち《そちら側に》にある筈。一と《先年》せ唐土《もろこし》を立ちのく時。成人の後形見にせよと　わが形《かたち》を絵に写し。乳人《めのと》に預け置きつるが。老の姿は変るとも　面影[一]残る絵に合はせ。疑ひを晴れ給へ」（錦祥女）「ならその詞《ことば》がはや証拠」と。肌にはなさぬ姿絵《すがたゑ》[二]を高欄《高い手すりに開いて掛け》に押し開き。柄《え》[三]付けの鏡取り出だし　月にうつろふ《月の光に照らされてうつる》父の顔。鏡の面《おもて》にちか〲と映《うつ》し取つて〔絵と〕引きくらべ。[四]引き合はせてよく〳〵見れば　絵にとどめしはいにしへの。顔も艶《つや》ある緑[五]の鬢《びん》　鏡は今の老いやつれ。頭の雪《白髪と》と変れども変らで残る面影の。目元口元そのままにわが影に《自分の顔形にも》もさも似たり。爺方《ててかた》譲りの額《ひたひ》のほくろ　親子の印《しるし》疑ひなし。「さては誠の父上か。なう懐かしや恋しや　母は冥途《めいど》の苔《こけ》[六]の下。日本とやらんに父上ありとばかりにて。便りを聞かんしるべも《知り人も手段》なく《もなく》　〔日本は〕東の果てと聞くから《故に》に。明くれば朝日を父ぞと拝み。暮るれば[七]世界の図をひらき　これは唐土これは日本。父はここにましますよと　〔偲ぶが〕絵図では近いやうなれど。[八]三千余里のあなたとや《かなたにあるとか》　この世の

一 老いても面影は少しは残っている筈と、上文を受けるのと、昔の面影（姿）のそのまま残る絵と重ねていう。
二 肖像画。
三 柄のついた金属製の手鏡。
四 引きくらべると同意。鏡の面や絵を交互によく見るさま。
五 黒髪をいう形容。
六 墓の下。
七 世界地図。版行された一枚摺りのものや、『節用集』などに付載されたものがある。
八 当時一八七頁注一〇に記すように考えられていたが、ここは「三千里外遠行人」（『白氏文集』十二）などの表現を用いたものか。または「山川万里を隔つれども」（謡曲『高砂』）などの語呂をも考慮するか（二一六頁一二行目参照）。なお近松は『心中天の網島』上之巻でも「三千余里を隔てたる。大明国への長旅は」と国性爺の道行念仏で用いる。

対面思ひたえ《思い切り》。もしや冥途で逢ふ事もと　死なぬ先から来世を待ち。歎きくらし泣き明かし　[九]二十年の夜昼は《明け暮れは》。わが身さへ《われながら》つらかりしよう生きてゐて下さつて。父を拝むありがたや《父を目のあたりに拝むことの有難さやと》」と　声も惜しまぬ嬉し泣き。一官はむせ返り　楼門にすがり付き。見あぐれば見おろして《［互いに］》。[一〇]心あまりて《胸が一杯で》詞なく　尽きぬ。涙ぞ哀れなる《ただ尽きない涙にくれるさまは哀れであった》。

和藤内・母・唐の兵士も貰い泣き

武勇にはやる和藤内母もろともに伏し沈めば。心なき兵も《あわれを知らぬ兵も》こぼす涙に鉄炮の　火縄もしめるばかりなり。

一官、入城を乞い、兵士拒む

ややあつて一官「われ〳〵これへ来たる事。聟《むこ》の甘輝をひそかに頼みたき一大事《重大事あっての事》。まづ〳〵御身に語るべし　門ひらかせて《［兵に］》城内へ入れてたべ」。「（錦祥女）なう仰せなくともこれへと申す筈なれども《申すのが本来であるけれど》。この国いまだ軍《いくさ》なかば。韃靼王の掟《おきて》にて親類縁者たりとも。他国者は城内へ堅く禁制《きんぜい》との掟なり。されどもこれは各別《特別の場合》　こりや兵ども。いかがせん」とありければ[一一]了簡《れうけん》もなき唐人《たうじん》ども。「いや〳〵思ひもよらぬ事　ならぬ〳〵。[一二]帰去来《きこらい》〳〵。びんくはんたさつ。ぶおん〳〵」と

九 錦祥女の年齢二十歳をも示す。

一〇「ありはらの業平は、その心あまりて、ことばたらず」（『古今集』序）。

一一 思慮分別のない。

一二 陶淵明の『帰去来辞』「かへりなんいざ」の文句を用い、以下唐音めかした用法。

城兵、母の入城をも拒み縄付きを条件とする

また鉄炮を〔官達に〕さしむかへば。[一] 人々案に相違して《思いがけないことと》 呆れ。果てて見えけるが。

母すすみ出で「もつとも〳〵。〔韃靼〕大王より掟《おきて》とあれば力なし《仕方がない》さりながら。年寄つたこの母になんの要心入る《用心がいろうか》べきぞ。あの姫にただ一言《こと》物語するばかり。わらは一人通してたべ 誠浮世《この世の》の情けぞ」と。手を合はせても〔兵は〕聞き入れず「いや〳〵。女とて宥免《ゆうめん》[二]せよとの仰せは《命令は》なし。然らばわれわれ[三]了簡《れうけん》して 城内にある中《うち》は。縄をかけてしばり置き[四]縄付きにして通せば。韃靼王へ聞えても主君の言ひわけ《言訳も立ち》 われらが[五]身晴《みばれ》

獅子が城楼門

一 「向へる」は「向ふ」の他動詞形、下二段活用。

二 許してやれ。

三 相手の望みを了解して入れ。

四 縄で縛られていること。罪人のさま。

五 我が身にかかった嫌疑を晴らすこと。

れ。いそいで縄をかかれよ それがいやなら。帰去来《きこらい》〳〵びん〳〵はんたさつ。ぶおん〳〵」とねめ付くる《にらみつける》。

和藤内眼《まなこ》をくはつといからし。

怒る和藤内を押え、母縄にかかる

「ヤイ[六]毛《け》唐人《たうじん》。[七]うぬらが耳はどこに付いてなんと聞く。忝《かたじけ》なくも鄭《てい》芝龍《しりゆう》一官が女房 身が母《わしの母》。姫のためにも母同前。犬猫を《〔その人を〕》飼ふやうに縄付けて通さんとは《〔何事か〕》。日本人は鈍な事聞いてゐぬ《ばかばかしい事聞いてはおられぬ》。小むつかしい城内いらいでも大事ない《むずかしい事をいう城内になど入らなくても構わぬ》。サアござれ」と引っ立つる 母振《〔和藤内を〕》りはなし。

「それ〳〵今言ひしを忘れしか。大事を人に頼む身は幾度《いくたび》かさまざまの。憂き目《つらい目》もあり恥もある。縄はおろか[八]械枡《あしかせてかせ》にかかつても。願

六 毛（け）は罵《のの》りの気持を示す接頭語。毛二才・毛野郎といった例もある。
七 「汝等」を罵っていう言葉。
八 刑罰の具。桎《あしかし》・梏《てかし》は木製で、両手両足の入る穴をあけた二枚の板を繋《つな》いで自由に動かぬようにした。江戸期には鉄で手錠のように繋ぐものも出来ている。

ひさへ叶《かな》はば瓦《かはら》[一]に金《こがね》を換ゆるがごとし。小国なれども日本は男も女も義[二]は捨てず。縄かけ給へ一官殿」[三]と恥ぢしめられて力なく。〔和藤内は〕用心[四]の腰縄取り出だし高手小手[五]に縛り上げ。親子が顔を見合せて笑顔[六]をつくる日本の。人の育ちぞけなげなる《日本人の義理を重んじて育て育ったその有様はまことに雄々しい》。

錦祥女もたへかぬる歎きの色を《気配を》押しつつみ。「何事も時世《ときよ》[七]にて国の掟は是非もなし《どうしようもない》。母御はみづからが預かるうへは気遣ひなし《心配はない》。何事か存ぜねども御願ひの一通り《あらまし》。お物語うけ給はり夫《をつと》甘輝に言ひ聞かせ。何とぞ叶へ参らせん。さてこの城のめぐりに掘つたる堀の水《みな》上《かみ》は。みづからが仮粧殿《けはひでん》[八]の庭より落つる遣水《やりみづ》[九]の。すゑは黄河の川水と流れ入る水筋《みづすぢ》なり。夫《つま》の甘輝が聞き入れて御願ひ成就せば。白粉《おしろい》[一〇]といて流すべし 川水白く流るるは。めでたきしるしと思《おぼ》し召し勇んで城へ入り給へ。また御願ひ叶はずば紅粉《べに》[一一]をといて流すべし。川水赤く流るるは叶はぬ左右《さう》[一二]と思し召し。母御前《ごぜ》を請け取りに門外まで出で給へ。善悪二つは白妙《しろたへ》[一三]と唐紅《からくれなゐ》[一四]の川水に。〔流れるのを〕心を付けて御覧ぜ

一 つまらぬものと大事なものとを交換するようなものだ。小をもって大に換えるの意。

二 正しいつとめ。

三 母は和藤内を励ますのであるが、お前は母に縄などかけられぬであろうと、わきの夫に声をかけた。

四 まさかの時の用意のため腰につけた縄。

五 手を後ろに廻し、首より肱《ひじ》にかけて縛りあげること。腰にだけ縄をつける(腰縄)のに対し、きびしい縛り方。

六 互いに複雑な思いで笑ってみせること。

錦祥女、合図を定めて母を入れる

七 その時代の流れ。

八 化粧をする建物。すなわち居間のある建物。

九 庭に引き入れた流れ。この場合泉の水を引くのであろう。

一〇 化粧に用いる白い粉。炭酸鉛を原料として造るものが多かった。正本で「お」にゴマ点あり強調する(語尾が上る)。「応」の承諾の音に通う。

一一 「䞓粉《べに》・紅粉《べに》」(『字尽重宝記』)。紅花から取った紅《べに》をおしろいとまぜた粉、頰につける。正本では「べ」にゴマ点あり強調する(語尾がさがる)。拒否の応答詞に「べかこ」などがあり、それをひびかすためか。「千両道具の娘を廿両の目腐りがねで女房に持たうや、べかこ、まあなるまい」(『長町女腹切』中)。

一二 しらせ。便り。

一三 栲《たえ》で織った白い布のこと。白い色をもいう。ここ

は白い色が帯のように連なって流れる形容か。
一四 深紅色。韓《から》から渡来した紅の意。
一五 善と出るか悪と出るか母の生死にもかかわる瀬戸際。後の紅流し、錦祥女の死・母の死の伏線。
一六 生死の境を越えるとは、仏門でいえば菩提（悟り）の門に入ることであるが、この城門をくぐる母の場合、浮世の義理に縛られ迷妄《めいもう》の無明門に入るようなもの。「菩提門」は真言曼荼羅《まんだら》の方位の西門をいい、葬場の四門の額にも書かれる。「無明門」という述語はなく、悟りなく迷妄の闇に沈む城内に入ることをいったもの。
一七 門扉《もんぴ》の左右の金具に通し、門を閉ざす横木。
一八 物がぶつかって音の発するさま。
*一九 場面転換の三重。
二〇 出逢った結果は義母を縄で縛ることになった。「あまり」は情愛義理のからみあいの度が過ぎての意と余分の綱とを掛ける。「かかる」も縄の縁語。
二一 鳴声は日本も唐も同じである鶯のように、心の通い合う二人にはその声に通訳とて不要であった。
二二 仏教で殺生偸盗《せつしようちゆうとう》に始まる十の悪業と、父殺し母殺し等五つの悪逆を犯すと地獄に堕《お》ちると説く。大悪人の地獄で呵責《かしやく》にあっているようなさまとも見える。「見る目」に閻魔の庁の幡《はたほこ》の上の男の首の名をきかす。

獅子が城城内
親子の機縁

よ　さらば。〳〵」と夕月に。（と言いながら夕月の下）門の戸さつと押し開き　伴ふ母は生[一五]死《しやうじ》の境《さかひ》。菩提門《ぼだいもん》[一六]を引き替へて　これは浮世の無明門《むみやうもん》。貫《くわん》[一七]の木てうど[一八]おろす音。錦祥女は目もくれて（涙に目もかきくもり）　弱きは唐土《もろこし》女の風《ふう》。和藤内も一官も。泣かぬが日本武士の風。大手の門のたて明け（開閉に）に石火矢打つは韃靼風。〔門を鎖す音と同時に〕一つにひびく石火矢の音に。聞くさへ（その音を聞いただけで〔胸のつぶれる思いだ〕）三重[*一九]

〽はるかなる。夢も通はぬ。唐土に　通へば。通ふ親子の縁。（話に聞くだけでも 遠く 夢に見ることもない唐土にも 親子の縁は通じれば通じるもので〔父と娘の〕）恩愛の綱（愛情のきずな）むすび合ひ。むすぶあまりの[二〇]〔母親の〕縛り縄　かかる例《ためし》は異国にも。〔稀で〕まれに咲き出す雪の梅。（稀に雪中に咲く梅のような清い行為だ）色音[二一]はおなじ鶯《うぐひす》の。声にぞ通事《つうじ》いらざりし。

錦祥女、母をいたわる

錦祥女は孝行深く。母を奥の一間に移し　二重《ふたへ》の褥《しとね》三重《みへ》の蒲団《ふとん》。山海《さんかい》の珍菓名酒を以て。重んじもてなす有様は。天上の栄花とも（天上界の栄花の様とも見え）また高手小手のいましめは十悪五逆[二二]の科人《とがにん》とも〔見え〕　見る目いぶせく痛はしく。（見る目にも胸ふさがり）さま〴〵に宮仕へ（奉仕し）　誠の母といたはりし。心の内こそ殊勝《しゆしよう》なれ。

侍女、母の風俗を噂する

＊悲劇的局面の前のチャリがかった一景。軽い喜劇的局面を置くことで悲嘆の落差を大きくする手法。

一 前頁の「見る目」を受けて、ここでさっそく侍女たちが寄り集まり、見る目嗅《か》ぐ鼻のうるさい詮索が始まる。嗅ぐ鼻も閻魔王傍に立つ人頭幢《にんずどう》の一つ。色白の女の首。

二 ちらちらまくれる様子。

三 男の陰部を暗にいう。

四 許すこと。縄を解き放すこと。

五 つらい思いは自分一人に降り懸る。継母と夫との板ばさみのつらさをいう。

錦祥女、侍女に接待を命じる

侍女たちの食物評定の滑稽

六 手ぬかりなく。疎略なく。

七 中国産の果実の肉質部。広東・広西・福建より来るもので、その肉は生の時白く、加熱すると黒くなる。酒をも作る。以下の料理の形容、『天神記』初段唐使の馳走にも類似の箇所がある。

八 こくしょう。濃い味噌汁や、その汁で煮つめた料理。

九 料理、焼物の一種で蒸焼にしたもの。鯛を用いる

腰元の侍女ども寄[一]り集まり。「なんと日本の女子《をなご》見てか《見なさったか》。目も鼻も変らぬが　をかしい髪の結ひ様《やう》。変つた衣裳の縫ひ様　若い女子もあれであらう。裾《すそ》も褄《つま》もほら[二]〱ほら〱と。はつと風が吹いたら太股《ふともも》まで見えさうな。アア恥づかしい事ぢやあるまいか《事ではあるまいか》」。「いや〱とても《いっそ》女子に生れるなら。こちや《わたしゃ》日本の女子になりたい。なぜといや《いえば》。日本は大きにやはらぐ大和《やまと》の国といふげな《いうそうな》。なんと女子のためには。[三]大きにやはらかなは好もしい国ぢやないかいの」。「ホウありがたい国ぢやの」と。目を細めてぞうなづきける。

錦祥女立ち出で「これこれおもしろさうに何いふぞ。あなたは《あのお方は》みづからとはなさぬ中《継母と継子の間柄の》の母上なれば。孝行といひ義理といひ。誠の母よりおもけれども。国の掟詮方《おきてせんかた》なく縛り搦《から》めるおいとしさ《おいたわしさ》。〔しかし〕[五]韃靼王へもれ聞え　つれあひ《夫に》にとがめあらうかと。[四]宥免《ゆうめん》もなりがたく　難儀といふはわが身一つ。いづれも頼む《お前達に頼む》〔日本と〕食物《しょくもつ》も違ふとや。お口にあふ物うかがうて《お聞きして》。進ぜてくれよ《さし上げておくれ》」との給へば。「いや申し[六]如在《じょさい》もなら

お料理も念入り。[七]龍眼肉《りゅうがんにく》のお飯《めし》。お汁は鶩《あひる》の油揚げ豚の[八]こくせう羊の[九]浜焼。牛の[一〇]かまぼこさま〴〵にして上げても。なう[一一]いま〳〵しい《けがらわしい》そんな物いや〳〵。［それに］縛られて手も叶はぬ《食べる手も自由でない》。つい《軽く》[一二]握飯《むすび》をしてくれと御意《ぎょい》なさるる《仰せられる》。その握飯といふ喰物《くひもの》はなんの事やらどうも合点《がってん》参らず。皆打ちよつて詮義致せば《評議をしたら》。日本では相撲取《すまふとり》を[一三]むすびと申すげな《いうそうな》。それゆゑ方々尋ねても。折しも悪うお歯に合ひそな相撲取が。きれ物《品切れ》なり」とぞ申しける。

甘輝の帰館、錦祥女事情を話す

表にとどろく[一四]馬車《むまくるま》「御帰館」と呼ばはつて《［家来が］》。[一五]唐櫃《からびつ》先に舁《か》き入れさせ悠々たる[一六]蓋《きぬがさ》も。さすが五常軍甘輝と名におふ《名にふさわしく》その[一七]物体《もつたい》。錦祥女出で迎ひ「何とて早き御退出《たいしゅつ》 御前はなんと候ぞや《御前の首尾は如何でございましたか》」。（甘輝）「されば〳〵。韃靼大王[一八]叡慮《えいりょ》深く過分の《私には過ぎた》御加増。十万騎《ぎ》の旗頭《はたがしら》[一九]散騎《さんぎ》将軍の官に任ぜられ。[二〇]諸侯王の冠《かんふり》装束給はり 大役仰せ付けらるる。家の面目これに過ぎず」とありければ。（錦祥女）「それはお手柄めでたい〳〵。なう家の吉事《めでたい事》は重なるもの。日来《ひごろ》恋しいゆかしいと申し暮せし父上。日本

ことが多い。

一〇 身をすりつぶして練り、形を整えて蒸したもの。もとは蒲《がま》の穂の形になっていたのでこの名がある。

一一 「いま〳〵しい」は「忌む」から出た言葉。当時肉食は普通避けていた。

一二 にぎりめし。手の縁語。

一三 取り結ぶ・結びの一番・小結等の相撲用語があり、取り違えのおもしろさも籠めて用いたものか。「相撲取」を「鳥」と見立てている。

一四 馬に引かせた車。『唐士訓蒙図彙』などには四頭立ての無蓋二輪の車が描かれている。舞台面には車は出なくて、甘輝が登場する。

一五 足の六本ついた櫃。からうと。『世継曾我』六〇頁の挿絵参照。拝領の冠装束が入っているという設定。後の国性爺の装束改めに用いる伏線。

一六 開いた傘の周囲に絹布を垂らし、貴人にさしかける長柄の傘。きぬがさを「さす」意と「さすが」に貫禄のあることと掛ける。

一七 物々しい重みのある様である。

一八 王の甘輝に対するお心配りが厚くて。

一九 秦《しん》の時代に置かれた官名。魏《ぎ》の時代散騎省が置かれ、その長官名を散騎常侍という。帝の乗輿《じょうよ》に添う役。

二〇 漢代に、王子の侯（大名）に封ぜられたものをいう。

甘輝、妻の処置をほめる所に母登場

にてまうけ給ひし母兄弟　頼みたき事ありとて。門外まで来たり給へども　〔貴方の〕お留主といひ。厳しき国の掟《おきて》を憚《はばか》り。男子《をのこご》は皆帰し　母上ばかりをとめ置きしが。なほも上《かみ》の聞えを恐れ　縄をかけてあれあの。[一]奥の亭《てい》にて御馳走は申せども。胎内借らぬ母上　縄かけし《その母に縄をかけたが》御心《お》[二]底。悲しさよ《気持を思えば　何と悲しい事よ》」とぞ語りける。

(甘輝)「ムウ縄かけしとはよい了簡《れうけん》[三]。上へ聞えていひ分けあり。随分《しつかり》もてなせ　いざまづわれも対面せん。案内申せ《取次ぎをせよ》」といふ声の　もれ聞えてや。妻戸《開き戸》の内。「なう錦祥女。甘輝殿のお帰りかここはあまり高《座が》あがり《高すぎる》。わらはそれへ《私からそこへ参ろう》」と立ち出づる　形[四]はいとど老木の松の。締めからまれし藤葛《ふぢかづら》　たちゐ。苦しきその風情《ふぜい》。

老母、甘輝に助けを乞う

甘輝見る目も痛はしく《気の毒で》。「誠世の中の子といふ者のあればこそ《この世の母親というものは子供のそのためにこそ》。山川《さんせん》万里を越え給ふ　その甲斐もなきいましめは《その苦労の甲斐もなく今また縄目にあうことは》。時代《ときよ》の掟是非もなし。それ女房お手が痛むか気を付けよ。優曇華《うどんげ》[五]の客人《まれひと》いささか疎《そ》[六]略《りやく》を存ぜず。何事なりともこの甘輝が身に相応の事ならば。必ず心《遠慮》

一 「亭」は邸宅やあずまやの意。中国めかしていったもので、ここは奥の座敷ぐらいの意。離れていなくて母も甘輝の声を聞きつけてすぐ隣から現れる。

二 心の奥底。「御」がつくので母の心底であろう。錦祥女が悲しみに胸がつまり、表現が途切れ途切れになるさま。

三 思案、考え。

四 その縛られた様は大層老いて見え、まるで老松が藤や葛に締めつけられ絡まれたように立ち、その立居振舞の。

五 特別の客人。「優曇華」は三千年に一度花開くという伝説をもつ喬木の名。非常に稀なるものの譬《たと》え。

六 おろそかには思いましょうか。

おかるるな《をなさるるな》」と世に睦《いかにも》まじくもてなせば。老母顔色《がんしょく》うちとけて「オオ頼もしい忝《かたじけ》ない。その詞《ことば》を聞くからは何しに心おくべきぞ。頼み入りたき大事ひそかに語り申したしこれへ〳〵」と小声になり。

「ならわれわれこのたび唐土《もろこし》へ渡りし事　娘ゆかしいばかりでなし《娘が慕わしく会いたいだけではない》。去年《こぞ》の初冬《はつふゆ》[七]肥前の国松浦《まつら》が磯といふ所へ。大明の帝《みかど》の御妹栴檀《せんだん》皇女　小船《せうせん》に召され吹き流され。御代を韃靼にうばはれし御物語　聞くとひとしく。父はもとより《もちろん》明朝の廃臣《はいしん》[八]。わが子の和藤内と申す者《者も》いやしき海士《あま》の手わざながら《仕事をしておりますが》。唐土日本の軍書を学び　韃靼大王を亡ぼしむかしの御代にひるがへし。姫宮を帝位に付けんと《〔共に勇み〕》　まづ《ひとまず》日本に《〔姫を〕》残し置き。親子三人この唐土へは来たれども。浅ましや《あきれたことに》草木まで皆韃靼にしたがひなびき。大明の味方に心ざす者一人も候はず。和藤内が片腕の味方に頼むは甘輝殿《甘輝殿ばかり》。力を添へて下されかし　ひとへに頼み参らする。これが拝む心ぞ[九]」と額《ひたひ》を膝《ひざ》に押しさげ〳〵。ただ一筋の心ざし　思ひ[一〇]。こうでぞ見えにける。

七　冬の始め。陰暦十月。

八　近松はやめさせられた臣、旧臣の意で用いているのであろうが、この語未見。

九　手を縛られているので、額だけを膝まで低くさげ拝む気持を表す。

一〇「思ひ込みてぞ」の音転。

妻を殺そうとする甘輝 老母、錦祥女をかばう

甘輝大きに驚き。「ムウ。さては聞き及ぶ日本の和藤内と申すは。この錦祥女とは兄弟 鄭芝龍一官の子《し》息候《そくざふ》な。ムム武勇の程唐土までも隠れなく。頼もしき思ひ立ち もつともかうこそあるべけれ。われらも先祖は大明の臣下。帝亡び給ひてより頼むべき主君なく。韃靼の恩賞蒙《かうふ》り月日を送る折から 望む所の御頼み。さつそく味方と申したきが 少《ちと》存ずる旨あれば。急にあつとも申されず とつく《よくよく》と思案しお返事を」と。いはせも果てず「アアウそりや御卑怯《ひけふ》な詞《ことば》が違ふ。これ程の一大事 口より出だせば世間ぞや。思案の間にもれ聞え

（傍注：いかにもこうあるのが当然だ／折も折／私から望むとおりのそのお頼み／思うところがあるので）

遣水を見守る和藤内

一 子息であったのか。
二 志を起し実行にかかること。明朝《みんちよう》復興に参加し渡海してきたこと。
三 「はあっ」と同じ。応答の感動詞。
四 正本屋仁兵衛版七行本は「アヽウ」と表記する。「ア、」と驚き失望の感動詞を発し、「ウ」とせきこんで説得にかかる心か。
五 （言を左右にして断ると見て）それはご卑怯です、何事なりとも私の身に叶うことなら遠慮なく、といった前言と違う。
六 諺「口から出れば世間」ともいう。一たん口にしたらいかなる秘密も隠しおおせないこと。

て[七]不覚を取り　悔んでも返らず。お恨みとは思ふまじ　[八]なれならざれお返事を。サア只《たっ》今《た今》」とせめつくれば。「ムゥ急に返答聞きたくばやす

城内三人の葛藤

い事〳〵。いかにも五常軍甘輝和藤内が味方なり」と。いふよりはやく錦祥女が胸元《むなもと》[九]取つて引きよせ。剣引きぬいて咽《のど》ぶえにさしあつる。老母あわてて飛びかかり二人が中へわつて入り。持つたる手を*[一〇]ふみはなし娘を背中に押しやり〳〵。あふのけに重なり臥し大声上げて。「これ情けなや何事ぞ　人に物を頼まれては。女房をさし殺すが唐土のならひか。〔それとも〕[一一]心に染まぬ無心を聞くも。女房の縁あるゆゑ

七 不注意から失敗すること。

八 味方出来る出来ないのいずれにせよ、お返事を下さい。

九 襟《えり》を握って手前に引き寄せ、動けぬようにして。

*一〇 老母は縛られているので、二人の間に割って入り、甘輝が錦祥女の胸元を摑《つか》んだ手を、足で踏んで放させ、錦祥女を背中にかばい、後ずさりし、強く後ろに押すので錦祥女が仰向けに倒れ、老母も共に重なり臥す所作。

一一 迷惑なたのみごと。

甘輝、再び妻を殺そうとするのを、母止める

と心腹《こころばら》[一]が立つての事か。但しは《あるいは》狂気か　たま〳〵始めて来て見たる。母親の目の前で殺さうとする無法人《むはふじん》[二]。日ごろが《平生の行動が》思ひやられた　味方《［もうよい］》をせずばせぬまでよ。今までと違うて親[三]のある大事の娘。これ怖い事はない。母にしつかと取りつきや」と。隔[四]ての垣と身を捨ててかこひ歎けば錦祥女。夫の心は《真意は》知らねども母の情けのありがたさ。「怪我遊ばすな」と　ばかりにてともに。涙にむせびけり。

甘輝飛びしさつて「オオ御不審ごもつとも。まつたくそれがし無法にあらず狂気にも候はず。昨日韃靼王よりそれがしを召し。この《最近》ごろ日本より和藤内といふえせ者[五]。小乏下劣《せうぼくげれつ》[六]の身を以て智謀軍術たくましく。韃靼王を傾け《うち倒し》大明の世に翻《ひるがへ》さんとこの土《ど》に渡る。かれが討手誰《たれ》ならんと数千人の諸侯の中より。この甘輝を撰《え》り出だされ散騎《さんぎ》将軍の官に任じ。十万騎の大将を給はる。和藤内をわが妻の兄弟と今聞くまでは夢にも知らず。きやつ《あやつ》日本に伝へ聞く楠《くすのき》[七]とやらんが肝胆《かんたん》[八]を出で。朝比奈[九]弁慶とやらんが勇力《ゆうりき》ありとも。われまた孔明《こうめい》[一〇]

一　ひとりでにむかっ腹《ばら》がたつ。
二　道理に背いて乱暴する者。
三　私という親。老母が自分のことをいう。
四　間をさえぎる垣となって我が身の危険を忘れての意と、この瞬間に義理の仲という隔てを忘れての意と掛ける表現。
五　滅法強いわる者。
六　意味不明。「乏少《ぼくせう》とぼしくすくなし」（『字尽重宝記』）という言葉はあるが小乏は見えない。七行別本・十行本は「せうぼく」とあり、小僕ともとれる。
七　楠正成。智将として名高く、『太平記』に詳しい。
八　精魂から出て。「肝胆」は肝臓と胆嚢《たんのう》、転じて腹の中とか心そのものをいう。
九　朝比奈三郎義秀。和田義盛と巴《ともえ》御前との間に生れ大力をもって聞え、曾我五郎との草摺引や門破り、地獄破りの話など伝説的に名高い。
一〇　諸葛亮《しょかつりょう》。三国時代、蜀《しょく》の軍師としてその智謀で鳴る。

が腸《はらわた》[一一]に分け入り。樊噲《はんくわい》[一二]項羽《かうう》[一三]が骨髄[一四]を借《か》つて　一戦に追つて追ひまく
り。和藤内が月代《さかやき》[一五]首ひつさげて来たらんと。広言吐きしそれがしが。
一太刀も合はせず矢の一本もはなさず。ぬく〱[一六]《しゃあしゃあと》と味方せば　五常
軍甘輝が日本の武勇に。聞[一七]きおぢする者でなし。〔きつと〕女にほだされ《ひかれ》縁に
ひかれ腰がぬけて　弓矢《武道の》の義を忘れしと。韃靼人の雑口《ざふこう》[一八]にかけられ
んは必諚《ひつぢやう》[一九]。然れば子孫末孫《ばつそん》の恥辱のがれがたし。〔よつて〕恩愛[二〇]不便《ふびん》の妻を害《殺》
し　女の縁に引かれざる。義信[二一]の二字を額《ひたひ》に当て〔その上で〕さつぱりと。味方
せんため。ヤイ錦祥女。とどむる母の詞には慈悲心こもる。殺す夫
の剣《けん》の先には忠孝こもる。親の慈悲と忠孝に命を捨てよ女房《母親の慈悲と夫の忠孝の相克の前には自ら命を捨てよ》」と。
理非《是非を率直にのべる》をかざらぬ勇士の詞。（錦祥女）「オオ聞き分けた　身[二二]に叶《かな》うた忠孝　親
にもらうたこのからだ。孝行のため捨つるは惜しいとも思はぬ」と。
母を押しのけつつと〔夫に〕寄り胸押しあくれば〔夫は〕引きよせて。*[二三]見る目危ふき
氷の剣〔母は〕「なう悲しや」と駆《か》けへだて。〔二人を〕押しわけんにも詮方なく《どうしようもなく》　《娘》の
けんとするに手は叶はず《を退かそうとしても手は動かせない》。娘の袖に喰ひ付いて引きのくれば夫が寄

一一 心の中にさぐり入り。「腸」は肝胆と同義に用いる。「分け入り」は「出で」の対の表現。
一二 漢の高祖（劉邦《りゆうはう》）に仕え、鴻門《こうもん》の会《かい》に項羽を叱咤《しつた》し、武勇・豪胆で有名な武将。
一三 楚《そ》の人。秦を破り咸陽宮《かんようきゆう》を焼き西楚の王となる。劉邦と争い、垓下《がいか》に破れ自刎《じふん》して果てた。彼も勇将として天下に名高い。
一四 精神を借り受け。ここは和藤内の表現と対をなすが、和藤内は自得のものとして智謀勇力を持ち、自分はそれに及ばぬながら努めてそれに肉薄し負けまいという表現がなされている。
一五 月代を剃った日本人の首。
一六 平気なさま。
一七 聞いただけで物事を怖れる。
一八 雑言、悪口。
一九 確かである。必定と同じ。
二〇 「恩愛」はいつくしみの義で、夫婦・親子・主従の情にいう。「不便」もいとおしいの意。
二一 信義という徳目の二つの文字を表《おもて》にかかげ。前の月代の縁で「額に当て」といった。「当てる」には、剃刀を当てるの意がある。「さつぱり」も同様の縁語。
二二 私に出来る。
*二三 母親の目から見た危機を表現しているが、それと同時に、妻を刺すため引き寄せたものの、さすが夫婦の恩愛は、複雑な思いでその目を見るという、思い入れの情景をも掛けていう。

母の情理に涙にくれる夫婦

る。夫の袖をくはへて引けば。娘は死なんとまた立ち寄るを口にくはへて唐猫《からねこ》[一]の。塒《ねぐら》を換ゆるごとくにて　母は目もくれ《くらみ》身もつかれ。わつとばかりにどうど伏し　前後不覚に《何も判らないような様子に》。見えければ。

錦祥女すがり付き「一生[二]に親しらず。終《つひ》[三]に一度の孝行なくなんで《どうして》〔親に〕恩をおくらうぞ。死なせてたべ母上」とくどき歎けばわつと泣き。「なう悲しい事いふ人や。殊に御身は娑婆《しやば》[四]と冥途《めいど》に親三人。残り二人《私以外の》の父母は産《う》み落した大恩あり。中にひとりのこの母は《三人の中の私一人この母だけは》憐れみかけず恩もなく。〔その上〕うたてや《情けないことよ》継母《けいば》の名は削つてもけづられず。〔だから〕今ここで死なせては。日本の継母《ままはは》が三千里へだてたる。唐土《もろこし》の継子《ままこ》を憎んで見殺しに殺せしと。わが身の恥ばかりかは　あまねく口々に日本人は邪見《じやけん》[五]なりと。国の名を引き出すは《引き合いに出すだろうそれは》わが日本の恥ぞかし。唐を照らす日影《日の光》も日本を照らす日影も。光に二つは　なけれども。日の本とは日の始め仁義五常[六]情けあり。慈悲もつぱらの《慈悲を大切の徳目とする》神国に生《しやう》を受けたこの母が。娘殺すを見物し。そも《どうして》生きてゐられうか。願はくはこの縄が

一　まるで母猫が子猫を口にくわえ巣をかえるようで。猫は唐渡りというので古くから唐猫と呼ばれた。
二　錦祥女の生きていた間に。すぐに死ぬ覚悟なので、「一生」の言葉になる。
三　最後の最後まで。
四　現世、この世。仏教語。娑婆世界という。「娑婆」は衆苦を忍受する意。娑婆に二人、冥途に一人（実母）の親。
五　無慈悲でひどい扱いをすること。本来は仏教語。
六　仁義礼智信の五つの道をいう。上の「仁義」と重なるが、仁義をむねとして五常すべて揃い、の意か。

日本の神々の注連縄《しめなは》[七]と顕《あらは》[八]れ。われを今絞《し》め殺し　かばねは異国にさらすとも。玉しひは日本にみち引き給へ」と声を上げ。道[九]もあり情けもあり哀れもこもるくどき泣き。錦祥女は[一〇]すがり付く母の袂《たもと》の諸涙《もろなみだ》。甘輝も道理に至極して《打たれて》　そぞろ《思わず》涙にくれけるが。

ややあつて甘輝[*一一]席を打つて。「ハツア是非もなし《やむを得ない》力なし。母の承引《しよういん》なき上は今日より和藤内とは敵対。老母をこれにとどめ置き。人質と思はれんも本意《ほい》ならず。輿車《こし》[一二]用意して所を尋ね送り返し参らせよ」。（錦祥女）「いや送るまでもなく。この遣水《やりみづ》より黄河《くわうが》まで　よき便りには白粉《おしろい》流し。叶はぬ知らせは紅粉《べに》を流す約束にて。迎ひにお出である筈　いで紅粉といて流さん」と[*一三]ヲクリ常の〽一間に　入りにけり。

母は思ひに。かきくれて《心も暗く乱れ》。思ふにたがふ世の中を《予想とたがう人の世の複雑な事情を》　立ち帰りて妻《夫》や子に。何と語り聞かせんと　思ひやる方[一四]涙の色。紅粉より先の唐錦《からにしき》。

錦祥女はその隙《ひま》《その間に》に瑠璃《るり》[一五]の鉢に紅粉とき入れ。「[一六]これぞ親と子が

七　神前に不浄なものの入らぬよう張る神聖な縄。左縒《より》に縒り、縄の間に紙のしでを垂らす。

八　示現すること。神の奇瑞が現じること。

九　母の言葉の中に出てきた日本人の徳目すべてを、ここで彼女にあてはめ、日本の女の真情を強調する。

一〇　母の両の袂にすがりつき、共に涙を流す。

*一一　何時までたっても解決しないその葛藤を断ち切る所作。

錦祥女、不首尾の合図のため一間に入る

一二　てぐるま。人の手で引く屋形のついた車。

*一三　錦祥女退場のヲクリ。

母は事の不首尾に血の涙を流す

一四　やるせなく涙するその涙の色。それは錦祥女のとき流す紅粉より先に流す唐錦のような血の涙である。やる方「なく」と「涙」と掛ける。「唐錦」は中国産の錦。

一五　七宝の一で青色の宝石。青と紅の配色が映える。

一六　これが親（父）と子が逢えなくなるしるしの錦（紅）、親子の仲の絶える心残りの別れの時は今この瞬間ぞ。「龍田川紅葉乱れて流るめり渡らば錦中や絶えなむ」（『古今集』五）を下敷にする。歌を重視すると、渡ることもなくて仲が絶えるという解も出来るが、ここはもっと直接的にいった表現であろう。

錦祥女、泉水に紅粉を流す

渡らぬ錦中絶ゆる。名残《なごり》は今ぞ」と《(言ふ)》夕波の泉水にさら〳〵。落[一]滝津瀬の紅葉葉《もみぢば》と浮世の秋をせきくだし。ともに染めたるうたかた《白い泡もともに紅に染め》も紅《くれなゐ》[二]くぐる遣水の《遣水をくぐって》　落ちて黄河の流れのすゑ《堀に落ちて末は黄河にまで流れ入る》。

和藤内は岸頭《がんとう》に蓑打《みのひっかぶり》ちかづき座をしめて。[三]赤白《しやくびやく》二つの川水に心を付けて《(見)》水の面《おも》。「[四]南無三宝紅粉《べに》が流るる。さては望みは叶《かな》はぬ。味方もせぬ甘輝奴《め》に母は預けおかれず」と。踏み出す足の早瀬川《足も早く早瀬の川の》流れをとめて行く《流れの水上を求めて行く》先の《前に「塞がる」》。堀を飛びこえ塀《へい》を乗りこえ[五]籬《まがき》[六]透垣《すいがき》踏みやぶり。甘輝が城の奥の庭　泉水にこそ着きにけれ。

《(和藤内)》「先づ母は安穏《あんをん》嬉しや」と《「座敷に」》飛びあがり。[七]《(个)》いましめの縄引つちぎり甘輝が前に立ちはだかり。「五常軍甘輝といふ[八]髭唐人《ひげたうじん》はわぬしよな《おまえだな》。天にも地にもたつたひとりの《「大事な」》母に縄かけたは。おのれをおのれと《それなりに》奉つて味方に頼まんためなるに。《鄭重に扱えば》もつてうずれば[九]方図《はうづ》もない。味方にならぬはこの大将が不足なか。《なによりも》第一女房の縁といひそつちからしたがふ筈。サア日本無双《ぶさう》の和藤内が[一〇]直付《ぢきづ》けに頼む返答せい」と。柄《つか》に

和藤内、紅を見て城に踏んごむ

和藤内と甘輝、互いに争い力む
錦祥女、紅の水上を二人に示す

一 (紅を落す) あたかもたぎり落つ急流の、瀬の肩に固まっていた紅葉葉が一気に流れ落ち、浮いてくだるように、つらい憂世《うきよ》の秋 (紅) を一気に流し入れ。彼女を窮地に追いやる、不首尾のしるしの紅を、浮世の秋と譬《たと》える。

二 「ちはやぶる神代も聞かず龍田川からくれなゐに水くゝるとは」(『古今集』五) を用いる。「水くくる」は絞り染にする意であるが、ここは紅が遣水の水中をくぐってゆくの意。

三 赤か白か二色のどちらかが流れ出る川水に一心に注意して。

四 失敗した時などに発する感動の言葉。

五 竹や柴などを粗く編んで作った垣根。

六 板または竹を透間をおいて並べた垣。

七 今といましめを掛ける。正本にも「いま」にゴマ点があり強調する。今解いて差し上げますの意をこめさせた。緊迫した場なので母への言葉は表《おもて》に出さない。

八 長髭を生やしている唐人を嘲《あざけ》っていった。

九 つけあがる。際限がない。

一〇 直接に。

＊『円機活法』黄河の条に、「三日変　易、乾、鑿度曰、天嘉応ヲ降スヤ河水先ヅ清ムコト三日、清変シテ白ト為リ、白変シテ赤ト為リ、亦変シテ玄ト為リ、

玄変シテ黄ト為ル、各三日」と所謂黄河の「河清をまつが如し」の記事を載せる。近松が黄河に結びつけたのはこれによるものか。

＊和藤内の岸頭から城内にとび入る所作、及び甘輝とぎぎめく演技は歌舞伎の荒事風。

一一 世に稀《まれ》な。

一二 みなもと。

一三 鎧通《よろい》しの異名。切腹の時用いる。

一四 正気を失う。

一五 自分の物を投げ出して助けなくては。

＊錦祥女の血を以て紅と替えた趣向は孟姜女の悲話（万里長城普請にかり出され死して白骨となった夫を彼女の血を注いで識別する。『明清闘記』二）を（野間光辰氏説）、紅を合図として遣水に流す趣向は韓夫人の紅葉の媒《なかだち》の故事（『太平広記』）を（山口剛氏説）、用いたものか。

錦祥女、夫に味方を乞う

手をかけつつ立つたり。「オオ女房の縁といへばなほならぬ《一層味方出来ぬ》。御辺《貴殿が》が日本無双なればわれは唐土《もろこし》[11]稀代《たい》の甘輝。女にほだされ《つなぎとめられ》味方する勇士にあらず。女房を去る所もなし《離縁する事柄とてない》。〔さりとて〕病死するまでべん／＼とも待たれまい《病死するまでのんべんだらりと》。追風次第にはや帰れ《それとも》但し置土産《おきみやげ》に首が置いていきたいか」。「イヤサ日本の土産に汝《うぬ》が首を」と。両方抜かんとする所を錦祥女声をかけ。「アア／＼これなう／＼病死を待つまでもなし。只今流せし紅《べに》の[12]水上《みなかみ》を見給へ」と。衣裳の胸を押しひらけば[13]九寸五分の懐剣《くわいけん》。乳《ち》の下より肝《きも》先まで横に縫うて刺し通し。朱《あけ》に染みたるその有様母は「これは」とばかりにて。かつぱと臥《ふ》して[14]正体《しやうたい》なし 和藤内も動転し《驚きあわて》。覚悟を極《きは》めし夫さへ そぞろに《思わず》。驚くばかりなり。

錦祥女苦しげに。「母上は日本の国の恥を思し召し〔私を〕殺すまいとなさるれど。われ命を惜しみて親兄弟を[15]貢《みつ》がずば。唐土の国の恥《恥と思って》 と かうなる上は《このように生害したからはもう》 女に心ひかさるる〔という〕。人のそしりは よもあるまじ。甘輝殿親兄弟の味方して。力ともなつてたべ父にもかくと告げてたべ。もう物言はせて下さるな苦しいわいの」とばかりにて消[一]え〳〵。とこそなりにけれ。

甘輝、和藤内に味方を誓う
延平王の英姿に軍勢勇む

甘輝涙を押しかくし「オオでかいた〳〵。自害を無《む》にはさせまい」と。和藤内が前に頭《かしら》を下げ。「それがし先祖は明朝《みんてう》の臣下。進んで味方申すべき身の《身でありながら》女の縁に迷ひしと俗難《ぞくなん》[二]を憚《はばか》りしに。わが妻只今死を以て義をすすむる上は。心清く御味方大将軍と仰ぎ。諸[三]侯王[四]になぞらへ御名を改め。延平王[五]国性爺《こくせんや》鄭成功《ていせいこう》と号し。装束召させ奉らん」と武運開く[六]る唐櫃《からびつ》の。二重《ふたへ》[七]の錦羅綾《にしきらりよう》[八]の袂《たもと》緋[九]の装束。章甫《しやうほ》[一〇]の冠《かんふり》

錦祥女の自害・母の跡追い

一 意識が次第に薄れてゆくさま。
二 世俗の非難を思い、さし控えたが。
三 二一五頁注二〇参照。
四 （和藤内は王子ではないが）それと同格と見なし。
五 一八二頁注一参照。『明清闘記』四に永暦皇帝、成功の忠勤を嘉して「爵を延平王に封じ。号を賜ふて国姓爺《こくせいや》とし。聘儀之信《しるし》として。良馬数疋。綾子《りんず》花糸《かあ》絹《や》。縮綿《ちりめん》火浣布《くわくわんふ》等若干《いくばく》を贈給る」とあるをここは用いる。
六 国性爺の武運が開け、あける唐櫃の（蓋を取って）。この唐櫃は前出の韃靼王からの賜りもの。
七 錦地の地紋の上に、さらに別の色糸で紋様を浮かして織り出したもの。
八 「羅」は透いてみえるような薄い絹織物、「綾」は単色であるが文《あや》（種々の模様）を織り出した織物。
九 緋色の装束。中国では六位以下（以上は紫色）、日本では四位は深緋、五位は浅緋の衣を着た。
一〇 中国殷代の冠。孔子が用いたので儒者が多く用いた。

花紋の沓《くつ》。珊瑚《さんご》琥《こ》
珀《はく》の石の帯莫耶《ばくや》の
剣金《けんこがね》を磨き。蓋《きぬがさ》さ
つと指しかくれば。
十万余騎の軍兵ど
も幢《どう》の旗幡《ばん》の旗。
吹きぬき楯鉾弓鉄《たてほこゆみてつ》
炮鎧《ぱうよろひ》の袖をつらね

しは。会稽山《くわいけいざん》に越《ゑつ》王の　二たび出でたるごとくなり。

母は大声高笑ひ。「アア嬉しや本望やあれを見や錦祥女。御身が命を捨てしゆゑ親子の本望達したり。親子と思へど天下の本望〔親子の本望と思うが本当は天下にとっての本望〕。この剣は九寸五分〔短い〕なれど四百余州〔中国全土を〕を治める自害。この上に母がながらへては始めの詞虚言《ことばきよごん》となり。二たび日本の国の恥を引きおこす」と。娘の剣を追つ取つて　のんどにがはとつきたつる。人々「これは」

一一 花模様に飾った沓。
一二 装束の上に帯する黒塗の革帯で、飾りに金・玉・石・角を用いる。
一三 上古の名剣。干将《かんしょう》とその妻莫耶《ばくや》の鍛えた剣（『太平記』十三）。その剣は磨きたてた黄金作り。
一四 二一五頁注一六参照。
一五「十万騎の旗頭」とこの段に前出。
一六 儀式や指揮に用いる旌旗《はた》。はたぼこ。
一七 のぼり。「はん」が正しい。
一八 旗の一種。竿の先端に輪をつけ、その輪に布をつけて風が吹きぬけ、翻るようにしたもの。
一九 越王勾践は会稽山に呉王夫差と戦い敗れたが、隠忍自重の末敵を破り得た（『太平記』四）。その勾践が再起の戦を起した時のように、雌伏していた明の旧臣達の旗上げのさまの勢いあるをいう。

母、甘輝・国性爺をいさめ自害

二〇 継子を見殺しにした邪慳《じゃけん》の日本の女という恥の上に、生きてはいないといった言葉を守らぬ恥の上塗りをいう。
二一 非常に素速く動作するさま。

国性爺・甘輝、涙をかくし門出を勇む

と立ち騒げば「アア寄るまい〳〵」とはつたとにらみ。「なう甘輝国性爺。母や娘の最期をも必ず歎くな悲しむな。韃靼王は面々《めいめいの》が母の敵《かたき》妻の敵と。思へば討つに力あり《力がこもる》。気をたるませぬ母の慈悲《大きい思いやり》 この遺言を忘るるな。父一官がおはすれば《この世におられるから》親には事を欠くまいぞ。母は死して諫《いさめ》をなし父はながらへ教訓せば。世に不足なき大将軍 [一]浮世の思ひ出これまで」と。[二]肝のたばねを一ゑぐり[三]切りさばき。「(母)サア錦祥女この世に心残らぬか」。(錦祥女)「何《どうして》しに心残らん」といへども残る夫婦の名残《なごり》。親子《母子のほうも》手を取り引き寄せて国性爺が出で立ち《大将軍の装いを》を見上げ。見下ろし嬉しげに。笑顔を娑婆の形見にて(二人)一度に息は絶えにけり。

鬼《鬼神かと思われるばかりの》をあざむく国性爺 龍虎《りようこ》と勇む五常軍。涙に眼《まなこ》はくらめども母の遺言そむくまじ。妻の心をやぶらじと 国性爺は甘輝を恥ぢ《甘輝の手前を恥じ》。甘輝はまた国性爺に恥ぢてしぼるる[四]顔かくす。亡骸《なきがら》をさむ[五]道のべに。出陣の門出と生死《しやうじ》二つを一道の。[六]母が遺言釈迦《しやか》に経《きやう》。父が庭訓《ていきん》鬼に金棒《かなぼう》 [七](打)討てば勝ち。攻むれば取る末代不思議の[八]智仁の勇士。[九]玉ある

一 子の立派な大将軍の雄姿を浮世の思い出と目にきざみつけ、もはや思い残すことはない、是までと。

二 当時、肝は木の根のような形で左三葉、右四葉に岐《わか》れていると考えられていた（『和漢三才図会』十一）。その七葉の束ねの中枢の場所。臓腑の真中。

三 「さばく」は巧みに処理すること。母が落着いて肝の束ねを失敗せずえぐるさま。

四 目をしばたたいて涙をはらったその泣き顔をかくす。「かくす」にも弔いの意がこもる。

五 母親の葬送の野辺送りをする道の辺を、また国性爺・甘輝は出陣の門出してゆくが、生き残る二人も死んでいった二人も、共に一つの道（志）をゆくのだ。

六 母の遺言は有難いが国性爺には釈迦に経を説くようなもので、もとより心得ており。「釈迦に経」は無用のものの譬えであるが、ここは仏教語の関連で用いたものか。出・門・生死・一道・釈迦とあり、釈迦の四門（生老病死の門）遊観の故事につながる。

七 「戦へば必ず勝ち攻むれば必ず取る」（『史記』高祖本紀）。

八 智仁勇は儒教の三徳（『中庸』）。三徳を備えた士。

九 荀子「玉山に在りて草木潤ひ、淵珠を生じて岸枯れず」（勧学篇）に拠る。ここで新たに対句を作るため「龍」を「淵」の縁でもち出し「水かれず」と原文を二分して作ったものか。

一〇 「君君たり、臣臣たり」（『論語』顔淵）に拠る。

淵《ふち》は岸やぶれず。龍《りよう》すむ池は水かれず《水がかれないというが》　かかる。勇者の出生す　国[一〇]国たり君々たる。日本の麒麟《きりん》これなるはと　異国に。武徳を照らしけり。

第　四

唐土《もろこし》の便り今やと松浦潟《まつらがた》[一一]。小むつが宿の明け暮れは[一二]　唐《から》の姫宮相《あひ》住みを。あたり隣も浮名立て《浮いた噂を立て》　唐《たう》と日本の潮ざかひ。ちくら者かと[一三]疑へり。

夫も今は国性爺と名を改め。数万騎《すまんぎ》の大将軍と聞くからに《聞くとともに》。われも心の勇みある《心が勇み勇ましい恰好の若衆姿に》。若衆出立ちにさまを《様子を》変へ　撫《な》[一四]で付け鬢《びん》の大たぶさ。[一五]翡翠《ひすい》の大髱《おほづと》ふつさりと　[一六]禰宜《ねぎ》の息子か[一七]膏薬売《かうやくうり》か。女ともや水浅黄《（見ず）》の股引《ももひ》きしめて羽織着て。朱鞘木刀真紅《しゆざやきかたなしんく》の[一八]下緒《さげを》。花の口紅《くちべに》雪の白粉《おしろい》。菅笠《すげがさ》深く[一九]脛《はぎ》高く。足元軽《かろ》き浜千鳥。浜辺伝ひを。日参の。しるし《効験を》松《（待）》

「麒麟」は聖王の瑞祥として出現するという中国の想像上の動物。すぐれた人物の譬え。

＊『明清闘記』三に鄭芝龍が捕われ、その妻が乱賊の手に落ち憂き目を見るよりはと、洪塘浦《こうとうほ》の沖に身を投げて死ぬ条がある。そこで貞女烈婦と讃え、日本武勇の国の人ゆえと日本を君子国と賞《ほ》める。

一一「船だに見ゆれば……今や〳〵と松浦舟」（謡曲『白楽天』）。「松」に「待つ」を掛ける。

一二「暮れは」に「呉服」を掛け、唐とつなぐ修辞。正本では「れは」にゴマ点がある。

一三 物事のどちらともつかぬ事に対してちくら様・ちくら物という。ここは男女の区別のつかぬことを指す。唐の姫を男の女装かとも疑う。「日本と唐土の潮ざかひのちくらが沖へ押し出す」（舞『百合若大臣』）。

一四 髪を頭の後ろに撫で付け、髻《もとどり》を大きく束ね。

一五 かわせみの羽のように美しく艶のある大きい髱（たぼ）はふさふさとしており。

一六 神主の下位の職をいうが、神官は厚鬢であった。

一七 膏薬を商った前髪立ちの若者。厚鬢で大たぶさの髪形をしていた。

一八 刀の鞘につけて下げる紐。

一九 脛を高く見せ、足元も軽快で浜千鳥のように。

肥前松浦潟住吉社頭

夫を待つ小むつと皇女に浮名立つ

小むつ、男装して住吉に詣でる

浦の住吉や。神前にこそ着きにけれ。

小むつの剣術修行

[一]「充満其願《じゆうまんごぐわん》」と祈誓をかけ手を合はすると見えけるが。ひらりと抜いたる[二]居合《ゐあひ》の早業。神木の松を相手取り《相手として》。木刀かざし踊《をど》り上がつて声をかけ。「えい。やつとう〳〵えい〳〵とう。えいやつとう」[三]上段下段の太刀さばき。[四]かげろふ稲妻[五]獅子《しし》奮迅《ふんじん》。[六]足取《ど》り手の内[七]四寸八寸身の開き。踏み込んで打つ[八]入り身の木刀。枯木《こぼく》の松の片枝を。ずつぱと《ずばりと》切つておとせしは[九]今牛若ともいひつべし《いうべき腕前であった》。

小むつ剣の修行

小むつ、唐土へ渡る吉兆と皇女に告ぐ

いつの間にかは梅檀女《せんだんにょ》[一〇*]森の影より走り出で。「ナウ〳〵小むつ殿。毎日〳〵時をたが

一　自己の所願が叶《かな》い満足出来るようにと祈念する。
二　坐ったまま気合を以て抜刀する剣術。当時は神拝は坐って行う。
三　剣を持っての構え方。高く頭上にかざすを上段、低く構えるを下段という。
四　かげろうも稲妻も閃くもので、目に見えても手に取り得ないものの譬え。ここは動きの素早い技。「かげろふ稲妻水の月かや姿は見れども手に取られず」(謡曲『熊坂』)。
五　獅子の奮いたつ時のように勇猛で迅速《じんそく》なさまをいうが、この名の術があった(『塵荊鈔』九)。「牛若子《ご》。少しも恐るる気色なく。小太刀を抜いて渡り合ひ。獅子奮迅虎乱入《こらんにふ》……」(謡曲『熊坂』)。
六　足はこびとその手並み。
七　身の開き(身をかわすこと)の相手との距離。「まつかせと開く四寸の身」(『信州川中島合戦』二)。
八　相手のふところに飛込んで攻撃する技。
九　今様牛若。牛若の再来の意味で、鞍馬での兵法修行や熊坂退治などの牛若の剣の手並みに等しいと讃《たた》える。また内容・文辞でもそれらを関連させている。

*一〇『義経記』一、「牛若貴船詣の事」に牛若が僧正が谷に日参し祈誓して、大木を相手に早業を修行する景を描き、それを法師がある夜「跡を慕ひて隠れて叢《くさむら》のかげに忍びゐて」見る条がある。なお、次に商船の便船で唐へ行こうという条も、右の章に続く金商人吉次と奥州へ待ち合せ下る経過と似通う。また『国仙野手柄日記』中でも遠矢之介の妻が子と共に夫を慕い唐への道行をする。

一一 武術（を会得なされた）。

一二 剣術練習で打ちこみ役（攻撃）を勤めること。「習はぬ女の身ながらも兵法の打ち太刀し。武道を教ゆる心ざし」（『出世景清』二）。

一三 諺「習はんより慣れよ」（『毛吹草』）。

一四 願いを受け入れ、聞き届けること。

一五 乗せて貰うに都合のよい船（がある筈）。

一六 一刻も早く。「片時」は僅かの間。

一七 底筒男《そこづつお》・中筒男《なか》・表筒男《うわ》・神功皇后を祭り、海川守護のほか和歌の守護神として知られる。

我が国を守る住吉神の加護

梅檀女道行

へず変つた風俗《みなり》。今日《けふ》という今日跡を慕うて見付けし〔この様を〕が。誰に習うてこの兵法《ひやうはふ》[一一]。器用な事《巧みな》や」との給へば。「いや師匠はなけれど夫の打太刀《うち》[一二]。[一三]習はうより慣れての事。唐土《もろこし》の便り心もとなく《様子が心配で》。お迎ひ舟は参らずとも。〔こちらから〕お供して渡らんとこの明神へ吉凶を祈り候へば。これ見給へ。木刀にてこの松の木の真剣のごとく切れたるは。神納受《なふじゅ》[一四]のしるしと《証しでもあり》申し。〔きっと〕商船《あきなひぶね》[一五]の便船時節もよく候」と。申し上ぐれば「それは嬉し頼もしし《頼もしい事よ》。片時《へんし》[一六]も早く戻してたべ《国へ帰しておくれ》」と御悦びは浅からず。「御心やすく思《おぼ》し召せ。惣《そう》じてこの住吉[一七]と申すは。舟路を守りの御神にて神功皇后《じんぐうくわうごう》と申す帝《みかど》。新羅《しんら》退治の御時。潮[一]ひる玉潮みつ玉を以て。御舟を守護し　舟玉[二]神とも申すなり。昔唐土《もろこし》の白楽天[三]といひし人。日本の智恵をはからん《試そうと》と。この秋津洲《あきつす》に渡り給ひ。目前[四]の景色《景色を》を取りあへず《見てすぐに詩を作り》。青苔衣《せいたいころも》[五]を帯びて岩ほの肩にかかり。白雲《はくうん》帯に似て山の腰をめぐると。詠じ給へば大明神《住吉大明神は》。いやしき釣《つり》の翁《おきな》と現《げん》じ。一首の歌の御答《こた》へ。苔衣《こけごろも》[六]。着たる岩ほはさもなくて《帯をしていなくても》。きぬ〳〵山の《衣を着ない陸奥衣々山が》。帯をするかなと。詠じ給ひし御歌に。ぎつと《ぐつと》つまつて楽天[七]は。ここより本土に帰るとかや。

旅衣に着替え舟路へ

国を守りの御神の。その御歌は苔衣《苔衣であったが》　わが身に受けて旅衣《今私はその加護を受けて旅衣に替え》。いざ《さあ出発と》」とて二人打ちつれて舟路。はるけく三重へ《遙かになってゆく》なりふりや《その旅の身なりというのは》

二女舟路の道行
唐へ帰往の思い立ち

梅檀女道行

唐子《からこ》髷《わげ》[八]には。薩摩《さつま》櫛《ぐし》[九]島田[一〇]髷には。唐櫛《たうぐし》[一一]と。大和《やまと》唐土打ちませて。

一 旧伝として、神功皇后新羅攻めに当り、磯良《いそら》（一説では磯良のいさめで妹豊姫）を龍宮に遣わし、干珠満珠を得、新羅王を屈伏せしめたとある（『本朝神社考』二・『広益俗説辨』七）。肥前川上社（一名淀姫社）は豊姫を祭る。

二 舟霊。海上の守護神。住吉社の和魂《にぎたま》を祭ることが多い。

三 以下謡曲『白楽天』に拠る。

四「いでさらば目前の景色を詩に作つて聞かせう」（『白楽天』）。

五『白楽天』の詩句。但しこの詩は都在中《とざいちう》の「白雲似レ帯囲二山腰一、青苔如レ衣負二巌背一」（『江談抄』四）に拠るものと思われる。

六『白楽天』の詩句。この歌も『江談抄』に「苔衣着たる巌はまびろけむ衣着ぬ山の帯するはなぞ」とある。

七「手風神風に。吹きもどされて。唐船は。ここより。漢土に帰りけり」（『白楽天』）。

八 もとどりより上を二つに分け、頂で二つの輪に作る髪形。梅檀女の髪形。牛若の児《ちご》髷と同じ。

九 薩摩産の櫛で唐櫛ともいう。およそ百二十四の細かい歯があり、虱《しらみ》など梳《す》き取るのに用いる。『難波土産』に、この表現の裏には前句付の有名な勝句《かちく》「加賀笠の下にさしたるさつま櫛」（宝永元年『生鱸』）をきかしているとの指摘がある。

一〇 女の髪形。種類も多い。ここは小むつの髪形。
一一 ここは唐渡りの櫛の意。
一二 それぞれ髪にさしつけない櫛の意と、いかにも慣れない旅立ちの意と掛ける。
一三 舟路であれば笠は不要であるが、陸路も行くので打ち捨てられず。
一四 舟中などで用いる折り畳みのできる木の枕をたたみ枕という。
一五 夢（のぞみ）を胸に秘め。邯鄲《かんたん》の枕の故事をふまえて「夢たたむ」といった。
一六 千里の憂き旅を決行する決意も胸にしっかと込め。『難波土産』の註は、仙人飛（費）張房の縮地《しゆくち》の杖の故事をふまえていると記す。

松浦潟への旅路

一七 女心にも強くはりつめるというのも夫ゆえで、唐土へ強く惹《ひ》かれてゆく。「ひく」は弓の縁語。
一八 出る旅戻る旅の「二端《ふたは》」と「二葉」を掛ける。さらに「二輪」を掛け、唐子髷《からこわげ》の子供と見せて。諺「栴檀は双葉よりかんばし」をきかせる。
*一九 フシヲクリで道行の所作が始まる。
二〇 唐津市内にある神社。「鏡」は「のごふ」の縁語。
二一 壱岐の浦名。歌枕。
二二 二十五歳と琴の二十五絃と掛ける。「二十五絃弾《ゼバ》二夜月《ニ》一。不レ勝《シテヘ》二清怨《ニ》一却《テ》飛来《セン》」（『唐詩選』七、帰雁）。
二三 松浦川の淀の名。歌枕。「松浦川七瀬の淀はよどむともわれは淀まず君をし待たむ」（『万葉集』五）。

一二さしもならはぬ旅立ちや。舟と陸《くが》とを行く道は一三笠捨てられず懐《ふところ》に。
一四枕をたたむ夢一五たたむ。一六千里を胸にたたみ込む。女心の強弓《つよゆみ》一七も。男ゆ 夫ゆえ
ゑにぞ 〔唐土へ〕 ひかれゆく。われは古郷《こきやう》を出づる旅。君は古郷へ戻る旅
一八二葉にへ見せて栴檀女小むつがいさめ力にて。 はげましを力にして 大明国へと思ひ立つ。
*一九フシヲクリ心のへ内こそ。はるかなれ 遠い旅路が思いやられる
親と夫《つま》とを。〔目的地に〕 持ちし身は。何の旅の嘆きなどあろう 何か歎きは有明の〔と思うものの〕 月さへ。夜明けの月も おなじ月
なれど。なう二人見なれし。閨《ねや》の中。〔が思い出され〕 名残数々大村の。（多く） 浦の浜風一
村雨はさら〱と晴れても晴れぬわが涙。袖につつみて袂《たもと》にのごふ。
二〇鏡の宮に影とめて。影を写してみてこれなら泣いていぬと 泣かぬと人やみるめの浦。二一（見る・海松布） 振り向いて遠望すると ふりさけ見れば久か
たの。日も行く末の空とほく。日も西へと行くが彼方の空は遠く 帰る時は一体いつか 帰るさいつぞ天津雁《あまつかり》誘へやさそへ。雁よどうか誘っておく
れ夫も わが夫《つま》も。二二二十五筋《すぢ》の琴《こと》の糸。琴瑟和して契った年月を思って帰るだろう 結び契りし年の数。さあかき鳴らし いざすがかきて
箱崎の松のように待つと聞けば 箱崎の。松とし聞かば。私のほうも急ごう われもいそがん。磯辺《いそべ》づたひに。寄藻《よりも》かく。
海士《あま》の子供の打ちむれて。子供が群がって互いに遊ぶ はじき石など又長か半。おはじき・石のお手玉また偶数奇数当てして 三つ四つ五つか
ぞへては。幼な遊びも（六） むつまじく。二三七瀬の淀《よど》に行く水も。昔の影や

童子に便船を乞う
童子、島々を語る

[一]かくれんぼ。[二]鬼のこぬ間《ま》とうたひしも（歌うのを聞くにつけ涙に濡れ）濡れて乾かぬ旅衣。唐土舟を。[三](待・松浦)まつら川。[四]湊《みなと》[五](近)もちかの浦風に。そなたの潟《かた》を見給へば。磯に手ぐり（手繰り網漁）（の）[六]のくりや川波にゆらるる釣舟に。[七]*シテ[八]びんづら結うたる童子一人。網はおろさで釣竿[九]の。いと(糸)ゆうゆうと眠《ねぶ》りくる。

ワキ「なう／＼おちご。われわれは唐土《もろこし》へ渡る者。よからん方まで（適当な所まで）乗せてたべ」とぞ仰せける。シテ「[一〇]あらなにともなや。一人は唐土人一人は筑紫人。女性《によしやう》の身にて唐土へ渡るとは恋しき人のあるやらん。[一一]二《じ》千里《せんり》の外《ほか》古人の心。（「今宵は」十五夜の夜ほどではないが月影を受け）三五夜中にあらねども影を[一二]もらさぬ月の舟。（三日月の如く輝くこの舟に）とく／＼召され候へ」とはやさし（早くも）寄する水馴棹《みなれざを》。二人不思議の縁と打ち乗りて。こがれ(漕・焦)行衛もしら(知・白)波に凪《な》ぎてのどけき海の面。ワキ「つづきて見ゆる八十島《やそしま》を異国の人の（唐土の姫）家づとに（土産話に）。教へてたばせ給へ（教えて下さいませよ）よ」。シテ童子舳板《へいた》に立ちあがり海原《うなばら》はるかに指さして。「いかに旅《りよ》人《じん》聞き給へ。まづあれにつづくは鬼界《きかい》[一三]十二の島。五島七島《たう》中にもあの白き鳥の。おほく群れゐるは白石が島。こなたに煙《けふり》の立ちのぼる

一 水鏡に写した二人の影を隠して見せぬと、かくれんぼを掛ける。『伊勢物語』筒井筒の面影もあるか。
二 諺「鬼のこぬ間に洗濯しょう」から出た児戯。
三 衣・唐土舟・松浦と続けて、松浦さよ姫ひれふる山の伝説をきかす。「松浦川」は唐津湾にそそぐ。
四 肥前(佐賀県)東松浦郡、唐津の北方にある地名。
五 東松浦郡、東松浦半島の名護屋近辺の地名、値賀《ちか》をいうか。歌枕として知られ「もろこしもちかの浦わの夜の夢思はぬ中に遠つ船人」(『夫木集』浦)と詠まれる。近松は『国花万葉記』肥前国中名所之部などを利用して名所を列挙して作文している模様。
六 「繰《く》り」と韻をふんで「くりや川」を出す。
*七 以下シテ大海童子とワキ小むつの掛合。
八 髪を真中で分け、両耳の辺で束ねた古代の髪型。
九 「あらよしな釣竿のいとまをしや」(謡曲『白楽天』)。
一〇 何ともいやはや。謡曲に多い感動詞的慣用句。
一一 まことに白楽天の「三五夜中新月色　二千里外故人心」(『和漢朗詠集』上)と詩句にあるように、遠く異郷にある人を思う心の深さよ。
一二 「影をもらさぬ」に、人目につかぬよう安全にの意もこめる。「三日月の。影を舟にも譬へたり」(謡曲『融』)。
一三 薩摩国鬼界島、硫黄島東南の島。「鬼界は十二の

空かけるごとく松江に着く

は硫黄《いわう》が島。さてまた南に高く。霞かかるは千《ち》どの島なり。あれはいにしへ天照る神の。住吉の明神に笛吹かせ。舞曲を奏し　二神《ふたがみ》の遊び給ひし所とて。二神島とは申すなりなう。唐土人」とぞ　語らるる。

二人語る間《あひだ》に。敷島（日本の）のはや秋津洲《あきつす》の地をはなれ。それより先の島の。島かと見れば雲の嶺（入道雲）。山かと見れば空の海[一四]。風はなけれど海《あ》士《ま》小《を》舟《ぶね》。天《あま》[一五]の鳥舟岩舟[一六]の。空はしり行く。ごとくにて。山なき西[一七]に山みゆる（山が見えはじめ）　月に。さき立ち日につれて日の本出でし秋風の（その山に月の出るより早く夕日につれて）。立ち（立つ・発つ）もかはらずそのままの　まだ[一八]秋風に鱸《すずき》釣る。松江《ずんかう》[一九]の。港《みなと》に着きにけり。

松江の港　大海童子、名乗りて去る

ワキ人々舟よりあがり給ひ。「誠におちごの御情け　座したるやう（畳に坐ったままの様）な（な）る舟の中。かかる波濤《はたう》を時のまに（瞬時に）渡し給へる御方は。いかなる人[二〇]にてあるやらん」。シテ「人がましやな名もなき者（名ある人扱いは過分の事です）。われ日の本に昔より住みなれたれば住吉の（住良し）。大海《たいかい》童子[二一]と申す者。いとま申してこのわつぱ（童は）は。ウタイ[二二]*住吉に立ち帰り帰朝を。待ち申さん」と二人ゆふな（言ふ・夕）

島なれや。五島七島と名付たり。……康頼法師をば五島の内ちとの島に捨。俊寛をば白石の島に棄けり。彼島には白鷺多くして。石白し」（『源平盛衰記』七）。

一四　大空を大海に見立てた表現。「空の海に雲の浪立ち月の舟星の林に漕ぎかくる見ゆ」（『拾遺集』八）。

一五　船足の鳥の飛ぶように速い船。記紀に見える。

一六　高天原《たかまがはら》から神が地上に降り立つのに用いた舟。天の鳥舟と同じ。その堅牢《けんろう》さをほめていった語か。

一七「こしの海の山なき西を眺むれば心にのみぞ月はいりける」（『夫木抄』二三）。

一八「秋風に鱸釣り舟走るめり鶏のひとはしの名残りしたひて」（『山家集』）。

一九　松江（ソンキャン）は上海の西南方。鱸の名所。

二〇「其身はいかなる人やらん。シテ人がましやな名もなき者なり」（謡曲『白楽天』）。

二一　摂津住吉の摂社に大海《だいかい》神社がある。近松が謡曲『白楽天』のシテ住吉神の漁翁を意識し、その眷属《けんぞく》の童子に転じたものか。

*二二　以下謡曲『高砂』の引用。「住吉にまづ行きてあれにて。待ち申さんと。ゆふ波のみぎはなる海人の。小舟に打ち乗りて。追風にまかせつつ。沖の方に出でにけりや沖の方にいでにけり」。

みのみぎはなる　海士《あま》の。小舟《をぶね》を漕ぎもどし。追風に任せつつ沖のかたに出でにけりや　沖の。かたへぞ＊一三重

＊二サシ 伝へ聞く陶朱公《たうしゆこう》は勾践《こうせん》を伴ひ。会稽山《くわいけいざん》に籠《こも》りゐて。種々の智略をめぐらし。つひに呉王をほろぼして。勾践の本意を《主君勾践の雪辱の本懐を》。達すとかや。＊三クセ むかしを問へば遠き世の《呉越の古い時代の》。ためしも《故国再興の例も》呉三桂《ごさんけい》が。今身の上《今の身の上に》にしら雲の《知られ　白雲の立つ》。山より山に。身をかくし。太子をそだて奉る。［昔と］うつれば変る苔莚《こけむしろ》四。宮前《きゆうぜん》五の楊柳寺《やうりうじ》前《ぜん》の花。嶺《みね》の枯木《こぼく》に立ちかはり　ゆふべの霧の間《ま》にはわが身を以て褥《しとね》し《我が身をのべて太子の》。＊六ウタイ 鸞輿《らんよ》七属車《しよくしや》の輦《てぐるま》も　蔦《つた》八の。錦《にしき》に織りかへて。朝の露のほとりには《露を結ぶあたりでは》。［太子は］谷の猿《ましら》の肩に駕《か》し《乗り》。はや二《ふた》歳《とせ》は昨日今日。暮るるも山明くるも山。［こうして］わが名も君が顔ばせも。人目をつつむ雲水《くもみづ》九に。虹のかけ橋とだえして。深山烏《みやまがらす》一〇や鵺《ぬえ》一一小鳥。梢《こずゑ》に来鳴く鸚鵡《あうむ》一二さへ。むかしをまねぶ声はなし。［谷は深く］水遠くして　山長く。根笹茅原槇檜原《かやはらまきひばら》。峨々《がが》とそびえし崔嵬《さいくわい》一三の　山路に。疲れ行く末は名《疲れ果て　辿り行く末は》

唐土九仙山
碁立軍法
呉三桂と太子九仙山に登る

＊一 場面転換の三重。
＊二 謡曲の曲節。以下「達すとかや」まで謡曲『船弁慶』の引用。
＊三 謡曲の曲節。『舟弁慶』も同じ所に付されてある。
四 山住まいの有様。苔をしとねとし。
五 宮殿や寺の前の柳や花を見た身が、今は嶺の枯木を見る身に変り。「宮前楊柳寺前花」（『三体詩』一、華清宮）を引く。謡曲『遊行柳』にも引く。
＊六 謡曲調で語る。「鸞輿属車の玉衣《たまぎぬ》の色を飾りて敷《しき》妙《たへ》の。枕《まくら》づく。妻屋《つまや》の内にしては。花の錦の褥《しとね》の起き臥しなりし身なれども」（『関寺小町』）。
七 天子の召す輿《こし》と従臣の乗る車。「輦」は人の手で引く屋形車。太子などが許されて乗る車。
八 玉を飾った車に引きくらべ紅葉の蔦を編んだ輿で、それに代え。
九 「雲水」に彼等を包む雲と、いずくとも行方定めぬ境涯の意を掛ける。「雲水」より「虹」を引き出し「かけ橋」と続け、その虹も途切れてと、世間と隔絶した二人の身を表す。「春の夜の夢の浮橋とだえして嶺にわかるるよこ雲の空」（『新古今集』一）。
一〇 普通の烏より小さい深山に棲《す》む山鳥。
一一 虎鶫《とらつぐみ》。夜鳴く声が無気味なので怖れられた。
一二 深山の諸鳥の鳴声はもちろん聞き馴れないが、人声を真似る鸚鵡さえ昔のように鳴くこともない。

にのみ聞きし。興化府《こうくわふ》[一四]の。九仙山《きうせんざん》によぢのぼり。しばし。たたずむ。（松の陰にたたずむ）
松風[一五]も。馴れてや。友と住み馴れし。（平生聞き馴れた松風と共に　友として山に永く住む）龐眉《はうび》[一六]（大きい眉）白髪の老翁二人　石上に碁盤《ごばん》を据ゑ。黒白二つの石の数三百六十一目《もく》[一七]に。離々《りり》[一八]たる馬目《ばぼく》　連《れん》連《れん》たる雁行《がんかう》。わきめもふらぬ碁の勝負。心はささがに[一九]（蜘蛛の）の。空にかかれる糸に似て。身は空蟬《うつせみ》の　枯れ枝となり。浮世をはなれし手談《しゆだん》[二〇]の技。中間禅《ちゆうげんぜん》[二一]の高台《かうたい》かと〔呉三桂は〕太子を石壇《せきだん》に移し参らせ。枯木の株に頤《おとがひ》もたせ。見とるるわれももろともに（われも老翁二人も共に）。余念（雑念の）の塵《ちり》をや払ふらん。

呉三桂、老人と碁問答

呉三桂興に乗じ。「なう〳〵老人に物申さん。市中をはなれし座《ざ》[二二]隠《いん》の遊びおもしろし　さりながら。琴詩酒《きんし》[二三]の三つの友をはなれ。碁を打つて勝負を諍《あらそ》ひ給ふ事別にたのしむ所ばし候か」（他にこれを楽しむわけが特にありますか）。ワキ翁さして（ことに）答へもなく。「碁盤と見れば碁盤にて碁石と見るめは碁石なり（見る目からは碁石にすぎぬ〔だが〕）。大[二四]地世界を以て。一面の碁盤となすといへる本文あり（典拠の文がある）。ウタイ心上の須《しゆ》弥《み》山《せん》これにあり（碁盤の上にある）。大明一国の山河草木。今ここより見るに　などか曇らん。一角《すみ》に九十目四方に四季の九十日。合はせて三百[二五]六十目。

一三 岩石をいただいた険しい山。
一四 福建の府名。「（甘輝）……興化府の九仙山に登つて。何仙廟《かせんべう》に祈る事有しに。夢中に不思議の事を見たり」（『明清闘記』四）。
一五 「松風をのみ聞き馴れて。心を友と。菅莚《すがむしろ》の」（謡曲『高砂』）。
一六 「斯《かか》る所に。龐眉皓髪《かうはつ》の老翁。忽然《こつぜん》として来り」（『明清闘記』二）。神翁のイメージとして表される。
一七 碁石の数は縦横十九目ずつ三百六十一目がある。
一八 碁石の並びが桂馬《けいま》のごとく離れ離れであったり、雁の列のごとく斜めに次々と並ぶ。
一九 「心似㆔蝶糸遊㆓碧落㆒　身如㆔蜩蛻化㆓枯枝㆒」（『円機活法』石棋盤）に拠る。
二〇 囲碁の別称。黙して手を以て進める所からいう。
二一 欲界を離れた梵天王《ぼんてんおう》の宮殿。色界の第一禅と第二禅の中間定を中間禅といい、梵天王の禅定位。「善見《ぜんげん》城の勝妙《しようめう》の楽《らく》、中間禅の高台の閣」（『平家物語』十二）。
二二 碁の別称。居ながらにして隠遁の境にあるの意。
二三 白楽天の『北窓三友詩』より琴詩酒を三友という。
二四 出典不詳。「蒼天如㆓円蓋㆒、地方如㆓碁局㆒」（『晋書』天文志）。『塵添壒嚢鈔』などにも見える、双陸《すごろく》・碁についての考えによって作文している模様。「天地人の三才に像《かたど》りて須弥の三十三天に表し」。
二五 「一年を表して。三百六十の目を盛《もれ》り」（『塵添壒嚢鈔』碁経字事）。

一日に一日を送ると知らぬ愚かさよ」。シテ「おもしろし〳〵。天地[一]陰陽二つあらざれば万《ばん》
一体《いつたい》のたのしみに二人対《むか》ふは何事ぞ」。ワキ「人間の吉凶は
物《もつ》とののふ事なし」。シテ「勝負はさていかに」。ワキ「[二]夜昼」。シテ「手段は
勝ち負けがあるのはどうしてか
時の運にあらずや」。シテ「さて白黒は」。ワキ「[二]夜昼」。シテ「手段は
やり方（手談）
いかに」。ワキ「[三]軍《いくさ》の法」。シテ[四]切つておさへてはねかけて。[五]二人軍は
花の乱れ碁や。飛びかふ[六]烏《からす》。群れゐる鷺《さぎ》とたとへしも。白き黒きに
碁石の白黒が入り乱れ夜昼
夜昼も分かで[七]昔の斧《をの》の柄も。おのづからとや　朽ちぬべし。ワキ　翁《おきな》
となく戦う面白さ
重ねて曰《のたま》はく。「今日本より国性爺《こくせんや》といふ勇将渡つて。大明の味方
となり只今軍真最中《まつさいちゆう》。これよりその間はるかなれども。一心の碁情《ごせい》
この場から　一心により
眼力にあり〳〵と。合戦の有様目前に見すべし」と。曰ふ声も山風
止まぬうち
も　碁石の。音にぞひびきける。
に山風が吹き　その音も碁石の音とひびきあった
シテ呉三桂はつと心付き。「げに〳〵ここは九仙山《きうせんざん》」。この九仙山
と申すは。四百余州を目の下に嶺もかすかに。おぼろ〳〵と雲かと
見れば一霞《ひとかすみ》。麓《ふもと》におつる春風の。風のまに〳〵。吹きはらす。空は

一「陰陽の二儀に擬《なぞら》へて。内外の二陣を成し」（『塵添壒囊鈔』双陸）。
二「昼夜に擬して黒白各の三百六十の石あり」（『塵添壒囊鈔』碁経字事）。
三 軍法と同じだ。「法《のつとル》二於用《ルニ》レ兵《ヲ》。三尺之局。為二戦闘ノ場《ト》一」（『円機活法』囲碁、馬融碁賦）。
四 軍の言葉と掛けて、碁の断きる・約おさゆる・綽はねるの用語をきかせる。
五 軍は花を散らすごとく乱れと、乱碁《らんご》とを掛ける。「乱れ碁」は碁石を指で押して拾いその数を競う遊戯。
六「黒白を烏鷺《うくろ》といふ《しろ》」（『男重宝記』三、盤上の事）。
七（その有様に時を忘れ）昔と同様斧の柄も自然と朽ち果ててしまうだろう。『述異記』の爛柯《らんか》の故事で、木こりの王質が二童子の碁に時を忘れて見とれ斧の柄が朽ちるほどの歳月を経ていた話（『明清闘記』六）。
八 緑色の柳、紅色の桜が美しく入り交じり、まるで錦のような木々に囲まれた。「見渡せば柳桜をこきまぜて都ぞ春の錦なりける」（『古今集』一）による。
九 砦《とりで》。進出した敵地に木柵を立てて築いた堡塁《ほうるい》。
一〇 不詳。宏高か。高大にして立派なこと。「宏高は秦の阿房を象り」（『国性爺後日合戦』一）。「劫《こう》」は碁の用語。
一一 櫓があがっている意を掛けた表現。
一二 春に北へ帰る雁が花と見まがえて色々の旗に翼を

石頭城、合戦を盤上に映し見る　春

休めるであろう。「春霞たつを見すててゆく雁は花なき里に住みやならへる」（『古今集』一）。
一三 それらをのどかに朝日が照らしているが、旗印に日や月の姿を取って付けている、その訳は。
一四 江蘇省江寧県の西石頭《せきとう》山に築かれた名城。楚の金陵城を呉の時に石頭城と改める。大江に臨み要害の地。
一五 高麗鉾。高麗風の鉾か。舞楽の狛鉾（舟棹）を連想したものか。
一六 「数千の旌旗《せいき》。五色を雑《まじへ》て風に翻るは。錦を曝《さらす》かと怪まれ……」（『明清闘記』九、石頭城合戦事）。
*一七 石頭城の景から雲門関の景に移るヲクリ。或いは藤・躑躅《つつじ》・山吹の花が散りゆくさまも演じるか。
一八 きらびやかな武具・旗などが天を染め、あたりの草木もそれに押され色を失う様子を見せ、同時に時も移ってゆき。「積る」に碁石の数を計算する意もある。
一九 南京に雲門関はないが、ほととぎすを擬人化して出すために用いたものか。このあたり、「先《まつ》南京の定《てい》海《かい》関を打通り。崇明《そうめい》関を攻取んと」（『明清闘記』九）による。「持《せき》」は碁の用語。
二〇 幕を高く張ったように、卯の花の垣が続き。卯の花とほととぎすは縁語。
*二一 幸若舞の詞《ことば》の節で、太夫・ワキ掛合で語る。
二二 武官の階級、龍虎将軍。「左驍騎《げうき》右龍虎《りようこ》」（『明清闘記』九、京師正陽門軍事）。
二三 兜の鉢に並べてうった鋲《びよう》の頭。

弥生《やよひ》のなかばなる（三月半ばの景色）。[八]柳桜をこきまぜて。錦《にしき》につつむ。城廓《じやうくわく》の。あり〳〵とこそ。見えにけれ。何国《いづく》の誰が籠りしぞ。門高く。堀深く。[九]取出《とりで》取出に垣楯《かいだてつ》築き。要害嶮岨《けんそ》を。帯びたりし（保っていた）。[一〇]こう〳〵たる。高櫓《やぐら》。[一一]揚る雲雀《ひばり》や。[一二]帰る雁《かり》花と。見つつも色々の。旗に翼や休むらん。[一三]のどかに照らす朝日影。月影打つて付けたるは日の本の美名を顕し。延平王国性爺が乗つ取つたる（占拠した）[一四]石頭城《しやくとうじやう》。いはねどそれと（いわなくてもそれと）しらま（知・白）弓鉄炮[一五]高麗《こま》。鉾《ほこ》。鑓長刀《やりなぎなた》大旗小旗なびき合ひ。吹き抜きのぼり馬印。へんぽんとひる返り[一六]天も五色に染めなせば。藤も躑躅《つつじ》も山吹も[*一七]ヲクリともに。〽[一八]移ろふ。色見えて春の日数は盤上の。石の数とぞ（石の数と同じく）積りける（重ねていった）。

雲門関に到る　夏

二人若葉がすゑの（若葉も末の頃となり木々は緑濃く）。深緑。晴れ行く雲のたえまよりこれ（これこそ）[一九]南京《なんきん》の雲《うん》門関《もんくわん》と。名乗りて出づる。ほととぎす[二〇]幔幕《まんまく》高き。卯《う》の花垣今年も夏のなかばなり。[*二一]舞詞シテ方三十里にさかも木引き（引き廻らし）。関《せき》の大将[二二]左龍《さりよう》虎右龍虎《こうりようこ》三千余騎。ワキ[二三]兜《かぶと》の星をかかやかし。シテ太鼓を打つて

一 太鼓を乱打してときの声をあげ。「つねに太鼓を打つて乱声をす。一張の弓のいきおひは半月胸の前にかかり、三尺の剣の光は秋の霜腰の間に横だへたり」(『平家物語』九、「樋口被討罰」一の谷の景)。

二 孟嘗君の場合は鶏のにせ声で深夜の函谷関《かんこくかん》の番人をだましたが、この雲門関はだまされはせぬとばかりの勢いで。「夜をこめて鳥のそら音ははかるとも世に逢坂の関はゆるさじ」(『枕草子』)による。前出の「三千余騎」もこの故事の「三千の食客」によるか。

三 鎌倉時代の年号(一一八五～九〇年)。

四 「梓弓」は「引く」の枕詞。先例を引くと掛けて、倒置した言い方。さらに、はやる「軍兵」を言い起す。

五 中国陝西省西安府の山。唐の玄宗が楊貴妃のために、温泉の出るこの地に華清宮を作った。

六 謡曲『楊貴妃』では、方士が玄宗の命で楊貴妃の死後常世の国蓬莱宮を訪ね、太真《たいしん》殿と額を打った宮に行く。「太真」は楊貴妃の字《あざな》(『長恨歌』)。

七 僧などが、宮寺の建立・再建・修復等のため寄進を勧めること。

八 修行を積んだ修験者・山伏。

九 勧進の趣旨を記して、寄進を勧めるための帳簿。古くは巻物や折帖の体裁をとる。

*一〇 このあたり謡曲『安宅《あたか》』のパロディ。「笈の中より往来の巻物一巻取りいだし。勧進帳と名づけつつ。高らかにこそ読み上げけれ。……」以下も『安宅』の

[一]乱声《らんじやう》し。ワキ[二]鳥の空音《そらね》は。シテは。ワキか。二人るとも。ゆるす方なき勢ひに。剣《つるぎ》は夏野《なつの》の薄《すすき》を乱《みだ》し。火縄は沢の螢火《ほたるび》と。[疑われ]要害厳しき関の戸は鳥も。通はぬばかりなり。シテ日本そだちの国性爺。たとへばこの関鉄石にてかためたりとも。押しやぶつて通らん事。わらんべが障子一重《ひとへ》やぶるよりも易けれども。軍中のめさましに《眠気ざましに》。わが本国[三]文治の昔。武蔵坊《むさしばう》弁慶が。安宅《あたか》の関守あざむきし。例《ためし》を引くや[四]梓《あづさ》弓　軍兵にめくは《はやる味方の軍兵に》せし《目つきで示し》。「そも〳〵これは。[五]驪《り》山《さん》の麓《ふもと》楊貴《やうき》妃《ひ》の御廟所《ごべうしよ》。[六]大真殿再興[七]勧進の[八]大行者《ぎやうじや》。[九]勧進帳を聴聞し勧めにいれ《勧化に加われよ》[*一〇]や関守」と。軍勢

呉三桂九仙山に四季の軍を見る

もじり。雲門関にも一の谷合戦の面影があり、義経の世界が下敷になっている。なおまた玄宗・楊貴妃の世界を投影させることは、冒頭から始まっている。

一一 出陣に当って、集まった軍勢の氏名を記入する状。

一二 祈念することで降伏させること。

一三 韃靼や逆徒のため秋の月は、放《はう》埒《らつ》無法の雲に隠れてしまい。『安宅』の場合「大恩教主の秋の月」と秋月は仏徳の円満を譬《たと》えるが、ここはわざと無理な表現に笑いを意図する。

一四 人々は生死定めない永い悪夢を見続けているが、それを覚ましてくれる味方の軍勢もまだ現れない。

一五 玉のように美しい妃。楊貴妃をさす。

一六 涕泣《ていきゆう》。涙を流して泣くこと。

一七 涙が目からはげしく流れ、玉を連ねたように続く。

一八 冥途の貴妃のために思い返して。

一九 「臨卭」は蜀（四川省）の地。「方士」は道教の方術を行う者。『長恨歌』で貴妃に会いにゆく人物。

二〇 「一紙半銭の宝財の輩」のもじり。一戦・合戦ともにここでは同義。

偽勧進帳の朗読

の[一一]着到一巻《ちやくたういつくわん》取り出だし。味方の祈《き》禱《たう》敵[一二]調伏《てうぶく》と観念し《心に念じ》。高らかにこそ。読み上げけれ。「それ。つら〳〵《よくよく》おもんみれば《思いめぐらせば》。[一三]韃《たつ》靼逆徒《たんぎやくと》の秋の月は。無慚《むざん》の雲にかくれ。[一四]生死不定《しやうじふぢやう》のながき夢。驚かすべき勢《せい》もなし。こにそのかみ《昔》。帝おはします御名をば。玄宗皇帝と名付け。奉ッり寵愛《ちようあい》の。[一五]玉妃《ぎよくひ》に別れ。恋慕やみがたく。[一六]啼泣《ていきふ》[一七]眼《まなこ》にあらく涙玉をつらぬく 思ひを《その 恋慕を》。[一八]泉路《せんろ》にひる返して 大真殿を建立《こんりふ》す。か程の霊場の。たえなん事を 悲しみて。[一九]臨卭《りんきよう》の方士《ばうし》が末葉《ばつえふ》。諸国を勧進《くわんじん》す [二〇]一戦合戦の輩《ともがら》は。敵方にては《敵方につけば》首を鉾《ほこ》につらぬかれ味方にては。合戦勝利

の勝時[一]《かちどき》あげん。帰命傾首[二]《きみやうけいしゆ》敬つて申す」と　天も《天にも》ひびけと読みあげたり。

ワキ関の大将右龍虎左龍虎「すは《それ》国性爺。[三]飛んで火に入る夏の虫」。シテ梢[四]《こずゑ》に蟬《せみ》のをめいてかかれば。ワキにつこと笑ひ。シテ[*五]道具ヤ

フシ「樊噲流[六]《はんくわいりう》は珍しからず。門をやぶるは日本の[七]朝比奈流を見よや」とて。貫《くわん》の木さかも木押しやぶり。向ふ者をたたき伏せ　逃ぐるをつかんで人礫[八]《つぶて》。左龍虎右龍虎打ち取つて　なんなく[九]過ぐる月日の関や。[一〇]碁盤の上も。

[一一]二人関吹きこゆる。秋の風霧はれわたる山城は。韃靼の軍将海利[一二]《かいり》王《わう》が楯[一三]《たて》こもり。前は巌壁《がんぺき》後ろは海。要害頼みの油断を見て。秋の夜討の国性爺乗つたる駒《こま》の轡虫[一四]《くつわむし》。月松《(待)》虫の。声すみわたり。しん〳〵りん〳〵しづ〳〵〳〵と。堀ぎは近く攻めよせて。百千の高提灯[一五]《たかぢやうちん》一度にはつと立てたるは。[一六]千世界の千日月《千の日月を》一度に見るがごとくにて。城の兵寝耳に水の。[一七]あわ《(泡)》て騒いで甲を脚当鎧《すねあてよろひ》はさかさま。馬を背中

一 勝鬨。勝利を祝って軍勢があげる叫び声。
二 仏に帰依し礼拝するの意。傾首は稽首が正しい。
三 自分から進んで死地に入るの意の諺。
四 梢に取りつく蟬のように国性爺に弱兵が叫んで攻めかかると。夏の虫の縁で蟬を出す。
*五 道具屋吉左衛門の節。大坂の浄瑠璃太夫で一流の祖。勇壮な語り口で知られる。

国性爺門破り

六 前漢の時代、劉邦《りゆうほう》に仕えた武勇の将。鴻門《こうもん》の会で主君を救うため軍門を押し通った故事（『史記』項羽本紀、七）。
七 和田義盛の子、朝比奈三郎義秀。和田合戦において、鎌倉御所の惣門を押し破り、大力をうたわれる。
八 人を礫（小石《こいし》）を投げるように放り投げること。
九 雲門関を通過する意と、月日の過ぎるとを掛ける。
一〇 盤上も時が経過して。次の秋の局面に移る意と囲碁用語のせき（持）と掛けた表現。

海利王山城の夜討を見る　秋

一一 「旅人は袂《たもと》涼しくなりにけり関吹きこゆる須磨の浦風」（『続古今集』十・謡曲『松風』）。
一二 『明清闘記』一に韃靼軍副将としてその名がある。
一三 立て籠ると同義。当時の慣用。
一四 馬にはます轡（口輪）と秋の夜からの縁で虫名を掛けて出す。轡虫や松虫の虫の音《ね》もすみ渡る静かな月夜に静かに駒を進め。
一五 長い竿の先に高く掲げるように作った提灯。
一六 仏教の世界観で、日月が四天下を周行し光明を照

にオオ《(負ふ)》。〱〱〱〱大手の門を押しひらき。切つて出づれば寄せ手の勢《せい》。貝鐘ならし鯨波《ときのこゑ》。大将団扇《だんせん》おつ取つてひらり。〱ひら〱ひらり。ひらめかし。シテ日本流の軍の下知《げぢ》。攻め付けひしぐ《攻めに攻め押しつぶす》は《のは》義経流。ワキゆるめて打つは楠《くすのき》[一八]流。二人倶利伽羅《くりから》[一九]落し坂落し八嶋の浦の浦波も。ここに寄せ手の勢ひ強くもみ立て〱三重[*二〇]へ切り立てられ

山城を焼き長楽城を打つ　冬

城中さしてぞ引いたりける。「時分はよし」と《(言ふ)》夕闇に　日本秘密の炮烙火矢《はうろくびや》[二一]。打つてはなつそのひびき須弥《しゆみ》も崩るるばかりなり《「その火で」》　楯《たて》も櫓《やぐら》も海士《あま》の焼《た》く。塩の煙《けぶり》か炭竈《すみがま》か　焰《ほのほ》は秋の村紅葉《もみぢ》[二二]。楚人《そひと》[二三]の一炬《いつこ》に焦土《せうど》となんぬ《なった》。咸陽宮《かんやうきゆう》とも言ひつべし。国性爺勝時の駒《こま》の手綱をかいくつて。輪乗りをかけてくる〱〱くるり。〱と乗り廻しめぐる月日に《十月となり》　偽りのなき世《「定家の歌通り」》。なりけり神無月しぐれて過ぐる《偽りなくしぐれが時を知って降りすぎてゆく》。岡野辺に棟門《むねかど》高き城廓《じやうくわく》こそ。これも国性爺が切り取りし福州《ほくしう》の長楽城[二四]。[二五]軒の甍《いらか》はらん。〱と玉を色どる《爛々と輝き玉のように瓦上を色どる》初霰《はつあられ》。みぞれまじりの夕嵐吹きく

らす一小世界が千からなる所を千世界という。千世界は千日月・千須弥山王・四千天下等からなる。この千世界を千集めて中千世界とし、さらに中千世界を千合わせて大千世界とする。

一七「あわて騒いで弓取者は矢を知らず、矢取者は弓を知らず、人の馬には我乗り……」（『平家物語』五富士川）。

一八 楠正成の創始した兵法。由井正雪はその流と称す。

一九 倶利伽羅峠の木曾義仲の奇襲法や義経の一谷坂落し、八嶋軍の攻め手もこの夜討に寄せ用いる。浦波・寄せは縁語。

*二〇 合戦の三重。敵軍は敗れ退く。

二一 天墜砲《ほうろくびや》。径一尺三寸ほどの球の中に火薬と小さい鉛玉を詰め、火機を通して発射するもの。大音響と火の塊を発し、敵陣を焼くのに用いる。

二二 まるで秋の群がった紅葉のように真紅である。

二三 楚の項羽の仕掛けた一本の松明《たいまつ》の火で焼野原となった咸陽宮（阿房宮）ともいうべき有様であるよ。

二四 福建省福州府の長楽県の城。『明清闘記』六、「長楽県合戦の事」に拠るか。ただし城の描写はない。

二五『明清闘記』六、「陳部院驕奢事《ちんほういん》」に、彼がこの地に「甍を並べ宇《のき》を連ね。欄干玉を磨き。栱枅《けうけん》朱碧を輝かし……」と豪奢な楼閣を構える記があり、国性爺はこの地を攻略する。

る上に降りつもり。塀《へい》も櫓《やぐら》も埋もれて　雪の詠《なが》めは。おもしろや。

そのほか[一]閩州《みんしう》建州諸国の府。三十八か所切り取って。太子の御幸《ごかう》を待ち顔に所々に[二]付城築《つけしろきつ》き。兵粮《ひやうらう》軍兵籠め置きて。[三]威勢は天の気に顕れ手にとる。様にぞ見えにける。

シテ呉三桂悦喜のあまり身をも（我が身も）人をも打ち忘れ。太子をいだき奉り　城ある山へとはしりゆく。ワキ二人の老翁引きとどめ「おろかなり〳〵。目撃一瞬に見ゆるといへども。各《おのおの》百里をへだてたり。汝この山に入って一時と思ふとも五年の春秋を送り。四年に四季の合戦を見たるとはよも知らじ。かくいふ中にも立つ月日　太子の成長（太子の成長した）汝が身の。面影をよく水鏡。（姿汝の年とった様子をとくと水鏡に写し見よ）[四]水清ければ影清し汝忠あり誠あり。シテ二人心の鏡（〔その清い〕）に[五]移り来るわれは先祖[六]高《かう》皇帝。シテわれは[七]青田劉伯温《せいでんりうはくうん》。二人住家《すみか》は月の中に立つ（月の中でそこに立つ）[八]桂《かつら》の裏葉吹きかへし。シテ[九]智見《ちけん》の目には上十五。ワキ下十五夜と見つれども。シテ衆生は[一〇]心乱れ碁の。石とやさぞな見るらん。ワキ謡又[一一]水中の遊魚は。シテ釣針と疑へり。ワキ謡雲上《うんしやう》の飛《ひ》

＊「四季の戦い」終る。

官軍各地の勝利

一　「閩州」は福建の地を広くいうか。「建州」は福建省建寧府の州名。

二　敵陣に対峙《たいじ》して築く出城《でじろ》。

三　『明清闘記』七、「掲陽県覆没事《ふくぼつ》」に「国性爺は。福建の軍門と。角闘する事三か度に及び。毎度勝利を得。其外海澄県南洋島の軍にも。悉くに全勝を得。日を逐て威勢天下に振ひ」と見える。

老翁二人、名乗って消える

四　水鏡の水が清いと、映る姿も清く見える。これに呉三桂の清廉潔白ゆえ映る姿も清く美しいという譬喩《ひゆ》表現もきかし、その忠誠を賞する言辞に続ける。

五　映るの意。他の人には見えぬが、汝の心鏡には合戦や我々が現じて見える。

六　大明の太祖、洪武帝。

七　県名。浙江省永嘉県の西。「劉伯温」は、太祖の宰相、青田の人、青田を号とする。『明清闘記』冒頭は「爰《ここ》に青田の劉基《りうき》。字は伯温といふ人あり」より始まる。西湖に遊び天の気を見て天子出現を相しその宰相となることを予言し、その功業を輔《たす》けた。

八　月中に立つ桂の大樹の葉の表裏の照り返しで、上弦の明るい月、下弦の黒い月とその満ち欠けが起る。

九　知見。知恵と見識とを持つこと。悟り。

一〇　心が乱れ雑念多く、月の満ち欠け、時の推移など認識出来ず、ただ乱戦模様の黒白の石のさまとだけと、見るであろう。

一一 水中に遊ぶ魚は、月（三日月）を釣針と疑う。「三日月の。影を舟にも譬へたり。又水中の遊魚は。釣ばりと疑ふ。雲上の飛鳥は。弓の影とも驚く。一輪も降らず。万水も昇らず」（謡曲『融』）。

一二 しかし、月が種々に影を落しても少しも降ることなく、逆に水は月を映すだけで天に昇ることはない。仏教で感応道交して念願の通ずる理をいう譬喩《ひゆ》に用いるが、ここでは現象面はともあれ本来の姿は変らぬことに変えて用いる。

一三 地上で満ちては欠けるといった様があっても、欠けてもやがて満つる月の本来の姿を悟れ。

一四 天を明るく照らし天下を平定するの意と、日の本をいい起す。

一五 日の出のように輝くの意と、出ずる日近しの両意があるか。

一六 折からの松ふく嵐にかき消え、俤ばかりは残ったが、それも松山の嶺の嵐に吹き消され、失せてしまわれた。

一七 雪中の深山という厳しい状況の中で、春を告げる鶯の初音を聞いた時のように、希望で苦しみも忘れる思い。「雪のうちに春はきにけり鶯のこほれるなみだいまやとくらん」（『古今集』一）。

一八 二老翁の示現といい太子の思いがけぬ成長といい二度の奇瑞に。

呉三桂、五年の経過に気付く

鳥《てう》は。シテ弓のかげとも驚けり。ワキ謡[一二]一輪もくだらず。シテ万水《ばんすい》とてものぼらねば。[一三]二人みちてはかくる影あれば。かけてもみつる月を見よ。しばしが程の《〔逆境は月の〕》雲隠れつひには《〔と同じ〕》晴れて[一四]天照らす。日の本和国の神力にて太子の位ははや[一五]出づる日」と。の給ふ御声は[一六]松ふく嵐《あらし》。俤《おもかげ》ばかりは松立つ山の嶺の嵐に吹き。隠れてぞ失《う》せ給ふ。

シテ茫然として呉三桂。夢かと思へばまどろまず《まどろんだ覚えもない》。げにも五年の月日を経たるしるしにや。わが顔には髭《ひげ》のびたり。太子の尊容《そんよう》《お姿》時の間に《は忽ち》御背丈《せたけ》も立ちのびて《高く伸びて》。早《はや》七歳の御物ごし《ご態度》。「呉三桂。〳〵」と召さるる御声おとなしく《お呼びになるお声も大人びて》。[一七]雪の深山《みやま》に鶯《うぐひす》の初音を聞きし思ひにて「あい。〳〵」と頭《かうべ》を下げ。天を拝し地を拝し。嬉しさ足も定まらず　[一八]二度《ふたたび》夢の心地せり。

一官・皇女・小むつ、彼方に現る

御前に手をつかね《そろえ》。「いにしへの鄭芝龍が一子国性爺。日本より渡つて味方の義兵を起すとは《噂にはうかがっておりましたが》。音にこそ承れ。春秋五年の軍功あき《戦の手柄めざましく》らかに。大明半国《大明国の半分は》は取り返し候へば。国性爺に案内して《様子を連絡して》。君これにましまし旨を告げしらせ度く候と。申しもあへぬに《いいも終らぬその時に》はるかの谷の向ふより。「なう〳〵それなるは。司馬《しば》将軍呉三桂にてはなきか。呉三桂。〳〵」と呼ばはる方をよく〳〵見て。「御身は昔の鄭芝龍か」。「これは〳〵呉三桂。命[一]あれば珍しや。一子《[これなるは]》国性爺が故郷の妻。栴《せん》檀《だん》皇女を御供せし」と　招[*二]き合へば姫宮も。「懐かしの呉三桂。おことが妻の柳歌君命かけての忠節にて。浮[三]瀬を渡るうかれ舟[四]　日本へ吹き流され。一官親子夫婦の情け《情けで》不思議に二度《ふたたび》逢ふ事よ。柳歌君は何国《いづく》にぞ　みどり子[五]はなんとなりけるぞ。早う逢ひたい逢はせてたべ」と　焦がれ。給ふぞ道理なる。

(呉三桂)「さればその時の深手にて。わが妻は空しくなり。后も敵の鉄炮に命を落し給ひしゆゑ。胎内を断《た》ちやぶり。わが子を害し敵をあざむき。太子は山中にて。やす〳〵そだて　参らせし。早[*六]《はや》七歳の生ひさき《立派に成長》はこれに渡らせ給ふぞ《された御身はここにおいでになりますぞ》」と。語るに付けて姫宮も。わつとばかりにどうど伏し《打ち崩れ》人目も《人目もはばからず》。わかぬ御歎き　思ひ《[ご心中]》。やられていたはしし。

一　命があればこそ珍しくも会えることよ。

*二　鄭芝龍と小むつが後ろの姫宮を早く早くと招けば、姫も谷の向うに現れ。三人を一緒に出さず呉三桂と姫との対面を効果的にする。

三　つらい境遇。「浮瀬を渡る」で、危いところを越えての意も含めるか。

四　行方を定めず水に漂う舟。

五　赤子。呉三桂と柳歌君の間の子。

呉三桂、妻子の死と太子の生存を語る

*六　原文この所フシ落し。呉三桂の思い入れがあり、気を取り直し「早七歳……」と語りつぐ。

七　老骨。転じて老体。

危機に雲の梯《かけはし》現る

一官麓《ふもと》を見返つて。「あれ〳〵梅勒王《ばいろくわう》めが姫宮を見付け。数千騎にて追つかくる 〔この〕[七]年寄骨に力《りき》みを出し踏みとどまつて命かぎり。ふせぎささへんとはや〔心は〕れども。宮の御上あぶなし〳〵。それへどうぞのけたいが《逃れさせたいが》この山[八]不案内。谷を越す道はあるまいか」。(呉三桂)「いや〳〵この山廻れば六十里。谷深うて底しれず。これへも呼ばれずそこへも越されず。エエいかがせん何とかせん」と虚空を拝し。「只今[九]奇《き》瑞《ずい》を現《げん》じ給ふ。御先祖高祖《かうそ》皇帝。青田《せいでん》の劉伯温《りうはくうん》。[一〇]神仙微《み》妙《めう》の力を合はせ。非常の危難を救ひ給へ」と。太子もろとも一心不乱に祈誓ある。姫宮小むつも手を合はせ「南無。日本住吉大明神。[一一]福寿皆無量《ふくじゆかいむりやう》」と[一二]丹精《たんせい》無二の心ざし。[一三]天も感応《かんおう》地も納受《なふじゆ》。[一四]洞口《とうこう》より一筋の雲無心にしてたな引けば。〔まるで〕[一五]天のかけはし[一六]かささぎの。渡せる橋や〔のよう〕。[一七]葛城《かづらき》の久米《くめ》の岩橋夜ならで〔一同は〕夢路をたどる。ごとくにて渡るともなく行くともなく*[一八]ヲクリ向ふの〽嶺《みね》にのぼり付き。〔今更ながら〕足もわぢ〳〵ふるひけり。足もぶるぶるふるえるのであった

一官達、雲梯を渡り了《お》える

八 様子を知らないこと。
九 奇瑞を現し給うた。
一〇 不老不死の術を得、神通力を持つ仙人。「微妙」は玄妙、不思議な力。
一一 『法華経』観世音菩薩普門品第二十五の偈《げ》の結びの文句。福徳の聚《あつ》まることの広大なるさまを海に譬えていう。「一切の功徳を具して、慈眼をもつて衆生を視る、福聚の海無量なり、是の故に応に《まさ》頂礼すべし」。ここは観世音に危機を救ひ給へと祈誓するさま。
一二 一心不乱にまごころこめた祈念の思い。「丹精」はまごころ、赤心。「無二」は一心に行うさま。
一三 天もその志を感じて応じ、地も聞き届けられ。
一四 洞の入口から一筋の雲が自然にたなびき出て。「雲無心以出レ岫《しう》」(『古文真宝後集』帰去来辞、陶淵明・謡曲『三笑』)。
一五 天にかかった雲の梯。「かけはし」は仮の橋。
一六 七夕の夜、かささぎが天の河に翼を並べて牽牛《けんぎゆう》・織女《しよくじよ》の二星を渡すという橋。
一七 葛城山の久米路に渡した岩橋は夜々通うものだが、この場合は夜でもないのに。役《えん》の行者が一言主神《ひとことぬしのかみ》に命じて架《か》けさせ、神は醜いのを恥じて夜だけ働いた伝説による。
*一八 ヲクリで危い雲梯《うんてい》を彼等が脱出する演技がある。雲梯はからくり仕掛。宙をゆくからくりも当時多かった。

賊兵、現れ騒ぐ

程なく賊兵雲霞《うんか》のごとくどつと駆けよせ。「あれ〳〵太子呉三桂も見えたるは。思ひもよらぬ拾ひ物。一鰯網《いわし》で鯨を取るとはこの事。的に《よい標的に》なつたるやつばら。やれ弓よ鉄炮よ　打ちとれ射とれ」とひしめきける。

賊兵、雲梯より落下

梅勒王《ばいろくわう》下知をなし「やれ待て〳〵。〔奴らの〕後ろはひろし二退場《のきば》はあり。弓鉄炮は三叶《かな》ふまじ。こりや見よ終《つひ》に見ぬかけはし。四必定《ひつぢやう》国性爺奴《め》が日本流の五算盤橋《そろばん》。六畳《たたみ》橋なんどいふ物ならん。敵に七喰ひ物あてがふは愚かの軍法。つづけや者ども渡れやわたれ」と五百余騎。押し合ひ詰め合ひ

九仙山に味方集まる

一 意外な収穫のあることの譬え。
二 逃げ場。
三 役に立つまい。
四 定めし、きっと。
五 岩国の名橋錦帯橋《きんたい》の俗称。「錦帯橋あり……俗にそろばんばしといふ」(『和訓栞』)。延宝元年(一六七三)はね橋普請(『岩邑年代記』)。錦帯橋は五段にかけるが、中の三段は橋杭《はしぐい》がなく、行桁《ゆきげた》を橋台《きょうだい》より段々持出して梯のごとくにしているので、ここに用いた。
六 折り畳めるように工夫した仮橋。
七 利益を与えてやる。

われ先にと。えい／＼声をかけ橋の中半《なかば》渡ると見えけるが。山風谷風さつ／＼／＼と雲のかけはし吹き切つて。大将始め五百余騎。どた／＼／＼と落ちかさなり面向《めつかう》[八]打ちわる〔者〕頭を砕く〔者〕。泣いつわめいついや[九]がうへ〔死人は〕谷をも埋むばかりなり。

賊兵雲梯より落下

呉三桂鄭芝龍。「得たり《しめた》かしこし《よい調子だ》心地よし」と。大石大木あたるを幸ひ。投げかけ／＼打ちつくれば。一騎も残らず刹那《せつな》が中人《うち》のすしとぞなつたりける。中にも大将梅勒王。岩根をつたひ葛《かづら》をたぐり這ひのぼれば。呉三桂遊[一〇]仙の碁盤引つさげ「こりや。この碁盤は

八 面向（めんかう）の転。まっこう。

九 なおその上に（落ち重なり）。

一〇 仙境に悠々自適の人。

＊ このあたり『太平記』七、「千剣破城《ちはやの》軍事」を利用しているという後藤丹治氏の説がある（『戦記物語の研究』）。賊軍が長さ二十丈の梯をかけ渡し渡る時、正成軍は油をかけて焼き、大石大木で敵を悩ませる条の翻案と指摘する。また『明清闘記』八、「連江橋軍事」がこの趣向の原拠とする野間光辰氏の説（『明清闘記』と近松の国性爺物」）もある。

梅勒王、碁盤で打ち殺される

[一]草薢《ところ》で練つて石より堅く。にがうて口に合はずとも一口喰ふか。汝《おのれ》が[二]一目《いちもく》めをもつて[三]御無用の碁の相手。碁勢を見よ」と頭を出せば[四]ちやうど打ち。面《つら》を出せばはたと打ち。ぶち付け〳〵脳も鉢《頭蓋骨》も打砕かれ　微塵《みぢん》になつてぞ失せにける。

囲碁ことば尽し
味方勝利福州城入り

「オオ〳〵本望〳〵」。本朝にもかかる例《ためし》は。先例よし(良・吉)野の[五]碁盤忠信。それは[六]榧《かや》の木これは[七]ところの九仙山。[八]先手が味方へ廻りくる[九]四ツ目殺しに點《なかて》を入れて。征《しちやう》にかけて[一〇]辟《うちき》つて。拶《せ》めて勒《から》めて[一一]断《たちき》つて。[一二]手詰のせきを勝軍敵《かちいくさかたき》の[一三]はまを拾ひ上げ。国も御代も[一四]打ちかへで手を《あらゆ》つくした《る手段を尽した》る[一五]劫《こふ》もあり。忠義の道はまつかうかう《まさにかくの通り》。道はかうよ《こちらぞと》と打ちつれて福州《ほくしう》の。城にぞ入りにける

第　五

龍馬が原陣
永暦皇帝を奉じて陣取る

[一六]泰山《たいさん》をわきばさんで北海を超ゆる事はあたはず。王の王たらざる

一 野老。本因坊家の什宝に、豊臣秀吉の下賜と伝えるトコロの碁盤があった(『因云碁話』六)。
二 「一口」の縁で「一目」と、身体語と碁の用語でもある表現を用いた。「め」は罵語。碁では一目の目では打ち込まれると死ぬので、相手を嘲《あざけ》っていう。
三 太子や我等に対し無用(無益)の相手立ての意。
四 物の激しくぶつかる音。
五 都に潜入した佐藤忠信が身を寄せた遊女力寿の所で、彼女の訴人で来襲した討手と立ち向い死んでゆくという古浄瑠璃『碁盤忠信』二で、枕にしていた碁盤で相手の頭を打ち叩く場面がある。
六 碁盤は榧の木が一番良質で檜がそれに次ぐ。
七 この場合は草薢《ところ》で、所も吉野山ならぬ唐の九仙山。
八 今まで逃げていたのが好機を得て味方にして攻勢に回ってくる。「先手」は碁で先攻する側をいう。
九 以下囲碁用語尽しで、敵を攻めるさまをいう。「四ツ目殺し」は相手の石を四方から囲んで殺すこと。「點」は相手に目を作らせないよう中に石を打ち込むこと。戦いでは敵中突破すること。「征」原文「粘」は斜めに相手の石を追い囲み隅に追いつめて殺す手。
一〇 相手の伸びよう、続けようとする頭を截《た》つこと。ここは退路を断つことか。「拶め」は相手の石が逃げよう、伸ばそうとするのに付いてゆく手。追跡して攻める。「勒め」は相手が目を作ろうと

するのを邪魔してつぶすこと。搦手《からめて》も掛けた表現か。
一一 相手の二つの石の間に打ち込んで繋《つな》がりを断つ。
一二 一寸の間もなく激しく攻めること。「せき」（持）は双方互いに先に打つと取られるような局面になり、暫くそこはそのままにしておくこと。ここは双方攻めあぐむ戦局も逆に周囲を激しく攻めて勝軍《かちいくさ》にするの意か。
一三 囲んで殺した相手の石。あげ石。敵の捕虜。
一四 それで勝敗が逆転するような効果的な一手。逆境から一変するような秘策のうち。
一五 「功」と囲碁用語「劫」を掛ける。一手おいてから相手の石を取りにゆくこと。そのため他所に大事な所を見つけ相手に防がせてからその石を取りにゆく。
一六 泰山を脇に抱えて北海を越える事は出来ない。しかし王が真の立派な王となることはそれとは違い、不可能なことではない。それは為《な》さないだけで、努めれば出来るということだ。『孟子』（梁恵王上）の引用。『譬喩尽《たとえづくし》』にもある。
一七 『明清闘記』四、「各相謀り。則ち雲南に御座す桂王の御子を冊《かしづ》き。皇帝の位に即《つけ》まゐらせ。今茲《ことし》丁亥三月。永暦と改元し」。「印授」は一七〇頁参照。
一八 『明清闘記』七、「木《もく》城の事」。「抑此木城は。大方木馬に似たる物を重ね上る也。組立つれば城と成る」。この木城を並べ砦《とりで》を形成する。木城の高さは六、七尺、横は十間。

呉三桂、蜂筒の計を示す

は能《あた》はざるにはあらずとかや。延平王国性爺兵《へい》を用ゆる事掌《たなごころ》にまはすがごとく。五十余城を屠《ほふ》り（攻略し）武威日々にさかんにして。妻の女房（妻の小むつは）古郷《こきやう》より栴檀《せんだん》皇女を供し参らせ（お供申し上げ）。九仙山より呉三桂太子を御幸《ごかう》なし申せば。〔太子に〕十善天子の印綬をささげ[一七]永暦《えいりやく》皇帝と号し奉り。龍馬《りゆうめ》が原に八町四方の[一八]木城《ぼくじやう》をからくみ（組み立て）。陣幕外《ぢんまくと》幕錦《まくにしき》の幕。陣屋の上には日本伊勢両宮（内外宮の）の御祓《はらひ》。大麻《おほぬさ》を勧請《くわんじやう》し。太子を別殿に移し参らせ。その身（国性爺は）は中央の床几《しやうぎ》にかかり（ゆったりと坐り）。司馬将軍呉三桂　散騎将軍甘輝同じく左右の床几に座し。韃靼大明《たつたんたいみん》わけめの勝負《しようぶ》軍《いくさ》。評定《ひやうぢやう》とり〱なり（いろいろと重ねる）。

呉三桂団扇《だんせん》取り直し。「凡そ謀《はかりこと》は浅きに出て。深きに至るにしくはなし」（浅いものから始まり深い術計に誘い込むのが一番よい）と竹筒一本取り出だし。「この筒に蜜をこめて山蜂多く入れ置きたり。かくのごとく数千《すせん》本拵《こしら》へ先手の雑兵に持たせ。立ち合ひ（勝負を賭けた）の軍する体《てい》にて筒を捨てて逃げのかば。貪欲《とんよく》さかんの韃靼勢。食物と心得拾ひとらんは必定。〔彼等が〕口を抜くとひとしく（同時に）数万の山蜂群がり出で。賊兵を毒痛《どくつう》せしめ。ただよふ（たじろぐ）所を取つて返し八方より討ち取るべし。これ御覧候へ」と口を抜けば数多《あまた》の蜂鳴り[一]羽《は》ぶいてぞ出でにける。

乱火の仕掛をさらに示す

「賊[二]兵あざ笑ひ。浅はかなるわらべおどしの謀《はかりこと》。焼き捨てて恥かせよと積みかさねて火をつけん。その時筒の底に仕掛けたる。放[三]火の薬鳴りわたり飛びちつて。十町四方の軍兵に生き残る者は候まじ」と。〔呉三桂が〕火縄を筒にさし付くるとひとしく飛んだる乱火《らんくわ》[四]の仕掛げ《まこと》にも。かうとぞ見えにける。《に呉三桂の計画通りにゆくと見えたのだった》

甘輝、毒菓の計を提案

五常軍甘輝菓《くだもの》入れたる花折[五]一合取り出だし。「呉三桂の奇計もつとも候。またそれがしが謀。かくのごとく折籠《をりかご》二三千合も拵《こしら》へ。さまぐ\の菓子餉《かれいひ》[六]酒肴《さかな》したため《ととのえ》。おのおのこれに鴆毒《ちんどく》[七]を入れ陣屋に貯へ並べ置き。陣所近く敵を引き受け《引きつけ》。戦ひ負けたる体《てい》にして十里ばかり引きとるべし。韃靼が例の長追ひ。勝ちほこつて陣屋に込み入りこの食物に眼くれ《目がくらんで》。宝の山に入つたりと軍将雑兵。われ先にとつかみ喰《くら》はんは必謡。唇《くちびる》にさはるとひとしく片端《片っ端から》に毒血《どくけつ》吐き。刃《やいば》

＊蜂筒の敵を悩ませ火を発するこの計は、『明清闘記』六、「長楽県合戦の事」に殆ど同形で見える。ただし国性爺の奇策として挙げる。『明清闘記』二に、「呉三桂は。張良が智略を廻らし。孔明が奇巧《きげう》を得たる名将なれば」。牛に引かせた雷火車を用意し、敵を悩ます条がある。

＊この蜂筒の計、及び木城に大石落下の仕掛をなし退くと見せて敵を殺す計は、『国仙野手柄日記』にも見える。

＊毒菓を敵に奪わせる計は、『明清闘記』七、「馬提督毒死事」に同巧で既出。これも国性爺の計略。

一 羽を鳴らしふるわせて。

二 「北虜軍卒嘲りて浅ましの敵の策《はかり》事や。箇様《かやう》の細き巧《たくみ》をして。吾大勢に敵対せんとや」(『明清闘記』)。

三 「国姓爺。智謀を以てこしらへたる筒なれば。俄に鳴動し。火を吐《はき》玉を飛せて。蜂と共に百方に分散し。虚空に焔《もえ》立ちける間」(『明清闘記』)。

四 火が乱れとぶ仕掛。

五 花を入れる折籠。或いは花で飾った折籠。「折籠」は折箱のように造った籠。蓋を持ち、一折を一合と数える。「奇麗に飾り儲《まうけ》たる酒肴《さけさかな》食物有。飾れるままなるも有。又取散し。食さがしたるもありければ」(『明清闘記』)。

六 旅行用の乾飯。干した飯。

七 鴆という鳥の羽を酒に浸して作った毒酒。血液や肉にも猛毒があり、犀角で解毒出来ると伝える。

八 「劈《ちぬる》 血を塗《ぬる》也」（『字尽重宝記』）。

国性爺、まともの敵討を望む

九 原文「寸々《ずたずた》」。

一〇 諺「こきやうばうじがたし」（『毛吹草』）。

*一一 この所フシ落し。恥を思われた「その立派さ」、といった讃嘆の気持の表出を音楽的に行う。

国性爺、降参兵を日本兵の加勢とし、小むつに引率さす

に[八]劈《ちぬ》らずしてみなごろしにしてしてくれん」と。面々軍慮《それぞれ軍略に》心を砕き評義　とり〴〵まち〳〵なり。

国性爺打ちうなづき。「いづれも一理ある計略。批判申すに及ばず《是非を批評いたすまでもない》さりながら。国性爺が魂に徹し忘れがたきは。母が最期の一句の詞《ことば》。韃靼王は汝らが母の敵《かたき》。妻の敵と思ひ込んで本望とげよ。気をたるませぬそのための自害なりとの詞のするゑ。骨に浸み五臓に《心肝に》徹し刹那《せつな》も忘るる事はなし。千変万化《いろいろ様々の》の謀もなにかせん。ただ無二無三《しゃにむに》に攻め入つて韃靼王李蹈天に。押しならべてむずと組み。ずだ〳〵[九]に刻んで捨てずんば《捨てなければ》。たとへ国性爺が百千万の軍功も。君の忠も世の仁義も母のためには不孝の罪」と。鏡の様なる両眼に《曇りのない大きい両眼に》涙を　はらはらと流しければ。呉三桂甘輝を始め。一座の上下もろともに　皆皆。袖をぞ濡らしける。

（国性爺）「ことさら（母は）女の身ながらも。[一〇]古郷を忘ぜず生国を重んじ。最期まで日本の国の恥を[*一一]思はれし。われも同じく日本の産《さん》　生国は捨てまじ《捨てまいと》

と。あれ見給へ[一]天照《てんせう》太神を勧請《くわんじやう》す。それがし匹夫《ひつぷ》[二]より出でて数か所の城を攻め落し。今諸侯王[三]となつておのおの傅《かしづ》[四]きに預かる事。まつたく日本の神力によつてなり。然れば竹林にてしたがへし嶋夷《しまえびす》[五]ども。日本頭《あたま》に作り置き。かれらをまつ先に立て日本の[*六]加勢と披露せば。もとより日本弓矢《日本兵は》に長じ武道鍛錬かくれなく《武道をきたえ強兵であることが知れ渡り》。韃靼夷聞きおち《聞いただけで》して二の足になる所を《おじけづき進むをためらう所を》[七]たたみ寄せて乗つとらんと。このごろ《ついこの間》わが女房にしめし合はせたり。ヤア〳〵源の牛若。軍兵率《そつ》《従》しこれへ《え》〳〵」と団《うちは》を上ぐれば。「あつ」とこたへて立ち出づる小むつが髪の[八]初元結《もとゆひ》。諸軍

南京攻めの軍略・鄭芝龍の遺書

一 五段目の初めの（二五一頁）、陣屋の上に伊勢両宮の御祓大麻を勧請した条と照応する。「勧請」は神仏の来臨を求め、その霊を祭ること。
二 身分の低いものの出ではあるが。
三 二一五頁注二〇参照。
四 大事に世話をすること。
五 二〇四頁注四参照。
*六 正保三年（一六四六）十月、幕府では鄭芝龍の援兵を請うた書簡につき議し、御三家にも議《はか》った。紀伊頼宣一人反対しその儀は止むという事件があった。こうしたことが下敷にあるか。
七 一気に寄せる。相手に余裕を与えず攻めるさま。
八 公卿の元服の際に髪を結ぶ紫の組紐。ここは小むつが男装して髪を束ねたさまをいう。

九　嶋夷の元服頭、それが大和風と続く。さらに、小むつの衣装は日本的なあさぎ色の着物、それに唐人の唐錦が交じり、と対照的に展開するか。
一〇　謡曲『鞍馬天狗』の「さても沙那王がいでたちには。肌には薄花桜の単《ひとへ》に。顕紋紗《けんもんしや》の直垂の。露を結んで肩にかけ。……さこそ嵐の山桜。花やかなりける出で立ちかな」に拠る。この関連からいえば、「大和浅黄に唐錦」は小むつ一人の描写か。その場合は、彼女があさぎの着物と唐錦を併せ着る体、挿絵（下図）ではそうなっている。

姫宮、一官の旗印を示す

一一　幕の一種。縦に布を並べ縫った、まだらまく。
一二　戦場で用いる旗。武将の目印に種々の紋様や文字などを記す。
一三　床几よりおりて。父への尊敬のため。この場合後に「すつくと立ち」とあり、地面に片膝をついたか。
一四　なまじっか。無理であるのに進めること。
一五　この唐土に戻って来たが。
一六　老いた今、余命とていくばくもなく、いかほどの楽しみを期待することが出来ようか。

国性爺、父の遺書読み奮い立つ

一七　いやしい名。いささかの名。名の謙辞。ただしこの表現は一般的ではない。
一八　享年と同じ。この世に生存した年齢。七行本「ぎやう」と振る。

勢の元服頭。[九]大和《やまと》浅黄に唐錦《からにしき》。[一〇]花やかなりける出で立ちなり。

仮御殿の[一一]幔幕《まんまく》より姫宮走り出で給ひ。「なう〳〵国性爺。この旗は御

身の父一官の[一二]旗印。この書付けも《この旗に書いた文字も》一官の筆心もとなき《心配な》文言《もんごん》」と。〔旗を〕出だし給へば[一三]床几《しやうぎ》をさがつて　読み上ぐる。

「われ[一四]なまじひに明朝先帝の朝恩を報ぜんと。二度《ふたたび》この[一五]土《ど》に帰参し功もなく誉《ほまれ》もなし。[一六]老後の余命いくばくの楽しみをか期《ご》せん。今月今夜。南京《なんきん》の城に向つて討死をとげ。[一七]微名《びめい》を和漢にとどむる者なり　鄭芝龍老一官。[一八]行年《かうねん》七十三歳」と。読みも終らず国性爺すつく

＊ 国性爺の怨敵への怒りの局面は、『明清闘記』四、「鄭成功永暦皇帝を立る事」の条に拠る。すなわち父が敵の計画に陥り捕われ、母が入水自殺した後「此上は只国の恥をすゝぎ。恢復《くわいふく》の策《はかりごと》を立んといふのみに非ず。父母の為に。共に天を戴くべからざるの怨敵《をんでき》也……」と報復の念をもやす。

一 敵への執念にさらに執念が加わってきた。

二 情けない。

三 軽重の差はない。「軽め」は目方の軽いこと。

四 勢いの猛《たけ》きさまをいう常套表現。謡曲『橋弁慶』「いかなる天魔鬼神なりとも。面を向くべきやうあらじと」。『熊坂』「勢ひは妖疫神《えうやくじん》も。面を向くべきやうぞなき」。第六天（欲界）の魔王や疫病災厄をくだす悪神も面と向って対抗出来ない。

＊五 場面転換の三重。底本は「三重」を欠くが、七行異版等にはある。

六 鎧《よろひ》のさね（札）を黒皮でもって綴《つづ》ったもの。

七 「驍スドシ武猛也」（『書言字考』）。

八 城が内外二重の城郭で囲まれていて、内を城といい外を郭という。その外郭の大きい城門。『明清闘記』首巻の南京城図（付録図）も城と郭からなる。

九 この段冒頭からの国性爺を初めとする将軍達の軍議をさす。

一〇 日頃の思いを遂げたく存ずる。娘や妻の後を早く

南京城門

一官、名乗りをあげる

と立ち。「サア敵《かたき》[一]に念が入つて来た。母の敵に父の敵。智略もいらず軍法も何かせん。かた〴〵《あなたがたはともかくも》はともかくも身にせまるは国性爺《せっぱつまったこの国性爺》。只一人南京の城に乗り込み。韃靼王李蹈天が首ねぢ切り。父が最期の場をかへず討死して　父母が。冥途の旅を同道せん　今生《これで》のお暇乞《いとまご》ひ」と。とんで出づれば。両将袖にすがつて（甘輝）「アア曲《きよく》[二]もなし。甘輝がためには妻の敵舅《しうと》の敵」。（呉三桂）「呉三桂がためにも妻の敵みどり子の敵」。（国性爺）「オオそれ〳〵《そうじゃ》いづれも《三人いずれも》敵に軽め[三]なし。天下の敵は三人一所。サア来い」と駆け出づる。この三人の太刀さきには。[四]いかなる天魔疫神《やくじん》も面《おもて》を。むくべき＊[五]三重〽方もなし

鄭芝龍老一官。夕霧くらき黒皮威《くろかはをどし》[六][七]すすどげ《たけだけしく身をかため》に出で立つて。南京城の外廓《とぐるわ》[八]の大木戸たたいて。「国性爺が父老一官と申す者。年寄り膝《ひざ》骨よわつて人並の軍叶《いくさかな》はず。さればとて若殿原の軍咄《ばなし》[九]。安閑と聞いてもゐられずこの城門に推参して《おしてやって参り》。すみやかに討死し素意《そい》[一〇]を達した

く候。哀れ李蹈天《何とぞ》出で合ひ《出て勝負し》この白髪首を取つてたべ。生前《しやうぜん》[一一]の 情けならん」とぞ呼ばはりける。

奮戦の一官、ついに捕わる

城の中より六尺ゆたかの大男。「やさしし《殊勝である》一官相手になつてとらせん」と。木戸押し開き切つてかかる。「心得たり」と二打ち三打ち打つぞと見えしが。つつと入つて《手もとに飛込み》首打ち落し大きに不興[一二]し大音上げ。「一官年寄つたれどもか様の葉武者[一三]にやる首持たず。李蹈天出で合はれよ外の者が出でたらば。いつまでもこの通り」と城をにらんで立つたりけり　韃靼大王寿陽門[一四]の櫓《やぐら》に顕れ出で。「国性爺が爺《てて》老一官とはきやつめよな《あいつめだな》。問ふべき子細《尋問すべき事柄が》あまたあり殺さずとも搦《から》め取つて引いて来たれ」。「承る」と四五十人棒[一五]づくめに取り廻し。透《すき》をあらせずめつた打ち　ねぢふせ〳〵縛[一六]り付け。城中さして引いて入る　無念といふも余りあり。

国性爺、全軍を率い総攻撃

程なく甘輝呉三桂国性爺をまつ先に。大手の門に駆け付くればひつつづいて六万余騎。小むつを後陣《ごぢん》[一七]の大将にて今日を死戦《しせん》[一八]と押しよ

追うことであろう。勿論、李蹈天を討つことが出来ればという思いがあることはいうまでもない。

一一 〔それが〕この世の情けというものだろう。

一二 不快に思う。

一三 とるに足らない武士。端武者と同じ。

一四 不詳。『明清闘記』九、「京師正陽門軍の事」の聚宝《ほう》門・正陽門（付録図参照）を併せ用いて作った名か。正門であろう。

一五 棒を横に並べ持って押しつめること。

一六 『明清闘記』三、「鄭芝龍北軍に陥る幷ニ芝龍が妻自害の事」に拠れば、韃靼王の和を乞い三省王に封ずるという勅書を信じ、鄭成功の諫めを用いず敵陣に赴き、「ひし〳〵と生捕」られる。

一七 本陣の背後に備えた第二陣。

一八 死をかけた戦い。決戦。

せたり。国性爺下知《命令を下し》をなし。〔父上の〕「いまだ生死《しやうじ》もしれず殊にこの南京城。[一]四方に十二の大門三十六の小門あり。一方にても明いたる方より落ち失《う》せんは必定《ひつぢやう》。四方に心をくばつて討て」と[二]相詞《あひことば》に手をくばり《その手段を定め》。[三]箙《えびら》をたたき鯨波《ときのこゑ》　天もかたぶくばかりなり。

小むつがたしなむ剣術の。[四]牛若流の小太刀を以て一陣《先陣に》に進み出で。「相手えらばず時えらばず。所もえらばぬこの若武者死にたい者が相手ぞ」と。思ふさまに《思う存分に》広言し。多勢が中へわつて入り。[五]火水をとばせて[*六]三重へ戦ひける。

賊兵数多《あまた》討たるれども。七十万騎たてこもつたる南京城　落つべき様こそなかりけれ。

国性爺はいかにもして。父の生死をしるべしと駆け廻つても[七]詮方《せんかた》なく。陣頭に大音上げ。「われ唐土《もろこし》へ渡つて[八]五年の間。数か度の合戦終《つひ》に無刀《刀を抜かぬ》の軍をせず。今日《けふ》珍しく剣の柄《え》に手もかけまじ。馬上《ばしやう》の達者剣術得者《えもの》の韃靼勢。寄つて討てや」と招きかくれば。「につく

一　『明清闘記』三、「南京陥没の事」に「京城の周《しう》廻《くわい》。南北二十五里。東西九十六里。門を建る事十三。……其外城《ぐわいじやう》は。山に因り。江を挽く。周廻一百八十里。別《べち》に十六門を造る」とある。

二　夜戦などで同士討を避けるため、互いに合図の言葉をかけ合うこと。

三　矢を入れて背負う器。竹・革・葛・柳などで作る。

四　四段目冒頭にある、今牛若ともいうべき冴《さ》えた剣術の業をいったものか。

小むつ、剣の奮戦

五　非常に激しく争うさま。

*六　戦闘の三重。『明清闘記』九に、国性爺が「勇力丈夫に超。弓を挽《ひ》き戟《ほこ》を揮《ふる》ふ事。兵士の及ぶ所に非ず」という近侍の女将十人を具す条がある。

南京城不落のてい

七　甲斐もなく。

国性爺、人礫馬礫の奮闘

八　九仙山の場面で「春秋五年の軍功」とあることと照応する。

い広言打ち殺せ」と。われも〳〵とをめいて《わめき叫んで》かかる。引きよせて剣ねぢ取りたたきひしぎ《たたきつぶし》打ちみしやぎ《打ち砕き》。鉾鑓《ほこやり》長刀もぎ取り〳〵。捻ぢまげ押しまげ折り砕き。寄せくるやつばら脚《すね》にさはれば踏み殺し。手にさはるを捻ぢ殺し。絞め殺しては人礫《つぶて》九。騎馬の武者は馬ともに一つにつかんで手玉一〇にあげ。四足をつかんで馬礫。人礫馬礫石の礫一一も打ちまじり。人間《〔とても〕》わざとは三重*一二へ見えざりし

一官を楯に退けと迫る敵

さしもの韃靼攻めよせられ。すは《さあ》落城と見えたる所に。一官を楯《たて》の表に縛り付け。韃靼王を先に立て李蹈天進み出で。「ヤア〳〵国性爺。おのれ日本の小国より這ひ出で一三。唐土の地を踏みあらし数か所の城を切り取り。あまつさへ《それぱかりか》大王の御座近く。今日の狼藉緩怠《らうぜきくわんたい》一四千万。これによつて《それゆえ》親一官をかくのごとく召し取つたり。日本流に腹切るか但し《それとも》親子もろとも。すぐに日本へ帰るにおいては一官を助くべし。承引なくばたつた今。目前にて一官を引つぱり切り一五せん。と《それ》かく《かこれか》の返答はや申せ」と高声《かうしやう》に呼ばはれば。今まで勇む国性爺。は

九 人を礫のように遠くへ投げとばすこと。「金乗《こんじょう》を取て中《ちう》に差上たれ共、人飛礫《つぶて》に打つまではさすが不叶」(『太平記』三十三、京軍事)。

一〇 お手玉をとるように自在に投げあげ。

一一 〔それに加えて〕大石を礫のように投げるのも加わって。

*一二 奮戦力業の三重。

一三 足許も定まらず這い出してきて。「やって来る」ことを嘲っていったもの。なお、山出し・ぽっと出の意の「這出《はいで》」をもきかせているか。

一四 不届き千万。

一五 七行異版「引はり切にせん」。左右から肢体を引きちぎる刑。

つとばかりに目もくらみ力も。落ちて打ちしをれ。諸軍勢も気を失[一]ひ　陣中。ひつそとしづまりける。

一官、我が子をはげます

一官歯嚙《はが》みをなし「ヤイ国性爺。うろたへたかおくれたか《気おくれしたのか》。七十に余るこの一官命ながらへてなんになる。母が最期の詞けなげなりとて。父にも語り吹聴《ふいちやう》[二]せしを忘れしか。これ程までしおほせし[三]大事。この皺爺《しわぢい》が命一つに迷うて仕損ぜしといはれて。末代の恥辱古[四]郷の聞え。日本生れは愛におぼれ義をしらぬと。他国に悪名とどめんは日本の恥ならずや。女なれども汝が母は生れ古郷を重んじ。日本の恥とい

大団円の所

一　気力を失うこと。「御方の軍勢の気を失ひ、色を損じたる体」（『太平記』二九）。
二　多くの人に言いふらすこと。ここは、人にも熱をこめて告げ知らす。
三　朝敵を討ち明朝を再興する企て。
四　日本の評判もどうなる。

五　きびしく敵に詰め寄ること。土壇場になって。

六　身体をずたずたに引き裂くこと。

七　仏教の世界観で世界の中心にそびえる高山。

ふ字に命を捨てしを忘れしか。これ程の手詰[五]になり。この親が目前に八[六]つざきにせらるるとも。目もふらず飛びかかつて本望とげ。大明の御代になさんと思ふ根性はどこで失うた。エエ未練なり浅まし」と　ちだんだ踏んで制すれば《たしなめると》。

国性爺も途方にくれる

国性爺父に恥しめられ　思ひ切つて。大王めがけ飛んで出づれば李蹈天。父に剣をさし当つる。はつと気も消え《気力も失せ》立ちとまり進みかねたるしどろ足《よろよろ足》。頭《かうべ》の上に須弥山《しゆみせん》[七]が今崩れかかつても。びつくともせぬ国性爺　前後にくれて《どうしてよいか判らぬ様に》ぞ見えにける。

甘輝呉三桂互ひにきつと目くばせ《さっと目で心を通わせ》。つつと出て韃靼王の前に頭《かうべ》をさげ。「[一]かくまでしおほせ候へども御運強き韃靼王。一官搦《から》めとらるる事国性爺が運もこれまで。末頼みなき《将来頼りにならない》大将 われ〳〵両人が命を助け給はらば。国性爺が首取つてさしあげん。[二]御誓言にて御返答承らん」と。いひもあへぬに韃靼王。「オオ〳〵[三]神妙《しんべう》〳〵」といふ所を。飛びかかつてはつたと蹴倒ししめあぐれば。隙《すき》をあらせず《隙を与えないで》国性爺。飛びかかつて父がいましめ捻ぢ切り〳〵。李蹈天を取つておさへ父を縛りし楯の面。[四]まつそのごとく[五]高手小手に縛り付け。三人目と目を見合はせて。「アア嬉しや」と悦ぶ声 国中ひびくばかりなり。

諸軍勢勇み《ふるい立ち》をなし[六]太子姫宮御幸《みゆき》なし奉れば。（国性爺）「御前にてきやつばら《こいつら》すなはち《即座に》罪科に行ふべし。夷国《えびすくに》とはいひながら韃靼国の王なれば。縛りながら《縛ったまま》鞭《むち》打ちして[七]本国へ送るべし」と。〔鞭打ちが〕左右に分つて[八]五百鞭。半死半生《半死半生となるまで》 打ちすゑて引きのけたり《この場から引きさがらせた》。

甘輝・呉三桂、敵を欺き捕える

一 あと一歩で勝利という段階まで。

二 韃靼王が両名を助命するということを、固い約束の言葉にして。「誓言」は神仏などに誓っていう言葉。

三 殊勝。褒《ほ》める言葉。

四 全く同様に。「まつさう・まつさ」が「さう・さ」を強めて、全くそうの意を現すと同じ使い方。

五 後ろ手にして肱《ひじ》を曲げ、首から肱にかけて厳しく縛りあげること。

六 太子と姫宮をこの場にお連れ申し上げると。

七 『明清闘記』十に、国性爺が大勝して後、捕虜の武将五十人を左右の手の指を切断し追放する記事がある。

＊ 太子・栴檀女登場。

韃靼王を鞭うち追放

八 漢代に定められた刑の一つ。笞刑《ちけい》のうち五百はもっとも多く、三百がこれに次ぐ。木の細枝で臀部《でんぶ》を打つ。我が国では笞刑は五十が最高の刑。

＊ 韃靼王連れ去らす。

大団円

「サアこれからが李蹈天《〔の番おまえが〕》。元のおこりの八逆[九]五逆[一〇]十悪人[一一]。かたみ《三人互いに》恨みのない様に。国性爺は首引きぬかん。両人は両腕」《〔を引裂け〕》と三方に立ちかかり。声をかけて一時に「えいや。うん」と引[一二]きぬき捨て。永暦《えいりやく》[一三]皇帝《くわうてい》御代万歳《まんぜい》。国安全《あんせん》とことぶく《ことほぐのも》も大日本の君が代の。神徳[一四]武徳聖徳の。満ちて尽きせぬ国繁昌。民繁昌の恵みによつて。五[一五]穀豊饒《ぶねう》[一六]に打ちつづき万々《ばんばん》。年とぞ祝ひける

九 もっとも重いとされた八種の罪。謀《む》反《ほん》（内乱罪）・謀大逆・謀叛《むほん》（外患罪）・悪逆・不道・大不敬・不孝・不義。

一〇 仏教でいう五つの重罪。父を殺すこと・母を殺すこと・仏身より血を出すこと・阿羅漢を殺すこと・和合僧を破ること。

一一 仏教でいう身《しん》・口《く》・意《い》の三業から生じる十種の罪悪。殺生・偸盗《ちゆうとう》・邪淫・妄語・綺語《きぎよ》・悪口《あつく》・両舌・貪欲・瞋恚《しんい》・邪見。

一二 『明清闘記』四では、李自成は敗軍の後四川に逃れ隠れるうち、家臣孫可望・李西玖の二人に殺害されたとある。

一三 「永」の「え」のゴマ点が、はってはねるしるしで、「えーい」と掛声の調子と掛けている。

一四 神徳・武徳・聖徳のお蔭であり、両国共にこれらの徳の満ちて尽きない国民《くにたみ》の繁昌がみられ、その恵みによって。

一五 五種類の主要な穀物。古くは粟《あわ》・稗《ひえ》・稲・麦・大小豆などを指すが、一定せず黍《きび》・麻などを加える場合もある。

一六 豊かなこと。「ぶねう」は、呉音の発音。

心中《しんぢゅう》天《てん》の網島《あみじま》

興行　享保五年（一七二〇）十二月　大坂竹本座初演
太夫　竹本政太夫カ

時代　当代　十月十夜の頃（六日頃）から十五日の十夜最後の夜を経て十六日明け方まで

場所　上之巻　大坂曾根崎新地茶屋河庄
中之巻　天満宮前町紙屋治兵衛内
下之巻　蜆川新地茶屋大和屋
道行名残の橋づくし（天神橋から網島大長寺まで）
大長寺藪外の水門（心中場）

人物　紙屋治兵衛・小春（紀伊国屋遊女）・おさん（治兵衛妻）・勘太郎（同子）・お末（同子）・粉屋孫右衛門（治兵衛兄）・五左衛門（おさん父）・同妻（おさん母、治兵衛叔母）・身すがらの太兵衛・丁稚三五郎・下女玉・河内屋亭主夫婦・仲居清・下女杉・なまいだ坊主・遊女仲間

紙屋治兵衛
きいの国や小はる

心中天の網島

作者　近松門左衛門

上之巻

茶屋河庄　序

新地風景

客と仲居の攻防

[一]*歌さん上《じやう》ばつからふんごろのつころちよつころふんごろで。まてとつころわつからゆつくる〳〵〳〵たが。笠をわんがらんがらす。そらがくんぐる〳〵も。れんげれんげればつからふんごろ。よねが情けの。底深き。これかや恋の大海を。（遊女の情けの非常に深い所でこれこそ恋の大海というべき遊興の地）[二]かへも干されぬ蜆川《しじみがは》。思ひ〳〵の思ひ歌。（〔遊客が〕それぞれに恋歌を歌い通るが）[三]心が心とどむるは[四]門行灯《かどあんどう》の文字が関（門司）。浮かれ（浮かれ歩く）ぞめきの（ひやかし客の）あだ[五]浄瑠璃《じやうるり》。役者物真似（役者の声色の真似）[六]納屋端《は》歌《うた》　二階座敷の三味《しやみ》線《せん》に。引かれて立ち寄る客もあり　[七]紋日《もんび》のがれて顔隠し。[八]し過《すご》しせじと忍

*一　遊客のぞめき歌で始まる。「よねが情けの」の前までが当時の流行歌によるものであろう。正本墨譜《ぼくふ》を追って強調している語を拾い出すと、「三条坊の町《ちよう》で。待てとわ言《ゆ》ったが。笠をわす。空が曇《くも》。ればふ」となる。この間に撥音《はつおん》や促音の遊戯音を加えて作ったもの。（参考「三条小橋にて待てとは云へど、どこが三条の小橋やら」「笠を忘れた伊勢路の茶屋に、空が曇ば思ひ出す」『延享五年小哥しようが集』）。

二　到底蜆貝で大海を汲みつくすことなど出来ないように、多くの恋の思いに満ち満ちている蜆川の新地であるよ。諺「蜆貝にて大海《だいかい》を覆干《かへほす》」（『譬喩尽《たとえづくし》』）。

三　遊びたい心が、そのまま通りすぎようとする心を引き留め、引き寄せられて心をとどめて見つめるのも。

四　茶屋の門に掲げられた行灯の、馴染の店名の文字のせい。まるで門司の関に止められた旅人のように。

五　口から出まかせの文句で、即興に語る浄瑠璃。

六　川に張り出し足駄作りをした倉庫を浜納屋というが、その作りで色茶屋を営む者もあり、納屋下の惣嫁《そうか》（下等な売春婦）もいた。その遊所で流行《はや》った端歌。「納屋は歌」ととる説もある。

七　物日《ものび》の転訛《てんか》。遊里では節句や仏神事の日を物日といい、馴染客に買わせ揚代や祝儀も高くついた。

八　無駄に出費しないで済まそうと、顔隠し忍び姿。

*一 以下の謡は『景清』のもじり。清がおどけて謡いながら客を引き留める。
二 しころ頭巾（宗十郎頭巾）の左右に垂れた部分。
三 以下「（冑を）おつとり。えいやと引くほどに錣は切れて。此方に留れば」のもじり。
四 意地の悪い行為。客が物日ゆえ顔を隠して通りすぎようとする行動をさす。悪洒落などよしての意。
五 客を止めるのと、頭巾を取りあげて手許に留めるの両意。
六 留女の腕を示したのは、まるで女景清ともいうべき仲居女中の清。
七 『景清』では錣が冑から切れたが、ここは錣も頭巾も取ってしまう。錣頭巾で一緒のものだが、謡曲のもじりの関係で併記したのであろう。「かぶる」は縁語。
八 蜆川にかかる橋の名までも、梅田橋・桜橋という美しい花の名を持つこの曾根崎新地には。
九 大坂の北に対し南の方の風呂屋の意で、島之内や道頓堀に湯女《ゆな》風呂があった。京の垢《あか》かき女とは違って格式の高い、色をひさぐ女達がいた。
一〇 浴衣は入浴時や浴後着たひとえ。風呂の縁で出し、彼女が湯女であったことを示す。
一一 恋を、常に身につける衣に譬《たと》えた。新（芯）も衣の縁語。ここは新地に来ての意と、色に染む衣（浴衣より派手な）を着る遊女の境遇になるの意を掛ける。

び風《ふう》　中居《なかゐ》のきよがこれを見て。一*ウタイ「身をのがれがきたりける。頭巾《づきん》の二錣《しころ》を取りはづし〳〵。二三度逃げのびたれども。思ふおてきなればのがさじ」と。飛びかかり三ひつたり「四悪洒落《わるじやれ》。ごんせ」と止五めたる六女景清七錣と頭巾。つい踏みかぶる　客もあり。

（身を逃れる者（三保の谷）が来（着）た／お客／〔謡って〕飛びついてぴったりと／寄り添い／いらっしゃい／ついそれにはまり込み散財させられる客もある）

小春の紹介

八橋の名さへも梅さくら花を揃へしその中に。九南の風呂の一〇浴衣《ゆかた》よりいまこの新地に一一恋衣。紀の国屋の小春とは。この十月に一二あだし名を。世に残せとの　しるしかや。

（美人の花を揃えているが／（芯）／（来い）／（着）／〔心中して〕浮名を／前兆ででもあろうか）

小春の登場

今宵は誰か。一三呼子鳥。おぼつかなくも行灯《あんど》の影行き違ふよねの立ち帰り。「ヤ小春様かなんといの。互ひに一座も打ち絶え。一四貴面ならねば便りも聞かず　気色《きしよく》がわるいか。顔も細りやつれさんした。

（小春は今宵どんな客が呼ぶかと不安に思いつつ来ると／薄暗い光の中で気付き行き違った／遊女が立ち戻り／どうなさったのよ／同席も／お目にかかれないので／気分が悪いのか）

気苦労を友に話す

誰やらが咄《はなし》で聞けば紙治様ゆゑ。内からたんと客の吟味に逢はんして。どこへもむさとは送らぬの。いや太兵衛様に請け出され。在所とやら一五伊丹《いたみ》とやらへ行かんす筈とも聞き及ぶ。どうでござりやす」といひければ。「アアもう伊丹〳〵といふてくだんすな。それでい

（紙屋治兵衛様のせいで／抱主からひどく厳しく客筋の調べにお逢いになって／どこの茶屋へも容易にはやらないだのと／身請されて／田舎とやら／（痛・）

伊丹）たみ入るはいな。いとしぼなげに《かわいそうに》紙治様とわたしが中。さ程にもないことを。あのぜいこき《大言吐きの》の太兵衛が浮名を立てていひ散らし。客といふ客は退き果て《私から遠退いてしまい》。内からは紙屋治兵衛ゆゑぢやとせく程に[一六]〳〵。文の便りも叶はぬやうになりやした《なりました》。ふしぎに今宵は《今宵の客は》侍衆《さぶらひしゅ》とて河庄[一七]かたへ送らるるが。から行《い》く道でもし太兵衛に逢はうかと気遣《きづか》ひさ〳〵。かたき持ち同然の身持《みもち》。なんとそこらに見えぬかえ」。「オ〳〵そんならちやつとはづさんせ《急いでここを離れなさい》。あれ一丁目からなまいだ[一八]坊主が。てんがう念仏《ねぶつ》申して《ふざけ念仏を》くる。その見物の中に。のんこ[一九]に髪結うてのらしい《道楽者らしく》。[二〇]伊達衆《だてしゅ》自慢《じまん》といひそな男。たしかに太兵衛様かと見た。あれ〳〵ここへ」といふ間ほどなく炮烙頭巾《はうろくづきん》[二一]の青道心《なまぐさ坊主》。墨《すみ》の衣《黒い僧衣に》の玉だすき《たすきがけ》 見物ぞめきに《見物人や遊里のひやかし客に》取り巻かれ。鉦《かね》の拍子も出合ひごん〳〵《いきなりごんごんと打ち始め》。ほ[二二]でてん〳〵《てんてんと悪ふざけ》ご念仏にあだ口かみまぜて《むだ口をまじえて》。

*[二三]道具や「樊噲流《はんくわいりう》[二四]は珍しからず。門を破るは日本の朝比奈流《あさひなりう》を見よやとて。貫《くわん》の木逆茂木《さかもぎ》引き破り。右龍虎《うりようこ》左龍虎《さりようこ》討ち取つて。なんなく

一二 色茶屋紀の国屋に抱えられ、その源氏名を小春（陰暦十月の異名）と名乗ったのは。

一三 人を呼ぶような鳴声の鳥。かっこう等。「をちこちのたづきもしらぬ山中におぼつかなくも呼子鳥かな」（『古今集』一）による表現。

一四 手紙用語。沈んでいるので冗談めかしていった。

一五 兵庫県伊丹市。当時近衛家領で富裕の家が多い。

一六 男女の間をせいて逢わせぬようにする。八二頁注五参照。

一七 茶屋の屋号。河内屋庄〇〇の略称。曾根崎新地二丁目にあった。

一八 坊主姿の辻芸人。鉦を鳴らし、浄瑠璃や小歌などをなまいだ（南無阿弥陀の略）の囃子《はやし》を入れて歌う。

一九 髪の結い方の一つで、髷《わげ》を上に立てかけた伊達な結い方をいう。「のんこ」に、のら者の意もある。

二〇 伊達者気取り。「伊達衆」は派手な服装態度を好む者。

二一 ほうろく（素焼の平たい土鍋）に似た形の頭巾。大黒頭巾。

二二 鉦の擬音「てん〳〵」と、悪ふざけの「ほでてん」を併せた表現。「ほで」は手を卑しめていう語。

＊ 太兵衛登場。

*二三 道具屋吉左衛門節の勇壮な浄瑠璃で語る。

二四 以下『国性爺合戦』二四二頁参照。

てんごう念仏

過ぐる　月日の関や。なまみだなまいだ。〳〵」。
[*一]文弥フシ「[二]迷ひ行けども松山に。似たる人なき浮世ぞと。泣いつエ
エ〳〵。ワハ〳〵。笑うつ《笑いつ》狂乱《きやうらん》の。身の果てなんと浅ましやと。
芝をしとね《敷物にして》に臥しけるは　目もあて。られぬ[三]風情《ふぜい》なまみだなまい
だ。〳〵」。
[*四]歌「えい〳〵〳〵〳〵紺屋の徳兵衛。房《ふさ》にもとより《初めから》[五]恋そめ込《(濃い)》
みの。内の身代《しんだい》灰汁《あく》でもはげず。なまみだなまいだ。〳〵。〳〵。
〳〵〳〵〳〵」。
(杉)「アアこれぼんさま。なんぞ《なんですか》。エエいま〳〵しい《縁起がわるい》。やう〳〵このご
ろこの里の心中沙汰《ざた》がしづまつたに《おさまったというのに》。それ措《お》いて《止めて》国性爺《こくせんや》の[六]道行念仏
が所望《しよまう》ぢや」と。[七]杉が袖から[八]報謝《ほうしや》の銭《(を渡す)》。[*九]「江戸たつた一銭二銭で[一〇]三
千余里を隔てたる。大明国《だいみんこく》への長旅は。[一一]あはぬだ仏あはぬだ。〳
〳」。[一二]ぶつ〳〵いうて行き過ぐる。
[一三]人立ち紛《まぎ》れにちよこ〳〵走りとつ河内屋に駆け込めば。「これ

*一　岡本文弥節の哀調味ある浄瑠璃で語る。
二　以下一中節『椀久末の松山』の道行の一節。
三　一中節正本は「……風情なり」で結ばれる。「なり」の代りに囃子詞《はやしことば》の「なまみだ……」がつながったもの。
*四　踊口説《おどりくどき》の曲節で歌う。『丹波与作待夜の小室節』下之巻「与作おどり」の冒頭の文句。内容は『心中重井筒』の主人公徳兵衛を紹介したもの。紺屋の縁語で綴る。
五　濃く深く恋そめ、家の身代につけてしまったしみは灰汁を使っても落ちない（困った状態になる）。
六　『国性爺合戦』四段目の「梅檀女《せんだんによ》道行」をさす。
七　小春に見張りについてきた紀の国屋の下女。
八　恩を報じ徳を謝する意で、僧に金や物品を喜捨すること。
*九　江戸節の浄瑠璃で語る。江戸半太夫の節とも土佐節ともいう。

なまいだ坊主退場

一〇　一・二・三と数を整え、三銭をきかし、さらに「余」（四）をこめる。「三千里隔てたる。もろこし」（『国性爺合戦』三）。
一一　「なまみだなまいだ」のもじり、引きあわぬの「あはぬ」と掛けた。
一二　「あはぬだ仏」と、ぶつぶつ文句をいうを掛ける。
一三　人ごみにまぎれて。なまいだ坊主の立ち去るのにつれ人だかりが散る、そのかげに隠れて太兵衛を避けながら。とつかはと河

太兵衛の悪口

内屋と掛ける。「とつかは」は急ぎあわてるさま。

一四 久しぶりで小春様。小春のはるをきかした洒落《しゃれ》。名を永く呼んでいないと、小春・春を連呼する。

一五 揚屋や茶屋の女将をいう。

一六 敵役《かたきやく》、いやな男の意。『国性爺合戦』の敵役名を用いて太兵衛をさす。

一七 情愛が深く誠実なこと。

一八 心意気。心にしゃんと張りのあること。行方の意で客のあしらい方がよいとも考えられる。

一九 閨房《けいぼう》のあしらいのよいこと。

二〇 金を出して遊里から身請すること。太兵衛も同様であるが、自分の場合は独身だが、治兵衛は妻子ある身なのでこういった。

二一 先きの「ぜいこきの太兵衛が浮名を立てて言ひ散らし」を受けている。

二二 治兵衛との関係を皮肉っていう。反語。

二三 南組・北組・天満組の大坂三組をさす。

二四 治兵衛の妻は治兵衛の亡父の妹（叔母）とその聟（五左衛門）との間の娘で、彼とは従兄弟になる。

二五 商取引は三・五・七・九・十二月と大体六十日間隔で決済するが、その他中払いといって十月末にも支払う。紙商の場合蔵紙代金の支払いも六十日限であった。

二六 身請。遊女を花に譬え根から引き抜くの意。

は〳〵早いお出で。お名さへ久しういはなんだ《口にしなかった》やれめづらしい小春様〳〵。[一四]はる〴〵で小春様」とあるじの花車《くわしや》[一五]が勇む声。「これ門《かど》へ聞える。高い声して小春〳〵いうてくだんすな。表にいやな李蹈天《りたうてん》[一六]がゐるはいの。ひそかに〳〵頼みやす《頼みます》」と。いふも洩れて《いう低い声も洩れ聞えたのか》やぬつと入つたる三人づれ。(太兵衛)「小春殿李蹈天とは。ない名を付けて《覚えのない名を》下された。先づ礼からいひましよ。連衆《つれしゅ》。《［彼女が］》内々咄《はな》した[一七]心中よし[一八]いきかたよし[一九]床《とこ》よしの小春殿。やがて《今に》この男が女房に持つか《このわしが妻にするか》。紙屋治兵衛が[二〇]請け出すか。張り合ひの女郎《競い合っている女郎だ》近付きに。なつておきや《［今から］知り合いになっておけよ》」とのさばり寄れば《横柄な態度で》(小春)「エイ聞きともない。[二一]え知れぬ人のあだ名を立て《根拠もない我々の浮名を言い立てて》。《［それが］》手柄にならば精出していはんせ。この小春は聞きともない」とついと《さっと》退《の》けばまた摺り寄り。(太兵衛)「聞きともなくとも小判のひびきで聞かせて見せう。貴様《そなた》も[二二]よい因果ぢや《も よい巡り合せじゃ》。[二三]天満《てんま》大坂《おほざか》三郷《がう》に男も多いに。紙屋の治兵衛ふたりの子の親。女房は[二四]従兄弟同士《いとこどし》舅《しうと》は叔母《をば》聟《むこ》。[二五]六十日〳〵に。問屋の仕切《仕切り勘定》にさへ追はるる商売。十貫目近い銀《かね》出して。請け出すの《［小春を］身請するの》[二六]根引《ねびき》の

一 諺「蟷螂が斧を取て龍車に向」(『毛吹草』)。身の程をわきまえず強敵に立ち向うこと。
二 身分以上に奢《おご》りたかぶり、大言壮語すること。
三 他所に呼ばれている遊女を自分の方へ呼び寄せる。
四 身すがらの太兵衛の意と、自ら(わし)をきかす。
五 二人称の代名詞。相手に敬意をこめていう。
六 大刀小刀の小刀をいう。元来は脇の上帯に差す刀の総称。後、大刀と懐刀の中間の長さのものをいう。
七 たかだか二本といった勢いで、その程度なら二人共貰うと僭上をいう。客も貰うということは勿論あり得ないこと。
八 抜け出したり。逃げ出すこと。刀の縁語。
九 (丁度ここにある)金属の火入を鉦に、煙管の撞木とはおもしろい(見立て)。「火入」は煙草盆の中の炭火を盛っておく器。金属のものや陶器のものがある。
一〇 鉦鼓《しょうこ》を打つ小さいT字型の棒。しゅもく。
一一 太兵衛が火入を煙管で叩きながら口拍子で歌う。
*一二 なまいだ坊主の踊口説「与作おどり」を真似る。
一三 播磨国杉原で作り出され、諸国でも作られた紙。奉書紙に似て柔らかで、手紙用箋などに使われた。
一四 男の一分(面目)もちりぢりになる(すたる)の意と、一分小判(一分金・一角・一両の四分の一)をばらばら使うの意をも掛ける。さらにこの紙尽しの趣向で小判紙とつな

紙尽し悪口念仏

とは。蟷螂《たうらう》[一]が斧《をの》でござる。われら《〔それに比べ〕》女房子なければ。舅なし親もなし伯父持たず。身すがらの《係累なしの身一つの》太兵衛と名を取つた男。色里で僭上《せんしやう》[二]いふことは治兵衛めには叶はねども。銀《かね》持つたばかりは太兵衛が勝た。銀の力で押したらば　なう連衆《つれしゆ》。何に勝たうも知れまい《何にでも勝つかも知れない》。今宵の客も治兵衛めぢや貰ほ[三]〳〵。この身ずがら[四]が貰うた花車《くわしや》酒出しや〳〵《酒を出せよ》」。「エ何おしやんす《(花車)何をおっしゃいます》。今宵のお客はお侍衆。追付《おつつけ》見えましよ。おまへ《あなた》[五]はどこぞ脇で《はどこか他所で》遊んでくださんせ」と。いへどもほたえた《ふざけた》顔付にて。「ハテ刀差すか差さぬか《〔の違い程度で〕》。侍も町人も客は客。なんぼ差いても《いくら沢山》五本六本は差すまいし。よう差いて《せい一杯差して》刀脇差[六]たつた二本。侍ぐるめに《侍も一緒に》[七]小春殿貰うた。《〔さて〕》[八]抜けつ隠れつなされても。縁あればこそお出合ひ申すなまいだ《〔これも〕》坊主のお蔭。アア念仏《ねぶつ》の功力《くりき》ありがたい。こちも《こちらも》念仏申そ。ヤ。[九]かね《(金・鉦)》の火入　煙管撞木《きせるしもく》[一〇]おもしろい。ちやん〳〵[一一]。ちややんちやん」。

歌*[一二]「えい〳〵〳〵〳〵。紙屋の治兵衛。小春狂ひがすぎ原紙《(杉・過)》[一三]

で。一四 一分《ぶ》こばん紙《し》ちり〳〵紙《かみ》で。内の身代一五 すき破《やれ》紙の。一六 鼻もかまれぬ紙屑治兵衛。エなまみだ仏なまいだ。なまみだ仏なまいだ〳〵〳〵」と。一七 あばれわめく門の口。人目を忍ぶ一八 夜《よる》の編笠。

（太兵衛）「ハアア一九 塵紙《ちりがみ》わせた。ハテきつい忍びやう。なぜはひらぬ塵紙。太兵衛が念仏怖《こは》くば。二〇 なむ編笠も貰うた」と。引きずり入れたる姿を見れば。大小くすんだ二一 武士の正真《しやうじん》。編笠越しにぐつと睨《ね》めたる。まん丸目玉は叩鉦《たたきがね》。念とも仏とも出でばこそ。「ハアア」といへども怯《ひる》まぬ顔。「なら小春殿。こちは町人刀差いたことはなけれど。おれが所にたくさんな二二 新銀の光には。少々の刀も捻《ね》ぢ歪《ゆが》めうと思ふもの。塵紙屋めが二三 漆漉《うるしこし》ほどな薄元手で。この身すがらと張り合ふは慮《りよ》外千万《ぐわいせんばん》。桜橋から二四 中町くだりぞめいたら。どこぞでは紙屑踏みにぢつてくりよ。皆おぢや〳〵」と。身ぶりばかりは男をみがく町一ぱいに。はばかつてこそ帰りけれ。

所がら馬鹿者に構はずこらへる武士の客。紙屋〳〵とよしあしの

家の身上も
河庄の門口に人目を忍び　近寄る
いらした　ハテサテ大そうな
大小刀の拵えも地味な
のようなその眼光に　念とも仏とも声も出ず
おれの
所にたくさんにある享保銀の　光の力にて少々の刀〔侍の刀〕も　まげてくれようと
いうもの　薄い資金で
中町あたりをひやかして歩いたら　どこかで逢おうから紙屑治兵衛を
踏みにじって痛めてやろう　皆おいでおいで　男を磨く伊達風で町筋せま
しとばかりに　大手を振って威張って帰っていった
場所柄を考え　〔女妓や太兵衛の〕

侍客の人違い
太兵衛退場

杉、客吟味

一四 小判紙は小形の判紙。杉原の半分の紙は小杉原という。遊里で鼻紙に用いた。杉原が小杉となり、ちりと縮んで皺《しわ》より、塵紙《ちりがみ》の粗悪紙となりさがる。塵紙は楮《こうぞ》の皮の滓《かす》で漉《す》いた粗末な紙。
一五 透いて穴があく、そして破産する。漉破紙《すきやれがみ》は、漉き損じて穴のある紙。
一六 破れ紙で鼻もかめない屑紙の意に、何の役にも立たない紙屑同然の治兵衛という悪口をこめる。かくして紙屋治兵衛も小春狂いの末、紙屑治兵衛になりさがるという趣旨。
一七 なまいだ坊主の振りで踊口説を語り、調子に乗って踊り廻るさま。
一八 遊客は人目を避けて夜でも編笠をかぶり行く。夜に寄るを掛ける。
一九 先刻の続きで治兵衛を罵倒していう。「わす」は来るの尊敬語。わざと皮肉にいう。
二〇 念仏が怖ければソレ今一度「なむあみ」と言い掛け、編笠も貰うたと横にそれた。「侍ぐるめに小春殿貰うた」を承けて「編笠も」といったか。
二一 くすんだ（真面目そうな）正真正銘の武士。
二二 当時もっとも良質の銀貨。享保三年十一月通用。
二三 漆や油を漉《こ》すのに用いる吉野産の薄い紙。
二四 堂島中町。蜆川の川筋より一寸南の筋が中町。

侍客の不興　思いに沈む小春

噂《うはさ》小春が身にこたへ。思ひくづほれうつとりと《心もくじけてぼんやりとして》。無[一]挨拶《ぶあいさつ》なる折節。内から走つて《(来)》紀の国屋の。杉がけうとい顔付にて《興ざめた固い表情で》。「たゞいま春様送つて参りしとき。お客様まだ見えず《お客はまだおみえでなかった》。なぜ見届けてこなんだと[二]ひどう叱《しか》られます。慮外ながらちよつと《ぶしつけながらちょっと〔拝見〕》」と編笠押し上げ面体吟味《めんていぎんみ》[三]。「ムムそでない[四]《そうではない》〳〵気遣《きづか》ひなし。跡詰《あとつ》[五]めてしつぽりと小春様。したたる樽《たる》の生醤油《きじやうゆ》。花車様《くわしやさま》[六]さらばのちに青菜[七]《(逢)》の浸《ひた》し物《おひたし》」と。口合《くちあひ》たら〳〵《駄洒落べらべら》立ち帰る。

しごく堅手《かたて》[八]の侍。大きに無興《ぶきよう》[九]し「こりやなんぢや。人の面《つら》を目利《めきき》するは身を《わしを》茶入《ちやいれ》[一〇]茶碗にするか。なぶられには来申さぬ《来たのではない》。この方《はう》[一一]《わしの》の屋敷は昼さへ出入り堅く。一夜の他出《たしゆつ》も留守居《るすゐ》[一二]へことわり帳に付く《外泊帳に記入する》。どうぞと一[一三]むつかしい掟《おきて》《厳格な》なれども。お名聞いて《評判を》恋ひ慕うたお女郎。どうぞと一座を願ひ。小者[一四]も連れず先刻《せんこく》参つて宿[一五]を頼み。なんでも《どうでも》一生の思ひ出。お情けに預からうと存じたに。いかな《何の何の》にっこりと笑顔《ゑがほ》も見せず。一言《いちごん》の挨拶《あいさつ》もなく。[一六]ふところで銭《ぜに》よむやうに《銭を数えるように》さて〳〵俯向《うつぶ》いて

一 客への挨拶もせず無愛想な折柄。
二 (そのまま帰ったところ親方が)なぜ客は誰か見届けてこなかったと、ひどくお叱りになります。
三 顔かたちをよく調べること。役人などよくする所作。
四 紙屋治兵衛ではないこと。
五 あとゆっくりと朝までいらして、しっぽりと(お相手は美人の)小春様。滴る樽の生醤油のように、甘ったるく濃い(一夜をどうぞ)。普通ここは小春にいうと取るが、杉は春様とこの場でも略称を用いており、初会の客にいうため小春様といったものであろう。また跡詰めるは遊里語で、客が翌朝までずっと買切る意の語であるので、ここでは客への言葉と取った。「したたる樽の生醤油」はしたたるきをいうための口合(言葉の洒落)。
六 さようならの意と、では……と侍言葉の冗談めいた言い方とも両方にとれる。
七 「逢はうな」をいうための口合。料理と口は縁語。
八 堅物の。頑固な。「手」は品質の意。
九 機嫌をそこねる。
一〇 茶にする(茶化す・愚弄する)の意を、茶入茶碗に掛けた言い方。「茶入」は茶を入れる陶器の壺。堅手・目利・茶入・茶碗は縁語。
一一 ここは蔵屋敷をさす。西国の藩の米や物産等の出張所を蔵屋敷といい、中之島や堂島付近に多かった。

ばかり。〔それでは〕首筋が痛みはいたさぬか。なんと花車殿。茶屋へきて産所《さんじよ》[一七]の夜伽《よとぎ》することは。ついにない図《づ》《ついぞない光景じゃ》」とぶつつけば《ぶつぶつぼやくと》。「お道理〳〵曰《いは》く《事情を》をご存じないゆゑご不審の立つ筈。この女郎には紙治様と申す深いお客がござんして。今日も紙治様。明日も紙治様と。〔揚げ詰めで〕脇から《他から》手ざしもならず《手出しも出来ず》。ほかのお客は嵐の木の葉でばら〳〵〳〵《嵐の中の木の葉のようにばらばらに散ってしまう》。のぼりつめて《のぼせあがると》はお客にも女郎にもえて《えてして》怪我《けが》のあるもの《あやまちの起るもの》。第一《何よりも》つとめの妨《さまた》げとせくはどこしも親方のならひ《逢わせぬのはどこでも親方ならする常のこと》。それゆゑ〔先刻の〕のお客の吟味。おのづと小春様もお気の浮かぬは道理。〔お客の不快も〕お客も道理道理〳〵の中取つて《仲を取りもって》。あるじの身なれば〔共に〕ご機嫌《きげん》よかれが道理の肝心肝文《かんじんかんもん》[一八]。サアはつと飲みかけ《ぱアッと飲みはじめて》わさ〳〵わつさり《さばさばさっぱりと》頼みます。小春様春様」と。いへどもなんの返答も涙ほろりの《無く涙に濡れた》顔ふり上げ。「あのお侍様。同じ死ぬる道にも。十夜《じふや》[一九]の内に死んだ者は。仏になるといひますが定《ぢやう》かいな《本当ですか》」。「それを身《わし》が知ることか。旦那《だんな》[二〇]坊主にお問ひなされ」。「ほんにさうぢや。そんなら問ひたいことがある。自害すると首くくるとは。さだめしこの咽《のど》を

一二 留守居役。蔵屋敷の重い役職で、留守を預り渉外役を勤める。
一三 遊女を揚げて座敷で共に遊ぶこと。
一四 武家で雑役に使う下僕。
一五 茶屋女は自分の店のほか、呼ばれて他の茶屋へも行く。ここは河庄に宿を頼んで小春を呼んでもらう。
一六 遊女が物思いに沈む時、膝を崩し片手を懐に深くさし入れる姿態をとる。
一七 お産の介抱を夜通しすること。小春の思いに沈むうっとうしい態度を現した譬喩《ひゆ》。
一八 肝心要。「肝文」は肝心な文・肝要で、同義語を重ね強調した。一番大事なこと。
一九 浄土宗で陰暦十月六日より十五日まで、十日十夜修する法事。慈覚大師伝来の引声《いんじよう》の誦経念仏を修する。この修善は他の何ものにも増して功徳があるという。
二〇 旦那寺の住職。菩提寺の住職。

一 （変なことを問わず）普通大概なことを問うようになされ。
二 「気をかへ」は「酒にせう」に掛る。内儀も小春をもてあまし、夫の助けを得て酒事で座をとりもとうとする。
三 大坂天満に長く鎮座する天満宮の意と、長年住んでいるの意をかねる。紙治の家は宮前町なので天満宮とからめて紹介する。

花車の退場

四 神の枕詞。「経る」と「振る」と韻を合わせる。
五 神と紙の同音異語を用いた表現であるが、以下この重層表現が意図的に多く使われる。
六 世間の悪い評判に乗る程の（遊里通い）。遊里での通り名紙様が世間にも知られるような状態。「鰐口」は社寺の正面に掛ける銅製の大きい鈴。布綱を振って鳴らす。

紙屋治兵衛の登場

七 深く逢うと大幣を掛ける。「大幣」は神前に供える大串につけた幣帛《へいはく》。
八 男女が腐り合う（男女が通じ合うのを罵る語）と鎖り合う（つながって離れぬさま）の両意を掛ける。鎖り合うは上の幣の紙四手《しで》の形をいうのと、下の注連縄の長くつながるさまをいうのと両方に掛る。注連縄にも紙四手をつけるので、すべてからまる表現。

格子の中を恋う治兵衛

九 不浄なものの侵入を禁じて神前に張る縄。その清浄の縄が腐るという悪いイメージもこめる。「み」に「身」を掛ける。

切るかたが。たんと痛いでござんしよの《たいそう痛いのでございましょうね》」。「痛むか痛まぬか切つて《まだ切った》は見ず《こともない》。[一]大方《おほかた》なこと問はつしやれ。ア小気味の悪い女郎ぢや」と。さすがの　武士もうてぬ顔《もてあまし顔》。（花車）「エエ春様。初対面のお客にあんまりな挨拶《あまりにも失礼な挨拶だこと》。ちつと《ちょっと》[二]気をかへ《気を変えて》。どりやこちの人尋ねて来て《うちの人を探してきて》酒にせう」と。立出づるかどは《立って戸外に出てみると》宵月の。かげ傾《かたぶ》きて雲の足《雲も流れ》。人足うすくなりにけり《人影もまばらになっていった》。

[三]天満に年経る。[四]ちはや振る。[五]神にはあらぬ紙様と《神様ならぬ紙屋で遊び人の》世の[六]鰐口《わにぐち》に乗るばかり。小春に深く（逢）大幣《ぬさ》[七]のくさり[八]（鎖・腐）合うたる御注連縄《みしめなは》[九]。[一〇]*舞今[一一]は結ぶの神無月。せかれて《〔小春とも〕抱主にさかれて》逢はれぬ身となりはて。あはれ《どうぞ》逢瀬《あふせ》[一二]の首尾《しゆび》あらば。それをふたりが。最期日《さいごび》と。[一三]名残《なごり》の文のいひかはし。毎夜〳〵の死《しに》《毎夜毎夜今夜こそと》覚悟《かくご》。[一四]魂《たましひ》抜けてとぼ〳〵うか〳〵《とぼとぼと歩みうかうかと性根なくただ恋の思いだけが身をこがす》　身を焦がす。

[一五]煮売屋《にうりや》で小春が沙汰《さた》。侍客で河庄方と耳に入るより「サア今宵」《今夜こそ首尾をと》と。覗《のぞ》く格子の奥の間に《格子の間の次の部屋に》客は頭巾を頤《おとがひ》[一六]の。動《いご》くばかりに声聞えず。「かはいや《かわいそうに》小春が灯《ともし》に。背《そむ》けた顔のあの痩《や》せたことわい。心の中は

*一〇 舞曲の節で、「死覚悟」まで語る。
一一 今はもはや小春との縁結びの神もいない神無月（陰暦十月）で。縄と結ぶは縁語。神無月には神々が出雲《いずも》に集まり留守をするという俗説により、結びの神も不在とする。神無月の異称に小春がある。
一二 逢うのによい機会。逢瀬の瀬は、「せく」の縁語。
一三 死の決意を最後の手紙で互いに約束し。
一四 死神にとりつかれ魂も抜け。
一五 飯や魚・鳥・野菜などの煮物を売る茶店。「堂島新地蜆川、茶屋くら屋煮売屋で鍛冶屋の大臣平様と誰知らぬ者もない」（『心中刃は氷の朔日』上）とあるように新地には多かった。焦がすの縁で出す。
一六 下頤《したあご》。頤頭巾という、頤にかけるように顔を覆う冬用の頭巾を侍客はかぶっている。ここは深く顔を隠しているさま。
一七 天満の縁で、天神の飛梅伝説を下敷にした表現をとる。「東風《こち》吹かば匂ひおこせよ梅の花主なしとて春な忘れそ」と詠み、梅が飛びきたった故事。北野は梅田と共に墓地のあった所で、また北野天神にも因む。
一八 心は「ここに居《い》るぞ」（心に墨譜あり）と呼びかけ、気持は小春に飛んでゆき、身は空蟬の抜殻のように放心状態で、蟬同様に格子に抱き付き焦がれ泣く。
一九 （心中とは）さてさて愚かの骨頂だ。
二〇 一家《いっけ》は親戚。一門はのれん分けした別家等。
二一 初めての客をいう。遊里語。

侍客の親切

皆おれがこと。[一七]ここにゐると吹き込んで《そっと教えて》。連れてとぶなら《連れて逃げるなら行先は》梅田か北野か。エヽ知らせたい呼びたい」と。[一八]心で招く気は先へ　身は空蟬《うつせみ》のぬけがらの。格子に抱き付きあせり泣く。

奥の客が大あくび。「思ひのある《思い事のある》女郎衆のお伽《とぎ》で気がめいる《相手で気が沈む》。門《かど》も静かな《門口も静かだ》。端《はし》の間《店先の間》へ出て行灯《あんどう》《門行灯》でも見て気を晴らさう。サアござれ」と連れ立ち出づれば「南無三宝」《（治兵衛）さあ大変》と。格子のこかげに肩身をすぼめ隠れ《身体を縮め小さくなり》て聞くとも内には知らず。「なう小春殿。宵からの素振《そぶり》。詞《ことば》の端《はし》に気を付くれば。花車が咄《はなし》の紙治とやらと。心中する心と見た。違ふまい《間違いあるまい》。死神《しにがみ》ついた耳へは。意見も道理も入るまじとは思へども。[一九]さりとは愚痴《ぐち》の至り。〔そんな事をすれば〕さきの男の無分別は恨みず《先方の男の無分別は恨まなくて》。[二〇]一家一門《一族あげて》そなたを恨み憎しみ。万人に《〔さらし物で〕》死顔さらす身の恥《その身の恥となり》。親はないかも知らねども。もしあれば不孝の罰《ばち》。仏はおろか《成仏するどころか》地獄へも温かに《たやすく》。ふたりづれでは落ちられぬ。痛はしとも笑止とも《かわいそうとも気の毒とも思われ》[二一]一見《いちげん》ながら武士の役《役目として》。見殺しにはなりがたし。さだめて銀《かね》づく《金のせい》。五両十両は用に立てても助けたし。

小春、助けを乞う

[一]神八幡《しんはちまん》侍冥利《みやうり》他言せまじ。心底（心の中を）残さず打ち明けや（打ちあけてごらん）」と。ささやけば手を合はせ。

「アア忝《かたじけ》ないありがたい。馴染よしみもないわたし。ご[二]誓言《せいごん》での情けのお詞《ことば》涙がこぼれて忝ない。ほんに（まことに）[三]色ほかに顕《あらは》るでござんする。いかにも／＼紙治様と死ぬる約束。親方にせかれて逢瀬《あふせ》も絶え。[四]差し合ひ（さしさわりが）ありて今急に請け出すことも叶はず。南のもとの親方とここ（もといた風呂屋の親方と新地の親方とに）とに。まだ五年有る年《ねん》[五]の中。[六]人手に取られてはわたしはもとより主《ぬし》は（〔あの人が〕）なほ一分《いちぶん》立たず。いつそ死んでくれぬか（〔といい〕）。アア死にましよと引くに引かれぬ義理づめ[七]に ふつと（つい）いひかはし。首尾《しゆび》を見合せ（機会を見計らい）合図をさだめ（〔合図で〕）。抜けて出よう抜けて出よと（抜けて出よう そうだ抜け出せと互いに約し）。いつ何時を最期ともその日おくり（〔判らず〕その日その日を送るはかない命）のあへない命。わたしひとりを頼みの母様《ははさま》。[八]南辺《みなみへん》に賃仕事（手内職）して裏[九]屋住み。死んだ跡（〔私が〕）では[一〇]袖乞《そでこ》ひ非人《ひにん》の飢死《うゑじに》もなされうかと。これのみ悲しさ わたしとても命は一つ。水くさい（薄情な）女と思し召すも恥づかしながら。その恥を捨てて死にともないが第一（その恥をもかえりみず死にたくないのが一番の気持）。死なずにことのすむ

一 八幡大菩薩も照覧あれ、侍の名誉にかけて。

二 侍の「神八幡侍冥利」と神と侍の名誉にかけて他言しないことを誓ったことをさす。

三 諺「思ひうちにあればいろほかにあらはる」（『毛吹草』）。心のうちに思うことがあると自然にその様子が外に出てくる意。

四 身請の代金の都合がつきにくいことであろう。

五 年季の途中。風呂屋からまだ年季の残っているのに、親方同士の諒解で鞍替《くらが》えしたこと。

六 （そうかといって）他人に身請されては、主さん（紙治）は一層面目が立たない。「人手」はここでは太兵衛をさす。「主」は女から男をさしていう他称の代名詞。

七 自然の条理に責められ。自然の情愛に引摺られ。

八 道頓堀や長町かいわいの貧困者の多い土地。

九 表通りの町屋の裏に路地住まいの長屋がある。

一〇 「袖乞ひ」は乞食、ものもらい。「非人」は非人頭に統率された乞食の集団や構成員をいう。この仲間に入らないものは野非人と呼ばれた。

*一一 ここと注一七の箇所で改行したが、正本にはフシ落ちもスエテもなくすぐに続く。普通ならば段落のあるところだが、小春の言葉にすぐに反応する治兵衛、小春の話を聞きながら外の気配を気にする客（実は兄）といった緊迫感を表すためか。

一二 諺「木から落ちた猿」による。頼みにしていたも

やうにどうぞ〳〵頼みやす（頼みます）」と。語ればうなづく思案顔（客はうなずいてよい考えはないかと思案顔）。[*一一]そとにははつと聞き驚く（その男の思いがけない気持は）。思ひがけなき男心木[一二]から落ちたるごとくにて。気もせき狂ひ（心もいらだち狂い）「さてはみな嘘か。エエ腹の立つ。二年といふもの化《ば》かされた。根性腐りの狐め[一三]。〔家へ〕踏ん込んで一打《ぶつ》か　面恥《つらはぢ》[一四]かかせて[一五]腹癒《い》よか」と。歯切《はぎ》りきり〳〵口惜涙《くちをし》（くどき泣き）。うちに小春がかこち泣き。「卑怯《ひけふ》な頼みごとながら。お侍さまのお情け（お情けをいただき今年一杯いや来年の）。今年中来春二三月（二三月の）のころまで。わたしに逢うてくだんして（私を揚げて下さって）。かの男の死ににくるたびごとに。邪魔《じやま》になつて期《ご》を延ばし〳〵（死期をのばしのばしして）。おのづから手を切らば（自然と関係をたったら）。先も殺さずわたしも命助かる。なんの因果[一六]に死ぬる契約したことぞ。思へば悔《くや》しうござんす」と膝に。もたれ泣くありさま。

「ムム[*一七]聞き届けた（承知した）思案あり（私に考えがある）。風[*一八]もくる人や見る」と。格子[一九]の障子ばた〳〵と。立ち聞く治兵衛が気も狂乱。「エエさすが売物安物め[二〇]。[二一]土性骨《どしやうぼね》見違へ。魂《たましひ》を奪はれし[二二]巾着切《きんちやくきり》め。切らうか突かうかどう[二三]（為）障」子《じ》にうつるふたりの横顔「エエくらは（拳骨を）せたい踏みたい。何ぬかすや

のを失いがっくりするさま。
一三 遊女や売春婦への蔑称《べつしよう》。客を欺《だま》す心から狐に譬えていう。ど狐ともいう。
一四 人前でその嘘をあばき面罵し。

治兵衛の怒り
小春のかこち泣き

一五 うっぷんを晴らそうか。
一六 不運。どんな前世の悪業で現在のふしあわせを招いたのかという、仏教の因果思想による言葉。
*一七 注一一参照。
*一八 風も入るし人も覗く、だから障子を閉めようというのであるが、後の展開を見ると侍客（実は兄孫右衛門）は外に治兵衛のいることを察していたと考えられる。したがって文章にない、治兵衛が障子際に我を忘れてちらと姿を見せる体や、それに兄が気付く仕草があって後、障子を閉めようとしたのではなかろうか。
一九 侍客が格子の内側に嵌《はめ》てある障子をばたばたと立てる（閉める）と立ち聞くとを掛ける。ばたばたと音立て乱暴に閉めたのは、弟と察して敢てはげしく二人の間を裂く気持の現れであろう。
二〇 金で色を売る売女《ばいた》、安女郎め。

治兵衛、怒りの刃
格子に繋がるる恥

二一 悪い根性を見違えて、魂を奪われていた。「ど」は罵っていう接頭語。
二二 「巾着」は素人風の安い私娼。「奪はれし」の縁で巾着切（掏摸《すり》）の意をも掛け、小春を罵倒している。
二三 どうしようかと心狂う。目前の障子にうつる二人の仲のよさそうな横顔の影を見るにつけ。

らうなづき合ひ。拝むささやくほえるざま。胸を押へさすつても堪《こら》へられぬ堪忍ならぬ」。心も[一]急《せ》きに関の孫六[二]一尺七寸抜き放し。格子の狭間《さま》より《すきまより》小春が脇腹。「ここぞ」と見極め「えい」と突くに[三]座は遠く。〔内では〕「これは」とばかり怪我もなくすかさず《間髪をいれず》客がとびかかり。両手を摑《つか》んでぐつと引き入れ。刀の[四]下緒《さげを》手ばしかく《手早く》[五]格子の柱にがんじがらみ　しつかと締《し》め付け。「小春騒ぐな。[六]覗《のぞ》くまいぞ」といふ所に亭主夫婦立ち帰り。「これは」と騒げば（侍）「アアくるしうない《なんでもない》。障子ごしに[七]抜き身を突き込むあばれ者。腕を[八]障子に括《くく》り置く。思案あり縄解くな。[九]人立《ひとだち》あれば所の騒ぎ。サア皆奥へ。小春《小春も》[一〇]おぢや《おいで》[一一]行《い》て寝よう」。「あい」とはいへど[一二]見知りある脇指《わきざし》の。（柄）突かれぬ胸にはつと貫き。（小春）「[一三]酔狂《すいきやう》のあまり色里にはあるならひ。[一四]沙汰《さた》なしに往《い》なし《帰らせ》てやらんしたら《ておやりになったら》。[一五]*ナア河庄さん。わしや《私は》よささうに思ひやす」。（侍）「いかな〳〵《てどうして》[一六]身次第《みしだい》にして皆はひりや《おはいり》。小春こちへ」と[一七]奥の間の影は見ゆれど括られて。[一八]格子手枷《てかせ》にもがけば締まり〔手が〕。[一九]身は煩悩《ぼんなう》に繫《つな》がる

一　急《せ》きに急いてと、刀工関の孫六と掛ける。「関の孫六」は美濃国関の名工、孫六兼元。室町時代に始まり代々孫六を名乗る。
二　孫六の鍛えた一尺七寸の脇差。町人は一尺八寸までの脇差佩用《はいよう》を許されていた。
三　障子の影を見てここぞと突いたが、女の実際いた場所は遠く。
四　刀の鞘《さや》についている紐。刀をさす時帯に結びつけるためのもの。襷《たすき》や人を縛るのに流用する。
五　格子の柱をはさんで障子から出ている両腕を縄で左右打ち違えて堅く縛りあげ。
六　覗くでないぞと、小春を制止し近づけなかったのは治兵衛と知らさないため。すなわち、兄は障子紙を破って刀が突き出された時から迅速に行動出来、彼女を制止したのも弟の所為と知っていたからである。次の太兵衛の盗人呼ばわりに、「治兵衛が何盗んだ」と直ぐに対応出来るのもそのため。
七　白刃。鞘から抜き放った刀身をいう。
八　改作など格子とするが、障子ごしに両腕を括りつけているのでそういったまでのもの。
九　人だかりするとそこらあたりの騒ぎとなる。
一〇「おいでや」の転。
一一　この言葉はわざと治兵衛に聞えよがしにいってい る。
一二（抜身は座敷に落ちていてそれを見て）その柄《つか》のこしらえから日頃見知った恋人の脇差と知り、その瞬

間突かれはしなかった胸にはっと刀が突きささる衝撃がはしり。

一三 酒に酔って狂うこと。

一四 表沙汰にしないで。

*一五 初め侍客に話しかけ、相手の顔色を見て、河庄亭主にも同意を求めるよう話すさま。

一六 わしに任せて。

一七 奥の間に入ってゆくその小春の後ろ影は見えるが(近づきたくとも)。

一八 格子の手枷に自由はきかず。「手枷」は両手にはめて自由を拘束する刑具。てかし。

一九 身体は恋の煩悩ゆえにつながれ、つながれた犬にも劣る生恥をかき(もはやこれまでと)。諺「煩悩の犬」をふまえた表現。

二〇 きわめて悲哀を感じた時に出る涙。「覚悟」が死をさすので縁語にもなる。

二一 「ほざく」は「言う」の罵語。転じて動詞にもつけその動作を罵る時にいう。盗みをしやがったな。

二二 「いき」「どう」共に人を罵っていう時の接頭語。九四頁注二参照。

二三 強盗の唐音。「獄門」は獄門首にかかるような大罪人。

二四 「さがす」は動詞連用形について度を越す意の接尾語。

太兵衛をこらしめる侍

犬に劣つた生恥《いきはぢ》を。覚(掻)悟きはめし　[二〇]血の涙しぼり。泣くこそ不便《ふびん》なれ。

ぞめき戻りの身すがら太兵衛。「さてこそ《案の定》河庄が格子に立つたは治兵衛めな《治兵衛めだな》。投げてくれん」と。襟《えり》かいつかんで引きかづく《引っかつぐ》「あ痛《いた》たた」。「あ痛とは卑怯者。ヤアこりや縛《しば》り付けられた。さては盗み[二一]ほざいたな。ヤい[二二]きずりめ　どうずりめ」とては《と言っては》はたとくらはせ《はったとなぐり》。「ヤ[二三]強盗《がんだう》めヤ獄門《ごくもん》め」とては蹴飛《けと》ばかし。「紙屋治兵衛盗みして縛られた」と。呼ばはりわめけば行きかふ人　あたり近所も駆け集まる。内より侍飛んで出で。「盗人《ぬすびと》呼ばり《呼ばわりするのはおまえか》はおのれか。治兵衛が何盗んだサアぬかせ」と。太兵衛をかいつかみ《ひっつかんで》土にぎやつとのめらせ《叩きのめし》。起きれば踏み付け踏みのめし〳〵。引つ捉《とら》へて「サア治兵衛。踏んで腹癒《い》よ」と足もとに突き付くるを。縛られながら頬《ほほ》がまち《ほおげたを》。踏み付け〳〵[二四]踏みさがされて《踏みまくられて》土まぶれ。立ち上がつて睨《ね》め廻し。「あたりの奴《やつ》ばらよう見物して踏ませたナア。一々に面《つら》見覚えた。返報《へんぼう》する覚えてをれ」と。減《へら》ず口にて逃出《にげ》だす。立ち寄る人々どつと笑ひ。「踏まれてもあのおとがひ[一]。橋から投げて水くらはせ（水を飲ませてやれ） やるな（逃すな）〳〵」と追つかけ行く。

正体を現す兄

人立ちすけば（人だかりが散れば）侍立ち寄つて縛り目解き。頭巾《づきん》取つたる面体《めんてい》[二]。「ヤア孫右衛門殿兄ぢや人[三]。アツア面目《めんぼく》なや」とどうと座し。土に平伏《ひれふ》し泣きいたる。

兄の真心の意見

「さては兄御様かいの」と。走り出る小春が胸ぐら取つて引据《ひつす》ゑ。「畜生め。狐め。太兵衛より先《さき》[四]うぬを踏みたい」と足を上ぐれば孫右衛門。「ヤイ〳〵。そのたはけからこと起る（愚かさがことの起りだ）。人をたらすは遊女の商売。いま目に見えたか[五]。この孫右衛門はたつたいま一見《いちげん》にて（初対面で）女の心の底を見る。二年あまりの馴染《なじみ》の女。心底《しんてい》見付けぬうろたへ者（本心を見きわめられぬあわて者）。小春を踏む足で。うろたへたおのれが根性をなぜ踏まぬ。エエ是非《ぜひ》[六]もなや。弟とはいひながら三十におつかかり（三十にも手が届こうとしていて）。勘太郎お末といふ六つと四つの子の親。六間口の家（六間間口の立派な家を）[七]踏みしめ（踏みかため〔ながら〕）。身代つぶるるわきま（分別もな）

一 おとがいを叩く。しゃべるのを罵る言い方。
二 顔かたち。
三 兄さん。兄である人の意。
四 おのれ。貴様。罵語。
五 曇った目にも見えたのか、気がついたかの意。
六 どうしようもないな。
七 店を立派に張っていること。次の「つぶるる」はその反対の意の縁語。

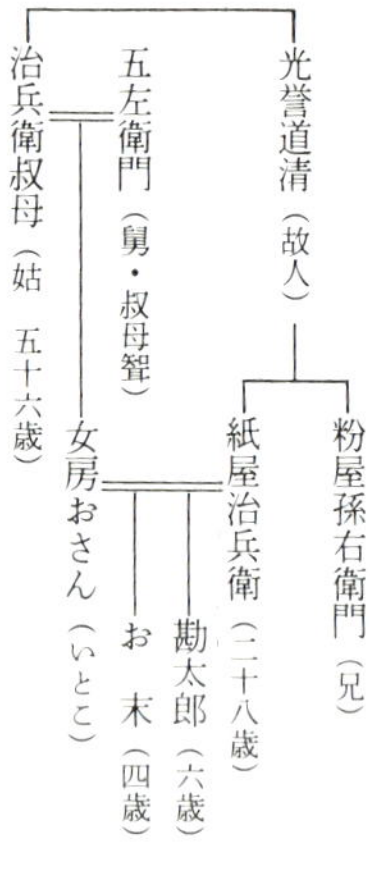

八 縁者は婚姻で結ばれた関係で親類と区別していた（『和漢三才図会』）。親子中は親類。「（伯父が甥に）親子なかの心安いは、こう、ろくに居《ゐ》て」（狂言『鱸庖丁』）。
九 寄合い。

へ《く》なく。兄の意見《〔こんな場で〕》を受くることか《受けるという事があるか》。舅《しうと》は叔母聟。姑《しうとめ》は叔母ぢや人親同然。女房おさんはわがためにも《私にとっても》従兄弟《いとこ》。結び合ひ〱《〔互いに〕》重々の縁《重々深い》[八]者親子中《なか》。一家一門参会《さんくわい》[九]にも。おのれが《おまえの》曾根崎通ひの。悔《くや》[一〇]みより外《ほか》よのことは《その他の話題は》何も無い。いとしいは《かわいそうなのは》叔母ぢや人。連合《つれあ》[一一]ひ五左衛門殿は[一二]にべもないむかし人《昔気質の人》。嬶《かか》の甥子《をひご》に倒[一三]され娘を[一四]捨てた。おさんを取り《おさんを家に取り戻し》返し。《〔面罵して〕》天満中に恥かかせんとの腹立ち。叔母ひとりの気扱ひ《気遣い》　敵[一五]になり味方になり。病ひになるほど心を苦しめ。おのれが恥を包まる《貴様の恥をかばって下さるそ》る恩知らず《の恩も知らぬ不孝者め》。この罰たつた一つでも行先《ゆくさき》[一六]に的《まと》が立つ。かくては家も《こんなことでは家も》立つまじ《やってゆけまい》　小春が心底見届け《本心を》。その上の一思案《その結果次第で解決への一思案し》　叔母の心も休めたく。この亭主に工面《ぐめん》[一七]し。おのれが《おまえの》病ひ[一八]の根元《こんげん》見届くる。女房子にも[一九]見かへしはもつとも。心中[二〇]よしの女郎。アアお手柄《てがら》。結構《けつこう》[二一]な弟を持ち。人にも知られし粉屋《こや》[二二]の孫右衛門。祭り[二三]の練衆《ねりしゆ》か気違ひか。つひ《ついぞ》に差さぬ大小《大小を腰にぶちこみ》ぼつ込み。蔵屋敷の役人と《〔などと〕》。小詰《こづめ》[二四]役者の真似をして。馬鹿を尽したこの刀。捨[二五]て所がないわいやい。小腹が立つやらをか

一〇 悔むこと。残念に思うこと。

一一 配偶者。

一二 そっけもない。「にべ」は鮸《にべ》という海魚のうき袋から作る膠《にかわ》のこと。粘着力の強いところから「にべもない」は、粘り気もなくそっけもないの意となる。

一三 損や迷惑を受けること。引っかけられ。

一四 娘を無価値なものにしてしまう。台なしにされる。

一五 夫の手前、或いは治兵衛を悪くいったり、或いはかばったり。

一六 天罰てきめんだ。行く先々に罰の的が立ち、それに当る。

一七 はかり。相談し。

一八 病気の根である色事の相手小春の本心を見届けた。

一九 他の者に心を移すこと。愛する女房や子供にも見かえて惚れたのは。

二〇 まことのある女郎だ。皮肉っていっている。

二一 立派な意とお人よしの両意があり、ここでは皮肉って、ご立派なのほうの意を表にしている。

二二 「粉や。うどんの粉、蕎麦の粉、是をうる。麺類師、饅頭に是を用ゆ」（『人倫訓蒙図彙』四）。

二三 祭礼の練物（仮装・山車・作り物など練り歩く行列）の参加者。

二四 歌舞伎の下廻り役者。小部屋に詰込まれた端役。

二五 捨てる場所もないわい。怒りのやり場もない心。

起請の戻し合い 謎の女文一通

しいやら。胸が痛い」と歯ぎしみし《無念の歯ぎしりし》。泣顔隠す十面に《しかめづらに》小春は始終《しじゆう》むせかへり。「皆　お道理」《ご意見は皆ごもっともというだけで》と　ばかりにて《〔後は〕》詞《ことば》も《（無く）》。涙にくれにけり。

大地を叩いて治兵衛。「あやまつた《悪かった》。〳〵兄ぢや人。三年先よりあの[一]古狸《ふるだぬき》に[二]見入《みいれ》られ。親子一門妻子《さいし》まで袖になし《うとんじて》。身代《しんだい》の[三]手もつれも。小春といふ[四]家尻切《やじりきり》にたらされ《だまされ》後悔千万。ふつつり《全く未練が残らぬから》心残らねばもつとも《本当に》足も踏み込むまじ《〔遊里に〕》。ヤイ狸め。狐め。家尻切め。思ひ切つた証拠これ見よ」と。肌に懸けたる守袋《まもりぶくろ》。「月がしらに《月はじめに》一枚づつ《〔互いに〕》取りかはしたる[五]起請。合はせて[六]二十九枚戻せば恋も情けもない。こりや請け取れ」とはたと《〔小春に〕》打ち[七]付け。「兄ぢや人。あいつが方の我ら《私の》が起請数改め請け取つて。こなたの方で《あなたの方で》火にくべて下され。サア兄貴へ《〔おまえのを〕》渡せ」。「心得やした《（小春）判りました》」と涙ながら投げ出す守袋。孫右衛門押し開き。[八]「ひいふう三《み》ィ四《よ》。十二十九枚数そろふ。ほかに一通女の文　こりやなんぢや」と。開く所を「アアそりや見せられぬ大事の文」と。取り付くを押し退《の》け。行灯《あんどう》にて[九]上書《うはがき》見れば「小春様まゐる。[一〇]紙屋内《うち》[一一]

一　悪知恵にたけ人をだます者をいう。
二　執念にとりつかれ。「見入れる」の未然形に受身の「られ」のついた形。
三　手違い。悶着《もんちやく》。
四　盗人。蔵などの後方を屋尻といい、そこに穴をあけ資財を盗む者をいう。
五　起請文。誓紙・誓文とも。熊野の牛王札の裏などに神仏にかけて偽りなきことを誓った文書。雇従・入門等に用いるが、ここでは心中立て（愛情の互いに変らぬこと）の誓文。
六　二年半の長い交際であることを示す。前に「三年先より」とあったが、足かけ三年（後出）の意。
七　大事の神仏に誓いの誓紙を投げつける点に注意。以下同様の展開が意図的に見られる。
八　一、二、三、四から数えはじめて十にとび、十単位で二十にとび、掛詞で最後の二十九を表す。
九　巻紙の書状を別の紙で包み、その表てに上に宛名、下に自分の名を小さく書くこと。或いは自分の名を裏の下方に小さく書くこともある。
一〇　脇付《わきづけ》といい、名前の左下に、丁寧な場合は「参らせ候」などとも書く。男の場合は「人々御中」などと書く。
一一　内は家内、内儀の意。
一二　孫右衛門は、初め「神八幡侍冥利他言せまじ」と誓った。

さんより」。読みも果てずさあらぬ《そしらぬ》顔にて懐中《くわいちゆう》し。「これ小春。最前《さいぜん》は侍冥利《みやうり》[一二]。今は粉屋《こや》の孫右衛門商ひ冥利[一三]。女房かぎつて[一四]この文見せず我ひとり披見《ひけん》[一五]して。起請ともに火に入るる。誓文《せいもん》[一六]に違ひはない」。「アア忝ない。それでわたしが立ちます《私の面目が立ちます》」と。また伏ししづめば。(紙治)「ハア〳〵[一七]。うぬが《おまえが》立つの立たぬとは〔何を〕。人がましい《一人前らしい》。これ兄ぢや人。片時《かたとき》もきやつが《あいつの》面《つら》が見ともなし《見たくもない》。いざござれ《さあいらっしゃい》〔帰ろう〕さりながら《それにしても》。この無念口惜しさどうもたまらぬ今生《こんじやう》の思ひ出。女が面《つら》一つ踏む〔兄さん〕。ごめんあれ《許して下され》」とつつと寄つてぢだんだ踏み[一八]。「エエしなしたり《失敗した》。足かけ三年恋しゆかしもいとしかはいも。今日といふ今日たつたこの足[一九]一本の暇乞《いとまごひ》」と。額際《ひたひぎは》をはつたと蹴《け》て。「わつ」と泣き出し兄弟づれ。帰る姿もいた〳〵しく跡《あと》を見送り声をあげ。嘆く小春もむごらしき[二〇]。不心中《ぶしんぢゆう》[二一]か心中か。誠の心は女房のその一筆《ひとふで》[二二]の奥深く。たが文(踏)[二三]も見ぬ恋の道別れて[二四]。こそは三重[二五]*〳〵帰りけれ。

一三 商人の一分に誓っての意。
一四 ……でさえも(決して……ない)。下に打消の語を伴う。
一五 開いてみること。
一六 以上のことを商い冥利に誓っていうの意。文章に書くのではなく誓言。
一七 笑い声であるが、腹からの笑いでなく怒りを押えてわざと笑い声を発したもの。
一八 怒り口惜しがり足で激しく地を踏みつけ。じたたら(地踏鞴)の転。じだだ。足で踏んで空気を送るふいごの大きいものをいう。
一九 (足かけ三年もの長いつきあいも)足蹴を一回するだけで永の訣別《けつべつ》だ。
二〇 むごたらしい。無辜《むこ》(罪なきこと)を掛けるか。
二一 小春が治兵衛に対し不誠実なのかそれとも誠実なのか。
二二 女の手紙は「一筆しめし参らせ候」で始まることが多いので、一通の手紙の意。手紙の奥に秘められ。
二三 誰の文か判らぬが、珍しい誰人も踏み入れたことのない恋の道であろう。(さらにまた真実が判れば)誰も誠の心の持主を踏む(蹴る)こともなかった筈。「大江山いく野の道の遠ければまだふみも見ず天の橋立」(百人一首・『金葉集』雑上)を引く。
二四 小春と別れて治兵衛は、道の途中で兄弟は、と両意が考えられる。或いは両方をこめたか。
*二五 舞台転換の三重。

中之巻

天満紙屋内　老舗の紙見世

福徳に《福徳に満ちた》。天満《あまみつ》神の名をすぐに[一]天神橋と行き通ふ。所も神の《丁度場所も門前町で》[二]お前《まへ》町営む業《わざ》も[三]紙見世に。紙屋治兵衛と名を付けて　[四]ちはやふる程買ひにくる。[五]紙は正直商売は　所がらなり老舗《しにせ》なり。

女房おさんの心くばり

夫が火燵《こたつ》にうたた寝を[六]枕屏風《まくらびやうぶ》で風防ぐ。そとは[七]十夜の人通り[八]見世と内とを一締《ひとしめ》に。女房おさんの心くばり。「日は短し夕めし時《日は短いというのに忙しい夕飯時分》[九]市の側《かは》まで使ひにいて。[一〇]玉は何してゐることぞ。この《あのまあ》[一一]三五郎めが戻らぬ《〔まだ〕》こと　風が冷たいふたりの子供が寒からう。お末が乳《ち》の呑《の》みたい時《時分》分も知らぬ《なのに気付かない》。[一二]あはうには何がなるしんきな《じれったい》奴ぢや」と独言《ひとりごと》。「母様《かかさま》ひとり戻つた」と走り帰る兄息子。「オオ勘太郎戻りや[一三]つたかお末や三五郎はなんとした《どうした》」。「宮に遊んで《天神さんで遊んでて》乳呑みたいとお末のたんと《ひどく》泣きやりました」。「さうこそ〳〵《そうであろ》。こりや《こりゃまあ》手も足も釘になつた《釘のようにこごえた》。父様《ととさま》

一　名をそのまま取って天神橋と名づけた橋と一直線で行き通う（町で）。天神橋は大川に掛る大橋。
二　宮前町。天神橋を北へ渡るとすがはら町、その次が天神の西側に面した宮前町で現在の天神橋二丁目。
三　営む商売も神と同音の紙店であって。
四　神の縁で神の枕詞「ちはやふる」を使い、「降る」ほど客がひっきりなしに来る意を掛けた。
五　「正直の頭《こうべ》に神（紙）宿る」という諺どおり、繁昌する正直一途のその紙店の商いぶりは、神の門前という場所柄のせいであり、父祖伝来の老舗の信用ゆえである。
六　枕もとに立てる小《こ》屏風。
七　宮前町から北へ行くと天満寺町にかかり浄土宗の寺も多く、十夜回向の人通りも多く立寄る客も多い。
八　店の商いと内の用事とを一手にとりしきって。「一締」は半紙百帖（二千枚）をいうが、紙屋の縁で用いた。
九　天神橋北詰から西の川岸辺にあった小売商いの市。東側上手は八百物市場で問屋や仲買店が立ち並ぶ。この東側も市の側とする説もある。
一〇　下女の通称。
一一　近松作『けいせい仏の原』やその後日作で、主人公の下人として「あはう三五郎」が活躍する。時人はその名を想起したであろう。
一二　阿呆にはどうして（どんな因果で）なるのだろ

う（困ったこと）。「君傾城《けいせい》といふ者は此の類《るい》での王様《さま》……おじやれの身には何がなる」（『丹波与作待夜の小室節』中）。あさましく嘆く意。

一三「やる」は動詞連用形につき、同輩や目下の動作に丁寧・親愛の意を表す助動詞。軽い敬語を作る。

一四　下二段活用の他動詞。動詞連用形に助詞「て」のついた形に接続して、してしまう、あえて……するの意。

一五「まで」は文の終止した所に付いて感動・強調を示す終助詞。

一六　背中に「負う」と、あやす言葉「おうおう」を掛けた。

一七　父治兵衛の傍に寝かせた兄勘太郎と同じく、お末を火燵に寝かせ、自分も傍に寝て乳を含ませて。

一八　駄洒落をいってみせるのには（腹の立てようもなく）。「軽口」は地口・秀句。接尾語「だて」は、そのさまをことさらしてみせること。

の寝てござる《寝てなさる》火燵へあたつて暖《あたた》まりや。この《あの》あはうめどうせう《どうしてくりょう》」

と　待ちかね見世に駆け出づれば。

子供を置き忘れた三五郎

三五郎ただひとりのら〳〵《のろのろと》として立ち帰る。「《（さん）》こりやたはけ《たわけ者》お末はどこに置いて来た」。「《（三五郎）》アアほんにどこでやら落してのけた《しまった》[一四]。誰ぞ拾《ひろ》たか知らん《知らんナア》まで[一五]。どこぞ尋ねて来ませうか」。「《（さん）》おのれ《こいつ》まあ〳〵大事の子を怪我でもあつたらぶち殺す」と。わめく所へ下女の玉お末を背中に「おう〳〵[一六]いとしや《かわいそうに》。辻《町角で》に泣いてござんした。三五郎守《もり》するならろくにしや《ちゃんとしなさい》」とわめき帰れば。「《（さん）》オオかはいや〳〵。乳《ちち》呑みたからうの」[一七]と同じく火燵に添乳《そへぢ》して。「《（さん）》これ玉。そのあはうめ覚《骨身に》えるほどくらはしや〳〵《しみるほど拳骨をくらわしておやり》」と。いへば三五郎かぶり《頭を》振り。「いや〳〵たつた今お宮で蜜柑を《〔子達に〕》二つづつくらはせ《たべさせ》。わしも五つくらうた」と。あはうのくせに軽口《かるくち》[一八]だて　苦笑ひするばかりなり。

叔母と兄の訪れ

「《（玉）》ヤあはうにかかつて忘りよとした《かかりあって忘れるところだった》申し〳〵おさん様。西の方から粉屋《こや》の孫右衛門様と叔母御さま。連れ立つてお出でなされます」。

治兵衛の偽りを恨み泣く叔母

一 おっと承知。「まつかせ」とも。任せておけの意。

二 算盤計算で、割算の九々。十を二で割れば五が立つこと。

三 九を三で割れば三が立つこと。

四 六を三で割れば二が立つこと。

五 掛算の九々。七八は五十六に叔母の歳を掛けた。

六 二匁には二分の欠《かん》が立つと、勘太郎と言い掛けた。「欠」は量目の不足すること。「分」は銀貨の場合一匁の十分の一。「ふん」と読む。金貨の時は「ぶ」と読み一両の四分の一。子供を呼ぶのと言い掛けたのはさも忙しく見せかけているさま。

七 「ましや」は「ましやる」の命令形「ましやれ」の略。謙譲と丁寧の意を併せもった助動詞。

八 いかにまだ若く分別が足らないからといって、今や二人の子の親ではないか。

九 悪性なのは。不品行なのは。

一〇 注意を怠ることから。女遊びなどしていないか日頃の挙措に目を光らせることで防げるという こと。

一一 破産・分散すること。商人として恥ずべきこと。

一二 意気地。負けまいとする気力。「持ちや」は「持ちやる」の命令形。拗音に発音する。「いの」は感動の助詞。気持に意気地を持ちなされや。

一三 上之巻の終りで小春に起請《なま》を返《かえ》したことをさす。「かやす」は大阪弁で返すの訛り。

(さん)「これは〳〵そんなら治兵衛殿起《おこ》そ。なら旦那殿起きさしやんせ。母様《ははさま》と伯父様が連れ立つてござるげな《いらっしゃるそうな》。この短い日に商人《あきんど》が。昼中《ひるなか》に寝たふりを《寝ているさまを》見せてはまた機《き》嫌《げん》がわるからう」。(紙治)「[一]おつとまかせ《よしきたまかせろ》」とむつくと起き　算盤《そろばん》片手に帳《帳面を》引き寄せ。「[二]二一天作五[三]九引《ちん》が三ちん[四]六引が二ちん。[五]七八五十六」になる叔母打ち連れて孫右衛門うちに入れば。「ヤ兄ぢや人叔母様これはようこそ〳〵まづこれへ。わたくしはただいま急な算用いたしかかる《急ぎの計算をやりかけている》。四九三十六匁三六が一匁八分《ふん》で[六]二分《ふん》の勘太郎よお末よ。祖母《ばば》様《さま》伯父様お出でぢや煙草盆持つておぢや《おいで》。一三が三それおさん　お茶上げ[七]ましや」と口ばやなり《差し上げなさいと早口にいう》。(叔母)「いや〳〵茶も煙草ものみには来ぬ《のみになど来たのではない》。これおさん。[八]いかに若いとてふたりの子の親。結構なばかりみめではない《お人好しなだけがとりえではない》。男の[九]性《しやう》の悪いは皆女房の[一〇]油断から。[一一]身代破り女夫《めをと》別れする時は男ばかりの恥ぢやない。少し目を明いて《もうちょっと目を配って》気に[一二]張を持ちやいの」といへば。(孫右衛門)「叔母様愚かなこ《くだらぬこと》と《おっしゃるな》。この兄をさへだます不覚悟者《不らち者》　(なんで)女房の意見などあたたかに《おとなしく聞こう》。ヤイ治兵衛。この孫右衛門をぬく〳〵《ぬけぬけと》とだまし。起請まで返《かや》[一三]して見せ十日もたたぬに何ぢや請け出す《もう何じゃ小春を請け出すと》。エエうぬはなあ《貴様という奴は》。〔それも〕小春が借銭《しやくせん》[一四]の算用か。措《お》[一五]きをれ」と算盤《そろばん》追つ取り庭へ《店の土間へ》ぐわらりと投げ捨てたり。

「これは近ごろ《はなはだ》迷惑千万。先度《せんど》[一六]よりのち　今橋[一七]の問屋《とひや》へ二度。天神様へ一度ならでは《以外には》敷居《しきゐ》よりそと出ぬわたくし。請け出すことはさておき《小春を請け出すなどということはさておき》　思ひ出しも出すにこそ《思い出すことさえもしたことはないのに》」。「いやんな〳〵《（叔母）おだまり》夕べ十夜の念仏に講《かう》[一八]中《ぢゆう》の物語《話題で》。曾根崎の茶屋紀の国屋の小春といふ白人《はくじん》[一九]に。天満の深い《馴染深い》大尽《だいじん》[二〇]がほかの客を追ひ退《の》け。すぐにその大尽が今日明日に請け出すとのこれ沙汰《ざた》[二一]。売り買ひ高い世の中でも《諸物価の高い暮しにくい当世でも》銀《かね》とたはけはたくさんなと《馬鹿者はたくさんいることと》。いろ〳〵の評判。こちの《うちの》おやぢ五左衛門殿つね〴〵名を聞き抜いて[二二]。紀の国屋の小春に天満の大尽とは治兵衛めに極《きはま》つた。嗅《かか》のためには甥《をひ》なれどこち《わしは》は他人　娘が大事。茶屋者《茶屋女を》請け出し女房は茶屋へ売り《売りや》をらう《がるだろう》。着類《きるい》[二三]きそげに疵《きず》付けられぬ間に取り返して[二四]くれうと。沓脱《くつぬぎ》半分下《お》りられしを　〔私が〕なう騒々《さうざう》しい神妙《しんべう》[二五]にもなることを。明《あか》[二六]さ暗さ聞《十分》

一四　借金、すなわち身請の金。
一五　やめてしまえ。「をれ」は「をる」の命令形。卑しめていう補助動詞。
一六　千万と先と韻をふむ。先途・さきごろ。小春と兄の前で縁切りして後は、の意。
一七　今橋は北浜より南へ三筋目の通り。今橋組と呼ばれ紙の仲買が多く、堺屋・平野屋・紙屋新介・紙屋治兵衛などが元禄から享保頃まで続いてあった（『国花万葉記』『仁風一覧』）。このうち紙屋治兵衛は老舗で幕末まで続く名家であり、同名だけにここはこの店をきかせているか。
一八　念仏講の信者仲間。
一九　上方で官許の遊里以外の遊所で色を売る女、もと素人風の私娼《ししよう》であったところからこの名がある。
二〇　遊里で豪遊する客。ここもその意であるが、白人の客に限り、彼等を一般に大臣と呼ぶ（『本朝色鑑』）。
二一　噂でもちきりになること。もっぱらの評判。
二二　すっかり聞き知っていて。
二三　着物。同意の語を重ねて着物一切をと強調すると共に、「疵」をも含め同音を重ね語声を強めている。
二四　妻の方から離縁を申し出た場合、持参金は返す必要はないが、妻名義の諸道具は離縁の理由が妥当であれば夫は返さなければならなかった（中田薫『徳川時代の文学と私法』十八）。
二五　穏便に収まることを。
二六　黒白。事の是非。

一「極上品」という日頃の商売の口調でいった。
二 父親の戒名。「道清」に正直者であった生前がしのばれる。
三 取りよせる。下二段活用の動詞の連用形を会話の中で終止法に用いることは多い。
四 好機到来とばかりに。待ってましたと。
五 割符を合わせたようにぴったりと合い。「割符」は木・竹・紙片に文字等を書き、二つにそれを割って一片を留め、他片を相手に渡して後日相合せて証拠とするもの。符節・わりふだ。
六 書きましょう。「仕る」は「する」「あげる」などの謙譲語。

誤解を解き誓紙を書く治兵衛 叔母、兄退場

七 熊野権現から出す牛王宝印（を取り出だす）。「牛王」は社寺で作った厄除けの護符。梵字《ぼんじ》などを蓮華《れんげ》の台にのせ後背《ごうはい》の光を副《そ》えた宝印を紙に押捺する。その朱肉に牛玉という霊薬の粒を加えたのでその名がある。宝印を押した上に中央に発行社寺名、右に牛玉左に宝印と記す（後は木版が普通）。熊野のそれがもっとも有名で、神の使いと考えられた烏を図案化した文字を記す。この紙を起請文に用い、紙背に誓詞を記し、誓いを破れば熊野の烏が一羽ずつ死ぬと伝えられた。修験者や熊野比丘尼らによって広く配られ、流布したので手に入れやすかった。「群烏」は「比翼」を引き出すための表現。
八 比翼の契りを記した誓紙。治兵衛小春の二人が毎

き届けてうへのことと《聞いてたしかめてからのことと》押しなだめ。この孫右衛門同道した《［を］伴ってきた》。孫右衛門の咄《はなし》には今日は昨日の《今はもう昨日までの》治兵衛でない。曾根崎の手も《曾根崎の女とも》切れ本《ほん》人間《真人間》の一上々と。聞けばあとからはみ返る《聞いたすぐそのあとで病気がぶりかえす》そも如何なる《一体どういう因果な》病ひぞや。そなたの父御《てゝご》は叔母が兄。いとしや二光誉道清往生《くわうよだうせいわうじやう》の枕を上げ《臨終の頭をあげ》。聟《むこ》なり甥なり治兵衛がこと頼むとの一言《いちごん》は忘れねど。そなたの心一つにて《おまへの心がけ一つのために》頼まれし甲斐《かひ》もないわいの」とかつぱと伏して恨み泣き。

治兵衛手を打ち。「ハアアよめた〳〵《判った》。取沙汰《とりざた》のある小春は《その噂にのった小春はあの》小春なれど《小春だが》。請け出す大尽大きに相違。兄きも御存じ先日あばれて踏ま《［我々に］》れた身すがらの太兵衛。妻子眷属《けんぞく》《親族》持たぬやつ。銀《かね》は在所《ざいしよ》伊丹から三取り寄する。とつくにきやつめが《あいつめが》請け出すをわたくしに押へられ《妨げられ》。このたび四時節到来《じせつたらい》と請け出すに極《きはま》つた。われら存じも寄らぬこと《私は全く思いもかけぬこと》」といへばおさんも色を直し《ほっと顔色をなおし》。「たとへわたしが仏でも男が《お人好しでも亭主が》茶屋者請け出す。そのひいきせう筈がない。これ計りはこちの人に微塵《みぢん》も嘘はない母様《かかさま》。証拠にわしが立ちます《嘘でないあかしには私が証人になります》」と。夫婦の詞《ことば》五割符《わりふ》も合ひ「さ

てはさうか」と手を打つて叔母甥心を休めしが。(叔母)「ムム物には念を入れうこと《物事には念を入れようぞ》。まづ〳〵嬉しい　とてもに心落着く為《いっそのこと私の心落着くように》。かたむくろの《〔また〕片意地な》おやぢ殿疑ひの念なきやうに誓紙書かすが《書かせるが》合点か《承知か》」。「何がさて《いかにも》千枚でも仕《つかま》らう[六]」。(孫右衛門)「いよいよ《ますます》満足すなはち道にて求めし《実は途中で買い求めてきた》」と孫右衛門懐中《くわいちゆう》より。熊野[七]の牛王《ごわう》の群烏《むら》比翼[八]の誓紙引き替へ《誓紙の内容とうって替り》。今は天罰起請[九]文小春に縁切る思ひ切る。偽《いつは》り[一〇]申すにおいては上《かみ》[一一]は梵天帝釈《ぼんてんたいしやく》下《しも》は四大《しだい》の文言《もんごん》に。仏ぞろへ神ぞろへ紙屋治兵衛名をしつかり《治兵衛と名を明記してしっかり》[一二]血判を据ゑて指出《さしいだ》す。(さん)「アア母様《ははさま》伯父様のお蔭でわたしも心落着く。子中《こなか》[一三]なしてもつひに見ぬ固めごと《ついぞ見ない約束ごと》皆よろこんでくださんせ《皆さんもよろこんで下さいませ》」。(叔母)「オもつとも〳〵この気になれば《治兵衛がその気になれば》固まる[一四]　商事《あきなひごと》も繁昌しよ。一門中が世話かくも《世話をやくのも》皆治兵衛為よかれ《治兵衛のためよかれと思い》。兄弟の《また二人の》孫どもかはいさ《〔ゆえ〕》。孫右衛門おぢや《おいで》早う帰つておやぢに安堵《あんど》させたい。世間[一五]が冷える子供に風ひかしやんな《風邪をひかせるなよ》。これも十夜の如来[一六]のお蔭これからなりともお礼念仏《この場所からでもすぐにお礼の念仏を》。南無阿弥陀仏」と立ち帰る　心[一七]ぞすぐに仏なる。

月始めに変らぬ愛情を誓いあった起請のこと。「比翼」は白楽天の『長恨歌』の有名な詩句による。

九 今は（愛の誓いを破った）天罰も怖れず、「天罰起請文事、小春に縁切る思ひ切る……」（と治兵衛は書き始める）。起請文は最初に、「敬白　天罰起請文事」と記し、行を改め誓いの本文を書く。

一〇 本文のあとに記す言葉。普通「右之条々急度相守可レ申候、若於二相背一者」と書いて神文（罰文）に続ける。

一一 以下が神文の部分で、一般流布の文は「梵天帝釈、四大天王、総日本国中六十余州大小神祇、殊伊豆箱根両所権現、三島大明神、八幡大菩薩、天満大自在天、神部類眷属、神罰冥罰、各可二罷蒙一者也、依起請如レ件」と記すが、ここでは「上は梵天帝釈下は四大（天王）……」と文言を記し始め、仏名や神名を列挙（説経『さんせう太夫』神おろし等）した上で署名をした。「梵天帝釈」は仏法を守護する神、「四大（天王）」は帝釈天に仕える持国・増長・広目・多聞天のこと。

一二 起請文に血判を押して。「血判」は指を切って、その血で指紋を押すこと。

一三 子供までである夫婦の間でも。

一四 身持も固まる。

一五 あたり。外界。

一六 浄土宗・真宗の本尊、阿弥陀如来。

一七 叔母の心は真直で、そのまま仏様のように善良である。

[一]門送りさへそこ〳〵に[二*]敷居も越すや越さぬうち。火燵《こたつ》に治兵衛又ころり　かぶるふとんの[三]格子嶋。《(さん)》「まだ曾根崎を忘れずか《忘れないのか》」とあきれながら立ち寄つて。ふとんを[四*]取つて引き退《の》くれば枕に伝ふ涙の滝《〔涙の流れに〕》　身も浮くばかり《身が浮くほど》泣きゐたる。

引き起し引き立て火燵の[五]櫓《やぐら》に突き据ゑ《押して坐らせ》。顔つく〴〵と打ち眺め。「あんまりぢや治兵衛殿。それほど名残惜しくば誓紙《〔先刻の〕》書かぬがよいわいの。一昨年《をととし》の十月[六]中《なか》の亥《ゐ》の子《こ》[七]に火燵明けた祝儀とて。まあこれここで[八]枕並べてこのかた。女房のふところには[九]鬼が住むか蛇《じや》が住むか。二年といふ物[一〇]巣守《すもり》にしてやう〳〵母《はは》さま伯父様のお蔭で。睦まじい女夫《めをと》らしい[一一]寝物語もせうものを《しようものをと》と。楽しむ間もなくほんに《ほんとに》酷《むご》いつれない《なさけ知らずな》　さほど心残らば泣かしやんせ〳〵。その涙が蜆川《しじみがは》へ流れて小春の汲んで飲みやらうぞ《小春がそれを汲んで飲みなさるでしょうよ》。エエ曲《きよく》もない《なさけない》恨めしや」と。膝に抱き付き　身を投げ伏し口説《くど》き。立ててぞ嘆きける。

治兵衛眼《まなこ》押し拭《のご》ひ。「悲しい涙は目より出《で》。無念涙は耳からなり

一　客を門口で見送る事。

蒲団をかぶり泣く治兵衛

*二　(治兵衛は)二人を見送って家の敷居をまたいだ途端、火燵にとび込み横になる。「そこそこ」の脚韻から始まり、「越すや」から「格子嶋」まで「こ」の頭韻を五回もふむ。これは極端であり、墨譜の上でもそれを強調していて作為的。火燵での演技に注目させるためか。

三　格子のように縦横に線のある縞模様のこと。次の曾根崎云々の言葉と響き合う。遊里の格子作りの並ぶ景とつながる。

おさん恨み言

*四　おさんが怒りをもってする動作。

五　櫓火燵の櫓部分。木を箱型に組み、上を格子状にしたもの。

六　陰暦十月の亥の日、亥の子の祝といい餅を祝って息災・繁栄を祈る風習がある。亥の日が月に三度ある時は中の亥の日に祝う。

七　火燵切り(火燵を出す)や炉を開く日は亥の日とする習慣がある。亥の方角は極陰で、火災を除くという考えによる。

八　夫婦の閨事をして以来。猪は子を沢山産むのでこの日それにあやかって房事をする習慣があった。「豕《ヰノコ》或ハ云豕能ク多子ヲ生ズ故ニ婦人之ヲ羨ミ此ノ旦ニ至リ餅ヲ供シテ神ヲ祀レリ」(『書言字考節用集』)。

九　亥の子もちという童児の遊戯に、丸い石を縄でくくり、それに幾筋も縄をつけ周囲より引張り、地面を

相手は太兵衛と無念の涙

つきながら童謡を歌う。「亥の子、亥の子、亥の子の餅を、つきやらんしうは、鬼を産め、蛇を産め、角のはへた子を産め」など歌い歩く（『備後国福山領風俗問状答』）。大坂付近にも同様の歌が伝わった（『上方』二号）。この歌をきかせた表現。

一〇 孤閨を守ること。巣の中で卵がかえらず取り残されたのを巣守という。それに譬えていったもの。

一一 寝ながら話し合うこと。ここは夫婦の睦言。

一二 涙の色（種類）が変らなくて一緒なのでの意と、「涙の色」と掛ける。「涙の色」は、激しい嘆きの時の涙は血の涙を流すことから紅《あか》い涙の色をいう。「先非を悔ゆる父が心。涙の色にも見ゆらんものを」（謡曲『雲雀山』）。

一三 表面は人間の皮を着ているが中身はけだものの女めが。義理人情にはずれた人間を罵っていう言葉。

一四 「へちまの皮」ともいい、何の役にもたたない、つまらないものの意。軽蔑する時の語。

一五 金の力で人を束縛すること。

一六 小春の抱え主の勝手で太兵衛に渡すのなら。

一七 高言をはき。「いんげん」は威言・威厳の転。「こく」は言うの卑語。

一八 顔を注視され。じろじろと見られ。「まぶる」は「まぼり（守り）」の転。

一九 感動詞を並べる。「ヤヤウ」と最初驚きの声をあげ、ついで「ハウ」と合点した時の声をあげる。

とも出るならば。いはずと心を見すべきに《何も言わなくても心のうちを見せられるのに共に》。同じ目よりこぼるる涙[一二]の色のかはらねば。心の見えぬはもつとも〳〵。人の皮きた[一三]畜生《ちくしやう》女《をんな》が。名残もへちま[一四]もなんともない。遺恨《〔それより〕》ある身すがらの太兵衛。銀《かね》は自由妻子《さいし》はなし　請け出す工面《ぐめん》《金の算段》しつれども。そのときまで《〔まだ〕》では小春めが《小春のやつが》太兵衛が心に従はず。少しも《〔わしに対し〕》気遣《きづか》ひなされな　たとへこなさん《あなた様》と縁切れ。添はれぬ身になりたりとも。太兵衛には請け出されぬ。もし銀堰《かねぜき》[一五]で親方[一六]から遣《や》るならば。ものの見事に死んで見しよと。たび〳〵詞《ことば》を放ちしが《いってのけたが》これ見や退《の》いて《手を切って》十日も立たぬうち。太兵衛めに請け出さるる腐り女の四つ足めに《身請されるような心の腐った女のけだものめに》。心はゆめ〳〵残らねども《未練心はさらさら》。太兵衛めがいんげんこき[一七]。治兵衛身代いきついて《行き詰ってとか》の銀に詰《つま》つてなんどと。大坂中を触れ廻り問屋《とひ》中の《紙問屋仲間の》付き合ひにも。面《つら》[一八]をまぶられ生恥《いきはぢ》かく胸《〔思えば〕》が裂ける身が燃える。エエ口惜しい無念な熱い涙血の涙。ねばい涙を打ち越え熱鉄《ねつてつ》の涙がこぼるる」と　どうと伏して泣きければ。

おさんの告白

はつとおさんが興《きよう》さめ顔。「ヤヤウハウ[一九]それなればいとしや《かわいそうに》小春は死にやるぞや《死なれますぞよ》」。「ハテサテなんぼ《いかに》利発《りはつ》でもさすが町の女房ぢやの《町家の素人の女房じゃな》。あの[1]不心中者《ぶしんぢゆうもの》なんの死なう《どうして死ぬものか》。灸《きう》をする薬のんで命の[2]養生《やうじやう》するわいの」。「いやさうでないわしが《私が》一生いふまいとは思へども。隠しつつんでむざ／＼殺すその罪も恐ろしく。大事のことを打ち明ける。[3]小春殿に不心中[4]芥子《けし》ほどもなけれども。ふたりの手を切らせしはこのさんが[5]からくり。こなさんが《あなたが》[6]うか／＼と死ぬるけしき《死んでしまうけはいも》も見えしゆゑ。あまり悲しさ《あまりの悲しさに》女は[7]相身《あひみ》互《たが》ひごと。〔どうか〕切られぬ所を思ひ切り夫の命を頼む／＼と《夫の命が助かるよう頼む頼むと》。[8]かき口説《くど》いた[9]文《ふみ》を感じ。〔小春から〕身にも命にも換へぬ大事の[10]殿なれど。引かれぬ義理合ひ思ひ切るとの返事《引くに引かれぬ義理だてを思い私は思い切るという返事》。わしやこれ[11]守《まもり》に身をはなさぬ。これほどの賢女がこなさんとの契約ちがへ。[12]おめ／＼太兵衛に添ふものか。をなごはわれ人《女というものは誰だって》[13]一向《ひとむき》に思ひ返しのないもの。死にやるわいの／＼。[14]アアアアひよんなことサアサアサどうぞ助けて／＼」と。騒げば夫も[15]敗亡《はいまう》し。「取り返した起請のうち知らぬ《誰か判らない》女の文一通。兄きの手へ渡りしはお主《ぬし》《お前》から行《い》た文な。それなればこの小春死ぬる

一 誠のない者、薄情者。
二 命を大切にし摂生する。
三 ここではじめて「殿」と敬称をつけて呼んだのは本当は恩義がある間柄であることを打ち明けるからであろう。
四 ほんの少しもないの意。芥子粒は微細なものの譬え。
五 仕掛け。計略。機関《からくり》は糸・水力・ぜんまいなどで人形や道具を遠隔操作し、動かす仕掛けをいう。
六 思慮もなく落着かないさま。
七 女は女同士互いに助け合うべき身という諺。
八 「(手紙を)書き」と「掻き口説く」を掛ける。
九 手紙の文面に感じ入り。
一〇 殿御《とのご》。女性から男性をさしていう語。
一一 守袋に入れて身体から離さない。小春の手紙自体を守にしてとする説も多い。懐の守袋を「これ」(この通り)と上から押えていう表現。
一二 恥知らずにそのままいるさま。のめのめ。
一三 一途に思いつめて、気持を変えたりしないもの。
一四 正本「アヽアヽ」とあり一続きではない。
一五 うろたえること。周章狼狽すること。

夫に投出す手付の銀

ぞ」。「アア悲しやこの人を殺しては。女同《ど》士《し》の義理立たぬまづこなさん早う行《い》て。どうぞ殺してくださるな」と　夫にすがり泣き沈む。「それとても何とせん（そうはいってもどう仕様がある）半銀《はんがね》も手付を打ち。繋ぎ止めて見るばかり（半金でも手付金を渡し一応こちらにつなぎとめてみるだけ）。小春が命は新銀《しんぎん》七百五十匁《もんめ》〔の薬を〕のまさねばこの世にとどむることならず。今の治兵衛が[一六]四つ三貫匁の才覚《さいかく》。打ちみしやいでも（身体を押しつぶしても）どこから出る」。「なら[一七]仰山《ぎやうさん》なそれで済まばいとやすし」と。立つて箪笥《たんす》の小引出し明けて惜しげも[一八]綯《な》ひ交ぜの。紐《ひぼ》付袋押し開き投げ出す一つつみ。治兵衛取り上げ「ヤ銀《かね》か。しかも新銀四百匁《め》。こりやどうして」とわ（自分）が置かぬ（がしまわない）　銀に目覚《めさ》むるばかりなり（目の覚める思いで驚くばかりである）。

質草に包む親子の衣裳

「その銀の出所《でどころ》もあとで語れば知れること。この十七日（この十七日明後日の）[一九]岩国の紙の仕切銀《しきりがね》に才覚はしたれども。それは兄御《あにご》と談合《だんかふ》して商売の尾は見せぬ（商いにはぼろは出さない）。小春の方は急なことそこに四々の一貫六百匁（その銀四宝銀では四四の一貫六百匁ある）。ま一貫四百匁（あと一貫四百匁は）」と。大引出しの錠《ぢやう》明けて箪笥をひらりととび[二〇]八丈。[二一]けふちりめんの明日はない夫の命白茶裏《しらちやうら》。娘のお末が両面の（表裏共に）紅《も》絹《み》の小袖に（真紅の小袖に）[二二]身を焦が

一六　四宝銀（宝永八年改鋳の悪貨、新銀の四分の一）三貫匁の算段。新銀七百五十匁と同額。
一七　ぎょうぎょうしい。
一八　「なく」と「綯ひ交ぜ」を掛ける。
一九　山口県岩国産の紙の支払金として。『和漢三才図会』によれば、防州岩国では塵紙をよく産し、半紙・障子紙も良質の物を産出した。
二〇　箪笥を開き、ひらりと飛ぶように取り出す鳶八丈。「鳶八丈」は八丈島産の八丈絹の一種で糸に鳶色が多い。
二一　次に京縮緬の白茶裏（薄い茶色の裏地）の着物を取り出す。今日散って明日はない夫の命とも知らないで、の意を掛ける。「飛び」「散る」は縁語。
二二　乳飲み子の着物まで質入れするかと身を焦がす苦しい思い。真紅の紅絹を焔《ほのお》と見立て焦がすと表現する。

身請を手伝う女房の苦しみ

す。これを曲げて《質に入れては》は勘太郎が[一]手も綿もない袖無《そでな》しの。羽織もまぜて[二]郡内《ぐんない》のしまつして着ぬ浅黄裏《あさぎうら》。黒羽二重《くろはぶたへ》[三]の一張羅《いつちやうら》定紋丸に蔦《つた》の葉の。のきも退かれもせぬ中《なか》は内裸《うちはだか》でも外錦《そとにしき》。男飾りの小袖までさらへて《かき集めて着》物数《物の数は》十五色《いろ》。内ばに取つて《控え目に計算しても》新銀[四]三百五十匁。よもや貸さぬといふことはない[五]ものまでも有る顔に。夫の恥とわが義理を《夫の恥をそそぎ自分の小春への義理を》 [六]*ひとつにつつ《一緒に果すため衣》む風呂敷の中に《類一切を包む風呂敷の中に》。情け[七]を《着なくても》 こめにける。

「わたしや子供はなに着いでも男は世間が大事。請け出して小春も助け。太兵衛とやらに一分《いちぶん》立てて《面目を立てて》見せてくださんせ」と。いへども〔おさんは〕始終《しじゆう》さし俯向《うつむ》き しく／＼泣いてゐたりしが。(紙治)「手付渡して取り止め《引きとめ》請け出してそののち囲うて置くか内へ入るるにしてから《家へ入れるとしたところで》。そなたはなんとなることぞ」といはれてはつと行き当り《行きづまり》。「アッアさうぢや。ハテなんとせう子供の乳母《うば》か。飯焚《ままたき》か。隠居なりともしませう」と わつと叫び伏し沈む。

遊里行きを手伝うおさん

(紙治)「あまりに冥加《みやうが》[八]恐ろしいこの治兵衛には親の罰《ばち》天の罰。仏神の罰は

一 手も足も出なくなる（困却する）の意と、綿の入らない手のない袖無し羽織と掛けた。

二 自分の二点に子供のもの一点ずつを交ぜ、（また自分の）甲斐郡内産の縞の着物を取り出す。これは平生は倹約して着ないもので浅黄色の裏付き。「浅黄」には控えめの意があり、始末してとひびきあう。

三 （夫の）黒羽二重の晴着、家紋の丸に蔦の葉の紋付小袖を出す。その模様の蔦の軒にからまるように、別れようにも別れられない彼女の愛情は、家計が苦しく自分は始末していても、亭主だけは男の体面を飾るため着せていたその小袖まで。

四 四宝銀に直すと一貫四百匁、現金の不足分。

五 最後の質草の着物を余裕ありげに出して。

*六 「ひとつに……」からはスエテの曲節が付されており、それまで気丈に振舞ってきたが、そうはいうものの最後の衣類、しかも子供のものまで包まねばならない悲嘆の「情」を文章にも音楽的にも表している。

七 真情《まごころ》・愛情・思いやりとする説があるが、ここは人情すなわち子供や夫の、そしてあえて押えているが自分の、それぞれの着物に対する愛着・切なさであろう。

八 神仏の加護、それから転じ幸運等の意をもつ。女房の気持の有難いことをさす。

九 当然罰を受けるだろうが、もし当らないと仮定し

九当らずとも女房の罰一つでも将来はようない筈《一つだけでも未来はよくないに決っている》。許してたもれ」と手を合はせ口説《くど》き嘆けば「勿体《もつたい》ない。それを拝むことかい《そんなこと位で拝むという事があろうか》の一〇手足の爪をはなしても。みな夫への奉公《奉仕》　一一紙問屋《とひや》の仕切銀《しきりがね》。いつからか着《き》類《るい》を質に間《ま》を渡し《間に合わせる》。わたしが箪笥はみな空殻《あきがら》それ惜しいとも　一二思ふにこそ。なにいうても一三跡偏《あとへん》では返らぬ《取返しがつかない》。サアく早う小袖も着替へてにつこり笑うて行かしやんせ」と。一四下に郡内黒羽二重嶋の羽織に紗綾《さや》の帯。一五金拵《ごしら》への中脇指《ちゆうわきざし》今宵小春が血に染むとは《その中脇差が今夜小春の血に染まるとは仏のみご存知で》仏や知ろしめさるらん《あろう》。

（紙治）「三五郎ここへ」と風呂敷包肩に負ほせて《背負わせて》ともにつれ。銀《かね》も肌身《はだみ》にしつかと付け立ち出づる門の口。「治兵衛は内にお居やるか《いられるか》」と毛一六頭巾《づきん》取つて入るを見れば。南無三宝一七舅《しうと》五左衛門（紙治）「これはさて《これはまあ》。折一八も折ようお帰りなされた」と　夫婦は顚倒《てんだう》うろたゆる。

三五郎が負うたる風呂敷もぎ取つてどつかと坐り尖《とが》り声《きつい声で》。「めら《女め》う下にけつからう《坐っていやがれ》。聟殿これは珍しい上下《うへした》着飾り。脇指羽織あつぱ《立派な》

てもの意。「女房の罰一つでも」と呼応する形。

一〇（着物を質におくくらいの事でなく）手足の爪をはがすほどの苦痛を経験しても。放爪は遊女の心中立ての一つでもあった。

一一 前出の「あとで語れば知れる」と伏線をしていた岩国の仕切銀もその一つで、衣類を質に入れて用意したものであることを明かす。

一二「思ふにこそあれ」の略。反語で、思ったりは決してしないの意。

一三 後の祭。手おくれ。足偏《あしへん》をアトヘンともいう。跡の字が足偏であるところから、この意味で用いる。

一四 下着に郡内織の絹物、上着は黒羽二重、縞織の羽織を着て紗綾の帯をしめる。「紗綾」は平織地に稲妻・菱垣などの地紋を織り出した光沢のある絹織物。

紋ざやともいう。

一五 柄や鞘の金具部分を黄金で細工した中ぐらいの長さの脇差を帯に指す。

舅の登場

＊ 着替をおさんが手伝い、脇差を夫に渡してやるその仕草の上に、今宵血に染むとは知らぬが仏、仏のみが知ると運命を見すかす語りがかぶさる。

一六 毛皮製の頭巾。老人の防寒用の頭巾。

一七 大変。驚きや失敗した時に発する言葉。三宝（仏法僧）に帰依するの意。三と四（舅）五と掛ける。

舅の怒り

一八 折も折悪い所への意を途中で「ようこそ」と言い繕うが、あわてて「おこしなされた」というべきを「お帰り」と言い間違える。

一 金持衆の遊興の体。能衆・分限者《ぶげんしや》・銀持《かねもち》と三段階ある資産家の第一で代々の金持をいう。
二 皮肉な言い方。ここまで治兵衛に敬語を用い、以下一転して鋭く迫る。
三 諺「口に蜜、腹に針」をもじって、丁寧にいう言葉の中に針で刺すような皮肉をこめての意に用いた。
四 あれこれ（とかく）いう言葉もない。
五 改心。発起は仏教語で物の初めて起ること。一念発起など、菩提心を起す時にいう。
六 異なった遊女を相手に、月毎に起請を書き重ねることを罵っていった。
七 この悪所通いの姿でいて、まだ梵天帝釈に誓って縁切ったというつもりか。
八 こんな偽りの誓紙を書く手間で。
九 以前なら舅の怒りはもっともと詫びなくてはならないが。今は全く改心し、男の面目をはらし小春を救うための遊里行きであるのを誤解されていると考えている。
一〇 上座に坐らせ。「据ゑ」は働かせないで大事に扱うこと。
一一 おさんの自分の立場を忘れてまで身請の金を用意してくれたことを暗にいう。
一二 働きぶりを改め、身代を持ち直してお目にかけたならば、私の改心したことは自《おの》ずと判ってくること。
一三 涙は畳に（落ちる）と、畳にくいつくばかりに頭

許しを乞う治兵衛

れ一能衆《よいしゅ》の銀遣《かねづか》ひ。紙屋とは見えぬ。新地へのお出でか二ご精が出ます
とても紙屋風情とは見えない
る。内の女房いらぬものおさんに隙《ひま》やりや。連れに来た」と三口に針
それでは家の女房はいらぬであろう
暇をやれよ
あり苦い顔。治兵衛はとかう四の言句《ごんく》も出ず。「父様《とつさま》今日は寒いによ
（さん）
う歩かしやんす。まづお茶一つ」と茶碗をしほに立ち寄つて。「主《ぬし》
と茶碗を差し出すのをきっかけに愛想良く傍に寄り
主人の
の新地通ひも。最前母様《さいぜんははさま》孫右衛門様お出でなされて。だん〳〵のご
一々ねんごろな
意見 熱い涙を流し。誓紙を書いての発起心《ほつきしん》五。母様に渡されしがまだご覧なされぬか」。「オオ誓紙とはこのことか」と懐中《くわいちゆう》より取り出だし。「あはう狂ひする者の起請誓紙は方々先々六。書き出しほど書き散らす。合点《がてん》行かぬと思ひ〳〵来れば案のごとく。七この態《ざま》でも梵《ぼん》天帝釈《てんたいしやく》か。八この手間で去状《さりじやう》書け」とずん〳〵に引き裂いて投げ捨てたり。夫婦はあつと顔見合せ あきれて。詞《ことば》もなかりしが。
〔反省し〕
悪所狂い
あちこちで勘定書ほどいくらでも書き
散らすもの
案の定〔また遊里行き〕
ずたずたに

治兵衛手をつき頭《かうべ》を下げ。「ご立腹《りつぷく》の段もつとももともおわび申すは九以前のこと。今日のただ今より何事も慈悲と思《おぼ》し召《め》し。おさんに添はせて下されかし。たとへば治兵衛乞食《こつじき》非人の身となり。諸人の
たとえこの

箸の余り《食べ残しで》にて身命《しんみやう》は繋ぐとも。おさんはきつと上《かみ》[一〇]に据ゑ憂《う》い目見せずつらい目させず。添はねばならぬ大恩[一一]あり。その訳は月日もたちわたくしの勤方《つとめかた》[一二]身上《しんしやう》持ちなほし。お目にかくれば知ることそれまでは目を塞《ふさ》いで。おさんに添はせて　給はれ」とはら〳〵。こぼす血の涙畳[一三]に。くひ付き詫びければ。

舅の衣裳改め

「非人の女房にはなほならぬ《なおさら出来ない》去状[一四]書け〳〵。おさんが持参の道具衣類数改めて封付けん《封印を付けよう》」と。〔箪笥に〕立ち寄れば女房慌《あわ》て「着る物の数は揃うてある。改むるに及ばぬ」とかけ塞《ふさ》がれば突き退《の》けぐつと引き出し。「コリヤどうぢや」。また引き出してもちんからり[一五]有りたけこたけ[一六]引き出しても。継切《つぎぎれ》[一七]一尺あらば《一尺もありはしない》こそ葛籠《つづら》[一八]長持[一九]衣裳櫃《いしやうびつ》[二〇]。〔みな空〕「これほど空《から》になつたか」と舅は怒りの目玉も据わり。夫婦が心は今更に明けて悔[二一]しき浦嶋(縞)の。(子)火燵ぶとんに身を寄せて　火にも入りたき[二二]風情《ふぜい》なり。(五左衛門)「この風呂敷も気遣ひ《気がかり》」と〔結び目を〕引きほどき〔着物を〕取り散らし。「さればこそ〳〵《やっぱりやっぱり》これも質屋へとばす[二三]のか。ヤイ治兵衛女房子供の身[二四]の皮剥《は》ぎ。その

去状の催促に絶体絶命

を下げ、の意と掛ける。
一四 当時は離婚の権利は女性側になかったので要求している。持参物の権利については二八九頁注二四参照。
一五 なんにもないさま。からっぽ。
一六 ある限り全部。「こたけ」は意を強めるため添えた意味のない同脚韻の語。引出しを段々に開けてゆくさま。
一七 着物の継ぎ（破れ補修）用のきれはし。
一八 （続いて）葛籠を開け。「葛籠」は藤蔓、竹などで編んだ櫃の形をした籠。嫁入に衣裳を入れる。
一九 木製の蓋のある長方形の大きい箱。調度品や衣類を入れる。
二〇 長持ほど大きくない、衣裳を入れる蓋のある箱。
二一 「明けて悔しき玉手箱」（諺）を開けた（水の江の）浦島の子のように、今更に箱を空にしてしまったことを後悔し、縞模様の火燵布団に身を寄せ小さくなって。「夜（寄る）こそ契れ夢人の。明けて悔しき浦島が。親子のちぎり朝（浅）潮の」（謡曲『海士』）。
二二 火中にも飛びこみたい。穴にも入りたいを火燵の縁で火とした。
二三 質入れしてしまう気か。「売りとばす」などと同じく、惜しげもなく右から左へと簡単に質入れすることを非難していう。
二四 身につけた衣類を奪い去ることを強調していう。

連れ去られるおさん

かねでおやま狂ひ。[一]いけどうずりめ女房どもは叔母甥なれどこの五左衛門とはあかの他人。損をせう《損をする》謂《よしみ》がない《いわれはない》。孫右衛門に断《ことわ》り兄が方から取り返す《〔持参品は〕》。サア去状《さりじやう》〳〵」と[二]七重の扉《とびら》八重の鎖《くさり》。百重《ももへ》の囲《かこみ》は逃《のが》るるとも逃れがたなき《逃れることが難しい》[三]手詰《てづめ》の段《(紙治)》。「オオ治兵衛が去状筆では書かぬこれご覧ぜ《ご覧なされ》。おさんさらば」と脇指に手をかくる　縋《すが》り付いて「なう悲しや。父様《とつさま》身に誤りあればこそだん〳〵の《夫もわが身に誤りがあるからこそねんごろの》詫言《わびこと》。[四]あんまり利運《りうん》過ぎました。治兵衛殿こそ他人なれ子供は孫《他人であっても子供は本当の孫》かはゆうはござらぬか。わしや去状は請け取らぬ」と。夫に抱き付き　声を上げ泣き叫。ぶこそ道理なれ。

「よい〳〵去状いらぬめらうめ来い」と引つ立つる。「いやわしや行《い》かぬ飽《あ》きも飽かれもせぬ中《なか》を。なんの恨みに[五]昼日《ひるひ》中女夫《なかめをと》の恥はさらさぬ」と泣き詫《わ》ぶれども聞き入れず。「[六]この上になんの恥[七]町内一ぱいわめいて行く」と。引つ立つれば振り放し小腕《こがひな》取られ《腕先つかまれ》よろ〳〵と。よろめく足の爪先にかはいやはたと行きあたる《かわいそうに寝ている二人の子供がはたとぶつかる》。二人の子供が

一「いけ」も「どう」も卑しめ罵る意の接頭語。

二 七・八・百と多いことを示す数を用い、扉・鎖・囲といずれも堅固で逃れがたいものの譬えを出す。地獄の逃れがたい呵責の場を頭に描いての表現か。「七重の鉄城七重の鉄網、鉄墻囲ひ遶る」(『往生要集』)。

三 猶予なく責めかけるせっぱ詰った場(に)。

四 (それを無視するのは)あんまり勝手気ままがすぎましょう。「利運」は自分の優勢をかさにきて無遠慮に振舞うこと。

五 昼日中に世間に夫婦の恥を曝《さら》させるのかの文が、そんな恥は私は曝さないと流れた。中之巻初めがすでに夕飯時であり、昼日中では合わないが、まだ明るさの残っているのを強調していったか。

六 (遊女狂いで身代傾き、踏みつけにされた上に)これ以上加わる何の恥があろう。

七 (わしが)町内一ぱいに治兵衛の仕打をふれ歩いて(恥をかかせて)ゆく。

八 朝目を覚ました時、子供が食べる菓子類。女性語。朝物《あさぶち》の転とする説と朝普茶《ふさ》とする説がある。

九 桑山薬(小児薬)。大坂天王寺口縄坂上の珊瑚寺より売り出した小児薬。豊臣時代桑山法印が朝鮮より持ち帰った薬法によるもので、万能薬とされた。

一〇「子を捨つる藪はあれど身を捨つる藪はなし」の譬えのように、背に腹は替えられず仕方なく。

一一(これが)藪に生えた、夫婦の双岐竹のように、

目をさまし。「大事のかかさまなぜ連れて行《ゆ》く祖父様《ぢいさま》め。今から誰《たれ》と寝ようぞ《寝ようか》」と慕ひ嘆けば「オオいとしや《かわいそうに》。生れて一夜もかかが肌を放さぬもの《放さなかったのに》。晩からはととさまとねねしやや《ねんねしなさいよ》。ふたり〔治兵衛殿〕の子供が朝八ぶさ前《おめざの前に》忘れず。必ず九桑山《くはやま》飲ませてくだされ。なう悲しや」といひ捨《と言い捨てて出る》つるあと《後に身を捨てることになる夫と》に見捨つる一〇子を捨つる。一一藪《やぶ》に夫婦の双岐竹《ふたまただけ》長き。別れと

*一二
三重

下之巻

茶屋大和屋

深夜の新地

〽一三恋情《こひなさ》け。ここを瀬にせん。蜆川《しじみがは》流るる水も。行き通ふ。人も音《人の足音も静まる》せぬ一四丑三《うしみつ》の。空十五夜の 月冴《さ》えて。〔地上では〕光は暗き門行灯《かどあんどう》 一五大和屋伝兵衛を一六一字書《いちじがき》。眠りがちなる《眠たそうな》拍子木《ひやうしぎ》に一七番太《ばんた》が足取り千鳥足《足取りも右に左に別れがち》。「一八ごよざ〳〵」も声更けたり《と呼ばわる声も空に消え夜も更けた》。

小春を迎えの下女と駕籠

「駕籠《かご》の衆《しゆ》いから更けたの《大そう更けたねえ》」と。一九上《かみ》の町《ちやう》から下女子《しもをなご》。迎ひの駕籠も

長い別れに（なってしまったのである）。「双岐竹」は土から一尺ほどの所で二岐になり生長した竹。天王寺に淡竹《はちく》の双岐竹があった（『和漢三才図会』）ので天王寺桑山に続けて盛り込んだものであろう。

*一二 舞台転換の三重。続いて〽（なりにけり）、といった三重返しがなく、下之巻冒頭に〽恋情け、と三重返しがくる。連続性が強い形。

一三 恋も情けも、ここを好個の出合い場所とする蜆川。「瀬」は適当な所の意。「聞かずともここをせにせん郭公《ほととぎす》山田の原の杉の群立《むらだち》」（『新古今集』三）。

一四 十二月当時は、丑の三刻は午前三時ごろ。

一五 色茶屋。『色茶屋諸分車』の「新地蜆川之部」に「大和屋内　くめ　こがん」と見えるが、これは堂島新地の蜆川沿いの店で、ここにいう大和屋は蜆川の北岸曾根崎新地の茶屋であろう。

一六 一気に続けて書いた字（がおぼろに見える）。一字ずつ離してはっきり書くとする説もある。

一七 番太郎。町内の番屋に住み、木戸の番や夜廻りを行った。

一八 ご用心の訛り。「ごようざ」「ごよじ」とも。

一九 大和屋の東の町。曾根崎新地は一丁目から七丁目まであり、「上の町」は一丁目をさすのであろう。その対で「下女子（下女）」を出す。「迎ひ」は下女の迎えと駕籠の迎えとを掛ける。

大和屋の。潜《くぐ》[一]りぐわら〳〵つつと入り。「紀伊国屋《きいのくにや》の小春さん借り[二]やんしよ。迎ひ《お迎え》」とばかりほの聞え。あとは三つ四つ挨拶の。ほど[三]なく潜りによつと《ぬっと》出で。「小春様はお泊りぢや。駕籠の衆すぐに《このまま帰って》休ましやれ《お休みなされ》。アアいひ残したこれ花車《くわしや》さん《おかみさん》。小春様に気を付けてくださんせ。太兵衛様への[四]身請《みうけ》が済んで。銀《かね》請け取つたりや預り物《請け取ったからは〔大事な〕預り物》。酒[五]過《す》ごさせてくだんすな」と。門の口から[六]「明日また[七]」ぬ。治兵衛小春が土になる　種蒔き散らして帰りける。

脇差受取り帰る治兵衛

茶屋の茶釜も[八]。夜《よ》一時《いつとき》休むは八つと七つとの間《あひ》にちら付く短檠《たんけい》[九]の。光も細く更《ふ》くる夜の。川風寒く霜満てり。「まだ夜が深い送らせませしよ。治兵衛様のお帰りぢや小春様起しませ《起し申せ》。それ呼びませ」は亭主が声。治兵衛潜りをぐわさと[一〇]開け。「コレ〳〵伝兵衛。小春に沙汰なし《言わんでくれ》耳へ入れば。夜明けまで括《くく》[一一]られる。それゆゑよう寝させて脱《ぬ》けて往《い》ぬる。日が出てから起して往《い》なしや《帰してやれ》。われら《私は》いまから帰るとすぐに。買物のため京へ上《のぼ》る。大分《だいぶん》[一二]の用なれば。中払《なかばらひ》[一三]の間にあふや

一　潜り戸。店を閉めてから、大戸の一部を切って作った小さい出入口を使用する。
二　借りましょう。他の客が揚げている女郎を別の客が自分の所に呼ぶのを廓言葉で借るという。ここは客に呼ばれている最中迎えに来たのでいった。
三　挨拶のほどもなく（そこそこに）と、ほどなく……出ると掛ける。
四　中之巻初め、姑・兄が持ち込んだ数日中に請け出すという風聞が真実となり、中之巻末でのそれを止める手付も不首尾となって、結局太兵衛が身請の手続きを済ませた状況が判る。
五　小春が酒好きとは表されていない。したがって意に添わぬ身請にやけになって、とかく酒をすごしがちな小春の姿を示したものか。
六　門口から（中に聞えるように大声で）と、その口（言葉）が二人が土になる（死ぬ）種を蒔き散らしてと掛ける。土・種・蒔くは縁語。太兵衛の身請が二人の死なねばならぬ種。
七　門口から「明日また」（迎えにきましょう）といって去る意と、明日を待たず今夜のうちにの意と掛ける。「あす」にゴマ点があり強調している。
八　茶屋の表看板である茶釜も、真夜中一時《いつとき》は火を落し休む、その八つ（この季節で午前二時頃）と七つ（午前四時）の間にも。色茶屋も水茶屋同様湯茶の接待をすることに表向きなっていて、遊女も給仕女として認められていた。

うに帰るは[一四]不定《ふぢやう》。[一五]最前の銀で。そなたの[一六]算用合《さんようあひ》も仕廻《しま》ひ。河庄が所へも後《のち》の月見の払ひといふて。四つ《九月十三夜の月見の支払分といって四宝銀》百五十匁 請取とつてたもらう《領収書を貰っておいて欲しい》しと《しそれと》。[一七]福島の西悦坊《さいえつばう》が仏壇買うた奉加《ほうが》。銀一枚[一八]回向《ゑかう》しやれと遣《や》つてたも。そのほかに[一九]掛《かか》り合ひは《［未払いは］》ハアそれよ〳〵。[二〇]磯都《いそいち》が[二一]花銀《はなぎん》五つ。これ《これだけじゃ》ばかりぢや仕廻うて《［店を］》寝やれ。さらば〳〵戻つて《［京から］》逢はう」と。二足三足行くより早く立ち帰り。「脇指忘れたちやつと〳〵《早く早く》。なんと伝兵衛。町人はここが心易い《ここらが気やすい》。侍なればそのまま《その場で》切腹するであろの」。「われら《私が》[二二]預かつて置いてとんと失念《すっかり忘れていた》。[二三]小刀《こがたな》も揃うた」と。渡せば取つてしつかと指《さ》し。「これさへあれば[二四]千人力。もう休みやれ」と立ち帰る。「[二五]追付《おつつけ》お下《くだ》りなされませ。[二六]ようござりま」もそこ〳〵にあ《の挨拶もそこそこに家に入り》とは[二七]枢《くろろ》をこつとりと《［落し 家内は］》。物音もなく静まれり。

治兵衛はつつと往《い》ぬる顔《帰る顔して》。また引き返す忍び足。大和屋の戸に縋《すが》り。内を覗《のぞ》いて見る内に。間近き人影《［が現れ］》びつくりして。向ひの家の物陰に《［人影が］》 過ぐる間《ま》しばし身を忍ぶ《身を隠す》。

九 丈の短い燭台。
一〇 一気に開けるさま。
一一 縛られる。強く引き止められること。この夜明けの彼の死に方の伏線か。
一二 たくさんの用事があることだから。
一三 二七一頁注二五参照。盆と暮との中間の十月末日の払い。
一四 判らない。
一五 大和屋の中で亭主に渡した金。中之巻末岩国の紙の支払金分新銀四百匁は、舅も気付かず彼の手に残った。
一六 勘定もすませ。
一七 曾根崎新地の西側にある土地。「西悦坊」は幇間《たいこ》坊主か。
一八 丁銀一枚、先祖の回向をしなさいといってやっておくれ。回向に自分達のことをも暗にこめる。
一九 掛けの未払や未回収の金。ここは前者。
二〇 座頭芸者の名。三味線や歌浄瑠璃で興を添える。
二一 祝儀の小粒銀五つ。
二二 遊里では刀は店で預かる習慣がある。
二三 小柄《こづか》。鞘の両側の溝穴にさす小刀。
二四 夜道も京への旅も大丈夫。死を意識した言い方。

引き返し忍ぶ治兵衛

二五 早く。近い内に。
二六 「ようござりました」の略。送迎の挨拶の言葉。
二七 くるる。戸締りの桟《さん》。

探しに来た兄・三五郎達

弟ゆゑに気を[一]くだく粉屋《こや》孫右衛門は先に立ち。あとに丁稚《でっち》の三五郎が。背中におひ《(負・甥)》の勘太郎連れ。行灯《あんどう》目当《めあて》に駆け来《きた》り。大和屋の戸を打ち叩き。「ちと物問ひませう。紙屋治兵衛は居ませぬか。ちよつと逢はせてくだされ」と呼ばはれば。「さては兄き」と治兵衛は。身動きもせずなほ忍ぶ《そのまま隠れている》。

弟の行先を気遣う兄

内《家の中から》から男の寝ほれ声《寝ぼけ声が聞え》。「治兵衛様はまちつと先に《もうちょっと前に》。京へ上るとてお帰りなされた。ここにではござらぬ《ここにおいでではありません》」と《〔とだけで〕》。重ねて《二度と》なんの[二]音なひも。涙《(無)》はら〳〵孫右衛門。「帰らば《帰ったのなら》道で逢ひそなもの。京へとは合点《がてん》がゆかぬ。アア気遣ひで身が震《ふる》ふ。[三]小春を連れては行かぬか」と。胸にぎつくり横たはる。心苦しさ堪《こた》へかね。又戸を叩けば。「夜ふけてたれぢやもう寝ました」。「[四]御無心《ごむしん》ながらま一度《今一度》お尋ね申したい。紀伊国屋《きいのくにや》の小春殿はお帰りなされたか。もし治兵衛と連れ立つて行《い》きはなされぬか。[五]ヤ。ヤ。なんぢや小春殿は二階に寝てぢや《ヤッ　ヤアなんだって小春殿は二階に寝ておられるわと》。アまづ心が落着いた。心中の念はない《懸念は》　どこに[六]かがんでこの苦《く》をかける。

一　あれこれ心をくだく。心労する。砕くと粉は縁語。

二　物音もない。涙をはらはらと流して。

三　（もしや心中のため）小春を連れては行かなかったかと思った瞬間、胸がドキリとして、胸一杯に広がる心痛にたまりかね。

四　ご無理なお願いですが。「無心」は迷惑を考えず物を頼むこと。

五　ヤヤという感動詞でなく間に句点がある。作者が内からの返事をわざと省いている点など考え合すと、中から面倒くさそうに答えた声にヤッと聞き耳立て、小春がいると知ってヤアと喜び発する感動詞であろう。

六　「かがむ」はしゃがむの意。ここは、（それにしても）行き所もなくどんな所にかがみ込んで（うずくまって）いるのかと、兄の愛情をこめた一種の罵語。なお、すぐ傍の物陰にかがんでいる治兵衛の姿と重なり合う効果がある。

一門一家親兄弟が。固唾《かたづ》をのんで《はらはらして》臓腑《ざうふ》[七]を揉《も》むとはよも知るまい。舅《しうと》[八]の恨みにわが身を忘れ。無分別《むふんべつ》[九]も出やうかと。意見の種[一〇]に勘太郎を。連れて尋ぬる甲斐《かひ》もなく。いままで逢はぬは何事《出会わないのはどうした事かと》」と。おろ〳〵涙[一一]の独言《ひとりごと》。隠[一二]るる間《あひだ》の隔てねば。聞えて治兵衛も息を詰め　涙のみ込むばかりなり。

三五郎の間抜けた返事
兄・三五郎達退場

(兄)「ヤイ三五郎。あはうめ[一三]が夜《よる》々うせる所《行きくさる》ほかには知らぬか」と。いへばあはうはわが名ぞと心得て。「知つてゐれどここでは恥づかしうていはれぬ」。「知つてゐるとはサアどこぢやいうて聞かせ」。「聞いたあとで叱《しか》らしやんな。毎晩ちよこ〳〵行くところは。市《いち》の側《かは》[一四]の納屋《なや》の下」。「大だはけめそれを誰が吟味する《大ばかものめそんなことを誰が聞いている》。サア来い裏町[一五]を尋ねて見ん。勘太郎にかぜひかすな。ごくにもたたぬ《何の役にも立たない》父《とと》めを持つて。かはいや冷たいめをするな。この冷たさでしまへばよいが《冷たい思いをするだけですめばよいが》。ひよつと《ひょっとして》憂目《ういめ》[一六]は見せまいか。憎や〳〵[一七]の底心《そこしん》は。不便《ふびん》〳〵の「裏町を。いざ尋ねん」と行き過ぐる。

七 非常に気をもむ。「臓腑」は五臓六腑。はらわたをもむ思い。
八 おさんを無理に連れ帰った舅への恨みに。
九 分別(思慮)のないこと。ここは心中をさす。
一〇 色に狂う身に、人の親でもあることを自覚させ反省の材料にしようと。
一一 不安で取り乱し泣く涙。
一二 治兵衛の隠れている所と隔たっていないので。
一三 遊女狂いにほうける弟をさしていう。
一四 天神橋北詰浜側に青物市場の床の高い貯蔵用納屋があり、その床の下で惣嫁《そうか》(私娼)が色を売る。
一五 (人気《ひとけ》の少ない)曾根崎新地の茶屋のない裏通り、浜側に茶屋が並びその裏側の町。堂島新地の「うら丁」とする説もある。大和屋を堂島新地と特定するからである。
一六 (この子に)悲しい目(父との死に別れ)を見せはしまいか。「冷たいめ」と「憂目」は対。
一七 (思えばあいつの)憎いことよという心の底では、ふびんの思いを衷《うち》に、裏町をさあ尋ねようと。

影隔たればかけ出でて。あと懐かしげにのび上がり。心にものを言はせては。「[一]十悪人のこの治兵衛。死に次第とも捨て置かれず。あとからあとまでご厄介《やつかい》。勿体《もつたい》なや」と手を合はせ。伏し拝み〳〵「なほこのうへのお慈悲には。子供がことを」とばかりにてしばし。涙に咽《むせ》びしが。「とても覚悟を極めしうへ。小春や待たん」と大和屋の。潜《くぐ》りの隙間《すきま》さし覗《のぞ》けば。内にちら付く人影は「小春ぢやないか」。[二]待《まつ》てと知らせの合図の咳《しはぶき》。「エヘン。〳〵」かつち〳〵「[三]えへん」に拍子木打ち交《ま》ぜて。上《かみ》の町《ちやう》から番太郎が。[四]くる〳〵たぐる風の夜は。せき〳〵廻る火用心。「[五]ごよざ。〳〵。〳〵」も人忍ぶ。われにはつらき[六]葛城《かづらき》の。神隠れして遣《や》り過《すご》し。隙《すき》をうかがひ立ち寄れば。潜り内からそつと開《あ》く。「小春か」。「待《まつ》てか。治兵衛様早う出たい」と気を急《せ》けば。せく程廻る車戸の。開くるを人や聞き付けんと。しやくつて開くればしやくつてひびき。耳にとどろく胸の内。治兵衛がそとから手を添へても。心震《ふる》ひに手先も震ひ。三分《ぶ》四分五分

兄達の影が離れたので治兵衛は走り出て
心の中でいうこ
とには
〔を〕死ぬなら勝手次第といって放っておかれず
といってあとはしばらく
しょせん死の覚悟をきめた上のこと〔迷うまい〕小春が待っていよう
〔そこへ〕
（来）
咳をする（風邪）
（咳・急）
火の用心
〔門に〕
〔音を立てて〕
持ち上げ気味に開けると
耳に鳴り響き胸の内もどきどきし

兄を見送り小春の脱出を待つ

一 一二二頁注一。

二 内にいて声を出せぬ小春が、ここにいる、すぐ出るから待ってと合図の咳二返で知らせる。二七八頁にあるかねて定めた脱出の合図。

三 番太の大きい咳。小春の咳と平仮名で区別する。

四 来るの意とくるくると廻るの意、さらに下の「たぐる」で、咳で心がくらくらするの意をも掛ける。

五 (その火の)ご用心ご用心の声も、(女を連れ出そうとして)人目を忍ぶ我が身には(店の者にご用心と告げているようで)つらく思われ。

六 葛城の神、一言主神《ひとことぬしのかみ》は容貌の醜いのを恥じ、夜だけ出て昼間は姿を見せなかったという伝説による。
「つらき」と「かづらき」と韻をふむ。

七 諺「一寸先の地獄」「鬼の来ぬ間に洗濯」。二人を待ち受ける死後の苦しみよりも、今の苦しみである鬼(店の人々)の見ぬ間に脱け出そうと。

八 明けて嬉しき元旦の朝(といった気持で)戸を開け。(大節季の)鬼・明ける・年の朝・(小)春と縁語を綴る。『曾根崎心中』中之巻末尾の脱出と似通う。

*九 西の場合、一音ごとに切っている。これを迷うさまと見る説もあるが、人形の動きを考えれば、北から南は取り交わす手を持ちかえて、身体を開くだけですむが、西は身体をひねり向き直す要があり、声もそれにつれ気張り、引き伸ばし気味となる。そうした生理的な面を表現したものか。

苦心の脱出

[七]一寸の〔と開けてゆく〕。さきの地獄の苦しみより。鬼の見ぬ間《ま》とやう〳〵に明けて[八](開)。嬉しき年(戸)の朝。小春は内を脱け出でて。互ひに手に手を取り交はし。「北へいかうか南へか。[九]*に。し。か。東か」[一〇]行末も。心のはや瀬蜆《しじみ》川《がは》流るる月に逆らひて足を。はかりに三重

名残《なごり》の橋づくし

[一一]走り書。[一二]謡《うたひ》の本は近衛流《このゑりう》。野郎帽子《やらうぼうし》は若紫《わかむらさき》。悪所狂ひの。身の果ては。結局〔心中すると〕かくなりゆくと。定まりし（決められた）。釈迦《しやか》の教へもあることか見たし（教えもあるのかどうか確かめて見たい）。憂き身（この辛い）の因果経[一三](今日)。明日は世上の言種《ことぐさ》に（噂に）。紙屋治兵衛が心中と。あだ名（浮名が世に）散り行く[一四]桜木《さくらぎ》に。根掘り葉掘りを絵草紙の。版摺るかみ(紙・神)のそのなかにあるともしらぬ死かみ(紙・神)に。誘はれ行くも商売に。疎き報ひと観念（紙(神)商売に精出さぬ因果応報と観念）も。（するものの）とすれば（ともすれば後に心がひかれて）心ひかされて歩み。悩むぞ道理なる。ころは〳〵十月。十五夜の月にも見えぬ（十五夜の冴えた月に照らされても見通せぬ我が身の上）。身の上は。心の闇の印か（それは心の闇を示す）

なお、ここを言葉と見るか地の文と見るかによって見方も分れる。

一〇 行先も判らず、心は蜆川の早瀬のように波打ち騒ぎ、水面の月影が流れ下るように見えるその流れに逆らい上流の方に、彼等の行末も生と逆らい死場所へ、足に任せて。

一一 達者に早く書くこと。前場の三重の返し「走り行く」を「走り書き」として謡の本に言い掛ける。

一二 謡の版本は近衛流（近衛信尹《のぶただ》の始めた定家風の書体）で書かれたものが多かった。「野郎帽子」は野郎歌舞伎の女方が用いた紫縮緬の帽子。「謡の本は近衛殿りう、野良のぼうしはむらさき」（『今様廿四孝』二、宝永六年）とあり、決りきったことの譬えとして使われていた。この譬えは共に、紙屋及び悪所（芝居や色里）の女に因みがある。

心中道行
憂き身の因果経

一三 因果を因果経に照らして。『仏説善悪因果経』一巻が巷間《こうかん》に知られていたが、そこでは一々具体的に宿業によっての応報を説く。『過去現在因果経』とは別種。

一四 散りゆく桜のごとしと我々の死の一件が、桜木（版本）に彫られ、一部始終を読売りにして広められる筈。その絵草紙の版を摺る紙の商いをしながら、死紙というものがあるともついぞ知らず、今死神に誘われ死への道を辿るというのも。根・葉は桜の縁語。

天神橋橋畔
思いの橋尽し

や《証拠であろうか》。今置く霜は明日消ゆるはかなき[一]譬《たとへ》のそれよりも先へ消え行く閨《ねや》の内。いとしかはいと締《し》めて寝し。移り香もなんと。流れの《(なる)》。蜆川。西に見て。〔私が〕朝夕渡る《朝夕渡るここ天神橋この橋名の基の天神様がその昔》。この橋の天神橋はその昔。菅丞相《くわんしようじやう》と申せし時筑紫《つくし》へ流され給ひしに。君を慕ひて太宰府《だざいふ》へたつた一飛び[二]梅田橋。[三]あと追ひ松の緑橋。別れを嘆き。悲しみてあとに焦がるる《都にて焦がれ枯死した桜その名の》。桜橋。[四]今に咄《はなし》を聞き渡る。一首の歌の御《おん》威徳。かかる尊《たつと》き荒神《あらがみ》[五]の。氏子と生れし身を持ちて《身を持ちながら》。そなたも殺しわれも死ぬ。もとはと。問へば分[六]別のあのいたいけな貝殻《かひがら》に。一杯もなき蜆橋《しじみばし》。短きものはわれ〳〵《我々二人の》が。[*七]歌《この世の生活と》この世の住居。秋の日よ　十九と。二十八年の。今日の今宵を限りにて。ふたりい[八]の。ちの捨てどころ《捨てる時》。爺《ぢい》と婆《ばば》との末までもま《達》めで《者で》添はんと契りしに。丸三年も。馴染まいで。この災難に大江橋[九]《(逢)》。(紙治)「あれ見や難波小橋《なにはこばし》[一〇]から。舟入橋《ふないり》[一一]の浜づたひ《河岸伝い〔に来たが〕ここまでくればくる距離》。これまでくればくるほど《だけは》は冥途の道が近付く」と。嘆けば女もすがり寄り。(小春)「もうこの道が冥途か」と見かはす顔も見えぬほど。落つる涙に堀川の[一二]　橋も

一　それははかないものの譬えで（本来なら悟らねばならぬが悟るよりも）、その霜よりも早く消えゆく小春、閨の中でいとし可愛いと抱き締めて寝た小春、その恋しいお前の移り香もこれから何とまあ聞くことも出来なくなるかと思うにつけ心まどい、思い出の去来する蜆川の流れを西に見。現在傍に脂粉の香を漂わす小春を抱えての治兵衛の執着。

二　天神詠と伝承される「梅は飛び桜は枯るる世の中に何とて松のつれなかるらん」（『天神の本地』など）の歌の世界を橋の名に絡ませた。蜆川の西に掛る橋名。

三　蜆川の梅田橋の一つ上流に掛る橋名緑橋に因み、追松の緑を表現した。その一つ上に桜橋が掛る。

四　歌のご威徳によって、梅・桜・松（緑）と橋の名もつけられ、人々がそこを渡らせていただく。

五　悪には厳しく善には霊験あらたかな御霊の神。

六　あの可憐な小さい貝殻に一杯分もない程の無分別が今更悔まれる、その蜆の名の蜆橋が桜橋の上手に掛る。堂島橋の俗称。川幅が比較的狭く短い橋であった。

＊七　当時の歌謡（未詳）の節で語る。

八　「いの。ち」と割るのは、思えば短い命と途中で感情が激したさま。

九　大江橋は堂島橋（蜆橋）の南、大川に掛る橋。

一〇　大川から北に分岐したすぐの蜆川上に掛る橋。

一一　難波小橋を渡り大川北岸沿いに行くと、鍋島藩の蔵屋敷へ引く堀割りがある。それに掛る橋名。

一二　難波橋と天神橋の間で大川から北へ入る堀の名。

舟入橋から河岸伝いに来ると堀川に掛る門樋橋を渡ることになる。
一三 天満橋の北の橋詰にいる。
一四 一目に見ることも出来るのに(心を鬼にして)。「一目」は一度見る、一寸見るの意。別れに一目見ておくという心。
*一五 これまで橋畔で舞踊的に橋々を表現してきたが、この合の手につれ実際に橋を渡り、道行が始まる。
一六 天神橋南詰から東の浜側の地名。大坂・伏見間の三十石舟の舟着場。
一七 誰と一夜ざこ寝するか判らぬ乗合の伏見からの下り舟には誰か知人がいるかも知れぬと、着かぬ内に。
一八 天神橋の上流大川に掛る大橋。この上手で大和川と淀川が合流する。
一九 二人づれで一つ刃で共に死に、冥途の三途川を渡る筈。ふた川・一つ流・三瀬川と数を用いた修辞。
二〇 一夏安居《いちげあんご》(夏九十日間の修行)に一部を書写した大慈大悲の法華経普門品(観音経)の功徳。
二一 大川に注ぐ大和川の口に掛り片町とつなぐ橋。
*二二 地蔵盆に歌われる「賽《さい》の河原地蔵和讃」の節で「乗りをへて」まで歌う。
二三 対岸の片町に至ると、浄土の彼岸を掛け、乗り終えてと、法を得て(悟りを開く)と掛ける。
二四 「身を成る」と「お成橋」を掛ける。片町から鯰江川を渡り網島に至る小さい橋。備前島橋の一名。

天神橋から網島へ

水にや浸《ひた》るらん。
[一三]北へ歩めば。わが宿を一目《ひとめ》[一四]に見るも見返らず。子供の行方女房の。
哀れも胸に押し包み。南へ〳〵[*一五]渡る橋柱数も限らぬ家々を。いかに名
付けて八軒屋[一六]。誰[一七]と伏見の下り舟着かぬ内にと道急ぐ。この世を捨
てて。行く身には。聞くも恐ろし。天満橋[一八]。歌 淀と大和のふたア川
を。一つ流れの大川や水と魚とは連《つ》れて行く。「われも小春とふた[一九]
りづれ一つ刃《やいば》の三瀬《みつせ》川。手向の水に請けたやな。何か嘆かん。この
世でこそは添はずとも。未来は。いふに及ばず今度の〳〵。つつと
今度のその。さきの世までも夫婦ぞや」。一つ蓮《はちす》の頼みには。一夏《いちげ》[二〇]
に一部。夏書《げが》きせし。大慈大悲《だいじだいひ》の普門品《ふもんぼん》妙法蓮華京橋[二一]を。地蔵ワサン[*二二]
越ゆればいたる[二三]かの岸の玉の台《うてな》に乗りをへて。仏の姿に身をなり橋[二四]。
「衆生済度《さいど》がままならば流れの人のこののちは。絶えて心中せぬや
うに。守りたいぞ」と。およびなき。願ひも世上の世《よ》迷言《まひごと》。思ひ遣
られて哀れなり 野田の入江の。水煙《みづけふり》。歌 山の端白くほの〳〵と。

このまま北へ行くと
天神橋の橋柱の数と同様数限りない家々を
(堤)
(臥)
(魔)
仲よく一つに流れる大川や水と魚も仲よく
(紙治)
いや何を嘆くことがあろう
「その時大川の水を」
来世は「きっと」
来世はいうまでもなくその先のその先のずっと先の
その先の世までも夫婦じゃ
「往生し」
望みとしては
(経)
(法)
(小春)
思うままであれば流れの人「遊女」が今後は
決して
及びもつかない願い事もこの世の愚痴と
北の方野田の入江に朝もや
遠く山の端もほのぼのと白みかける

一 南無阿弥陀仏と唱えつつ網島の大長寺に着く。大長寺は網島の北にあった浄土宗黒谷金戒光明寺末寺。川向山普照院。明治末に北の東野田九丁目に移転。
二 水門の上手。「樋」は水流をせきとめる水門。
＊ 以上の橋づくしの各橋の位置は付録図（三八四〜五頁参照）。
＊ あえて天神橋の袂《たもと》から道行を始めた意味については広末保氏『心中天の網島』参照。

網島心中場
往生場に座す
おさんへの義理に迷う小春

三 関係、交際を断つ。
四 無駄にし。約束を破ること。「文」の縁でいった。
五 蔑《さげす》み（が胸にこたえ身を裂く）。

「あれ寺々の。鐘の声こう〳〵《こうこうとひびく》。からしていつまでか《いつまでおりょうか》。とても《どうせ》長らへ果てぬ身を最期急がんこなたへ」と手に百八の玉の緒を《と手に百八の数珠玉を繰り玉の緒〔命〕を絶つと決し》。涙の玉に繰り交ぜて《涙の玉を手に落し》「[一]南無阿弥」嶋《(網)》の大長寺。藪《やぶ》の外面《そとも》のいささ川《小さな川》。流れみなぎる樋《ひ》[二]の上《うへ》を最期。所《どころ》と着きにける。

「ならいつまでうか〳〵歩みても。ここぞ人の死に場とて定まりし所もなし《ここそ人の死に場所といって別に定まった所もあるわけでなし》。いざここを往生場《往生の場所にと》」と　手を取り土に坐しければ。

「(小春)されば《そのことよ》こそ死に場はいづくも同じこととといひながら。わたしが道思ふに《思うのは》もふたりが死顔ならべて。小春と紙屋治兵衛と心中と沙汰《評判が》あらば《あると》。おさん様より頼みにて殺してくれるな殺すまい《頼みがあって夫を殺してくれるな私もはい殺すまい》。挨拶切る[三]《彼と縁を切ると》と取り替《かは》せしその文を反古《ほうぐ》[四]にし。大事の男《大切な夫を》をそそのかしての心中は。さすが一座流れの勤めの者《その場限りの勤めの者遊女よ》。義理知らず偽り者と世の人千人万人より《世間の人千人万人の非難より》。おさん様ひとりのさげしみ[五]。恨み妬《ねた》みもさぞと思ひやり《さぞかしと思いやると》。未来の迷ひは《あの世までの迷いは》　これ一つ《ただこの一つだけ》。わたしをここで殺してこなさんどこぞ所をかへ。[六]ついと脇で《すぐ後に傍で〔跡追って〕》」と打ちもたれ口説《くど》けばともに口説き泣き。「アア[七]愚痴《ぐち》なことばかりおさんは舅《しうと》に取りかやされ《取りかえされ》。[八]暇《いとま》を遣れば他人と他人。離別の女になんの義理。道すがらいふ通りこんどの〳〵ずんど《ずっと》こんどの先の世までも女夫《めをと》と契るこのふたり。枕をならべ死ぬるに誰が讒《そし》るたが妬む」。「サアその離別は誰がわざ《誰が仕業〔みな私〕》わたしよりこなさんなほ愚痴な。からだがあの世へ連れ立つか。所々の《別々の》[九]死にをしてたとへこのからだは鳶烏《とびからす》に[一〇]つつかれても。ふたりの魂つきまつはり地獄へも極楽へもつれ立つてくださんせ」と　また伏し沈み泣きければ。

「オオそれよ〳〵このからだは。[一一]地水火風《ちすいくわふう》死ぬれば空《くう》に帰る。[一二]五生（後）七生朽ちせぬ。夫婦の魂離れぬ印《しるし》合点《よし判ったと》」と。脇指ずはと抜き放し[一三]元結際《もとゆひぎは》よりわが黒髪。ふつつと切つて「これ見や小春。この髪のあるうちは紙屋治兵衛といふおさんが夫《をつと》。髪切りたれば出家の身[一四]三界の家を出で。[一五]妻子珍宝不随者《ふずいしや》の法師。おさんといふ女房なければ。お

六 すばやく、滞りなくの意。
七 愚かなことばかり（言う）。
八 離縁をした以上。「暇を遣る」は夫婦主従などの関係を断つこと。
九 「死に」は死ぬこと。
一〇 底本「つづかれても」。十行本にしたがった。

一一 地・水・火・風の四元素からなるにすぎず、死ぬと本来の空に帰るのだ。仏教で一切の有形有質の物は四大（地大・水大・火大・風大）の所造するところと説く。「五蘊仮《ニ》成《シ》ㇾ形《ヲ》　四大今帰《ス》ㇾ空《ニ》」（『太平記』二、資朝の頌）。
一二 五生七生も朽ちはてることのない、夫婦の魂。未来永劫魂は夫婦。五生に後生をも掛ける。四大に空を加えて五大となるので、五生とつながる。七生は人間の生れ変りの限界。「二世三世五生七生五百生。この恨は尽きすまじ」（『用明天王職人鑑』三）。

髪を切り義理を断つ二人

一三 髪の髻《もとどり》を結ぶ紐のすぐ下より。髻がその形で残る。古くは組紐を用いたが後には紙撚《こより》紐を用いる。
一四 迷妄のこの世界を遁世して。欲界・色界・無色界の衆生が生死流転する苦しみの世界を三界（三有《さんう》）といい、「三界の火宅」などの考えから、家といった。
一五 臨終に際し、妻子珍宝等の係累のない出家法師。「妻子珍宝及王位　臨命終時不随者」（『大集経』十六）。

一 遊女が多く結った伊達な髪形。その髷を切る。惜気も無くと、髪形の投島田を掛ける。

二 薄と霜を出したのは初冬の夜の心中場の凄愴感《せいそうかん》を表す効果もあるが、髪の乱れるさま、そして小春の髪に残る平元結（平たく畳んだ紙を元結に巻いて結んだ女扮の一つ）が夜目にも白く光る視覚的な効果をもひびかせる表現か。

三 小春が妻おさんに義理を立て、治兵衛がおさんは離別したから他人といい、小春がその因は自分だからなお義理があると問答した挙句、治兵衛が髪切り出世間したとでもはや女房はない世間の義理はないとし、小春も初めて納得する、そうした二人のおさんへの義理をめぐる問題をさす。

四 治兵衛は小春のおさんへの義理の重荷を除いてやり一緒に死のうと懸命に考え、遂に法師になることで解決した。従ってどこで死んでもよいわけであるが、義理を越え得た今は、小春と一つ所で死にたいという執着をも断って、同じ死ぬならいっそ小春の提案の様に、おさんの気持を思った方向でと考える。

五 報恩・布施或いは得脱のため身を捨てる行。仏教上の信念をもっての自殺行為。

六 「心の道」を義理とだけ見る説も多いが、おさんへの深い思いやりの心（真心・誠意）もこめた、情理の二面があるのではないか。

七 しごきをこちらへと、受取る。「抱え帯」は、褄《つま》を

治兵衛、縊死《いし》の仕度

主《ぬし》が立つる義理もなし」と涙ながら投げ出だす。「アア嬉しうござんす」と小春も脇指取り上げ〔日頃〕洗ひつ梳《す》いつ撫《な》で付けし。酷《むご》や（むざんにも）惜気も[一]（無）投島田はらりと切つて投げ捨つる。枯野の[二]薄《すすき》夜半《よは》の霜　ともに乱るる哀れさよ。

「浮世をのがれし。尼法師（尼と法師）。[三]夫婦の義理とは俗の昔（俗人であった昔のこと）。[四]とてものこと（いっそのことに）にさつぱりと死場もかへて（今さっぱりと様変えたように死場も変え）山と川〔に別れ〕。この樋《ひ》の上を（樋の上の堤を）山になぞらへそなたが最期場　われはまた。この流れにて首くくり最期は同じ時ながら。[五]捨身《しやしん》の品《しな》も所も変へておさんに立て抜く（立て通す）[六]心の道。その[七]抱《かか》へ帯こなたへ」と[八]若紫の色も香も。無常の風に縮緬《めん》（散）のこの世あの世の二重《ふたへ》廻り。樋《ひ》の[九]俎板木《まないたぎ》にしつかとくくり　さきを結んで[一〇]狩場の雉《きじ》の。妻ゆゑわれも首締めくくる罠結《わなむすび》。われとわが身の死に拵《ごしら》へ〔小春は〕見るに目も（見るに）くれ心くれ（目もくらみ心乱れ）。「こなさんそれで死なしやんすか（あなたはその場所その紐でお死にになりますか）。所を隔て死ぬれば（死ぬのなら）側《そば》にゐるも少しの間。ここへ〳〵」と手を取り合ひ「[一一]刃《やいば》で死ぬるは一思ひ。さぞ苦痛なされうと（お苦しみになるだろうと）。思へばいとしい〳〵」ととどめ。

この世の執着

かねたる忍び泣き。

「首くくるも咽《のど》突くも死ぬるにおろかのあるものか《何の違いがあるものか》。よしないこと《つまらぬことに》に気を触れ《心を迷わせ》最期の念[一二]を乱さずとも。西へ〳〵と行く月を如来と拝み《阿弥陀如来と思って》目を放さず。ただ西方を忘りやるな《忘れなさんな》。心残りのことあらばいうて死にや」。「なんにもない〳〵。こなさん定めておふたりの子たちのことが気にかかろ」。「アレひよんなこと《へんなことを》をいひ出してまた泣かしやる《また泣かせてくれる》。〔今頃〕父親《てておや》がいま死ぬるとも何心なく《今死ぬということも知らず無心に》すや〳〵と。かはいや寝顔見るやう《寝顔が見えるようだ》な。忘れぬはこればつかり」と かつぱと伏して泣き沈む。声も争[一三]ふ村烏塒《ねぐら》離れて鳴く声は。いまのあはれをとふやとて《〔治兵衛の〕あわれを同情して見舞うかのようで》 いとど涙《ひとしお涙を》を添へにける《増すのであった》。

詫び言誘う群烏

「ならあれを聞きや《お聞き》ふたりを冥途[一四]へ迎ひの烏。牛王《ごわう》[一五]の裏に誓紙一枚書くたびに。熊野の烏がお山にて三羽づつ死ぬると。昔よりいひつたへしが。われとそなたがあら玉の年の初めに起請のかきぞめ《書初め》。月の初め月頭《つきがしら》[一六]書きし誓紙の数々。そのたびごとに三羽づつ殺せし烏は

持ちあげるための腰紐で、帯の下に一段下げて結ぶ。

八 美しいしごきの若紫の色香（小春の色香と掛ける）も、やがて生地の縮緬のひびきのように、無常の風に散って消えようとしている。この世とあの世の二つをつなぐかのように二重《ふたえ》分の長さのある抱え帯を。

九 水門を堰きとめる樋の口の板。

一〇 狩場の雉は妻を恋うて鳴いて、猟師にありかを知られ、自らその首を締める結果になるが、そのように小春への恋ゆえに身を誤り、自分の首を締めるために罠結にしごきの一方をくくる。「春の野にあさる雉子《きぎす》の妻ごひにおのがありかを人に知られつつ」（『拾遺集』一）。「罠結」は紐を輪の形にして、引くとその輪が締る仕掛け。

一一 上之巻では小春が侍客に「自害すると首くくるとは。さだめしこの咽《のど》を切るかたが。たんと痛いでござんしよの」と問うが、ここは恋人を案じて逆をいう。

一二 臨終時の往生極楽の祈念。「念」は深く刻んだ心。

一三 治兵衛の悲痛の泣声と、声を争うように。塒を離れるで、治兵衛の境遇と通わせる。

一四 「古へより相伝て曰ふ、烏は熊野之神使也、凡そ病人将に死なんとする之前群烏鳴く、以て凶兆と為し大に之を忌む」（『和漢三才図会』）。

一五 当時の俗信。安易な起請を戒しめる趣旨のもの。

一六 月の初めと同じ。毎月毎月といった感じ。

小春、業苦の最期

いくばくぞや《一体どれほどの数か》。つねには[一]かはい/\と聞き今宵の耳へは。その殺生の恨みの罪。報ひ/\と《〔死ぬのは〕その応報だ応報だと》聞ゆるぞや。報ひとは誰ゆゑぞわれゆゑつらき死を遂ぐる。許してくれ」と抱き寄すれば。「いやわしゆゑ《私ゆえ》」と締め寄せて顔と顔とを打ち重ね。[二]涙に閉づる　鬢《びん》の髪野辺の。嵐に凍《こほ》りけり。

うしろにひびく大長寺の鐘の声。「南無三宝《大変だ》」〔冬の〕[三]長き夜も。夫婦が命短か夜と　はや明け渡る。[四]晨朝《じんでう》に(紙治)「最期はいまぞ」と引き寄せて。(紙治)「あとまで残る死顔に泣き顔残すな」(小春)「残さじ」と。[五]につと笑顔《ゑがほ》のしろ/\と霜に凍《こご》えて手も震《ふる》ひ。〔紙治は〕われからさきに《自分のほうが先に》目もくらみ刃《やいば》の立所《たてど》も泣く涙。(無)「アア急《せ》くまい《あわてないで》/\早う/\」と女が[六]勇むを力草《ちからぐさ》。[七]風誘ひくる念仏はわれに勧《すす》むる「南無阿弥陀仏」。弥陀の利剣とぐつと　〔小春は〕指され引き据ゑてものり反《かへ》り。七転八倒《しってんばったう》　こはいかに切先《きっさき》咽《のど》の笛をはづれ。死にもやらざる《死ぬに死ねない》最期の[八]業苦《ごふく》ともに乱れて。苦しみの。気を取り直し引き寄せて。鍔元《つばもと》まで指し通したる一刀《ひとかたな》。[九]刳《え》ぐる苦し

一 鳥の鳴声。「かあかあ」を人語のように聞く。
二 （両人共に髪を切った後ざんばら髪となり乱れていたが）こぼれ落ちる涙に鬢の髪も濡れて固まり、野辺吹く嵐に凍りつくのであった。
三 鐘声が長夜の闇にいる二人に覚醒を促す。「長夜」は仏教の譬喩《ひゆ》で、凡夫が生死に流転して無明の眠から覚めない状態のこと。
四 明け六つ時に、尋常（立派）に。「晨朝」は、一昼夜を六分して晨朝・日中・日没・初夜・中夜・後夜と分け、寺ではその時刻に勤行する。晨朝（午前六時頃）の鐘がここでは鳴る。
五 小春の笑顔の白さが光るようにまぶしく、加えて白々した霜に凍えて、手も震え。
六 勇気づけるのを力とたのみ。「力草」は雑草で、その茎が細く丈夫なので、小児がこれを結んで互いに引き合い勝負をするので、角觝草《すもうとりぐさ》ともいう。
七 風に乗って聞えてくる寺の晨朝の勤めの念仏の声は、早く往生させてやれ、最期の称名を唱えよと自分に勧めているように思われ。「弥陀の利剣」は六字の名号《みょうごう》が罪を皆除くところから利剣に譬えたもの。
八 過去の悪業によって受ける非常な苦しみ。諸説は非常な苦しみの意だけに取るが、弥陀の利剣に刺された後の表現だけに、宿業感をこめた意に取りたい。安らかに死ねない小春の業苦と、手をかけその苦悶を目前にする治兵衛の業苦。
九 さらにその刀を心を鬼にしてまわして突く。苦し

治兵衛、縊死の苦しみ

き暁の　見果てぬ夢と消え果てたり。[一〇]頭北面西右脇臥《づほくめんさいうけふぐわ》に羽織打ちきせ《自分の羽織をかけてやり》死骸をつくろひ《死体を整えて》。〔紙治は〕[一一]泣きてつきせぬ名残の袂《たもと》見捨てて抱《かかへ》《帯を》を手繰り寄せ。首に罠《わな》を引つ掛くる　寺の念仏も[一二]切回向《きりゑかう》。「[一三]有縁無縁乃至法界《うえんむえんないしほふかい》。平等」の声を限りに《最後に》樋の上より。「[一四]一蓮托生南無阿弥陀仏《いちれんたくしやう》」と踏みはづし　しばし苦しむ。〔その姿は〕

漁夫、縊死体発見

生瓢《なりひさご》風に揺らるるごとくにて。次第に絶ゆる呼吸の道息[一五]堰《せ》きとむる樋の口に。この世の縁は切れ果てたり。朝出《朝の早出の》の漁夫が網の[一六]目に見付けて「死んだヤレ死んだ。出合へ〳〵《皆出てこい》」と声々にいひ広めたる物語。[一七]すぐに成仏得脱《じやうぶつとくだつ》の誓ひの網島心中と目毎《めごと》に。涙をかけにける。

みっつ小春は、明け方の見終らぬ夢のようにはかなくも、青春の夢を残して暁に消え果てたのであった。

一〇 釈迦涅槃（入滅）時の姿にならい、死者の頭を北に顔を西に向け、右脇を下に横臥する姿勢。

一一 いくら泣いても尽きることのない名残り惜しい小春と袂《たもと》を分ち、死体をそこに見捨てて樋の口に来て。

一二 読経勤行の最後に唱える回向文。浄土宗のそれは「……三界万霊、六道衆生、有縁無縁、乃至法界、平等利益」と唱える。

一三 仏道に縁ある者も縁なき者も、或いは宇宙の一切衆生が仏の平等の利益《りやく》をこうむるの意。

一四 往生して浄土の蓮台の上に共に生れること。小春とのそれを祈る。

一五 水をせきとめる樋の口で息せきとめ。「樋の口」は水門。「水閘《ひのくち》」（『和漢三才図会』）。

一六 網を打ちに来て、その目にとまり死体を見つけて。網島は漁師も多く網船も多かった。「古歌をも引く網の。目の前に。見えたる有様」（謡曲『芦刈』）。

一七 この網島での心中は、直ちに成仏解脱をかなえる仏の誓願の網にすくわれたであろうと、もれることなく聞く人ごとに目に有難涙を浮べたのであった。さらにこの表現の裏に、物語をすぐに浄瑠璃『成仏得脱誓ひの網島心中』と仕組み操《あやつり》にかけ、観客すべて二人に同情の涙を流した、の意をもしのばせる。

解説

信多純一

世間に、近松門左衛門の名を知らない人は余りないと思いますが、しかし近松の作品に実際にふれて鑑賞したことのある人といえば、存外に少ないのではないでしょうか。近松の信奉者である私としては、その意味で、今この『近松門左衛門集』を手にして繙《ひもと》こうとしてくださっている読者の方々に感謝し、どうか近松の魅力を十分に味わってください、と願わずにはいられません。

世間では近松の文章は難しいといわれているようです。それは主に、普通の文学作品とは違った劇性を多分に持った語り物であるという、その性格に由来するところが大きいようです。

たしかに、近松作品はそうした複雑な、多元的な要素を抱え持っています。でも見方を変えていえば、その文章の中にきわめて豊かな世界を持つ、すばらしい作品といい得るのではないでしょうか。このたび本書の注釈をしていて近松作品は探れば探るほど深く、汲めどもなかなかに尽きない泉のように、私には思えてなりませんでした。

その一つの例を見てみましょう。本書一二五頁『心中重井筒』の中之巻、冒頭に近いあたりの文章を挙げてみます。ここは六軒町重井筒屋の場で、女主人公ふさが心労でふさぎがちな様子に、小夜と小六の傍輩の遊女二人がふさの気を引き立てようと火廻しという遊びを始め、気乗りしないふさを仲間に引き入れてゆきます。

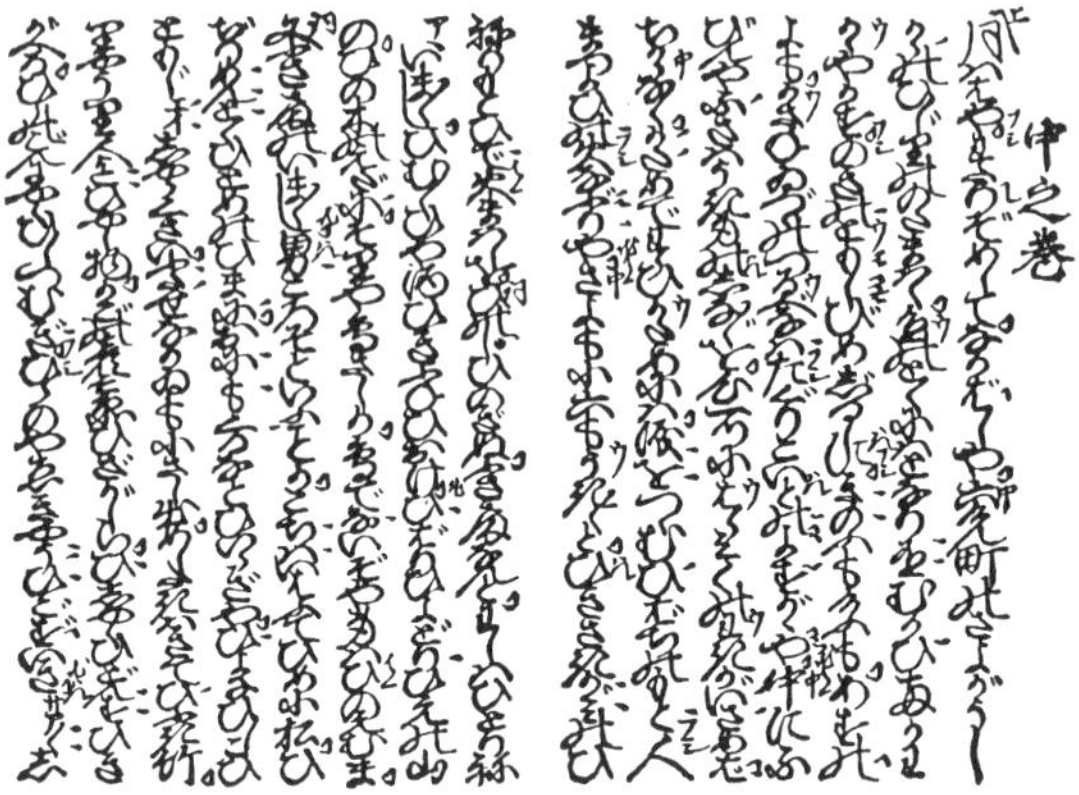

14・ウ　ラ　　14・オモテ

正　本（『心中重井筒』）

掲出写真は近松当時の正本の一丁分（二頁）ですが、その十四丁オモテの最終行「地色中」と右側に節付のある、「さよも小六もうき〳〵と。」からこの遊びの部分は始まります。その丁のウラにかけてさらに展開してゆきますが、ご覧のように正本には会話記号がついているわけではありません。そこで今までの翻刻では、判る限り会話記号をつけ、話者も誰であるか示す努力を払ってきました。しかしながら、ふさ（房）のいう言葉が比較的判り易いことと、二瀬・仲居が現れてくるあたりまでの話者の推定は出来るにしても、それ以下では誰が話者か判らずじまいで、あきらめてきました。

今回、それが何とか判らぬものかと懸命に努めているうち、どうやら全部の箇所に話者を配当することが出来ました。ここに掲出した以下の本文をご参照ください。

小夜《さよ》も小六も浮き〳〵と。引き裂《さ》き紙のひねりもとひで　火廻《ひまは》しを。（さよ）「ひの字」（小六）「日野絹。ふさまなんと」。（房）「わしは独寝《ひとりね》」（さ）「アアいま〳〵し。緋無垢《ひむく》」（小六）「冷酒《ひやざけ》」（房）「引舟《ひきぶね》」（さ）「火桶《ひをけ》」。（小六）「ひばり」（房）「ひよどり」(さ)「比叡《ひえ》の山の」。(小六)「檜《ひのき》の枝に。そりや鳥さしが」。(房)「鳥でないぞや身は丙午《ひのえむま》」。(さ)「またふささまのいま〳〵し。男殺そといふことか。こちは祝うて姫小松」。(小六)「緋縮緬《ひぢりめん》とく」(房)「人目の」(さ)「ひまに」。(小六)「鬼も来るなとひひらぎや」。(房)「ひよ子」(二瀬)「ひしこ」(仲居)「ひともじ」(さ)「エイしやらくさい」。二瀬《ふたせ》　仲居も小さし出で。飯炊《めした》きは来て(飯炊き)「火吹竹」。料理人まで(料理人)「冷やし物」。駕籠《かご》の彦兵衛(彦兵衛)「膝がしら」。(さ)「柄《ひ》杓《しやく》」(小六)「緋緞子《どんす》」(二)「ひきがへる」。(仲)「平野ごんにやく」(飯)「菱紬《ひしつむぎ》」。(料)「平野屋ゑきやう」(彦)「肥後ずいき」。(さ)「サア〳〵紙燭《しそく》がみなになる　なんとふささまサアどうぢや」。(皆)「どうぢや〳〵」と詰《つ》めかけられ。(房)「アアかしましい　息が出ぬ。ものがいはれぬ　ゆるしてたも」。(彦)「息が出でずば火屋《ひや》へやれ」。(料)「そんな火箸《ひばし》で焼いてのけ」。(飯)「南無《なむ》三宝《さんぼう》火が消えた」。(仲)「サアふささまの灰寄《はひよ》せぢや」と。〔一同が〕どつと笑ひしてんがうも。明日のあはれとなりにけり。

初め、小夜と小六がいやがるふさを引き込んで遊びを始めます。こよりで作った紙燭《しそく》（元結）に火をつけ、次々と手渡しして、渡された者は「ひ」の字のつく言葉をいって、次の者に手渡してゆくのですが、まず最初の者が「ひの字」と唱えます。これは小夜と見てよいでしょう。(さよ)「ひの字　日野絹。ふささまなんと」と、これだけを一人がいうと見る説もありますが、これでゆくとふさを二番目に当てることになり、心すすまぬ彼女を常に二人の傍輩が早くとせっつきながら進めてゆくこの場の雰囲気とそぐいません。やはり彼女は三番目にくるべきでしょう。

したがって、二番目に小六が「日野絹」とつけ、ふさをうながしますと、いやいや「わしは独寝《ひとりね》」と、遊女の客待ちの遊びに相応《ふさわ》しくない言葉を付けます。こうして「ひ」の字が三人の間で廻り始めますが円滑にはまいりません。ふさは「身は丙午《ひのえむま》」と縁起の悪いことをいったり、相変らずふさぎがちです。正本「ひぢりめんとくひとめのひまに。」とある箇所では、分け方や話者についていろいろの説があります。私の見方では、「緋縮緬《ひぢりめん》とく」と、小六がいったと解します。つまり、「解く」の意と、いつも遅れがちなふさに「疾く」とせき立てる意とを掛けていわせていると思うからです。

こうして、さらに二巡したところで、二瀬と仲居の二人が無遠慮に仲間入りしてきます。文章を読むかぎりでは、ここの所は一寸その間の事情が判らぬようになっています。普通なら、この二人を先に点出しておいて、次に彼女等がそれぞれこういうと示すのが常套《じょうとう》ですが、二人の登場の説明の前に、「ひしこ」(二瀬)、「ひともじ」(仲居)といって割って入るように描かれ、次の順番の小夜あたりに、「葱《ひともじ》」の臭気と掛けて「エイしやらくさい」と文句をつけさせる情景を描出します。つまり、舞台面に人形が二体現れ、言葉を付けるだけでなく、火のついた紙燭をふさの手から奪って、言葉を付けて廻してゆくその動きで、観客にはっきりと話者を判らせるようになっていた訳です。人形の動きが先行し、観客があれよと思っていると、それはこの店の二瀬と仲居であったと説明されるという次第です。

ここから速い調子で舞台面は進みます。飯炊きの下女が「火吹竹」、料理人が「冷やし物」、居合せた駕籠舁きの彦兵衛が「膝がしら」と、三人がさらにこれに加わりそれぞれ自分に因みのある「ひ」の字を付けてゆきます。こうして総勢は八名となりました。一二五頁の插絵には火鉢を囲んでその中の四名が描かれています。この手合がにぎやかに、「柄杓《ひしゃく》」「緋緞子《ひどんす》」と付けてゆくのですが、「肥後ずいき」まで七語が廻ってゆきます。全部で八名居るのですから一名分足らないことになります。果して、すぐ後に「サア〳〵紙燭がみなになる　なんとふささまサアどうぢや」と詰めかけられるところをみると、ふさ一人をとばして一同で付けていったことが判ります。恐らくふさの次の番の二瀬が次第に短くなる紙燭に業をにやし、小六の手からひったくったものでしょう。彼女は先程も「小さし出で」たと表されている女ですから。（料理人）「平野屋ゑきやう」（彦兵衛）「肥後ずいき」の卑《ひ》猥《わい》な付け方は、この場の男二人に相応しいものでした。

　この遊びもやがて紙燭の火が消えようとする際の一波乱があって終ります。ふさが皆からせつかれて「息が出ぬ。ものがいはれぬ　ゆるしてたも」と許しを乞うと、指先真近に火が廻るのを気にしていた駕籠の彦兵衛が、「息が出でずば火屋《ひや》へやれ」と、この紙燭を火鉢の中へ投げ入れます。料理人が「そんなら火箸で焼いてのけ」と火箸を握って炭火の中に投じます。一瞬焔をあげて燃えつきた紙燭を見て、飯炊きが「南無三宝火が消えた」と申します。仲居がその灰を火箸でなぶりながら、火葬のイメージで終ったこの遊びの敗者を「ふささまの灰寄せぢや」と宣してこの場は終りました。

　私は、彦兵衛が持っていた紙燭を他の人に渡さず火鉢に投げ込むと見、以下それをめぐってのわたりぜりふの順序も、今までの火廻しと逆の方向に付けてゆくと解釈いたしましたが、その根拠はただ一点、つまり話者とせりふ内容の相関を考えてのことでした。「火屋へやれ」は客が駕籠屋へいう言葉、「火箸で焼く」は料理人の仕事、飯炊きは途中火が消えれば一大事であり、仲居は煙草盆を客に運ぶので灰に縁があるというわけで、それぞれが彼等の職種に見事に対応しているからです。

　この場面の登場人物を、「ひ」の字に一々配当し、順番に紙燭を手渡してゆく（但し、常にふさは遅れがちで、ついには仲間からはずれるのですが）その動きを併せ考えてみてゆくと、以上のように舞台面をいきいきと再現することが出来ます。この場の彼等の息遣いまで聞えてくるようです。つまり、近松は本当にこの通りの人数の人形を手摺にのぼせ、その言葉と動きを一致させて描いていたことになるわけです。

以上のことが判ってくるにつれ、私は大変に驚き、そして次第に喜びがこみあげてきました。といいますのは、実は私も当初はこれまでの注釈をなさった方々と同様にここの話者関係をさほど重視せず、浄瑠璃にのって数多《あまた》大勢の人形が適当に動くだけであろうと軽く考えていたからです。まさかこのように、ぴったりと端役の一人一人までもいきいきと動かし、それぞれの格《かく》を描き分けていようなどとは夢にも思っていなかったので、この点に大変驚かされたというわけです。さてまた喜びといいますのは、一つの大きい発見があったからです。

近松当時の人形の演出は一体どうであったのか、これは大きい問題です。今日までに少しずつそれは解明されてきてはいますが、まだまだ十分ではありません。とりわけ不明なのは地人形の動きでした。特殊の場合、例えば機関（からくり）であるとか、手妻人形であるとか、碁盤人形といったことは、特別の遣い方であるだけに文献に多く出てきて凡《おお》よその見当はつくのですが、地人形つまり普通の遣い方については文献の上では出てきません。書く必要が別にないわけです。しかし、今日のわれわれにとってはその通常の人形の演技が一番知りたい事柄ですし、大切なことなのです。

それが、今度のこの火廻しの場面の追究の間に、ほの見えてきたのです。少なくとも世話浄瑠璃の地人形の演出については、かなりはっきりと浮びあがってきたといえましょう。詞章どおりにかなり細かく演じられ、端役に至るまでリアルに演技する、またそのように近松は作文しているということが判ってきたのですから。これは私にとっては大きい収穫であり、喜びであったのです。

この火廻しの場について再びいうならば、各人形がつめ人形のように数多大勢としてこの場にちょろちょろ出入りするのではなく、それぞれがその役柄をになって登場しているはずです。その証拠をあげてみましょう。この初演の際の番付は残っていませんが、丁度享保十八年（一七三三）七月十五日竹本座仮芝居の上演（その時の外題は『重井筒容鏡《すがたかがみ》』）の番付が残っているので、それをみますと、ここに「料理人　吉田彦三郎」と出てきます。延享三年（一七四六）五月四日の竹本義太夫三十三回忌興行の『追善重井筒』（左図）では、「小ろく　市のや九十郎」「小さよ　杉田甚兵衛」「中ゐ　土佐小四郎」「りやうり人　さゝ田左介」とあり、全員の名は出ておりませんが、この場面だけに出る仲居や料理人の役割をも出していることろからみて、右の推定は間違っていないと思うのです。

延享三年上演『追善重井筒』番付

＊

近松の語りの文章が、各人物に動きを持たせる秀れたものであることを見てきたわけですが、それは文学的であると同時に演劇的な面を併せ持つ文章であるということになります。本書では、私はその二面を主に留意して注を加えてまいりました。

しかし、正本の一部の写真からでも判るように、近松の作品には曲節が付けられ、それは音曲として語られたのでした。

浄瑠璃太夫によって語られることによって、この作は動き始めるのです。勿論、近松の作品は文学的にも秀れていたため、絵など入った本で読み物として鑑賞されることも多かったのですが、近松の創作意識は間違いなく浄瑠璃節の語り物のテキストとして書き綴っていったのです。それも人形の演技をともなう所謂《いわゆる》、操《あやつり》浄瑠璃・人形浄瑠璃のテキストとしてです。このことは言うまでもないことですが、念のためその一証を挙げておきましょう。近松の作に『百合若大臣野守鏡』という五段曲があります。初段が十八頁、二段が十九頁、三段が二十頁、四段が十四頁分それぞれあるのに、五段目は三頁弱しかないという不均衡な終り方です（頁数は朝日新聞社版『近松全集』によります）。これは、事件の葛藤はすでに解決し、五段目でめでたく宇佐の宮恒例の祭を催すことになり、山鉾《やまぼこ》を飾り、都から俳優を呼んで祭礼を行うという、その祭礼が舞台では長々と演じられるのに、それを表す詞章がついていないためです。「三重」という曲節が正本にはつけられ、そのところで演技だけの長い展開があって観客を喜ばすのです。このことを見ても近松の作品は人形浄瑠璃のために作られ、音曲と演技をともなうものであったことが端的に判るでしょう。

ここで少し浄瑠璃の歴史についてふれておきましょう。浄瑠璃は室町時代に作られた『浄瑠璃御前物語』に始まります。この作は『浄瑠璃姫物語』とも呼ばれ、後に十二段曲のものが普通となって近世では『十二段草子』の名で通っています。

東海道矢作《やはぎ》の宿《しゅく》の長者夫婦には数々の宝はあるものの子宝だけは恵まれず、鳳来寺峯の薬師に願掛けして一子を授かりたいと祈願します。漸くその祈りが通じて玉のような一女を得ることが出来ました。夫婦は姫を浄瑠璃御前と名付け、愛しみ育てていました。

一方鞍馬で修業中の源氏の御曹司牛若は、金売吉次の供をして奥州に下ることになり、山を降りて吉次一行に馬追い冠者として加わります。旅を重ねて三河の国矢作の宿に至り、美しい屋形からもれる楽の音に心惹かれ、腰の横笛を取り出して合奏します。使いが立つて中に招ぜられ合奏に打ち興じていますと、神のいたずらか一陣の風が間の御簾《みす》を巻きあげ、奥に座った姫と目を合わせ、恋におちます。

杉村治兵衛画『十二段草子』四季の段・物見の段

夜が更けて屋形に忍び入った御曹司は、侍女の手引きで姫の寝所に辿りつき言い寄ります。及ばぬ恋と拒み続ける姫と問答を重ね、ついに姫と契りを結びました。今は時の費《つい》えが惜しまれる短夜が明け、あかぬ別れに後ろ髪をひかれながらまた旅を重ね、蒲原宿に至って御曹司は倒れます。恋の思いと風邪がもとで瀕死の床に臥しますと、宿の女房は邪慳にも御曹司を吹上の浜に棄《す》てさせ、人の見舞わぬまま砂に埋もれてしまいます。源氏の氏神が山伏に現じて矢作の姫に急を告げ、彼女は侍女冷泉と共に吹上に急ぎます。砂の中から恋人を掘り出しましたが、息も絶えだえの有様に彼女は祈念します。彼女の流す涙が御曹司の口に入ると不思議によみがえりました。再び奥州に向け旅立つ御曹司と別れて帰った姫は、三年後恋人との再会を目前にして焦がれ死にをします。今は五万騎を率いて都に上る大将義経は、再会を夢見て矢作に到着し姫を待つが姫は姿を現しません。明け方尼姿の冷泉が現れ、姫の死を告げさめざめと泣きます。冷泉に案内され鳳来寺の奥、笹谷を訪ねた御曹司は、しるしの五輪塔の前で法華経を読誦し供養しますと、塔は三つに砕け、金色に光りを放って虚空に飛び去る奇瑞がありました。御曹司はここに寺を建立し、冷泉寺と名付け寺領を与えました。悲しみを押えて御曹司は都に上る、というところでこの作品は終る、長篇の語り物です。学界ではこの吹上のよみがえりの所や姫の五輪砕きの所などを後の増補とみる説があり従来はその方が有力でしたが、私は一つながりの一大長篇が本来の姿と考えています。

この悲運の姫は、鳳来寺峯の薬師の申子《もうしご》であり、彼女は恋に苦しみ、恋ゆえに死なねばならない宿命を背負って生れたのです。東方浄瑠璃世界の教主、薬師如来の申子であったがゆえに彼女は浄瑠璃と名付けられました。ですから、吹上の浜で彼女の流す涙は、不老不死の薬となって恋人をよみがえらせることが出来たのです。彼女は中世の本地物の主人公でありました。現世で苦難の道を経て前世の罪を試《ため》して後、成神成仏出来るという宿業を負っていたのです。恋に苦しみ、焦がれ死にをした彼女は、当然結びの神、恋の神に成神するのです。金色に虚空を飛び去る五輪の石は成神成仏の証《あかし》でした。私がこの作品を姫の申子から五輪砕き、御曹司都入りまで一つながりの長篇と見るのは、諸本研究に加え、この本地物の構造を本作にはっきりと見るからです。

この作が何時誰によって作られたのかよく判りませんが、文明六年（一四七四）頃にはすでに成立していたことが『実隆公記』の紙背文書の記事で最近判明しました。これを東海道筋の座頭達が語り、それが「浄瑠璃」と呼ばれる節をともなっていたのでした。この作は爆発的な人気を呼んで都にも広まってゆきました。三味線の流行以後、これを伴奏楽器としたことも評判になった一因ですが、それは相当後のことです。

この作品が一作品名にとどまらず浄瑠璃という音曲の一様式にまでなり、今日に至るまで義太夫節・河東節《かとうぶし》・常磐津節《ときわずぶし》・富本節《とみもとぶし》・清元節《きよもとぶし》・新内節《しんないぶし》等とともに語り継がれているわけですが、その大きい力をもつ理由として次のように考えています。それはこの『浄瑠璃御前物語』という、浄瑠璃の濫《らん》觴《しょう》が持っていた二つの性格によるところが大きいと考えるのです。一つは、本地物の構造をもち、外に広がる興味深い筋の展開があるという点、つまり伝奇的・浪漫的な叙事性によって人気を博したということです。これは語り物として第一に必要な面であることは言うまでもありません。第二はこの作が類い稀《まれ》な抒情性を有しているという点です。姫と御曹司の一夜の短い恋が、延々と長く描かれるという従来なかった行き方で語られます。多くの叙述がそれにさかれています。時間の流れが止って、凝縮した気の中で、あたりの情景描写や二人の恋の展開、その成就までが抒情的に語られるのです。それまでは男女の恋の場面が類型的に、比較的簡単に描かれる傾向がありましたが、この忍びの段のあり方は新鮮で画期的なものでした。『十二段草子』は、叙事的な展開部を省いて、この二人の恋の一夜に焦点を当てて編集をした本でしたし、またそれが人気を博したのです。語り物といえば、叙事的・伝奇的なものが普通であっただけに、近世初頭の人々はこの新しい行き方の恋物語に喝采《かっさい》したというわけでしょう。この作品が仮名草子等の多くの文芸に影響を与えたのもまた当然でした。

　こうして成立した浄瑠璃節は、『浄瑠璃御前物語』だけでなく新しい作品をもその節付《ふしつけ》で語るというように広がりをみせてゆきますが、一方当時人気のあったものに人形劇・操《あやつり》がありました。傀儡《かいらい》とも呼ばれ、また夷《えびす》まわし・仏まわしとも呼ばれていますが、彼等の中から能を操に仕立て一座を組む者もありました。この操を浄瑠璃と結びつければどうかと考案する人が出ました。伝承によれば(『和漢三才図会』など)、京に時代は判らないが二人の瞽者《こしゃ》が居て、滝野・沢角検校《さわずみけんぎょう》といい、浄瑠璃と御曹司の事を十二段に書き、扇を拍《う》って語り人気を博したが、それは平曲に似た音曲であった。その稽古をする者のうち四条東洞院に住む彫金工家の何某というものが上手で、淡路の傀儡と提携して木偶《でく》を舞わし三味線と和し、後陽成帝が叡覧になり、引田淡路掾《あわじのじょう》に任じられ、盛んになっていったと記しています。起原説や細部の点では信じられないところもありますが、凡《おお》よそはこの通りであろうと思います。後陽成帝の在位、慶長十六年（一六一一）三月までにその提携は行われて、受領《ずりょう》もあったということになりますと、慶長初年頃操浄瑠璃は成立したと考えられます。滝野については、『色道大鏡』に「抑《そもそも》浄瑠璃は、滝野勾当《こうたう》ふしを付て、文禄三年（一五九四）甲午の年よりかたりはじめたり」と見え、文禄・慶長頃の人としています。受領とは、朝廷から口宣《くぜん》を受けて掾号を名のることで、職人や太夫にとって名誉なことでした。

同じく併記されている沢角については、三味線の名手として『糸竹』『大幣《おおぬさ》』『松の葉』などの歌謡の書に名を見せ、寛永以前、慶長頃の人と見なされていますが伝説的な人でした。ところが最近私の見ました史料に、この人の名が見え、やはり実在の人であったことが判りました。北野天満宮史料のうち『宮仕記録』寛文六年（一六六六）の条に、次のようにあります。「三月八日、寄合、能林旦方野沓や善大夫神前ニ参籠いたし、うたひをうたひ申度との事也、先年沢角《スミ》勾当浄留（ママ）有之、其外尺八・平家なと度々神前ニ而法楽有故、先例ニまかせくるしかるましきとの御事也」とあって、いつのことかは判りませんが、正しく沢角勾当が浄瑠璃を天満宮神前で法楽演奏していたことが判明しました。

したがって慶長初年頃、操浄瑠璃が成立したという見方を支持したいと思うのです。それ以後は、記録や画証で操浄瑠璃の盛行のさまをたどることが出来ます。京都で成立し、浄瑠璃の名手も輩出しますが、そのうち滝野の弟子、杉山七郎左衛門（受領名、丹後掾）が江戸に下って地盤を固め、また同じく江戸に下った熊村小平太（薩摩浄雲）も芸を競い、江戸の浄瑠璃の基礎を確立します。二人の芸脈からは名太夫が陸続と現れ、硬軟とりどりの芸風の浄瑠璃が生れました。

近松が現れた頃、大坂には井上播磨掾、伊藤出羽掾（同座に名太夫岡本文弥がいました）という秀れた太夫があり、京では延宝頃から宇治加賀掾、山本角太夫という名人が活躍を始めていました。近松は主にこの宇治加賀掾のために浄瑠璃を書いたのですが、延宝期中の作品にどういうものがあるかは判っていません。加賀掾は自分の正本に作者名を出そうとはしなかったからです。

本書の最初に載せた『世継曾我』は天和三年（一六八三）九月、宇治座で上演された作品ですが、これが近松の作と認定されたのは、たまたま竹本筑後掾が『鸚鵡《おうむ》が杣《そま》』という彼の段物集（正本の中の道行や節事《ふしごと》と呼ばれる音楽的な部分を寄せ集めた本）の序に、近松の作であることを示唆した文章を残してくれていたので判ったまでのことで、必ずや加賀掾の語り物の中に近松作が多く含まれている筈ですが、現在のところ確定出来ないでいるのです。

近松の作品がはっきりと表面に現れてくるのは、新興の浄瑠璃太夫竹本義太夫（受領して筑後掾）のために新作を執筆し、義太夫が近松の名をその正本に明記するようになってからでした。


竹本義太夫は、天王寺村の百姓で五郎兵衛といいましたが、天王寺安居天神南の茶屋の主、清水《きよみず》理兵衛が芝居を取立てた時（延宝四年頃）、ワキを語り人々に注目され、延宝五年（一六七七）正月には宇治嘉太夫に呼ばれてそのワキを語り、同三月『西行物語』二段目の修羅場を大音で語って見物を大いに喜ばせました。当時、清水五郎兵衛の名で出ていたものと思われます。

ところが、閏《うるう》十二月十一日、宇治嘉太夫は加賀掾を受領しますが、この頃彼と仲の良かった興行師竹屋庄兵衛と、芸の筋から仲違いし、庄兵衛はこの五郎兵衛を太夫にして一座を組織するという事件が起りました。十二月、清水五郎兵衛改め清水理太夫は『神武天皇』という浄瑠璃を旗上げ興行に演じたようです。続いて、翌延宝六年正月、『松浦伍郎景近』を上演しますが、客入りは悪く、『空也聖人御由来』などという浄瑠璃を語っても依然はかばかしくなく、この芝居は半年と持ちませんでした。ついに、竹屋庄兵衛はこの理太夫を連れて、西国へ旅興行に下ってゆきました。

延宝八年（一六八〇）頃、理太夫は竹本義太夫と名を改め再び京に上って語りましたが、彼の浄瑠璃は京の人に合わず、止むなく大坂に帰って貞享元年（一六八四）道頓堀で竹本座の櫓《やぐら》をあげ、加賀掾の語り物『世継曾我』を語ったところ、大変な人気を博するに至ります。続いて加賀掾の語り物『藍染川』『いろは物語』を語っていずれも好評裡に越年しました。

加賀掾はこれに対抗して、貞享二年正月大坂に下り、道頓堀に竹本座と軒を並べて興行します。西鶴作『暦』をこの時語り、竹本座も『賢女手習并新暦』で張り合いました。この勝負は竹本座の勝で、宇治座は次の替りに『凱陣八島』を立てました。これも西鶴作であると『操年代記』は記していますが、恐らく正しいと思われます。これに対し竹本座はまたも対抗的に『出世景清』で応じました。この時義太夫は近松に縁をもとめ『出世景清』を書いて貰ったと『操年代記』は伝えています。この対戦はどちらに軍配が上ったかといいますと、今度は宇治座も評判よく、大分にこの浄瑠璃で日を重ねました。しかし、三月二十四日宇治座から火が出て折柄の東風でその西の材木小屋まで残らず焼け落ちてしまいました（『土橋宗静日記』）。こうして加賀掾はこれきりで京へ戻り、竹本座は大坂に確固とした地歩を占めたのでした。

義太夫と近松の提携はこうして成りました。この事の意義は演劇史の上においてまことに大きいものがありました。近松の才能は、彼とのつながりにおいて一層発揮されたと思われます。古典的、抒情的な加賀掾の芸風に対し、現実的で叙事的な傾向の義太夫、この両者に同時に作品を書き与える中で、近松は秀れた作品を生み出していったのです。こうした太夫の芸や、この二人の芸風に対する近松の配慮のあり方等を精査することが、今後の近松研究の大きい課題であることは間違いありません。本書ではしかしながら、そうした音曲面までは扱い得なくて、正本に本来付されている文字譜や墨譜(ゴマ点)などの曲節付は大部分割愛し、内容に関わりのある曲節だけを示さざるを得ませんでした。

太夫の芸風が作者の作風に及ぼす影響といった大きい問題や、地・詞(ことば)・ふしの三要素のうちの詞の部分の変遷を調べることで、語りから劇へといった展開をかなり端的にたどることが出来るなど、大事な曲節の問題がありますが、曲節が直接文章理解に役立つといったこともあります。

小単位のまとまりが一つの場を作り、場のまとまりが一つの段を作るという風に浄瑠璃は組み立てられています。「**三重**」という曲節は、舞台転換や大事な人物の移動、或いは変った演技(例えば戦闘場面)がある場合などに用いられ、「**ヲクリ**」という曲節は、人物の登退場や状況が変化する時などに用いられます。「**フシ**」は一つの区切りを示す場合が多く、話者が変ったり、長い会話の中途で一息つぐような場合にも用いられます。「**スエテ**」という曲節は感情表出のところで用いられ、義太夫節では泣く折によく用いられますが、フシ同様区切りをなす場合があります。こうしたフシ・スエテ・ヲクリなどで小単位を作って一つの場を形成し、三重を用いて段を形成してゆきます。ただし、道行や何々尽しといった節事(ふしごと)と呼ばれる音楽的で抒情的な部分では、今述べたような曲節はあながち段落を作るとは限らず、単に音楽的に用いられます。

この本来音楽的な段落を、文章の段落に当てはめ改行などをしてみますと、非常に両者が相関していることが判ります。曲節を付けるのは太夫の側ですが、実は作者も凡よそその太夫の風を呑み込み、曲節付けを予想して作文しているものと思われます。本書でも以上の各曲節の付されているところを勘案して改行し、場構成や段の構成を判り易くしてみました。三重やヲクリ等の文字譜がなくて改行してある箇所は、フシやスエテの譜があるものと思ってください。

このほか、少し墨譜の問題にふれておきましょう。謡曲等にも用いられる譜で、掲出正本写真（三二〇頁）にも文字の横に多く付けられています。直線や曲線そして点で、各種の音の動きの表現をするのです。ですから純粋に音楽的な記号ですが、これが文章理解に役立つ場合があるのです。幾つかは本書の頭注でも指摘しておきましたが、浄瑠璃では掛詞が頻出します。その箇所をつい見落すことがありますが、このゴマ点と呼ばれる墨譜を見ていて、はたと気付かされることがあります。強く押すように語られるのですから、聴衆にもそれと判るのでしょう。例えば、冒頭にも挙げた『心中重井筒』火廻しの場でふさに疾《と》くとせきたてる箇所、「ひぢりめんとく」の「と」に点が付され、強く響くように節付けされています。その次の行の「しやらくさい。ふたせ」の「蓋せ」「二瀬」の掛詞の箇所も、「ふた」の二字に点が付されています。

こうした近松浄瑠璃の理解に音曲の面をからませて行うといった方向は祐田善雄氏が先駆者で、興味をお持ちの方は氏の『浄瑠璃史論考』所収の論文をご参照ください。

*

ここで皆さんと一緒に近松頃の芝居小屋、それも京阪の劇場に入ってみることにしましょう。前の日からどこに行こうか決めておられる筈です。町に評判も立ち、それに各座の辻番付が貼り出されているからです。それは大きい橋詰などに貼られることが普通で、人家の門《かど》に貼られることもありました。辻番付は半紙程度の紙に見せ場の一景、或いは数景を大きく描き、太夫の名を添えた程度の絵番付（三四二頁図版参照）でした。

寛文頃の操座風景

早朝、芝居町に朝太鼓が開場の触れを響かせます。京都では四条河原、大坂では道頓堀に官許の印の櫓《やぐら》を上げた大芝居が並んでいます。櫓は座の紋のついた幕で囲まれ、そこに毛槍が横に置かれ、両隅に梵天《ぼんてん》が翻ります。梵天とは棒に御幣のついたもので、神仏をこの場に勧請し降臨してもらうのです。当初、興行は勧進興行という形で許されたからでしょう。興行主のことをさして勧進元と呼び、勧進の庭（場）であるという性格が当時の劇場には強いのです。

櫓を仰ぎながら劇場の前に着きました。絵看板もかかり、外題《げだい》や出演者の名の記された札《ふだ》も掲げられています。木戸で札を買い、鼠戸《ねずみど》と呼ばれた跨《また》いで入る戸口を潜って入場します。札は木で作られているのですが、配られた招待券の紙札で入る客もあります。

中に入ると、広い平土間《ひらどま》がありここが所謂《いわゆる》芝居です。本来芝の上に座って見たところからそう呼ばれています。つまり、初め観客席（桟敷と芝居から成る）の名称であったものが、劇場や劇をも指す呼称となったのでした。この平土間も、舞台に近い所と後方とを仕切り、前者を切落しといい、普通の札場（平土間）の倍以上の金を取りました。左右や舞台正面には桟敷が上下二段に組まれ、その入口は札場と違っています。楽屋や芝居茶屋なども連なるものもあります。

札場の入場料は、元禄頃銭《ぜに》二十四文位で、半畳（敷物）を五文程度で借りて、場を占めるのです。半畳を借りなければ後方で立見《たちみ》するほかありません。つまり、半畳代は場代でもあるわけです。一間の桟敷代は一定していなかったようで、宝永頃下の桟敷で銀九匁（約六百三十文）した記録もありますが、これは安い方で平均して約一貫文はしたようです。桟敷は上の桟敷がよく、また舞台寄りを上席としました（当時の日当が四千五百円位の時代です）。

操座内部（『好色一代男』巻四）

席に落着いて辺りを眺めます。劇場の広さは千人以上入る規模を持っています。平均大芝居の間口は十二間（約二十二メートル）、奥行二十七間（約四十九メートル）ありました。開演前、物売りが満員の客の膝を押し分けて次々にやってきます。煙草の火縄売り、饅頭《まんじゆう》売り、番付売りなどです。桟敷や切落しには、茶屋の娘が茶や煙草盆を運んで行き交います。

幕が開きました。舞台が見えます。その様子を上図の挿絵で見てください。この図は天和二年（一六八二）刊の『好色一代男』巻四の挿図です。正面に唐破風《からはふ》造りの御簾《みす》座が一番に目に入ります。この後ろで太夫が三味線弾きと演奏をするのです。その前に幕があります。この幕を手摺にして演じることもあるようですが、やはり普通にはその下の腰板の上に渡された木の本手摺の上で遣われます。この絵でも四体の人形が本手摺の上に見えます。女性達の道行を描いたもので、私は『義経記』の北国下りと関連があると見ている図です。その手摺の前には柵《さく》があり、舞台と見物席とを隔てます。この図は当時の正確な情景とは言い難いものですが、参考になる点も多いものです。江戸の丹後掾の芝居と『好色一代男』の文章ではなっていますが、むしろ京阪の操芝居図と見た方がよいものです。近松当時はこの前にもう一段の手摺がある舞台もありました。

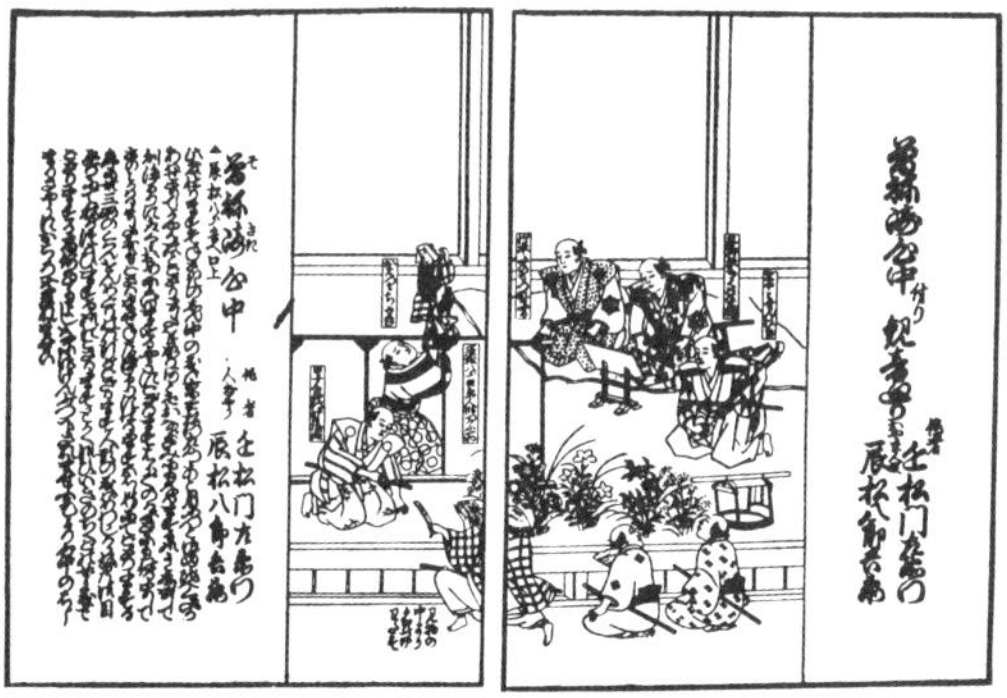
『曾根崎心中』観音めぐり舞台図

　この幕手摺を注意して見てください。暖簾《のれん》のように何箇所か割れ目が設けられています。この事から次のような推察が出来ます。すなわち、この幕が下まで張られているのでなく、丁度本手摺の高さの少し下あたりまでであって、見物席から幕の裾が隠れて見えない程度のものであること。つまり、下方は空いていて、人形遣いなどが自由に身をかがめて出入り出来るものであったことが判ります。人形の登退場は原則として下手《しもて》（向って左側）において行われましたけれど、合戦などで倒れた人形などは下手へ引っこめなくても、すぐに処置出来ます。

　上に掲げた図は『曾根崎心中』「観音めぐり」を描いたものですが、お初の道行が平舞台の上で演じられています。これは手摺の前に張り出したもので、付舞台と呼ばれるものです。大分に本舞台の様子とは違います。人形遣い（辰松八郎兵衛、綟《も》子手摺《じてすり》と呼ばれる透けて見える綟子布を張った衣桁《いこう》様の手摺で膝をついて遣っています）の他に、太夫筑後掾とワキ語り竹本頼母、三味線弾き、そして口上人まで座っています。これを出遣い・出語りと言いますが、演者が姿を現すところが、本舞台での蔭の演技と大変違うところです。

付舞台はかなり古い歴史を持ち、その平舞台の上で間《あい》の狂言と呼ばれる劇と劇の間の寸劇の行われる場所でした。間の狂言では、歌謡や軽業《かるわざ》、手品、そして狂言など、人間の演技も行われますので、本舞台の狭い手摺空間では不向きでしたから、前に張り出した舞台を必要としたのです。それは常設というより、随時仮設したようですが、元禄初年頃から段々に常設する動きが出てきたようです。そうして、そこで道行や景事、特殊演出などを演じるようになってきました。これが今日の文楽に見られる三人遣いの成立に果した役割は大きいものがあります。

当時の人形の遣い方は、人形の裾から手を差し入れて遣うもので、つまり「突込《つっこみ》人形」が基本的操法でした。『曾根崎心中』の辰松の遣い方のようにです。地人形はこの操法で、高い手摺の蔭で遣います。したがって人形遣いの姿は見えないのが基本です。もし低い手摺であったならば、この操法ですと、辰松のように膝をついて遣わねばなりません。先の『好色一代男』の図が実景を描いたものではあるまいと申しましたが、この本手摺の高さでは、常に膝行《しっこう》して遣わねばならないでしょう。つまり、下にもう一段手摺があるものと考えるべきです。同じ西鶴の『西鶴諸国はなし』巻四の図ではそう描かれています（もっとも地面を掘り下げてあれば別です。またそのような例もあるのですが）。

それに対してもう一つの操法も行われました。それは「差込《さしこみ》人形」という人形の背中の部分から手を差込んで遣う操法でして、碁盤人形という特別の演技など、この遣い方で行われました。碁盤の上で奴《やっこ》の振りなどを舞わせるものでして、御座敷芸で行われたものが、劇場でも好まれるようになったものです。人形遣いの至芸が見ものですから、付舞台に出て全身を見せながら演じます。台の上で足のある人形を舞わす（それを台事ともいいます）のですから、背後から差込んで遣う操法が工夫されたのです。突込人形の場合は、裾から突込む人の手が足の働きをします。突込人形には足がないのが普通です。

本書所収の『世継曾我』あたりの舞台は、『好色一代男』の絵のようなもので、背景の大道具など無く演じられたと思われます。山の道具がありますが、これは山簾《やますだれ》（山を描いた紙を簾に張りつけて立ててあるもの。同趣のものに雲御簾《くもみす》などがあります）で薄いものです。これが張貫《はりぬき》の本山になるのはずっと後年のことでした。

ところが『曾根崎心中』の頃になると、このような本舞台だけの演技では不都合が生じます。「天満屋の場」の見せ場で、縁の下にいる徳兵衛が、お初の足を取って自分の咽《のど》を撫《な》で、死を確かめ合う場面がありますが、どうしてもその装置が要るでしょう。お初の足が大事な焦点ですから、縁側という一種の台事による差込人形の操法を用いた演技が必要になります。さらには脱出場面での階段の装置などを考えると、かなりの大きさの屋台を組む必要があった筈です。それを手摺の内側に組んだと考えるのが普通ですが、私は或いは付舞台をも利用して、その高さから屋台を組んだ可能性もあると考えています。

こうした具象的な舞台装置の出現は、これまでの演技、ひいては作品内容に大きい影響を与えることは勿論のことで、語り物から劇への移行を表したものとも申せましょう。こうした動きの背後には、写実的なものを求める時代の好尚が大きくあずかっています。それは当時の歌舞伎の舞台や演技の上にも端的に表れていたのです。その歌舞伎に常に負けまいとするこの人形浄瑠璃の上にも、その影が濃く投影してきたものと思われます。

もとへ戻って、もう少し特殊の人形の遣い方を見てみましょう。先程の『曾根崎心中』冒頭の辰松八郎兵衛出遣い舞台図は、彼の人形操作の芸の評判のもとに描かれたものです。それは「おやま人形」遣いと呼ばれた彼の女人形遣いの至芸を讃えるためのものですが、同時に彼の手妻と呼ばれる特殊操法を讃えるものでもありました。碁盤人形も一種の手妻芸なのですが、手妻とは現在の手品、それも手練の早業による手品のことです。一人で一体の人形を遣うだけでなく、二つ人形・三つ人形・五つ人形、さらには七つ人形まで遣ってみせました。片手で三つ人形を遣うこともあります。またその片手人形で一体の人形を男→鬼→観世音→男と変化一巡させ、さらにその男人形を女人形にするという早替りの絶妙の芸をも見せました（歌舞伎『和歌三神影向松』序開きでの辰松の芸などそれでした）。

『曾根崎心中』「三十三所観音めぐり」における辰松の演技をここで推定復原してみましょう。付舞台に竹本筑後掾・竹本頼母・三味線弾き、そうして辰松が裃《かみしも》を着て現れます。皆々並んで一礼し、辰松が口上を述べます。

此度仕ります曾根崎の心中の義は、京近松門左衛門あと月ふつと御当地へ下り合せまして、かやうの事ござりましたを承り、何とぞお慰みにもなりまする様にと存じまして、則《すなはち》浄るりに取組お目にかけますするやうにござります。はう〴〵の歌舞伎にも仕りまして、さのみ変りました義もござりませね共浄るりに仕りますは初めにてござりまする。序に三十三所の観音めぐりの道行がござりまず。人形の義は珍しからね共御目通りにて私が遣ひまする様にござります。とかく御ひいきの筑後掾義でござりまする間、何事もよしなに御見物下されませふ。是より心中のはじまり、さやうにお心得なされませい。

この言葉と共に彼は下手へ一度退場します。舞台上では筑後掾と美声の頼母の師弟つれぶしで、浄瑠璃が語られ始めます。

すると辰松が裃の肩衣《かたぎぬ》を脱ぎ、袴《はかま》だけになって現れます。膝をつき爪立《つまだち》して、左手一本で駕籠《かご》を遣いながら。舞台図にも見える町駕籠です。勿論駕籠は駕籠舁《か》き二体の人形の肩に荷なわれています。その駕籠からお初の人形がしなよく下りてきます。辰松は右手を女人形の背中に差込んで遣っています。やがて彼女一人の徒歩での順礼が始まります。今度は裾から手を入れて遣うのですが、それが図に見える綟子手摺《もじてすり》での突込人形の景です。

辰松はお初人形を文句に当てた振りをつけて、舞踊的所作で遣っていきます。帯がゆるめばそれを引き締め、煙草を吸う所作も（実際に煙を出すからくりもあったのでしょうか）見せては観客の喝采《かっさい》をあびて進みます。この序部の終りが近づきました。観音賛美の言葉で終るその時、お初の女人形が突然観音の金色に光る尊体に変化します。人々のどよめきの中でこの道行は終りました。付舞台上の人々も装置も引きあげ、背後の幕が切っておろされると本舞台が始まります。以上は当時の資料（『鸚鵡籠中記』など）をもとに推定したもので、決して私の当推量ではありません。

辰松の手妻芸は大変な評判で、『曾根崎心中』大当りの裏には彼のこの技があずかって大きいものがありました。この頃から人形遣いの位置が次第に高まり（正本内題下に作者名と並んで辰松の名を出すなど）、作者もその人の芸の見せ場を作品中に十二分に考慮しなくてはならなくなってゆきます。

もう一つ当時の人形の特殊演出で忘れてはならないものがありました。それは機関（からくり）の使用です。

絵番付『国性爺合戦』九仙山の場

手妻人形で、顔を変化させるのも一種のからくりで、「手妻からくり」と呼ばれ、首《かしら》の中の引き糸で操作します。このように糸や紐での遠隔操作や機械仕掛で人形が変化したり、ひとりでに動くように見せるのが特徴です。水力を用いる水からくり、ゼンマイからくり、空中を走らす宙がらくりなど多種多様の精巧な細工がありました。現在でも各地の祭礼曳《ひき》山《やま》に昔ながらのからくり仕掛の人形を見ることが出来ます。

　本書所収曲の中、『国性爺合戦』ではこのからくり、それも大仕掛な「大がらくり」が使われています。四段目九仙山の場などがそれで、絵番付や絵入本（本書二四〇～二四一頁の挿絵）を見ましても雲を脚下に見る九仙山上で呉三桂と皇子が、眼下に石頭城合戦・雲門関攻撃・海利王の山城砲撃・長楽城の雪景などを一瞬に目撃する景が描かれています。ここの演出はどんな風になされていたのでしょうか。寛延三年（一七五〇）七月の竹本座の上演の折には、番付によれば四段目この所は小人形を使っていて、その配役も記されています。すなわち、九仙山の上では普通の人形を用い、眼下の景として展開する各合戦の場では、小さい人形を沢山遣ってその遠近感を表しながら演じたことが判ります。

　しかし、私は初演の折はそうした小人形とはいえ普通の人形の遣い方ではなく、からくりを用いたものと考えています。それではどのようなからくりを用いたのでしょうか。宇治加賀掾の正本に『源氏供養』という曲があり延宝四年（一六七六）の上演ですが、しばしば再演されている名曲です。この中で、石山寺に籠る紫式部が眼下の湖水に浮ぶ月を眺めているうち水想観に入り、物語の世界が夢《ゆめ》現《うつつ》に水面の月影に浮ぶという夢幻的な場面があります。ここを大がらくりで演じました。本水を用い、水の上に小さく須磨・明石の各景が浮ぶという仕掛なのですが、現在その様を実際に演じる曳山人形が残っているのです。滋賀県大津市四宮大明神の祭礼に出る紫式部山、又の名、源氏車がそれです。山《だ》車《し》の上部を二段に組み、上段欄干によって式部（下段の各人形より格段大きい人形）が右手に毛筆、左手に料紙を持ち源氏物語の想を練る所を作り、下の床に水想観で得た作中の各景が展開する。その方法は回り舞台式に各作り物が回転するよう作られており、パノラマ式に現れてくるよう工夫されたからくりです。ただに固定された作り物が回転してゆくだけといった簡単なものではなく、岩山の間から水車小屋と塩焼き釜が現れては消えていったり、岩戸が開くと潮《しお》汲《く》みの男女が現れ、又波間にゆれる帆掛舟が次に現れ、船頭が櫓《ろ》を漕いでゆく、といったきわめて精巧な仕掛で、見物の目を今に楽しませてくれています。

この源氏山が享保三年（一七一八）の古作であり、『国性爺合戦』上演後三年目の作であることを思う時、両者を関連させてみることはあながち不当なことではないでしょう。すなわち、九仙山の下に回り舞台式に細工された合戦の各景が次々に現れ、その小人形に動きを持たせるからくりを併せ用いたのではないでしょうか、本舞台から付舞台にかけての装置で。ともかく、この推定がたとえ外れていたとしても、紫式部山以上の驚くべきからくり仕掛で見物人の度肝を抜いたことだけは確かです。

舞台の上の人形に注目しましょう。人形の頭の部分を首《かしら》と称しますが、近松当時の首はきわめて個性的で力強く、かつ色彩に富んでいます。それに一体一体の人形の性根を表して個性的です。西鶴の

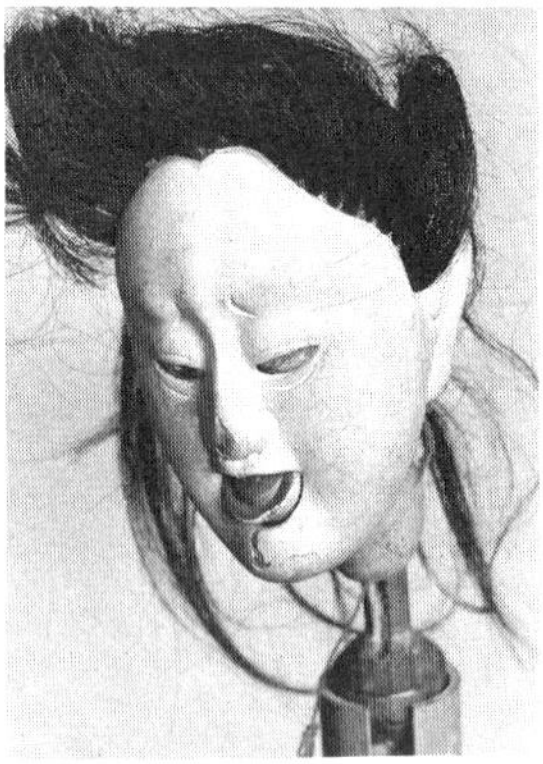

嫉妬の女（信州 金野人形）

『諸国はなし』に「一ノ谷のさかおとしの合戦を五段につくり、人形の一つ一つ細工人こころをつくしてこしらへる」と見えるように、各座に所属する細工人が、曲中の登場人物の性格に適《かな》った人形をその都度作ったものでした。江戸の和泉太夫の豪放な操座では、多くの人形が坂田の金平《きんぴら》人形によって叩きつぶされたというのですから、補充も大変だったことでしょう。この当時の人形の顔は、当時の絵入本の挿絵に見られる人物の表情にうかがい見ることが出来ますが、今も地方に遺《のこ》る優品の首に端的に辿ることが出来ます。例えば、佐渡新穂村の広栄座の人形たち、石川県尾口村の人形たち、少しそれより時代は下りますが、近松頃の人形の面影を見ることが出来る信州飯田周辺の古形首たちがそれです。

これらの数多くの人形が舞台上を闊歩《かっぽ》します。目尻がきりっと上り、細面で品位のある大将人形が太鼓の音と共に現れます。傍らに彫りの深い雄渾な眉宇《びう》をもった若武者がつき添います。いかつい顔つきでどんぐり眼《まなこ》の、それでいて口程に胆力のない悪役が登場してきます。眉間《みけん》に皺《しわ》をたたえ、険のある眼、頬《ほお》のくぼみの深い公家悪《くげあく》の老人も、にくにくしげに辺りを睥睨《へいげい》します。恋の場面が始まりました。男人形に較べて彫りは一般に浅いけれど、享保雛にも似て細面の、口許の小さく愛らしい姫がほほえみます。傍に能面の小面にも似た品格のある奥方が並びます。眉はなく眼の上に朱を一筋あるかなしかに引いただけの、淡い化粧《けわい》が深い艶色を表しています。

嫉妬の女が現れました。恨みの想いが眉根《まゆね》に二つ小さい三日月形のくぼみを作り、凄艶《せいえん》な眼で世をかこちます。首の中の引き糸が引かれると、口はくるりと回って大きい真赤な舌が無気味に現れます。眼は嫉妬のほむらで燃えています。やがてその頭から角が生えるであろうこの年増女の、愛ゆえの憎しみの表情には、そのこわさと裏腹にむしろ美しさが感じられます。

眉の下った鼻の低い、額のとび出た奴が槍を振ります。お多福顔の下女とのやりとりに笑いが起りました。突然黒雲が渦巻き鬼が出現しました。分銅を縦にしたような中くびれの彫りの深い赤鬼です。眼は金色に悪鬼らしく光っています。口許や目許にギザギザの隈どりをして表情豊かな青鬼もいます。何だか滑稽な感じさえします。むしろこれらの鬼より、能面の般若にそっくりの大きく金色に光る眼をもった女人の怨念の方が、はるかにこわいようです。翁の面そっくりの白髪の神翁が示現し、主人公達の危急を救いました。壮絶な斬り合いが始まり、悪鬼の化身の総髪の悪皇子の首が、口から火を吐いて宙に飛びます。どうやら劇も大団円を迎えたようです。

まだ見残したことが多いという思いがありますが、この辺で芝居小屋を出ることにしましょう。外は薄暮、夜は興行は行われません。絵看板を振り返り、振り返り、まだ心は芝居の世界を追いながら家路につきます。背後には夜空に余韻を響かせて散らし太鼓が追ってきます。

*

好き。自分では抑えようのない情念が又しても頭をもたげ、行こうか、止めようか、ェイ行てのけろと芝居小屋の喧噪《けんそう》の中に身を投じる。当時の雑俳の句などに、芝居狂いの庶民の姿がよく描かれています。

すきじやとて　一番叟から果のはて
三番叟よりはやく行く也
（『軽口頓作家の風』正徳二年、京）

すいた事　腰張はみな役者付
（『辻談義』元禄十六年、大坂）

悪所の一つといわれた芝居の魅力、多くの人々がその魔力にも似た力に魅《ひ》かれて足を運び、劇世界に陶酔しました。どうしても行けぬ人は、番付や絵双紙（絵尽や絵入狂言本）に想像の翼を拡げます。

杉森平馬信盛、三槐《かい》九卿《けい》の家に仕えていた公家侍が、或る日突然芝居の世界に跳び込んだのは、彼の若い血を騒がせた京四条河原興行街の太鼓の響き、その音にうずく〝好き〟としかいいようのない彼の情念のなせる業だったと思われます。

承応二年（一六五三）、越前福井に近松は生れました。先祖代々甲冑《かっちゅう》の家で、しかも武名高い家柄でした。彼の父は杉森市左衛門信義、始め松平忠昌に仕え、ついで忠昌の庶子で分家した越前吉江（今の福井県鯖江《さばえ》）の藩主松平昌親（吉品）に仕えた三百石取りの士でした。近松は幼名次郎吉、兄は市三郎、弟に金三郎などがいました。母は医師岡本為竹法眼の娘で喜里といいました。一家は幸せに暮していましたが、近松の少年時、父が仕官を辞める事態が生じました。理由は定かでありません、恐らく父の不始末というより藩の事情ではなかったでしょうか。

一家は揃って京に移り住みました。生活が苦しいといった事もなかったようで、山岡元隣の俳文集『宝蔵』（寛文十一年）追加発句に一家の句が揃って収められており、祖父の信親の句一句、父の句五句、信盛（近松）の句一句、信秀一句、五郎助（末弟十一歳）一句、母喜里の一句が見えます。家をあげて風雅に志しているところをみると余裕のある生活であったと思われます。いずれも貞門風の俳諧です。この時近松十九歳、すでに元服して字を信盛と名乗っていました。

兄市三郎智義は大和織田長頼に仕え、弟金三郎は母方の祖父の名を襲い岡本為竹と称し、医書を著すなど、兄弟それぞれ自活いたしました。信盛も一条禅閤恵観やその他の公卿の家に仕えます。そこで彼は古典を学び、有職故実を習得していったようです。近松門左衛門という筆名の由来の詮議から、近江近松寺に修行した時期があるという説もありますが、これは私には信じられません。

この彼が急に「市井に漂」うようになるのです。これは辞世文の近松自身の言葉に拠ってのことですが、次のような資料もそれを裏付けています。

時ぎやうにおよびたるゆへ芝居事でくちはつべき覚悟の上也　しからばとてもの事に人にしられたがよいはづじや　それゆへおしだして万太夫座の道具なをしにも出給い堺のゑびす嶋で栄宅とくんで　つれ〳〵のこうしやくもいたされけるなり

（『野郎立役舞台大鏡』貞享四年）

この役者評判記の記事は、近松が作者名を浄瑠璃本や芝居の看板、辻々の札にも出すことの非難に対し、それを弁護する立場の表現でして、或いはそれ程古い時代のことを言っているのではないのかも知れませんが、私は芝居の作者として立つ以前の修業中の経歴とみてよかろうと思っています。

当時、興行界の人々は蔑視されていました。そこに、杉森家ほどの家筋の子弟が跳び込むには随分抵抗があったと思われます。たとえ作者としてでもです。何故なら当時作者の地位が他の座員より高かったということは決していえなかったからです。近松門左衛門という筆名の下、この世界に身を投じた彼の決意は並大抵のものではなかったことでしょう。それを成さしめたのは、彼のうちに燃え盛る劇への情熱以外の何物でもなかったと思うのです。そうして浄瑠璃や歌舞伎の作者というものに、彼なりの矜持《きんじ》と抱負があったに違いありません。

京にあって、宇治座の浄瑠璃を書いたり、都万太夫座の狂言を書く下積みの時代が永く続いたと思われますが、貞享元年（一六八四）の竹本義太夫の竹本座旗上げを機に、彼の名が急に表に出、有名になります。義太夫は彼を作者として然るべく遇しましたが、一番の好遇は、正本の上に作者近松の名を明記したことでした。現存最古のものでは貞享三年七月の『佐々木大鑑』からですが、前年の『出世景清』あたりから既に記されていた可能性があります。初版本が見つかっていないのではっきりとしたことは言えないのですが、義太夫が近松に頼んで書いてもらった最初の作だけに、そのように考えられるのです。

以後、近松の名は世間に喧伝されるようになり、歌舞伎の狂言本にも名が現れ始めます。現存本では元禄六年の『仏母摩耶山開帳』ですが、貞享四年に名前を表すことが話題になっていたことは前述の通りです。筆にも力が入り数々の傑作を物し、地位を固めてゆきました。近松が義太夫と提携した貞享二年は近松三十三歳、義太夫は二歳年長で二人の親密な間柄は、正徳四年（一七一四）義太夫が六十四歳で亡くなるまで終生変ることはありませんでした。

浄瑠璃作者近松を語る時、決して忘れてはならない近松の今一つの顔、それは先程からもふれてきた歌舞伎作者としての彼の一面です。既に貞享期から歌舞伎にも筆を染めていたと思われますが、元禄期に入ってその活躍はめざましく、『傾城仏の原』（元禄十二年）・『傾城壬生大念仏』（元禄十五年）等は傑作として知られています。彼の作品はすべて名優坂田藤十郎の芸を活かすために作られています。都万太夫座との繋がりが深いのですが、藤十郎の宝永六年（一七〇九）没後は一切歌舞伎の執筆をしていないこと等を考え併せると、歌舞伎作者としての近松は藤十郎との繋がりで考えるべきであろうと思います。

　操浄瑠璃は歌舞伎と軒を並べて興行していました。藤十郎や嵐三右衛門、竹嶋幸左衛門、水木辰之助、吉沢あやめ等々人気役者の輩出する歌舞伎界に対抗するためにも、浄瑠璃は次第に変質せざるを得ません。浄瑠璃にも当り狂言の影響下になる作品も生れてきます。例えば、近松自身『日本西王母』（元禄十二年五月以前）という作品で、元禄十一年正月江戸下りの人気役者中村七三郎主演で大当りを取った『傾城浅間嶽』の趣向取りを行い、また『天鼓』（元禄十四年）の中では自作の『傾城仏の原』の当り場面の他、中村七三郎の関東小六、水木辰之助の槍踊所作を取り入れるなど歌舞伎色のきわめて濃い作品を残しています。

　こうした機運の中で、元禄十六年五月、近松の世話浄瑠璃第一作『曾根崎心中』が作られます。折柄起った心中事件を大坂や京の歌舞伎の座で切狂言として脚色、上演された演目を、丁度京から大坂に下り合せていた近松に頼んで浄瑠璃化し、切浄瑠璃として竹本座で演じたものでしたが、稀有《けう》の大当りを取り、その後の世話物流行の端緒となりました。

　ここで当時の興行の一日の番組について、ふれておきましょう。まず、歌舞伎ですが京阪では次のような順序で行われました。

式三番

ワキ狂言

二番目狂言
三番続　上
〃　中
〃　下
祝言

ワキと二番目の狂言はそれぞれ一番ずつの独立した狂言です。その後、口上があって三番続きの狂言が始まります。番付には出ていませんが、その間に間《あい》の狂言（前述）が数番ずつ入ります。下（第三番目）に入る前に、口上が又入ります。これを切《きり》口上と申します。三番続きの切の狂言の前に、これで一日の狂言尽しの終りだと触れる、定式の口上です。

歌舞伎では延宝末頃から、この切の狂言とは別に、もう一番終りに狂言を添えることが始まりました。それをも切狂言といいます。つまり、三番続きの切と違って、別に添えられた一番物の狂言を言うのです。延宝八年（一六八〇）春狂言の『六波羅常盤』の切狂言に嵐三右衛門が『吉野身受』を演じ好評を得たと伝えられていますが、有名な藤十郎の夕霧劇もこの切狂言の形で演じられた筈です。こうしてとくに元禄期の歌舞伎では、世上に騒がれた心中事件や殺人事件など所謂世話物が、切狂言として演じられることが多くなりました。

一方、操浄瑠璃の方では、その一日の番組を、式三番、五段曲、祝言《しゅうげん》と組んでいたようで、その五段曲の間には、やはり歌舞伎と同様間の狂言を数番ずつはさんで演じていました。式三番も祝言も操で演じます。祝言の時は大概能操で、『高砂』や『難波』等を演じました。能操は操の初期だけでなく、このような形で元禄期でも継承されていたのです。

先程の歌舞伎界にしばしば見られるようになった、世上の事件などを劇化した切狂言、この新しい狂言の影響下に、浄瑠璃界でも元禄末頃から切浄瑠璃を添える動きが出てきました。浄瑠璃五段曲の五段目が切の浄瑠璃に当ります。四段目が終ると切口上が置かれて最後の段に入っていたのですが、五段曲の外に切浄瑠璃が、それは当然一段曲であるわけですが、置かれるようになります。『曾根崎心中』以前のものとしては現在のところ二種の切浄瑠璃正本が残っています。『大坂千日寺心中物語』(元禄十三年?)と『道中評判敵討』(元禄十五年)がそれです。前者の正本内題の肩には「頼朝伊豆日記切上るり」、後者のそれには「新一心五戒魂切上るり」と、それぞれ記されており、内題の下に、「竹本内匠利大夫正本」と太夫名が記されています。彼は竹本座ではかなり上の地位にある太夫で、『声曲類纂』には義太夫の弟とある人物でした。実際に弟であったかどうかは明らかでありませんが、彼が元禄中頃、別の一座を組んで紀州や尾州を巡業するだけの力と位置を得ていたこと、こうして二種の正本を残していることは、竹本座でも特別の立場にいたことを示しているといえます。

ともあれ、竹本座では既に切浄瑠璃という形が始まっており、義太夫ではなくて高弟内匠利大夫に語らせていたというわけですが、この二作は、心中事件・敵討事件という、共に巷説《こうせつ》に拠り時事性をもたせて作った、世話物の浄瑠璃でした。勿論、共に切浄瑠璃ですので一段曲です。世話物は、当代の話題に富んだ事件を取り上げるという際物《きわもの》性をもち、その内容が下様《しもざま》の現実的な出来事であることなどに特色がありました。これら世話物の出現によってこれまでの語り物が時代物として区別されるようになります。

さて、右のような内容の一段曲の切浄瑠璃が、世話事と呼ばれる写実的な語り口や演技で演じられたのですが、『曾根崎心中』一段曲は、『日本王代記』という古い時代浄瑠璃の切浄瑠璃として、作者近松が初めて世話物に作文し、名太夫筑後掾（義太夫の受領名）が初めて世話事で語り、名手辰松がおやま人形を遣って、大成功を収めた曲というわけだったのです。これまで、この実説がよく判らないまま、事実に近い創作のように考えられがちですが、最近の研究で、近松が先行の歌舞伎や、時代物の一部、さらには内匠利大夫の切浄瑠璃などを駆使して自由に作劇したものであることが判りかけてきました。もっとも、明らかに時代物とは違った、人間味豊かで、元禄の人々にも身近な愛の悲劇として見事に結実しており、虚構の跡など巧みに隠蔽《いんぺい》されてそれと気付かせない腕の冴えなのですが。

先に舞台の所でも述べましたように、当時次第に強まってきた写実的傾向の中にあって、近松も一つの大きい転機を迎えたのでした。時代のこの潮流に乗って永世の名作を物し得たのも、優れた歌舞伎作者でもあった浄瑠璃作者近松にして、初めて成し得たことと申せましょう。

日頃負債に苦しんでいた筑後掾は、この成功によって大きい利益を得たため引退を申し出ます。名興行師竹田出雲がそれを惜しみ、自分が座本を引き受け、太夫に筑後掾を立て、助演の太夫に後年豊竹越前少掾として勢威を振うに至る豊竹若太夫を抱え、三味線竹沢権右衛門、人形辰松八郎兵衛といった新陣容で新しい竹本座を発足させました。時に、宝永二年（一七〇五）十一月、顔見世興行として（当時は操の座も顔見世がありました）『用明天王職人鑑』を賑々《にぎにぎ》しく上演します。出雲は、この機に近松を座付作者として招聘《しょうへい》し、近松もそれに応じたのでした。大成功裡に終った翌年春、近松は京より大坂に居を移し、本格的に竹本座の作劇に打ち込みます。

以後の十年間、近松・筑後掾・出雲の提携は続き、この間時代物の名作『傾城反魂香』・『嫗山姥《こもちやまうば》』、世話物『心中重井筒』・『冥途の飛脚』などを演じて安泰でしたが、正徳四年（一七一四）、近松六十二歳の時、永年の盟友筑後掾を失います。竹本座を襲った大きい危機でしたが、多川源太夫・竹本頼母・竹本左内・和歌竹政太夫・大和彦太夫等の弟子を盛り立てて乗り切ろうとしました。

翌五年十一月、出雲の発案と近松の力をこめた文辞によって最大の当り作となった『国性爺合戦』が、竹本座の危急を救います。この時まだ若い竹本（和歌竹改め）政太夫が、竹本頼母、豊竹万太夫、老巧の竹本内匠理（利）大夫等と共演して活躍し、後年の竹本座後継者としての地位を固めました。この作の上演は三年越し十七か月間の未曾有の長期興行という結果となり、町中にその道行浄瑠璃を流行《はや》らせました。

以後、声は小さいながら情を語り分けることの巧みな政太夫を盛り立て、近松は時代物『平家女護島』・『双生《ふたご》隅田川』・『津国女夫池』など、世話物『心中天の網島』・『女殺油地獄』などを作劇し、円熟味をましてゆきました。

享保九年（一七二四）一月、とかく病いに臥りがちの近松でしたが、『関八州繋《つなぎ》馬』を書きあげ、それが竹本座で上演されます。その四段目で、築山に京大文字焼をまねて真の火をつけ灯す大がらくりを演じました。手摺の奥を開くと、一面の山に大文字の道具立が見える仕掛で、評判となりましたが、それと共に大の字が焼ける不吉さも取沙汰され、果して三月、世に享保の大火と称される火が出て、大坂中を大半焼き尽しました。これによって焼け出された近松は、避難した天満の仮のやどりでその年十一月二十二日、七十二歳を一期に亡くなりました。思えば大坂大火は大近松を送る壮大な送り火であったわけです。

「隠に似て隠にあらず　賢に似て賢ならず　ものしりに似て何もしらず　世のまがひもの」とは、近松がその死を僅《わず》か旬日にひかえて書き遺した自筆辞世文の言葉です。自らを「まがひもの」、贋物と自嘲する裏には、本物という自負もひそんでいると思います。「内典外典軍書等に通達したる広才」（『野郎立役舞台大鏡』）と評されて早くから名声を世に博し、没後二年目に、本屋作者西沢一風をして「近松門左衛門は作者の氏神也」（『操年代記』）と言わしめるほどの地歩を占めていた近松にして初めて、「世のまがひもの」と堂々と書き遺すことが出来たのでしょう。ともあれ、死を直前にして認《したた》める辞世文にまで韜晦《とうかい》的な姿勢をとる近松、そこに私はこの文豪の羞《は》じらいの心と屈折した情念をも感じるのです。功成り名遂げて逝くこの人にしてなお、己が一生を振り返った時、心の底に満たされぬ何物かがあったのではないかと。

*

この解説の冒頭で『心中重井筒』火廻しの文章を取り上げ、近松の文は演劇的な面を併せ持つと申しました。その動きを持つ文章は、太夫によって世話事で語られてゆくわけで、その配慮も十分になされねばなりません。太夫や人形に対する配慮です。これは作者の側に立てば、自分だけの考えで押してはゆけない、むしろ自分を押えて執筆しなければならない制約でもあったことでしょう。

近松は晩年の手紙の中で、こんな事を記しています。

若き時より我等心かけ候て□□共に手前を謙下　少々は□かた気にて世間を第一に勤中候故　諸人にうとまれ不中候故　もはや死時と中人も無之候　相手に実有人には　此方も実を以参会　相手のさつとしたる仁には　とかくにくまれぬか其身の徳　流れ渡りにしくにになく候　相手をかま

はす　手前の生れ付の気を以向候は　先気随者　扨は我身の損にて候

（横井宗内宛書簡・享保七年）

少し破損していて読めない箇所がありますが大意は摑《つか》めるでしょう。努めてへり下り、相手の気に合わせるようにしてきたといっています。これは彼の日常の処世でのゆき方だけでなく、作者生活の上でも常に遭遇する事柄であり、それに処す彼の態度でもあったと思います。しかし、そういう束縛の中で、近松は自分をも生かし、自分だけの世界を形成してゆきました。

ふたたび『心中重井筒』に戻り、私の言う近松独自の世界をこの作品の中に探ってみましょう。近松は、この中之巻冒頭で初めて現れてくる女主人公ふさを、次のように紹介します。

なかに不便《ふびん》や　ふさは憂き身の品々《しなじな》を。心一つに孕《はら》み句の　脇が勇めば。力なく。片目で笑ひ片目には。涙を包む火鉢《ひばち》のもと　人待つ宵の　火なぶりや。

火鉢の傍で火を火箸でなぶりながら、ひと（恋人徳兵衛）を待つ女と描出しました。そうしてこの後、無理に誘われ火廻しの遊びに加わり、「ひ」の字尽しを続けるうち彼女ひとりが脱落することでこの場は終るのですが、火屋・焼く・灰寄せと火葬を下敷にした皆のてんごう口に、彼女の明日の不吉な運命が籠められて遊びは終ったのでした。

舞台に初登場ののっけから執拗なまでの「ひ」（火）に包まれた女、この女はその後の展開でどうなるのか、もう少し先を見てみましょう。果して火廻しの火に焼かれるという暗示がそのまま事実となって、炬燵《こたつ》の中に隠れた彼女の上に徳兵衛兄の懲らしめの火責めが待っていました。焦熱地獄もかくやとばかりの責め場であったわけです。近松はその前からこの場に向けて、「火」を周到に準備してゆきます。

まず内儀が帰りたがる徳兵衛を引きとめるため、「小座敷の炬燵に火をたんと入れさせて」泊るよう強《し》います。忍んできたふさと死を確かめあい、「声を。たてずの絞《しぼ》り泣。き。炭火も。消えて凍《こほ》るらん」という有様になります。すると兄が現れるのでふさを蒲団の中に隠しますが、炬燵にあたった兄が、「ヤア炬燵の火が薄い。これ女房ども火をくわつとおこいて。火かきに二三杯《ばい》持つておぢや」というところから、「ひ」ではない「火」が廻り始め火責めの場につながるというわけです。

その火責めの局面についてはここに再出はしませんが（但し、炬燵に水を入れるという変った発想がみられる点は記憶にとどめておいていただきたいのですが）、さらに先を見てゆくと、下之巻心中道行の中で「お七祭文」を織り込んだ箇所に当ります。「恋慕の闇《やみ》に暗《くら》がりによしなきことをし出だして東の果てに名を流す。それに劣らぬ嘆きぞと　いとど。思ひに。くれ竹の」と、お七の火付け事件と結びついた述懐になります。とたんに、灼熱の恋ゆえに火炙《ひあぶ》りの極刑に処せられたお七の姿と、ふさの火責めの姿が二重写しになります。その気持が直ぐ後の「よそのことよと慰みしが　いま身の。上に降る霜の一足づつ」という文辞で、『曾根崎心中』の道行の世界と重なりながら展開してゆくのです。「身の上に降る」熱い火責めでなく、反対に「霜の」冷たい感触に転じながら。まことに心にくいかぎりの作文です。

このように、近松はきわめて意識的に彼女を火とむすびつけて描いていることが判ります。そのことをこちらが意識して読めば、例えば次のような事柄も一入《ひとしお》興趣がわきます。この場を屋根伝いに抜けて「樽屋町《たるやまち》の門へおり。宗門《しゅうもん》なれば日親《にっしん》さまの御門で死なせてくださんせ」と、最期の場所を思い通りにと彼女は哀願します。これは、昔日親上人が足利義教の怒りにふれ、舌頭を切られ火鍋を頭上に冠らされたが動じなかったという経歴の持主であり、鍋被《なべかずき》上人として知られていたことをきかせての所為《せい》と思うのです。なお一言付け加えますと、近松の家は日蓮宗でありました。

さて、女主人公を、近松が隠微に火の女ととらえて描き出しているとすれば、当然男主人公も同様の配慮があってよいのではないでしょうか。

徳兵衛は上之巻から出てきました。まず登場してくる前に店の丁稚《でっち》の噂に上ります。「正月前のきは〲に　旦那ンどのはそとがうち。お神酒《みき》すごしてうか〱と　山州《やましう》といへば目が見えず」と酒色におぼれる悪性の旦那を揶揄《やゆ》します。そうしていよいよその登場を迎えるのですが、それは、「酒づけに　水も漬《つ》くかや　わが宿へ。帰り紺屋《こんや》の徳兵衛」と表現されます。近松は他の作品などでも、最初の人物紹介の文句に十分意を用いて、その人物の特徴を的確に短い表現の中に尽します。その意味で、徳兵衛は酒好きの男ととらえられていることが判ります。そうして、それはまた水と相即のものでした。近松はやや佶屈《きっくつ》な表現ながら、「酒づけに　水も漬《つ》くかや」と記しています。酒浸りでまるで水浸しに我が家がなったように帰ってこないと私は解しますが、「水もつく」は本文にも出てくる十月四日の高潮騒動もきかせているのかも知れません。ともかく近松は以後彼を、水（酒）の男と描いてゆきます。

久しぶりに帰宅した徳兵衛が、照れ隠しに奉公人を叱りつけますが、そこで「これでは水も飲まれぬ」と言ったり、女房が夫が湯屋へ行ったと聞かされて「オオ〱どうで湯か茶か　飲みにであろ」と当てこする箇所等にも水（酒）の男の心象を浮び上らせる趣意が隠されているようです。そうしてこの隠喩は上之巻末に至って頻出し、その意図が露《あら》わになってくるようです。すなわち、夫を「生薑《しやうが》酒《ざけ》して待ちませう」と送り出したその愛情のこもった「生薑酒」を妻に、「卵酒飲むやうにしたいことぢやと嘆」いた君（黄味）、遊女ふさを「卵酒」にはっきりと譬えて、この二つの酒に迷う徳兵衛をこう描きました。

……どうせうかかう生薑酒　いりつくやうに気がなつて。胸掻《か》きまはす卵酒。心を二つに打ちわつて　君が方へと走り行く。後は涙のたまご酒　霜の白《しろ》みに三重

結局、君の卵酒に惹かれ、酒色に負けて夜の町に消えてゆく水の男と、次の巻ではげしく燃え、死も恐れぬ火の女とは、心中を決意し屋根伝いに脱出します。この中之巻の終りに、また水の男の譬喩《ひゆ》が死出の旅への出立の表象とからんで現れます。

今ぞ冥途《めいど》の門出《い》でと。これをかぎりの立ち酒や　樽屋。町にぞ三重〽迷ひ行く

立ち酒は出棺の際、立ったままで飲む酒ですが、彼にとってはこれで好きな酒とも生涯縁を断つ死の門出でもありました。

近松自身かなり明瞭な表現で、中之巻末に水（酒）の男をめぐる二人の女を、二種の酒の名に喩えていました。近松のこの姿勢からも、さらに隠微に、全体にわたって男を水、女を火と譬えて組み立てているということは、十分あり得ると理解していただけるでしょう。すなわち、この恋人同士は男は水性、女は火性の人であったと、当時の相性重視の習慣の中でとらえることができます。

▲男水女火　大にわろし子あれ共そだゝず但三人有内一人はちゑ有べし　ふたり中にはら立事あり
〇歌に　よの中にかゝるわびしきめを見るも人にしられぬ身をぞうらむる

これは元禄の『節用集』に見える男女相性の一項で、その後の『節用集』類もほぼ同文で継承されている文章です。つまり二人は見えぬ悪縁に繋がれていたと近松は表していたというわけです。

この二人の前にはもはや救いはなく、ただ死の闇が待っています。中之巻終りの脱出行の文辞にもすでに地獄落ちの心象が盛られていました。ではその死に様はどうだったのでしょう。女を一刀に刺殺して、自分も共にと思った時、二人を探しに来た人達がふさの断末魔の声を聞きつけ傍まできますが気付かず、遠去かってゆきます。それを一時避けて畑の中に忍んだ徳兵衛は、心もくれて埋れ井戸に気付かず、踏みはずします。そのところの文章は、

道も心もむもれ井戸。踏みはづしてかつぱと落ち　水のあはれや汲み上げて。重井筒の心中と御法《みのり》の。水をぞたたへける

まさに水の男に相応《ふさわ》しい死に様でした。重井筒の火の女と道ならぬ恋に溺れて水死したその跡に、酒ならぬ回向の水だけはたっぷりと手向けられたのです。振り返れば、本作は大きく上之巻水の男、中之巻火の女、下之巻その悪縁の二人の死と構想されていたわけです。実説は不明で推測の域を出ませんが、重井筒屋の遊女との心中事件、しかも恐らく男は作品通り野井戸にはまっての死でありましたでしょう、それらのことから、近松は男を水の男、酒漬けと発想したのでしょうか。それに対蹠《たいしょ》的に女は火の女と配置したものと思われます。

しかし、近松の構想力はこれだけにはとどまらないでもっともっと豊かで、さらに複雑に作られ、趣意に富むものであったようです。

少し観点を変えますが、本文一四三頁の插絵を見てください。屋根の上を、「徳兵へおふさをおひ立のく」図です。下世話に色男は力もないということで通っていますのでその点でもこの図は気になりますが、その詮索はおいてその下に井筒の絵を描いた重井筒屋の暖簾《のれん》が見えます。

この変った絵から連想されることは、近世の人々であれば当然『伊勢物語』の世界であります。上の図のように、六段の芥川の段の男女図はあまりにも有名です。さらにその下に〝井筒〟があるとするとなおさらでしょう。

吉田定吉画　貞享二年刊『伊勢物語』図

この中之巻末の特異な脱出場面が終ると次の下之巻は、「血潮のおぼろ染」の節事で始まります。その冒頭は、『傾城善の綱』という歌舞伎の歌謡の文句取りですが、「筒井筒。井筒の水は。濁らねど」で始まります。この原拠は『伊勢物語』二十三段の「筒井筒井筒にかけしまろがたけ過にけらしな妹みざるまに」（貞享二年版・吉田定吉画の本文、当時流行した本）であったことは言うまでもありません。そういえば、文中に二度「伊勢講」が出てきます、「明日は伊勢の御縁日」（上之巻）、「今宵はわれら伊勢講」(中之巻)と。かれこれ思い合せると、『伊勢物語』との関連をさらに辿ってみる要がありそうです。以下、順に追ってみましょう。

㈠上之巻。　徳兵衛が謀判に近いことをする箇所です。金を借りるため女を傭って女房に仕立てたくだりがありました。これは『伊勢物語』初段、「かすがの里にしるよしして。かりにいにけり　其さとにいとなまめいたる。女はらから住けり」に拠って近松が発想していると思われます。付会が過ぎると思われるかも知れませんが、近世ではよくある発想です。「狩」を「借り」に転じたもので、女房が二人という趣向も「女はらから」の翻案でしょう。

㈡隠居が来ており、徳兵衛は様子を戸口でうかがい、帰ろうとするので「もがり」の蔭に隠れてやりすごし、家につっと入って間男出せと奥にとび込みます。相手が息子小市郎と判って引っこみがつかなくなり、妻の真心のこもった言葉に、ふさを思い切ると誓言立てる場面があります。ここなどは二十三段の有名な高安通いの格でしょう。女を疑って前栽《せんざい》の中に隠れて河内へ行く振りをし、内をうかがうと、「風吹けばおきつ白波たつた山夜はにや君が独こゆらん」と歌を詠んで男を案じる真心に打たれて高安通いを止める、そのところの翻案ではないでしょうか。

㈢中之巻。　重井筒屋の遊女ふさは、冒頭から恋人徳兵衛を待ち焦がれています。「人待つ宵の火なぶりや」と所在無さをまぎらしていると火廻しに巻き込まれ、それが終って飛脚屋の催促を引きのばしながら徳兵衛を待つ彼女の焦燥のさまを近松は丹念に描きますが、この人待つ女の心象は、謡曲『井筒』の前シテの段階で、「筒井筒の女とも」「又は井筒の女とも」と表され、後シテの段階で「あだなりと名にこそ立てれ桜花、年に稀なる人も待ちけり、かやうに詠みしもわれなれば、人待つ女とも言はれしなり」とあるのをきかせたものと思われます。

(四)重井筒屋の主、兄夫婦が警戒して、徳兵衛をふさと会わせぬよう心を砕く場があります。これは『伊勢物語』五段の格でしょう。男の築地の崩れより通うのをせくあの段です。「あるじ聞つけてそのかよひぢに。夜ごとに人をすへて　まもらせければ。……せうとたちのまもらせたまひけるとぞ」と本文にあります。

(五)兄夫婦の厳戒の中、泊らざるを得なくなった徳兵衛が涙に蒲団を濡らし、その蒲団に当る場面で、「大ぬさの引手あまたに成ぬれば思へどえこそ頼まざりけれ」（四十七段）の歌を引く文章があります（一三五頁）。『古今集』にも載る歌ですが、こう見てくると『伊勢物語』を直接の出典とみる方がよさそうです。

(六)そこへふさが屋根続きに物干を伝って忍んでくるという、変った状況があります。男の忍びの逆でありましょうか。これも『伊勢物語』六十九段の有名な狩の使いの段、伊勢の斎宮と会い、女性の方から忍んで来るという特異の段とつながります。

(七)こうして中之巻の見せ場、炬燵のこらしめに入りますが、ここそはっきりと『伊勢物語』の影を見ることが出来る箇所です。御存じの著名な十二段、武蔵野に女を盗みゆくところ、

女をば草むらの中に置て。にげにけり。みちくる人此野はぬす人あんなりとて。火つけんとす。
女わびて
むさしのはけふはなやきそ若草の
妻も籠れり我も籠れり
と。読けるを聞て。女をば取て　ともにゐで《(て)》いにけり

これをふまえての作意と明確にとらえることが出来ましょう。

㈧この責めの後、息も絶えだえのふさを介抱し、花活の水を顔にそそぎ、口をしめしてやります。これは五十九段、

ものいたくやみて　しに入たりければ　面に。水そゝぎなんどしていき出て
　我うへに露ぞ置なるあまの川
　　と渡る舟のかひのしづくか
となん。いひていき出たりける

をも意識しているようです。

㈨中之巻最後の二人の脱出行、屋根の上を女を背負ってゆくわけですが、これが『伊勢物語』との関係を明示していることは前述のとおりです。すなわち、これ又余りにも有名な六段芥川の段からの趣向取りです。注意してみれば、「ここに地獄の鬼瓦」と出しているのも、同段「鬼はやひと口にくひてげり」をきかせたものと知ることが出来ます。二人は「芥川」ならぬ「三途のかは」を渡り、彼岸への旅立ちに向うのでした。

こうして『伊勢物語』の諸章段を巧みに翻案しながら変化とふくらみを持たせて『心中重井筒』上中之巻を展開させていることが判ってきました。これだけの徴証があれば、まず両者の関係は間違いないところでしょう。そういう目で見直すと、もう少し細かい部分においてもその関連が浮び上ってきます。

中之巻の日親上人・鍋被上人についても、『伊勢物語』百二十段、

あふみなるつくまの祭とくせなん
　つれなき人のなべの数みん

とつながるようです。近江筑摩神社の奇祭、女の鍋被りの行事をきかせている歌です。

下之巻の「近き甲斐《かひ》なき千賀《ちか》の塩竈《しほがま》　身を焦がすこそあはれなれ」の文辞も、八十一段、

塩がまにいつかきにけん朝なぎに
　釣する舟は爰《ここ》によらなん

と関連があるのかも知れません。

さらに言えば、『伊勢物語』には酒の記事がかなり多いことに気付きます。これが或いは主人公の酒好きの性格付与につながってゆく一因だったかも知れないと思えてきます。

重井筒の女から『伊勢物語』の女達を併せ考え、当然昔男は男主人公に配当され、各段の趣向が発想されていった跡が、こうして辿れるように思うのです。

『心中重井筒』は際物《きわもの》性をもった世話浄瑠璃でした。従来世話物の成立論は殆ど出ておりません。実説不明のまま、ほぼ実説を劇化したものであろうとみられていたからでしょう。

しかし、このように見てきた本作の構想は、作者近松の、明らかに近松独自の文芸世界であり、高い次元に遊びつつ自分の世界を見事に構築していったあとを把握し得るのです。この趣意を、近松は観客に判らせようとしたのでしょうか。私が插絵の上で、屋根の上を女を背負ってゆく二枚目の姿に

不審を持ったように、実際の舞台上にその景を見た当時の観客の中には、その作意を感得した幾人かの具眼の士がいなかったとはいえないでしょう。しかし、近松はそのことを敢えて悟らせようとは考えていなかったと思われます。時間芸術の進行の中で、それを悟らせるのはやはり無理というべきでしょう。あくまで作者だけの遊戯三昧の境だったと思います。これは同時代の文豪、井原西鶴にもみられる、偉大な作家に共通する彼等だけの独壇場でした。

多くの性格を有し、種々の制約をもつ浄瑠璃ではありますが、そうした中にあって、かくも豊かな劇世界・文章世界を形成していった近松、その人の深味のある作品を、どうか十二分に味わい読んでいただきたいと思います。私の垣間見た狭い範囲だけのものでなく、限りないおもしろみが近松作品には息づいている筈ですから。

付　記

本集成の刊行に当初の段階から関わりながら、その作業遅々として進まず、その上眼疾を得ていよいよ遅延し、ついに上下二冊の刊行予定を一冊に縮小せざるを得なくなりました。小規模ながら近松作品の全き紹介を、というのぞみからははなはだかけ離れ、まことに申訳ない仕儀です。この間、本書の編集に一方ならぬ尽力を頂いてきた新潮社飯野山治氏を病で失うということもありました。早くから『近松門左衛門集』を期待してくださっていた読者の方々にも深くお詫びいたします。

なお、『世継曾我』と「櫝切曾我」・「祝子曾我」謡曲番外曲二曲の関係については、アーサー・ソンヒル氏の教示を得ました。同氏及び注釈に当って参考にさせていただいた先輩諸氏の業績に対しても、心からの感謝を表するものです。

付録

近松門左衛門 略年譜

承応二年（一六五三）　一　歳
越前藩士杉森市左衛門信義次男として福井に出生。幼名次郎吉。母は越前藩医岡本為竹娘。

寛文七年（一六六七）　十　五　歳
この頃父浪人し、一家京へ移住。

寛文十一年（一六七一）　十　九　歳
二月刊、山岡元隣著『宝蔵』に「白雲や花なき山の恥かくし」の句を載せる。この頃、一条家他の公卿の家に仕える。

天和三年（一六八三）　三十一歳
九月、『世継曾我』京宇治座上演。

貞享元年（一六八四）　三十二歳
竹本義太夫道頓堀に旗上げ『世継曾我』上演。

貞享二年（一六八五）　三十三歳
二の替り、『出世景清』を義太夫のために書く。

貞享三年（一六八六）　三十四歳
七月、『佐々木大鑑』竹本座上演。現在最古の近松の署名入り正本。

貞享四年（一六八七）　三十五歳
『野郎立役舞台大鏡』に近松の評判出る。四月、父信義没、六十七歳。京日蓮宗本圀寺に葬る。

元禄二年（一六八九）　三十七歳

五月、『津戸三郎』竹本座上演。山本角太夫『門出八島』と改題し上演。

元禄六年（一六九三）　四十一歳

三月、〈仏母摩耶山開帳〉都万太夫座上演。

元禄十二年（一六九九）　四十七歳

一月、〈傾城仏の原〉万太夫座上演。

元禄十三年（一七〇〇）　四十八歳

この年、『百日曾我』竹本座上演。宇治座『団扇曾我』の名で上演、当りを取る。

元禄十五年（一七〇二）　五十歳

二の替り〈傾城壬生大念仏〉万太夫座上演。同後日、後日の後日狂言続演。

元禄十六年（一七〇三）　五十一歳

五月、建浄瑠璃『日本王代記』、切浄瑠璃『曾根崎心中』竹本座上演。宇治座も上演。

宝永二年（一七〇五）　五十三歳

十一月、『用明天王職人鑑』竹本座上演。作者近松・太夫義太夫・座本竹田出雲の提携なる。

宝永三年（一七〇六）　五十四歳

近松、この頃より大坂に移住。四月以前、『本領曾我』・『加増曾我』竹本座上演。夏、『卯月紅葉』竹本座上演。

宝永四年（一七〇七）　五十五歳

十一月以前、『心中重井筒』竹本座上演。年末、豊竹座再興。

宝永五年（一七〇八）　五十六歳

この年、『傾城反魂香』竹本座上演。

宝永六年（一七〇九）　五十七歳

盆以前、『心中刃は氷の朔日』竹本座上演。十一月一日坂田藤十郎没、六十三歳。

宝永七年（一七一〇）　五十八歳

四月、『心中万年草』、この年『吉野都女楠』竹本座上演。

正徳元年（一七一一）　五十九歳

正月二十一日宇治加賀掾没、七十七歳。この年『冥途の飛脚』竹本座上演。

正徳二年（一七一二）　六十歳

九月以前、『嫗山姥』竹本座上演。

正徳四年（一七一四）　六十二歳

正月、『天神記』竹本座上演。九月十日、竹本筑後掾没、六十四歳。

正徳五年（一七一五）　六十三歳

春、『大経師昔暦』、十一月、『国性爺合戦』竹本座、以後足かけ三年続演する。

享保二年（一七一七）　六十五歳

二月、『国性爺後日合戦』、八月、『鑓の権三重帷子』竹本座上演。

享保四年（一七一九）　六十七歳

二月、『本朝三国志』、八月、『平家女護島』竹本座上演。

享保五年（一七二〇）　六十八歳

三月、『井筒業平河内通』、八月、『双生隅田川』、十二月、『心中天の網島』竹本座上演。

享保六年（一七二一）　六十九歳

二月、『津国女夫池』、七月、『女殺油地獄』竹本座上演。

享保七年（一七二二）　七十歳

三月、『浦島年代記』、四月、『心中宵庚申』竹本座上演。近松病気がち（書簡）。

享保九年（一七二四）　七十二歳

正月、『関八州繋馬』竹本座上演。十一月上旬辞世文残す。十一月二十二日没。法名阿耨院穆矣日一具足居士。現存墓所、大阪谷町法妙寺跡・尼崎久々知広済寺。

插絵中の文字翻刻

一、本文挿絵について検索の便宜のために作成した。
一、また絵の中に人名その他説明等のあるものは、そのまま現行の文字で示し、読みやすくした。

「世継曾我」

《頼朝御前の五郎時致》　一四頁

五郎丸時宗をいけ取
なわどり
五郎ときむね申上る所
十郎がくびみせ給ふ
一五頁
わだのよしもり
にたんの四郎
ちゝぶのしけたゞ
しんがいのあら四郎
かぢはら源太
御大将よりとも公

《狩場の高名・朝比奈怒る所》　二二頁

かぢはら源太
といの弥太郎
ちばの介
しのふ丸
御大将よりとも公
ちゝぶの重忠
二三頁
しんがいのあら四郎
藤九郎もり長
本田の二郎
あさいなの三郎
筆取
あらいの藤太

《鬼王、朝比奈の手紙読む所》　二五頁

弟どう三郎かたみの馬引ゐる
あさいなよりのひきやく
鬼王状をひけんの所

《虎、少将を訪れる所》　二九頁

とら御ぜん来り給ふ
少将物がたりの所

《富士を望みて曾我への道行》　二六頁

少将そがへの道行
とら御前かたみの馬引給ふ
二七頁

《虎少将十番斬の舞》　四八頁
こしもと
二のみやのあね御前
そが兄弟のはゝうへ
とら十番切のまひ　四九頁
けはひ坂少将

《鬼王団三郎先がけの争い》　五三頁
鬼王せりあひの所
どう三郎引もどす

《朝比奈唐櫃に大石のせる所》　六〇頁
あらいの藤太石におされしする所
しんかいたばかられ箱へ入たる所
とら介若いたき
せうしやう
あさいな

《頼朝御前での風流の舞》　六四頁
御大将よりとも公
あさひな
みだい所御けんぶつの所　六五頁
とら御前舞の所
けわひ坂の少将
介若世次に成給ふ

《御所に傾城町を飾り太夫道中の所》　六六頁
とら御前道中のてい
夜見せ
夜見せ
御でんちうにて
ふうりう大かざりの所　六七頁
少将道中のてい

「曾根崎心中」

《生玉境内の景》　七八頁
生玉宮
御評判彦八はなし
ひこ八かる口はなし
ゑへんかみ〔　〕

《生玉の茶屋にて二人の出合》　七九頁
ほうかししなたまとる
徳兵へおはつとはなしする
徳兵衛おやから《〔た〕カ》の
わけをおはつに
かたる所
てんまやおはつ様子かたる
みづ
茶屋

《蓮池で打擲される徳兵衛》　八七頁
ちや屋男共たゝく
徳兵へさん〳〵たゝかる
つれの男にける
九平次けんくわしにける

《色茶屋天満屋のうちそと》　九〇頁
ていしゅ
やま衆いさめる

おはつなけきいる
天満や
天ま屋
徳兵へ内のやうすを見る所
《縁の上下に心を通わす二人》　九三頁
〔やま衆せ〕うしかる
九平次がともだち
てんまやていしゆ聞
九平次あつかういふ
おはつ徳兵へを
ゑんの下へ入
さま／＼に
あしにて
しらする
天満屋　所
おはつあしにてとゞめ
徳兵へゑんの下にてもかき
《心中への脱出行》　九六頁
下女火をうつ

おはつ火を
けしたるゆへ
くらかり[と]
なる
おはつ火打おとに合戸をあける所
徳兵へはつとしのび出る
《蜆川対岸の茶屋の景》　九六頁
ちや屋の
□《けカ》しき
そねさきのとてまち
さしきにて心中のうた□所
《曾根崎の心中場》　一〇三頁
そね崎の天神
二人が人玉こくうにとひ行
しゆろの木
おはつしんぢうしてしぬる
ひやう
ばんの
心中
徳兵へかみそりにてしぬる

「心中重井筒」
《紺屋徳兵衛帰宅》　一〇九頁
あほう三太郎のり引
喜兵へしごとをたづねる
あつらへ物をはやう／＼
こうや徳兵へいひつくる
《徳兵衛借金の所》　一一三頁
徳兵へ手形にはんをす
四百目
の
銀
きもいりの女あいさつ
口入次右衛門銀わたす
あほう三太郎見てゐる
《隠居宗徳の叱責》　一一六頁
あほう三太郎聞所
下女たまきゝゐる
喜兵へかしこまる

おたつおつとを
たいせつに思ひ
いつわる所

おたついひわけする
はるへなつたら徳兵へを
まくしだしやと
しかる

吉もんじや宗徳おたつをしかる

《徳兵衛改心の所》　一三〇頁

徳兵へあやまりわびこと

おふさがことを
おもひきつたぞ

子小一郎ぼんのかつらきる

五つこのかづきてゐる所

女ばうおたつうらみいふ

喜ひやうへ
あほう三太郎

《重井筒屋房の傷心》　一三五頁

おふさかみそりとらるゝ
ひたいたれます
はなさんせ

かさねゐづゝの女ばうとめる
おやま火まはしする
ひふき竹

重井筒
ひどんす
下女りやうり人かけ来る
ひやし物

火まはしの所
ひぢりめん

おやましゆ火まはし

《房炬燵の責め》　一四〇頁

女ばうおきかけに火持出
あにの十良兵へこたつへあたる

火を
いかひこと
もつて
おじや

おくの
小ざしき

弟徳兵へなんぎしあせる所

もはや
火はいらぬもの

おふさこたつの下へかくるゝ
おふさ
あつがり
ずつながる

《屋根伝いに脱出》　一四三頁

重井筒屋
徳兵へおふさをおひ立のく

たるや町へ
しのびゆく

しのびて
やねをつたひ
ゆく

おふさいだかれしにゝゆく

《生玉にての心中》　一四八頁

おふさしんちうしてしぬる
はたけ井

大坂
生玉の
ばゝさき
にて
心中

徳兵へしんぢうし井へはまる

一四九頁

三太郎なみだこぼしたつねる
徳兵へさま〳〵と
よぶ

女ばうおたつたづね来る
下女のたけ
いくだま
石の鳥
井
喜兵へたづねきたる

「国性爺合戦」

《李蹈天目をくり詫びる所》
くわせいぶにん
りうかくん
大
明
くわうてい見給ふ
しんかたちきゝいる
ごさんけいがてんせぬ
一五八頁

りとうてんめをくる
ばいろくわうやうす見る
下くわんおどろく所
こわいん／＼
一五九頁

《勅筆の額の字落ちる所》
ぶにんきもつぶし
一六六頁

たゝ
月
日
いもふと君せんだんによ
ごさんけい君をいさめる
がくの文字
みぢんくだけ
おつる
くわうていおとろき給ふ

《李兄弟帝を殺す所》
りかいほう主をころす
しんかおどろく
今がさいご
かくご
せよ
くわうてい手ごめあい
りとうてんむほん
くわせいぶにんなげき給ふ
一六七頁

《華清夫人の死・柳歌君の奮戦》
くわせいぶにんてつほうに
あたり
さいご
ごさんけいぶにんの腹をさき子を取出ス
一七四頁

おいとしや／＼
つよい女めじや
ごさんけい子
にげたいが／＼
ほこにくゝられ
いる
がうだつ切あいさいご
のがさぬ
かくご
せい
ごさんけい妻りうかくん
せんだん女なんきの所
あぶない
／＼
一七五頁

《鴫蛤の争い・姫の漂着》
ていしりうふうふはまニ来ル
わとうないはゝおや
和藤内女ぼうこむつ
一八四頁

アヽもつともじや／＼
和藤内しぎ蛤を見て軍法の
ひみつをさとる
せんだん女につほんへ吹ながされ
日本人／＼なむきやら
はまくりしぎの
ちよんのふ
くちばしを
とらやあ／＼
はさみ
一八五頁

《和藤内唐土へ渡る・千里竹》　一九二頁

せんだん女よろこひ給ふ
やがてむかいを
まちます
さらば〳〵
こむつひめぎみをあづかる
和藤内もろこしへわたる
追付むかいを
のぼそう
ひめ君を
大じニ
かけよ

一九三頁
あんだいじんおどろく所
さかやきそつた
おとこは
つよい
和藤内とらをくみとめる
もの
じや
どつこい〳〵
太神宮の
おはらい
もち
はゝおや悦び

《和藤内唐人を家来にする所》　二〇〇頁

和藤内日本風ニげんぶくさす
和藤内ニしたがひし者共
まへかみが
おしい
ことじや
ほへづら
すな〳〵
和藤内いさみ悦ぶ
はゝおやさかやきそる

二〇一頁
母おやとらニのりし所
太神宮
しやが太郎兵衛
もうる左衛門
もろこし千里が竹
すつ〳〵
るすん兵衛
うんすん六郎

《獅子が城楼門》　二一〇頁

ていし
りう

絵姿
てゝおや
ていしりうニ
あふ
かんきが妻きんしやうぢよ
帰去来《きこらい》〳〵
五常軍かんきが城

二一二頁
かんきがしんかはゝおやを受取
ちんふんかん〳〵
和藤内母をわたす所
はゝ人を
大じニかけよ
はゝおやなわをかゝる所
ていしりうつまをくゝる

《遣水を見守る和藤内》　二一八頁

和藤内返事いかゞと待いる

《城内三人の葛藤》　二一九頁

つまきんしやう女ころしてといふ
はゝおや娘をころさせぬ
女ニ心ひかれて

といふては
此かんきか
たゝぬ
かんきつまをころし味方せんと云

《錦祥女の自害・母の跡追い》 三六頁

清道
ちやぼ
きう〳〵
下くわん共
かんずる
はゝおやじがいする所
二人共ニ
主の
ため
しする
きんしやうちよしがいし

三七頁

かんきこくせんやニしたがふ
和藤内こくせんやと成

《小むつ剣の修行》 三〇頁

せんだん女悦給ふ

住吉の
やしろ
小むつ男出立ニ成
すみよしへさんけいして
木刀にて松の枝切り
今うしわかとなのる

三一頁

《栴檀女道行》

大海どうし名所おしへる
小むつ大明へわたる
せんだん女名所見る

《呉三桂九仙山に四季の軍を見る》 二四〇頁

りうはくうん
からくはうていごを打
みかたが
かつは〳〵
ごさんけいいくさ見る

二四一頁

かんかいじやう
しやく
よい
とう
きみ〳〵
城

のが
さぬぞ
いそげ〳〵
あいた
〳〵
うんもん
くわん
こくせんや
せめる
おほへたか
こくせんやいさむ

《九仙山に味方集る》 二四八頁

九仙山ニて
みな〳〵
めぐり
あい
給ふ
せんだん女太子ニあい給ふ
太子せいじんし給ふ
よいきみ〳〵
ていしりういさむ所
ごさんけいこばんニて打おとす

《賊兵雲梯より落下》 二四九頁

ばいろく王ごばんでたゝきころさるゝ
なむあみ
だぶ／＼
かけはし風ニて
ふききれ
くん兵
五百余騎
谷へ
おち入ル
なむさん
はしが
おちた
かなしや／＼
ぐんひやう共谷へおちる
あとへも
さきへも
ゆかぬ
ア、／＼
あいた／＼

《南京攻めの軍略・鄭芝龍の遺書》　二五四頁

ちやつ
ちやら
ほい／＼
ぐん兵共いさむ
清道
かんきはかりことを見せる所

ごさんけいぐんほうをくらべる
はちの入し竹をやけば
てつほうしかけあり
二五五頁
せんたん女はたを見せ給ふ
どくの入し
しよくもつ
箱ニ入レ
今月今夜南京の
城ニむかい打死する
もの也　ていしりう一官
いさぎよい
こと
かな
ぐんほうもいらばこそ
なんきんへふんごみ
かたひし唐人くび
ひきぬいて
くれんといさむ
こくせんや此はたを見ていさむ
小むつ男出たち
こくせんやニ
したがいし
もの
ども
大日本

《大団円の所》　二六〇頁

ていしりうれしがる
太子悦び給ふ
たゝけ／＼
せんだん女悦び
小むついさむところ
こくせんやりとうてんを取ておさへ
りとうてんいけどられ　二六一頁
ごさんけいちやうちやくする
たつたん王いけどられ
あいた／＼
かんき大キに悦ぶ所
よいきみ／＼
たつたんぜいかうさん

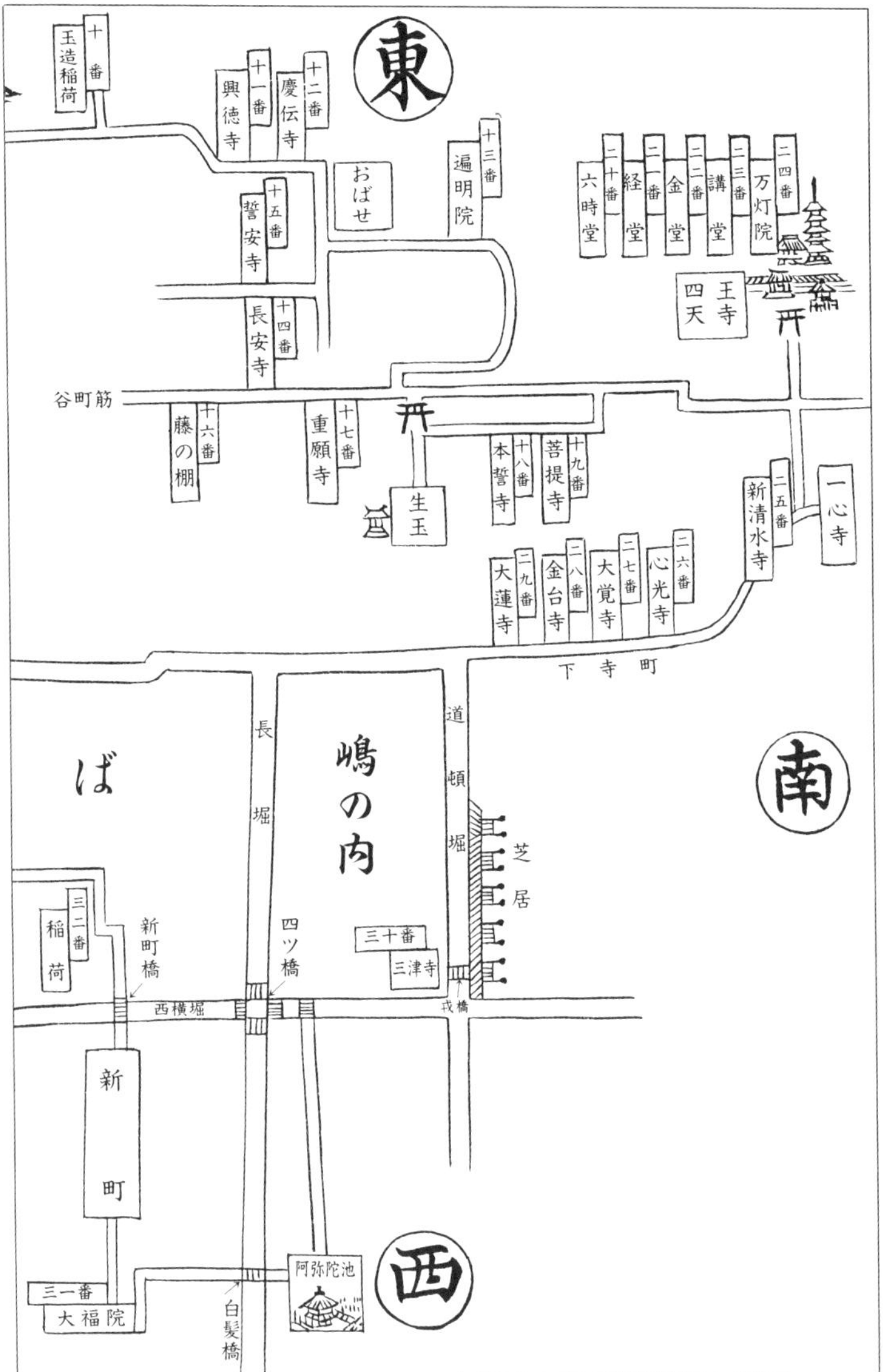

大坂三十三所観音廻り略図
（『曽根崎心中』）

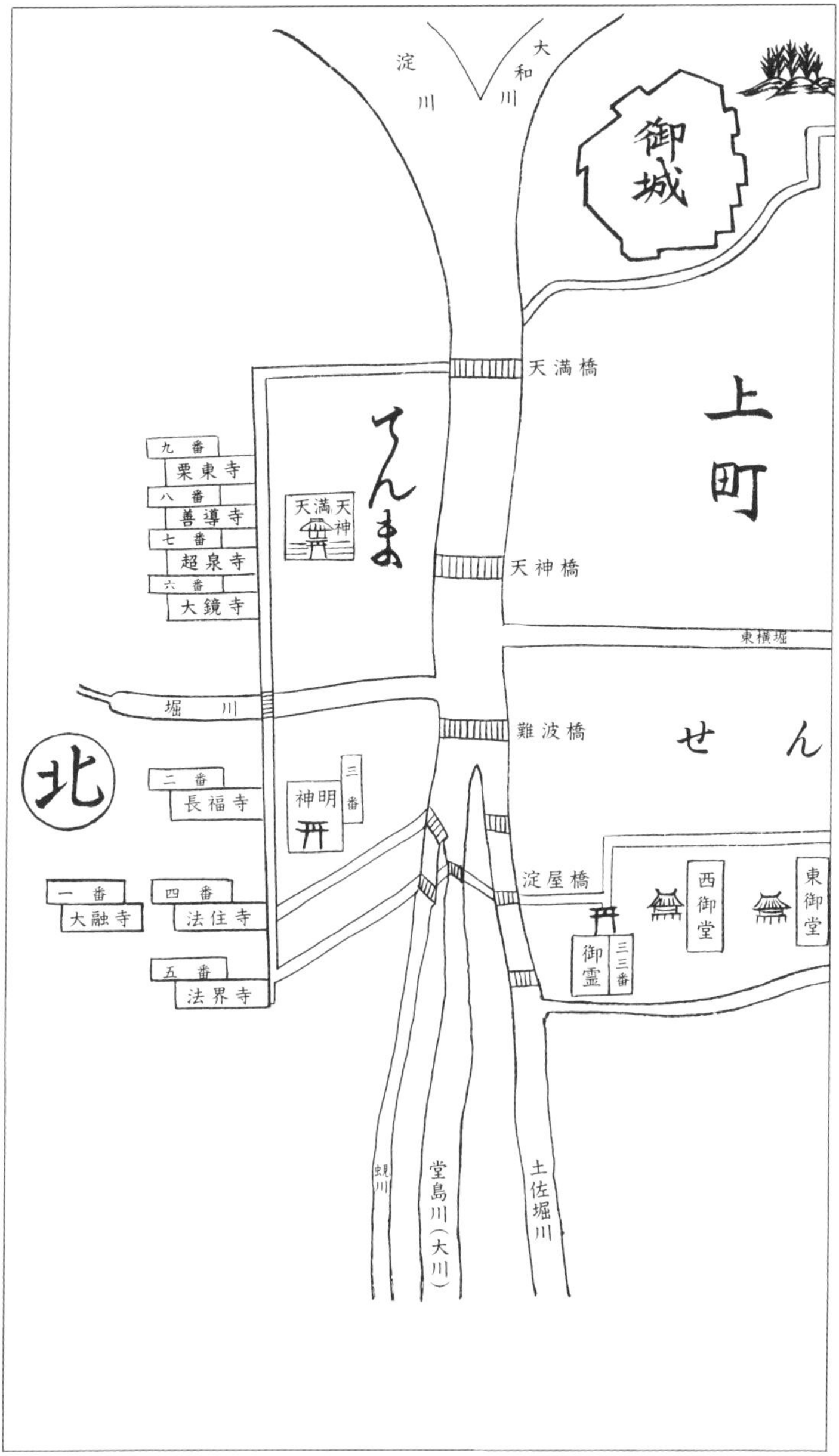
淀川
大和川
御城
天満橋
上町
てんま
天満天神
天神橋
東横堀
九番
栗東寺
八番
善導寺
七番
超泉寺
六番
大鏡寺
堀川
難波橋
せん
北
二番
長福寺
神明
三番
淀屋橋
西御堂
東御堂
一番
大融寺
四番
法住寺
御霊
三三番
五番
法界寺
蜆川
堂島川(大川)
土佐堀川

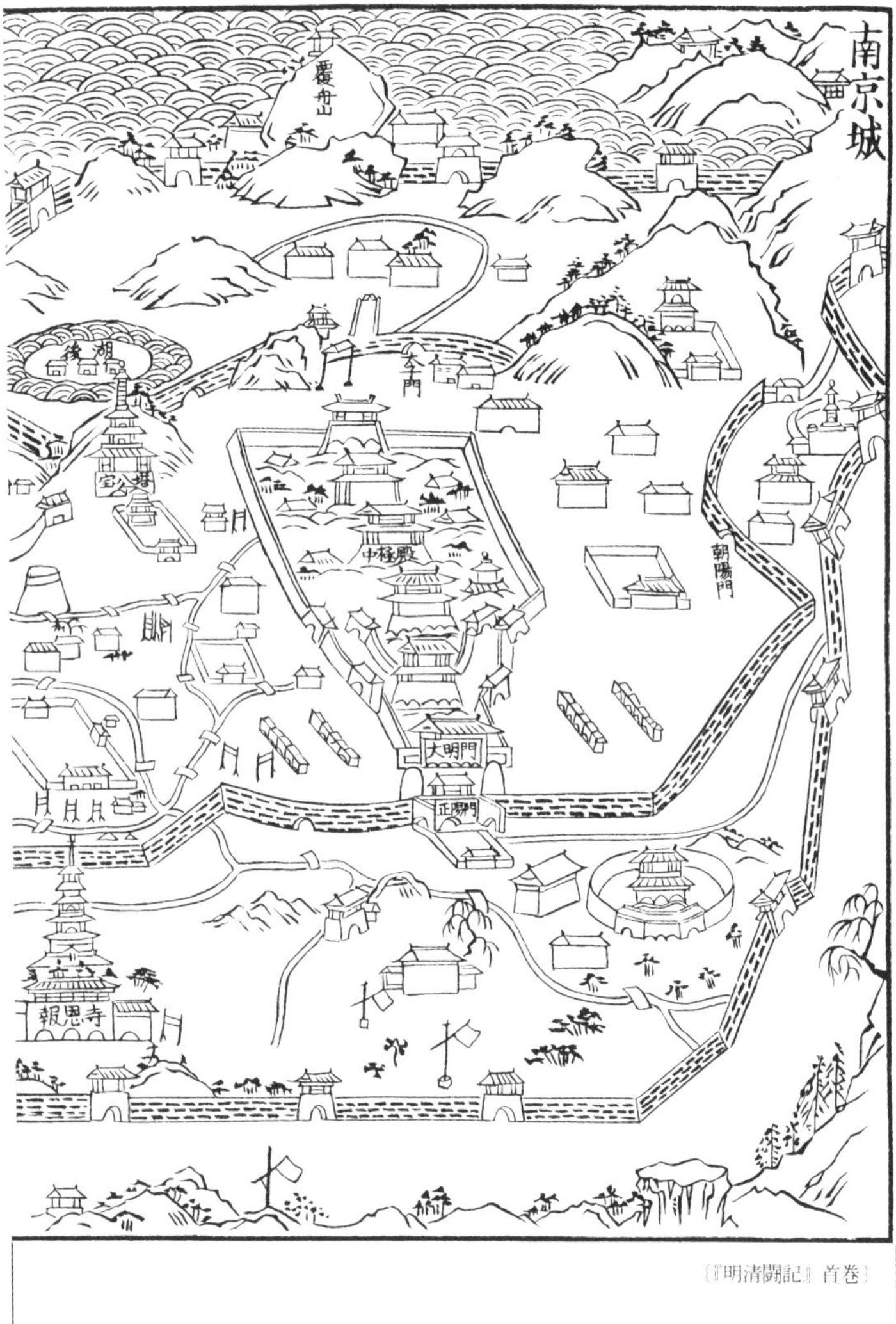

〔『明清闘記』首巻〕

南京城図（『国性爺合戦』）

龍江関
金川門
十廟
朝天宮
黒龍潭
清涼門
應天府
莫愁湖
聚宝門

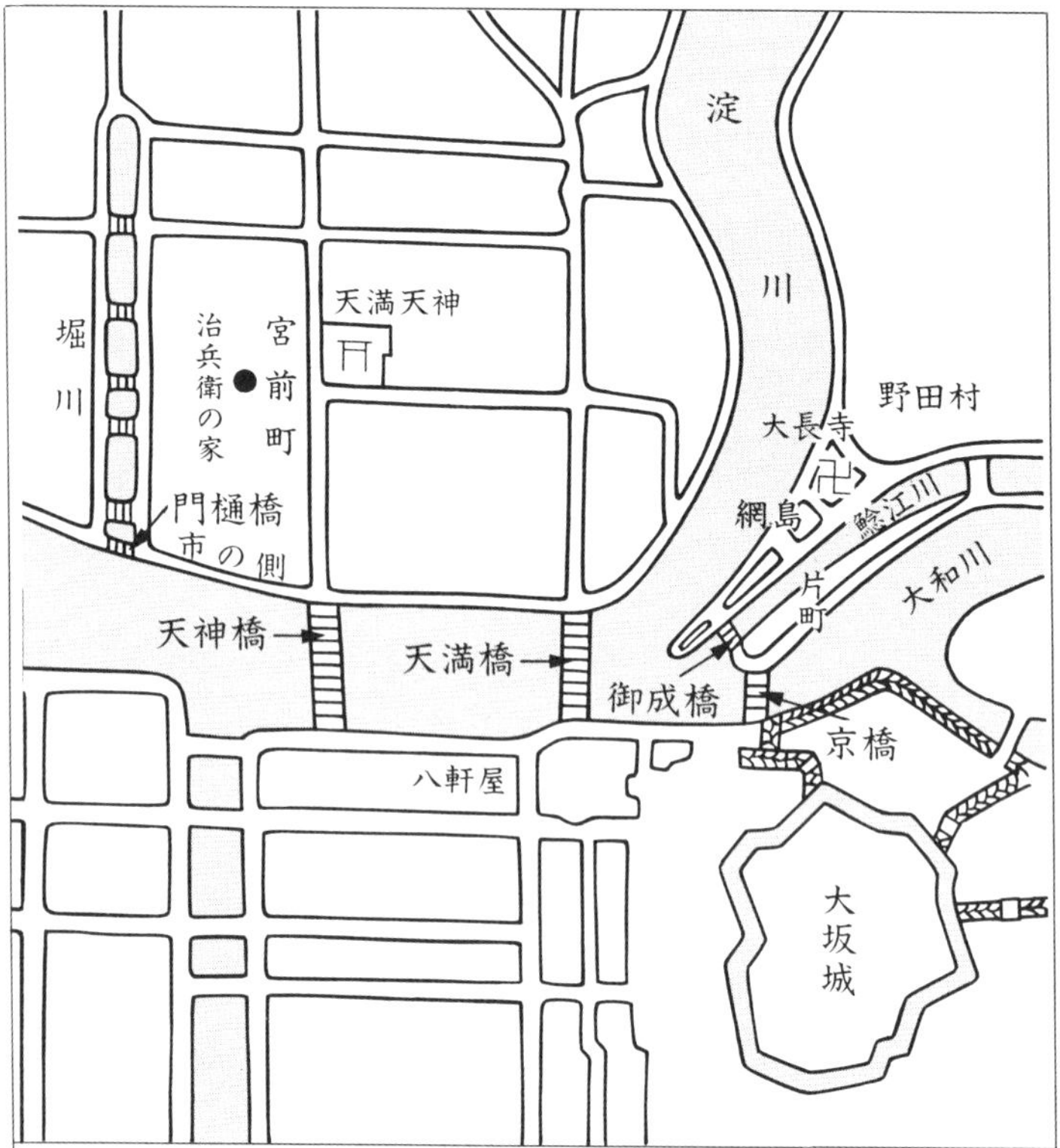

橋づくし図（『心中天の網島』）

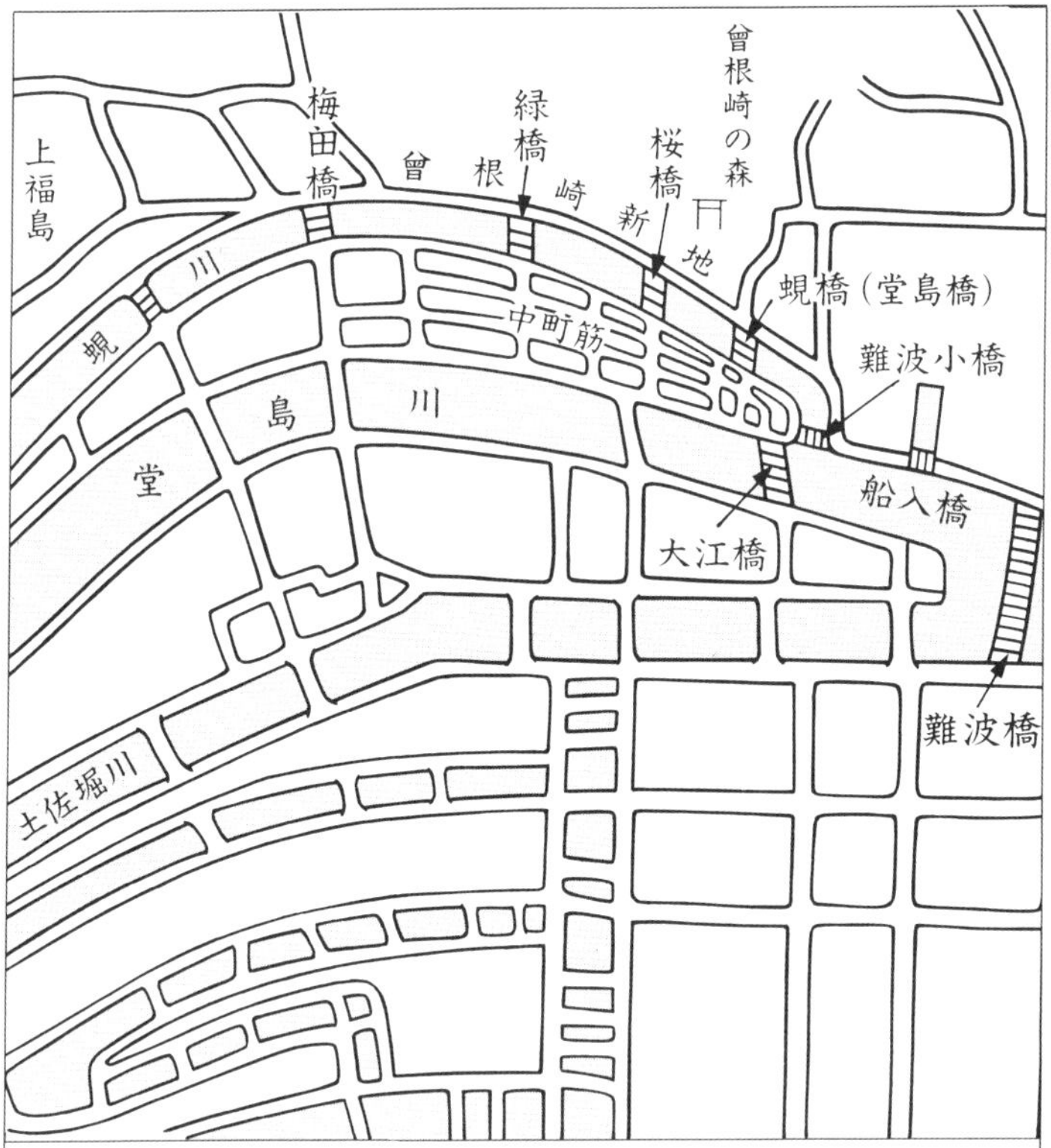
曾根崎の森
梅田橋
緑橋
桜橋
曾根崎新地
上福島
蜆川
蜆橋（堂島橋）
中町筋
難波小橋
堂島川
船入橋
大江橋
難波橋
土佐堀川

新潮日本古典集成〈新装版〉

近《ちか》松《まつ》門《もん》左《ざ》衛《え》門《もん》集《しゅう》

平成三十一年三月三十日　発行

校注者　信《しの》多《だ》純《じゅん》一《いち》

発行者　佐藤隆信

発行所　株式会社　新潮社

〒一六二-八七一一　東京都新宿区矢来町七一

電話　〇三-三二六六-五四一一（編集部）

〇三-三二六六-五一一一（読者係）

https://www.shinchosha.co.jp

印刷所　大日本印刷株式会社

製本所　加藤製本株式会社

装画　佐多芳郎／装幀　新潮社装幀室

組版　株式会社ＤＮＰメディア・アート

ISBN978-4-10-620873-7　C0393

浄瑠璃集 土田衞 校注

義理を重んじ、情に絆され、恋に溺れる人間の、哀れにいとしい心情を、美しい詞章にうたいあげて、庶民の涙を絞った浄瑠璃。『仮名手本忠臣蔵』等四編を収録。

好色一代男 松田修 校注

七歳、恋に目覚めた世之介は、六十歳にしてなお見果てぬ夢を追いつつ、女護ケ島へ船出する。愛欲一筋に生きて悔いなき一代記。めくるめく五十四編の万華鏡！

好色一代女 村田穆 校注

天成の美貌と才覚をもちながら、生来の多情さゆえに流転の生涯を送った女の来し方を、嵯峨の奥深く侘び住む老女の告白。愛欲に耽溺する人間の哀歓を描く。

日本永代蔵 村田穆 校注

致富の道は始末と才覚、財を遣い果すもこれ人生。金銭をめぐって展開する人間悲喜劇のさまざまを、町人社会を舞台に描き、金儲けとは人間にとって何であるかを問う。

雨月物語 癇癖談 浅野三平 校注

帝の亡霊、愛欲の蛇……四次元小説の先駆『雨月物語』。当るをさいわい世相人情に癇癪をたたきつけた風俗時評『癇癖談』は初の詳細注釈。孤高の人上田秋成の二大傑作！

春雨物語 書初機嫌海 美山靖 校注

薬子の血ぬれぬれと几帳を染める「血かたびら」大盗悪行のはてに悟りを開く「樊噲」——。死を目前に秋成が執念を結晶させた短編集。初校注『書初機嫌海』を併録。

俳風柳多留　宮田正信校注

浮世床四十八癖　本田康雄校注

東海道四谷怪談　郡司正勝校注

三人吉三廓初買　今尾哲也校注

説経集　室木弥太郎校注

世阿弥芸術論集　田中裕校注

柳の枝に江戸の風、誹風狂句の校注は、酸いも甘いもかみわけた碩学ならではの斬新無類・機智縦横。全句に句移りを実証してみせた読書界学界への衝撃。

九尺二間の裏長屋、壁をへだてた隣の話もつつ抜けの江戸下町の世態風俗。太平楽で、ちょっぴりペーソスただようその暮しを活写した、式亭三馬の滑稽本。

江戸は四谷を舞台に起った、愛と憎しみの怨霊劇。人の心の怪をのぞく傑作戯曲に、正統迫真の演出注を加えて刊行、哀しいお岩が、夜ごと軒先に立ちつくす。

封建社会の間隙をぬって、颯爽と立ち廻る三人の盗賊。詩情あふれる名せりふ、緊密に絡み合う人と人の絆。江戸の世紀末を彩る河竹黙阿弥の代表作。

数奇な運命に操られる人間の苦しみを、心の琴線にふれる名文句に乗せて語り聞かせた大衆芸能。安寿と厨子王で知られる「山椒太夫」等六編。

初心忘るべからず――至上の芸への厳しい道程を説き、美の窮極に迫る世阿弥。奥深い人生の知恵を秘めた「風姿花伝」「至花道」「花鏡」「九位」「申楽談儀」を収録。

謡曲集（全三冊）　伊藤正義校注

謡曲は、能楽堂での陶酔に留まらず、自ら読んで謡う文学。あでやかな言葉の錦を頭注で味わい、舞台の動きを傍注で追う立体的に楽しむ謡いの本。

閑吟集　宗安小歌集　北川忠彦校注

恋の焦り、労働の喜び、死への嘆き——時代を問わぬ人の世の喜怒哀楽を歌いあげた室町時代の歌謡集。なめらかな口語訳を仲立ちに、民衆の息吹きを現代に再現。

梁塵秘抄　榎克朗校注

遊びをせんとや生まれけん、戯れせんとや生まれけん……源平の争乱に明け暮れた平安後期の民衆の息吹きが聞こえてくる流行歌謡集。編者後白河院の「口伝」も収録。

山家集　後藤重郎校注

月と花を友としてひとり山河をさすらう人生詩人、西行——深い内省にささえられたその歌は祈りにも似た魂の表白。千五百首に平明な訳注を付した待望の書。

新古今和歌集（上・下）　久保田淳校注

美しく響きあう言葉のなかに人生への深い観照が流露する、藤原定家・式子内親王・後鳥羽院などによる和歌の精華二千首。作者略伝をはじめ充実した付録。

金槐和歌集　樋口芳麻呂校注

血煙の中に産声をあげ、政権争覇の余震が続く鎌倉で、修羅の中をひたむきに疾走した青年将軍、源実朝。『金槐和歌集』は、不吉なまでに澄みきった詩魂の書。

連歌集　島津忠夫 校注

心と心が通い合う愉しさ……五七五と七七の句による連鎖発展の妙を詳細な注釈が解明する。漂泊の詩人宗祇を中心とした「水無瀬三吟」「湯山三吟」など十巻を収録。

芭蕉句集　今 栄蔵 校注

旅路の果てに辿りついた枯淡風雅の芸境。俳諧を通して人生を極めた芭蕉の発句の全容を、なめらかな口語訳を介して紹介。ファン必携の「俳書一覧」をも付す。

芭蕉文集　富山 奏 校注

松尾芭蕉が描いた、ひたぶるな、凜冽な生の軌跡。全紀行文をはじめ、日記、書簡などを年代順に配列し、精緻明快な注釈を付して、孤絶の大詩人の肉声を開く！

與謝蕪村集　清水孝之 校注

美酒に宝玉をひたしたような、蕪村の詩の世界を味わい楽しむ――『蕪村句集』の全評釈、『春風馬堤ノ曲』『新花つみ』・洒脱な俳文等の、個性あふれる清新な解釈。

太平記（全五巻）　山下宏明 校注

北条高時に対する後醍醐天皇の挙兵から足利政権確立まで、その五十年にわたる激動の時代と勇猛果敢に生きた人間を、壮大なスケールで描く軍記物語。

平家物語（全三巻）　水原 一 校注

祇園精舎の鐘のこゑ……生命を賭ける男たちの戦い、運命に浮き沈む女人たち、人の世の栄枯盛衰を語り伝える源平争覇の一部始終。八坂系百二十句本全三巻。

■新潮日本古典集成

- 古事記　西宮一民
- 萬葉集　一〜五　青木生子　井手至　伊藤博　清水克彦　橋本四郎
- 日本霊異記　小泉道
- 竹取物語　野口元大
- 伊勢物語　渡辺実
- 古今和歌集　奥村恆哉
- 土佐日記　貫之集　木村正中
- 蜻蛉日記　犬養廉
- 落窪物語　稲賀敬二
- 枕草子　上・下　萩谷朴
- 和泉式部日記　和泉式部集　野村精一
- 紫式部日記　紫式部集　山本利達
- 源氏物語　一〜八　石田穣二　清水好子
- 和漢朗詠集　大曽根章介　堀内秀晃
- 更級日記　秋山虔
- 狭衣物語　上・下　鈴木一雄
- 堤中納言物語　塚原鉄雄
- 大鏡　石川徹
- 今昔物語集　本朝世俗部　一〜四　阪倉篤義　本田義憲　川端善明
- 梁塵秘抄　榎克朗
- 山家集　後藤重郎
- 無名草子　桑原博史
- 宇治拾遺物語　大島建彦
- 新古今和歌集　上・下　久保田淳
- 方丈記　発心集　三木紀人
- 平家物語　上・中・下　水原一
- 金槐和歌集　樋口芳麻呂
- 建礼門院右京大夫集　糸賀きみ江
- 古今著聞集　上・下　西尾光一　小林保治
- 歎異抄　三帖和讃　伊藤博之
- とはずがたり　福田秀一
- 徒然草　木藤才蔵
- 太平記　一〜五　山下宏明
- 謡曲集　上・中・下　伊藤正義
- 世阿弥芸術論集　田中裕
- 連歌集　島津忠夫
- 竹馬狂吟集　新撰犬筑波集　木村三四吾　井口壽
- 閑吟集　宗安小歌集　北川忠彦
- 御伽草子集　松本隆信
- 説経集　室木弥太郎
- 好色一代男　松田修
- 好色一代女　村田穆
- 日本永代蔵　村田穆
- 世間胸算用　金井寅之助　松原秀江
- 芭蕉句集　今栄蔵
- 芭蕉文集　富山奏
- 近松門左衛門集　信多純一
- 浄瑠璃集　土田衞
- 雨月物語　癇癖談　浅野三平
- 春雨物語　書初機嫌海　美山靖
- 與謝蕪村集　清水孝之
- 本居宣長集　日野龍夫
- 誹風柳多留　宮田正信
- 浮世床　四十八癖　本田康雄
- 東海道四谷怪談　郡司正勝
- 三人吉三廓初買　今尾哲也